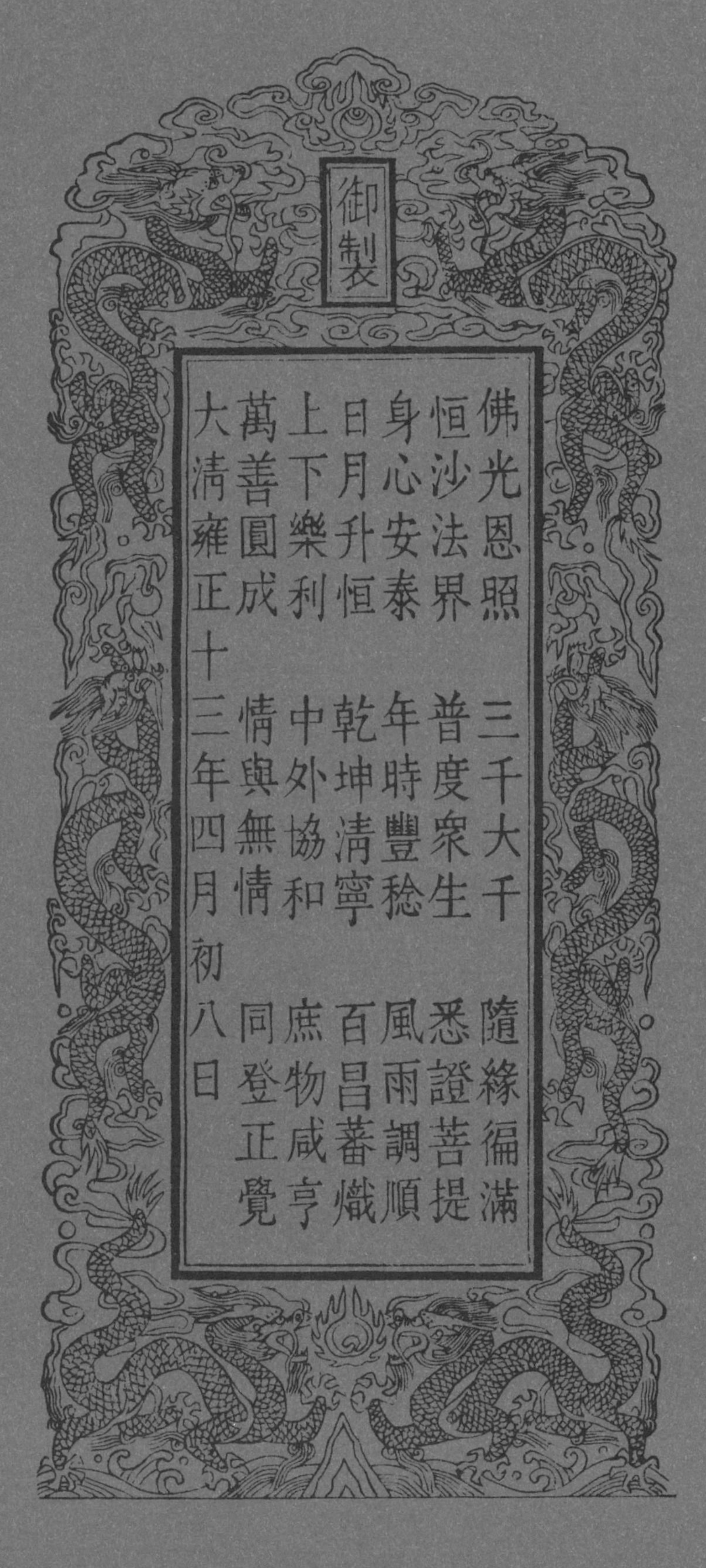

御製

佛光恩照　三千大千　隨緣徧滿
恒沙法界　普度衆生　悉證菩提
身心安泰　年時豐稔　風雨調順
日月升恒　乾坤清寧　百昌蕃熾
上下樂利　中外協和　庶物咸亨
萬善圓成　情與無情　同登正覺
大清雍正十三年四月初八日

第二四册　大乘經　華嚴部（一）

大方廣佛華嚴經
東晋天竺三藏佛陀跋陀羅等譯

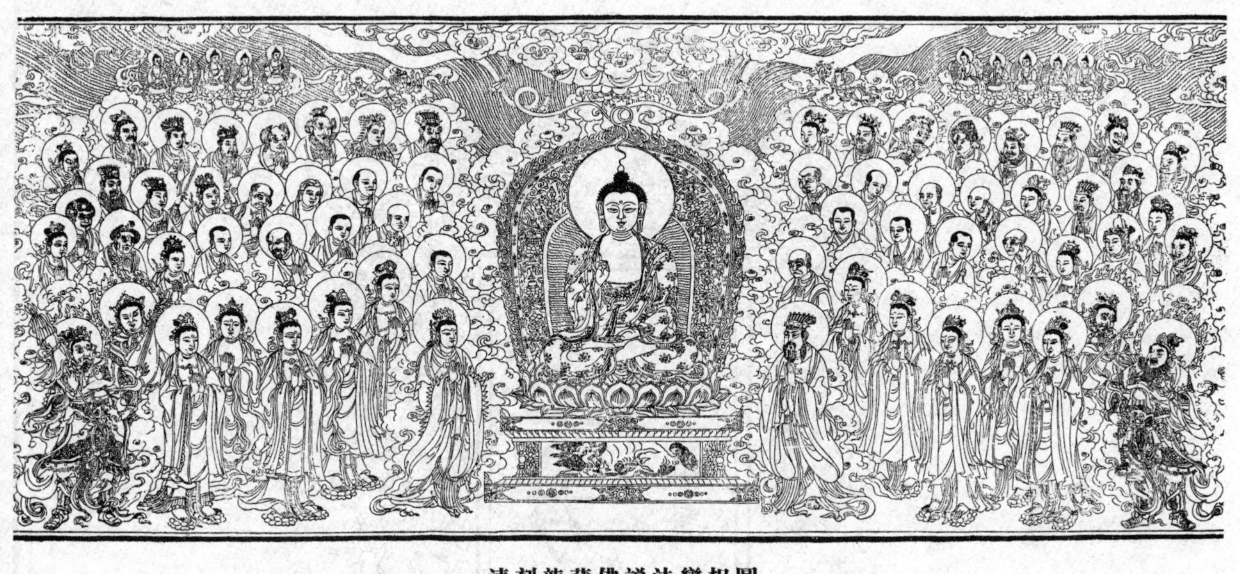

清刻龍藏佛說法變相圖

大方廣佛華嚴經卷第一

東晉天竺三藏佛陀跋陀羅等譯

世間淨眼品第一之一

如是我聞一時佛在摩竭提國寂滅道場始成正覺其地金剛具足嚴淨衆寶雜華以爲莊飾上妙寶輪圓滿清淨無量妙色種種莊嚴猶如大海寶幢幡蓋光明照耀妙香花鬘周帀圍遶七寶羅網彌覆其上雨無盡寶顯現自在諸雜寶樹華葉光茂佛神力故令此場地廣博嚴淨光明普照一切奇特妙寶積聚無量善根莊嚴道場其菩提樹高顯殊特清淨瑠璃以爲其幹妙寶枝條莊嚴清淨寶葉垂布猶如重雲雜色寶華間錯其間如意摩尼以爲其果樹光普照十方世界種種現化施作佛事不可盡極普現大乘菩薩道教

佛神力故常出一切衆妙之音讚揚如來無量功德不可思議師子之座猶如大海衆妙寶華而爲嚴飾流光如雲周遍普照無數菩薩大海之藏大音遠振不可思議如來光明踰摩尼尊彌覆其上種種變化施作佛事一切悉覩無所罣礙於一念頃一切現化充滿法界如來妙藏無不遍至無量衆寶莊嚴寶臺如來處此寶師子座於一切法成最正覺了三世法平等智身普入一切世間之身妙音遍至一切世界不可窮盡猶如虛空平等法相智慧行處猶如虛空等心隨順一切衆生其身遍坐一切道場悉知一切衆生所行智慧日光照除衆冥悉能顯現諸佛國土普放三世智海光明照淨境界無量光明充滿十方不壞法雲遍覆一切以力無畏顯現無量自在力光開方便門教化衆生悉能普現一切衆會猶如虛空而無來去了達一切無有自性隨順諸法平等之相一切光明普現三世諸佛所行諸佛世界猶如大海不可思議音聲語言悉能隨順與十佛世界微塵數等大菩薩俱其名曰普賢菩薩普德智光菩薩普明師子菩薩普勝寶光菩薩普德海幢菩薩普慧光照菩薩普寶華幢菩薩普勝濡音菩薩普淨德炎菩薩普相光明菩薩大光海月菩薩雲音海藏菩薩德寶勝月菩薩淨慧光炎自在王菩薩超趣華光菩薩無量智雲日光菩薩大力精進金剛菩薩香炎光幢菩薩月德妙音菩薩光明尊德菩薩與如是等諸菩薩俱皆是盧舍那佛宿世善友一切成就功德大海諸波羅蜜周滿普照慧眼清

淨等觀三世於諸三昧具足明淨辯才大海深廣無盡普現諸佛功德光曜善知一切衆生心行如應調伏以金剛智普照境界同一法性覺慧廣大甚深智境靡不明達住於一地普攝一切諸地功德無上智願皆已成滿具足如來深廣密教悉得一切佛所共法皆同如來行地德力入於一切三昧海門皆得自在於衆生海如應示現隨其所行善能建立善入一切諸法之海迴轉總持如來一切功德法海充滿其身遍遊一切佛世界海出生一切淨土願海悉得諸佛逹未來際方便智慧一切如來坐道場者普能往詣禮事供養悉得一切普賢願海於諸衆生智身滿足復有佛世界微塵數金剛力士其名曰堅固光曜力士日光曜力士須彌華力士淨雲音力士阿脩羅王力士勝光明力士樹音聲力士師子王力士淳厚光藏力士珠髻華光力士與如是等諸力士俱已於阿僧祇劫發大誓願侍衛諸佛佛願行處皆已具足無量功德皆已清淨悉行深廣三昧境界無量神力佛所遊處無不遍至皆悉能行不可思議解脫境界處一切衆其身殊特無能映蔽隨諸衆生所應度者能現其身如應化之復有佛世界微塵數諸道場神其名曰淨莊嚴神寶積光明神吼音聲神雨衆華神莊嚴寶光神善超香神金色雲神樂華樹神莊嚴光神與如是等道場神俱皆於先佛造立願行復與佛世界微塵數諸龍神俱其名曰摩尼光龍雜莊嚴龍喜寶光龍淨身光龍香莊嚴龍寶目光龍如是一切皆於過去不可思議阿僧

祇劫常爲如來莊嚴法堂復與佛世界微塵數諸地神俱其名曰淨華光神善思光明神雜華莊嚴神散寶炎神隨時樂觀神金眼勝神毛孔散香神應時和音神如是一切皆同德本於過去佛所普修願行復與不可思議諸樹神俱其名曰雜華雲神雜種光神淨勝光神垂莊嚴神莊嚴光神樂和音神普勝等神華果味神如是一切皆悉成就大喜普照復與無邊藥草神俱其名曰光炎神栴檀香神淨光神普稱神普力神普淨神普光神愛香神勝現神如是一切皆悉成就大悲普照復與無量諸穀神俱其名曰勝味神華淨神善力神勢味神根果神淨華神樂淨神淨光神如是一切大喜成就復與無量諸河神俱其名曰普流神勝洄澓神洪流聲神養水性

神淨海光神普愛神妙幢神勝水神海具光神如是一切常能精勤利益衆生復與不可思議諸海神俱其名曰寶勝光明神金剛慧神普涌浪神雜華龍勝神寶華光明神須彌莊嚴神海音聲神如是一切以佛無量功德之海而自充滿復與無量阿僧祇諸火神俱其名曰熾然光藏神熾然光輪神廣明曜神無盡神雜寶勝神照除諸冥神炎雲光明神如是一切悉爲衆生照除闇冥復與無量諸風神俱其名曰無礙照明虛空神遍超勝神散須彌神炎淨味神淨除味神發行大音神樹峯華林神持世界神如是一切皆能和合衆生令不分散復與無邊虛空神俱其名曰普光淨勝神無邊深廣神起風神離一切障神廣超神無對光炎神無礙力勝神最上妙

音神示現十方神如是一切心皆無垢堅固淨妙復與無量主方神俱其名曰善住神充滿神無量現光神光莊嚴神普轉漸行神不惑轉神淨遊虚空神普行世間神行甚深神如是一切皆能善照一切衆生復與無量主夜神俱其名曰妙光神淨光神善觀衆生神靜時堅固神方便勝具神生一切樹果神無盡眷屬神主知樂淨遊戲神和諍神淨福具神如是一切於助道法深重愛樂復與無量主晝神俱其名曰現宫殿神善解安立戰場神樂莊嚴普勝神善華香神普集勝藥神樂見王神淨目高顯普勝神大悲豔光神光明善照神普勝垂華神如是一切皆悉信樂正法莊嚴復與無量阿脩羅神俱其名曰羅睺羅王毗摩質多王睒婆利王明月王金剛堅錦王大智慧力王勝集天女王如是一切悉能降伏憍慢放逸復與無量迦留羅王俱其名曰大勇猛力王無畏寶結王勇猛淨眼王不退莊嚴王持大海光主持法堅固王勝根光明王充滿普現王普遊諸方王普眼等觀王如是一切成就方便廣潤衆生復與無量緊那羅王俱其名曰善慧王善幢王雜華行王離愛慢音王寶樹光明王善愛現王莊嚴光王善華幢王勝地王勝慧王如是一切普於衆生精勤勸發能使樂法復與無量摩睺羅伽王俱其名曰善慧王淨端嚴音王衆妙慧聚王燈幢王猛光王師子香熏王雜瓔珞音王堅固樂明王如是一切普爲衆生除諸疑網復與無量鳩槃茶王俱其名曰毗樓勒王善修幢王足平鮮白王能除恐怖王淨須

彌林王無量淨眼王無量目門王如是一切皆悉修習無礙法門復與無量鬼神王俱其名曰毗沙門王大音聲王淨地王大主王炎眼王堅固眼王莊嚴勝軍王大富淨身王須彌力王如是一切普能勤護一切衆生復與無量月身天子俱其名曰月天子曜華天子勝流莊嚴天子樂諸世樂天子眼光天子淨光天子普遊靜光天子星宿王天子淨覺天子端嚴善光天子如是一切勤以智慧普發衆生無上寶心復與無量日天子俱其名曰日天子眼炎光天子須彌光勝天子淨寶眼天子勇猛不退天子妙華鬘光天子寶覺天子明眼天子勝地童天子普勝光天子如是一切皆悉成就清淨善根常欲饒益一切衆生復與無量三十三天王俱其名曰釋提桓因天王普稱滿天王髻目天王寶光稱天王樂喜天王樂念天王勝音天王淨華天王如是一切悉皆具足清淨善業能令衆生生淨妙處復與無量夜摩天王俱其名曰善時天王無盡智天王妙善化天王樂樂炎天王須彌光天王不思議慧天王齊輪天王不思議天王月婆顏天王普莊嚴天王如是一切皆悉勤修出生歡喜信樂知足復與無量兜率天王俱其名曰善喜天王海樂天王勝德天王百光明天王善眼天王寶山月天王超勇月天王金剛善曜天王樂超天王如是一切皆悉成就念佛三昧復與不可思議化樂天王俱其名曰善化天王淨光天王最上雲音天王妙色莊嚴天王樂智慧天王華光月天王照方天王如是一切皆悉成就寂靜法門

調伏衆生復與無量他化自在天王俱其名曰自在轉天王善眼天王雜寶冠天王精進慧天王衆華香天王樂光明天王寂靜處天王雜色輪天王智慧妙光天王大力光天王如是一切普皆勤修自在正法復與不可思議大梵俱其名曰尸棄大梵智光大梵善光大梵普音大梵隨世音大梵寂靜方便妙光大梵淨眼光大梵柔輭音大梵如是一切悉具大慈度脫衆生照除熱惱清涼柔輭復與無量光音天子俱其名曰樂光天子淨光天子大音天子樂淨音天子善思音天子解脫音天子深妙音天子無垢光天子最高淨光天子如是一切安住喜光寂靜法門復與阿僧祇遍淨天俱其名曰淨智王天現勝天寂勝天須彌時天念淨眼天無上愛光天世慧音天智慧熾然天樂法化心天化高天如是一切常念衆生安住廣樂復與無量果實天子俱其名曰法華光天淨堅固天慧光天智慧王天普門慧眼天不轉愛天無垢淨光天淨曜天如是一切皆悉善住寂靜意門復與摩醯首羅天等無量淨居天俱其名曰善光天大主天大稱光天功德淨眼天大智慧光天不動光音天善施眼天樂大乘天普音聲天樂稱光天如是一切已備無相平等法界悉在如來大衆海數於一切衆生悉行平等無量妙色皆已成就於十力中能善安住處一切衆而不傾動隨所至方無能壞者如來所乘常現在前離煩惱障其心清淨諸結使山皆已摧滅覩佛姿顔無量妙色光明普照所以者何如來往昔於無量劫行菩薩道時

以四攝法善攝衆生於諸如來集諸善根種種因緣方便教化立如來道深植無量如來善根皆令安立一切智道逮得無量功德勢力皆悉成就如來願海菩薩所行具足清淨各隨本行皆得出要悉由如來光明照故乘解脫力入如來海於佛法門悉得自在善海摩醯首羅天於法界虛空寂靜方便光明法門而得自在大自在稱光明天於一切法普遊法門而得自在功德淨眼天於一切法不生不滅方便法門而得自在大慧光天於一切法方便智海遊光法門而得自在靜光音天於一切禪無量喜樂普起法門而得自在施善眼天於轉癡畏遊靜法門而得自在不思議天於無量境界入不起法門而得自在樂大乘天於一切法不來不去無所依住法門而得自在普雜音天於佛境界寂靜法門而得自在樂稱光天於無量境界法門而得自在爾時善光海大自在天以如來神力故觀察一切自在天衆以偈頌曰

無盡平等妙法界　悉皆充滿如來身
無取無起永寂滅　爲一切歸故出世
諸佛法王出世間　能立無上正教法
如來境界無邊際　世間自在稱無上
佛難思議無倫匹　相好光明照十方
大聖世尊正教導　猶如淨眼觀明珠
一切世間衆生類　不能思議佛功德
消滅一切愚癡闇　超昇無上智慧臺
如來功德難思議　衆生見者煩惱滅
得見不動自在尊　能生無量悅樂心
衆生大海癡蔽心　爲現寂靜微妙法

能然無上智慧燈　是則方便眞淨眼
如來清淨妙色身　悉能顯現遍十方
此身非有無所依　如是見佛眞實觀
如來音聲無罣礙　應受化者無不聞
湛然不動無徃返　是名善慧樂法門
一切十方無邊佛　寂靜法門天人主
如來光明靡不照　是莊嚴幢妙法門
佛於無邊諸劫海　常求正覺悟衆生
無量方便化一切　清淨廣稱如是見

復有樂業光明天王於觀一切衆生諸根法雲法門而得自在淨堅固天於一切佛妙色方便念觀法門而得自在樂業天王於一毛孔見不思議諸佛國土境界法門而得自在普門慧眼天於入普門觀察法界法門而得自在不轉愛天於轉一切衆生處處受生法門而得自在善慧光天於入一切世間境界不可思議法門而得自在無垢淨光天於一切衆生一切法中出要法門而得自在無垢光天於受化者能使入佛境界法門而得自在爾時樂業光明天王承佛神力觀察一切果實天衆以偈頌曰

一切佛境界　甚深難思議　諸餘衆生類
莫能測量者　如來善開導　無量諸群生
能令悉願樂　志求無上道　佛以神通力
住世普開化　一切衆生類　各隨其所聞
癡惑障永除　慧命淨無穢　能覩諸如來
衆妙淨法海　諸法眞實相　寂滅無所依
如來方便力　能爲衆生現　如來於諸法
無性無所依　而能現衆像　顯相猶明燈
以諸緣譬喻　方便隨所樂　爲現諸如來

智慧神通力　因悟各異門　無量難思議
爲建正法幢　令入功德海　如來神通力
能於一毛孔　各爲衆演説　無上寂滅法
一一諸如來　各爲其眷屬　顯法無量門
功德之大海　皆悉師子吼　演説諸佛法
是則大智尊　無上方便力　十方諸佛土
一切群生類　悉能爲彼現　如來之正法
如來未曾有　去來之異相　皆令彼歡喜
不退慧境界　如來爲衆生　普現業報相
猶若日光照　衆像靡不現　又爲彼衆生
演説寂滅法　令彼見真實　甚深智慧處
如來自觀察　甚深微妙義　隨彼衆生根
普雨甘露法　爲開諸法門　無量難思議
悉歸入寂滅　平等真實觀　無數無量劫
廣修習大悲　逮成等正覺　度脱群生類

普雨甘露法　隨器皆充滿　如龍興慶雲
等雨於一切

復有淨智天王於觀衆生善根法門而得自在顯妙天王於一切有覺照法門而得自在勝妙天王於總持辯才法門而得自在音燈天王於樂佛出世解脱法門而得自在智炎天王於一切衆生甚深法中能生歡喜法門而得自在樂化天王於化菩薩功德周備入無盡法門而得自在踊化天王於普觀無量苦惱衆生慈悲智滿法門而得自在爾時淨智天王承佛神力普觀遍淨天衆以偈頌曰

諸佛正法無障礙　周滿十方無量衆
現佛境界難思議　離垢法門無量海
如來處世無所依　法身清淨無起滅
而能照現無量土　一切悉見天中天

無量劫海修方便　光明普照十方界
清淨法界如如住　寂滅微妙最無上
衆生愚癡瞽心目　無限輪迴生死中
如來導以清淨道　開示無上最勝門
如來所乘無上道　一切衆生莫能思
佛現一切妙色門　善念樂觀淨眼見
佛說微妙總持門　如一切刹微塵等
調伏一切衆生故　清淨慧明能照見
如來出世甚難值　無量億劫時一遇
離諸難處適衆會　唯佛世尊能應時
一切衆生難思議　佛能悉現淨妙法
覩見如來無量德　猶如明照見衆像
三世諸佛所得法　教化衆生難思議
悉觀念此功德已　樂法踊躍大歡喜
衆生沒在煩惱海　愚癡邪濁大恐怖
佛以慈悲究竟度　見淨境界如天幢
佛放無量大光明　一一光明無量佛
無數方便皆悉現　化度一切衆生類

復有愛樂天子於寂靜愛樂滅衆生苦法門而得自在妙雜光天於諸衆生心淨離垢廣修德海法門而得自在自在音天於一切衆生一劫所修功德於一念中出生法門而得自在勝念智天於世間生住滅種種清淨功德法門而得自在淨樂音天於一切菩薩在兜率宮廣說供養法門而得自在善思音天於一劫中說諸地義以一念頃悉能受說法門而得自在解脫光音天於莊嚴道場法門而得自在甚深音天於無盡神足諸功德海法門而得自在離垢稱天於一切佛諸功德海境界法門而得自在出淨光天於過去諸

佛願力所持歡喜功德力藏法門而得自在

爾時光音天子承佛神力遍觀光音天衆以偈頌曰

我憶如來過去行　我行供養亦憶念
如本所修清淨意　佛光明故今悉見
如來無垢莊嚴身　增長衆生清淨心
安住慈悲喜地中　是名莊嚴淨法門
如來廣大方便法　無量劫海所修習
彼生滅法如如相　法主音聲方便門
如來神力遍十方　普照無量諸佛刹
十方諸佛皆悉現　勝念方便滅愚癡
無量刹海塵數佛　供養恭敬生歡喜
故能斷除群生闇　是名妙音勝境界
無量劫海甚彌曠　說方便地無倫匹
所演妙法無窮盡　心方便門得自在
如來無量自在力　於念念中普示現
降神成道權無量　是則名爲妙法門
佛持深廣無與等　神足示現不可量
能令諸根悉清淨　得住甚深微妙地
如來智慧無邊際　行淨無比無罣礙
普見一切兩足尊　無上離垢稱方便
於過去世菩薩時　供養無量諸佛海
立大誓願難思議　是故逮得無上智

復有尸棄大梵天於照現諸法入不思議法門而得自在智光明梵於一切禪等觀寂靜善住法門而得自在智光心梵於照諸法不可思議入方便法門而得自在普音雲梵於一切佛妙音聲海平等度入法門而得自在應時音梵於攝伏衆生最勝法門而得自在寂靜光梵於一切刹能起安住分別諸法法

門而得自在喜光梵於無量方便化衆生法門而得自在堅固梵於諸法淨相住寂行法門而得自在樂目光梵於一切有無來無去無所依止勇猛法門而得自在柔輭音梵於無盡法隨行普照法門而得自在爾時尸棄大梵承佛神力遍觀一切諸大梵衆以偈頌曰

佛身清淨常寂然　普照十方諸世界
寂滅無相無照現　見佛身相如浮雲
一切衆生莫能測　如來法身禪境界
無量方便難思議　是智慧光照法門
一佛刹塵諸法海　一音演說悉無餘
此辯塵劫演不盡　是名光照心法門
如來妙音深滿足　衆生隨類悉得解
一切皆謂同其語　梵音普至最無上
十方三世佛所得　一切菩薩方便行
悉於如來身中現　而於佛身無分別
佛身如空不可盡　無相無礙普示現
所可應現如幻化　神變淨音靡不周
佛身無邊如虛空　智光淨音亦如是
佛於諸法無障礙　猶如月光照一切
法王安住妙法堂　法身光明無不照
法性如實無異相　是名樂音海法門

復有自在天王於教化無量衆生藏法門而得自在善眼光天於諸衆生得最上樂法門而得自在雜寶冠天於解衆生無量性欲方便法門而得自在精進善慧天於衆生分別義法門而得自在勇妙雜音天於諸衆生慈念觀察法門而得自在光明樂幢天於諸衆生超出魔事法門而得自在淨境界天於諸

衆生念化法門而得自在雜色輪天於念充滿十方諸佛法門而得自在智華妙光天於佛功德自在覺悟充滿念隨順法門而得自在大力光天於離世間境界法門而得自在

爾時自在天王承佛神力遍觀一切自在天衆以偈頌曰

如來法身等法界　普應衆生悉對現
如來法王化衆生　隨順諸法悉調伏
世間一切上妙樂　聖寂滅樂爲最勝
無垢妙法如來室　清淨勝眼如實見
如來普照諸世間　疑地枯林降法雨
衆生蒙潤疑網除　是寶冠幢妙法門
如來所演一妙音　廣大法海說無餘
佛以一音遍十方　是名勝勇善法門
一切十方諸佛土　入佛一毛猶不滿
佛以大慈如虛空　是名清淨慧法門
一切衆生慢高山　佛以十力碎無餘
佛慈光明照十方　是名光幢妙法門
得覩如來滅癡惑　淨見智慧悉充滿
永離惡趣諸恐怖　是名寂境妙法門
如來毛孔悉放光　隨其所應得聞法
普導衆生至善趣　是名善幢妙法門
一切十方諸佛事　此衆一切悉得見
如來法界滿虛空　是名淨華勝法門
無量劫海諸佛國　皆是最勝慧境界
如來於此無高心　是大力幢妙法門

復有善化天王於一切法分別化法門而得自在靜光時天於觀一切有及我眞實法門而得自在化力光天於諸衆生離癡智慧滿足法門而得自在雜勝天於諸佛音聲發起

一切歡喜勇猛法門而得自在念光天於一切佛相好功德具足無盡法門而得自在踊雲音天於淨智慧次第憶念過去無量劫法門而得自在淨光勝天於一切衆生長養種種功德智慧法門而得自在樂光髻天於一切空界結跏趺坐無礙法門而得自在樂智慧天於一切方便境界無盡力法門而得自在華光髻天於諸衆生業行苦樂等觀法門而得自在爾時善化天王承佛神力遍觀化樂天衆以偈頌曰

法身於世難思議　如來普現應衆生
緣性無造非眞實　行業莊嚴現世間
方便求佛無所有　攬之十方不可得
法身示現無眞實　出生自在如是見
無量劫海修諸行　斷除衆生愚癡冥
如來智慧甚清淨　是名佛慧除癡力
一切世界妙音聲　悉無能及如來音
一音遠振遍十方　是名勝音妙法門
一切衆生諸功德　不及如來一相福
佛德如空無邊際　是名生光妙法門
三世無量劫中事　世界成敗種種相
於一毛孔悉能現　是名清淨無上智
求空邊際猶可得　佛一毛孔無崖限
佛德如是不思議　是名如來淨知見
佛於先世無量劫　具滿一切波羅蜜
勤修精進無猒怠　是名樂見淨法門
行業因緣難思議　佛爲衆生說無餘
普現諸法淨無穢　是名無上深法門
觀見如來一毛孔　一切衆生悉入中
衆生亦無往來想　是名諸方照法門

大方廣佛華嚴經卷第一

音釋

罣礙罣古賣切罣礙罥也　濡而兖切濡音菩薩名也　洄澓洄戶恢切澓房六切洄澓水漩流也　豔以贍切　睒失冉切　毗樓勒梵語也亦云毗流離此云增長毗頻彌切　摩醯首羅梵語也此云大自在醯馨夷切　摧徂回切折也挫也

大方廣佛華嚴經卷第二

東晋天竺三藏佛陀跋陀羅等譯

世間淨眼品第一之二

復有兜率天王於成就諸佛轉法輪法門而得自在樂寶髻天於虛空界淨光法門而得自在勝幢天於廣願海入諸衆生寂靜法門而得自在百光明天於一切法無量無相觀行法門而得自在超踊月天於佛境界超踊覺力法門而得自在勝眼光天於喜修習不可沮壞菩提心法門而得自在宿莊嚴天於諸十方佛調伏衆生方便法門而得自在樂靜妙天於無邊心海念念迴向隨器普現法門而得自在爾時兜率天王承佛神力遍觀兜率天衆以偈頌曰

如來普周等法界　爲垢衆生出現世
隨諸所欲爲說法　是名無上勝法王
如來宿世無量行　清淨願海具足滿
一切諸法悉周備　是名方便勝功德
如來法身不思議　法界法性辯亦然
光明普照一切法　寂靜諸法皆悉現
衆生癡闇結業障　高心放逸馳境界
如來爲說寂滅法　歡喜善樂悉能見
一切世間最上歸　救護群生除衆苦
衆生樂觀無上尊　猶如滿月顯高山
諸佛境界不思議　一切法界亦如是
於諸法力悉究竟　定慧方便皆成就
清淨境界功德海　一切衆生有緣者
聞佛功德發菩提　消除塵垢成最勝
如世界海微塵數　諸佛子等悉來集
供養如來聽受法　悉覩法幢方便王

復有夜摩天王於諸衆生離憂迴向善根法門而得自在悅樂光天於諸境界法門而得自在無盡慧天於離諸患具大慈悲法門而得自在淨莊嚴天於分别諸根法門而得自在持須彌天於無量總持照明法門而得自在不思議慧天於諸境界業行眞實不思議法門而得自在齊輪天於轉法輪調伏衆生法門而得自在不思議光天於衆生界勝眼普觀法門而得自在月姿顏天於諸法實普現法門而得自在普音遍觀天於諸天衆所應施作心淨法門而得自在爾時夜摩天王承佛神力遍觀夜摩天衆以偈頌曰

佛於無量大劫海　生死煩惱永已盡
能教衆生清淨道　佛爲一切智慧燈
如來法身甚彌曠　周遍十方無涯際
智慧光明方便力　寂滅禪樂亦無邊
生老病死憂悲苦　毒害逼切惱衆生
爲斯等類起慈悲　以無盡智示菩提
如來智慧隨順覺　了達三世無障礙
一切善行悉了知　是名樂化明法門
無量總持無邊際　如來辯海無窮盡
能轉清淨妙法輪　是名須彌總持門
無上大聖一妙身　應化周滿一切世
悉現一切衆生前　是名善光勝境界
衆生一見如來身　悉能斷除衆煩惱
遠離一切諸魔事　是名清淨妙境界
佛於一切大衆海　處此衆會悉遍照
普爲衆生雨法雨　是名普音稱法門

復有釋提桓因於三世佛出興住滅決定大智念喜法門而得自在普稱滿天於衆生色

如來色身諸功德力清淨法門而得自在慈眼天於平等慈雲蔭覆法門而得自在寶光稱天於衆光色具足念佛普勢法門而得自在樂喜髻天於觀衆生業報法門而得自在須樂念天於諸佛國土具淨法門而得自在須彌勝音天於觀世間生滅法門而得自在念智慧天於起當來菩薩諸行化衆生因起念法門而得自在淨華光天於一切天娛樂法門而得自在慧日眼天於諸天處教化流通善根法門而得自在爾時釋提桓因承佛神力遍觀三十三天衆以偈頌曰

若念一切三世佛　廣能觀察佛境界
諸佛國土成敗事　以佛神力皆悉見
佛身清淨滿十方　妙色無比應一切
光明照曜最殊特　具足廣稱如是見
本修方便大慈海　充滿一切諸衆生
悉能調伏一切衆　開清淨眼見無極
念佛功德無量故　得生廣大歡喜心
世間無與如來等　離垢稱王住法門
清淨業海滿衆生　一切悉見無有餘
種種因起深廣福　如是善見猶滿月
諸佛充滿遍十方　一切衆生無不見
既得見已悉調伏　皆得無上方便念
如來智身明淨眼　周遍一切十方刹
悉令衆生皆覩見　妙音宣化無不解
佛一毛孔現衆行　佛子見已具修習
具足成就無量德　如是善慧猶滿月
一切衆生得悅樂　皆因如來神力生
如來無量功德故　是名無垢雜華門
若能須臾念如來　乃至一念功德力

永得遠離衆惡趣　智慧日光滅癡闇

復有日光天子於照十方諸衆生身盡未來際正住莊嚴法門而得自在眼炎光天於照諸色無上智海法門而得自在須彌光天於起衆生轉勝清淨功德法門而得自在淨寶月天於樂度一切苦行法門而得自在勇猛不退天於無障礙普照法門而得自在妙華光天於淨日光照衆生身法門而得自在勝光天於光照世間積集功德法門而得自在寶髻天於衆寶海現種種色境界法門而得自在明眼天於一切趣開清淨眼觀法界藏法門而得自在勝地天於諸衆生淨乘法門而得自在爾時日光天子承佛神力遍觀日光天子衆以偈頌曰

佛慧光明無邊際　普照十方無量土
令一切衆面覲佛　種種方便化衆生
衆生大海廣無量　悉能具足知其心
開發衆生智慧海　善勝光明如是見
如來普爲出興世　遍照十方悉無餘
如來法身無等等　以無上智演說法
無數劫海諸有中　難行苦行爲衆生
是故淨光如虛空　妙身顯現猶滿月
佛演妙音無障礙　周遍十方悉無餘
分別廣演一切法　因緣方便具足說
放大光明不思議　十方世界悉明淨
令人歡喜發道意　是名莊嚴勝法門
一切世間諸光明　不及佛身一毛光
佛光微妙難思議　最勝能現此神變
一切諸佛法如是　各坐十方道樹下
爲衆分別道非道　清淨妙眼如是見

癡冥衆生盲無目　爲斯苦類開淨眼
爲彼示現智慧燈　得見如來清淨身
方便自在無倒惑　悉應堪受一切供
漸教開示解脱道　是名淨眼方便地
於一法門説無邊　無數劫中廣敷演
分別深遠清淨義　是名周遍妙法門

復有月天子於調伏衆生普照法界法門而得自在耀華天於普觀攝一切諸法境界法門而得自在勝光莊嚴天於諸衆生心海境界皆悉令轉法門而得自在雜樂世間天於能生一切不可思議愛樂法門而得自在眼光天於令衆生實見法門而得自在現淨光天於大慈悲救護一切苦惱衆生法門而得自在普遊靜光天於無癡淨月法門而得自在妙莊嚴天於觀諸法如幻如化空無法門而得自在淨菩提天於善解一切業行所趣法門而得自在大光炎天於滅諸天疑照度法門而得自在爾時月天子承佛神力遍觀月天子衆以偈頌曰

普於衆生放大光　十方國土見如來
照除一切愚癡闇　明了不可思議法
佛界無邊不可盡　無量劫中集功德
種種方便妙法門　調伏一切衆生類
如來智慧甚深遠　知他無量諸心海
隨順爲轉淨法輪　令生無量歡喜心
衆生遠離賢聖樂　没在世間無量苦
佛與斯等清淨法　心得悦樂安隱住
如來普放大光明　分別世間諸法相
罪福報應不敗亡　清淨光天如是見
佛是一切衆生地　能持無量善果報

悉令衆生離邪道　善能安立方便地
大慈悲雲靡不覆　佛身難思等衆生
普雨法雨潤一切　是佛第一上方便
一切有無性如空　佛是衆生大光明
常勤方便利一切　最勝清淨如是見
復有持國乾闥婆王於攝一切衆生娱樂方便法門而得自在樂樹光乾闥婆於佛功德莊嚴法門而得自在起淨眼乾闥婆於衆生離憂喜法門而得自在華樹乾闥婆於滅結使法門而得自在樂遊行乾闥婆於調伏悕望法門而得自在妙眼乾闥婆於一切樂喜光藏正住法門而得自在師子幢乾闥婆於一切方雨寶法門而得自在寶光解脱乾闥婆於現一切妙身廣智法門而得自在金剛樹乾闥婆於長養諸樹喜光法門而得自在現諸莊嚴乾闥婆於一切佛諸境界行悉令衆生愛樂法門而得自在爾時持國乾闥婆王承佛神力遍觀乾闥婆衆以偈頌曰

如來境界無量門　一切衆生莫能思
世尊清淨如虛空　開示衆生見正道
如來無量功德海　一一毛孔悉得見
能令一切隨意樂　清淨悦樂如是見
衆生無量憂苦海　佛能除滅悉無餘
佛以大慈多方便　能開衆生清淨眼
諸佛刹海滿十方　如來光明悉遍照
能除衆生煩惱垢　演説甚深清淨法
佛於無量諸劫海　方便廣修淨國土
以一切智無上音　安慰無邊衆生類
樂見如來普清淨　衆生悉得無盡樂
隨順能起解脱因　得解脱冠心歡喜

愚癡障蓋甚堅固　衆生輪轉生死海
如來示現廣大法　演說清淨建法幢
一切衆生無量門　如來爲現種種形
多方便門照衆生　愛音如來如是現
如來方便無邊際　善逝具足廣開現
入最勝道方便行　金剛樹下成正覺
以無量劫爲一念　佛力能現亦不動
能與衆生一切樂　是名樂見方便門

復有毗樓勒鳩槃茶王於能滅一切鬬諍法門而得自在長燈照光鳩槃茶於一切行現前法門而得自在善修幢鳩槃茶於專正諸趣法門而得自在饒益諸行鳩槃茶於善惡平等清淨法門而得自在除恐怖鳩槃茶於一切衆生無畏安隱莊嚴法門而得自在淨娑羅林鳩槃茶於除滅無量衆生愛海熾然法門而得自在起須彌鳩槃茶於一切趣照明雲法門而得自在常勤鳩槃茶於普照法門而得自在無量淨眼鳩槃茶於起不退轉大慈藏法門而得自在無量門鳩槃茶於起一切起所作法門而得自在爾時毗樓勒鳩槃茶王承佛神力遍觀鳩槃茶衆以偈頌曰

如來忍力成滿足　無量劫行爲衆生
離放逸慢諸煩惱　故佛身淨照十方
昔行菩薩諸行海　調伏十方無量衆
種種方便起慈門　令衆生得一切智
如來智慧濟群生　悉分别知衆生心
無量自在調衆生　一切見者皆歡喜
佛神力境難思議　於當來世一切劫
轉實法輪猶虛空　無量衆生得淨眼
衆生癡垢翳心目　如來照除見正道

救濟永離無量苦　令無恐怖得淨智
衆生没在愛苦海　如來智照滅無餘
離欲無垢見佛身　猶如寶樹悉清淨
佛身普應無不見　種種方便化衆生
音如雷震雨法雨　是名山王慧法門
佛光無垢最清淨　照除衆生癡冥山
顯現如來無量德　無礙方便見佛身
無量劫修大悲門　悉與衆生自在樂
種種方便滅衆苦　離垢清淨如華敷
最勝現身悉周遍　於十方界無去來
自覺大聖一切現　是無量門佛能見

復有毗樓波叉龍王於一切龍趣中除滅熾然恐怖救濟法門而得自在海龍王於一念中能轉一切不可思議龍身法門而得自在雲樂妙幢龍於一切有趣轉清淨輪聞聲法門而得自在須彌普幢龍於一切衆生示大功德海法門而得自在德叉迦龍於離恐怖清淨法門而得自在無量步龍於示現一切衆生無量雲超度無量劫住壽法門而得自在炎眼善住龍於安立一切世界分别無量佛法示現方便法門而得自在離垢勢色龍於一切衆生離垢歡喜知足入方便法門而得自在普行廣聖龍於一切善惡音聲具滿平等觀法門而得自在阿那婆達多龍王於大悲雲蔭覆一切衆生離苦法門而得自在

爾時毗樓波叉龍王承佛神力遍觀龍衆以偈頌曰

觀見一切最勝法　救濟十方群生類
惡趣衆生常輪轉　以大悲力能濟拔
隨諸衆生所樂色　佛一毛孔皆悉現

神足境界無有量　佛功德海清淨現
最勝妙法無限量　譬如大海深無底
隨其所樂令得聞　妙聲柔輭發雷音
一切衆生瞋恚心　蔭蓋障覆愚癡海
如來無上大慈悲　以神足力度脫之
於如來身一毛孔　衆生功德皆悉現
入深無量功德海　須彌山幢功德現
衆生種種恐怖苦　法王智光悉救濟
最勝毛孔演妙音　無量衆生開淨眼
十方三世諸如來　於佛身中現色像
無量劫中淨佛土　是名無上大龍地
佛一毛中悉皆見　無量神變莊嚴土
佛與眷屬圍遶坐　爲衆生說微妙法
佛爲菩薩求道時　恭敬供養諸佛海
種種無量方便門　度脫一切衆生海
如來演說正法時　充滿一切衆生樂
佛音能起歡悅心　普令衆生得法喜

復有毗沙門夜叉王於平等觀方便離一切惡饒益衆生法門而得自在音主夜叉於一切普勝法門而得自在持地夜叉於能除奪衆生精氣長養一切生氣法門而得自在一切主夜叉於觀一切聖功德法門而得自在勝眼神足夜叉於觀一切衆生智慧法門而得自在堅固金剛眼夜叉於與一切衆生安樂法門而得自在護命夜叉於持力救濟法門而得自在能破須彌山夜叉於起隨順佛力法門而得自在爾時毗沙門夜叉王承佛神力遍觀夜叉衆以偈頌曰

衆生罪垢甚深重　於百千劫不見佛
輪轉生死受衆苦　爲度是等佛興世

佛爲救濟一切故　悉現十方衆生前
拔濟諸趣衆苦輪　因緣音主最方便
衆生重罪惡業障　佛以方便悉除滅
安立衆生正法中　是名離癡方便見
佛昔無量劫行時　讚歎十方一切佛
故有高遠大名稱　皆悉普聞十方國
佛慧無邊等虛空　如來法身不思議
故能顯現照十方　明淨眼王妙法門
一切衆生入邪徑　佛示正道難思議
見諸衆生堪受化　種種方便令調伏
一切衆生諸功德　不及如來一毛福
佛智慧海不可議　是名寶王如是見
無量劫數難思議　佛於是中修十力
是故世尊力具足　一切世間無能壞

復有金剛眼照力士於示現如來無量色像法門而得自在離垢日踊力士於諸佛無量色法門而得自在須彌華光力士於離垢自在種種現法門而得自在淨雲音力士於如來無邊淨音不可量法門而得自在阿脩羅主力士於一切示現種種法門而得自在金剛光樂力士於入一切佛法無餘法門而得自在雷音力士於能舉一切諸天法門而得自在師子端嚴王力士於如來功德廣照法門而得自在勝光明力士於除滅衆生惡心安立佛境法門而得自在珠髻華光力士於菩薩示現一切世間雨寶法門而得自在爾時金剛眼照力士承佛神力遍觀力士衆以偈頌曰

普爲三界一切衆　於諸法中爲法王
具足無量衆妙色　悉照十方無不明

佛身一切諸毛孔　普放光明不可議
映蔽一切日光明　遍照十方靡不周
如來大聖自在力　充滿一切諸法界
法身示現無涯際　悉現一切衆生前
佛音清淨甚深妙　普震十方諸世界
柔輭微妙和雅音　滅衆生垢願滿足
十方三界諸宫殿　最勝悉現於彼坐
一一佛所無量衆　導師處中爲說法
法海無量無有邊　衆方便門悉入中
分別一切諸法界　最勝示現無窮盡
衆生大海無邊際　最勝淨眼能度脫
如來光明照衆生　一切普見大導師
悉皆恭敬興供養　無量塵海國土佛
功德無量如虛空　一切悉見大導師
如來神力不可壞　一切佛土皆悉現

如來安坐淨道場　一切衆生現前見
光明普照如雲興　衆妙莊嚴光圓滿
普照一切諸法界　示現諸佛深妙法
是時普賢菩薩成就不可思議方便法門海能入如來無量功德海所謂出生究竟淨諸佛土調伏衆生法門詣諸佛所能起一切具足功德法門菩薩諸地願行法門普門示現法界塵數身雲法門持諸佛土不可思議方便輪法門一切衆中自在顯現無量無邊菩薩境界法門於一念中知三世劫生滅法門自在充滿無量無邊法界法門一切菩薩種分別顯現一切菩薩諸根境界海法門其身種方便廣分別法入一切智方便法門爾時普賢菩薩遍觀一切大衆以偈頌曰

最勝嚴淨　無數佛土　無量淨色　甚深功德

眞淨離垢　佛子充滿　常聞妙法　不思議音
見佛處此　師子座上　一切塵中　亦復如是
而如來身　亦不往彼　普現佛土　功德境界
悉入無量　諸地方便　佛示一切　諸菩薩行
說諸方便　不可思議　令諸佛子　入淨法界
離垢淨眼　住深法性　十方無量　無有邊際
微塵數等　諸化佛身　教導無量　衆生等類
一切十方　如來刹土　世尊皆悉　爲平等護
佛於方便　悉已清淨　調伏衆生　令除垢穢
一切塵數　諸佛國土　如來示現　無量自在
梵音和雅　遍諸道場　演暢最勝　菩薩本行
一切三世　所有劫數　於念念中　悉見無餘
觀彼生滅　如實法相　不可思議　世護能見
無量大衆　數不可盡　如來眞子　欲觀佛地
一切法門　無量無邊　非諸佛子　所有境界
離垢如來　猶如虛空　清淨無著　等眞法性
現化無量　不可窮盡　悉坐道樹　成等正覺
佛以一言　說一切地　一切法相　皆悉窮盡
無量方便　一一門中　演暢諸法　亦悉無餘

爾時於佛師子之座一切妙華摩尼寶輪高臺樓觀莊嚴具足一一各出一佛世界微塵數等大菩薩衆其名曰海慧超越菩薩無量師子吼菩薩衆寶光幢菩薩智日超慧菩薩不思議功德智稱菩薩方便寂靜妙華髻菩薩金光炎菩薩法界普音菩薩淨雲月幢菩薩善超淨光菩薩如是等一一佛世界微塵數等大菩薩衆設諸供養散衆妙華充滿虛空燒諸雜香氣過騰雲普現一切衆寶圓光又放無量淨日光明作衆伎樂諸微妙音雜種寶樹枝葉華實一切光明猶若雲起雨無

量寶如是一一菩薩所供養具各與一佛世界微塵數等一一供具復與一佛世界微塵數等皆大歡喜供養世尊遶百千帀已隨其所應供養大衆猶如雲雨而無斷絕隨所出方化作寶蓮華藏師子之座恭敬向佛結跏趺坐彼菩薩等悉得無量清淨法海普明法門於佛境界無所障礙悉入一切辯才法海又得不可思議照明法門正住如來普門境界三世智地皆已得入具足成就大力法愛無量功德清淨圓滿常行法界畢竟空性悉已具足供養諸佛爾時一切海慧自在智明王菩薩以偈頌曰

佛覺諸法　平等眞實　無有障礙　淨如虛空
普悉照明　十方世界　處一切衆　最勝殊特
自然正覺　無量無邊　充滿十方　衆生境界
一切悉坐　菩提樹王　諸衆生主　皆悉圍遶
佛有如是　自在神力　於一念頃　現無量身
普令衆生　滅除垢穢　如來境界　無有邊際
無量劫海　具足修行　如來處在　一切有海
種種方便　調伏衆生　皆悉受行　最勝正法
衆會離垢　普得清淨　一切觀佛　深樂無猒
最勝妙相　莊嚴具足　處蓮華藏　寶師子座
一切衆寶　諸莊嚴具　皆出無量　微妙香熏
雜色華鬘　懸布虛空　佛處如是　寶師子座
無量衆寶　流出妙光　暉炎清淨　十方明耀
如來安住　莊嚴樓觀　演出清淨　微密梵音
宣暢最勝　無上正法　聞者歡喜　得淨妙道
金剛承座　安峙堅固　如意藏寶　以爲莊嚴
寶髻菩薩　常守護之　世尊於此　普現照明
天尊處在　寶師子座　遍照三世　一切導師

無量化佛 遍滿十方 闡揚如來 無盡法藏

爾時佛神力故蓮華藏莊嚴世界海六種十八相震動所謂動遍動等遍動起遍起等遍起覺遍覺等遍覺震遍震等遍震吼遍吼等遍吼涌遍涌等遍涌又令一切世界諸王各雨不可思議諸供養具供養如來大衆海會所謂雨一切香華雲衆妙寶雲雜寶蓮華雲無量色寶曼陀羅雲解脫寶雲碎末栴檀香雲清淨柔輭聲雲寶網日雲各隨其力雨衆供養如是等一一世界諸王設不可思議諸供養雲普供一切如來大衆如此世界設衆供養一切十方諸佛國土亦復如是此世界中佛坐道場世界諸王各隨所樂境界三昧諸方便門歡喜猒離通達諸方勇猛之法如來境界神力所入諸佛無量法海之門皆已得度如此世界十方一切世界亦復如是

大方廣佛華嚴經卷第二

音釋

沮壞 沮慈吕切遏也壞古瞶切毀之也 峙 池爾切山立貌

大方廣佛華嚴經卷第三

東晉天竺三藏佛陀跋陀羅等譯

盧舍那佛品第二之一

爾時諸菩薩衆及一切世界諸王咸作是念何等是一切諸佛地佛境界佛持佛行佛力佛無畏佛三昧佛自在佛勝法示現菩提佛眼耳鼻舌身意諸根佛光明音聲佛智海世界海衆生海法界方便海佛海波羅蜜海法門海化身海佛名號海佛壽量海一切菩薩所修行海發大乘心出生諸波羅蜜願智慧藏唯願如來慈悲方便發起我心令得開解時諸菩薩佛神力故一切供養具中出自然音而說偈言

如來無量曠劫行　自然正覺出世間
於當來世無量劫　身應一切如大雲
斷衆生疑永無餘　出生勝力得解脫
滅除世間無量苦　令一切得正覺樂
無量刹塵諸菩薩　一心合掌觀最勝
隨彼所願諸境界　斷除疑惑開法門
何等一切諸佛地　大聖境界佛護持
佛無上智力無畏　願爲佛子平等現
無量如實諸三昧　諸清淨行深妙法
大聖神力無有邊　與大雷雲雨衆生
悉入法王如實趣　於最勝境不退轉
及無量佛諸功德　願起慈悲悉令見
如來眼根無限量　耳鼻舌身亦如是
佛意如實難思議　願令衆生悉知見
佛國土海衆生海　諸法界海調伏海
佛海無量無邊際　願令佛子平等見
波羅蜜海不思議　無上方便法門海

無量無邊法門海　願在道場具足説

爾時世尊知諸菩薩心之所念即於面門及一一齒間各放佛世界塵數光明所謂寶幢照光明法界妙音莊嚴光明生樂垂雲光明佛十種力嚴淨道場光明一切寶炎雲光明清淨無礙充滿法界光明能成一切世界光明淨寶金剛日幢光明往詣菩薩大衆光明演出諸佛語輪光明如是等一一光明各有佛世界塵數光明以爲眷屬一一光明照十佛土微塵等刹彼諸菩薩見此光已得覩蓮華藏莊嚴世界海佛神力故於光明中而説偈言

無量劫海修功德　供養十方一切佛
教化無量衆生海　盧舍那佛成正覺
放大光明照十方　諸毛孔出化身雲
隨衆生器而開化　令得方便清淨道
佛於往古生死中　調伏一切諸群生
於一念中悉解脱　世雄無量得自在
深心淨信普莊嚴　往修滿足波羅蜜
與諸刹海塵數等　堅固安住一切力
出微妙音遍十方　具足實智滿衆心
無量方便化衆生　是師子吼寂靜法
人尊如是德無量　應詣供養聽受法
如佛刹等微塵數　最勝諸子詣如來
各雨一切供養具　一心恭敬觀導師
如來所説一語中　演出無邊契經海
於一切衆雨甘露　恭敬往詣兩足尊
三世諸佛無上願　大聖道場分别説
亦非集在一念中　宜速時詣覲最勝
盧舍那佛大智海　光明普照無有量

如實觀察眞諦法　普照一切諸法門
爾時蓮華藏莊嚴世界海東次有世界海名淨蓮華勝光莊嚴中有佛刹名衆寶金剛藏佛號法水覺虚空法王於彼如來大衆海中有菩薩名觀勝法妙清淨王爲佛光明所開發已與世界海塵數菩薩眷屬圍遶來向佛所充滿十方一切虚空與十種寶色光明華雲悉皆彌覆充滿虚空十種妙寶須彌山雲十種日輪雲十種寶華雲十種妙寶樓閣藏雲十種華樹雲十種妙香現衆色雲十種一切妙音聲雲如是一切悉皆彌覆充滿虚空來詣佛所供養恭敬禮拜已在於東方雜華光藏師子座上結跏趺坐此世界海南次有世界海名衆寶月光莊嚴藏中有佛刹名無量光嚴佛號普智光勝須彌山王於彼如來大衆海中有菩薩名清淨海慧爲佛光明所開發已與世界海塵數菩薩眷屬圍遶來向佛所興十種一切妙莊嚴藏衆寶王雲悉皆彌覆充滿虚空十種普莊嚴寶王雲十種妙寶藏熾然照明歎佛功德寶王雲十種妙音充滿讚歎寶王雲十種菩提樹莊嚴道場寶王雲十種普門光明佛變化寶王雲十種不壞衆光明示現寶王雲十種香燈照一切刹充滿寶王雲十種不可思議佛刹如來宫殿普現寶王雲十種雜寶三世諸佛法身光明寶王雲悉皆彌覆充滿虚空來詣佛所恭敬供養禮拜已在於南方青色蓮華師子座上結跏趺坐此世界海西次有世界海名寶光樂中有佛刹名一切勝觀佛號香光王功德寶莊嚴於彼如來大衆海中有菩薩名香炎

平等莊嚴月光爲佛光明所開發已與世界海塵數菩薩眷屬圍遶來向佛所與十種一切雜寶香華樓閣雲悉皆彌覆充滿虛空十種一切色寶王莊嚴樓閣雲十種一切寶幢香炎樓閣雲十種一切解脫莊嚴樓閣雲十種一切寶華鬘雲十種一切寶鬘莊嚴寶樓閣雲十種十方普光明藏照一切莊嚴樓閣雲十種一切寶莊嚴無量莊嚴悉現樓閣雲十種普滿莊嚴樓閣雲十種無量華樂雲悉皆彌覆充滿虛空來詣佛所供養恭敬禮拜已在於西方金色雜寶莊嚴蓮華藏化師子座上結跏趺坐此世界海北次有世界海名瑠璃寶光滿藏中有佛刹名化青蓮華莊嚴佛號無量智慧音王於彼如來大衆海中有菩薩名師子光莊嚴爲佛光明所開發已與世界海塵數菩薩眷屬圍遶來向佛所與十種一切香雲悉皆彌覆充滿虛空十種一切青色華雲十種一切妙寶樹雲十種一切諸雜華雲十種一切寶莊嚴雲十種一切寶雷音雲十種一切妙音聲雲如是一切悉皆彌覆充滿虛空來詣佛所供養恭敬禮拜已在於北方大燈變化師子座上結跏趺坐此世界海東南方次有世界海名閻浮檀玻瓈色幢中有佛刹名寶莊嚴藏佛號一切法燈無所怖畏於彼如來大衆海中有菩薩名無盡勝燈功德法藏爲佛光明所開發已與世界海塵數菩薩眷屬圍遶來向佛所與十種無量色蓮華藏師子座雲悉皆彌覆充滿虛空十種師子座雲十種一切莊嚴具莊嚴師子座雲十種燈明師子座雲十種能出十方一

切衆寶師子座雲十種一切香鬘師子座雲十種一切諸佛莊嚴示現師子座雲十種一切寶臺欄楯莊嚴師子座雲十種一切寶樹莊嚴師子座雲十種日莊嚴師子座雲皆悉彌覆充滿虛空來詣佛所供養恭敬禮拜已在東南方夜光幢寶藏師子座上結跏趺坐此世界海西南方次有世界海名普照莊嚴中有佛剎名香勝離垢光明佛號一切衆生普歡喜王於彼如來大衆海中有菩薩名普智光明慧燈爲佛光明所開發已與世界海塵數菩薩眷屬圍遶來向佛所興十種如意寶王雲悉皆彌覆充滿虛空十種青色寶雲十種一切香雲十種一切旛雲十種一切妙色莊嚴雲悉皆彌覆充滿虛空來詣佛所供養恭敬禮拜已在西南方衆寶師子座上結跏趺坐此世界海西北方次有世界海名善光照中有佛剎名意入佛號普門智慧意入明淨音於彼如來大衆海中有菩薩名無量華照垂髻爲佛光明所開發已與世界海塵數菩薩眷屬圍遶來向佛所興十種一切雜寶輪蓋雲悉皆彌覆充滿虛空十種華蓋雲十種解脫蓋雲十種寶王蓋雲十種雜寶蓋雲十種普寶蓋雲十種瑠璃寶王蓋雲十種一切香蓋雲悉皆彌覆充滿虛空來詣佛所供養恭敬禮拜已在西北方衆善光明幢師子座上結跏趺坐此世界海東北方次有世界海名寶照光明藏中有佛剎名香莊嚴樂勝藏佛號無量功德海於彼如來大衆海中有菩薩名無盡清淨光明王爲佛光明所開發已與世界海塵數菩薩眷屬圍遶來向佛

所與十種一切寶光輪雲悉皆彌覆充滿虛空十種光輪雲十種華雲十種如來變化輪雲十種一切佛境界輪雲十種一切功德寶雲十種一切衆生樂不可盡示現雲十種一切諸佛所願示現雲悉皆彌覆充滿虛空來詣佛所供養恭敬禮拜已在東北方清淨光明不可盡師子座上結跏趺坐此世界海下方次有世界海名蓮華妙香勝藏中有佛刹名寶師子光佛號明照法界於彼如來大衆海中有菩薩名光照分別法界爲佛光明所開發已與世界海塵數菩薩眷屬圍遶來向佛所與十種一切寶光明雲悉皆彌覆充滿虛空十種一切香光明雲十種諸佛師子吼雲十種一切佛刹功德莊嚴雲十種一切華樓閣雲十種一切座莊嚴雲悉皆彌覆充滿虛空來詣佛所在於下方寶藏師子座上結跏趺坐此世界海上方次有世界海名雜寶光海莊嚴中有佛刹名樂行清淨佛號無礙功德稱離闇光王於彼如來大衆海中有菩薩名無障礙力精進慧爲佛光明所開發已與世界海塵數菩薩眷屬圍遶來向佛所與十種一切無量妙色寶照雲悉皆彌覆充滿虛空十種無量光普照雲十種一切莊嚴照明雲十種香炎雲十種一切莊嚴雲十種佛光炎雲十種寶樹華炎雲十種一切寶樹堅固光明雲十種一切勝光明雲十種一切菩薩所行示現雲十種一切解脫光明雲悉皆彌覆充滿虛空來詣佛所供養恭敬禮拜已在於上方妙音勝蓮華藏師子座上結跏趺坐如是等十億佛刹塵數世界海中有十億

佛刹微塵數等大菩薩來一一菩薩各將一佛世界塵數菩薩以爲眷屬一一菩薩各興一佛世界微塵數等妙莊嚴雲悉皆彌覆充滿虛空隨所來方結跏趺坐彼諸菩薩次第坐已一切毛孔各出十佛世界微塵數等一切妙寶淨光明雲一一光中各出十佛世界微塵數菩薩一一菩薩一切法界方便海充滿一切微塵數一一塵中有十佛世界塵數佛刹一一佛刹中三世諸佛皆悉顯現念念中於一一世界各化一佛刹塵數衆生以夢自在示現法門教化一切諸天化生法門教化一切菩薩行處音聲法門教化振動一切佛刹建立諸佛法門教化一切願海法門教化一切衆生言詞入佛音聲法門教化一切佛法雲雨法門教化法界自在光明法門教化建立一切大衆海於普賢菩薩法門教化以如是等一切法門隨其所樂而教化之於一念頃能滅一切世界中各如須彌山塵數衆生諸惡道苦各如須彌山塵數衆生令離邪定立正定聚各如須彌山塵數衆生立無上聲聞緣覺地各如須彌山塵數衆生立一切道各如須彌山塵數衆生立一切不可盡功德智慧地各如須彌山塵數衆生令立盧舍那佛願性海中爾時諸菩薩光明中以偈頌曰

一切光明出妙音　說諸菩薩具足行

佛子功德悉成滿　普遍一切十方界

無量劫海修行道　欲令衆生離苦故

不自計已生死苦　佛子善入大方便

無量無邊無有餘　窮盡一切大海劫

遍行一切諸法門　善説微妙寂靜法
一切三世佛所願　皆得清淨具足滿
佛子饒益諸衆生　能自具行清淨道
皆能往詣諸佛所　清淨法身照十方
佛子智海無邊底　普觀諸法寂滅相
一光明中有無量　無上大慈難思議
清淨慧眼照諸法　此是佛子妙境界
一毛悉受諸佛刹　又能振動諸國土
能令衆生無怖想　是名清淨方便地
一一塵中無量身　復現無量莊嚴刹
於一念中皆悉見　是無障礙淨法門
三世所有一切劫　於一念中能悉現
猶如幻化無所有　是名諸佛無礙法
普賢諸行皆具足　能令衆生悉清淨
諸佛子具自在法　一一毛孔師子吼

爾時世尊欲令一切菩薩大衆知佛無量無邊境界自在法門故放眉間白毫相一切寶色燈明雲光名一切菩薩慧光觀察照十方藏此光遍照一切佛刹於一念中皆悉普照一切法界於一切世界雨一切佛諸大願雲顯現普賢菩薩示大衆已還從足下相輪中入於彼復有大蓮華生以衆寶爲莖一切寶王爲莊嚴藏其葉遍覆一切法界一切寶香莊嚴其鬚閻浮檀金以爲其臺此華生已如來眉間有一大菩薩出名曰一切諸法勝音與世界海塵數菩薩衆俱右遶世尊無量帀已退坐蓮華臺上眷屬菩薩坐蓮華鬚一切諸法勝音菩薩成就無量法界歡喜隨順諸佛境界深智度不可思議佛海光明悉能往詣一切佛所爾時一切諸法勝音菩薩以偈

頌曰

佛身充滿諸法界　普現一切衆生前
應受化器悉充滿　佛故處此菩提樹
一切佛刹微塵等　爾所佛坐一毛孔
皆有無量菩薩衆　各爲具說普賢行
無量刹海處一毛　悉坐菩提蓮華座
遍滿一切諸法界　一切毛孔自在現

爾時師子炎光奮迅音菩薩以偈頌曰

盧舍那如來　轉清淨法輪　一切法方便
如來雲普覆　十方國土中　一切世界海
佛願力自在　普現轉法輪　一切佛土中
無量大衆海　言號各不同　而轉淨法輪
盧舍那佛神力故　一切刹中轉法輪
普賢菩薩願音聲　遍滿一切世界海
法身充滿一切刹　普雨一切諸法雨
法相不生亦不滅　悉照一切諸世間
無量無數億劫中　一切佛刹微塵道
盧舍那佛妙音聲　具足演說本所行
一切佛刹微塵數　大光明網照十方
一一光中有諸佛　以無上道化衆生
法身堅固不可壞　充滿一切諸法界
普能示現諸色身　隨應化導諸群生
三世無量諸佛刹　其中一切諸導師
一切音聲及名字　普見諸佛力自在
過去未來及現在　如是一切諸導師
彼聖能令一切聞　不可思議正法輪

如此四天下道場上見佛神力一切菩薩大衆雲集一切世界海中亦復如是爾時普賢菩薩於如來前坐蓮華藏師子之座即入一切如來淨藏三昧正受普照一切法界諸如

來身無所障礙離垢滿足猶如虛空普賢菩薩於此世界三昧正受盡法界虛空界等一切佛刹亦復如是普賢菩薩入是三昧已十方世界海諸佛悉現彼諸如來各各讚言善哉善哉善男子汝乃能入此三昧正受皆是盧舍那佛本願力故又汝於諸佛所清淨行願力故所謂轉一切諸佛法輪故開一切如來智慧海故盡度一切諸法方便及十方海悉無餘故除一切衆生煩惱得清淨故能到一切諸佛國土無障礙故入一切諸佛境界無礙故一切諸佛普門功德滿足故入一切法方便深樂一切智故方便觀察一切世間法故知一切衆生諸根海故爾時一切諸佛與普賢菩薩入一切智力與入無量無邊法界智與能詣三世諸佛所智與一切世界海成壞智與入無量衆生界智與佛甚深法門智與一切不壞三昧住智與入一切菩薩諸根海智與一切衆生語言海轉法輪辭辯智與一身遍滿一切世界智與一切諸佛音聲智何以故以得此三昧法故爾時十方諸佛各伸右手摩普賢菩薩頂爾時一切菩薩見十方佛各伸右手摩普賢菩薩頂已彼諸菩薩一心恭敬觀察普賢菩薩即時同聲以偈頌曰

於諸佛所修善法　滿足一切大願力
出生清淨妙法身　如實平等同虛空
一切諸佛國土中　普賢菩薩常依住
十方世界無不見　無量功德智慧海
悉見十方一切佛　清淨身行功德海
能於一一微塵道　普皆示現一切刹

一切十方佛世界　無量微塵諸劫數
常見普賢具佛子　無量三昧方便行
法身充滿諸法界　一切十方佛國土
遍遊一切衆生海　安住深妙清淨法
永度無量諸法界　離衆煩惱不可壞
其身周遍滿虛空　廣說無量諸佛法
一切功德海中生　普放光明如大雲
堅固衆生清淨行　微妙音說佛境界
無量無數大劫中　修習普賢甚深行
無量無邊諸法雲　雷震演說勝法界
一切佛土如實性　十力修習淨莊嚴
普入一切衆生海　如應爲說清淨法
無量無邊大衆海　一心恭敬觀普賢
無量深廣智慧海　願轉清淨妙法輪

爾時普賢菩薩承佛神力觀察一切諸世界海一切衆生海法界業海一切衆生欲樂諸根海一切三世諸佛海已普告菩薩大衆海言佛子諸佛一切世界海成敗清淨智不可思議一切衆生界起智觀察法界智一切如來自在智清淨願轉法輪智力無所畏不共法智光明讚歎音聲智三種教化衆生智無量三昧法門不壞智如來種種自在智如是等一切皆不可思議我當承佛神力具足演說欲令一切衆生入佛智海爾時普賢菩薩從彼三昧起從世界微塵等三昧起念念中不壞方便智一切三世三昧起時彼一切諸菩薩衆一一皆得世界塵數諸三昧世界塵數方便法海方便辯海諸行願海如此會菩薩所得功德一切世界海一切如來衆海諸菩薩衆所得功德亦復如是是時一切世界

六種震動一切衆生安隱悅樂一切衆寶種種莊嚴一切如來大衆海中雨十種寶王雲所謂勝金色幢寶王雲佛光明照寶王雲金蓮華寶王雲菩薩辯才光明寶王雲一切妙音衆寶王雲莊嚴佛土道場寶王雲一切菩薩無量功德光明輪妙音寶王雲一切如來毛孔及諸光明以偈頌曰

普賢悉在　一切佛刹　坐寶蓮華　師子座上
如是示現　遍一切界　普入無量　無邊諸行
悉能示現　無量種身　變化充滿　十方世界
妙音和雅　說法無礙　一切三昧　方便自在
一切佛土　諸如來所　一切三昧　皆得自在
悉能了知　最勝境界　示現普賢　無量自在
如一切土　諸如來前　一切刹塵　諸世界中
普賢自在　亦復如是　盡盧舍那　本願底故
普賢身相　猶如虚空　依於如如　不依佛國
現身無量　普應衆生　隨群萌類　爲現化故
一切世界　無量佛土　悉能示現　入諸法門
普賢菩薩　具足淨願　如是等比　無量自在
一切衆海　無量無邊　各於佛土　示現清淨
如是一切　身中悉現　隨其起滅　一念悉知

爾時普賢菩薩欲令大衆重歡喜故以偈頌曰

諸佛深智功德海　充滿無量無邊刹
方便隨衆所應見　盧舍那佛轉法輪
不可思議佛刹海　於無量劫令清淨
最勝導師照一切　悉能調伏衆生海
衆生大海難可測　諸佛境界不思議
衆生樂惡著諸見　不能了知無上道
功德法海長養心　常能親近善知識

恒爲諸佛所護念　是等能度得上智
離諸諂曲心清淨　廣大慈悲無邊際
深心淨信無猒足　彼聞是法喜無量
普賢菩薩諸地願　安諦善住能順行
遊心法界如虚空　是人乃知佛境界
一切菩薩得善利　能見自在最勝尊
非餘境界之所知　普賢方便皆得入
無量無邊諸衆生　一切如來所護念
於一切處轉法輪　盧舍那佛境界力
一切刹土及諸佛　在我身内無所礙
我於一切毛孔中　現佛境界諦觀察
普賢菩薩所願行　無量無邊悉具足
普眼境界清淨身　我今演說仁諦聽

爾時普賢菩薩告諸菩薩言佛子世界海有十種事去來今佛之所演說所謂說世界海起具因緣世界海住世界海形世界海體世界海莊嚴世界海清淨世界海如來出世世界海劫世界海壞方便世界海諸佛子世界海有如是等十種事爲首乃至有世界海塵數種事諸佛子當知一切世界海有世界海塵數因緣具故成已成今成當成所謂如來神力故法應如是故衆生行業故一切菩薩應得無上道故普賢菩薩善根故菩薩嚴淨佛土願行解脫自在故如來無上善根依果故普賢菩薩自在願力故如是等世界海塵數因緣具故一切世界海成爾時普賢菩薩以偈頌曰

佛智境界　不可思議　自在善住　悉皆如是
無量無邊　諸世界海　盧舍那佛　悉能嚴淨
如應化度　一切菩薩　無量願海　皆悉清淨

十方佛土　一切衆生　以不思議　而覺悟之
一切菩薩　無量自在　度一切智　方便法門
出生一切　無量願海　起諸世界　猶如虚空
普行一切　菩薩善行　入佛境界　無量無邊
悉能嚴淨　十方佛刹　一一佛土　無量劫行
衆生心境　不可思議　業能悉起　一切刹海
衆生垢穢　國不清淨　行業無量　世界不同
諸佛刹海　淨莊嚴藏　離垢雜寶　以爲校飾
長養無垢　弘誓願海　佛子能淨　無數國土
若有菩薩　修普賢行　常能履行　清淨法界
當知是等　功德如佛　能出無量　如來刹海
於一念中　悉遍十方　能現一切　菩薩所行
甚深清淨　猶如虚空　等空界者　自在如是
一切道場　諸如來前　坐寶蓮華　現衆妙色
於其身内　容一切刹　又一念中　示現三世

入巧方便　起諸刹海　於三世國　示現成佛
盧舍那佛　此土清淨　衆寶成就　無有邊際
爾時普賢菩薩告諸菩薩言佛子一切世界
海所依住如世界微塵數所謂依一切莊嚴
住或依虚空住或依一切寶住或依佛光明
住或依幻業住或依摩訶那伽金剛力士掌
中住或依普賢菩薩願力住是時普賢菩薩
以偈頌曰

無量無邊佛刹海　離垢妙寶以莊嚴
摩尼寶王清淨照　最勝威神靡不見
清淨刹海住虚空　寶王妙藏光普照
暢發無量微妙音　宣揚佛道靡不欣
種種華光善喜樂　如意寶珠爲莊嚴
無量光網彌覆上　種種香雲遍充滿
無量無邊妙蓮華　青瑠璃寶以爲臺

清淨國土甚奇妙　一切諸佛莊嚴故
或有諸佛清淨土　以佛威神得安住
見離垢淨衆妙寶　無量菩薩悉充滿
或有諸佛清淨土　金剛力士掌中住
十方世雄盧舍那　常爲一切轉法輪
或依寶樹平正住　依香炎雲亦如是
有依水輪住堅固　或依金剛海座住
有住金剛勝妙幢　種種寶華彌覆上
無量自在一切處　盧舍那佛令衆見
衆雜異色長光明　普流一切佛世界
悉見種種莊嚴藏　離垢微妙甚清淨
彼以一切願海力　無量種種所依住
諸如來雲悉充滿　常依清淨虚空住
或有佛刹處上方　依淨菩薩天冠住
彼現無量佛自在　佛子妙音淨業化
諸法界等佛國土　譬如電光亦如幻
紺瑠璃寶廣清淨　悉從離垢淨業起
普現種種莊嚴藏　依止虚空靜安住
行業境界不可議　佛令衆生普得見
一切塵等諸佛刹　普賢菩薩一念起
無量劫行化衆生　充滿法界現自在
一一微塵中　佛國海安住　佛雲遍護念
彌綸覆一切　於一微塵中　佛現自在力
一切微塵中　神變亦如是　諸佛及神力
盧舍那示現

爾時普賢菩薩告諸菩薩言佛子諸世界海有種種形或方或圓或非方圓或如水洄洑或復如華形或種種衆生形者爾時普賢菩薩以偈頌曰

刹海無有量　殊形異莊嚴　十方世界海

見諸雜種相　或圓或四方　或復非方圓
三維及八隅　狀若摩尼寶　一切諸業海
種種別異故　有如金剛掌　莊嚴坦平正
鍊眞金色　清淨妙形　入於無量　正法之門
諸佛剎海　種種之藏　猶如大雲　懸處虛空
彼寶輪地　妙淨分明　盧舍那佛　光明悉照
諸佛國土　起由心業　無量種形　而以莊嚴
彼國一切　各各自在　如來剎海　現無量相
或有淨穢　苦樂不同　法常流轉　變現如是
一切業海　不可思議　一毛孔中　無量佛剎
莊嚴清淨　曠然安住　彼一切處　盧舍那佛
於衆海中　演說正法　於一塵內　微細國土
一切塵等　悉於中住　一切世界　有種種形
悉於其中　轉尊法輪　是弘誓願　自在之力
一一塵中　現一切剎　譬如幻化　亦如虛空
諸心業力　之所莊嚴　一一塵中　衆生數等
諸化佛雲　神力自在　於微塵中　善住佛剎
盧舍那佛　現法如是

爾時普賢菩薩告諸菩薩言佛子諸世界海有種種體悉應當知所謂一切寶莊嚴體或一寶體或金剛堅固地體或衆香體或日珠輪體爾時普賢菩薩以偈頌曰

或有世界海　衆寶所合成　堅固不可壞
安住寶蓮華　或勝光明起　清淨暉炎照
衆妙莊嚴剎　依止虛空住　或有光明剎
依止光明住　光明雲莊嚴　諸菩薩宮殿
或有佛剎海　猶如電光住　言取不可得
斯由願力起　或有摩尼寶　日光明藏照
貫眞珠輪地　菩薩悉充滿　或有寶炎剎
光明雲蔭覆　一切寶莊嚴　悉皆有變化

或有衆相體　微妙相莊嚴　間錯雜寶冠
一切佛所化　心海業所起　國土隨樂住
喻如幻無方　皆從妄想生　如來身光明
摩尼刹安住　正覺雲彌覆　一切佛自在
或普賢菩薩　化現佛刹海　一切寶校飾
願力所莊嚴
爾時普賢菩薩告諸菩薩言佛子諸世界海
有世界海微塵等莊嚴悉應當知所謂一切
境界種種雲莊嚴一切世界衆生行業莊嚴
三世諸佛及普賢菩薩願力莊嚴有如是等
世界海微塵數莊嚴爾時普賢菩薩以偈頌
曰
如世界海微塵等　不可思議業果報
一切十方世界海　種種嚴淨廣無邊
無量淨色普莊嚴　上妙功德常充滿

雜光明雲出梵音　聞于一切諸佛刹
菩薩無量功德海　妙聲遍滿一切刹
諸誓願雲具莊嚴　聲震十方世界海
衆生業海廣無際　淨莊嚴雲出妙音
業報如實隨應變　諸佛力故悉周滿
一切三世諸如來　自在普現無量刹
一一境界一切佛　莊嚴刹海皆悉見
過去未來現在劫　一切十方諸世界
於無量劫淨莊嚴　一一佛刹皆悉見
一切境界諸佛雲　數等衆生滿十方
佛自在行令衆知　是謂如來莊嚴刹
衆香炎流及華流　一切衆寶摩尼流
種種衆妙莊嚴雲　皆悉校飾諸佛刹
十方世界諸道場　一切衆具妙莊嚴
靡不覩見此刹海　猶如空中電光現

普賢菩薩佛子等　悉能莊嚴諸佛刹
衆生等劫淨行海　於此世界悉顯現
爾時普賢菩薩告諸菩薩言佛子當知諸世
界海有世界塵數清淨所謂菩薩親近善知
識成就諸善根等利一切衆生淨滿一切諸
波羅蜜安住一切行地有如是等世界塵數
清淨爾時普賢菩薩以偈頌曰
一切佛刹諸莊嚴　無數願海方便生
一切佛刹清淨色　無量行海所修習
久遠親近善知識　一切淨妙諸業行
慈悲普流潤衆生　是故清淨佛刹海
一切法門三昧地　一切佛所淨德海
禪門方便清淨地　是故嚴淨佛刹海
能起無量清淨心　信佛堅固不可壞
以忍方便淨無垢　莊嚴刹海微妙色
興功德雲滿虛空　利益一切修淨行
衆生普獲無量德　是故嚴淨佛刹海
刹海方便等無量　悉淨諸度無有餘
修無盡願波羅蜜　是故嚴淨佛刹海
幻化行起無有量　一切諸法廣清淨
種種方便淨衆生　起是可樂佛刹海
方便嚴淨一切地　具足諸佛功德海
令諸衆生竭苦源　是故嚴淨佛刹海
修淨力海無與等　能淨一切衆生根
恭敬供養無量佛　是故嚴淨佛刹海
爾時普賢菩薩告諸菩薩言佛子當知一一
世界海有世界海塵數諸佛出興于世所謂
有佛興世色身示現遍滿法界或有短壽或
無量劫如是一一世界海有世界海塵數佛
出興于世爾時普賢菩薩以偈頌曰

佛以無量方便門　能起一切佛刹海
隨順衆生所欲樂　諸佛法王出興世
如來法身不思議　無色無相無倫匹
示現色身爲衆生　十方受化靡不見
或爲衆生現短命　或現長壽無量劫
法身多門現十方　常爲世間良福田
或有能令不思議　十方刹海悉清淨
或有能淨一刹土　是彼方便願所生
或說不可思議乘　佛普示現隨所樂
或有如來說一乘　是佛方便無有量
自然無師得正覺　或有濟度少衆生
或有能於一念中　化度無量衆生海
或有於一毛孔中　化佛雲出不思議
充滿一切十方界　無量方便化衆生
或佛音聲振十方　隨諸衆生所欲樂
無量億劫不斷絕　度衆生海無有邊
或有無量莊嚴刹　清淨大衆圍遶坐
充滿一切世界海　佛遍處衆如空雲
是佛方便不思議　慈海充滿遍一切
入諸莊嚴方便門　悉現一切衆生前

爾時普賢菩薩告諸菩薩言佛子當知世界海有世界海微塵等劫住所謂佛刹海或住不可數劫或住可數劫有如是等世界海微塵數劫住

大方廣佛華嚴經卷第三

音釋

欄楯（欄郎干切勾欄也 楯食尹切欄檻也）吼（呼后切哮吼也）洑（房六切伏流也）

大方廣佛華嚴經卷第四

東晉天竺三藏佛陀跋陀羅等譯

盧舍那佛品第二之二

爾時普賢菩薩欲分別開示故告一切衆言諸佛子當知此蓮華藏世界海是盧舍那佛本修菩薩行時於阿僧祇世界微塵數劫之所嚴淨於一一劫恭敬供養世界微塵等如來一一佛所淨修世界海微塵數願行佛子當知有須彌山微塵等風輪持此蓮華藏莊嚴世界海最下風輪名曰平等彼持一切寶光明地次上風輪名種種寶莊嚴持清淨光寶地次上風輪名功德勢持寳寶地次上風輪名曰寶炎持日不壞寶地次上風輪名普莊嚴持具足寶光明地次上風輪名離垢清淨平等持寶華炎地次上風輪名曰方行持一切眞珠地次上風輪名一切年持一切時一日半月一月一年次上風輪名普持勢持一切須彌山地次上風輪名莊嚴光明能持一切有如是次上有須彌山微塵等風輪最上風輪名勝藏持一切香水海彼香水海中有大蓮華名香幢光明莊嚴持此蓮華藏莊嚴世界海此世界海邊有金剛圍山周帀圍遶爾時普賢菩薩以偈頌曰

於此蓮華藏　莊嚴世界海　一切妙寶藏
種種淨光明　一切微塵等　過去佛所住
昔於諸有海　離垢悉清淨　無量大悲雲
充滿諸衆生　捨離自己身　如佛剎塵數
於無量行海　常修令清淨　是故蓮華藏
世界海莊嚴　一切虛空界　光明遍充滿
安住不可動　勝風輪常持　一切寶莊嚴

妙風常流行　盧舍那曠願　令國土嚴淨
如意寶遍布　種種妙華敷　以本願力故
處在於虛空　堅固善安住　一切寶莊嚴
十方一切界　放清淨光雲　諸摩尼寶中
無量菩薩雲　遍遊十方國　光明極熾盛
寶華盛妙色　莊嚴光明輪　充滿諸法界
十方靡不遍　一切衆淨寶　悉放光明雲
十方諸世界　一切皆充滿　滅除一切苦
安立無上道　妙色悉普照　一切世界海
於此蓮華藏　世界海之內　一一微塵中
見一切法界　一切諸佛雲　放寶光明照
是盧舍那刹　有無量自在　一切衆生等
蓮華中諸佛　興種種無量　自在變化雲
釋梵諸天衆　及轉輪聖王　一切衆生類
皆悉得安住　變化放光明　悉與法界等

一切光明中　出諸佛妙音　知諸衆生心
所念無有餘　無數方便門　調伏群生類
離一切顛倒　常住於寂靜　無量光明雲
悉與法界等　普賢所行智　無上勝妙地
於光莊嚴中　皆悉具足聞

佛子當知此蓮華藏世界海金剛圍山依蓮華日寶王地住彼有一切香水海一切衆寶遍布其地金剛厚地不可破壞出生一切衆寶又能明照一切世界爾特普賢菩薩以偈頌曰

一切世界海　有無量莊嚴　寶輪無邊色
如來神力起　莊嚴硏迦羅　寶輪及香輪
依住眞珠輪　及依種種寶　堅固寶莊嚴
閻浮檀淨藏　香光滿十方　照現硏迦羅
持以堅固金剛寶　金剛莊嚴不可壞

種種衆寶相莊嚴　一身莊嚴清淨法
香水普流無量色　散華摩尼栴檀香
天衣遍覆華莊嚴　衆寶香草熏無量
清淨寶樹雲莊嚴　普能照明一切身
光明妙雲悉具足　樹下安坐靡不照
種種華香及旛蓋　一切菩薩充法界
能說一切語言海　是盧舍那轉法輪
彼處悉有珍寶幢　一切寶樹出光明
盧舍那佛身清淨　彼莊嚴內一切見
諸莊嚴中無數身　如來變化色無量
充滿一切十方界　調伏衆生無限量
一切莊嚴出妙聲　盧舍那佛所願輪
隨其清淨佛刹海　佛自在力皆悉聞

彼大斫迦羅山內世界海中有不可破壞摩尼寶王映現一切衆生之身衆寶蓮華以爲莊嚴大地一切莊嚴妙雲皆悉充滿一切妙香而以熏之以三世佛刹莊嚴而莊嚴之爾時普賢菩薩以偈頌曰

其地平正淨圓滿　斫迦羅內不可壞
平等安住甚清淨　種種雜寶而莊嚴
金剛寶地可悅樂　寶輪羅網彌覆上
種種寶華爲莊嚴　雜種寶衣珍妙輪
隨次遍布一切地　菩薩天冠寶瓔珞
離垢莊嚴光明照　妙香碎寶悉充滿
光明衆寶花莊嚴　普放一切滿十方
寶華遍覆一切地　悉能長養佛功德
興一切雲滿虛空　光明普照不可盡
光明悉滿一切刹　具說佛法甘露味
悉入一切佛所願　常能廣見三世法
隨順菩薩大士行　於此大地皆悉見

此清淨地寶莊嚴　一切佛刹悉來入
其地一一微塵中　一切佛刹亦悉入
衆寶妙華莊嚴藏　十方菩薩常往來
常聞菩薩一切願　及諸菩薩自在德
有寶光明相莊嚴　離垢嚴淨出光明
示現一切諸佛法　充滿法界如虛空
有得普賢所願者　諸佛境界無量智
彼得無量勝自在　能入無邊佛刹海

彼大地處有不可說佛刹微塵等香水海衆寶莊嚴一切香摩尼寶王以爲其岸寶王羅網彌覆其上衆寶色水盈滿其中一切衆華皆悉開敷細末栴檀以香其水常出如來妙音不絕衆香次第普熏十方雜寶階道眞珠欄楯衆寶潮浪出妙音聲恒沙佛刹微塵數等寶華樓閣周帀圍遶無量佛刹微塵等衆寶華城以周其外十大千世界微塵數華一一蓮華各十由旬開敷鮮茂遍布水上其香普熏一切世界十佛國土微塵數香樹以爲莊嚴爾時普賢菩薩以偈頌曰

於彼嚴淨大地處　香水寶海而莊嚴
清淨寶地常安住　金剛堅固不可壞
衆香寶王以爲岸　寶雲光明如日照
眞珠寶華妙瓔珞　離垢清淨普莊嚴
清淨香水湛然滿　衆寶華光爲旋流
妙聲悅樂常不斷　自在普聞佛世界
衆珍校飾淨階道　寶莊嚴地安不動
眞珠妙寶爲欄楯　光明寶華可悅樂
寶樹羅生緣道側　摩尼寶樂煥明曜
演出無量和雅聲　莊嚴淨音歎三寶
香水柔軟湛然滿　分陀利華遍圍遶

一切香華出光明　清淨具足而莊嚴
於寶幢中有光明　垂寶旗旛而莊嚴
摩尼寶網出妙聲　聞者能入一切智
衆寶華城甚微妙　無量寶色淨光明
十方世界靡不照　一切具足光嚴飾
垣墻周帀而圍遶　種種雜寶爲莊嚴
清淨寶炎相任持　具足莊嚴寶香海
盧舍那佛過去行　令佛刹海甚清淨
無數無量無邊際　彼處一切自在轉
一一香水海有四天下微塵數香水河圍遶
種種寶華彌覆其上彼諸香水河從佛眉間
白毫相出摩尼寶王汎上隨流爾時普賢菩
薩以偈頌曰
離垢清淨香水流　金剛寶華悉彌覆
衆寶輪地布金沙　無量珍琦普莊嚴
淨妙階道七寶成　諸欄楯上植蓮華
眞珠寶華常敷榮　懸雜華鬘爲莊嚴
一切寶光微妙色　清淨香水雜寶流
種種華寶爲波浪　衆音諧雅演佛聲
栴檀寶末和清流　無量雜寶爲洄澓
普出種種香光炎　常流一切十方界
一切香河出無量　雜種妙勝諸珍寶
衆寶積集爲華蓋　光明普照香水河
十方無量世界中　佛光明照見寶王
如來道場寶輪地　衆寶香河盈流滿
諸寶羅網相扣摩　演佛音聲常不絕
一切菩薩諸佛法　普賢大士所修行
諸佛世尊願音聲　於彼寶岸常得聞
一切如來過去行　皆悉遍聞十方國
一切香河諸旋流　一切菩薩功德雲

漸漸盈滿諸法界　見一切剎無不至
彼諸一切香水河　淨寶王雲彌覆上
佛白毫相出寶王　其光明曜等如來

彼香河中間一切平正諸妙寶樹以爲莊嚴雜種寶幔彌覆其上一切菩薩願力所起佛所護念三世莊嚴而莊嚴之爾時普賢菩薩以偈頌曰

盧舍那佛遍十方　出一切化莊嚴身
彼亦不來亦不去　佛願力故皆悉見
一切佛剎微塵中　無量佛子修諸行
悉受清淨國土記　見嚴淨剎稱本行

佛子當知此蓮華藏世界海中一一境界有世界海微塵數清淨莊嚴諸佛子此香水海上有不可說佛剎微塵數世界性住或有世界性蓮華上住或在無量色蓮華上住或依眞珠寶住或依諸寶網住或依種種衆生身住或依佛摩尼寶王住或須彌山形或河形或轉形或旋流形或輪形或樹形或樓觀形或雲形或網形爾時普賢菩薩以偈頌曰

堅固清淨諸佛剎　離垢解脫光明藏
依止摩尼寶海住　或有依止香海住
或依種種方便住　或依莊嚴衆色住
或復須彌樹圓形　種種方形佛剎住
或光明身諸華藏　寶雲普放淨光明
光明充滿勝世界　寶地海藏不可壞
或淨佛剎無量色　光明炎雲衆色等
或有妙音諸世界　自然常音不思議
無數願樂種種身　自在行雲音聲身
衆生無量德音身　最勝一切德音身
種種門入諸佛剎　漸至無盡不思議

無數一切滿十方　無盡無量普自在
一切諸方如來刹　廣大方便入佛界
見十方刹漸次至　國土不增亦不減
以一國土滿十方　十方入一亦無餘
世界本相亦不壞　無比功德故能爾
一切佛刹微塵中　見盧舍那自在力
弘誓願海振音聲　調伏一切衆生類
佛身充滿一切刹　無數菩薩亦如是
教化衆生無有量　佛現自在無倫匹

爾時普賢菩薩告諸菩薩言佛子彼衆香水海中有一香水海名樂光明有一切香摩尼寶王莊嚴蓮華上有世界名清淨寶網光明佛號離垢淨眼廣入彼世界上過佛刹塵數世界有佛國名離香蓮華勝妙莊嚴依寶網住形如師子座佛號師子座光明勝照彼世界上過佛刹塵數世界有佛國名寶莊嚴普光明依諸華住形如日輪雲佛號廣大光明智勝彼世界上過佛刹塵數世界有佛國名雜光蓮華佛號金剛光明普精進善起彼世界上過佛刹塵數世界有佛國名無畏嚴淨佛號平等莊嚴妙音幢王彼世界上過佛刹塵數世界有佛國名華開淨炎佛號愛海功德稱王彼世界上過佛刹塵數世界有佛國名總持佛號淨智慧海彼世界上過佛刹塵數世界有佛國名解脫聲佛號善相幢彼世界上過佛刹塵數世界有佛國名勝起佛號蓮華藏光彼世界上過佛刹塵數世界有佛國名善住金剛不可破壞佛號那羅延不可破壞彼世界上過佛刹塵數世界有佛國名華林赤蓮華佛號雜寶華鬘智王彼世界上

過佛刹塵數世界有佛國名淨光勝電如來藏佛號能起一切所願功德彼世界上有香水海名淨光炎起中有世界性名善住次上復有香水海名金剛眼光明中有世界性名法界等起次上復有香水海名蓮華平正中有世界性名出十方化身次上復有香水海名寶地莊嚴光明中有世界性名寶枝莊嚴次上復有香水海名化香炎中有世界性名清淨化次上復有香水海名寶幢中有世界性名佛護念次上復有世界性名衆色普光如是次上有世界塵數香水海及世界性如一方十方亦如是盧舍那佛常轉法輪處爾時普賢菩薩以偈頌曰

法界不可壞　蓮華世界海　離垢廣莊嚴
安住於虛空　此世界海中　刹性難思議
善住不雜亂　各各悉自在　平正住莊嚴
依種種色住　如來世界海　佛刹相隨順
種種身音聲　一切佛自在　普見諸世界
種種業莊嚴　須彌山城網　水旋輪圓形
清淨色蓮華　彼彼悉圍遶　尸羅幢毦形
隨順轉色形　如是難思議　諸佛國土形
不思議世界　依止蓮華住　於大光明網
普照於一切　一一如來刹　放諸光明網
照一切佛國　充滿十方海　一切諸佛刹
一切境界門　一切方便入　皆悉見無量
不思議佛刹　不壞不可盡　無量淨莊嚴
大仙威神力　彼如來刹頂　不思議世界
或成或有敗　不生亦不滅　譬如諸樹林
華葉或生落　如是諸佛刹　成敗亦復然
如依種種樹　有種種果生　如是種種刹

有種種衆生　種子差別故　果實生不同
行業若干故　佛刹種種異　譬如意寶珠
隨意現衆色　除諸妄想故　悉見清淨刹
譬如空中雲　龍王力能現　如是佛願力
一切佛刹起　猶如工幻師　能現種種業
如是衆生業　佛刹不思議　如見彩畫像
知是畫師造　如是見佛刹　心畫師所成
衆生心不同　隨起諸妄想　如是諸佛刹
一切皆如化　猶如見導師　種種無量色
隨衆生心行　見佛刹亦然　無量眞珠華
悉覆諸佛刹　色殊各不同　離垢莊嚴現
彼蓮華網中　佛刹網依住　種種妙莊嚴
衆生所依處　或有佛刹地　垢穢不平正
衆生煩惱故　起如是佛刹　清淨不清淨
佛刹不思議　衆生希望起　菩薩之所持
清淨不清淨　無量諸佛刹　業海因緣起
菩薩之所化　或放清淨光　離垢衆寶體
種種妙莊嚴　諸佛令清淨　一佛國土中
火災不可議　示現不清淨　而刹常堅固
或依風輪住　或復依水輪　無量刹成敗
衆生行業故　見無量佛刹　或成或有敗
彼亦無有成　亦復無有敗　於一一念中
無量佛刹起　諸佛所持故　國清淨離垢
或有佛刹起　泥土不清淨　離明常闇冥
罪衆生所住　或有泥土刹　煩惱大恐怖
樂少憂苦多　薄福之所處　或有鐵世界
或有赤銅國　諸石山穢惡　衆生業故起
或有泥土刹　衆生常苦惱　長冥離光明
光明海能照　諸畜生趣中　受無量種身
隨宿行業故　長受無量苦　閻羅王界中

飢渴苦常逼　登上大火山　長受無量苦
或有七寶剎　平正住莊嚴　清淨業力起
微妙善安隱　彼佛剎土中　唯有人天趣
功德果成就　常受諸快樂　一一毛孔中
不思議億剎　無量形莊嚴　種種業所起
隨其自業起　衆生界難議　取種種相已
或受樂受苦　或剎光無量　一切寶爲地
金剛華遍覆　離垢淨莊嚴　或剎光明體
光明輪安住　金色栴檀香　光明雲常照
或剎日輪體　布衆香寶衣　或一蓮華中
菩薩悉充滿　或有無量色　離垢寶佛剎
紺寶光明網　光明網電照　或有佛剎土
金剛華爲體　或布衆寶華　觀察甚清淨
普賢菩薩願　所得清淨國　三世莊嚴剎
悉現於此中　諸佛子汝觀　佛世界自在
未來一切剎　悉現皆如夢　十方一切剎
過去佛國海　於一世界見　一切剎如化
三世一切佛　并一切佛土　於一世界見
三世佛及剎　觀微塵上剎　一切佛自在
無量妙莊嚴　皆悉如電光　或無量佛土
其形猶如海　有如須彌山　世界難思議
有國如珠貫　依紺寶網住　或依樹莊嚴
一切佛充滿　或依摩尼輪　或依止蓮華
八隅雜莊嚴　離垢種種色　或如師子座
或有國如金　或如衆寶形　或如梵世處
或天主月形　又復形如日　或如摩尼寶
栴檀香莊嚴　或如旋香鬘　佛世界安住
或如光明輪　種種色莊嚴　或壽命一劫
或復壽百劫　或復有壽命　佛剎微塵等
或於一劫中　見無量剎起　無量不可數

不思議剎壞　或國土無佛　或國土有佛
或國土一佛　或有無量佛　若國土無佛
他方異世界　有諸化佛來　示現自在教
從兜率捨壽　降神處胎生　降魔成正覺
轉無上法輪　隨衆生所樂　種種色示現
一切時不壞　轉清淨法輪　若衆生非器
非佛令不見　煩惱所障礙　不見如來意
或剎極濁惡　常聞弊惡音　剛强麤獷聲
不愛大恐怖　彼地獄畜生　餓鬼趣受苦
是濁惡佛剎　衆生憂惱海　或剎甘露音
常聞柔輭聲　清淨業道音　普聞一切剎
或有佛剎聞　釋提桓因聲　梵天王妙聲
諸世界主聲　光明旋音聲　佛化身無盡
諸菩薩音聲　常聞佛剎海　或不思議剎
聞轉法輪聲　不可盡願聲　所修行音聲
聞三世諸佛　具足尊名號　隨緣起佛剎
音聲不可盡

諸佛子乃往久遠過世界海微塵數劫復過是數爾時有世界海名淨光普眼中有世界性名勝妙音依止摩尼華網海住清淨無穢有須彌山塵數世界以爲眷屬無量寶莊嚴地有三百重衆寶圍山高廣嚴淨周帀圍遶其世界性形如須彌山天宮莊嚴以念爲食彼世界性中有香水海名清淨光彼香海中有須彌山名大炎華莊嚴幢以十種寶欄楯圍遶彼須彌山有林觀名寶華枝以無量華樓閣無量寶幢樓閣無量紺寶網種種色華而莊嚴之無量香雲彌覆其上十億百千城周帀圍遶於彼林東有一天城名曰炎光純香所成面千由旬七寶爲郭周帀圍遶其城

樓觀雜寶莊嚴覆以雜華及諸寶網微風吹動出妙音聲其城有門一萬二千建雜寶幢而莊嚴之十億園林周帀圍遶城中衆生皆悉成就業報神足行同諸天一切所欲應念即至於彼林南有一大城名樹華莊嚴次有龍城名曰究竟次有夜叉城名金剛勝妙莊嚴幢次有乾闥婆城名離垢善次有阿脩羅城名寶輪地次有迦樓羅城名衆寶莊嚴善光次有緊那羅城名娛樂莊嚴次有摩睺羅伽城名寶金剛幢時彼林中有一道場名寶華莊嚴其道場前有大蓮華名華炎具足縱廣百億由旬十億蓮華眷屬圍遶時彼世界過百歲已有佛出世如是次第有十須彌山塵數如來出興于世其最初佛名一切功德本勝須彌山雲時佛處彼大蓮華上眉間白毫放大光明名一切功德覺有十佛世界塵數光明以為眷屬彼光滅除一切衆生煩惱蓋障令得淨心起功德海永離三惡八難諸趣發菩提心諸佛子時彼炎光城中有王名愛見善慧其王統領百億諸城有三萬七千夫人婇女二萬五千子其第一子名功德勝次名普莊嚴童子時彼童子見佛無量自在功德善根因緣故即得十種三昧名曰諸佛具足功德三昧普門方便三昧淨方便雲三昧教化衆生三昧一切音聲充滿三昧無量功德誠向三昧如實覺諸法三昧廣地方便海三昧勝解脫三昧一切智光三昧爾時普莊嚴童子以偈頌曰

猶如千日出　虛空靡不照　離垢坐道場
光明亦如是　無量萬億劫　難遇之導師

出興於世間　一切見最勝　觀察佛光明
如雲難思議　一切處悉見　如對現目前
毛孔放光明　如雲不可盡　隨諸衆生音
讚佛無量德　衆生遇佛光　離苦永寂滅
悉安隱快樂　歡喜遍充滿　觀察諸菩薩
充滿十方界　放摩尼寶雲　讚歎諸最勝
常於道場閒　深妙音聲海　滅諸衆生苦
覩佛自在力　一切興恭敬　歡喜心無量
往詣法王所　瞻仰禮供養

時彼童子說偈音聲於彼世界無不普聞爾時愛見善慧王聞說是偈歡喜無量以偈頌曰

宜時普宣告　諸王大臣等　令知吉祥相
咸速詣最勝　莊飾一切城　宜令悉清淨
建諸妙幢旛　種種寶莊嚴　設衆妙寶帳
彌覆羅其上　與伎樂音雲　令充遍虛空
掃除諸街巷　降以雜寶雨　莊嚴衆寶乘
當詣見最勝　各於其帳內　雨種種雲雨
一切莊嚴雲　流行虛空中　香蓮華光雲
華蓋難思議　瓔珞半月雲　雨衆妙寶衣
須彌山香水　摩尼寶莊嚴　清淨衆雜寶
顯現虛空中　摩尼寶華鬘　離垢衆寶鬘
摩尼寶燈雲　凝照停虛空　矚想皆念佛
生無量歡喜　妻子眷屬俱　當詣見最勝

爾時愛見善慧王與七十七億那由他眷屬俱往詣一切功德本勝須彌山雲佛所到已頭面禮足於一面坐有無量天龍夜叉乾闥婆阿脩羅迦樓羅緊那羅摩睺羅伽等往詣佛所頭面禮足於一面住爾時如來教化一切諸衆生故於彼衆海中說經名現三世一

切諸佛集會世界塵數修多羅以爲眷屬隨諸衆生所應解故爾時普莊嚴童子聞是經已宿世功德因緣故得一切法具足三昧一切法來入安住菩提心三昧法界師子光方便三昧法眼清淨三昧爾時童子以偈頌曰

我聞最勝法　清淨慧眼開　能見一切佛
過去功德海　我見一切生　如本色具足
隨本名身業　供養一切佛　過去諸佛所
無量劫海行　我見諸佛海　清淨佛刹海
於生死海中　捨自身無量　修菩薩勝行
嚴淨佛刹海　捨無量耳鼻　頭目及手足
王身大臣身　具足修淨國　一一佛刹中
難思議億劫　修行菩薩道　令佛刹海淨
普賢菩薩願　修習諸行海　一切刹海中
令佛土清淨　如日光明淨　悉見色具足
佛智光照已　見我本修行　見無量諸佛
離垢清淨刹　成等正覺聲　悉充滿法界
如彼修清淨　具足佛刹海　一切佛神力
應修菩薩行

說是偈時如須彌山塵數衆生悉發無上道心時彼如來爲此童子而說頌曰

善哉普莊嚴　德藏大名稱　能爲衆生故
勇猛求菩提　能發智慧光　滿一切法界
無上道德雲　當得智慧海　一國中修行
一刹微塵劫　當逮是智慧　如我之所得
懈怠者不能　解深方便海　精進力成就
能淨佛世界　一切微塵數　劫海修衆行
彼得淨如是　如我佛刹海　一一衆生故
無量劫苦行　不猒生死難　能爲大導師
無量無邊願　一切諸佛海　能度無上道

方便海具足　恭敬供養我　普莊嚴大力
勝須彌山佛　成汝無上道　普賢常勇猛
具足大名稱　一切法界滿　淨諸佛刹海
爾時一切功德本勝須彌山雲如來壽五十
億歲彼佛滅度後有佛出世號一切度離癡
清淨眼王如來普莊嚴童子見是如來已即
得念佛三昧普門海藏三昧無量智持轉法
三昧甚深法樂三昧時佛說經名一切法界
自性離垢莊嚴有世界微塵等修多羅以爲
眷屬普莊嚴童子聞是經已即得三昧名一
切法普門歡喜藏三昧入一切法方便海三
昧

如來名號品第三

佛在摩竭提國寂滅道場初始得佛普光法
堂坐蓮華藏師子座上善覺智無二念了達
法性住佛所住等諸如來至無礙趣具不退
法無壞境界住不思議等達三世與十佛國
土微塵數等大菩薩俱盡一生補處悉從他
方世界來集了衆生性深入法界常善思量
世間涅槃明了業報衆生心行悉能解知諸
法義味觀察世間離世間法究竟分別爲無
爲性去來現在靡不貫達時諸菩薩咸作是
念唯願世尊哀愍我等隨所志樂示現佛刹
示佛所住示佛國莊嚴示諸佛法示佛土清
淨示佛所說法示佛刹體示佛功德勢力示
隨佛刹起示成正覺開示十方一切如來所
可分別菩薩十住十行十迴向十藏十地十
願十定十自在十頂菩薩隨喜心不斷如來
性救衆生滅煩惱知衆行解諸法離垢穢拔
衆難決疑網竭愛欲佛無上地佛境界佛住

壽佛行佛力佛無所畏佛定佛神足佛勝佛不動轉佛六情根佛光佛智無上功德一切具足如是等事悉爲我現爾時世尊知諸菩薩心之所念即如其像現神通力現神力已東方過十佛刹微塵數國有世界名金色佛號不動智有菩薩字文殊師利與十佛土塵數菩薩來詣佛所恭敬供養頭面禮足即於東方化作蓮華藏師子之座結跏趺坐南方過十佛刹微塵數國有世界名樂色佛號大智有菩薩字覺首與十佛土塵數菩薩來詣佛所恭敬供養頭面禮足即於南方化作蓮華藏師子之座結跏趺坐西方過十佛刹微塵數國有世界名華色佛號習智菩薩字財首與十佛土塵數菩薩來詣佛所恭敬供養頭面禮足即於西方化作蓮華藏師子之座結跏趺坐北方過十佛刹微塵數國有世界名薝蔔華色佛號行智菩薩字寶首與十佛土塵數菩薩來詣佛所恭敬供養頭面禮足即於北方化作蓮華藏師子之座結跏趺坐東北方過十佛刹微塵數國有世界名青蓮華色佛號明智菩薩字德首與十佛土塵數菩薩來詣佛所恭敬供養頭面禮足即於東北方化作蓮華藏師子之座結跏趺坐東南方過十佛刹微塵數國有世界名金色佛號究竟智菩薩字目首與十佛土塵數菩薩來詣佛所恭敬供養頭面禮足即於東南方化作蓮華藏師子之座結跏趺坐西南方過十佛刹微塵數國有世界名寶色佛號上智菩薩字進首與十佛土塵數菩薩來詣佛所恭敬供養頭面禮足即於西南方化作蓮華藏

師子之座結跏趺坐西北方過十佛剎微塵數國有世界名金剛色佛號自在智菩薩字法首與十佛土塵數菩薩來詣佛所恭敬供養頭面禮足即於西北方化作蓮華藏師子之座結跏趺坐下方過十佛剎微塵數國有世界名玻瓈色佛號梵智菩薩字智首與十佛土塵數菩薩來詣佛所恭敬供養頭面禮足即於下方化作蓮華藏師子之座結跏趺坐上方過十佛剎微塵數國有世界名如寶色佛號伏怨智菩薩字賢首與十佛土塵數菩薩來詣佛所恭敬供養頭面禮足即於上方化作蓮華藏師子之座結跏趺坐是時文殊師利菩薩承佛神力觀察大衆歎曰快哉今菩薩會爲未曾有諸佛子當知佛剎不可思議佛住佛國佛法佛剎清淨佛說法佛出世佛剎起諸佛阿耨多羅三藐三菩提皆不可思議何以故十方諸佛說法知彼心行隨化衆生與虛空法界等何以故此娑婆世界中諸四天下教化一切種種身種種名處所形色長短壽命諸得諸入諸根生處業報如是種種不同衆生所見亦異何以故諸佛子此四天下佛號不同或稱悉達或稱滿月或稱師子吼或稱釋迦牟尼或稱神仙或稱盧舍那或稱瞿曇或稱大沙門或稱最勝或稱能度如是等稱佛名號其數一萬諸佛子次此東方有四天下名曰善護彼稱如來或號金剛或號尊勝或號大智或號不壞或號雲王或號無諍或號平等或號歡喜或號無比或號默然如是等稱佛名號其數一萬諸佛子次此南方有四天下名曰難養彼稱如來

或名甘露灌或名善名稱或名離垢或名實論師或名調御或名樂慧或名大音或名衆祐或名無量或名勝慧如是等稱佛名號其數一萬諸佛子次此西方有四天下名曰佛慧彼稱如來或謂性慧或謂愛現或謂無上王或謂無恐怖或謂實慧或謂常化或謂知足或謂法慧或謂究竟或謂能忍如是等稱佛名號其數一萬諸佛子次此北方有四天下名師子言彼稱如來或稱大牟尼或稱苦行或稱婆伽婆或稱福田或稱一切智或稱善意或稱清淨或稱伊那婆那或稱勝躉或稱願行滿如是等稱佛名號其數一萬諸佛子次此東北方有四天下名曰安寧彼稱如來或號法王或號等起或號寂靜或號妙天或號離欲或號勝慧或號等心或號無壞或號慧音或號遠來如是等稱佛名號其數一萬諸佛子次此東南方有四天下名曰喜樂彼稱如來或名蓮華或名慧火或名智人或名密教或名解脫或名自然安住或名妙行成就或名清淨眼王或名上勇或名精進力如是等稱佛名號其數一萬諸佛子次此西南方有四天下名曰堅固彼稱如來或稱不動或稱慧王或稱滿慧或稱無動慧或稱常悲或稱頂王或稱勝音或稱一切施或稱持仙或稱勝須彌山如是等稱佛名號其數一萬諸佛子次此西北方有四天下名須善提彼稱如來或號普慧或號光明成就或號寶髻或號應敬念或號無上義或號悅樂或號本性清淨或號光明滿或號脩臂或號本善住如是等稱佛名號其數一萬諸佛子次此

下方有四天下名曰炎道彼謂如來或名長養善根或名師子色或名利智或名眞金炎或名普現或名梵音或名饒益或名究竟來或名眞天或名平等施如是等稱佛名號其數一萬諸佛子次此上方有四天下名曰持地彼謂如來或稱猛慧或稱無量清淨或稱覺慧或稱勇首或稱妙莊嚴或稱能發歡喜或稱意成滿或稱火光或稱精進或稱一乘諸佛子如是持地四天下稱佛名號其數一萬此娑婆世界有如是等百億四天下彼稱如來亦各不同有百億萬諸佛子此娑婆世界東次有國土名曰密訓彼謂如來或稱平等或稱最勇或稱安慰或稱調意或稱聞慧或稱一切捨或稱自在或稱堅固身或稱大超越或稱無比智諸佛子如是密訓國土稱佛名號有百億萬諸佛子此世界南次有國土名曰最勇彼謂如來或稱自然清淨或稱意至到如是等稱佛名號有百億萬諸佛子此世界西次有國土名曰離垢彼謂如來或稱具足直心或稱分別道或稱善持或稱解脫衆亂或稱論師或稱分別衆寶或稱無上現或稱來化或稱一切苦行或稱具足力如是等稱佛名號有百億萬諸佛子此世界北次有國土名實境界彼謂如來或稱薝蔔華色或稱日藏或稱依精進住或稱等起住壽或稱超實或稱慧日或稱無障礙或稱月出或稱慧火勢或稱清淨身如是等稱佛名號有百億萬諸佛子此世界東北次有國土名曰呵尼彼稱如來或號離苦或號一切解脫或號因緣具足或號解脫智慧或號過去藏

或號寶光或號離世間或號至離身地或號端嚴藏或號離瞋恚心如是等稱佛名號有百億萬諸佛子此世界東南次有國土名曰饒益彼稱如來或號因緣或號盡智或號美音或號相勝或號莊嚴蓋或號淨根或號殊特或號分別到彼岸或號勝定或號慈父或號智海如是等稱佛名號有百億萬諸佛子此世界西南次有國土名曰尠少彼稱如來或號牟尼主或號樂寶或號不二觀或號知智或號謙意或號有緣見或號根主或號天人師或號建業或號金剛華如是等稱佛名號有百億萬諸佛子此世界西北次有國土名曰知足彼稱如來或號華聚或號栴檀蓋或號蓮華藏或號超越諸法或號法顯或號次超或號善淨蓋或號離垢善根或號善言或號專念法或號五法藏如是等稱佛名號有百億萬諸佛子此世界下次有國土名離摶食彼稱如來或號眞珠炎或號普化或號法命主或號無爲或號覺根或號離塵或號風無礙或號欣施或號分別道或號建幢如是等稱佛名號有百億萬諸佛子此世界上次有國土名解脫音彼稱如來或號猛幢或號無量寶或號樂大施或號天光或號吉祥興或號離死地或號最勝或號不退輪或號離非法或號修一切智諸佛子此解脫音世界稱佛名號有百億萬如娑婆國土及十世界如是東方百千億不可量不可數不可思議不可稱無等無邊無分齊不可說虛空法界等世界中衆生稱佛名號各各不同南西北方四維上下亦復如是皆是如來爲菩薩

時有因緣者爲度此故種種方便口業音聲行業果報法門權道諸根所樂令諸衆生知如來法

大方廣佛華嚴經卷第四

音釋

斫迦羅 梵語也亦云䟦囉此云金剛斫職切 汎 孚梵切 嵎 牛俱切與隅同方也 獷 古猛切麤惡也 矚 欲切視甚也 摶 度官切圜也以手挩衆爲團也

大方廣佛華嚴經卷第五

東晋天竺三藏佛陀跋陀羅等譯

四諦品第四

爾時文殊師利告衆菩薩言佛子所說苦諦者於此娑婆世界或言害或言逼迫或言變異或言境界或言聚或言刺或言依根或言不實或言瘫或言童蒙行所說苦集諦者或言火或言能壞或言受義或言覺或言方便或言決定或言網或言念或言順衆生或言顛倒根所說苦滅諦者或言無障礙或言離垢淨或言寂靜或言無相或言不死或言無所有或言因緣斷或言滅或言真實或言自然住所說苦滅道諦者或言一乘或言趣寂靜或言引導或言究竟悕望或言常不離或言能捨擔或言至非趣或言聖人隨行或言仙人行或言十藏諸佛子此娑婆世界中如是等四諦名字有四十億百千那由他隨諸衆生所應調伏作如是說諸佛子如娑婆世界所稱苦諦於密訓世界或名求根或名不可出或名不縛根或名作不應作或名一切不實或名分別羸或名處所成就或名第一害或名動或名身事所名苦集諦者或名受或名枝或名燒或名堅固或名壞根或名相續或名害行或名喜忘或名生無或名分別所名苦滅諦者或名正義或名堅固或名讃歎或名安隱或名善趣或名調伏或名一道或名離煩惱或名不亂或名究竟所名苦滅道諦者或名猛將或名不没或名超出或名勤方便或名普眼或名離邊或名覺悟或名得妙或名無上目或名觀方諸佛子彼密訓

世界如是等四諦名字有四十億百千那由他隨諸衆生所應調伏作如是說諸佛子如娑婆世界所名苦諦於最勇世界或名恐怖或名福斷或名應訶責或名常給或名麤澀或名常怨或名離勝或名奪利或名難共事或名虛妄或名勢力所名苦集諦者或名因緣或名凝元或名怨林或名忍枝或名滅味或名仇對或名味著或名導引或名增闇或名害利所名苦滅諦者或名大義或名饒益分別或名義中義或名無量或名見或名虛妄斷或名最勝或名常或名住或名無爲所名苦滅道諦者或名滅火或名勝枝或名定分別或名不退或名深方便或名出家或名最上或名至非趣或名解脫或名能令解脫諸佛子彼最勇世界如是等四諦名有四十億百千那由他隨諸衆生所應調伏作如是說諸佛子如娑婆世界所說苦諦於離垢世界或名悔恨或名資待或名分別或名輪迴或名前行或名一味或名非法或名現前地或名最邪或名邪見或名不可忍所名苦集諦者或名虛器或名分別或名甘刃或名生地或名取或名棄或名增或名擔或名能生或名堅縛所名苦滅諦者或名等等或名空或名無垢或名勝根或名勝等或名無作或名滅使或名最上或名畢竟或名破卵所名苦滅道諦者或名眞堅固或名方便分別或名義根或名眞性或名離愛或名勝淨或名有邊或名寄金或名究竟或名淨虛妄諸佛子離垢世界如是等四諦名有四十億百千那由他隨諸衆生所應調伏作如是說諸佛

子如娑婆世界所說苦諦於真實境世界或名愛欲或名險根或名海分或名邪方便或名分別根或名流轉或名生滅或名障礙或名倒根或名有數所名苦集諦者或名愛或名陷溺或名不可盡或名分或名不正趣或名津涤或名事或名障礙或名器或名動所名苦滅諦者或名相續斷或名解散或名無名或名不作或名不現或名無作或名無名或名無燒或名明或名淨所名苦滅道諦者或名寂行或名正行或名修證或名安隱道或名無量壽或名修究竟或名常道或名難得或名彼岸或名無敵諸佛子真實境世界如是等四諦名有四十億百千那由他隨諸衆生所應調伏作如是說諸佛子如娑婆世界所名苦諦者於訶尼世界或名掠取或名非善友或名戰怖或名多言或名真地獄或名非法調伏或名重擔或名壞根或名虛妄或名虛妄根所名苦集諦者或名貪或名作或名惡或名生或名絞縛或名想或名有果或名不愛或名不應說或名迴轉所名苦滅諦者或名不轉或名解脫或名無作或名離愛或名堅固或名真實或名離癡或名寂滅或名賢聖或名離怨敵所名苦滅道諦者或名正語或名無諍或名教導或名迴向心或名廣妙或名分別方便或名有數或名趣寂靜或名勝智或名善解義諸佛子訶尼世界如是等四諦名有四十億百千那由他隨諸衆生所應調伏作如是說諸佛子如娑婆世界所言苦諦者於饒益世界或名重擔或名危脆或名賊等或名生死或名非歡喜或名

流轉或名疲勞或名醜貌或名能生或名利刃所言苦集諦者或名流散或名擾亂或名煩惱或名羸劣或名漂淪或名乖違或名非解脫或名所作或名取或名虛妄所言苦滅諦者或名離獄或名眞實或名離諸難或名覆護或名善因或名隨至或名根或名離枝或名無爲或名無次第所言苦滅道諦者或名達無所有或名一切因或名善本或名明至或名不轉法或名有盡或名大道或名能調伏或名安隱或名非流轉諸佛子饒益世界如是等四諦名有四十億百千那由他隨諸衆生所應調伏作如是說諸佛子如娑婆世界所言苦諦者於尠少世界或名惡逆心或名不長慧或名邪念或名流轉或名無慚愧或名貪根或名熾然或名刺棘或名大山或名憂惱所言苦集諦者或名廣地或名來起或名遠智或名衆惱或名恐怖或名放逸或名大失或名著處或名無主或名相續所言苦滅諦者或名具足滿或名甘露或名非我所或名無主或名虛妄斷或名安樂住或名無量或名斷流或名非趣或名不二所名苦滅道諦者或名光明或名堅實或名知深義或名正業或名非生滅或名非相續或名淨道或名正趣或名淨方便或名勝見諸佛子尠少世界如是等四諦名有四十億百千那由他隨諸衆生所應調伏作如是說諸佛子如娑婆世界所名苦諦者於知足世界或名流轉或名失利或名染汙障或名重擔或名惡形或名內惡或名非專到或名害處或名苦惱所言苦集諦者或名能持或名方便

或名過時或名非實法或名無底或名攝受或名離戒或名煩惱法或名無量見或名惡聚所言苦滅諦者或名壞身或名不放逸或名眞實或名等或名清淨或名離生或名離曲或名無相或名具足或名不生所言苦滅道諦者或名境界言斷或名功德聚或名順義或名廣方便或名虛妄盡或名住壽道或名可稱數或名正念或名常道或名解脫諸佛子知足世界如是等四諦名有四十億百千那由他隨諸衆生所應調伏作如是說諸佛子如娑婆世界所名苦諦者於所求世界或名害或名坏瓶或名我所或名身趣或名流轉或名衰主或名苦或名輕飄或名無味或名來去所名苦集諦者或名行或名憒毒或名惡行或名受枝或名不起疾或名雜毒或名虛稱或名離勝或名熾然或名驚駭所名苦滅諦者或名非聚或名非處或名妙藥或名不可壞或名不没或名不可量或名大或名覺枝或名離染或名障礙所名苦滅道諦者或名勝行或名離欲或名諦究竟或名入深義或名實究竟或名淨現或名持念或名離障或名救濟或名勝枝諸佛子所求世界如是等四諦名有四十億百千那由他隨諸衆生所應調伏作如是說諸佛子如娑婆世界所名苦諦者於解脫音世界或名匿疵或名衆生或名依枝或名壞勝或名障礙或名駛流或名遠或名藏或名受或名苦枝所名苦集諦者或名遏調伏或名心趣或名能縛或名常念或名彼邊或名離修或名虛妄或名門或名輕飄或名隱覆所言苦滅諦者

或名非處或名無上勝或名不還或名滅諍或名少或名無害或名善住或名無盡或名廣或名無價等所言苦滅道諦者或名自見令見或名摧敵或名分别印或名入相或名難得或名無量義或名能起明或名和合道或名向不動或名勝義諸佛子解脱音世界如是等四諦名有四十億百千那由他隨諸衆生所應調伏作如是説諸佛子如此娑婆世界及十方十佛剎説四諦名如是東方百千億不可量不可數不可思議不可稱無等無邊無分齊不可説虚空法界等一切世界中説四諦名各有四十億百千那由他隨諸衆生所應調伏作如是説南西北方四維上下亦復如是

如來光明覺品第五

爾時世尊從兩足相輪放百億光明遍照三千大千世界百億閻浮提百億弗婆提百億拘伽尼百億欝單越百億大海百億金剛圍山百億菩薩生百億菩薩出家百億佛始成正覺百億如來轉法輪百億如來般泥洹百億須彌山王百億四天王天百億三十三天百億時天百億兜率陀天百億化樂天百億他化樂天百億梵天百億光音天百億遍淨天百億果實天百億色究竟天此世界所有一切悉現如此見佛坐蓮華藏師子座上有十佛世界塵數菩薩眷屬圍遶百億閻浮提亦復如是以佛神力故百億閻浮提皆見十方各有一大菩薩各與十世界塵數菩薩眷屬俱來詣佛所所謂文殊師利菩薩覺首菩薩財首菩薩寶首菩薩德首菩薩目首菩薩

精進首菩薩法首菩薩智首菩薩賢首菩薩是諸菩薩所從來國金色世界樂色華色薝蔔華色青蓮華色金色寶色金剛色玻瓈色如實色世界各於本國佛所所謂不動智佛智慧火佛淨智佛具威儀智佛明星智佛究竟智佛無上智佛自在智佛梵天智佛伏怨智佛所淨修梵行爾時文殊師利以偈頌曰

若有知正覺　解脫離諸漏　不著一切世
彼非淨道眼　若有知如來　觀察無所有
知法散滅相　彼人疾作佛　能見此世界
一切處無著　如來身亦然　是人疾成佛
若於佛法中　其心隨平等　入不二法門
彼人難思議　若見我及佛　安住平等相
彼住無所住　遠離一切有　色受無有數
想行識亦然　能如是知者　彼是大牟尼
見者無所有　所見法亦無　明了一切法
彼能照世間　一念見諸佛　出現于世間
而實無所起　彼人大名稱　無我無衆生
亦無有敗壞　若轉如是相　彼則無上人
一中解無量　無量中解一　展轉生非實
智者無所畏

如此處文殊師利說偈一切處亦復如是爾時光明過此世界遍照東方十佛國土南西北方四維上下亦復如是彼一一世界中百億閻浮提乃至百億色究竟天世界所有一切悉現如此見佛坐蓮華藏師子座上有十佛世界塵數菩薩眷屬圍遶彼一一世界中百億閻浮提亦復如是佛神力故皆見十方各有一大菩薩各與十世界塵數菩薩眷屬俱來詣佛所所謂文殊師利乃至賢首等是

諸菩薩所從來國金色世界乃至如實色世界各於本國不動智佛乃至伏怨智佛所淨修梵行爾時一切處文殊師利以偈頌曰

見衆生苦逼　癡覆愛欲刺　常求無上道
諸佛法如是　離斷常二邊　見法實不轉
昔所未曾轉　轉此無上輪　不可思議劫
被弘誓德鎧　爲度生死故　大聖法如是
導師降衆魔　勇健莫能勝　愛語離衆怖
無上慈悲法　内得甚深智　能害諸煩惱
一念見一切　彼自在示現　能擊正法鼓
聲震十方國　令得無上道　自覺法如是
不壞無量境　能遊無數刹　不取一切有
彼自在如佛　無比歡喜念　諸佛常清淨
虛空等如來　彼是具足願　一一衆生故
阿鼻地獄中　無量劫燒煮　心淨如最勝
不惜身壽命　常護諸佛法　具足行忍辱
彼得如來法

爾時光明過十世界遍照東方百世界乃至上方亦復如是彼一一世界中百億閻浮提乃至百億色究竟天世界所有一切悉現如此見佛坐蓮華藏師子座上有十佛世界塵數菩薩眷屬圍遶彼一一世界中百億閻浮提亦復如是佛神力故皆見十方各有一大菩薩各與十世界塵數菩薩眷屬俱來詣佛所所謂文殊師利乃至賢首等是諸菩薩所從來國金色世界乃至如實色世界各於本國不動智佛乃至伏怨智佛所淨修梵行爾時一切處文殊師利以偈頌曰

如來覺諸法　如幻如虛空　心淨無障礙
調伏群生類　或見初生時　妙色如金山

住是最後身　照明如滿月　或見經行時
攝無量功德　念慧善具足　明行人師子
或見明淨眼　觀察照十方　或時見戲笑
衆生樂欲故　或見師子吼　清淨無比身
示現末後生　所說無非實　或見出家時
解脫一切縛　修習諸佛行　常樂觀寂滅
或見坐道場　善覺一切法　度諸功德岸
癡闇煩惱滅　或見天人尊　具足大悲心
或見轉法輪　度脫諸群生　或見無畏吼
儀容甚微妙　調伏一切世　神力無障礙
或見寂靜心　世間燈永滅　或見十力尊
顯現自在法

爾時光明過百世界遍照東方千世界乃至上方亦復如是彼一一世界中百億閻浮提乃至百億色究竟天世界所有一切悉現如此見佛坐蓮華藏師子座上有十佛世界塵數菩薩眷屬圍遶彼一一世界中百億閻浮提亦復如是佛神力故皆見十方各有一大菩薩各與十世界塵數菩薩眷屬俱來詣佛所所謂文殊師利乃至賢首等是諸菩薩所從來國金色世界乃至如實色世界各於本國不動智佛乃至伏怨智佛所淨修梵行爾時一切處文殊師利以偈頌曰

善逝法甚深　無相亦無有　衆生顛倒故
次第現一切　無有我我所　彼境界空寂
善逝身清淨　自覺離諸塵　等覺明解脫
無量不可數　無邊世界中　因緣和合起
無諸陰界入　永離生死苦　不在世間數
故號人師子　内外俱解脫　本來常自空
一切離虛妄　諸佛法如是　離愛諸煩惱

長流永不轉　正覺解諸法　度無量衆生
一念不二相　樂觀寂滅法　其心無所著
佛自在無量　善知因緣法　業報及衆生
最勝無礙智　甚深難思議　普見十方界
嚴淨諸佛刹　如來離虛妄　度脱無量衆
佛智如鍊金　一切有非有　隨其所應化
爲説清淨法
爾時光明過千世界遍照東方萬世界乃至
上方亦復如是彼一一世界中百億閻浮提
乃至百億色究竟天世界所有一切悉現如
此見佛坐蓮華藏師子座上有十佛世界塵
數菩薩眷屬圍遶彼一一世界中百億閻浮
提亦復如是佛神力故皆見十方各有一大
菩薩各與十世界塵數菩薩眷屬俱來詣佛
所所謂文殊師利乃至賢首等是諸菩薩所
從來國金色世界乃至如實色世界各於本
國不動智佛乃至伏怨智佛所淨修梵行爾
時一切處文殊師利以偈頌曰
離諸人天樂　常行大慈心　救護諸群生
是彼淨妙業　一向信如來　其心不退轉
不捨念諸佛　是彼淨妙業　永離生死海
不退佛法流　善住清涼慧　是彼淨妙業
身四威儀中　觀佛深功德　晝夜常不斷
是彼淨妙業　知三世無量　不生懈怠心
常求佛功德　是彼淨妙業　觀身如實相
一切皆寂滅　離我非我著　是彼淨妙業
觀察衆生心　遠離虛妄想　成就實境界
是彼淨妙業　能稱無量土　悉飲一切海
成就神通智　是彼淨妙業　計數諸佛國
色相非色相　一切盡無餘　是彼淨妙業

無量佛土塵　一塵爲一佛　悉能知其數
是彼淨妙業

爾時光明過萬世界遍照東方十萬世界乃至上方亦復如是彼一切世界中百億閻浮提乃至百億色究竟天世界所有一切悉現如此見佛坐蓮華藏師子座上有十佛世界塵數菩薩眷屬圍遶彼一一世界中百億閻浮提亦復如是佛神力故皆見十方各有一大菩薩各與十世界塵數菩薩眷屬俱來詣佛所所謂文殊師利乃至賢首等是諸菩薩所從來國金色世界乃至如實色世界各於本國不動智佛乃至伏怨智佛所淨修梵行

爾時一切處文殊師利以偈頌曰

若以色性大神力　而欲望見調御士
是則翳目顛倒見　彼爲不識最勝法
如來身色形相處　一切世間莫能覩
億那由劫欲思量　妙色威神不可極
非以相好爲如來　無相離相寂滅法
一切具足妙境界　隨其所應悉能現
諸佛正法不可量　無能分別說其相
諸佛正法無合散　其性本來常寂滅
不以陰數爲如來　遠離取相眞實觀
得自在力決定見　言語道斷行處滅
等觀身心無異相　一切內外悉解脫
無量億劫不二念　善逝深遠無所著
普放妙光明　遍照世境界　淨眼一切智
自在深廣義　一能爲無量　無量能爲一
知諸衆生性　隨順一切處　身無所從來
去亦無所至　虛妄非眞實　現有種種身
一切諸世間　皆從妄想生　是諸妄想法

其性未曾有　如是眞實相　唯佛能究竟
若能如是知　是則見導師
爾時光明過十萬世界遍照東方百萬世界
乃至上方亦復如是彼一一世界中百億閻
浮提乃至百億色究竟天世界所有一切悉
現如此見佛坐蓮華藏師子座上有十佛世
界塵數菩薩眷屬圍遶彼一一世界中百億
閻浮提亦復如是佛神力故皆見十方各有
一大菩薩各與十世界塵數菩薩眷屬俱來
詣佛所所謂文殊師利乃至賢首等是諸菩
薩所從來國金色世界乃至如實色世界各
於本國不動智佛乃至伏怨智佛所淨修梵
行爾時一切處文殊師利以偈頌曰
最勝自覺超世間　無依殊特莫能勝
大仙化度一切有　具足淨妙諸功德

其心無染無處所　常住無想亦無依
永處吉祥無能毀　威德尊重大導師
從本淨明滅衆冥　永離諸染無塵垢
寂然不動離邊想　是名善入如來智
欲入善逝深法海　遠離身心虛妄想
解了諸法眞實性　永不隨順疑惑心
一切世界如來境　悉能爲轉正法輪
於法自性無所轉　無上導師方便說
曉了諸法無疑惑　有無妄想永已離
不生差別種種念　正意思惟佛菩提
諦了分別諸法時　無有自性假名說
隨順諸佛眞實教　法非一相亦不多
衆多法中無一相　於一法中亦無多
若能如是了諸法　是知諸佛無量德
觀察諸法及衆生　國土世間悉寂滅

心無所依不妄想　是名正念佛菩提
衆生諸法及國土　分别了知無差别
善能觀察如自性　是則了知佛法義

爾時光明過百萬世界遍照東方一億世界乃至上方亦復如是彼一一世界中百億閻浮提乃至百億色究竟天世界所有一切悉現如此見佛坐蓮華藏師子座上有十佛世界塵數菩薩眷屬圍遶彼一一世界中百億閻浮提亦復如是佛神力故皆見十方各有一大菩薩各與十世界塵數菩薩眷屬俱來詣佛所所謂文殊師利乃至賢首等是諸菩薩所從來國金色世界乃至如實色世界各於本國不動智佛乃至伏怨智佛所淨修梵行爾時一切處文殊師利以偈頌曰

大智無有量　妙法無倫匹　究竟能度彼
生死大海岸　壽命無終極　永已離熾然
彼成大功德　是則方便力　於諸佛深法
隨覺如自性　常觀三世法　不生止足想
了達所緣境　未曾起妄想　彼樂不思議
是則方便力　常樂觀衆生　而無衆生想
示現有身趣　永離諸趣想　內常樂禪寂
而無繫心想　彼心無所著　是則方便力
方便善觀察　諦了諸法相　專念正思惟
常行涅槃性　樂於解脫道　具足平等慧
彼住寂滅法　是則方便力　隨順調御士
最勝佛菩提　攝取一切智　廣大如法性
善入眞實諦　教化諸群生　彼成最勝意
是則方便力　佛說深法義　悉能隨順知
入深廣智慧　滅除諸障礙　一切至處道
是處悉能到　行是自覺道　是則方便力

心猶虛空界　亦如變化法　一切所依性
是相則非相　行於涅槃性　猶若虛空相
能到深妙境　是則方便力　常記念晝夜
晦朔日月數　年歲時劫分　亦隨觀察知
一切諸世界　始終成敗相　悉能諦了知
是則方便力　一切群萌類　隨業受生死
有色及無色　有想亦非想　彼彼姓名號
所趣諦了知　得此不思議　是則方便力
一切過去世　未來現在法　隨順佛所說
善念諦觀察　覺三世平等　如其真實相
是諸深妙道　無比方便力

爾時光明過一億世界遍照東方十億世界乃至上方亦復如是彼一一世界中百億閻浮提乃至百億色究竟天世界所有一切悉現如此見佛坐蓮華藏師子座上有十佛世界塵數菩薩眷屬圍遶彼一一世界中百億閻浮提亦復如是佛神力故皆見十方各有一大菩薩各與十世界塵數菩薩眷屬俱來詣佛所所謂文殊師利乃至賢首等是諸菩薩所從來國金色世界乃至如實色世界各於本國不動智佛乃至伏怨智佛所淨修梵行爾時一切處文殊師利以偈頌曰

受持難行法　堅固不退轉　日夜常精進
未曾起疲猒　已度難度海　大音師子吼
一切眾生類　我今當悉度　漂浪生死流
沉淪愛欲海　癡惑結重網　昏冥大怖畏
離慢堅固士　是能悉除斷　超勇成世雄
是則佛境界　世間諸放逸　長迷醉五欲
非實與妄想　永爲大苦障　勤修不放逸
奉行諸佛法　大誓能度彼　是則佛境界

慧者滅本際　無量難見劫　衆生依吾我
無窮生死轉　令入寂滅法　奉行最勝教
誓宣此妙法　是則佛境界　見彼苦衆生
孤煢無救護　永淪諸惡趣　三毒恒熾然
無間無救處　晝夜常火焚　誓度斯等苦
是則佛境界　迷惑失正路　習行諸邪徑
見彼群生類　長處大闇冥　爲現智慧燈
令見諸佛法　誓能爲照明　是則佛境界
一切三有海　深廣無崖底　見彼群生類
漂溺莫能濟　爲彼勤方便　興造正法船
普拯所應度　是則佛境界　無有本實見
常依無明住　沉沒生死淵　愚癡心迷亂
慧者見斯苦　爲之設法橋　大悲演說法
是則佛境界　見彼生死獄　楚毒難可量
長夜老病死　三苦競侵逼　自學深妙法
專修方便慧　誓度斯等苦　是則佛境界
聞佛甚深法　信心無疑惑　周滿十方刹
普行諸法界　觀察空寂法　其心無恐怖
現同一切身　是則天人師

爾時光明過十億世界遍照東方百億世界千億世界百千億世界億那由他世界百億那由他世界千億那由他百千億那由他不可量不可數不可思議不可稱無等無邊無分齊不可說虛空法界等一切世界乃至上方亦復如是彼一一世界中百億閻浮提乃至百億色究竟天世界所有一切悉現如此見佛坐蓮華藏師子座上有十佛世界塵數菩薩眷屬圍遶彼一一世界中百億閻浮提亦復如是佛神力故皆見十方各有一大菩薩各與十世界塵數菩薩眷屬俱來詣佛所

所謂文殊師利乃至賢首等是諸菩薩所從來國金色世界乃至如實色世界各於本國不動智佛乃至伏怨智佛所淨修梵行爾時一切處文殊師利以偈頌曰

無量無數劫　一念悉觀察　無來亦無去
現在亦不住　一切生滅法　悉知眞實相
超度方便岸　具足十種力　無等大名稱
普遍十方刹　永離生死難　究竟一切法
悉皆能遍至　一切諸世界　具足能敷演
清淨微妙法　普爲衆生類　正心奉諸佛
是故獲直心　眞實淨依果　隨順分別知
了達如如相　得佛自在力　十方靡不見
從始供養佛　樂行忍辱法　能入深禪定
觀察眞實義　悉令一切衆　歡喜向如來
菩薩行是法　速逮無上道　能問十方佛
其心常湛然　信佛不退轉　威儀悉具足
一切有無法　了達非有無　如是正觀察
能見眞實佛　無量淨樂心　境界滿十方
一切國土中　能說眞實義　滅除衆垢難
安住平等法　若能如是化　斯人等如來
聞佛妙音聲　逮得無上法　常轉淨法輪
甚深難知見　最勝所說法　具足七覺義
如是無上觀　常見諸佛身　不見如來空
寂滅猶幻化　雖見無所見　如盲對五色
虛妄取相者　是人不見佛　一切無所有
乃見眞如來　衆生種種業　難可分別知
十方内外身　種種無量色　佛身亦如是
一切滿十方　難知能知者　彼是大導師
譬如無量刹　依止虛空住　不從十方來
去亦無所至　世界若成敗　本來無所依

佛身亦如是　充滿虛空界

大方廣佛華嚴經卷第五

音釋

澀 所立切不滑也

陷溺 陷胡鑑切陷溺謂陷於阱溺於水也

絞縛 絞古巧切亦縛也

脆 此芮切耎小物易斷也

尠 息淺切少也

剌棘 剌七賜切棘芒也棘紀力切小棗叢生者曰棘

驚駭 駭下楷切亦驚也

駛 爽士切疾也

遏 烏割切止過也

般泥洹 梵語具云摩訶般涅槃那此云大滅度般音鉢洹音恆

鍊 連彥切鍛鍊也

翳 於計切障也

煢 渠營切獨也

大方廣佛華嚴經卷第六

東晉天竺三藏佛陀跋陀羅等譯

菩薩明難品第六

爾時文殊師利菩薩問覺首菩薩言佛子心性是一云何能生種種果報或至善趣或至惡趣或具諸根或不具者或生善處或生惡處端正醜陋苦樂不同業不知心心不知業受不知報報不知受心不知受受不知心因不知緣緣不知因智不知法法不知智爾時覺首菩薩以偈答曰

爲化衆生故　乃能問斯義　諸法如實性
我說仁諦聽　諸法不自在　求實不可得
是故一切法　二俱不相知　譬如駛水流
流流無絕已　二俱不相知　諸法亦如是
亦如明燈炎　炎炎不暫停　二俱不相知
諸法亦如是　亦如長風起　鼓拂生動勢
二俱不相知　諸法亦如是　亦如深廣地
展轉相依住　二俱不相知　諸法亦如是
眼耳鼻舌身　心意諸情根　因此轉衆苦
而實無所轉　法性無所轉　示現故有轉
於彼無示現　示現無所有　眼耳鼻舌身
心意諸情根　其性悉空寂　虛妄無眞實
觀察正思惟　有者無所有　彼見不顛倒
法眼清淨故　虛妄非虛妄　若實若不實
世間出世間　但有假言說

爾時文殊師利菩薩問財首菩薩言佛子一切衆生非衆生如來云何隨衆生時隨命隨身隨行隨欲樂隨願隨意隨方便隨思惟隨籌量隨衆生見而教化之爾時財首菩薩以偈答曰

明智心境界　常樂寂滅行　我今如實說
仁者善諦聽　分別觀內身　我身何所有
若能如是觀　彼達我有無　觀身一切分
無所依止住　諦了是身者　於身無所著
能解身如實　明達一切法　知法悉虛妄
其心無所染　身命相隨順　展轉更相因
猶如旋火輪　前後不可知　智者能觀察
一切有無常　諸法空無我　則離一切相
因緣所起業　無我猶如夢　果報性寂滅
前後無異相　一切世間法　唯以心爲主
隨樂取相者　皆悉是顛倒　世間所有法
一切悉虛妄　不能解諸法　真實無有二
一切生滅法　皆悉從緣起　念念速歸滅
終始無異相

爾時文殊師利問寶首菩薩言佛子一切眾生四大悉非我非我所云何眾生或受苦受樂或作惡作善或內端正或外端正或受少報或受多報或有現報或有後報然諸法性無善無惡爾時寶首菩薩以偈答曰

隨所行諸業　受果報亦然　造者無所有
諸佛如是說　猶如明淨鏡　隨其面像現
內外無所有　業性亦如是　亦如田種子
各各不相知　自然能作因　業性亦如是
亦如大幻師　在彼四衢道　示現種種色
業性亦如是　如匠造木人　能出種種聲
彼無我非我　業性亦如是　亦如眾鳥類
出聲音不同　能作種種聲　業性亦如是
如親因緣會　受生無來者　諸根各別異
業性亦如是　如大地獄中　眾生受苦惱
苦惱無來處　業性亦如是　亦如轉輪王

成就勝七寶　彼無所從來　業性亦如是
亦如諸世界　有成或有敗　成敗無來去
業性亦如是
爾時文殊師利問德首菩薩言佛子如來唯覺一法云何乃說無量諸法音聲遍滿無量世界悉能教化無量衆生出無量聲現無量身了知無量衆生心意示現無量神足自在示現無量無邊世界示現無量殊勝莊嚴示現無量種種境界而法性分別實不可得爾時德首菩薩以偈答曰
佛子乃能問　甚深微妙義　智者若知此
常樂求功德　猶如地性一　能持種種物
不分別一異　諸佛法如是　猶如火性一
能燒世間物　火性無分別　諸佛法如是
猶如大海水　注以百川流　其味無別異
諸佛法如是　猶如風性一　吹動一切物
風性無分別　諸佛法如是　猶如龍雷震
普雨一切地　雨滴無分別　諸佛法如是
猶如大地一　能生種種芽　地性無別異
諸佛法如是　猶日無雲翳　普能照十方
光明無異性　諸佛法如是　猶如空中月
世間靡不見　非至一切處　諸佛法如是
猶如大梵王　普應現大千　其身無別異
諸佛法如是
爾時文殊師利問目首菩薩言佛子如來福田等一無異云何布施果報不同有種種色種種性種種家種種根種種財種種奇特種種眷屬種種自在種種功德種種慧如來平等無有怨親爾時目首菩薩以偈答曰
譬如大地一　能生種種芽　於彼無怨親

佛福田亦然　譬如水一味　因器故不同
諸佛福田一　衆生故有異　譬如大幻師
能令衆歡喜　諸佛聖福田　隨願令忻悅
譬如辯才王　能令衆歡喜　諸佛聖福田
令衆生悅樂　譬如明淨鏡　隨對現衆像
諸佛聖福田　衆生故有異　譬如大藥王
消滅一切毒　諸佛聖福田　能滅煩惱患
譬如日出時　能除一切闇　諸佛聖福田
普照十方界　譬如淨滿月　普照四天下
諸佛聖福田　平等無偏黨　譬如毗嵐風
震動一切地　諸佛聖福田　能動三界有
譬如火劫起　天地靡不燒　諸佛聖福田
能燒一切有

爾時文殊師利問進首菩薩言佛子衆生爲見如來教斷諸煩惱耶爲知色受想行識欲界色界無色界癡愛斷諸煩惱耶若知色受想行識欲界色界無色界癡愛斷諸煩惱者如來教法何所增損爾時進首菩薩以偈答曰

佛子善諦聽　我說如實義　或有速出要
或有難解脫　若欲求除滅　無量諸過惡
應當一切時　勇猛大精進　譬如微小火
樵濕則能滅　於佛教法中　懈怠者亦然
譬如人鑽火　未出數休息　火勢隨止滅
懈怠者亦然　譬如淨火珠　離緣而求火
畢竟不可得　懈怠者亦然　譬如明淨日
閉目求見色　於佛教法中　懈怠者亦然
譬人無手足　欲射過大地　永不從彼意
懈怠者亦然　譬如大海水　一毛滴求盡
於佛教法中　懈怠者亦然　譬如火劫起

欲以少水滅　於佛教法中　懈怠者亦然
譬人見虛空　便言我身滿　於佛教法中
懈怠者亦然
爾時文殊師利問法首菩薩言佛子如佛所說聞受法者能斷煩惱云何衆生等聞正法而不能斷隨婬怒癡隨慢隨受隨忿隨慳嫉隨恨隨諂曲是諸垢法悉不離心心無所行能斷結使爾時法首菩薩以偈答曰
佛子善諦聽　所問如實義　非但積多聞
能入如來法　譬人水所漂　懼溺而渴死
不能如說行　多聞亦如是　譬人大惠施
種種諸餚饌　不食自餓死　多聞亦如是
譬如有良醫　具知諸方藥　自疾不能救
多聞亦如是　譬如貧窮人　日夜數他寶
自無半錢分　多聞亦如是　譬如帝王子
應受無極樂　業障故貧苦　多聞亦如是
譬如聾聵人　善奏諸音樂　悅彼不自聞
多聞亦如是　譬如盲瞽人　本習故能畫
示彼不自見　多聞亦如是　譬如海導師
能渡無量衆　拯彼不自濟　多聞亦如是
譬人處大衆　善說勝妙事　內自無實德
多聞亦如是
爾時文殊師利問智首菩薩言佛子於佛法中智慧爲首如來何故或爲衆生讚檀波羅蜜尸波羅蜜羼提波羅蜜毗梨耶波羅蜜禪波羅蜜般若波羅蜜慈悲喜捨此一一法皆不能得無上菩提爾時智首菩薩以偈答曰
難知而能知　隨順衆生心　佛子所問義
諦聽我今說　過去未來世　現在諸導師
未曾以一法　得成無上道　如來知衆生

本性所修習　善順應度者　爲說淨妙法
慳者讚布施　毀禁讚持戒　瞋恚讚忍辱
懈怠讚精進　亂意讚禪定　愚癡讚智慧
不仁讚慈愍　怒害讚大悲　憂慼爲讚喜
憎愛爲讚捨　如是修習者　漸解一切法
譬如造宮室　起基令堅固　施戒亦如是
菩薩衆行本　譬如牢堅城　防衛諸敵難
忍進亦如是　防護諸菩薩　譬如大力王
威德定天下　禪智亦如是　安隱諸菩薩
譬如轉輪王　具受一切樂　四等亦如是
安隱諸菩薩

爾時文殊師利問賢首菩薩言佛子一切諸佛唯以一乘得出生死云何今見一切佛刹事事不同所謂世界衆生說法教化壽命光明神力衆會佛法法住如是等事皆悉不同無有不具一切佛法而能成就無上菩提爾時賢首菩薩以偈答曰

文殊法常爾　法王唯一法　一切無礙人
一道出生死　一切諸佛身　唯是一法身
一心一智慧　力無畏亦然　隨衆生本行
求無上菩提　佛刹及衆會　說法悉不同
一切諸佛刹　平等普嚴淨　衆生業行異
所見各不同　諸佛及佛法　衆生莫能見
佛刹法身衆　說法亦如是　本行廣清淨
具足一切願　彼人見眞實　明達知見者
隨順衆生欲　諸業及果報　各令見眞實
佛力自在故　佛刹無異相　如來無憎愛
隨彼衆生行　自得如是見　非是一切佛
安住導師咎　無量諸世界　示現見不同
一切諸世界　所應受化者　常見人中雄

諸佛法如是

爾時諸菩薩謂文殊師利言佛子我等所解各各已說仁者辯才深入次應敷演何等是佛境界何等是佛境界因何等是佛境界所入何等是佛境界所度何等是佛境界隨順知何等是佛境界隨順法何等是佛境界分別知何等是識佛境界何等是決定知佛境界何等是佛境界照何等是佛境界廣爾時文殊師利以偈答曰

如來深境界　其量齊虛空　一切衆生入
眞實無所入　如來境界因　唯佛能分別
自餘無量劫　演說不可盡　隨順衆生故
普入諸世界　智慧常寂然　不同世所見
度脫諸群生　隨順其心智　宣暢無窮盡
唯是佛境界　如來一切智　三世無障礙
諸佛妙境界　皆悉如虛空　法界無異相
隨順衆生說　若欲具分別　唯佛之境界
一切諸世間　無量衆音聲　隨時悉了知
其實無分別　非識所能識　亦非心境界
自性眞清淨　能示諸群生　非業非煩惱
寂滅無所住　無明無所行　平等行世間
一切衆生心　普在三世中　如來於一念
一切悉明達

爾時此娑婆世界衆生佛神力故見此佛剎一切衆生如所行法如所行業如世間行隨身所行隨根所行隨其行業所生之處持戒毀禁說法果報如是世界中事一切悉見如是東方百千億世界不可量不可數不可思議不可稱無等無邊無分齊不可說虛空法界等一切世界乃至說法果報一切悉見南

西北方四維上下亦復如是

淨行品第七

爾時智首菩薩問文殊師利言佛子云何菩薩不染身口意業不害身口意業不癡身口意業不退轉身口意業不動身口意業應讚歎身口意業清淨身口意業離煩惱身口意業隨智慧身口意業云何菩薩生處成就姓成就家成就色相成就念成就智慧成就趣成就無畏成就覺悟成就云何菩薩第一智慧最上智慧勝智慧最勝智慧不可量智慧不可數智慧不可思議智慧不可稱智慧不可說智慧云何菩薩因力具足意力具足方便力具足緣力具足境界力具足根力具足止觀力具足定力具足云何菩薩善知陰界入善知緣起法善知欲色無色界善知過去未來現在云何菩薩修七覺意修空無相無作云何菩薩滿足檀波羅蜜尸波羅蜜羼提波羅蜜毗梨耶波羅蜜禪波羅蜜般若波羅蜜慈悲喜捨云何菩薩得是處非處智力過去未來現在業報智力種種諸根智力種種性智力種種欲智力一切至處道智力禪定解脫三昧垢淨智力宿命無礙智力天眼無礙智力斷一切煩惱習氣智力云何菩薩常爲諸天王守護恭敬供養龍王鬼神王乾闥婆王阿脩羅王迦樓羅王緊那羅王摩睺羅伽王人王梵天王等守護恭敬供養云何菩薩爲衆生舍爲救爲歸爲趣爲炬爲明爲燈爲導爲無上導云何菩薩於一切衆生爲第一爲大爲勝爲上爲無上爲無等爲無等等

爾時文殊師利答智首菩薩曰善哉善哉佛

子多所饒益多所安隱哀愍世間惠利一切安樂天人問如是義佛子菩薩成就身口意業能得一切勝妙功德於佛正法心無罣礙去來今佛所轉法輪能隨順轉不捨衆生明達實相斷一切惡具足衆善色像第一悉如普賢大菩薩等成就如來一切種智於一切法悉得自在而爲衆生第二尊導佛子何等身口意業能得一切勝妙功德

菩薩在家　當願衆生　捨離家難　入空法中
孝事父母　當願衆生　一切護養　永得大安
妻子集會　當願衆生　令出愛獄　無戀慕心
若得五欲　當願衆生　捨離貪惑　功德具足
若在妓樂　當願衆生　悉得法樂　見法如幻
若在房室　當願衆生　入賢聖地　永離欲穢
著寶瓔珞　當願衆生　捨去重擔　度有無岸
若上樓閣　當願衆生　昇佛法堂　得微妙法
布施所珍　當願衆生　悉捨一切　心無貪著
若在聚會　當願衆生　究竟解脫　到如來會
若在危難　當願衆生　隨意自在　無所罣礙
以信捨家　當願衆生　棄捨世業　心無所著
若入僧坊　當願衆生　一切和合　心無限礙
詣大小師　當願衆生　開方便門　入深法要
求出家法　當願衆生　得不退轉　心無障礙
脫去俗服　當願衆生　解道修德　無復懈怠
除剃鬚髮　當願衆生　斷除煩惱　究竟寂滅
受著袈裟　當願衆生　捨離三毒　心得歡喜
受出家法　當願衆生　如佛出家　開導一切
自歸於佛　當願衆生　體解大道　發無上意
自歸於法　當願衆生　深入經藏　智慧如海
自歸於僧　當願衆生　統理大衆　一切無礙

受持淨戒　當願衆生　具足修習　學一切戒
受行道禁　當願衆生　具足道戒　修如實業
始請和尚　當願衆生　得無生智　到於彼岸
受具足戒　當願衆生　得勝妙法　成就方便
若入房舍　當願衆生　昇無上堂　得不退法
若敷床座　當願衆生　敷善法座　見真實相
正身端坐　當願衆生　坐佛道樹　心無所倚
結跏趺坐　當願衆生　善根堅固　得不動地
三昧正受　當願衆生　向三昧門　得究竟定
觀察諸法　當願衆生　見法真實　無所罣礙
捨跏趺坐　當願衆生　知諸行性　悉歸散滅
下床安足　當願衆生　履踐聖跡　不動解脫
始舉足時　當願衆生　越度生死　善法滿足
被著衣裳　當願衆生　服諸善根　每知慚愧
整服結帶　當願衆生　自撿修道　不壞善法

次著上衣　當願衆生　得上善根　究竟勝法
著僧伽梨　當願衆生　大慈覆護　得不動法
手執楊枝　當願衆生　心得正法　自然清淨
晨嚼楊枝　當願衆生　得調伏牙　噬諸煩惱
左右便利　當願衆生　蠲除汙穢　無婬怒癡
已而就水　當願衆生　向無上道　得出世法
以水滌穢　當願衆生　具足淨忍　畢竟無垢
以水盥掌　當願衆生　得上妙手　受持佛法
澡漱口齒　當願衆生　向淨法門　究竟解脫
手執錫杖　當願衆生　設淨施會　見道如實
擎持應器　當願衆生　成就法器　受天人供
發趾向道　當願衆生　趣佛菩提　究竟解脫
若已在道　當願衆生　成就佛道　無餘所求
涉路而行　當願衆生　履淨法界　心無障礙
見趣高路　當願衆生　昇無上道　超出三界

見趣下路　當願衆生　謙下柔輭　入佛深法
若見險路　當願衆生　棄捐惡道　滅除邪見
若見直路　當願衆生　得中正意　身口無曲
見道揚塵　當願衆生　永離塵穢　畢竟清淨
見道無塵　當願衆生　大悲所熏　心意柔潤
見深坑澗　當願衆生　向正法界　滅除諸難
見聽誦堂　當願衆生　說甚深法　一切和合
若見大樹　當願衆生　離我諍心　無有忿恨
若見叢林　當願衆生　一切敬禮　天人師仰
若見高山　當願衆生　得無上善　莫能見頂
若見刺棘　當願衆生　拔三毒刺　無賊害心
見樹茂葉　當願衆生　以道自蔭　入禪三昧
見樹好華　當願衆生　開淨如華　相好滿具
見樹豐果　當願衆生　起道樹行　成無上果
見諸流水　當願衆生　得正法流　入佛智海
若見陂水　當願衆生　悉得諸佛　不壞正法
若見浴池　當願衆生　入佛海音　問答無窮
見人汲井　當願衆生　得如來辯　不可窮盡
若見泉水　當願衆生　善根無盡　境界無上
見山澗水　當願衆生　洗濯塵垢　意解清淨
若見橋梁　當願衆生　興造法橋　度人不休
見脩園圃　當願衆生　芸除穢惡　不生欲根
見無憂林　當願衆生　心得歡喜　永除憂惱
見好園池　當願衆生　勤修衆善　具足菩提
見嚴飾人　當願衆生　三十二相　而自莊嚴
見素服人　當願衆生　究竟得到　頭陀彼岸
見志樂人　當願衆生　清淨法樂　以道自娱
見愁憂人　當願衆生　於有爲法　心生猒離
見歡樂人　當願衆生　得無上樂　憺怕無患
見苦惱人　當願衆生　滅除衆苦　得佛智慧

見强健人　當願衆生　得金剛身　無有衰耗
見疾病人　當願衆生　知身空寂　解脫衆苦
見端正人　當願衆生　歡喜恭敬　諸佛菩薩
見醜陋人　當願衆生　遠離鄙惡　以善自嚴
見報恩人　當願衆生　常念諸佛　菩薩恩德
見背恩人　當願衆生　常見賢聖　不作衆惡
若見沙門　當願衆生　寂靜調伏　究竟無餘
見婆羅門　當願衆生　得眞清淨　離一切惡
若見仙人　當願衆生　向正眞道　究竟解脫
見苦行人　當願衆生　堅固精勤　不退佛道
見著甲冑　當願衆生　誓服法鎧　得無師法
見無鎧仗　當願衆生　遠離衆惡　親近善法
見論議人　當願衆生　得無上辯　摧伏外道
見正命人　當願衆生　得清淨命　威儀不異
若見帝王　當願衆生　逮淨法王　轉無礙輪

見帝王子　當願衆生　履佛子行　化生法中
若見長者　當願衆生　永離愛欲　深解佛法
若見大臣　當願衆生　常得正念　修行衆善
若見城郭　當願衆生　得金剛身　心不可沮
若見王都　當願衆生　明達遠照　功德自在
若見妙色　當願衆生　得上妙色　天人讃歎
入里乞食　當願衆生　入深法界　心無障礙
到人門戶　當願衆生　入總持門　見諸佛法
入人堂室　當願衆生　入一佛乘　明達三世
遇難持戒　當願衆生　不捨衆善　永度彼岸
見捨戒人　當願衆生　超出衆難　度三惡道
若見空鉢　當願衆生　其心清淨　空無煩惱
若見滿鉢　當願衆生　具足成滿　一切善法
若得食時　當願衆生　爲法供養　志在佛道
若不得食　當願衆生　遠離一切　諸不善行

見慚愧人　當願衆生　慚愧正行　調伏諸根
見無慚愧　當願衆生　離無慚愧　普行大慈
得香美食　當願衆生　知節少欲　情無所著
得不美食　當願衆生　具足成滿　無願三昧
得柔軟食　當願衆生　大悲所熏　心意柔軟
得麤澀食　當願衆生　永得遠離　世間愛味
若咽食時　當願衆生　禪悅爲食　法喜充滿
所食雜味　當願衆生　得佛上味　化成甘露
飯食已訖　當願衆生　德行充盈　成十種力
若說法時　當願衆生　得無盡辯　深達佛法
退坐出堂　當願衆生　深入佛智　永出三界
若入水時　當願衆生　深入佛道　等達三世
澡浴身體　當願衆生　身心無垢　光明無量
盛暑炎熾　當願衆生　離煩惱熱　得清涼定
隆寒氷結　當願衆生　究竟解脫　無上清涼

諷誦經典　當願衆生　得總持門　攝一切法
若見如來　當願衆生　悉得佛眼　見諸最勝
諦觀如來　當願衆生　悉覩十方　端正如佛
見佛塔廟　當願衆生　尊重如塔　受天人敬
敬心觀塔　當願衆生　尊重如佛　天人宗仰
頂禮佛塔　當願衆生　得道如佛　無能見頂
右遶塔廟　當願衆生　履行正路　究暢道意
遶塔三帀　當願衆生　得一向意　勤求佛道
讚詠如來　當願衆生　度功德岸　歎無窮盡
讚佛相好　當願衆生　光明神德　如佛法身
若洗足時　當願衆生　得四神足　究竟解脫
昏夜寢息　當願衆生　休息諸行　心淨無穢
晨朝覺寤　當願衆生　一切知覺　不捨十方
佛子是爲菩薩身口意業能得一切勝妙功
德諸天魔梵沙門婆羅門人及非人聲聞緣

覺所不能動

賢首菩薩品第八之一

爾時文殊師利以偈問了達深義淨德賢首菩薩曰

佛子我已說　菩薩清淨行　一切諸世尊
咸共所讚歎　又諸大士衆　甚深微妙行
功德廣大義　仁者應演說　賢首菩薩答
佛子善諦聽　菩薩諸功德　無量無有邊
我當隨力說　菩薩少功德　我之所演暢
如海一微滴　菩薩於生死　最初發心時
一向求菩提　堅固不可動　彼一念功德
深廣無邊際　如來分別說　窮劫猶不盡
何況於無量　無數無邊劫　具足修諸度
諸地功德行　十方世界中　一切諸如來
說彼功德雲　亦不能究竟　今我說菩薩
功德中少分　如鳥履虛空　如地一微塵
非是無所因　又亦非無緣　菩薩初發意
直心大功德　於佛及法僧　深起清淨信
信敬三寶故　能發菩提心　不求五欲樂
寶貨諸財利　亦不求自安　悕望世名聞
滅除衆生苦　令盡無有餘　誓度斯等類
菩薩初發心　常欲令衆生　離苦求安樂
嚴淨一切剎　供養無量佛　樂立佛正法
欲得無上道　淨修一切智　菩薩初發心
深心淨信不可壞　恭敬供養一切佛
尊重正法及聖僧　信敬三寶故發心
深信諸佛及正法　亦信菩薩所行道
正心信向佛菩薩　菩薩因是初發心
信爲道元功德母　增長一切諸善法
除滅一切諸疑惑　示現開發無上道

淨信離垢心堅固　滅除憍慢恭敬本
信是寶藏第一法　爲清淨手受衆行
信能捨離諸染著　信解微妙甚深法
信能轉勝成衆善　究竟必至如來處
清淨明利諸善根　信力堅固不可壞
信永除滅一切惡　信能遠得無師寶
信於法門無障礙　捨離八難得無難
信能超出衆魔境　示現無上解脱道
一切功德不壞種　出生無上菩提樹
長養最勝智慧門　信能示現一切佛
是故演説次第行　信樂最勝甚難得
譬如靈瑞優曇華　亦如隨意妙寶珠
若信恭敬一切佛　則持淨戒順正教
若持淨戒順正教　諸佛賢聖所讚歎
戒是無上菩提本　應當具足持淨戒
若能具足持淨戒　一切如來所讚歎
若信恭敬一切佛　則能奇特供最勝
若能奇特供最勝　彼信佛心難思議
若信如來正眞法　則常樂聞無猒足
若樂聞法無猒足　欣悟不可思議法
若信恭敬清淨僧　則信堅固不可壞
若信堅固不可壞　彼人信力不可動
若信堅固不可動　諸根明利悉清淨
若根明利悉清淨　則離一切惡知識
若能遠離惡知識　則能親近善知識
若能親近善知識　則修無量諸功德
若能廣修諸功德　則能善解諸因果
若能善解諸因果　則成殊勝妙解脱
若成殊勝妙解脱　則爲一切佛所護
若爲一切佛所護　則生無上菩提心

若生無上菩提心　則能勤修佛功德
若能勤修佛功德　則能得生諸佛家
若能得生諸佛家　則於諸法無所著
若於諸法無所著　則得深心妙清淨
若得深心妙清淨　則得殊勝無上心
若得無上殊勝心　則修一切波羅蜜
若修一切波羅蜜　則能具足摩訶衍
若修具足摩訶衍　則法供養一切佛
若法供養一切佛　則念佛定不可壞
若念佛定不可壞　則常覩見十方佛
若常覩見十方佛　則知如來常安住
若知如來常安住　則於其人法永存
若於其人法永存　則得辯才無窮盡
若得辯才無窮盡　則能演說無量法
若能演說無量法　則能度脫一切衆

若能度脫一切衆　則得大悲心堅固
若得大悲心堅固　則常喜樂甚深法
若能喜樂甚深法　則能捨離有爲過
若能捨離有爲過　則離我慢諸放逸
若離我慢諸放逸　則能兼利一切衆
若能兼利一切衆　則處生死無憂慼
若處生死無憂慼　則能精進無有上
若能精進無有上　則得一切諸神通
若得一切諸神通　則解一切衆生行
若解一切衆生行　則能成就諸衆生
若能成就諸衆生　則得成就衆生智
若得成就衆生智　則能具足四攝法
若能具足四攝法　則與衆生無量利
若與衆生無量利　則能具足方便慧
若能具足方便慧　則能安住無上道

若能安住無上道　則一切魔不能壞
若一切魔不能壞　則能超出四魔道
若能超出四魔道　則至堅固不動地
若至堅固不動地　則得無生深法忍
若得無生深法忍　則爲諸佛所授記
若爲諸佛所授記　則常普現諸佛前
若常普現諸佛前　則解諸佛微密教
若解諸佛微密教　則爲諸佛常護念
若爲諸佛常護念　以佛功德自莊嚴
若佛功德自莊嚴　則得無量功德身
若得無量功德身　其身顯耀如金山
若身顯耀如金山　具足衆相三十二
若具衆相三十二　八十種好自莊嚴
八十種好自莊嚴　其身光明無有量
若身光明無有量　光明莊嚴難思議

若光莊嚴難思議　則出無量寶蓮華
若出無量寶蓮華　一一華座無量佛
普現十方無量刹　教化度脱一切衆
若能度脱一切衆　則得無量自在力
若得無量自在力　則能嚴淨諸佛刹
解説甚深微妙法　不可思議衆歡喜
若説微妙甚深法　不可思議衆歡喜
則能具足四辯力　自在能度一切衆
若能具足四辯力　自在能度一切衆
彼人智慧常在前　身口意業無錯謬
彼人願力得自在　隨衆所宜現其身
若彼願力得自在　隨衆所宜現其身
爲諸衆生説法時　音聲微妙難思議
若爲衆生説法時　音聲微妙難思議
於彼一切衆生類　一念之中悉知心

若彼一切衆生類　一念之中悉知心
其人生死永無餘　寂滅一切煩惱患
若人生死永無餘　寂滅一切煩惱患
法身功德智慧具　深解一切諸法寶
若身功德智慧具　深解一切諸法寶
十地十種自在力　皆悉究竟勝解脱
若十地種自在力　皆悉究竟得解脱
受記莊嚴悉具足　無量法門得自在
若記莊嚴悉具足　無量法門得自在
盡爲一切十方佛　皆與授記無有餘
若爲一切十方佛　皆與授記無有餘
甘露法水灌其頂　十方諸佛授記竟
若甘露水灌其頂　十方諸佛授記竟
法身充滿遍虚空　安住不動十方界
若身充滿遍虚空　安住不動十方界

一切諸天及世人　無等等界莫能知
於本所行無不果　其見聞者悉不空
此是無上大福田　供養施者大果報
彼善男子威神力　正法常住永不滅
十善功德諸妙行　無量法寶最無上
彼威神力佛法海　法寶堅固如金剛
智慧滿足不可盡　如是無量功德海
或有刹土無有佛　於彼示現成正覺
或有國土無有法　於彼示現説法藏
菩薩悕望一切斷　於一念頃遊十方
示現十方如滿月　無量方便化衆生
於彼十方世界中　念念示現成佛道
轉正法輪入涅槃　現分舍利爲衆生
或現聲聞緣覺道　示現成佛普莊嚴
現無量劫度衆生　以三乘門廣開化

或現男女種種形　天人龍神阿脩羅
隨諸衆生若干身　無量行業諸音聲
一切示現無有餘　海印三昧勢力故
不可思議莊嚴刹　恭敬供養一切佛
光明莊嚴難思議　教化衆生無有量
智慧自在不思議　說法教化得自在
施戒忍辱精進禪　方便智慧諸功德
一切自在難思議　華嚴三昧勢力故

大方廣佛華嚴經卷第六

音釋

餚饌（餚胡交切凡非穀食皆曰餚饌士戀切具食也）聵（胡對切耳聾也）履踐（踐才線切亦履也）嚼（疾雀切咀嚼也）噬（時制切嚙也）盥（古玩切滌手也）陂（彼爲切池也）濯（直角切澣濯也）芸（于分切除苗穢也）

大方廣佛華嚴經卷第七

東晋天竺三藏佛陀跋陀羅等譯

賢首菩薩品第八之二

或入微塵諸三昧　一三昧生塵等定
一塵中現無量刹　而彼微塵亦不增
一塵内刹現有佛　或現有刹而無佛
或現有刹淨不淨　或現大刹及中下
或刹伏住或隨順　或如野馬或四方
或有國土如天網　世界成敗無不現
如一微塵所示現　一切微塵亦如是
是名三昧自在力　亦無量稱解脱力
若欲供養一切佛　出生無量三昧門
能以一手覆三千　供養一切諸如來
十方國土勝妙華　無價寶珠殊異香
皆悉自然從手出　供養道樹諸最勝
無價寶衣雜妙香　寶幢旛蓋而莊嚴
金華寶帳妙校飾　十方一切上供具
悉從手中自然出　供養道樹諸最勝
一切十方諸妓樂　無量和雅妙音聲
及以種種衆妙偈　讚歎諸佛實功德
音聲遍滿十方界　悉從掌中自然出
無量清淨諸行業　所得右手放光明
香水普灑十方國　供養一切照世燈
放妙莊嚴大光明　出生無量寶蓮華
於蓮華中無量佛　相好具足自莊嚴
散華莊嚴淨光明　莊嚴妙華以爲帳
散諸雜華遍十方　供養一切諸如來
放香莊嚴淨光明　莊嚴妙香以爲帳
散諸雜香遍十方　供養一切諸如來
放細末香淨光明　莊嚴末香以爲帳

散諸末香遍十方　供養一切諸如來
放衣莊嚴淨光明　莊嚴寶衣以爲帳
散諸寶衣遍十方　供養一切諸如來
放寶莊嚴淨光明　莊嚴妙寶以爲帳
散諸妙寶遍十方　供養一切諸如來
放妙蓮華淨光明　衆妙蓮華以爲帳
散諸蓮華遍十方　供養一切諸如來
放諸瓔珞淨光明　諸妙瓔珞以爲帳
散諸瓔珞遍十方　供養一切諸如來
放莊嚴幢淨光明　其幢青黄赤白色
無量種種而莊嚴　以幢嚴飾諸佛刹
執持雜寶莊嚴蓋　衆寶繒綵爲垂帶
寶鈴演出最勝音　以此供養諸如來
手出供具難思議　如是供養一導師
供一切佛亦如是　大仙三昧自在力

欲安一切衆生類　出生自在勝三昧
一切所行諸功德　無量方便度衆生
或現供養如來門　或現一切布施門
或現具足持戒門　或現無盡忍辱門
無量苦行精進門　禪定寂靜三昧門
無量大辯智慧門　一切所行方便門
現四無量神通門　大慈大悲四攝門
無量功德智慧門　一切緣起解脱門
清淨根力道法門　或現聲聞小乘門
或現緣覺中乘門　或現無上大乘門
或現無常衆苦門　或現無我衆生門
或現不淨離欲門　寂靜滅定三昧門
隨諸衆生起病門　一切對治諸法門
隨彼衆生煩惱性　如應説法廣開化
如是一切諸法門　隨其本性而濟度

一切天人莫能知　是自在勝三昧力
出生隨樂勝三昧　分別了知衆生心
隨順教化諸羣生　令離憂惱得歡喜
刼中灾難饑饉時　一切資生諸樂具
隨其所須普周給　是爲能作大施主
餚饍香美上味食　寳衣莊嚴隨所樂
已身國土珍愛施　好施衆生悉從化
以諸相好莊嚴身　上妙衣服及衆華
雜種末香以塗身　現此嚴飾度衆生
一切世間所喜樂　種種殊勝淨妙色
隨其所應普示現　令樂色者得解脫
柔輭美聲如哀鸞　拘䑓羅等微妙音
具足八種梵音聲　隨其所樂爲說法
八萬四千諸法門　諸佛以此度衆生
分別諸法無量門　隨衆生性化導之
衆生苦樂利無利　一切世間所行法
悉能普應同其事　以此攝法度衆生
無量無邊大苦海　爲衆生故悉能忍
與彼同事不念苦　饒益衆生令安樂
若有不識出家法　樂著生死不求解
是故菩薩捨國財　常樂出家求寂靜
五欲所縛不離家　欲令衆生解脫故
示現不樂處愛欲　是故出家求解脫
欲令具足十種行　是佛如來本所修
菩薩所行無有餘　修習是法度衆生
或有衆生壽無量　煩惱微細樂世間
爲斯一切衆生類　示現生老病死患
或有貪欲瞋恚癡　煩惱猛火常熾然
爲現生老病死苦　化度一切衆生故
如來十力無所畏　及佛十八不共法

最勝無量諸功德　以此妙法度衆生
說法教誡及神足　住持自在神通力
菩薩示現斯功德　以此濟度諸羣生
如是方便無有量　隨順世間度衆生
不著世間如蓮華　能令衆生大歡喜
愽綜多識辯才王　文頌談論過世間
示現世間衆技術　譬如幻師現衆像
或爲長者邑中主　或爲賈客商人導
或爲國王及大臣　或爲良醫療衆病
或於曠野作大樹　或爲良藥無盡藏
或作寶珠隨所求　迷道衆生示正路
若見世界始成立　衆生未知資生法
是時菩薩爲工匠　爲之示現種種業
不作惡業害生具　欲令羣生壽安樂
呪術藥草學衆論　悉爲諸佛所稱歎
或現仙人殊勝行　一切羣生所愛樂
示行苦行及深法　隨其所應悉能現
或作外道出家人　或復示現事火法
或現裸形無衣服　能爲彼人作師長
見有邪命種種行　習行非法以爲勝
一切梵志諸苦行　能於其中而化度
五熱炙身隨日轉　或受牛鹿畜生戒
被服草衣奉事火　爲化是等作導師
現樂遊行諸天廟　自投恒河求解脫
食果服氣而飲水　思惟正法不放逸
或現胡跪翹一足　或卧刺棘灰土上
或卧杵石求解脫　爲彼師導教化故
如是等類諸外道　具觀彼意如應化
菩薩苦行無與等　外道由是得解脫
若見世間無正見　常依一切邪見住

方便爲說甚深法　悉令得解眞實諦
或以鬼神邊地語　爲斯等類說四諦
或以正語說四諦　或人天語說四諦
或以法辯說四諦　或以義辯說四諦
或以詞辯說四諦　或無盡辯說四諦
或八部音說四諦　或一切音說四諦
隨彼所解語言音　爲說四諦令解脫
知一切語不思議　是名說法三昧力
安隱衆生勝三昧　爲度一切衆生故
放大光明難思議　以此光明救羣生
所放光明名善現　若有衆生遇斯光
彼獲果報無有量　因是究竟無上道
由彼顯現諸如來　亦現一切法僧道
又現最勝塔形像　故獲光明名善現
又放光明名清淨　映蔽一切天人光

除滅一切諸闇冥　普照十方無量國
彼光覺悟一切衆　執持燈明供養佛
以燈供養諸佛故　得成最勝世間燈
然諸香油及酥燈　或以竹木爲炬明
以能然此諸燈明　得是清淨妙光明
又放光明名濟度　彼光覺悟一切衆
當發無上菩提心　度脫欲海諸羣生
若發無上菩提心　度脫欲海諸羣生
彼悉能度四駛流　示導無畏解脫處
造立無量諸橋梁　或作舟船度衆生
毀呰有爲讚寂靜　因此得成度光明
又放光明名除愛　彼光覺悟一切衆
捨離五欲諸渴愛　思樂解脫甘露水
若能遠離五欲渴　思樂解脫甘露水
以佛解脫甘露雨　滅除衆生諸渴愛

惠施池井諸泉流　以求無上佛菩提
毀呰五欲讚諸禪　因此得成滅愛光
又放光明名歡喜　彼光覺悟一切衆
歡喜愛樂佛菩提　發心願求無師寶
建立如來大慈像　相好具足坐蓮華
讚歎最勝諸功德　因是得成喜光明
又放光明名愛樂　彼光覺悟一切衆
心常愛樂諸如來　無上法寶清淨僧
常會十方諸佛前　逮成無上深法忍
教化無量羣生類　心常念佛深妙法
開發衆生菩提心　因是得成愛樂光
又放光明名德聚　彼光覺悟一切衆
普行種種無量施　以此願求無上道
隨其所求皆滿足　一切施會悉清淨
隨其所求惠施故　因是得成德聚光

又放光明名深智　彼光覺悟一切衆
於一法門一念中　悉解無量諸法門
分別諸法化衆生　及諸法相如實義
說法說義具足故　因是得成深智光
又放光明名慧燈　彼光覺悟一切衆
諸法空寂無生滅　解達非有亦非無
譬如野馬水月形　亦如幻夢鏡中像
諸法無主悉空寂　因是得成慧燈光
又放光名法自在　彼光覺悟一切衆
陀羅尼藏不可盡　能持如來一切法
恭敬供養持法者　防衛守護衆賢聖
以無量法施衆生　因是得成自在光
又放光明名無慳　彼光覺悟除貪惜
解知財寶非常有　悉能捨離無所著
難制慳心能調伏　解財如夢如浮雲

常能歡喜樂布施　因是得成無慳光
又放光明名清涼　彼光覺悟毀禁者
安立衆生淨戒中　啓導令逮無師寶
十善業跡悉清淨　勸化衆生持淨戒
開發衆生求佛道　因是得成清涼光
又放光名忍莊嚴　彼光覺悟瞋恚者
捨離瞋恚增上慢　常樂柔和忍辱法
衆生惡性難忍者　悉能堪忍求佛道
常能讚歎忍辱法　因是得成莊嚴光
又放光明名轉勝　彼光覺悟懈怠者
常能勤修三種業　恭敬供養佛法僧
若能勤修三種業　恭敬供養佛法僧
彼能超出四魔境　速成無上佛菩提
勸化衆生令精進　恭敬供養佛法僧
佛法欲滅能護持　因是得成轉勝光

又放光明名寂靜　彼光覺悟亂意者
捨離貪欲瞋恚癡　正住甚深諸三昧
遠惡知識不善行　又離十種非法語
讚歎坐禪空閑處　因是得成寂靜光
又放光名慧莊嚴　彼光覺悟愚癡者
善知緣起得解脫　智慧照明了諸根
若知緣起得解脫　智慧照明了諸根
得聖智慧諸三昧　逮等正覺照世間
捨國財寶所愛身　精勤求法爲佛道
專心說法爲衆生　因是得成慧光明
又放光明名佛慧　彼光覺悟一切衆
見不思議無量佛　各各坐寶蓮華上
讚歎諸佛佛解脫　說佛自在無有量
廣說佛力諸神通　因是得成佛慧光
又放光明名無畏　彼光安慰恐怖者

非人所持諸毒害　無量恐怖悉除滅
普於衆生施無畏　心常慈忍離惱害
拯濟危難無救者　因是得成無畏光
又放光明名安隱　彼光所觸疾病者
滅除一切諸苦痛　悉得正受三昧樂
施諸良藥療衆患　摩以寶珠香塗身
或酥油乳石蜜施　因是得成安隱光
又放光明名見佛　彼光覺悟命終者
念佛三昧必見佛　命終之後生佛前
見彼臨終勸念佛　又示尊像令瞻敬
又復勸令歸依佛　因是得成見佛光
又放光明名樂法　彼光覺悟一切衆
聽法講說及書寫　於正法中常愛樂
佛法欲滅能護持　令求法者意充滿
精勤修習佛正法　因是得成樂法光

又放光明名妙音　彼光覺悟諸佛子
一切世間所有聲　聞者皆是如來音
大音讚持諸如來　妓樂鍾磬供養佛
又常稱歎佛音聲　因是得成妙音光
又放光名施甘露　彼光覺悟一切衆
遠離一切放逸行　皆悉具足諸功德
分別無量大苦海　有爲危脆非安隱
宣揚讚歎寂滅樂　因是得成甘露光
又放光明名殊勝　彼光覺悟一切衆
於如來所聞勝戒　勝妙三昧勝智慧
常歎諸佛勝妙戒　勝妙三昧勝智慧
一心修習求菩提　因是得成勝光明
又放光名寶莊嚴　彼光覺悟一切衆
得勝寶藏不可盡　以此供養諸世尊
以寶獻佛及塔廟　兼施一切諸貧乏

以衆珍奇供最勝　因是成寶莊嚴光
又放光明名妙香　彼光覺悟一切衆
其有衆生聞是香　具足得佛諸功德
以人天香塗其地　供養一切諸如來
以香造像及塔廟　因是得成妙香光
又放光名雜莊嚴　以幢旛蓋而嚴飾
和雅妓樂微妙音　散衆寶華滿十方
本以微妙妓樂音　和末塗香衆雜華
幢蓋旛帳供諸佛　因是得成莊嚴光
又放光明名端嚴　令十方地平如掌
掃除僧坊大仙塔　因是得成端嚴光
又放光明名大雲　彼光能雨妙香水
香水灑塔及僧坊　因是得成大雲光
又放光名衣莊嚴　令裸形者得上服
以莊嚴服施衆生　因是成衣莊嚴光
又放光明名上味　令飢餓者得美饍
大施種種上味食　因是得成上味光
又放光名示現寶　令諸貧乏得寶藏
以無盡藏施三寶　因是得成示寶光
又放光名眼清淨　能令盲者見衆色
以燈供佛及塔廟　因是得成淨眼光
又放光名耳清淨　能令聾者聞衆音
妓樂供佛及塔廟　因是得成淨耳光
又放光名鼻根淨　聞若不聞悉令聞
衆香供佛及塔廟　因是得成鼻淨光
又放光名舌根淨　以柔輭音讚諸佛
永離麤獷不善語　因是得成淨舌光
又放光名身根淨　諸根毀壞令具足
禮拜諸佛及塔寺　因是得成身淨光
又放光名意根淨　令失心者得正念

修習三昧禪定力　因是得成意淨光
又放光名色清淨　覩見不可思議佛
以衆妙色莊嚴塔　因是得成色淨光
又放光名聲清淨　解聲非聲悉空寂
化衆令知聲如響　因是得成聲淨光
又放光名香清淨　令諸臭穢成妙香
香水洗塔菩提樹　因是得成淨香光
又放光名味清淨　悉除一切味中毒
供養佛僧及父母　因是得成味淨光
又放光名觸清淨　堅強麤澀皆柔輭
雨刀輪戟諸鋒刃　皆悉變成寶華鬘
柔輭妙衣布道巷　最勝行時足蹈上
香華上服用布施　因是得成觸淨光
又放光名法清淨　一一毛孔無量佛
各說妙法難思議　悉令衆生得歡喜
因緣所生非生性　如來法身非是身
湛然常住如虛空　因此化導成法光
如是等比光明門　無量無邊恒沙數
悉從大仙毛孔出　一切業果皆悉現
如一毛孔所放光　無量無邊恒沙數
一切毛孔亦如是　是大仙定自在力
隨其本行得光明　宿世同行有緣者
如其所應放光明　是名大仙智自在
所修行業有同者　及行隨喜功德分
聞見菩薩清淨行　彼人得見此光明
若修無量諸功德　恭敬供養無數佛
心常樂求無上道　彼人覺悟是光明
譬如生盲不見日　非爲無日出世間
諸有目者悉覩見　各隨所務修其業
大聖光明亦如是　或有衆生見不見

邪見惡害所不覩　勝智慧者乃能見
摩尼寶殿上輦乘　衆寶香味莊嚴具
有功德者自然備　非無德者所能獲
大聖光明亦如是　隨其行業見不見
聞是分別諸光明　精勤恭敬信向者
滅除一切諸疑惑　速成無上功德幢
出生微妙勝三昧　諸佛眷屬大莊嚴
神力於此得自在　悉能顯現示衆生
三千大千妙莊嚴　化一蓮華滿世界
結跏趺坐悉充滿　是名自在三昧力
十方世界微塵刹　化作七寶大蓮華
佛子眷屬共圍遶　是名自在勝三昧
宿世成就善因緣　具足功德求佛道
彼等衆生遶菩薩　一切合掌觀無猒
彼大仙人法如是　甚深正受三昧力

菩薩處彼清淨衆　如月在星獨明耀
如此一方所示現　諸佛子等爲眷屬
一切十方亦如是　示現三昧自在力
十方世界有緣故　往反出入度衆生
或見菩薩入正受　或見菩薩從定起
或東方見入正受　或西方見三昧起
或西方見入正受　或東方見三昧起
如是出入遍十方　或異方見入正受
或異方見三昧起　是大仙定自在力
東方世界無有餘　佛刹如來難思議
菩薩常現彼佛前　是名寂靜三昧力
東方一切諸佛前　常見安住入正受
西方一切諸佛前　常見菩薩供養佛
西方世界無有餘　佛刹如來難思議
於彼一切諸佛前　常見菩薩入正受

西方見彼入正受　東方佛剎無有餘
於彼佛前三昧起　恭敬供養一切佛
如是十方諸佛前　出入三昧無有餘
或見菩薩入正受　或見恭敬供養佛
於眼根中入正受　於色法中三昧起
示現色法不思議　一切天人莫能知
於色法中入正受　於眼起定念不亂
觀眼無生無自性　說空寂滅無所有
於耳根中入正受　於聲法中三昧起
分別一切諸音聲　諸天世人莫能知
於聲法中入正受　於耳起定念不亂
觀耳無生無自性　說空寂滅無所有
於鼻根中入正受　於香法中三昧起
分別一切諸香法　諸天世人莫能知
於香法中入正受　於鼻起定念不亂
觀鼻無生無自性　說空寂滅無所有
於舌根中入正受　於味法中三昧起
分別一切諸味法　諸天世人莫能知
於味法中入正受　於舌起定念不亂
觀舌無生無自性　說空寂滅無所有
於身根中入正受　於觸法中三昧起
分別一切諸觸法　諸天世人莫能知
於觸法中入正受　於身起定念不亂
觀身無生無自性　說空寂滅無所有
於意根中入正受　於說法中三昧起
分別一切諸法相　諸天世人莫能知
於諸法中入正受　於意起定念不亂
觀意無生無自性　說空寂滅無所有
現童子身入正受　於壯年身三昧起
現壯年身入正受　於老年身三昧起

現老年身入正受　於善女人三昧起
現善女人入正受　於善男子三昧起
現善男子入正受　比丘尼身三昧起
比丘尼身入正受　於比丘身三昧起
現比丘身入正受　於學無學三昧起
現學無學入正受　於緣覺身三昧起
現緣覺身入正受　於如來身三昧起
現如來身入正受　於諸天身三昧起
現諸天身入正受　於龍神身三昧起
現龍神身入正受　於大鬼神三昧起
現大鬼神入正受　一切鬼神三昧起
一切鬼神入正受　一毛孔中三昧起
一毛孔中入正受　一切毛孔三昧起
一切毛孔入正受　一毛端頭三昧起
一毛端頭入正受　一切毛端三昧起

一切毛端入正受　一微塵中三昧起
一微塵中入正受　一切微塵三昧起
一切微塵入正受　於金剛地三昧起
現金剛地入正受　摩尼寶樹三昧起
摩尼寶樹入正受　諸佛光明三昧起
諸佛光明入正受　於大海水三昧起
現大海水入正受　於大盛火三昧起
現大盛火入正受　於風起定心不亂
現於風大入正受　於地大中三昧起
現地大中入正受　於天宮殿三昧起
現天宮殿入正受　於虛空中三昧起
是名無量功德者　三昧自在難思議
十方一切諸如來　不思議劫說不盡
一切諸佛皆共說　衆生業報難思議
諸龍神變佛自在　禪定三昧亦難思

令說聲聞自在力　無可爲之作譬喻
智慧明了聰達者　乃能解是甚深義
得八解脫心自在　一身能作無量身
以無量身作一身　於虛空中入火定
身上出水身下火　身上出火身下水
行住坐臥虛空中　於一念中自在變
彼不具足大慈悲　不爲衆生求佛道
尚能示現難思議　況大饒益自在力
現作日月遊虛空　普照十方諸世界
或作河池井泉水　或作大海衆寶器
如是等比難思議　普現十方諸世界
深達三昧諸解脫　唯有諸佛能證知
如淨水中四兵像　各各別異皆明了
刀劒輪戟衆兵器　如是等仗皆悉現
隨其器仗本形相　悉現於彼淨水中
水影四兵無憎愛　是名大仙定自在
海中有天名妙音　其中衆生若干種
解彼一切諸音聲　皆悉令得大歡喜
彼有貪欲瞋恚癡　猶能分別一切音
況復總持自在力　而不能令衆生喜
有一女人名辯才　父母求天由此生
離諸惡法樂眞實　能令衆生得辯才
彼有貪欲瞋恚癡　猶能與衆勝辯才
亦能令彼得歡喜　何況菩薩無量智
譬如幻師善術法　能現種種無量色
示現晝夜須臾頃　或現須臾作百年
彼有貪欲瞋恚癡　幻力自在悦世間
況禪解脫神通行　云何不令衆生喜
天阿脩羅鬬戰時　阿脩羅衆即退敗
心大恐怖而奔走　四兵悉入藕絲孔

彼有貪欲瞋恚癡　能作自在不思議
況住自在無畏法　云何不能現神變
釋提桓因有象王　彼知帝釋欲行時
彼化作頭三十二　一一口中有六牙
一一牙上七浴池　清淨香水湛然滿
一一清淨池水中　各七蓮華爲莊嚴
彼諸嚴飾蓮華上　各各有七天玉女
諸女並奏微妙音　與彼帝釋相娛樂
或時捨彼龍象身　化作天女極端嚴
威儀巧妙最無比　是名龍象自在力
彼有貪欲瞋恚癡　能作如是諸神變
何況具足方便智　而於諸定不自在
如阿脩羅化作身　金剛地上安其足
海水至深僅半身　其首廣大如須彌
彼有貪欲瞋恚癡　乃能現是大神力

況伏魔怨照世燈　而不能現大神變
天阿脩羅共戰時　帝釋自在難思議
隨阿脩羅軍衆數　現身等彼而交戰
諸阿脩羅發是念　釋提桓因來向我
必取我身五種縛　阿脩羅衆大恐怖
帝釋現身有千眼　手執金剛出火炎
被甲持仗自莊嚴　阿脩羅見即退散
彼以微小功德力　猶能摧破大怨敵
何況救度一切者　無量功德不自在
教化忉利諸天故　得此果報妙音聲
以諸天等放逸行　空中自然出此音
一切五欲悉無常　虛僞無實如水沫
如幻野馬水中月　有爲如夢如浮雲
一切放逸有憂諍　非甘露道生死徑
若有行諸放逸者　入於生死摩竭口

我所有者衆苦本　一切賢聖所猒患
五欲功德磨滅法　常樂清淨眞實行
三十三天聞此音　一切來集善法堂
帝釋爲說微妙法　隨順離欲寂靜行
彼音無形不可見　猶能饒益諸天衆
何況應化衆生身　不能大利一切世
天阿脩羅共鬪時　諸天衆侶大恐怖
諸天功德勢力故　空中出聲言勿懼
諸天聞此安慰聲　即離恐畏生大力
時阿脩羅心震懼　所將兵衆悉退散
何況甘露妙音聲　能滅衆生諸恐怖
大慈具足摧衆魔　寂靜妙音除煩惱
帝釋普應諸天女　九十有二那由他
天女各各心自謂　天王獨與我娛樂
現身集在善法堂　爲天說法令歡喜
帝釋能於一念中　悉皆現此大神變
釋有貪欲瞋恚癡　能令眷屬悉歡喜
況無量劫修神力　而不能令一切悅
他化自在六天王　於欲界中得自在
以業煩惱爲羅網　繫縛一切諸凡夫
彼有貪欲瞋恚癡　能伏欲界諸羣生
況具十種自在力　而不令衆同其行
三千世界大梵王　一切諸梵所住處
悉能現身於彼坐　演暢微妙梵音聲
彼於世間四梵道　禪定五通得如意
何況超出一切世　禪定解脫不自在
摩醯首羅智自在　大海龍王降雨時
悉能分別數其滴　於一念中皆明了
無量億劫勤修學　得見無上菩提智
云何當於一念中　不知一切衆生心

衆生業報難思議　因大風輪起世界
巨海諸山天宮殿　衆寶光明萬物種
亦能興雲降大雨　亦能散滅諸雲氣
亦能成熟一切穀　亦大饒益羣生類
風不能學波羅蜜　亦不學佛諸功德
猶成不可思議事　何況具足諸願者
男子女人諸異類　海龍雷震大音聲
悉能了知皆如響　逮無障礙無盡辯
爲一切衆説妙法　其有聞者悉歡喜
如海奇特未曾有　印現一切衆像類
大身衆生妙寶藏　衆流悉入無增損
如是衆生平等印　無盡功德禪解脱
一切智慧諸功德　增長衆善無猒足
龍王示現自在時　從金剛際至他化
興雲充遍四天下　其雲種種莊嚴色

第六他化自在天　於彼雲色如黃金
化樂天上雲赤色　兜率陀天白寶色
夜摩天上瑠璃色　三十三天瑪瑙色
四王天上玻瓈色　於大海上金剛色
緊那羅中妙香色　諸龍住處蓮華色
微密天中白鵝色　阿脩羅中狀如山
欝單越中金野馬　閻浮提境雲青色
餘二天下雜種色　隨衆所樂以應之
又復他化自在天　雲中電耀如日光
化樂天上如月光　兜率天上閻浮金
夜摩天上白寶色　釋處金雲如野馬
四王天上最妙色　於大海上赤寶色
緊那羅中青瑠璃　諸龍住處寶藏色
微密天中玻瓈色　阿脩羅中碼碯色
欝單越境火珠色　閻浮提界青寶色

餘二天下雜莊嚴　隨衆所樂以應之
他化雷震如梵音　化樂天上妙音聲
兜率天上妓樂音　夜摩天上天女音
於彼忉利諸天上　緊那羅女妙音聲
四天王上乾闥聲　緊那羅中簫笛聲
於彼一切大海中　猶如雨山相擊聲
諸龍住處頻伽聲　微密天中龍女聲
阿脩羅中天鼓聲　於人道中海潮聲
又復他化自在天　雨妙香華爲莊嚴
化樂天上瞻蔔華　曼陀羅華及澤香
兜率天上摩尼珠　無上種種莊嚴寶
明淨髻珠如月光　上妙細衣鍊金色
夜摩幢蓋旛莊嚴　華鬘塗香勝莊嚴
赤眞珠衣金交珞　種種微妙衆妓樂
三十三天如意珠　堅黑殊妙栴檀香
種種鬱金諸天華　雨雜清淨華香水
四王天雨上味饍　衆味具足生氣力
又雨不可思議寶　龍王降是種種雨
又復於彼大海中　一一雨滴如車輪
無量衆寶不可盡　又雨種種莊嚴寶
緊那雨華青寶衣　摩利妙華細末香
種種妓樂悉具足　如是無量妙莊嚴
諸龍住處赤眞珠　微密天中火珠寶
阿脩羅中雨兵仗　摧伏一切諸怨敵
鬱單無價寶瓔珞　弗婆俱伽二天下
婆師波利瞻蔔華　清淨妙寶解脫華
閻浮提雨清淨水　柔輭悅澤常應時
長養衆果香華樹　隨時成熟益衆生
如是無量難思議　興雲雷震種種雨
自於宮殿身不動　能現自在不思議

於彼海中爲導主　示現神變難思議
況入法海盡源底　云何不能大神變
如我所說諸譬喻　爲深智慧菩薩故
無畏大士無倫匹　逮得自在諸解脫
微妙無量勝智者　能說如是解脫門
諸未曾有奇特法　一切不能報其恩
聞是甚深勝解脫　信解受持爲他說
世間一切諸凡夫　信是法者甚難得
思惟無量諸善法　本有因力故能信
一切世界諸羣生　尠有欲求聲聞道
求緣覺者轉復少　求大乘者甚希有
求大乘者猶爲易　能信是法爲甚難
況能受持正憶念　如說修行眞實解
若以三千大千界　頂戴一劫身不動
彼之所作未爲難　信是法者爲甚難
大千塵數衆生類　一劫供養諸樂具
彼之功德未爲勝　信是法者爲殊勝
若以掌持十佛剎　於虛空中住一劫
彼之所作未爲難　信是法者爲甚難
十佛剎塵衆生類　一劫供養諸樂具
彼之功德未爲勝　信是法者爲殊勝
十剎塵數諸如來　一劫恭敬而供養
若能受持此品者　功德於彼爲最勝
賢首說此品竟時　十方世界六反動
諸魔宮殿如聚墨　光照十方惡道滅
一切十方諸如來　悉皆普現賢首前
各伸右手摩其頂　賢首菩薩德無量
以其右手摩頂已　一切如來讚歎言
善哉善哉眞佛子　快說是法我隨喜

大方廣佛華嚴經卷第七

音釋

饑饉（饑居依切穀不熟曰饑饉渠吝切菜不熟曰饉）博綜（綜子宋切博綜謂廣博綜集也）裸（郎果切赤體也）呰（將几切口毀也）戟（紀逆切枝兵也）

大方廣佛華嚴經卷第八

東晋天竺三藏佛陀跋陀羅等譯

佛昇須彌頂品第九

爾時如來威神力故十方一切諸佛世界諸四天下一一閻浮提皆有如來坐菩提樹下無不顯現彼諸菩薩各承佛神力說種種法皆悉自謂在於佛所爾時世尊威神力故不起此座昇須彌頂向帝釋殿爾時帝釋遥見佛來即於妙勝殿上敷置衆寶師子之座以萬種雜寶而莊嚴之萬重寶帳彌覆其上以萬寶網而交珞之次上萬重衆妙寶蓋天繒雜寶以爲垂帶萬種瓔珞而莊嚴之萬種寶衣以敷座上一萬天子在前立侍一萬梵天而圍遶之一萬光明以爲照曜爾時帝釋爲佛莊嚴師子座已合掌恭敬白佛言善來世尊唯願哀處我此宮殿爾時世尊即受其請昇妙勝殿一切十方亦復如是爾時帝釋無量樂音佛神力故寂然無聲即自憶念於過去佛所種諸善根以偈頌曰

迦葉如來具大慈　諸吉祥中最無上
彼佛曾來入此處　是故此地最吉祥
拘那牟尼慧無礙　諸吉祥中最無上
彼佛曾來入此處　是故此地最吉祥
拘樓佛身如金山　諸吉祥中最無上
彼佛曾來入此處　是故此地最吉祥
隨葉如來離三垢　諸吉祥中最無上
彼佛曾來入此處　是故此地最吉祥
尸棄如來常寂然　諸吉祥中最無上
彼佛曾來入此處　是故此地最吉祥
毗婆尸佛如滿月　諸吉祥中最無上

彼佛曾來入此處　是故此地最吉祥
弗沙明達第一義　諸吉祥中最無上
彼佛曾來入此處　是故此地最吉祥
提舍如來辯無礙　諸吉祥中最無上
彼佛曾來入此處　是故此地最吉祥
波頭摩佛淨無垢　諸吉祥中最無上
彼佛曾來入此處　是故此地最吉祥
錠光如來明普照　諸吉祥中最無上
彼佛曾來入此處　是故此地最吉祥

如此間帝釋佛神力故以偈讚歎十佛功德如是十方帝釋各自憶念過去佛所所種善根以偈讚歎亦復如是爾時世尊昇師子座結跏趺坐坐已宮殿忽然廣博如忉利天處一切十方亦復如是

菩薩雲集妙勝殿上說偈品第十

爾時十方各過百佛世界微塵數剎一一方各十世界其世界名因陀羅次名蓮華次名衆寶次名優鉢羅次名妙行次名善行次名歡喜次名星宿次名無猒慈次名虛空其佛號不變月次號無盡月次號不動月次號香風月次號自在天月次號清淨月次號無上月次號星宿月次號不衰變月次號無量自在月其菩薩名法慧次名一切慧次名勝慧次名功德慧次名精進慧次名善慧次名智慧次名眞實慧次名無上慧次名堅固慧此諸菩薩各於其國佛所淨修梵行爾時佛神力故彼一一菩薩各將一佛世界微塵數菩薩眷屬俱來詣佛所恭敬禮拜又佛神力故化作寶藏師子之座結跏趺坐充滿十方如此世界須彌山頂菩薩雲集十方世界亦復

如是爾時世尊從兩足指放百千億妙色光明普照十方一切世界諸四天下菩提樹下須彌山頂妙勝殿上如來大衆皆悉顯現爾時法慧菩薩承佛神力普觀十方以偈頌曰

天人師悉現　一切嚴淨刹　須彌山王頂
帝釋妙勝殿　哀受天王請　故處其宮殿
一一各以十　吉祥偈讚歎　諸佛大眷屬
清淨菩薩衆　斯從十方來　跏趺正安坐
各同其名字　如我菩薩衆　捨離於本刹
往詣諸佛所　本國諸世尊　名號皆悉同
各於其佛所　淨修菩薩行　諸佛子當知
如來威神力　一切世界中　各謂佛在前
今我等見佛　坐釋妙勝殿　十方亦如是
如來自在力　一切世界中　發心求佛者
先立清淨願　修習菩薩行　菩薩淨修行
無量無數法　於法界無礙　無能測量者
悉普照十方　滅除愚癡闇　一切無與等
是故莫能知

爾時一切慧菩薩承佛神力普觀十方以偈頌曰

無量無數劫　雖常見如來　於此正法中
猶未覩眞實　妄想取諸法　增長癡惑網
輪迴生死中　盲冥不見佛　雖復觀諸法
猶未見實相　一切法生滅　但著假名字
一切法無生　一切法無滅　若能如是解
諸佛常現前　無取亦無見　空寂無眞實
諸佛本來空　不可得思量　若解一切法
不可思量者　彼於諸煩惱　其心無所染
虛妄取法相　是則爲癡冥　是故不見佛
亦不得眞實　牟尼離三世　相好悉具足

於住無所住　法界悉清淨　因緣故法生
因緣故法滅　如是觀如來　究竟離癡惑
法慧先已說　清淨微妙法　我從彼勝聞
菩提難思議

爾時勝慧菩薩承佛神力普觀十方以偈頌曰

如來智甚深　一切莫能測　不知眞實法
世間悉迷惑　童蒙思惟是　虛妄取諸法
是故不見佛　具足清淨相　愚癡心迷惑
妄取五陰相　不了眞實性　是故不見佛
分別一切法　皆悉無眞實　如是解諸法
則見盧舍那　因前五陰故　後陰相續生
次第解五陰　見佛難思議　如實在闇處
無明故不見　眞諦無說者　雖慧莫能觀
如目不明淨　不見微妙色　如是不淨心
不見諸佛法　猶如明淨日　無目者不見
若人心諂曲　終不覩諸佛　故當淨慧眼
觀察諸法相　見法相明了　猶如鏡中像
一切慧先說　清淨微妙法　我從彼勝聞
見佛盧舍那

爾時功德慧菩薩承佛神力普觀十方以偈頌曰

諸法虛無實　妄取堅固相　是故童蒙者
常轉生死輪　不善非勝法　妄作勝法相
是故生障礙　愚癡常輪轉　不知八正道
云何知自心　彼因顛倒想　增長一切惡
不見諸法空　常受無量苦　彼人不成就
清淨法眼故　欲知一切心　先當求法眼
如我所說者　能見眞實佛　若有見佛者
其心無所著　彼則見眞實　如佛所說法

若見大智慧　如來妙法身　能見如來故
彼有清淨眼　無見乃能見　一切眞實法
於法有所見　彼則無所見　妙哉眞實法
佛以導衆生　一切諸有中　無生亦無死
勝慧先已說　清淨微妙法　我從彼勝聞
深解諸佛道

爾時精進慧菩薩承佛神力普觀十方以偈
頌曰

以諸妄想行　慧眼不清淨　愚癡邪見增
常不見諸佛　若能見邪僞　及以眞實法
諦了實不實　則見清淨佛　見者則是垢
彼則無所見　諸佛離所見　是故見清淨
世間語言法　虛妄無眞實　知世從緣起
能離生死患　世間非世間　觀察悉平等
二俱知眞實　是名眞見者　若能如是觀
漏盡得自在　非有亦非無　是名不二見
虛妄非虛妄　非是諸佛法　眞實無二相
法性清淨故　法性自清淨　無相如虛空
一切無能說　智者如是觀　樂觀一切法
寂滅無所有　亦知不可修　能見牟尼尊
如是見佛者　功德不可量　一切所有行
寂靜空無相

爾時善慧菩薩承佛神力普觀十方以偈頌
曰

妙哉佛世尊　無量諸如來　離害心解脫
自度能度彼　正見世間燈　如實不顛倒
無量無數劫　積德故見佛　諸行空無實
凡夫謂眞實　一切無自性　皆悉等虛空
無盡智所說　說者無所說　了知有悉無
故得難思議　無盡說無盡　衆生空寂故

知彼眞實性　則見大名稱　無見說是見
無我說衆生　說見及衆生　是二悉非有
見者無所見　是見不壞相　是名眞實法
一切佛所說　能知眞實佛　及佛之所說
普照一切世　如佛盧舍那　如來等正覺
善說明淨道　精進慧菩薩　演說無量法
有無諸法相　一相平等修　如是能見佛
安住眞實際
爾時智慧菩薩承佛神力普觀十方以偈頌
曰
我聞最勝教　即生淨慧光　普照十方世
悉見一切佛　若計有衆生　是爲最難處
法本無眞主　但有假言說　愚惑莫能知
自身眞實性　如來非取相　是故不見佛
塵垢障慧眼　不見等正覺　無量無數劫
流轉生死海　流轉則生死　非轉是涅槃
生死及涅槃　二皆不可得　虛誑妄說者
生死涅槃異　迷惑賢聖法　不識無上道
如是取相者　言有佛等覺　顛倒無正念
是故不見佛　能知此實法　寂滅眞如相
則見最正覺　超出語言道　虛妄說諸法
法實無所有　一切諸世尊　諦求不可得
明了過去世　未來及現在　究竟永寂滅
故說爲如來
爾時眞慧菩薩承佛神力普觀十方以偈頌
曰
寧受無量苦　得聞佛音聲　不受一切樂
而不聞佛名　所以無量劫　受此衆苦惱
流轉生死中　不聞佛名故　實以無實法
正覺等眞僞　以無和合相　是名爲菩提

現佛非緣合　去來亦復然　一切法無相　是則佛眞性　若能如是觀　諸法甚深義　則見無量佛　法身眞實相　於實知眞實　非實知非實　善解眞實際　故號爲正覺　覺者無所覺　是佛眞妙法　諸佛如是修　非一亦非二　知一法爲衆　知衆法爲一　法無所依處　云何而緣合　作者及所作　二俱無所有　若能如是解　求之不可得　是處不可得　諸佛所依止　法無有所依　覺者無所著

爾時無上慧菩薩承佛神力普觀十方以偈頌曰

無上摩訶薩　遠離衆生相　上相無所有　故號爲無上　微妙無所有　麤者亦復無　諸佛之所得　非望亦非作　是法不可數

諸佛之境界　亦離於無數　是名佛眞法　慧日照十方　滅除衆闇冥　亦非有所照　亦復非無照　常樂寂靜法　永離有所依　解脫無依處　不染一切法　善見大智者　眞實所依住　若無有二法　當知一亦無　無一亦無二　一切皆寂滅　三種世間空　是則諸佛見　諸佛教衆生　安住正法中　解達無所住　當見眞實身　非身即是身　不轉不可見　無轉亦無見　是名無上身　眞慧所演說　無量諸佛法　若聞此法者　常得清淨眼

爾時堅固慧菩薩承佛神力普觀十方以偈頌曰

衆生不知恩　如來發慈慧　出現於世間　普照除衆冥　起大慈悲心　普觀諸羣生

具受無量苦　永縛在三有　唯除等正覺
最勝尊導師　一切天人中　無可歸依者
世界若無佛　及衆賢聖人　彼諸羣生類
無有一切樂　如來衆賢聖　出現於世間
爲開淨慧眼　令得永安樂　若見如來者
爲得最大利　聞佛名歡喜　則是世間塔
我等獲善利　現前覲如來　聞斯微妙法
悉當成佛道　三世明解脱　甚深諸境界
一切衆菩薩　清淨開慧眼　我等重歡喜
見佛盧舍那　無量無邊智　演説不可盡
無上慧堅固　及諸佛子等　無數億劫中
説佛德無盡

菩薩十住品第十一

爾時法慧菩薩承佛神力入菩薩無量方便三昧正受入三昧已十方千佛世界塵數佛土之外各見千佛世界塵數諸佛是諸如來悉號法慧時彼諸佛告法慧菩薩言善哉善哉善男子乃能入是菩薩無量方便三昧正受善男子十方各千佛剎塵數諸佛加汝神力故能入是三昧正受又盧舍那佛本願力故威神力故及汝善根力故又欲令汝廣説法故長養佛慧故開解法界故分別衆生界故除滅障故入無礙境界故無等等方便入一切智陀羅尼故覺一切法故善知諸根故説法持故所謂菩薩十住善男子當承佛神力説微妙法爾時一切如來即與法慧菩薩無礙智無住智無斷智無癡智無壞智無惡智無量智無勝智無懈怠智無退智何以故彼三昧力法如是故爾時諸佛各伸右手摩法慧菩薩頂摩其頂已即從定起告衆菩薩

言語諸佛子菩薩種甚深廣大與法界虛空等一切菩薩從三世諸佛種性中生諸佛子菩薩摩訶薩十住行去來現在諸佛所說何等爲十一名初發心二名治地三名修行四名生貴五名方便具足六名正心七名不退八名童眞九名法王子十名灌頂諸佛子是名菩薩十住去來現在諸佛所說諸佛子何等是菩薩摩訶薩初發心住此菩薩見佛三十二相八十種好妙色具足尊重難遇或覩神變或聞說法或聽教誡或見衆生受無量苦或聞如來廣說佛法發菩提心求一切智一向不迴此菩薩因初發心得十力分何等爲十所謂是處非處智業報垢淨智諸根智欲樂智性智一切至處道智一切禪定解脫三昧正受垢淨起智宿命無礙智天眼無礙智三世漏盡智是爲十諸佛子彼菩薩應學十法何等爲十所謂學恭敬供養諸佛讚歎諸菩薩護衆生心親近賢明讚不退法修佛功德稱揚歎美生諸佛前方便修習寂靜三昧讚歎遠離生死輪迴爲苦衆生作歸依處何以故欲令菩提心轉勝堅固成無上道有所聞法即自開解不由他悟諸佛子何等是菩薩摩訶薩治地住此菩薩於一切衆生發十種心何等爲十所謂大慈心大悲心樂心安住心歡喜心度衆生心守護衆生心我所心師心如來心是爲十諸佛子彼菩薩應學十法何等爲十所謂先當勤學專求多聞修離欲定近善知識不違其教善知時語學無所畏明解深義了達正法知堅法行捨離癡冥安住不動何以故欲於一切衆生增長大

慈悲故有所聞法即自開解不由他悟諸佛子何等是菩薩摩訶薩修行住此菩薩十種觀一切法何等爲十所謂觀一切法無常苦空無我不自在一切法不可樂一切法無集散一切法無堅固一切法虛妄一切法無精勤和合堅固是爲十諸佛子彼菩薩應學十法何等爲十所謂學分別知一切衆生界分別知一切法界分別知一切世界分別知地水火風界分別知欲色無色界何以故欲於一切法增長明淨智慧故有所聞法即自開解不由他悟諸佛子何等是菩薩摩訶薩生貴住此菩薩從一切聖法正教中生修十種法何等爲十所謂信佛不壞究竟於法寂然定意分別衆生分別佛刹分別世界分別諸業分別果報分別生死分別涅槃是爲十諸佛子彼菩薩應學十法何等爲十所謂學分別去來今佛法修行去來今佛法具足去來今佛法平等觀察一切諸佛何以故欲使明達三世等觀有所聞法即自開解不由他悟諸佛子何等是菩薩摩訶薩具足方便住此菩薩聞十種法應當修行何等爲十所謂善根悉爲救護一切衆生饒益一切衆生安樂一切衆生哀愍一切衆生成就一切衆生令一切衆生捨離諸難拔出一切衆生生死苦惱令一切衆生歡喜快樂令一切衆生調伏令一切衆生悉得涅槃是爲具足方便住諸佛子彼菩薩應學十法何等爲十所謂學知衆生無有邊知衆生不可數知衆生不思議知衆生種種色知衆生不可量知衆生空知衆生不自在知衆生非眞實知衆生無所有

知衆生無自性何以故欲令其心無所染著有所聞法即自開解不由他悟諸佛子何等是菩薩摩訶薩正心住此菩薩聞十種法得決定心何等爲十所謂聞讚佛毀佛於佛法中心定不動聞讚法毀法於佛法中心定不動聞讚毀菩薩於佛法中心定不動聞讚毀菩薩所行法於佛法中心定不動聞衆生有量無量於佛法中心定不動聞衆生有垢無垢於佛法中心定不動聞衆生易度難度於佛法中心定不動聞法界有量無量於佛法中心定不動聞法界若成若壞於佛法中心定不動聞法界若有若無於佛法中心定不動是爲十諸佛子彼菩薩應學十法何等爲十所謂學一切法無相一切法無性一切法不可修一切法無所有一切法無眞實一切法如虛空一切法無自性一切法如幻一切法如夢一切法無虛何以故欲令得不退轉無生法忍故有所聞法即自開解不由他悟諸佛子何等是菩薩摩訶薩不退轉住此菩薩聞十種法其心堅固而不動轉何等爲十所謂聞有佛無佛於佛法中不退轉有法無法於佛法中不退轉有菩薩無菩薩於佛法中不退轉有菩薩行無菩薩行於佛法中不退轉菩薩行出生死不出生死於佛法中不退轉有過去佛無過去佛於佛法中不退轉有未來佛無未來佛於佛法中不退轉有現在佛無現在佛於佛法中不退轉佛智有盡無盡於佛法中不退轉三世法一相非一相於佛法中不退轉是爲十諸佛子彼菩薩應學十法何等爲十所謂知一即是多多即是

一隨味知義隨義知味知非有是有知有是非有知非相是相知相是非相知非性是性知性是非性何以故欲於一切法方便具足故有所聞法即自開解不由他悟諸佛子何等是菩薩摩訶薩童眞住此菩薩於十種法心得安立何等爲十所謂身行清淨口行清淨意行清淨隨意受生知衆生心知衆生種種欲樂知衆生種種性知衆生種種業知世界成壞神通自在無有障礙是爲十諸佛子彼菩薩應學十法何等爲十所謂學知一切佛刹震動一切佛刹持一切佛刹觀一切佛刹詣一切佛刹遍至一切世界善問難無量妙法神通變化無量身善解無量諸音聲一念中恭敬供養無量諸佛何以故欲於一切法中出巧方便具足成就有所聞法即自開解不由他悟諸佛子何等是菩薩摩訶薩法王子住此菩薩善解十種法何等爲十所謂善解衆生趣善解諸煩惱善解諸習氣善解方便智善解分別無量法善解諸威儀善解分別諸世界善解去來今善解說世諦善解說第一義諦是爲十諸佛子彼菩薩應學十法何等爲十所謂學善知法王所住處善知法王所行威儀善知安立法王處善知巧入法王處善知分別法王處善知法王甘露灌頂善知受持法王法善知法王無畏法善知法王無著法善知讚歎法王法何以故欲於一切法得無障礙智有所聞法即自開解不由他悟諸佛子何等是菩薩摩訶薩灌頂住此菩薩成就十種智住何等爲十所謂悉能震動無量世界悉能照明無量世界悉能住

持無量世界悉能遍遊無量世界悉能嚴淨無量世界悉知無量衆生心行悉知衆生隨心所行悉知無量衆生諸根悉能方便度無量衆生悉能調伏無量衆生是爲十諸佛子彼菩薩身不可知身業禪定神足自在過去智未來智現在智淨諸佛刹智心境界智境界皆不可知一切衆生乃至法王子菩薩悉不能知諸佛子彼菩薩應學十種智何等爲十所謂學三世智一切佛法智法界無障礙智法界無量無邊智充滿一切世界智普照一切世界智能持一切世界智分別一切衆生智一切種智佛智無量無邊智何以故欲令具足一切種智有所聞法即自開解不由他悟爾時佛神力故十方各萬佛世界塵數佛國六種十八相震動雨天寶華天末香天寶鬘天雜香天寶衣天寶雲天莊嚴具天妙音樂不鼓自鳴又自演出無畏之音如此四天下須彌山頂妙勝殿上威神變化說十住法一切十方世界亦復如是爾時佛神力故十方各過萬佛世界塵數刹外有十佛刹微塵數等諸大菩薩充滿十方來詣此土說如是言善哉善哉佛子善說是法我等諸人同名法慧所從來國同名法雲彼諸如來同號妙法我等佛所亦說十住大衆眷屬名味句身等無有異是故佛子我等承佛神力來詣此土爲汝作證如此四天下須彌山頂妙勝殿上說十住法十佛世界微塵數等諸大菩薩來此作證一切十方亦復如是爾時法慧菩薩承佛神力普觀十方及諸法界以偈頌曰

見大智尊微妙身　相好端嚴悉具足
最勝尊重甚難遇　勇猛大士初發心
見無等等大神變　聞說妙法及教誡
觀察五道無量苦　無畏大士初發心
聞諸如來普智尊　無量功德悉具足
解佛心相如虛空　菩薩因此初發心
能知是處及非處　若我非我如是等
欲解平等眞實義　菩薩因此初發心
過去未來現在世　一切善惡諸業報
欲善觀察悉平等　菩薩因此初發心
諸禪三昧及解脫　隨順正受無所著
欲善分別垢淨起　菩薩因此初發心
隨諸衆生根利鈍　種種勤修精進力
悉欲了達分別知　菩薩因此初發心
一切衆生種種性　心好樂著諸悕望
悉欲了達分別知　菩薩因此初發心
一切諸道所至處　入正聖路向無爲
悉欲了達知其實　菩薩因此初發心
一切世界衆生類　流轉五道生死海
欲得天眼悉明達　菩薩因此初發心
於過去世一切事　如其體性所有相
悉欲隨順達宿命　菩薩因此初發心
世間一切諸煩惱　所有結縛餘習氣
悉欲覺知究竟盡　菩薩因此初發心
世間所有世諦法　名字談論語言道
悉欲明達世諦義　菩薩因此初發心
一切諸法語言斷　無有自性如虛空
悉欲明達眞諦義　菩薩因此初發心
震動一切佛世界　傾覆鼓蕩諸大海
悉欲明達佛神力　菩薩因此初發心

一毛放演無量光　普照十方一切刹
欲於一光一切覺　菩薩因此初發心
無量佛刹難思議　皆悉能置一掌中
欲解一切如幻化　菩薩因此初發心
無量佛刹諸衆生　皆悉安置一毛端
悉欲了達皆寂滅　菩薩因此初發心
一切十方大海水　滴以一毛盡無餘
悉欲分別知滴數　菩薩因此初發心
不可思議諸佛刹　皆碎爲末如微塵
悉欲分別知其數　菩薩因此初發心
過去未來無量劫　一切世界成敗相
悉欲究竟達其際　菩薩因此初發心
三世一切等正覺　諸辟支佛及聲聞
悉欲分別三乘道　菩薩因此初發心
無量無邊諸世界　能以一毛悉稱舉
欲知有無眞實相　菩薩因此初發心
金剛圍山數無量　盡能安置一毛端
欲知至大有小相　菩薩因此初發心
十方一切諸世界　能以一音遍充滿
悉欲解了淨妙聲　菩薩因此初發心
一切衆生語言法　一言演説盡無餘
悉欲解了淨密音　菩薩因此初發心
如來清淨微妙音　充滿十方諸世界
欲得具足舌根相　菩薩因此初發心
一切十方諸世界　有成壞者皆悉見
欲得解了悉虛空　菩薩因此初發心
一切十方諸佛刹　其中無量諸如來
悉欲了達佛正法　菩薩因此初發心
普能應現無量身　一切世界微塵等
悉欲了達如幻化　菩薩因此初發心

過去未來現在世　無量無邊諸如來
欲於一念悉了知　菩薩因此初發心
欲具演說一句法　阿僧祇劫無窮盡
欲使辯才不斷絶　菩薩因此初發心
十方一切諸羣生　隨其遷變生滅相
欲於一念悉了達　菩薩因此初發心
淨妙身口及意行　遊步十方無障礙
欲了三世悉空寂　菩薩因此初發心
菩薩如是發心已　於十方界諸佛所
應學盡敬供養佛　如是說者不退教
菩薩捨離種種樂　不猒生死求菩提
以此勸進歡喜歎　如是說者不退教
十方一切諸世界　其中所有衆賢聖
菩薩常應讚歎彼　如是說者不退教
最勝最上無有比　甚深微妙清淨法

菩薩以此化衆生　如是說者不退教
無上清淨妙善法　一切衆魔不能壞
菩薩尊重常稱歎　如是說者不退教
一切所有妙功德　天人之尊悉成就
以此安立諸菩薩　如是說者人中王
方便教化見諸佛　無量無數難思議
若能以此方便化　如是說者不退教
一切甚深諸三昧　悉教衆生無有餘
菩薩分別具開導　如是說者不退教
悉能摧滅生死輪　具轉聖道妙法輪
一切世間無所著　諸佛所記是菩薩
菩薩若見無量衆　輪轉生死受諸苦
爲作救護歸依者　諸佛所記是菩薩
是說菩薩發心住　一向志求無上道
如我所說微妙法　一切諸佛亦如是

第二治地眞佛子　先應發心作是念
願令一切羣生類　隨順修行諸佛教
饒益安樂衆生心　歡喜不捨衆生心
大悲救護我所心　起大師心如來心
發如是等勝妙心　精勤學問求多聞
寂然定意正思惟　心常親近善知識
隨順奉行修其教　柔輭善語不放逸
善能了知一切時　達深法義無所畏
明解深義了正法　則離一切諸癡冥
已離愚癡心安住　是則名爲眞佛子
亦名治地摩訶薩　一向堅固求菩提
如是善學諸佛教　是則名爲眞佛子
第三修行眞佛子　應當如是觀諸法
無常苦空無堅固　無我無主不自在
一切諸法不可樂　無作虛誑不眞實
無有積集亦無散　如是觀者是菩薩
分別觀察衆生界　亦當解了諸法界
善能分別方便觀　無量無邊諸世界
一切十方國土中　地水火風四大界
欲界色界無色界　悉能觀察分別知
善能明達一切界　眞實究竟無有餘
如是眞諦正法教　隨順學者是菩薩
第四生貴眞佛子　從諸賢聖正法生
有無諸法無所著　捨離生死出三界
信佛堅固不可壞　究竟淨心不退轉
明了觀察甚深法　一切衆生無眞實
行業世界諸佛刹　生死果報及涅槃
佛子若能如是觀　是名如來法化生
過去未來現在世　諸佛如來及正法
無量方便悉究竟　成就一切大聖法

一切三世諸如來　平等觀察無異相
分别差别不可得　如是觀者達三世
如我所説讚歎者　是名四住摩訶薩
若能如是修學者　速成無上佛菩提
第五菩薩眞佛子　微妙具足方便住
深入清淨巧方便　究竟一切功德業
所修無量諸功德　悉爲一切作歸依
饒益安樂大慈悲　哀愍度脱諸羣生
爲一切世除衆難　永拔生死令歡喜
調伏一切諸羣生　具足功德趣涅槃
普爲一切諸羣生　分别演説清淨法
是名第五摩訶薩　成就方便度衆生
具足一切功德者　演説五住淨妙法
第六正心眞佛子　解眞實法離愚癡
於一切世天人中　正念思惟滅虚妄

聞讚毁佛及佛法　一切菩薩所行道
衆生有量若無量　於佛法中心不動
衆生有垢若無垢　或有易度或難度
法界有量若無量　世界有成或有敗
或聞法界若有無　過去未來今現在
菩薩於此一切法　寂然觀察心不動
觀一切法無性相　其義眞實如虚空
猶若幻化夢所見　是人於法爲眞解
第七不退眞佛子　聞有諸佛菩薩法
聞無諸佛菩薩法　若出非出不退轉
過去未來及現在　一切諸佛有以無
若法起滅不起滅　若有一相若異相
若一即多多即一　若味寂滅悉平等
遠離一異顛倒相　是名菩薩不退住
若有法相及無相　若有法性及無性

二俱無實等虚空　如是知者必究竟
第八童真真佛子　身口意行悉具足
微妙清淨無染汙　隨意所欲自在生
悉知一切衆生心　善能觀察諸欲性
了衆生法無差别　十方世界成敗相
速逮一切妙神通　往詣十方諸佛刹
隨意自在無障礙　聞説妙法悉受持
六種震動一切國　皆悉能持諸世界
梵音遍滿十方刹　度脱無量羣生類
諮問佛義不可數　變化其身無有量
隨受化者演法言　如佛所説無有異
第九王子摩訶薩　悉能分别諸羣生
善知輕重煩惱行　隨其所應方便度
善分别知諸法相　明達世界先後際
善解俗諦第一義　具足方便無有餘

善能了達法王處　隨順法王威儀法
善知安入法王處　善知分别法王界
第十灌頂真佛子　方便善持一切法
如法隨順入深義　悉能究竟分别説
悉度衆生無有餘　而於衆生不取相
寂然不動學正念　悉在十方諸佛前
灌頂菩薩真佛子　悉能究竟諸勝法
十方無量諸世界　悉能震動光普照
能持十方諸世界　嚴淨一切衆生心
悉知一切衆生根　演梵音聲滿十方
調伏化度諸羣生　悉令修習菩提心
普入十方諸佛國　觀察法界無有餘
灌頂色身及身業　神足自在不思議
觀察三世佛國智　乃至王子所不測
三世諸佛及佛法　分别了知無障礙

法界無量無有邊　諸佛聲聞悉充滿
盡於一切諸世界　皆悉能持光普照
盡於一切羣生類　爲說究竟正覺智
如是十住諸菩薩　悉從如來法化生
隨其方便及境界　一切天人莫能知
初發無上菩提心　充滿十方悉無餘
了達三世諸法相　具足成就一切智
無邊佛刹及世間　無量無數衆生類
煩惱業報菩提心　如是一切無所著
初求佛道發一念　世間衆生及二乘
斯等一切莫能知　何況菩薩餘功德
十方一切諸世界　能以一毛悉稱擧
彼知菩薩具足行　疾得如來一切智
十方一切大海水　能以一毛滴令盡
於一念中悉知數　如是行者眞佛子

一切世界末爲塵　悉能分別知其數
菩薩所行等微塵　是則名爲眞佛子
過去未來現在佛　一切緣覺及聲聞
分別解說不能盡　發心菩薩諸功德
菩薩初發菩提心　廣大無量無有邊
大慈大悲覆一切　何況菩薩餘功德

梵行品第十二

爾時正念天子白法慧菩薩言佛子一切世界中諸菩薩摩訶薩信家非家出家學道捨離俗飾被服法衣彼諸菩薩云何方便修習梵行具足菩薩十住道地速成無上平等菩提爾時法慧菩薩荅正念天子言正士此菩薩摩訶薩一向專求無上菩提先當分別十種之法何等爲十所謂身身業口口業意意業佛法僧戒應如是觀爲身是梵行耶乃至

戒是梵行耶若身是梵行者當知梵行則不清淨當知梵行則爲非法當知梵行則爲渾濁當知梵行則爲臭惡當知梵行則爲穢汙當知梵行則爲塵垢當知梵行則爲諂曲當知梵行則爲八萬戸蟲若身業是梵行者當知身四威儀則爲梵行左右顧眄舉足下足則爲梵行若口是梵行者當知音聲則爲梵行當知語言則爲梵行當知觸心則爲梵行當知舌動則爲梵行當知脣齒和合則爲梵行爲口業是梵行耶若口業是梵行者當知語言則爲梵行當知所說作無作稱譏毀譽則爲梵行若意是梵行者當知覺觀憶念不忘思惟幻夢等悉爲梵行若意業是梵行者當知想是梵行施設是梵行寒熱飢渴苦樂憂喜等悉是梵行若佛是梵行者爲色是佛耶爲受想行識是佛耶爲三十二相八十種好是佛耶爲一切神通業報是佛耶若法是梵行者爲正教是法耶爲寂滅離涅槃是法耶爲生非生是法耶爲實非實是法耶爲虛妄是法耶爲合散是法耶若僧是梵行者爲向須陀洹果是僧耶爲得須陀洹果是僧耶爲向斯陀含阿那含阿羅漢果是僧耶爲得斯陀含阿那含阿羅漢果是僧耶爲三明六通是僧耶爲時解脫是僧耶爲非時解脫是僧耶若戒是梵行者爲戒場是戒耶爲十衆是戒耶爲問清淨不清淨是戒耶爲戒師是戒耶爲三羯磨和尚是戒耶爲剃髮法服乞食是戒耶菩薩摩訶薩當如是觀察十種法又知過去無所至未來無所有現在無作者無知者無受報者此世不至彼世彼世不至

此世爲何等法是梵行梵行法爲在何處誰有是梵行法此梵行法爲是有耶爲是無耶爲是色法耶爲非色法耶爲是受想行識法耶爲非受想行識法耶菩薩摩訶薩正念無障礙觀察分別三世諸法平等猶如虛空無有二相如是觀者智慧方便無所罣礙於一切法而不取相一切諸法無自性故於一切佛及諸佛法平等觀察猶如虛空是名菩薩摩訶薩方便修習清淨梵行又復修習增上十法何等爲十所謂是處非處智去來現在諸業報智一切諸禪三昧正受解脫垢淨起智衆生諸根智隨諸欲樂智種種性智至一切處道智無障礙宿命智無障礙天眼智斷習氣智是爲十如是觀察如來十力甚深無量具足長養大慈悲心悉分別衆生而不捨衆生亦不捨寂滅行無上業不求果報觀一切法如幻如夢如電如響如化菩薩摩訶薩如是觀者以少方便疾得一切諸佛功德常樂觀察無二法相斯有是處初發心時便成正覺知一切法眞實之性具足慧身不由他悟

大方廣佛華嚴經卷第八

音釋

錠徒徑切錠光佛即然燈佛也　眄莫甸切邪視也

大方廣佛華嚴經卷第九

東晋天竺三藏佛陀跋陀羅等譯

初發心菩薩功德品第十三

爾時天帝釋白法慧菩薩言佛子初發心菩薩爲成就幾功德藏法慧答言佛子是處甚深難知難信難解難說難通難分別雖然我當承佛神力具足演說佛子假使有人供養東方阿僧祇世界衆生一切樂具乃至一劫然後教令淨修五戒南西北方四維上下亦復如是佛子於意云何彼人功德寧爲多不帝釋言佛子除諸如來其餘一切不能稱量彼人功德法慧菩薩語帝釋言佛子初發心菩薩功德之藏百分彼人功德不及其一千分百千分億分百億分千億分百千億分百那由他分千那由他分百千那由他分億那由他分百億那由他分千億那由他分百千億那由他分乃至不可數不可譬喻不可說分彼人功德不及其一佛子復置此喻假使有人供養十方各十阿僧祇世界衆生一切樂具乃至百劫然後教令淨修十善教十善已又復供養一切樂具乃至千劫然後教令淨修四禪教四禪已又復供養一切樂具至百千劫然後教行四無量心又復供養一切樂具乃至億劫然後教行四無色定又復供養一切樂具至百億劫然後教令得須陀洹果又復供養一切樂具至千億劫然後教令得斯陀含果又復供養一切樂具至百千億劫然後教令得阿那含果又復供養一切樂具至億那由他劫然後教令得阿羅漢果又復供養一切樂具至千億那由他劫然後教

令盡成緣覺佛子於意云何彼人功德寧爲多不帝釋白言佛子彼人功德唯除諸佛其餘一切悉不能知法慧言佛子初發心菩薩功德之藏百分千分乃至不可數不可譬喻不可說分彼人功德不及其一何以故佛子一切諸佛初發心時不爲供養十方各十阿僧祇世界衆生一切樂具百劫乃至千億那由他劫故出興於世亦不爲教爾所衆生淨修五戒十善四禪四無量心四無色定須陀洹果斯陀含果阿那含果阿羅漢果辟支佛道故出興於世欲不斷佛種故發菩提心欲充滿十方一切世界故發菩提心欲悉度脫一切衆生故發菩提心欲悉知一切世界成壞故發菩提心欲悉知一切世界中衆生垢淨起故發菩提心欲悉知一切世界自性清淨故發菩提心欲悉知一切羣生虛妄煩惱習氣故發菩提心欲悉知一切衆生死此生彼故發菩提心欲悉知一切衆生諸根方便故發菩提心欲悉知一切衆生心心所念故發菩提心欲悉分別三世一切衆生故發菩提心欲悉知一切諸佛平等境界故發菩提心佛子復置此喻假使有人於一念頃能過東方無量世界彼人以此自在神力從此東行盡無量無數阿僧祇劫猶不能得世界邊際又第二人神力自在於一念頃能過前人無量無數阿僧祇劫所行世界此第二人從此東行盡無量無邊阿僧祇劫猶不能得世界邊際又第三人神力自在於一念頃能過前人無量無數阿僧祇劫所行世界又第四人神力自在於一念頃能過前人無量無數

阿僧祇劫所行世界又第五人神力自在於一念頃能過前人無量無數阿僧祇劫所行世界又第六人神力自在於一念頃能過前人無量無數阿僧祇劫所行世界又第七人神力自在於一念頃能過前人無量無數阿僧祇劫所行世界又第八人神力自在於一念頃能過前人無量無數阿僧祇劫所行世界又第九人神力自在於一念頃能過前人無量無數阿僧祇劫所行世界又第十人神力自在於一念頃能過前人無量無數阿僧祇劫所行世界彼第十人以此最勝自在神力從此東行盡無量無數阿僧祇劫猶故不得世界邊際十方世界亦復如是如是展轉乃至百人其人以此最勝自在神力於無量無數阿僧祇劫所至十方尚可了知得其邊際初發心菩薩功德之藏不可得知何以故初發心菩薩不爲齊限爲爾所世界衆生故發菩提心悉爲十方一切世界衆生故欲度一切衆生故欲分別知一切世界故發菩提心欲知微細世界即是大世界知大世界即是微細世界知少世界即是多世界知多世界即是少世界知廣世界即是狹世界知狹世界即是廣世界知一世界即是無量無邊世界知無量無邊世界即是一世界知無量無邊世界入一世界知一世界入無量無邊世界知穢世界即是淨世界知淨世界即是穢世界於一毛孔中悉分別知一切世界於一切世界中悉分別知一毛孔性知一世界出生一切世界知一切世界猶如虛空欲於一念知一切世界悉無有餘故發阿耨多羅

三藐三菩提心佛子復置此喻假使有人於東方無量無邊阿僧祇世界於一念中悉分別知成敗之數此人精勤方便念念次第於無量無數阿僧祇劫欲盡筭知東方世界成敗之數猶不能知又第二人於第一人無量無數阿僧祇劫所筭世界成敗之數於一念中悉能了知此人精勤方便念念次第於無量無邊阿僧祇劫猶不能盡知東方世界成敗之數如是展轉乃至第十彼第十人於第九人無量無邊阿僧祇劫所筭世界成敗之數於一念中悉能了知此人精勤方便念念次第於無量無邊阿僧祇劫猶不能盡知東方世界成敗之數乃至十方亦復如是十方無量無邊世界成敗之數尚可了知初發心菩薩功德之藏不可得知何以故初發心菩薩摩訶薩不爲齊限知爾所世界劫數成敗故發菩提心菩薩摩訶薩欲悉了知一切世界劫數成敗故發菩提心欲知長劫即是短劫短劫即是長劫知一劫即是不可數阿僧祇劫不可數阿僧祇劫即是一劫知一切有佛劫知一切無佛劫知一佛劫中有無量佛知無量佛劫中有一佛知異劫中有無異劫知無異劫中有異劫知有盡劫是無盡劫知無盡劫是有盡劫知無量劫即是一念知一念即是無量劫知一切劫入無劫知無劫入一切劫欲悉了知過去未來際及現在一切世界劫數成敗故發阿耨多羅三藐三菩提心是名菩薩初大誓莊嚴所謂悉知一切劫智慧照明佛子復置此喻假使有人於一念中悉知無量無數阿僧祇世界衆生種種欲

樂此人精勤方便念念次第於無量無數阿僧祇劫不能盡知東方一切世界衆生種種欲樂如是展轉至第十人此第十人於第九人無量無數阿僧祇劫精勤方便所知衆生種種欲樂於一念中悉能了知此人如是精勤方便念念次第無量無數阿僧祇劫猶不能盡知東方一切世界衆生種種欲樂乃至十方亦復如是如是十方無量無邊阿僧祇世界衆生種種欲樂尚可了知初發心菩薩功德之藏不可得知何以故佛子初發心菩薩不爲齊限欲知爾所世界衆生種種欲樂故發菩提心欲悉知十方一切世界衆生種種欲樂故發阿耨多羅三藐三菩提心欲知種種無量欲樂即是一欲而亦不壞一切欲性欲悉知一切衆生欲樂海欲知一衆生欲即是一切衆生欲欲悉知一切衆生去來現在種種欲樂欲悉知相似欲不相似欲欲知一切欲即是一欲一欲即是一切欲欲得具足如來種種欲樂力欲知有上欲無上欲有餘欲無餘欲等欲不等欲有所依欲無所依欲共欲不共欲有邊欲無邊欲善欲不善欲世間欲出世間欲大智欲淨欲勝欲無礙智欲無礙智佛解脫欲清淨欲不清淨欲廣欲狹欲細欲麤欲故發阿耨多羅三藐三菩提心欲悉知一切衆生一一衆生有十種欲所謂因苦生欲方便欲悕望欲著味欲隨因生欲隨緣生欲盡欲一切欲初發心菩薩摩訶薩欲悉分別了知此諸欲網故發阿耨多羅三藐三菩提心佛子復置此喻假使有人於一念中悉知無量無邊阿僧祇世界衆生種

種諸根以此智慧精勤方便念念次第於無量無數阿僧祇劫不能盡知東方一切世界衆生種種諸根廣說乃至悉知一切衆生一一衆生有十種根佛子復置此喻假使有人於一念中悉知東方無量無邊阿僧祇世界衆生種種悕望廣說乃至悉知一切衆生一一皆有十種悕望佛子復置此喻假使有人於一念中悉知無量無邊阿僧祇世界衆生種種方便廣說乃至悉知一切衆生一一皆有十種方便佛子復置此喻假使有人於一念中悉知無量無邊阿僧祇世界衆生念念心意廣說乃至悉知一切衆生一一皆有十種心佛子復置此喻假使有人於一念中悉知無量無邊阿僧祇世界衆生種種諸業廣說乃至悉知一切衆生一一皆有十種業佛子復置此喻假使有人於一念中悉知東方無量無邊阿僧祇世界衆生種種煩惱此人精勤方便念念次第於無量無數阿僧祇劫猶不能知東方一切衆生種種煩惱如是展轉乃至第十此第十人於第九人無量無數阿僧祇劫所知衆生種種煩惱於一念中悉分別知此人精勤方便念念次第於無量無數阿僧祇劫猶不能盡知一切衆生種種煩惱乃至十方亦復如是爾所世界一切衆生種種煩惱尚可得知初發心菩薩功德之藏不可得知何以故佛子初發心菩薩不爲齊限欲知爾所世界衆生種種煩惱故發阿耨多羅三藐三菩提心欲悉分別了知一切衆生種種煩惱故發菩提心所謂欲悉知輕煩惱重煩惱結使煩惱纒煩惱一一衆生無量

煩惱一切衆生種種覺觀煩惱依無明煩惱愛相應煩惱貪欲不善根煩惱瞋恚不善根煩惱愚癡不善根煩惱等分煩惱一切煩惱根本煩惱我我所煩惱我慢煩惱邪憶念虛妄生煩惱因身見生六十二見等諸煩惱蓋煩惱障礙煩惱欲悉了知一切衆生煩惱惑網具足大慈大悲一切種智故發阿耨多羅三藐三菩提心佛子復置此諭假使有人於一念中悉見東方無量無邊世界現在諸佛及彼一切衆生此人悉能恭敬禮拜尊重讚歎一心觀察種種供養無量上味餚饍飲食香華瓔珞繒綵幢蓋上妙宮殿嚴飾帳幔寶網羅覆衆寶莊嚴師子之座此人精勤方便念念次第以如是等衆妙供具無量無數阿僧祇劫供養諸佛又復勸教彼諸衆生以如是等衆妙供具於無量無數阿僧祇劫供養諸佛彼諸如來般涅槃已復爲一一諸如來故以無量寶起塔供養其塔高廣一一周滿無量無邊世界又以上妙衆寶而莊嚴之一一塔中有無量無數如來形像彼諸形像光明普照無量無邊諸佛世界又復勸彼一一衆生爲諸如來起衆寶塔嚴好如前十方世界亦復如是佛子於意云何彼人功德寧爲多不帝釋答言彼人功德唯佛乃知餘無能及法慧答言佛子初發心菩薩摩訶薩功德之藏百分千分乃至不可數不可譬諭不可說分彼人功德不及其一佛子假使有人於第一人及所勸衆生精勤方便念念次第無量無數阿僧祇劫所作功德諸供養具於一念中皆悉能辦此人如是精勤方便念念次

第於無量無數阿僧祇劫供養功德廣說如前如是展轉乃至第十人廣說亦復如前初發心菩薩摩訶薩功德之藏百分千分乃至不可數不可譬喻不可說分彼人功德不及其一何以故佛子彼菩薩不爲齊限供養爾所如來故發阿耨多羅三藐三菩提心欲悉供養十方法界虛空界等世界中三世諸佛故發阿耨多羅三藐三菩提心發是心已得知盡過去際諸佛無障礙智得信盡未來際諸佛功德得知盡現在際一切諸佛所說智慧彼三世一切諸佛功德此菩薩摩訶薩悉皆信向受持修習得證身證悉等諸佛一切功德何以故初發心菩薩摩訶薩欲不斷一切諸佛性故發菩提心欲令慈悲心充滿一切世界衆生悉無餘故欲悉度脫一切世界

衆生故欲悉知一切世界成敗故欲悉知一切世界衆生垢淨起故欲令三有衆生悉得清淨故欲悉知一切衆生心念煩惱習故欲悉知一切衆生死此生彼故欲悉知一切衆生諸根方便故欲悉知一切衆生心心行故欲悉知一切三世衆生故欲悉知三世諸佛具足功德故欲悉知三世諸佛無上菩提故欲悉知三世諸佛具足淨法故欲悉知三世諸佛法平等相故欲悉知三世諸佛無上智慧因緣清淨故欲悉知長養三世諸佛智慧力故欲悉具足三世諸佛無畏法故欲悉具足莊嚴三世諸佛不共法故欲悉得法界等無量無邊三世諸佛平等智慧故發阿耨多羅三藐三菩提心何以故此初發心菩薩即是佛故悉與三世諸如來等亦與三世佛境

界等悉與三世佛正法等得如來一身無量身三世諸佛平等智慧所化衆生皆悉同等悉能震動一切世界悉能普照一切世界悉能休息一切世界諸惡道苦悉能嚴淨一切世界悉於一切世界示現成佛悉令一切衆生皆得歡喜悉令一切衆生解深法界悉能護持諸佛種性悉得諸佛智慧光明彼初發心菩薩摩訶薩常不遠離三世諸佛及諸佛法一切菩薩緣覺聲聞及所行法世間出世間法衆生及衆生法專求菩提智慧無礙爾時佛神力故說初發心菩薩功德藏力故十方各萬佛剎塵數世界六種震動雨衆天華天香天末香天鬘天寶天莊嚴具自然演出微妙樂聲又復震吼師子之音放大光明普照十方爾時十方各過十佛剎塵數世界有萬佛剎塵數諸佛悉號法慧各現其身示法慧菩薩而告之言善哉善哉佛子善說初發心菩薩功德之藏我等萬佛剎塵數如來亦悉演說發心菩薩功德之藏十方世界一切諸佛亦復如是法慧菩薩說是發心菩薩功德藏時萬佛世界塵數衆生皆得初發心菩薩功德之藏發阿耨多羅三藐三菩提心我等今者悉授彼記於未來世各於十方一時成佛同號淨心如來應供等正覺我等悉當護持此法普爲未來諸菩薩故如此娑婆世界四天下閻浮提菩提樹下須彌山頂妙勝殿上敷演此法教化衆生十方世界千億那由他不可量不可數不可思議無有邊際不可說法界虛空界等諸世界中亦說是法教化衆生彼說法者悉名法慧佛神力故佛本

願力故顯示佛法故智慧光明普照故解第一義故法如是故諸菩薩歡喜故讚歎諸佛功德故悉知諸佛平等故解法界無有二故

爾時法慧菩薩普觀十方普觀一切大衆觀虛空界觀成就衆生界不違業報清淨如虛空界欲拔三有垢穢衆生欲令衆生得廣解脫欲知種種諸根等觀三世正趣涅槃及現自身甚深清淨諸功德故承佛神力以偈頌曰

大慈大悲心　充滿十方界　分別諸佛刹
佛法及三世　欲具佛功德　菩薩法藏海
饒益衆生故　初發菩提心　欲悉分別知
虛空等法界　一切羣生類　諸佛及佛法
欲得一切佛　諸道至處力　成就不退轉
饒益諸羣生　一切衆生中　常起大慈悲
遠離瞋恚念　修習饒益心　慈光照十方
爲衆作歸依　諸佛悉護念　功德難思議
欲悉分別知　一切諸佛刹　如來妙法身
甚深難思議　無量功德藏　智慧甚深廣
因是初發心　專求佛菩提　欲悉分別知
一切衆生類　十方世界中　一切中知一
麤細諸世界　或狹廣無量　智慧無障礙
一中知一切　菩薩於彼行　精勤不放逸
苦樂無猒著　欲度衆生故　一切佛現前
樂觀無猒足　悉入甚深法　無量功德海
五道諸羣生　愍之如一子　令除衆垢穢
具足清淨法　欲令諸佛種　究竟不斷絶
降伏一切魔　摧滅無有餘　平等觀如來
三世諸法相　甚深微妙法　常修不放逸
菩薩常樂觀　一切佛境界　是故諸如來

甘露慧灌頂　信心不可沮　堅固如金剛
於諸如來所　知恩而報恩　最勝之境界
無量智慧光　自悟不由他　菩薩初發心
悉能分別知　五道衆生欲　種種諸業報
一切心所行　知諸根利鈍　無量無數性
一切勝境界　菩薩初發心　菩提心無量
清淨法界等　無著無所依　無染如虛空
成就佛智慧　其心無障礙　諦了眞實際
寂滅離虛妄　了達衆生心　而無衆生想
方便分別法　究竟到彼岸　無量無數劫
悉能分別知　往詣諸佛剎　明解甚深法
若能分別知　無量諸佛法　清淨法界藏
諦了無疑惑　深解衆生根　究竟到彼岸
平等觀諸法　則與如來等　清淨無量心
常在諸佛前　恭敬而尊重　供養人師子
親覲一切佛　樂觀無猒足　彼諸如來等
護念此菩薩　於諸深妙法　分別無障礙
無著無所依　心淨如虛空　彼知人師子
智慧海深廣　寂然入正受　三世觀無礙
堅固不可沮　一切莫能壞　專念無上道
未曾有斷絶　離闇趣明正　志學諸善法
常樂觀寂滅　具足眞實性　寂默語言道
平等無異觀　於法不分別　是則從如生
悉能分別知　諸佛深境界　寂然入正受
三達無障礙　十方世界中　一切諸佛剎
菩薩自在力　一念悉周遍　無量不可數
方便悉具足　普遊十方界　是名眞佛子
具足大悲心　清涼除渴愛　大慈念一切
無礙如虛空　於彼衆生類　不生衆生相
悉已離虛妄　清淨遊十方　於彼諸羣生

常施以無畏　如此眞實行　是則等如來
常說甚深法　清淨無所著　是故十方佛
一切悉護念　過去未來世　無量無數劫
次第悉憶念　具足分別知　菩薩於現在
一切十方界　悉能普周遍　濟度諸羣萌
深智正觀察　明了無障礙　悉知因緣合
磨滅無堅固　一切衆生類　諸有疑難者
菩薩悉除滅　安住法性中　菩薩無畏力
降伏一切魔　悉能爲衆生　滅除愚癡闇
世界若成敗　悉皆分別知　若能如是觀
佛境無疑惑　觀察三世法　疑網永已除
一切如來所　淨信不可壞　信力安隱住
智慧力成就　智慧清淨故　決定解眞實
盡於未來際　饒益衆生故　欲令一切衆
究竟得解脫　無際生死中　精勤不猒倦

一切地獄處　受苦爲衆生　功德智慧藏
具足皆成就　悉能善分別　一切衆生根
又能分別知　衆生種種業　隨彼業對治
菩薩爲說法　以大慈悲心　隨順世間行
悉於一切法　解達空無我　一一音聲中
演說無量教　菩薩放大光　種種微妙色
悉照十方界　除滅一切闇　一一光明端
清淨實華座　菩薩悉處上　爲衆演說法
於一毛孔中　普見十方剎　彼剎妙莊嚴
諸佛菩薩會　一一如來所　無量衆圍遶
清淨妙智慧　明了衆生心　十方世界中
無量諸佛剎　菩薩神通力　一念悉遍至
恭敬供養佛　饒益衆生故　一一導師所
諮決甚深義　普於諸世尊　先起慈父想
饒益衆生故　分別菩薩行　明淨利智慧

解達深法藏　出生無量智　佛法無所礙
無量無數劫　分別說法界　劫數可究竟
法界無窮盡　平等觀諸法　其心無所染
不猒生死苦　智慧無障礙　無上佛種性
三世法王家　一切如來法　菩薩由此生
清淨妙法身　應現種種形　猶如大幻師
所樂無不見　或處爲衆生　究竟菩薩行
或復現初生　出家行學道　或於樹王下
自然成正覺　或處爲衆生　示現入泥洹
現住甚深妙　無量自在法　聲聞辟支佛
一切莫能測　菩薩身口意　寂滅無生相
普應一切世　方便無不現　如是佛眞子
境界甚深妙　衆生若思議　迷亂心發狂
一切悉具足　安住無礙智　普現諸如來
無量自在力　菩薩功德藏　世間無與等

何況最勝尊　無量難思議　菩薩雖未得
具足一切智　無量諸法門　究竟到彼岸
一切勝妙法　皆悉已具足　一向求菩提
究竟一乘道　於彼諸羣生　善知時非時
爲欲利益故　示現大神力　一身悉充滿
一切諸佛刹　演出淨光明　暉曜無倫匹
遍照十方界　除滅一切闇　普降妙法雨
如海大龍王　觀察一切法　虛妄猶如幻
煩惱業力故　生死常輪轉　以大慈悲心
普覆諸群生　清淨妙方便　度脫無量衆
菩薩功德力　與諸如來等　無量智慧海
清淨如虛空　無量無數劫　具修菩薩行
精進勤方便　欲度一切衆　衆生種種行
悉能分別知　令修清淨業　志求無上道
菩薩摩訶薩　行是勝妙法　決定不退轉

諦觀一切智　一切諸世界　無量難思議
菩薩能於彼　一念悉周遍　遠離虛妄想
其心如虛空　清淨法身一　普應一切世
湛然常不動　十方無不現　分別一切法
不取諸法相　了達一切法　其心無所染
濟度一切衆　而無解脫者　一切群生類
種種諸悕望　善惡無記法　寂滅如虛空
隨順衆庶類　種種欲樂相　無量自在力
悉能應化之　猶如工幻師　能現種種身
菩薩自在力　充滿十方界　菩薩淨法身
無量等虛空　隨衆所欲樂　一切無不現
其心無所染　眞實無虛妄　清淨煩惱法
皆悉無所有　解脫非解脫　其心無所染
普施苦衆生　無上涅槃樂　悉於諸世間
智慧無所畏　具足衆相好　究竟無上道

一念悉分別　一切諸法相　去來現在世
求之無所有　菩薩觀前際　了達過去世
分別後際相　究竟亦如是　一切佛世界
分別皆悉知　除滅衆煩惱　具足諸功德
常好觀寂靜　究竟趣涅槃　樂無諍三昧
其心無所依　菩薩等實際　一切無與等
究竟堅固行　決定不退轉　彼修最勝行
寂滅無所依　其心常安住　不動如須彌
菩薩淨妙行　充滿諸法界　諸佛及菩薩
皆悉分別知　欲求導師慧　究竟最勝道
甚深一切智　無上解脫王　勇猛勤精進
速發菩提心　欲求最勝樂　應疾斷諸漏
菩薩摩訶薩　初發清淨心　彼心功德藏
說之不可盡　饒益衆生故　讚歎如來行
一心善諦聽　最勝所行道　無量諸佛剎

悉抹爲微塵　一塵置一剎　悉能分別知
是諸剎土中　一切諸如來　說初功德藏
猶故不可盡　善分別衆生　而無衆生想
善解一切語　而無言語想　甚深無礙智
分別諸世界　善解劫成敗　而無成敗想
清淨廣大心　猶如虛空性　明解三世法
一切諸世間　除滅諸煩惱　永盡無有餘
無礙寂滅觀　是則佛正法　十方世界中
一切如來所　一念悉遍至　其心無所染
善解不生法　如如眞實際　一切種種相
皆悉無眞實　無量不可數　一切諸如來
清淨眷屬俱　悉往禮供養　常樂問如來
甚深微妙法　一切諸菩薩　普願清淨行
十方世界中　一切諸導師　一念悉觀見
而心無所依　一切三有中　最勝妙功德
以此清淨行　莊嚴諸佛剎　慧眼無障礙
善解一切生　分別無所有　遠離無染著
善解衆生根　煩惱及習氣　衆生種種欲
了達不思議　菩薩摩訶薩　先知衆生心
隨彼所應度　慧者爲說法　善知時非時
衆生淨穢行　漸令彼清淨　究竟得解脫
無量那由他　甚深諸三昧　菩薩自在力
一念悉能入　三昧起住相　悉善分別知
無量諸境界　善解住起緣　如是等智慧
皆悉已具足　不久得菩提　一切無障礙
常爲利衆生　正趣智慧光　彼能與衆生
無上丈夫法　悉能善分別　一切劫長短
晝夜及歲月　斯亦善觀察　正念不放逸
善解諸世間　分別諸佛剎　眞實無差別
能善分別知　一切諸世界　於彼十方國

無有分別想　如是正觀察　十方諸世界
嚴淨一切國　而心無所著　成就智慧力
與諸如來等　是處非處力　分別知衆生
悉知衆生類　善惡諸業報　過去未來世
明達無障礙　一切諸世界　衆生種種性
於彼三有中　悉能分別知　一切羣生類
諸根上中下　菩薩摩訶薩　悉能分別知
一切衆生類　欲樂上中下　清淨不清淨
悉能分別知　分別知衆生　一切至處道
永斷相續緣　究竟離三有　一切諸三昧
正受禪解脫　垢穢清淨起　悉能分別知
次第知宿命　隨所更苦樂　如是分別者
是則如來力　一切善不善　衆生煩惱業
分別五道生　究竟得泥洹　諸漏若未盡
能起處處生　煩惱習已滅　究竟無上道
方便度衆生　滅垢具淨道　慧者能分別
是則人中雄　具足十種力　慧光除衆瞑
安住最勝力　疑惑究竟滅　一一毛孔中
無量諸佛剎　菩薩摩訶薩　一切皆悉見
穢濁或清淨　種種妙莊嚴　隨彼諸行業
皆悉分別知　一一微塵中　一切諸佛剎
諸佛及菩薩　佛子皆悉見　諸剎不積聚
不亂不迫迮　一切入一剎　而亦無所入
十方諸國土　虛空法界等　能於一毛孔
具足分別知　普見十方界　一切諸最勝
微妙淨莊嚴　一切諸佛剎　一切諸如來
及彼嚴淨國　於一毛孔中　慧者皆悉見
三世差別相　一切諸法界　時節歲相續
分別得解脫　如是眞佛子　具足無所畏
是名人中雄　明達智慧者　如是深法門

慧者悉分別　彼於如來所　恭敬喜無量
無量無數劫　長養功德藏　供養一切佛
度脫眾生故　無量自在力　種種能示現
彼智慧境界　與諸如來等　無量諸佛所
所學皆成就　寂靜深法藏　志樂無猒足
一切導師所　恭敬尊重心　彼修菩薩行
常飲法甘露　悉能善分別　長養智慧法
菩提無礙辯　甚深諸三昧　信心不可動
猶如須彌山　長養諸羣生　一切功德藏
菩薩摩訶薩　大慈悲無量　普念一切眾
其心無所著　一切種智樂　惠施諸眾生
悉欲救世間　永離煩惱垢　菩薩摩訶薩
大悲心無量　佛及已眾生　等觀無有異
樂觀寂滅相　諸法如虛空　慧者如是觀
一切真實性　菩薩初發心　甚深功德藏
無量無數劫　說之不可盡　出生諸如來
緣覺閑靜樂　自在聲聞眾　一切賢聖故
十方世界中　無邊諸佛剎　所有眾生類
供養無量劫　又教修五戒　十善及四禪
四等無色定　寂滅諸解脫　復於無量劫
供施諸樂具　又復教轉勝　漏盡成羅漢
如此諸功德　猶尚可稱量　發心功德藏
無譬不可說　又化無量眾　悉成辟支佛
寂靜三摩提　甚深諸功德　彼人功德聚
比初發心藏　百分不及一　乃至不可說
無量無有邊　微塵等佛剎　假有神力人
一念悉能過　如是神足力　無量劫中行
彼剎猶可數　發心藏難知　去來現在劫
無量無有邊　如是等諸劫　猶可知其數
菩薩初發心　無量功德藏　猶如虛空界

分際不可知　去來現在世　一切諸劫數
菩薩於一念　悉能分別知　菩薩發心寶
欲達去來今　一念悉明了　利益衆生故
十方世界中　無量剎衆生　所有欲悕望
一念悉分別　知諸根方便　念念心所行
虛空尚可量　菩提心難知　所以不可量
大慈無量故　普施一切樂　充滿十方界
欲令悉得佛　法藏解脫樂　初發寶藏心
功德力無量　衆生欲悕望　方便願求想
隨彼種種根　身口意所行　能於一念中
彼彼悉覺知　欲得一切智　發心願菩提
一切衆生類　無量煩惱業　由斯結業故
趣趣受諸有　如此結業報　猶可知邊際
發心功德藏　不可得思議　所以不可議
能發無上願　供養一切佛　永離諸煩惱
兼除羣生類　一切煩惱業　濟拔三世苦
究竟大悲心　十方諸世界　無量無數佛
一念悉供養　兼以勸衆生　熏以殊妙香
寶幢諸旛蓋　天衣珍妙饌　上味甘露漿
隨時諸宮觀　床卧莊嚴具　清淨經行地
安身順道心　斯等衆供具　無量寶莊嚴
摩尼發光耀　皆是快樂因　如是供養佛
兼以勸衆生　不可思議劫　常行此供養
斯等諸功德　尚可究竟說　發心功德藏
無可爲譬喻　一切諸譬喻　如前廣分別
欲比初發心　無量不及一　三世人中尊
一切功德業　無上菩提果　皆由初發心
無數億劫中　修行無上道　無數無有量
出過一切量　究竟一切智　其力不可量
到彼菩提岸　超度羣生趣　初發菩提心

廣大如虛空　出生諸功德　其相同法界
等觀諸法性　如實無異相　永離一切有
性同堅固士　甚深眞法性　妙智隨順入
無邊諸佛土　一念悉周遍　一切智所知
無不遍觀察　無量佛境界　了達無障礙
常修妙功德　一切無與等　具足微妙戒
清淨無瑕穢　內外一切施　等心施一切
一切時常施　精勤不退轉　專念修正受
諸禪功德藏　常習微妙智　深廣無涯底
於此最勝地　成就佛眞子　逮得如實智
平等甚深行　去來現在世　一切諸如來
悉以威神護　初發菩提心　甚深諸三昧
無量陀羅尼　諸佛自在力　莊嚴初發心
一切諸世間　莫能稱筭者　無量無有邊
猶如虛空界　初發菩提心　無量無有邊
一切人師子　皆由初發心　如來十種力
四辯無所畏　無量諸功德　皆由初發心
一切諸導師　十八不共法　斯等殊勝慧
皆由初發心　諸佛妙色身　種種相莊嚴
究竟離虛妄　清淨眞法身　天人所應供
甚深無礙智　如是等功德　皆由初發心
一切辟支佛　無量聲聞衆　斯等諸賢聖
皆由初發心　四禪無色定　甚深諸三昧
斯等無量樂　皆由初發心　去來今現在
十方天人類　一切世界中　趣趣受生樂
方便勤精進　諸根悉調伏　斯等無量樂
皆由初發心　所以然者何　菩薩摩訶薩
因初發心故　具六波羅蜜　化諸羣生類
棄邪入正道　故能令三界　受茲種種樂
菩薩深妙智　通達無障礙　開導諸衆生

淨修殊勝業　滅除衆煩惱　一切不善行
修習泥洹道　度脫一切衆　無量智慧明
猶如淨日光　具足清白行　譬如月盛滿
無邊功德藏　猶如十方海　無垢無所染
清淨如虛空　菩薩初發心　稱讚不可盡
悉令諸衆生　具受一切樂　無量無數劫
廣修諸大願　常習功德業　調伏衆生故
無量無有數　淨願難思議　皆悉具足滿
令衆得清淨　普觀一切法　悉空無相願
弘誓願力故　心淨無所畏　解法眞實性
清淨如虛空　定亂悉平等　寂滅無所有
甚深諸妙法　無量難思議　常爲大衆說
其心無染著　十方世界中　一切諸如來
彼佛常讚歎　菩薩初發心　無量妙功德
莊嚴初發心　至彼清淨岸　性同諸如來

一切衆生類　無量無數劫　稱讚初發心
功德不可盡　諸佛功德藏　菩薩由是生
於諸三有中　最勝無倫匹　欲得一切佛
明淨智慧燈　應建弘誓願　速發菩提心
一切功德中　菩提心爲最　能得無礙智
從佛法化生　一切衆生心　悉可分別知
一切刹微塵　尚可筭其數　十方虛空界
一毛猶可量　菩薩初發心　究竟不可測
因初菩提心　出生三世佛　一切諸衆生
種種上妙樂　佛所讚功德　因此悉具足
於佛境界中　其心無疑惑　若能永遠離
一切諸疑惑　則能滅衆生　無量諸障礙
因初菩提心　嚴淨諸佛國　普令一切衆
具足微妙智　欲見十方刹　三世一切佛
又欲得無量　甚深功德藏　若欲滅衆生

無量生死苦　應建堅誓願　速發菩提心

大方廣佛華嚴經卷第九

音釋

齊限　齊才詣切齊限謂分齊限量也

迫迮　迫博陌切逼迫也迮側革切迮狹也

大方廣佛華嚴經卷第十

東晉天竺三藏佛陀跋陀羅等譯

明法品第十四

爾時精進慧菩薩問法慧菩薩言佛子初發心菩薩成就如是無量功德之藏以大莊嚴而自莊嚴乘一切智乘入菩薩離生道遠離世間志求正覺諸佛所住皆以得住決定成就無上菩提彼菩薩摩訶薩云何修習功德轉勝令諸如來皆悉歡喜具足菩薩所住功德清淨之行大願成滿得菩薩藏隨其所應而化度之已能不捨諸波羅蜜隨所請衆生皆悉度脱興隆三寶永使不絶一切所爲善根境界諸行方便皆悉不虚善哉佛子當爲我等演説此法願樂欲聞如諸菩薩所修功德滅除癡闇降伏衆魔制諸外道離於塵垢具足成就一切功德究竟永離惡道諸難具足清淨甚深智慧菩薩一切諸地功德諸波羅蜜三昧總持六通三明清淨之法莊嚴一切諸佛世界具足相好微妙音聲清淨心行一切如來力無所畏十八不共薩婆若智具足佛刹隨成就衆生隨時隨根無量佛事及諸菩薩無量功德菩薩正法菩薩所行菩薩之道菩薩境界皆悉滿足速成如來一切諸佛無量法藏悉能守護分别廣説開示顯現衆魔外道所不能壞攝持正法而無窮盡於一切世界悉能演説天王龍王夜叉王乾闥婆王阿脩羅王迦樓羅王緊那羅王摩睺羅伽王人王梵王諸佛法王皆悉守護此菩薩摩訶薩一切世間恭敬供養尊重讃歎常爲諸佛之所護念一切菩薩皆亦愛敬得善根

力增長白法能開諸佛甚深法藏以大正法而自莊嚴次第演說菩薩所行爾時精進慧菩薩欲重宣此義以偈頌曰

善哉願說大乘法　菩薩所成諸功德
深入廣大無量行　具足清淨無師智
若有菩薩初發心　成就功德智慧乘
入離生道出世間　決定疾得佛菩提
云何於佛正法中　修習功德轉增勝
令諸如來悉歡喜　佛所住地而得住
所行清淨大願滿　具足菩薩智慧藏
悉能度脫一切衆　而於羣生無所著
不捨一切波羅蜜　諸所施爲悉不虛
所請衆生皆能度　興隆佛法永不絕
淨眼境界無障礙　具足功德求佛道
大雄所行清淨道　悉爲具足分別說
滅除一切愚癡闇　降伏衆魔制外道
離垢功德皆成就　得人中尊妙智慧
永離衆難惡道苦　清淨智慧皆具足
無量甚深大功德　成就最勝諸道力
得人中上妙智慧　隨其所應而度之
不可思議諸佛刹　自在無量作佛事
一切殊勝甚深行　分別大雄功德藏
常能護持最勝法　世間諸難莫能壞
云何無畏如師子　功德具足如滿月
猶如蓮華不著水　功德清淨如最勝

爾時法慧菩薩告精進慧菩薩言善哉善哉佛子多所饒益多所安樂多所惠利哀愍世間諸天人故能問如是菩薩甚深清淨之行佛子汝住甚深真實智慧大精進力一心修習得不退轉超出世間所問自在與如來等

佛子汝今諦聽善思念之我當承佛神力爲汝少說佛子此菩薩摩訶薩已得發心功德之藏應離癡闇精勤守護滅諸放逸佛子菩薩摩訶薩有十種法得不放逸何等爲十一者持戒清淨二者遠離愚癡淨菩提心三者捨離諂曲哀愍衆生四者勤修善根得不退轉五者常樂寂靜遠離在家出家一切凡夫六者心不願樂世間之樂七者專精修習諸勝善業八者捨離二乘求菩薩道九者常習功德心無染汙十者善能分別自知已身佛子是爲菩薩修十種行住不放逸佛子菩薩摩訶薩已能住此不放逸法又復修行十種淨法何等爲十佛子此菩薩摩訶薩如說修行念智成就捨離調戲諸放逸行安住甚深微妙善法常樂求法心無猒足隨所聞法得

眞實觀具足出生巧妙智慧能入佛自在心常寂定未曾散亂聞好聞惡心無憂喜猶如大地等視衆生上中下類悉如佛想恭敬供養和尚諸師及善知識菩薩法師念念次第如一切智佛子是爲菩薩十種淨法佛子菩薩摩訶薩如是精勤修習念智不捨方便心無所倚修甚深法入於無諍無量無邊深妙佛法皆悉了知令諸如來皆悉歡喜佛子菩薩摩訶薩行十種法能令一切諸佛歡喜何等爲十一者所行精勤而不退轉二者不惜身命三者不求利養四者修一切法猶如虚空五者巧方便慧觀察諸法等同法界六者分別諸法心無所倚七者當發大願八者成就清淨忍智光明九者善知一切損益諸法十者所行法門皆悉清淨佛子是爲菩薩行

十種法能令一切諸佛歡喜佛子菩薩復安住十法能令一切諸佛歡喜何等爲十安住不放逸安住無生法忍安住大慈安住大悲安住滿足諸波羅蜜安住菩薩清淨之行安住滿足無量大願安住巧方便安住一切力安住一切法猶如虛空無所依止佛子是爲菩薩安住十法能令一切諸佛歡喜佛子菩薩摩訶薩行十種法能速成就一切諸地何等爲十一者心常樂行諸功德事二者行大莊嚴諸波羅蜜道三者智慧明達不隨他語四者恒不遠離眞善知識五者常修精進而不退轉六者善取佛意受持諸法七者行諸善根心無憂慼八者以大乘莊嚴而自莊嚴明利慧光普照一切九者安住一切諸地法門十者同三世佛善根正法佛子是爲菩薩摩訶薩行十種法速能成就一切諸地佛子彼菩薩摩訶薩住諸地已先應修習巧妙方便隨其所得諸地法門隨其所得甚深智慧隨其行業隨其依果隨其境界隨其自在隨其示現隨其分別諸勝法門得諸勝法門已悉善分別於一切法而無所著所有諸法皆由心造菩薩摩訶薩若能如是明了觀察則能具足一切諸地彼菩薩摩訶薩作如是念我應速成一切諸地何以故我於諸地如說行時速得無量諸功德藏得無量功德藏已漸到佛地到佛地已能作佛事是故菩薩摩訶薩常勤修習不捨方便心無憂慼得大莊嚴住菩薩住佛子菩薩摩訶薩復行十法悉能清淨菩薩諸行何等爲十一者悉捨一切滿衆生意二者持戒清淨無所毀犯三者具

足忍辱無有窮盡四者勤修方便而不退轉五者離癡正念常定不亂六者分別明了一切諸法七者具足成滿一切衆行八者功德尊重心如山王九者爲一切衆生作清涼池十者令一切衆生同諸佛法佛子是爲菩薩行十種法悉能清淨菩薩諸行佛子菩薩摩訶薩如是修行清淨之行復得十種轉勝妙法何等爲十一者他方諸佛皆悉護念二者修習長養超勝善根三者安住如來巧密方便四者常樂親近依善知識五者安住精進修不放逸六者分別諸法非總非別七者安住具足無上大悲八者觀法如實出生智慧九者能善修行巧妙方便十者一切方便觀如來力佛子是爲菩薩十種清淨轉勝妙法佛子菩薩摩訶薩復有十種清淨之願何等爲十願成就衆生心無憂慼願長養善根嚴淨佛刹願恭敬供養一切如來願不惜身命守護正法願以種種諸智慧門悉令衆生生諸佛刹願諸菩薩入不二法門入佛法門分別諸法願令一切所欲見佛悉得見之願盡未來際一切諸劫如須臾頃願具足普賢菩薩所願願淨一切種智之門佛子是爲菩薩摩訶薩十種清淨之願佛子菩薩摩訶薩修行十願悉能滿足一切諸願何等爲十一者心無疲猒二者生大莊嚴心無憂慼三者轉向勝願念諸菩薩四者所聞十方嚴淨佛刹悉願往生五者究竟未來際六者究竟成就一切衆生滿足大願七者住一切劫不覺其久八者於一切苦不以爲苦九者於一切樂心無染著十者悉善分別無等等解脫佛子

是爲菩薩摩訶薩悉能滿足一切諸願菩薩摩訶薩滿諸願已逮得十種無盡法藏何等爲十得見諸佛無盡之藏得陀羅尼無盡之藏得分別法無盡之藏得大悲心覆護一切無盡之藏得諸三昧無盡之藏得滿衆生意功德無盡之藏得深智慧解法眞實無盡之藏得出生諸通分別衆寶無盡之藏得一切諸佛威神守護無盡之藏得分別無量無邊世界智慧無盡之藏佛子是爲菩薩摩訶薩得十種無盡之藏成就無量無邊功德之藏具足淨慧隨其所應而化度之佛子云何菩薩摩訶薩隨其所應而化衆生此菩薩知諸衆生所宜方便知諸衆生種種因緣知諸衆生心心所念知心念已教對治法貪欲多者教不淨觀瞋恚多者教大慈觀愚癡多者教令分別一切諸法三毒等分教以具足勝智法門樂生死者教三種苦著諸有者教空法門懈怠衆生教行精進我慢衆生教平等觀心諂曲者教菩薩心寂靜非有如是一切諸煩惱患教以無量對治法門具足次第演說義味分別智慧平等觀法先後無違演說諸法破壞之性而於法界無所散滅斷除疑惑令悉歡喜隨其諸根教入眞諦教諸功德入如來海說眞實際以壞衆相教等法界開示法藏教一切依心無所染教平等念一切諸佛恭敬親近教柔輭音而無所著教一切音而無分別教殊勝法而無倫匹教具足一切如來平等智身菩薩如是常能化度一切衆生而心寂定未曾散亂不捨一切諸波羅蜜具足莊嚴十波羅蜜普爲一切羣生類故悉

能捨離内外所有而未曾起慳悋之心是名清淨檀波羅蜜又復不生持戒相故於戒無著是名清淨尸波羅蜜悉能堪忍一切諸苦聞好聞惡心無憂喜未曾傾動猶如大地是名清淨羼提波羅蜜勇猛精進方便修習其心堅固而不退轉究竟成就佛智慧門是名清淨毗梨耶波羅蜜於一切欲離生喜樂清淨次第入於正受而無所染燒滅煩惱生無量定具大神通次第超越入於無量諸三昧門於一三昧門入無量三昧悉知一切三昧境界漸具諸佛智慧之地是名清淨禪波羅蜜於諸佛所聞法受持恭敬親近諸善知識心無疲倦常樂聞法無有猒足所聞諸法能正觀察入眞實定捨離一切顛倒邪見妙善方便分别了知諸法相海無有自性修習如來深智慧門具足一切智慧之力乘普門慧能入一切智慧之門是名清淨般若波羅蜜示現一切世間威儀教化衆生心無憂慼隨其所應示現其身一切所行心無染著示現童蒙黠慧所行示現生死及解脱門善能分别諸方便行示現無量諸莊嚴事能入一切諸生趣中解了一切衆生所行是名清淨方便波羅蜜究竟成就一切衆生究竟嚴淨一切世界究竟供養一切如來究竟解達諸法眞實而無障礙究竟修行具足法界究竟未來劫住如須臾頃究竟未來劫猶如一念究竟解達一切成壞究竟示現一切佛刹究竟逮得諸佛智慧是名具足願波羅蜜自專正力離衆煩惱具足清淨能正他力具足成就無能壞者大悲力滿足大慈力平等悉能覆

護一切衆生陁羅尼力能持一切諸方便義妙辯才力令諸衆生皆悉歡喜諸波羅蜜力莊嚴大乘弘誓願力未曾斷絶諸神通力出生無量具佛神力覆護一切是名清淨力波羅蜜知貪欲增知瞋恚增知愚癡增又知等分分別學地於一念中悉知衆生心心所行能知衆生諸所悕望能知一切諸法眞實解達諸佛深智慧力普知一切諸法界門是名清淨智波羅蜜佛子菩薩摩訶薩如是清淨諸波羅蜜滿足諸波羅蜜不捨諸波羅蜜乘大莊嚴悉能度脫所請衆生教化一切修習善行悉令一切永離惡道勤修精進超出衆難貪欲多者教離欲觀瞋恚多者教平等觀邪見多者教因緣觀欲界衆生教離欲恚惡不善法色界衆生教增上觀無色界衆生教細微智慧樂聲聞緣覺教寂靜行樂大乘者教以十力莊嚴大乘如初發心時見有衆生墮諸惡道大師子吼我當知其心病以諸法門而濟度之菩薩具足如此智慧皆能度脫一切衆生佛子菩薩摩訶薩能如是行者則能興隆三寶永使不絶所以者何菩薩摩訶薩教化衆生發菩提心是故能令佛寶不斷開示甚深諸妙法藏是故能令法寶不斷具足受持威儀教法是故能令僧寶不斷復次悉能讃歎一切大願是故能令佛寶不斷分別解說十二緣起是故能令法寶不斷行六和敬是故能令僧寶不斷復次下佛種子於衆生田生正覺芽是故能令佛寶不斷不惜身命護持正法是故能令法寶不斷善御大衆心無憂惱是故能令僧寶不斷去來今佛

所説正法不違其教是故能令三寶不斷菩薩如是不斷三寶一切所行無有不善彼能悉行一切迴向決定究竟無上菩提菩薩如是安住清淨身口意業已所説善根教化衆生種種方便所言不虚能令衆生皆得歡喜彼菩薩摩訶薩諸所施行乃至無有一念錯謬如是一切諸深妙行皆爲智慧方便攝持悉能迴向無上菩提如是菩薩安住離癡清白法已於念念中具足出生十種莊嚴何等爲十色身莊嚴隨應示現語言莊嚴除衆疑惑悉令歡喜意行莊嚴於一念中入諸正受佛刹莊嚴滅除一切諸煩惱跡光明莊嚴普照十方眷屬莊嚴能集勝衆悉令歡喜神力莊嚴隨其所應自在示現佛教莊嚴皆能攝取諸黠慧者涅槃地莊嚴一處成道悉能充滿示現十方持法莊嚴隨衆隨時隨其器量而爲説法菩薩如是於念念中具足出生十種莊嚴已身口意行悉皆清淨永離愚癡智慧成就如此菩薩若有親近恭敬隨逐出家聽受法教隨喜憶念乃至見聞此等衆生必定究竟無上菩提佛子譬如阿伽陀藥衆生見者衆病悉除菩薩成就如是無量法藏衆生見者煩惱諸病皆悉除愈於白淨法心得自在佛子菩薩摩訶薩若得成就如是方便安住此法除滅愚癡具足智慧故降伏衆魔大慈悲心故制諸外道具足智慧功德力故除滅一切心垢煩惱入金剛定故具足善根心無憂慼於先佛所修功德力故能離一切惡道諸難清淨智慧悉滿足故出生菩薩清淨諸地諸波羅蜜一切三昧六通三明四無

所畏次第方便智慧力故淨諸佛刹相好莊嚴身口意淨白淨法力故得佛十力四無所畏十八不共平等佛法智慧分別速解諸法一切種智平等正覺諸大願力如來神力大智慧力隨順衆生現諸佛刹隨應受化轉大法輪度脫無量無邊衆生佛子菩薩摩訶薩如是修行無量法藏次第具足得如來處於無量刹修菩薩行護持正法爲大法師守護攝持如來法藏成就四辯於大衆中演暢深法身相端嚴說法周備於四辯才具足無量巧妙方便能得無盡諸智慧門音聲殊妙演一法言能悅一切隨宜順導令得開解入智慧門菩薩以如是等無量方便普爲衆生開闡法藏而未曾生懈息之心於大衆中而無所畏一切世間無能壞者具足增上般若波羅蜜次第分別一切法相而無斷絶勝妙四辯說一切法種種譬喻不可窮盡具足大悲能令一切清涼悅樂修習大慈充遍十方處師子座廣爲衆生說微妙法唯除如來無能過者無能見頂無能觀察無能屈者無能問難若能窮其言論之辯無有是處佛子菩薩摩訶薩成就如是勝妙法已無邊世界滿中大衆彼一一身猶如三千大千世界菩薩摩訶薩處彼衆中其身殊特映蔽大會皆悉不現以大慈心普覆一切甚深智慧分別彼心成就無畏具足辯才廣爲說法皆令歡喜何以故菩薩摩訶薩成就無量淨智慧故成就無量巧方便故成就無量正念力故成就無盡巧方便故成就分別諸法陀羅尼故成就分別諸法深智慧故成就諸佛威神力故成

就三世諸佛實智慧故成就三世諸佛清淨巧方便故成就廣說一切諸佛甚深法藏護持法故成就三世諸佛勝妙智慧菩薩大願智慧力故爾時法慧菩薩說是漸增功德藏已欲重宣此義承佛威神以偈頌曰

菩薩住初地　長養功德藏　修習不放逸
慧光照十方　菩薩菩提心　守護常不忘
十方諸如來　心皆大歡喜　勤修行精進
正念力堅固　所行不退轉　不著於世間
常樂甚深法　成就無諍定　十方諸最勝
一切皆歡喜　諸佛歡喜已　究竟精進度
成就功德藏　無量深智慧　一切行清淨
具足於諸地　十方佛本願　皆悉具足滿
如是智慧成　得諸深法藏　得是法藏已
隨順於世間　成就巧方便　分別衆生心
隨所應教化　而爲演說法　已能廣說法
不捨於自行　具足波羅蜜　成就大功德
已具波羅蜜　本所請衆生　無量生死海
皆悉究竟度　如是常修習　日夜無休懈
興隆佛法僧　永使不斷絕　所修無量行
清白悉具足　一切皆究竟　成就最勝地
菩薩所修行　眞實無虛僞　度脫衆生類
離諸煩惱垢　成就如是法　除滅愚癡闇
降伏一切魔　究竟得菩提　佛子如是行
具足如來智　悉能分別說　諸佛甚深藏
若能如是說　法師中第一　等爲諸羣生
普雨甘露法　無極大慈悲　充滿十方界
悉能分別知　一切衆生心　已了衆生心
及諸餘心行　爲彼說深法　無量無有數
進止常安諦　猶如大象王　威猛如師子

一切莫能害　不動如須彌　智慧如大海

普雨甘露水　除滅煩惱熱

法慧菩薩說是偈已如來隨喜大衆奉行

大方廣佛華嚴經卷第十

音釋

薩婆若梵語也此云一切智若爾者切黠慧黠胡八切亦慧也錯

謬錯倉各切差也闡昌善切顯也開也謬靡幼切誤也

大方廣佛華嚴經卷第十一

東晋天竺三藏佛陀跋陀羅等譯

佛昇夜摩天宫自在品第十五

爾時如來威神力故十方一切諸佛世界諸四天下一一閻浮提皆有如來坐菩提樹下無不顯現彼諸菩薩各承佛神力説種種法皆悉自謂在於佛所爾時世尊威神力故不離道樹及帝釋宫向夜摩天寶莊嚴殿時彼天王遥見佛來即於殿上敷蓮華藏寶師子座十萬種寶以爲莊嚴十萬寶帳彌覆其上十萬寶網以爲交絡次上十萬衆妙寶蓋又復十萬天諸華蓋天繒雜寶以爲垂帶十萬瓔珞而莊嚴之十萬寶衣以敷其上十萬天子在前立侍十萬梵天而圍繞之十萬菩薩在前讃歎十萬光明以爲照曜十萬妓樂自然演出十萬正法娱樂音聲十萬善根妙相顯現十萬如來威神護持十萬功德藏而長養之十萬三昧而嚴淨之十萬願藏以爲清淨十萬奇特未曾有法勝相顯出十萬妙法而現在前十萬自在處處普現十萬功德妙相等起十萬音聲演出諸法時彼天王莊嚴寶蓮華藏師子座已合掌恭敬白佛言善來世尊唯願哀愍處此宫殿時佛受請即陞寶殿一切十方夜摩天宫亦復如是爾時天王無量音樂寂然無聲即自憶念過去佛所所種善根以偈頌曰

名稱如來聞十方　諸吉祥中最無上
來入摩尼莊嚴殿　是故此處最吉祥
寶王如來世間燈　諸吉祥中最無上
來入甘露上味殿　是故此處最吉祥

喜王如來慧無量　諸吉祥中最無上
來入雜寶莊嚴殿　是故此處最吉祥
慧眼如來世間燈　諸吉祥中最無上
來入殊特最勝殿　是故此處最吉祥
饒益如來義無量　諸吉祥中最無上
來入清淨寶山殿　是故此處最吉祥
無師如來世間尊　諸吉祥中最無上
來入微妙寶香殿　是故此處最吉祥
天人中尊世間燈　諸吉祥中最無上
來入輕微妙香殿　是故此處最吉祥
無去如來論師子　諸吉祥中最無上
來入明淨普眼殿　是故此處最吉祥
分別如來功德持　諸吉祥中最無上
來入娛樂莊嚴殿　是故此處最吉祥
苦行如來利世間　諸吉祥中最無上
來入等色普照殿　是故此處最吉祥

如此間夜摩天王佛神力故憶念過去諸等正覺以偈讚歎如是十方一切世界夜摩天王各自憶念過去佛所所種善根以偈讚歎亦復如是爾時世尊昇其寶殿寶蓮華藏師子座上結加趺坐爾時寶殿忽然廣博猶如夜摩天處十方世界亦復如是

夜摩天宮菩薩說偈品第十六

爾時十方各過十萬佛剎塵數世界有世界名無量慧次名憶慧次名地慧次名勝慧次名燈慧次名金剛慧次名安樂慧次名日慧次名清淨慧次名梵慧其佛號常住眼次號無量眼次號真實眼次號不動眼次號天眼次號清淨眼次號安諦眼次號明相眼次號無上眼次號淨光澤眼其菩薩名功德林次

名慧林次名勝林次名無畏林次名慚愧林次名精進林次名力成就林次名堅固林次名如來林次名智林此諸菩薩各於其國佛所淨修梵行爾時佛神力故彼諸菩薩各與一佛世界塵數菩薩來詣佛所恭敬禮拜佛神力故隨所來方化作寶藏師子之座結加趺坐充滿十方如此世界夜摩天上菩薩雲集十方世界亦復如是爾時世尊從兩足指放百千億妙色光明普照十方一切世界諸四天下菩提樹下夜摩天宮蓮華寶藏師子座如來神力及諸大會皆悉顯現爾時功德林菩薩承佛神力普觀十方以偈頌曰

普放淨光明　遍照十方界　一切悉覩佛
通達無障礙　佛處夜摩宮　蓮華寶座上
一切諸世間　奇特未曾有　須夜摩天王
讚歎十如來　衆生皆悉聞　一切處咸爾
世尊大衆會　一切無不見　普於十方界
演說無上法　所從諸世界　亦悉同名字
如我菩薩衆　各從十方界　來詣於此處
彼諸上人等　各於其佛所　清淨修梵行
彼諸如來等　亦各同名號　見佛清淨刹
自在神通力　一切見如來　人中或道場
又復見世尊　處此夜摩宮　一切諸世界
莫能思議佛　隨彼衆生願　一切皆悉見
衆生見如來　無量自在力　離世大仙人
功德藏無量　遊行十方界　一切無障礙
一身爲無量　無量身爲一　功德甚深妙
一切莫能測　無著無所依　清淨如虛空

爾時慧林菩薩承佛神力普觀十方以偈頌曰

不可思議劫　天人師難值　離垢諸大人
此會亦難遇　悉皆一切智　慧光靡不照
演説深妙法　饒益於衆生　一切諸世間
常爲癡冥蔽　如來世燈明　皆悉能除滅
施戒忍精進　禪定三昧藏　修習深妙智
普照於一切　如來無與等　何況有勝者
顛倒取諸法　是故不見佛　自在神通力
無量難思議　無來亦無去　説法度衆生
若有得聞見　清淨天人師　永出諸惡道
遠離一切苦　無量無數劫　修習求菩提
遠成等正覺　廣度諸羣生　不可思議劫
供養無量佛　若能解是義　功德勝於彼
雖施無量刹　滿中諸珍寶　不能解此義
終不成正覺

爾時勝林菩薩承佛神力普觀十方以偈頌曰

猶如春後月　虚空無雲翳　日曜清淨光
一切無不照　光明無限量　世間無能數
有眼尚不知　何況盲冥者　如來亦如是
功德光無量　無量無數劫　莫能分別知
光明無來處　去亦無所至　不生亦不滅
空寂無所有　未來一切法　悉無有來者
無生無現在　是故無過去　一切法無生
亦復無有滅　若能如是解　斯人覩如來
諸法無生故　當知無所有　如是分別知
此人達深義　諸法無自性　一切無能知
若能如是解　是則無所解　所言有生者
當知由所生　解彼眞實性　是則無疑惑
一切諸所生　正觀亦如是　菩薩如是觀
具足一切智

爾時無畏林菩薩承佛神力普觀十方以偈頌曰

此處無邊際　廣大如法界　一切無不生
湛然不遷變　若聞如是法　恭敬信樂者
永離三惡道　一切諸難苦　往詣諸世界
無量不可數　聞此甚深法　憶念善受持
聞受大仙人　清淨深妙法　一向求菩提
究竟無上道　深信過去佛　及彼諸佛法
一切世間燈　除滅衆癡闇　若有得聞佛
無量自在力　決定信向者　具足人中雄
若能一心信　現在一切佛　彼成等正覺
開示無量義　無量無數劫　此法甚難值
若有得聞者　當知本願力　如是佛深法
悉能善受持　廣爲衆生説　是人難思議
是故勤精進　修行大莊嚴　聞持是正法
究竟得菩提

爾時慚愧林菩薩承佛神力普觀十方以偈頌曰

得聞眞諦法　殊特未曾有　歡喜信樂者
除滅衆疑惑　一切知見人　自説深妙法
佛慧靡不照　是故難思議　非從智慧生
亦非無智生　了達一切法　除滅世間闇
色法非色法　此二不爲一　愚智亦如是
其性各別異　生死及涅槃　此二悉虚妄
愚智亦如是　二俱無眞實　世界始成立
無有敗壞相　愚智亦如是　二俱相乖違
菩薩初發心　及以最後心　愚智亦如是
二俱不相應　譬如六情識　迭用互不同
愚智亦如是　究竟不和合　譬如伽陀藥
消滅一切毒　智慧亦如是　除滅諸癡闇

法王無上尊　是勝莫能過　所說皆眞實
以故難值遇
爾時精進林菩薩承佛神力普觀十方以偈
頌曰
諸法無差別　唯佛分別知　一切無不達
智慧到彼岸　如金及金色　其性無差別
如是法非法　其性無有異　衆生非衆生
二俱無眞實　如是法非法　其性無所有
譬如未來世　無有過去相　一切法如是
無有眞實相　譬如過去法　無有生起相
諸法亦如是　皆悉無有相　涅槃不可取
說時有二種　諸法亦如是　無有差別相
譬如種種數　皆悉是數法　諸法亦如是
其性無別異　譬如數法十　增一至無量
皆悉是本數　智慧故差別　譬如諸世界
劫燒有終敗　虛空無損減　無師智亦然
十方空無異　衆生起分別　如是取如來
虛妄不見佛
爾時力成就林菩薩承佛神力普觀十方以
偈頌曰
一切衆生類　悉皆三世攝　三世諸衆生
皆爲五陰攝　五陰從業起　諸業因心起
心法猶如幻　衆生亦如是　世間非自作
亦復非他作　不知眞實性　生死輪常轉
所謂世間轉　皆悉是苦轉　衆生不知故
生死輪常轉　世間非世間　二俱非眞實
衆生愚癡故　妄取諸法相　三世五陰法
說名爲世間　斯由虛妄有　無則出世間
何等是五陰　五陰有何相　不見五陰壞
妄取謂常住　五陰虛妄法　眞實無所有

空寂不遷變　究竟離衆相　世間旣虛寂　究竟度彼岸　若有能得見　清淨妙法身
佛及法亦然　斯等三種法　其性無所有　是人於佛法　其心無疑惑　過去一切法
除滅諸顚倒　明了現眞實　一切知見人　觀察等涅槃　彼人見如來　究竟常安住
常現在其前　修習正憶念　明了見正覺　無相無所有
是名法王子

爾時堅固林菩薩承佛神力普觀十方以偈頌曰

譬如地種性　自性無所有　一切佛自在
其性亦如是　一切諸世間　咸共稱讚佛
求彼稱讚法　十方無來處　衆生虛妄取
謂之爲眞實　分別離衆生　業性不可得
業性無所有　衆生身非眞　種種無量色
亦復無來處　一切諸形色　業性難思議
雖見無所有　識性亦如是　諸佛身如是
不可得思議　無量妙色身　普現一切刹
無量身非佛　佛非無量身　清淨妙法身

爾時如來林菩薩承佛神力普觀十方以偈頌曰

譬如工畫師　分布諸彩色　虛妄取異色
四大無差別　四大非彩色　彩色非四大
不離四大體　而別有彩色　心非彩畫色
彩畫色非心　離心無畫色　離畫色無心
彼心不常住　無量難思議　顯現一切色
各各不相知　猶如工畫師　不能知畫心
當知一切法　其性亦如是　心如工畫師
畫種種五陰　一切世界中　無法而不造

如心佛亦爾　如佛衆生然　心佛及衆生
是三無差別　諸佛悉了知　一切從心轉
若能如是解　彼人見眞佛　心亦非是身
身亦非是心　作一切佛事　自在未曾有
若人欲求知　三世一切佛　應當如是觀
心造諸如來

爾時智林菩薩承佛神力普觀十方以偈頌曰

所取不可取　所見不可見　所聞不可聞
所思不可思　於有量無量　不應作限量
有量及無量　二俱無所取　不應說而說
是爲自欺誑　已事不成就　不能悅衆生
若有能讚歎　無量諸如來　不可思議劫
功德不可盡　猶如隨意珠　能現無量色
此色非眞色　諸佛亦如是　如虛空清淨
非色不可見　能現一切色　其性不可見
如是大智人　示現無量色　非識之所識
一切莫能覩　雖聞如來聲　音聲非如來
離聲復不知　如來等正覺　是處甚深妙
若能分別知　莊嚴無上道　遠離諸虛妄
一切諸如來　無有說佛法　隨其所應化
而爲演說法

功德華聚菩薩十行品第十七之一

爾時功德林菩薩承佛神力入菩薩善伏三昧入三昧已十方各過萬佛世界塵數剎外各見萬佛世界塵數諸佛是諸如來皆號功德林時彼諸佛告功德林菩薩言善哉善哉佛子乃能入是善伏三昧十方各萬佛剎塵數諸佛加汝神力故能入是善伏三昧盧舍那佛本願力故威神力故諸菩薩善

根力故欲令汝廣說甚深法故長養一切智故分別一切衆生性故離一切障礙入無障礙境界故成就一切方便故成就一切種智故覺悟一切法故善知諸根故聞持一切法故所謂菩薩十行佛子當承佛神力廣說妙法時彼諸佛即與功德林菩薩無障礙法與安住法與無師法與無癡法與不雜亂法與清淨法與無量法與最勝法與無垢法與不退法何以故彼三昧力故爾時諸佛各伸右手摩功德林菩薩頂摩其頂已即從定起告衆菩薩言諸佛子菩薩行業不可思議廣大如法界究竟如虛空何以故菩薩摩訶薩學三世諸佛所行法故佛子何等爲菩薩摩訶薩行菩薩有十行三世諸佛之所宣說何等爲十一者歡喜行二者饒益行三者無恚恨行四者無盡行五者離癡亂行六者善現行七者無著行八者尊重行九者善法行十者眞實行是爲十行佛子何等爲菩薩摩訶薩歡喜行此菩薩爲大施主悉能捨離一切所有等心惠施一切衆生施已無悔不望果報不求名譽不求生勝處不求利養但欲救護一切衆生欲攝取一切衆生欲饒益一切衆生欲學一切諸佛本行欲正憶念諸佛本行欲得清淨諸佛本行欲得受持諸佛本行欲顯現諸佛本行欲廣說諸佛本行欲令一切離苦得樂是名菩薩摩訶薩歡喜行菩薩修歡喜行時一切衆生歡喜愛敬隨諸方土有貧窮處菩薩願往生彼豪貴大富財寶無盡於念念中有無量無邊無數衆生詣菩薩所白言仁者我等貧宴靡所資贍願垂慈救得

濟生命菩薩念念應其所須悉令滿足靡不歡喜菩薩不以求索煩重而生憂惱但發無上大慈悲心施無猒足欲令常來來已稱慶倍復歡喜作如是念我得善利此等衆生是我福田是我善友不請不求自來教誨發起我心修行佛道我今應當如是修學普令衆生悉得歡喜我於三世所修功德願速成就清淨法身神力自在悉令衆生隨其所須皆得歡喜以此功德令諸衆生悉成正覺度脫無量衆生悉令究竟無餘涅槃我當先令一切衆生滿足諸願然後我當成等正覺離我想衆生想我所想壽命想種種想福伽羅想作者想法界衆生界空無差別離欲法非眞實法無所有法非堅固法非恃怙法非所作法菩薩如是觀時不見施者不見受者不見財物不見福田不見業不見報不見果不見大果不見小果菩薩觀察三世發如是念哀哉衆生爲愚癡所覆煩惱所纏常流生死輪迴苦海於不堅固法不得堅固我當盡學諸佛所學饒益衆生成等正覺開悟一切皆令清淨隨順寂滅觀三世法是名菩薩摩訶薩初歡喜行佛子何等爲菩薩摩訶薩第二饒益行此菩薩持戒清淨於色聲香味觸法心無染著廣爲衆生說無染法不求生於人天勝處尊貴之家不求利養不求端正不求帝王但堅持淨戒作如是念我持淨戒離一切纏煩惱熾火憂悲苦惱不負衆生諸佛歡喜究竟成就無上菩提菩薩如是持淨戒時於一日中若有無量無數阿僧祇諸大魔王一一魔王各將無量無數阿僧祇諸天女衆皆

悉端正顏貌殊妙姿容妖艷傾惑人心又復齋持一切樂具欲來惑亂菩薩道意爾時菩薩作如是念此五欲者是障道法乃能障礙無上菩提是故菩薩乃至不生一念欲心心淨如佛除其方便教化衆生内不離菩薩一切種智堅固正念不爲五欲因緣故起一惡念惱亂衆生寧捨身命不加惡於人若加於人無有是處菩薩自見佛已來未曾有心起一欲想何況從事若或從事無有是處爾時菩薩作如是念衆生長夜在生死中憶念五欲貪著五欲愛樂五欲心常流轉五欲境界永沒五欲莫之能出我今應當作如是學令諸魔王天女眷屬及一切衆生立無上戒立淨戒已又教令得不退轉地一切種智成等正覺乃至究竟無餘涅槃何以故此是我業

一切諸佛皆如是學離諸非行計我無知觀一切佛平等深法得一切智爲衆生說法斷除顛倒不離衆生而有顛倒不離顛倒而有衆生顛倒内無衆生衆生内無顛倒顛倒非衆生衆生非顛倒顛倒非内法顛倒非外法衆生非内法衆生非外法一切諸法但是虛妄無有眞實須臾不住無有堅固猶如幻化欺誑愚夫悟一切法如夢如電如是解者能達生死究竟菩提未度者度未脫者脫未調伏者令得調伏未寂靜者令得寂靜未安隱者令得安隱未離垢者令得離垢未清淨者令得清淨未涅槃者令得涅槃未快樂者令得快樂我當捨離世間衆事令諸如來皆悉歡喜具足成就一切佛法安住無上最勝法中平等正觀一切衆生分別了知一切諸法

遠離諸惡永捨虛妄除滅一切煩惱習氣成就出要勝妙方便悉得無量無邊辯才成就甚深空寂智慧是名菩薩摩訶薩第二饒益行佛子何等爲菩薩摩訶薩第三無恚恨行此菩薩常能修習忍辱之法謙卑恭敬和顏愛語不自害不害他亦不俱害不自舉不舉他亦不兩舉不自是不是他亦不兩是不自讚歎但作是念我當常爲衆生說法離一切惡斷貪恚癡憍慢亂心慳嫉諂曲以大忍法而安立之菩薩成就如是清淨忍法設有無量無數衆生一一衆生各有無量無數眷屬一一衆生各有無量無數化頭頭有無量阿僧祇舌舌出無量無數惡聲聲出無量無數惡罵音辭鄙穢毀辱菩薩又此衆生各有無量阿僧祇手手執無量無數刀仗捶擊摧辱毀害菩薩乃至無量阿僧祇劫未曾休息菩薩遭此楚毒之時作如是念我因是苦若生恚心則自不調伏自不守護自不明了自不寂靜自不修定自不眞實自愛其身何能令彼生歡喜心而得度脫菩薩作是思惟因身心故於無量劫受諸苦惱是故重自勸勵令心歡喜善自調攝何以故我當安住無上法故欲令衆生亦得此法復更思惟此身空寂無我我所無眞實性空無有二若苦若樂皆無所有諸法空故我當解了廣爲人說是故我今雖遭苦毒應當忍受爲慜傷衆生故饒益衆生故安隱衆生故攝取衆生故不捨衆生故欲令衆生得不退轉究竟成就無上菩提佛所行法我當修行是名菩薩摩訶薩第三無恚恨行佛子何等爲菩薩摩訶薩第四

無盡行此菩薩勤修精進勝精進最勝精進第一精進大精進微妙精進上精進無上精進無等精進無等等精進彼菩薩不爲貪欲所亂不爲瞋恚愚癡憍慢慳嫉嫌恨諂曲無慚無愧之所惱亂菩薩復作是念我不欲惱諸衆生乃至不欲惱一衆生故勤修精進但欲捨離諸煩惱故修行精進欲害一切結故修行精進欲離一切習氣故修行精進欲悉分別一切衆生故修行精進欲知一切衆生死此生彼故修行精進欲知一切衆生煩惱習故修行精進欲知一切衆生種種悕望故修行精進欲知一切衆生諸境界故修行精進欲知一切衆生諸根故修行精進欲知一切衆生心心所行故修行精進欲知一切法境界故修行精進欲知諸佛實法故修行精進欲知諸佛平等法故修行精進欲以善方便知三世平等故修行精進欲知清淨平等法故修行精進欲得一切諸佛法故修行精進欲以一方便門知一切佛法故修行精進欲知諸佛無量無邊不可思議故修行精進欲知諸佛大智慧善方便故修行精進欲知一切佛法廣爲衆生句句分別故修行精進菩薩成就如是精進若有人言無量無數阿僧祇世界衆生汝能爲此一一衆生故於無量無數阿僧祇劫具受無擇大地獄苦令彼衆生究竟涅槃復有無量無數阿僧祇佛出興於世令無量無數阿僧祇衆生受種種樂汝猶具受大地獄苦然後汝當成阿耨多羅三藐三菩提菩薩答言我悉能爲爾所世界一一衆生受地獄苦諸佛出世衆生受

樂我亦受苦然後我當成無上道復有人言汝若能以一毛滴無量無邊阿僧祇諸大海水皆悉令盡無量無邊阿僧祇世界末爲微塵悉知其數如是念念次第常不廢忘菩提之心菩薩若聞是語不退不悔歡喜踊躍勤修精進作如是念我得善利因我故令無量無邊阿僧祇世界衆生永離衆苦菩薩復作是念我當代一切衆生受一切苦普令衆生離一切苦悉皆究竟無餘涅槃然後我當成無上道是名菩薩摩訶薩第四無盡行佛子何等爲菩薩摩訶薩第五離癡亂行此菩薩成就第一正念未曾散亂堅固不壞第一最勝清淨無量捨離癡冥分別正念善能受持世間出世間經論色法非色法經論受想行識經論無有癡亂死此生彼無有癡亂處胎出胎無有癡亂住菩提心無有癡亂親近善知識無有癡亂學諸佛法無有癡亂覺諸魔事無有癡亂遠離魔事無有癡亂於無量劫修菩薩行菩薩成就如是等無量無數堅固正念於無量無數阿僧祇劫從諸佛菩薩善知識所聞受正法所謂甚深法微妙法莊嚴法種種莊嚴法種種名味句身法莊嚴菩薩法莊嚴諸佛無上法正悕望清淨法不染一切世間法分別一切世間法廣法無量法捨離癡闇分別世間法共法不共法菩薩智境界法一切智自在法菩薩聞此法已於無量無邊阿僧祇劫未曾退忘何以故菩薩摩訶薩本無量劫修道行時未曾惱亂衆生正念三昧不斷正法不斷善根不斷智慧故此菩薩無量種聲不能嬈亂所謂高大聲惱亂聲

令人恐怖聲微妙聲不可愛聲散亂六根聲菩薩聞如是等無量無數好惡諸聲於正念不亂三昧不亂境界不亂入微妙法不亂菩薩行不亂修習菩提心不亂念佛三昧不亂觀察眞實法不亂教化衆生智不亂成就衆生不亂安立衆生清淨智不亂觀察甚深義不亂不行惡業故無惡業障不行煩惱故無煩惱障不行不恭敬故無不恭敬障不行謗法故無謗法障如是等無量種聲一一音聲充滿十方無量無邊阿僧祇世界於無量無邊阿僧祇劫未曾斷絶悉能壞亂衆生諸根令其發狂而不能亂此菩薩甚深三昧菩薩於三昧中思惟分別一切音聲生住滅相善分別知生住滅性亦善觀察諸聞聲者聞好惡聲心無憎愛正念不亂於彼諸聲善取其相而不染著知一切聲皆無所有非眞實性無有造者亦無本際與法性等無有差別是菩薩成就寂靜身口意行不復退轉安住諸禪三昧正受悟一切法智慧成就得離一切音聲三昧阿僧祇三昧門以爲眷屬長養大悲於念念中能得無量阿僧祇三昧究竟成就一切種智菩薩聞此能壞諸根大惡音聲已作如是念我當令一切衆生安住清淨正念於一切智得不退轉究竟成就無餘涅槃是名菩薩摩訶薩第五離癡亂行

大方廣佛華嚴經卷第十一

大方廣佛華嚴經卷第十二

東晋天竺三藏佛陀跋陀羅等譯

功德華聚菩薩十行品第十七之二

佛子何等爲菩薩第六善現行此菩薩成就寂滅身口意業無所有無所示現身口意業無縛無脱身口意業無縛無脱諸所示現無所依無所住隨心住無量心性等一切法性等無性相示現無相相甚深無底如如性離業報善方便出生離生不生不滅寂滅涅槃等非有説有語言道斷離一切世間無所依住長養菩薩所起善根入離虚妄無縛無脱法門入眞實法門入離世間法門分別一切世間法門菩薩作如是念一切衆生無性爲性一切諸法無爲爲性一切佛刹無相爲性究竟三世皆悉無性言語道斷於一切法而無所依菩薩解如是等諸甚深法解一切世間悉皆寂滅解一切諸佛甚深妙法解佛法世間法等無差別世間法入佛法佛法入世間法佛法世間法而不雜亂世間法不壞佛法眞實法界不可破壞安住三世平等正法亦不捨菩提心不捨教化衆生心增長大慈大悲心悉欲救度一切衆生菩薩作是念我不成就衆生誰當成就我不調伏衆生誰當調伏我不寂靜衆生誰當寂靜我不令衆生歡喜誰當令歡喜我不清淨衆生誰當令清淨菩薩復作是念我以解了此甚深法見諸衆生受大苦惱趣危險徑爲諸煩惱之所纏縛如重病人常被苦痛恩愛繫縛在生死獄常不離地獄餓鬼畜生閻羅王處不能永滅無量苦聚不離三障常處愚癡闇不見眞實

明受無窮生死不得解脱道輪迴八難愚癡所病諸垢所染没在無量深煩惱海邪見所惑不覩正道菩薩作如是觀察衆生若未成就而捨取正覺是所不應我當先教化衆生於無量劫修菩薩行未成就者教令成就未調伏者教令調伏諸未度者教令得度是菩薩住此行時諸天世人魔王釋梵沙門婆羅門諸天乾闥婆等見此菩薩歡喜敬仰若有衆生恭敬供養尊重禮拜乃至見聞皆悉不虚畢定究竟阿耨多羅三藐三菩提是名菩薩摩訶薩第六善現行佛子何等爲菩薩摩訶薩第七無著行此菩薩以無著心於念念中能觀察阿僧祇世界嚴淨阿僧祇佛刹於諸佛刹心無染著往詣阿僧祇諸如來所禮拜恭敬以阿僧祇華香塗香粖香衆寶華鬘天衣雜寶寶蓋幢旛諸莊嚴具各阿僧祇以用供養心無所著阿僧祇諸方便行而無所行阿僧祇思無思法住於念念中見無量諸佛於諸佛所心無所著於佛相好心無所著於佛光明心無所著於諸佛刹心無所著聞佛說法心無所著於十方世界心無所著於如來衆心無所著於菩薩衆心無所著聞法歡喜心無所著正心增廣攝意不亂行菩薩行不著佛法此菩薩摩訶薩於十方刹一一佛所無量無邊阿僧祇劫恭敬禮拜供養心無猒足見佛聞法心無所著見諸如來菩薩大衆以爲莊嚴心無所著見不淨刹心不憎惡何以故菩薩摩訶薩寂滅平等觀諸法故諸法無垢無淨無闇無明無分别無不分别無虚妄無眞實無安隱無危險無正道無邪

道菩薩如是觀眞實法性入衆生性教化調伏成就衆生於彼衆生心無所著受持諸法而於諸法心無所著不捨菩薩心而住佛所住於佛所住心無所著入種種語言道於語言道心無所著入衆生道於衆生道心無所著分別諸三昧正受皆悉能入心無所著往詣無量無邊不可說諸佛國土見彼佛國心無所著若去佛國心無餘戀菩薩摩訶薩於諸佛國以無貪著心解佛實教於無上道而無障礙於佛正教已得安立具足菩薩行安住菩薩心成就菩薩寂滅解脫不念不著菩薩所行住菩薩淨道受眞實記得受記已作如是念凡夫愚癡不知眞諦不見眞諦闇鈍無信心不眞實常行染著流轉生死不見諸佛離善知識離於正道迷惑邪見不求調御師不敬十力王不知菩薩恩親近惡知識聞諸法空心大恐怖不正思惟誹謗正法棄捨正道好從邪徑入魔羅網遠離諸佛常著諸有受種種苦爾時菩薩見彼衆生受諸苦已增長大悲觀諸善根心無所著爾時菩薩作如是念我當爲十方一一衆生故住無量無邊阿僧祇劫成就衆生心無疲猒常共止住不欲捨離去如毫端以一毫端悉遍量度十方世界爲一一衆生故於一一毫端處各住無量無邊阿僧祇劫如爲一衆生爲一切衆生亦復如是以此大悲心念念次第未曾斷絶而於衆生心無所著於一一毫端處具足修習盡過去未來際諸菩薩行不著身不著法不著念不著願不著三昧不著行不著寂靜不著境界不著教化成就衆生不著入深

法界何以故菩薩如是觀察一切法界如幻諸佛法如電菩薩行如夢所聞法如響一切世界如化業報所起如摩㝹摩化身知一切衆生猶如畫像種種異形皆由心畫所說諸法皆如實際於一念中遍滿十方修菩薩行廣大如法界究竟如虛空於一念中悉知諸佛決定方便了知心相迴轉迅速而於此心無所染著菩薩如是觀察無我見佛化度一切衆生於佛法中得無量喜起大慈悲救護一切心無憂惱得歡喜願未成就者當令成就未調伏者當令調伏遠離世間而能隨順一切世間若聞諸方國土衆生音聲衆生諸業衆生施設衆生和合衆生流轉衆生諸行衆生境界衆生諸地衆生興起我當乘大願之力普至彼處終不捨弘誓教化衆生乃至不起一念染著所以者何以無所著故自利利彼清淨滿足是名菩薩摩訶薩第七無著行佛子何等爲菩薩摩訶薩第八尊重行此菩薩成就尊重善根不壞善根最勝善根不思議善根無盡善根不退善根無比善根寂靜善根一切佛法善根此菩薩修習行時心常愛樂諸佛妙法一向專求無上菩提未曾暫捨菩薩大願於無量劫行菩薩道不計衆苦而生憂惱一切衆魔所不能壞一切諸佛悉共護念常行菩薩諸清淨行精勤修習一切菩薩無量苦行未曾懈倦得不退轉大乘弘願此菩薩安住尊重菩薩行已於念念中能轉阿僧祇劫生死苦難長養菩薩無量大願若有衆生恭敬供養乃至見聞斯等皆得住不退轉決定究竟無上菩提彼菩薩觀察

衆生了達非有而不捨一切譬如河水不至彼岸不來此岸不斷中流能度衆生於彼此岸以流通故菩薩摩訶薩亦復如是不趣生死不趣涅槃亦復不住生死中流而能濟度此岸羣生到於彼岸安隱無畏無憂惱處於衆生數心無所著不離一衆生著多衆生不離多衆生著一衆生不增衆生界不損衆生界不生衆生界不滅衆生界不盡衆生界不長衆生界不虚衆生界不二衆生界何以故菩薩深解衆生界如法界衆生界法界無有二無二法中無增無損無生無滅法性眞實無來無去無所倚著不作二相何以故菩薩解一切法界無二相故菩薩如是以善方便解深法界住無相住清淨妙相莊嚴其身善能分別一切諸相決定究竟到於彼岸悉分別知衆生之數普能現身一切佛刹於諸佛刹心無所著深入佛法亦無所染分別義味廣爲人說於一切法離諸欲際而不斷菩薩道不捨菩薩行行無盡功德入清淨法界譬如火珠出火不可窮盡如是菩薩諸功德藏不可窮盡教化衆生亦不可窮盡而菩薩摩訶薩非究竟非不究竟非離取非不離取非依非無依非世間法非佛法非凡夫法非得果如是菩薩成就尊重心修習菩薩行不教聲聞辟支佛乘不教佛法不教世間法不教衆生不壞衆生不教正道不壞正道不教垢不教淨何以故菩薩解了諸法無垢無淨知一切法無受無轉亦無有退行是寂滅甚深法時亦不生念我今行此法已行此法當行此法未曾生念有陰界入内世間外世間内

外世間一切大願諸波羅蜜何以故一切法中無向聲聞緣覺菩薩佛乘亦復無向諸凡夫界亦復無向垢淨生死及涅槃界何以故諸法無二無不二故譬如虚空求之十方無有差别非無虚空菩薩如是觀一切法悉無差别非不究竟成等正覺彼最眞實不違正行普能示現菩薩所行而不捨離無量大願調伏衆生轉大法輪不壞因果不違寂滅平等觀法此菩薩悉與三世諸如來等不斷佛性不壞正法興隆正法辯才無盡於諸法中心無所著安住法堂分别深法住無所畏不捨佛法不違世法普現世間等於世間心無所著菩薩如是成就尊重智慧修菩薩行令一切衆生永離世間惡道諸難教化成就安置三世諸佛法中堅固不動如是教已復作是念一切衆生不知恩義更相殺害邪見增盛迷惑正道煩惱充滿癡冥所覆設有善知識充滿世間皆悉明達智慧具足者我不爲此等修菩薩行何以故我於善惡人所不求利養不徇名譽乃至一縷及一愛言於無量劫行菩薩道不生一念自求已安但欲調伏一切衆生淨一切衆生度一切衆生何以故一切諸佛法如是故不求利養不計人惡常應等心行菩薩道怨親等觀而無差别欲令究竟到於彼岸具足成就無上菩提是名菩薩摩訶薩第八尊重行佛子何等爲菩薩摩訶薩第九善法行此菩薩爲諸天人沙門婆羅門乾闥婆等一切衆生作清涼法池守護正法佛種不絕得清淨陀羅尼故說法無障礙得義陀羅尼故義辯不可盡得法陀羅尼

故法辯不可盡得正語陀羅尼故辭辯不可盡得無障礙陀羅尼故說義味不可盡得佛甘露灌頂陀羅尼故令衆生歡喜辯不可盡得自覺悟陀羅尼故同辯不可盡入同辯陀羅尼故說種種義名味句身不可盡得正語陀羅尼故無量辯不可盡得無量讚歎陀羅尼故於三千大千世界變身如佛妙音具足於一切法無所障礙而作佛事隨所應化隨所解音隨衆生根以廣長舌清淨音聲隨時說法不違大悲隨其所應於一一言出無量音皆令歡喜設有衆生悉知無量不可計阿僧祇諸語言法知無量業知無量報如是等無量無數阿僧祇衆生充滿無量無邊阿僧祇世界與菩薩爲眷屬菩薩處此會中出一法言悉令此等衆生皆得開解有如是等無量無邊阿僧祇諸大衆與菩薩爲眷屬亦復如是爾時菩薩復作是念設一毛端處於一念中有無量無邊阿僧祇大衆來會如是念念次第盡過去未來一切諸劫大衆來會猶故不盡彼諸大衆言聲不同所問各異菩薩聞如是等一切問難心無所畏而作是念設令一切衆生悉來問難猶以一言決其疑網皆令歡喜菩薩說法言不虛妄於一一言有無量無邊智慧莊嚴成就無邊諸功德藏慧光普照一切諸法具足成就一切種智此菩薩安住善法行已能自清淨亦能饒益一切衆生如此三千大千世界乃至無量無邊不可稱數諸世界中自化其身爲眞金色妙音具足於一切法無所障礙而作佛事以無量無邊清淨法門化度衆生佛子此菩薩摩訶

薩有十種身入無量無邊法界身除滅一切世間故未來身一切趣生故不生身深樂不生平等法故不滅身一切諸法言語斷故不實身如如眞實故離癡妄身隨應化故無來去身離死此生彼故不壞身法界性無壞故一相身三世語言道斷故無相身善分別諸法相故菩薩摩訶薩成就如是十種身能爲一切衆生作舍長養善根故爲一切衆生救護與大無畏故爲一切衆生歸依令大安隱住故爲一切衆生尊導開示無上道門故爲一切衆生師方便令入眞實法故爲一切衆生燈令見業報故爲一切衆生明得甚深法故爲一切衆生炬令離愚癡解眞法故爲一切衆生光令得明地故爲一切衆生趣趣燈顯現如來自在力故是名菩薩摩訶薩第九

善法行此菩薩摩訶薩安住善法行已爲一切衆生作清涼法池得佛甚深諸法底故佛子何等爲菩薩摩訶薩第十眞實行此菩薩成就第一誠諦之語如說能行如行能說此菩薩學三世諸佛眞實語入三世諸佛性與三世諸佛善根等此菩薩成就如是等一切善根學三世諸佛無二語隨順如來一切智慧此菩薩成就衆生是處非處智衆生去來現在一切業報智衆生諸根具足不具足智衆生種種性智衆生種種欲智衆生一切至處道智一切禪定解脱三昧正受垢淨起時非時轉智過去一切世界成壞智無障礙天眼智漏盡智而不捨一切菩薩所行何以故欲令一切衆生調伏清淨故菩薩復作是念我見衆生受無量苦若未度此等先成正覺

是所不應我當滿足大願然後成佛令一切衆生志求菩提究竟無餘涅槃何以故非衆生請我發菩提心行菩薩行我自發心普爲衆生欲令究竟得一切種智是故我於一切最爲殊勝不著衆生故我於一切得爲最上調御衆生故我離一切闇解無衆生際故我得所應得本願具足故我善變化菩薩功德莊嚴故我有善攝取三世諸佛所護念故此菩薩摩訶薩不捨本願故得入無上智慧莊嚴隨一切衆生所應悉能化度隨其本願悉滿足已得一切法自在智慧令一切衆生皆得清淨於念念中悉能遍遊十方世界於念念中悉能往詣無量佛國於念念中悉見無量無數諸佛及莊嚴剎示現如來自在神力究竟法界虛空界等其身無量隨應悉現無量無礙而無所依於自身中普現佛剎一切衆生一切諸法三世諸佛皆悉顯現此菩薩知衆生種種想種種欲業報清淨隨其所應爲現其身而調伏之解一切法如幻如化如電衆生如夢此菩薩義身味身不可窮盡清淨正念決定了知一切諸法入諸三昧無上智慧寂靜觀察不二之地一切衆生皆依二法菩薩摩訶薩住大悲心修習如是諸深妙法寂靜究竟得佛十力入因陀羅網法界自在成就如來無礙解脫人中雄猛大師子吼得無所畏爲法轉輪王能轉無礙清淨法輪成就智慧解脫了知一切世間所行絕生死迴流入智慧大海悉能饒益一切衆生護持三世諸佛正法窮盡諸佛方便大海是爲菩薩摩訶薩第十眞實行此菩薩安住眞實行

已能令一切天龍八部無量衆生清淨歡喜爾時佛神力故十方世界六種震動如來威神法應如是雨天華雲雨天香雲雨天末香雲雨天鬘雲雨天衣雲雨天寶雲雨天莊嚴雲又雨自然出天妓樂音天妙光明普照一切演出諸天微妙音聲如此四天下夜摩天宫說十行法佛神力故十方世界亦復如是

爾時十方各過十萬佛剎塵數世界有十萬佛剎塵數菩薩充滿十方來詣此土到已語功德林菩薩言善哉佛子乃能演說諸菩薩行我等諸來菩薩皆同一字名功德林我等世界皆名功德幢佛同號普功德我等佛所亦說十行名味句身次第義味衆會眷屬亦復如是不增不減是故佛子我等承佛神力來詣此土爲汝作證如此四天下夜摩天宫寶莊嚴殿說十行法我來爲證十方世界亦復如是爾時功德林菩薩承佛神力普觀十方一切法界及諸眷屬欲令佛種永不斷絶欲令菩薩種性清淨欲令菩薩願種不轉欲令行種不斷欲令攝取三世佛種欲分別說衆生善根種欲觀察一切衆生時根欲樂垢淨心所行種欲普照一切諸佛菩薩種以偈頌曰

敬心頂禮十力尊　清淨離垢慧無礙
境界深遠無等倫　其道清淨如虚空
人中最勝無障礙　功德無量無所畏
智慧無二無等等　一切所行皆清淨
十方現在諸導師　解眞實義無所畏
無等功德離諸惡　彼速究竟無上道
一切如來人中雄　先已具發大慈悲

遊心清淨法界中　所行饒益諸羣生
十方三世無與等　自然正覺滅癡冥
一切佛法悉平等　彼之功德不可壞
十方一切世界中　悉得覩見諸如來
於諸如來無虛妄　彼人所行不退轉
若見清淨眞法界　甚深微妙第一義
一切癡妄莫能惑　彼行能成功德藏
方便善知衆生類　入於眞實妙法界
自然覺悟不由他　彼人所行如虛空
無量無邊諸世界　觀察究竟悉寂滅
一切諸法無障礙　彼人所行勝牟尼
具足堅固不可轉　成就尊重最勝法
清淨願滿到彼岸　諦聽菩薩諸所行
無量無邊一切地　智慧明達無障礙
甚深微妙爲境界　是名無畏論師子

句句廣分別　深入妙智慧　眞實解諸法
彼修大牟尼　遠離一切惡　常能利衆生
彼人功德藏　等諸調御師　普於諸羣生
常施以無畏　清淨無染著　所行無倫比
意淨無所著　寂靜無口過　具足妙功德
彼修最勝行　究竟度深義　功德定無盡
彼修不死行　諸佛常護念　離我瞋恚心
妙音滿十方　安住正法教　所行無可喻
布施到彼岸　百福自莊嚴　彼慧最第一
能令衆歡喜　善入深智地　安住心不動
彼行如金剛　堅固不可沮　悉入諸法界
隨順到彼岸　究竟得自在　法日之所行
無等等牟尼　修習不二法　心常樂寂靜
智慧無障礙　細微世界中　容受大世界
境界無不了　智慧山王行　普於諸世間

心淨無所著　持戒到彼岸　淨行之所行
智慧不可量　虛空法界等　深入具足智
是勝金剛行　智慧悉充滿　三世諸法界
心常無懈怠　入於最勝境　一切所至道
分別十力法　身行無障礙　勝智之所行
一切十方界　無量衆生類　菩薩悉救護
離癡之所行　修習諸佛法　精勤無懈怠
普令世間淨　大龍之所行　悉知衆生根
究竟種種欲　了達無量性　平等之所行
普於十方界　久受無量苦　其心無憂惱
歡喜之所行　放諸光明網　普照諸世間
具足智慧明　善修慧所行　皆悉能震動
十方無量界　常能利一切　不令生恐怖
善解語言法　分別到彼岸　離垢智慧明
不動之所行　善解俯仰國　分別到彼岸
成就無盡地　最勝慧所行　無量諸功德
常行求菩提　到彼功德岸　大稱無盡行
無上大論師　最勝師子吼　令衆悉清淨
離垢之所行　佛甘露灌頂　授以法王記
究竟方便法　大心之所行　分別一切衆
其心無染著　決定持法藏　法王之所行
一一語言中　能出無量音　衆生各各解
無礙慧所行　究竟語言法　分別悉了知
遠離諸虛妄　眞實行所行　安住法海印
善印一切法　了法無實相　方便身所行
能於一一剎　無量無數劫　窮盡諸劫行
其心無憂猒　無數諸如來　名號各不同
見之一毛孔　善修之所行　如一毛端處
普見無量佛　一切諸世界　見佛亦如是
無量無數劫　能作一念頃　非長亦非短

解脱人所行 見者悉不虛 所修皆眞實
業行不可壞 最勝之所行 無量無數劫
觀佛無猒足 能令衆歡喜 無礙慧所行
無量無數劫 觀察衆生界 衆生非衆生
堅固士所行 具足智慧藏 清涼功德池
饒益一切衆 第一人所行 法界無邊際
無量如虛空 語言無所著 無畏論師子
於一三昧中 入無量三昧 昇彼無上堂
淨月論師行 究竟忍彼岸 堪忍寂滅法
遠離瞋恚心 無量智所行 不離一世界
不起一坐處 普現十方刹 無量身所行
無量諸佛刹 能入一世界 佛刹不增減
不思議所行 分別處非處 審諦入諸力
無上力成就 第一力所行 去來現在世
一切諸業報 智慧不退轉 明智之所行
善知時非時 調伏一切衆 教化不失時
善知時所行 身行悉皆善 口意行亦然
一切無所著 淨智意所行 智慧善分別
法辯無窮盡 境界等如實 如來之所行
無礙功德藏 喜樂總持門 深入諸法界
隨入之所行 悉與三世佛 等心無異想
一相無差別 無礙境界行 深入智慧海
除滅諸癡闇 能與清淨眼 淨眼之所行
一切諸導師 常行不二法 神通力自在
具足行所行 十方佛刹中 普雨妙法雨
令衆解實義 法雲之所行 普於諸佛所
逮得堅固信 一切智解脫 所學悉究竟
彼於一念中 悉知衆生心 究竟解心性
無性性所行 不思議世界 變化無量身
無等遍遊行 諸行中無比 無量世界中

現在諸如來　菩薩摩訶薩　常現彼佛前
菩薩入三昧　衆生見一身　菩薩出三昧
衆見無量身　所行甚深妙　未曾有口過
悅樂心無量　令衆悉歡喜　逮得無著智
分別知諸根　其心無所染　無上調伏行
方便分別法　於法得自在　一切世界中
常作諸佛事　菩薩微妙行　所行如虛空
何人得聞此　其心不忻悅　彼智無與等
慧眼見一切　方便無倫匹　無等智所行
無盡妙功德　能滅一切惡　到彼清淨岸
無比之所行　成就莊嚴法　安住不退轉
度脫無量衆　而無衆生想　所修無諍行
一切智微妙　正法化衆生　淨眼之所行
恭敬一切佛　具足究竟慧　成就無所畏
方便智所行　普能入一切　世界及諸法
亦入羣生類　度脫無量衆　遍於十方界
擊無上法鼓　常施無量法　不死之所行
一身加趺坐　充滿無量剎　衆生不迫迮
清淨法身力　一味一義中　分別無量義
演說無窮盡　無邊慧所行　修習佛解脫
智慧無障礙　成就無所畏　無量方便德
了諸世界海　一切佛剎海　法海智慧海
度脫衆生海　或有見菩薩　入胎及出生
或見成正覺　無量功德行　處處佛剎中
示現般涅槃　眞實無涅槃　無畏師常住
金剛身無異　隨應現衆生　眞實無差別
一身行所行　平等法界一　具足無量義
常樂觀三世　一相無相法　到彼諸持岸
正法安衆生　逮得諸佛持　最勝之所行
無染妙法身　慧眼清淨耳　是悉無障礙

無礙之所行　究竟諸神通　具足深智慧
智慧最殊勝　方便智所行　心定未曾亂
智慧不可量　境界無不照　一切見所行
到彼功德岸　度脫無量衆　其心無疲猒
常修之所行　一切知見人　在諸佛家處
普於三世佛　法中而化生　語言法成就
摧伏諸論師　究竟無量行　隨入佛菩提
能放一光明　普照無量刹　世間大明耀
除滅一切闇　隨其所應見　爲現如來身
調伏羣生類　嚴淨一切刹　菩薩行無量
一切莫能知　示現一切行　欲度衆生故
無量不可數　衆生法界等　無數劫讚歎
菩薩德無盡　菩薩德無量　究竟一切德
諸佛無量劫　歎此德無盡　何況世間人
聲聞及緣覺　無量劫讚歎　而能得窮盡

大方廣佛華嚴經卷第十二

大方廣佛華嚴經卷第十三

東晉天竺三藏佛陀跋陀羅等譯

菩薩十無盡藏品第十八

爾時功德林菩薩摩訶薩復告諸菩薩言佛子菩薩摩訶薩有十種藏三世諸佛之所演說何等爲十信藏戒藏慚藏愧藏聞藏施藏慧藏正念藏持藏辯藏是爲十何等爲菩薩信藏此菩薩信一切法空無眞實信一切法無相信一切法無願信一切法無作者信一切法不實信一切法無堅固信一切法無量信一切法無上信一切法不可度信一切法不生若菩薩成就如是隨順淨信聞諸佛法不可思議心不驚怖聞一切佛不可思議心不驚怖聞衆生不可思議心不驚怖聞法界不可思議心不驚怖聞虛空界不可思議心不驚怖聞涅槃界不可思議心不驚怖聞過去世不可思議心不驚怖聞未來世不可思議心不驚怖聞現在世不可思議心不驚怖聞入一切劫不可思議心不驚怖何以故菩薩於諸佛所一向堅信不可沮壞佛如是知佛無盡無邊智十方一切世界一一世界中三世無量無數諸佛出興於世施行佛事而般涅槃彼諸佛智慧不增不減不生不滅不盡不去不近不遠不智不亂菩薩成就如是等無邊無盡信藏則能乘如來乘此菩薩成就如是等無量無邊信不退轉信不亂信不壞信不著信有根信隨順聖人信如來家性信則能護持一切佛法長養一切菩薩善根隨順一切如來善根從一切佛善方便生是爲菩薩摩訶薩無盡信藏菩薩住此信藏悉

能聞持諸如來法廣爲一切衆生演説佛子何等爲菩薩摩訶薩戒藏此菩薩成就饒益戒不受戒無著戒安住戒不諍戒不惱害戒不雜戒離邪命戒離惡戒清淨戒何等爲饒益戒此菩薩先當饒益安樂衆生何等爲不受戒此菩薩不受外道戒具足奉持三世諸佛平等淨戒何等爲無著戒此菩薩不著欲界戒不著色界戒不著無色界戒何以故不迴向彼故何等爲安住戒此菩薩成就清淨無疑悔戒何以故菩薩不作五無間罪永不故犯一切戒故何等爲不諍戒此菩薩不非先制不更造立心常隨順向涅槃戒皆具足持無所毀犯不由此戒惱亂衆生共相違諍菩薩持戒但饒益衆生令歡喜故何等爲不惱害戒此菩薩不因持戒學諸呪術藥草惱害衆生何以故菩薩欲救護衆生故持清淨戒何等爲不雜戒此菩薩離斷常見不持雜戒但觀察十二緣起持清淨戒何等爲離邪命戒此菩薩不作持淨戒相欲使他知内無實德現實德相但持淨戒一向求法究竟薩婆若何等爲不惡戒此菩薩不自貢高言我持戒見犯戒人不輕賤訶罵令其憂惱但一其心持清淨戒何等爲清淨戒此菩薩捨離殺盜邪婬妄語惡口麤言兩舌雜語貪瞋恚邪見具持十善此菩薩持如是等清淨戒時作是念若有衆生犯淨戒者斯由顛倒諸煩惱故一切諸佛悉分別知是一切衆生因諸顛倒毀犯淨戒是故我當專求佛道究竟無上菩提廣爲衆生説眞實法令離顛倒淨持禁戒悉令究竟無上菩提是爲菩薩摩訶薩

第二無盡戒藏佛子何等爲菩薩摩訶薩慚藏此菩薩自憶宿命無數世來於六親所行無慚行或侮慢無禮或婬亂無節忍害無親興師相伐迷惑顛倒無惡不造斯由三毒邪癡使纏虚僞諂曲諸不善故一切衆生亦復如是皆悉積習諸無慚行斯由無智乃至諂曲故尊卑失序不相敬順不能謙下遵奉明哲常懷毒忿怨結滋甚更相屠害曾無恥懼自惟我身及餘衆生去來現在行無慚法三世諸佛無不知見我當云何猶行無慚甚爲不可是故我應修習慚法究竟菩提廣爲衆生説眞實法令其永離諸無慚法成就菩提是爲菩薩摩訶薩第三無盡慚藏佛子何等爲菩薩摩訶薩愧藏此菩薩自愧昔來貪求色聲香味觸法妻子眷屬錢財寶物僮僕車乘心無猒足我不應行是諸非法事因是生長貪恚愚癡乃至諂曲復作是念衆生所行無愧之法皆以無智乃至諂曲諸惡法故不相承順尊敬供養常懷毒心迭相殘害我及衆生去來現在愛樂貪求習行是法因是法故受胎生死無量諸苦三世諸佛皆悉知見我猶行是無愧法者三世諸佛皆不歡喜我當修習愧法究竟菩提廣爲衆生説如是法令離無愧成就佛道是爲菩薩摩訶薩第四無盡愧藏佛子何等爲菩薩摩訶薩多聞藏此菩薩多聞者所謂知是事有故是事有是事無故是事無是事起故是事起是事滅故是事滅是世間法是出世間法是有爲法是無爲法是有記法是無記法何等爲是事有故是事有所謂有無明故有行何等爲是事

無故是事無所謂無識故無名色何等爲是事起故是事起所謂愛起故苦起何等爲是事滅故是事滅所謂有滅故生死滅何等爲世間法所謂色受想行識何等爲出世間法所謂戒身定身慧身解脫身解脫知見身何等爲有爲法所謂欲界色界無色界衆生界何等爲無爲法所謂虛空涅槃數緣滅非數緣滅十二緣起及法界何等爲有記法所謂四眞諦四沙門果四辯四無所畏四念處四正勤四如意足五根五力七覺支八聖道分何等爲無記法所謂世間有邊世間無邊世間有邊無邊世間非有邊非無邊世間有常世間無常世間有常無常世間非有常非無常如來滅後如去不受如來滅後不如去亦不受如來滅後如去不如去亦不受如來滅後非如去非不如去亦不受有我有衆生無我無衆生有我無我有衆生無衆生非有我非無我非有衆生非無衆生過去有幾如來滅度幾聲聞緣覺滅度未來有幾如來幾聲聞緣覺幾衆生生現在有幾佛幾聲聞緣覺何等如來最初出世何等聲聞緣覺最初出世何等衆生最初生何等如來最後出世何等聲聞緣覺最後出世何等衆生最後生何等諸法最在初何等諸法最在後世間從何處來去至何所有幾世界成有幾世間敗世界從何所來去至何所何等爲生死最初際何等爲生死最後際是名無記法菩薩摩訶薩作如是念衆生長夜流轉生死童蒙凡夫不知修道我當晝夜精勤學問受持一切諸佛法藏究竟成就無上菩提廣爲衆生說眞

實法普令一切成無上道是爲菩薩摩訶薩第五無盡多聞藏佛子何等爲菩薩摩訶薩施藏此菩薩修行十種施所謂修習施法最後難施法内施法外施法内外施法一切施法過去施法未來施法現在施法究竟施法何等爲菩薩修習施法此菩薩從本以來習平等施珍饌美味不自貪著惠施一切其餘諸物亦復如是所施之餘然後自食作是念言爲我身中八萬戸蟲故我身安樂彼亦安樂我身飢苦彼亦飢苦是故菩薩有所服食皆爲諸蟲欲令安樂不貪其味菩薩復作是念我長夜爲身貪求飲食當勤精進速離此身是爲菩薩修習施法何等爲菩薩最後難施法此菩薩若得種種上味飲食香華衣服資生之具若自已受用則快樂長壽若盡以施人則窮苦夭命時有乞人一切求索菩薩自念吾從本際以來喪身無數未曾損已利一衆生今獲大利希有之慶當捐棄身命悉捨一切饒益衆生究竟大施是爲菩薩最後難行施法何等爲菩薩内施法此菩薩於少壯時形體端嚴顏容殊特澡浴清淨服上妙衣嚴飾之具受灌頂轉輪王位七寶具足王四天下時有乞人來詣王所而自陳白大王當知我今衰老身嬰重疾煢獨苦厄無人贍救生路既窮必之死地若得王身隨所應用或須手足或須血肉或須頭目或須髓腦若大王仁慈矜哀窮老捨離貪身以救我者必蒙天施得全性命菩薩即作是念今我此身亦當如彼會應歸死無一饒益宜時捨身以濟其命念已歡喜施彼衆生是爲菩薩内施

法何等爲菩薩外施法此菩薩於少壯時形體端嚴顔容殊特澡浴清淨服上妙衣嚴飾之具受灌頂轉輪王位七寶具足王四天下時有乞人來詣王所作如是言大王當知我今衰老身又嬰疾餘命無幾終此貧苦而王具足一切快樂善哉大王願捨王位哀施於我我當統領天下受王福樂菩薩即作是念富貴無常必歸貧賤若在貧賤無所饒益不能滿遂衆生所願是故我今宜時捨位稱悅其意念已歡喜即捨與之是爲菩薩外施法何等爲菩薩内外施法此菩薩於少壯時形體端嚴顔色殊特澡浴清淨服上妙衣嚴身之具受灌頂轉輪王位七寶具足王四天下時有乞人來詣王所作如是言大王當知今我老邁身又嬰疾不以衰賤竊悕美號善哉大王願以王身七寶天下轉輪王位以授於我令我具足受王慶樂菩薩即作是念我身財寶俱非堅固無常危脆磨滅之法我今盛壯富有天下乞者現前三事具足是故於此不堅固法當求堅固作是念已倍大歡喜即捨内外而施與之是爲菩薩内外施法何等爲菩薩一切施法此菩薩於少壯時形體端嚴顔容殊特沐浴香湯服上妙衣嚴身之具受灌頂轉輪王位七寶具足王四天下時有乞人來詣王所作如是言大王當知大王名稱普聞十方我乃在彼國伏承王聞自遠而來欲有所請善哉大王願隨所欲充滿我意爾時乞者或求國城妻子眷屬肢節血肉頭目髓腦爾時菩薩作是思惟一切恩愛會當別離無所饒益不能果遂衆生諸願我今應

當離貪愛行一切速捨饒益衆生作是念已倍大歡喜悉捨一切惠施衆生是爲菩薩一切施法何等爲菩薩修習過去施法此菩薩聞過去諸佛菩薩所行具足功德聞已不著了達非有不起妄想不貪不味觀察諸法心無所倚諸法如夢無有堅固於諸善根不起有想心無所著但爲化衆生故示現其身廣說道教欲令衆生成就佛法又復觀察過去諸法十方推求觀不可得菩薩如是觀已復作是念過去諸法皆悉捨離是爲菩薩修習過去施法何等爲菩薩修習未來施法此菩薩聞未來世諸佛菩薩所行善根具足功德聞已而不取相心無所有不求往生彼方佛刹無諸求想不生汙願攝心不散不味不猒不以善根迴向於彼不爲生彼專修善根亦不廢捨但因彼境界教化衆生欲令衆生具足佛法觀察眞實此眞實法非有處所非無處所非内非外非遠非近復作是念若法非有不可不捨是爲菩薩修習未來施法何等爲菩薩修習現在施法此菩薩聞四天王天三十三天夜摩天兜率陀天化樂天他化自在天梵天梵身天梵輔天梵眷屬天大梵天光天少光天無量光天光音天淨天少淨天無量淨天遍淨天密身天少密身天無量密身天密果天不煩天不熱天善現天善見天色究竟天聲聞緣覺具足功德聞已心不惑亂正念不妄不懈不沒亦不憂慼其心寂滅而無所取菩薩唯作是念一切諸行皆悉如夢一切所行皆非眞實衆生不知故流轉惡道菩薩於彼廣爲說法遠離諸惡成就佛法

修菩薩道心無惑亂是爲菩薩修習現在施法何等爲菩薩究竟施法此菩薩摩訶薩有無量衆生形類不同往詣其所作如是言我有所須幸垂周給我意既足仁願亦滿菩薩聞是語已歡喜踊躍隨其所求施令滿足菩薩摩訶薩内自觀察從初入胎不淨臭穢泡段諸根生老病死又具觀此身無有眞實無所有相無慚愧物賢聖所棄惡露臭處猶如死屍骨節相持血肉泥塗九竅之門常流不淨菩薩見身無量過患乃至不起一念貪惜是身復作是念此身危脆我當云何既見此身無量過患而生貪著應當棄捨施彼衆生充滿其願我當於此不堅法中求堅固法令一切衆生隨其所願悉得滿足開悟示導皆令逮得清淨法身住無所住離身心相是爲菩薩摩訶薩第六無盡施藏佛子何等爲菩薩摩訶薩無盡慧藏此菩薩知色苦如實知色集如實知色滅如實知色道如實知受想行識苦如實知識集如實知識滅如實知識道如實知無明苦知無明集知無明滅知無明道知愛苦知愛集知愛滅知愛道知聲聞知聲聞法知聲聞集知聲聞涅槃知縁覺知縁覺法知縁覺集知縁覺涅槃知菩薩知菩薩法知菩薩集知菩薩涅槃云何知知從業報因縁所造諸行非我非堅固無眞實空無所有不取諸法堅固之相不取諸法所有之相知一切法悉無所有廣爲衆生說眞實法云何爲說一切法不可壞何等不可壞色不可壞受想行識不可壞無明不可壞聲聞法縁覺法菩薩法不可壞何以故一切諸法不

自作不他作言語道斷離一切處不生不起不施不受無有心意菩薩成就如是等無盡慧藏以少方便則能逮得一切諸法善妙方便自然明達不由他悟此智慧藏有十種不可盡何等爲十多聞善方便不可盡親近善知識不可盡演一句法不可盡入深法界不可盡入無量智慧莊嚴不可盡出生長養諸功德藏心無憂猒不可盡入一切陀羅尼門不可盡分別了知一切衆生語言音聲不可盡得普令衆生離諸疑惑不可盡得一切佛自在示現教化衆生所行成就不可盡是爲十種不可盡法是爲菩薩摩訶薩第七無盡慧藏菩薩住此無盡慧藏疾得無上平等正覺佛子何等爲菩薩摩訶薩無盡念藏此菩薩捨離癡冥憶念過去一生十生百生千生萬生乃至阿僧祇不可思議無分齊不可說億那由他生成劫壞劫成壞劫非一成劫非一壞劫非一成壞劫百劫千劫百千億那由他劫乃至阿僧祇不可思議無分齊不可說億那由他劫念知一佛名號乃至不可說不可說諸佛名號念知授一佛記乃至授不可說不可說諸佛記念知一佛出世乃至念知不可說不可說諸佛出世念知從一佛所受一修多羅乃至不可說不可說佛所受不可說不可說修多羅祇夜受記伽陀因緣憂陀那本事本生方廣未曾有譬喻憂波提舍亦復如是念知一會衆一時說法乃至不可說不可說時會說法念知一根乃至不可說不可說諸根念知一煩惱乃至不可說不可說諸煩惱念知一三昧乃至不可說不可說諸

三昧菩薩作如是念妙念淨念不濁念遍淨念離塵念離種種塵念離垢念光耀念樂念無障礙念此菩薩作是念時一切世間不能嬈亂諸根清淨不復染著一切世間衆魔外道所不能壞念持一切諸佛法藏決定明了未曾錯亂是爲菩薩摩訶薩第八無盡念藏佛子何等爲菩薩摩訶薩無盡聞持藏此菩薩於諸佛所聞持一品修多羅乃至聞持不可說不可說修多羅未曾忘失一字一句於一生中而不忘失乃至不可說不可說生未曾忘失一字一句聞持一佛名號乃至聞持不可說不可說佛名號聞持一世界名字乃至聞持不可說不可說世界名字聞持一劫名字乃至聞持不可說不可說劫名字聞持一如來記乃至聞持不可說不可說如來記聞持一修多羅乃至聞持不可說不可說修多羅聞持一會名字乃至聞持不可說不可說會名字聞持一時說法乃至聞持不可說不可說時說法聞持一根乃至聞持不可說不可說諸根聞持一煩惱乃至聞持不可說不可說煩惱聞持一三昧乃至聞持不可說不可說三昧是爲菩薩摩訶薩第九甚深無盡聞持藏此聞持藏唯佛境界餘無能及佛子何等爲菩薩摩訶薩無盡辯藏此菩薩成就甚深智慧廣爲衆生演說諸法不違一切諸佛經典說一品法乃至說不可說不可說品法說一佛名號乃至說不可說不可說諸佛名號說一世界名字說一佛記說一修多羅說一會說一時說一法說一根說一煩惱說一三昧乃至說不可說不可說諸三昧或

一日說一句一味法無盡乃至不可說不可說劫說一句一味法而無窮盡一切諸劫尚可窮盡說一句一味不可窮盡何以故此菩薩成就十種無盡藏故成就此藏故得攝一切法陀羅尼門現在前百萬阿僧祇陀羅尼以爲眷屬此菩薩成就百萬阿僧祇陀羅尼眷屬已以法光明辯才廣爲衆生演說深法以廣長舌出妙音聲充滿一切十方世界隨順諸根除滅煩惱皆令歡喜善入一切音聲於一切文字得不斷辯入普照法門說一切衆生如來種子不可斷故不捨菩薩一切諸行心無憂猒何以故此菩薩成就充滿虛空法界清淨法身故是爲菩薩摩訶薩第十無盡辯藏此藏無量無分齊無間不可壞無斷不可斷不退轉甚深無底以一切法門入一切佛法佛子是爲菩薩摩訶薩十種無盡藏令一切衆生究竟成就無上菩提此藏有十種無盡深法何等爲十饒益一切衆生故善迴向故不斷本願一切劫行故心無量無邊觀察平等如虛空故迴向有爲不著無爲故一切法無盡念念知境界故大願不可壞故究竟諸力陀羅尼行故諸佛護念故入一切法如幻化故是爲十種無盡法能令一切衆生得無盡藏

如來昇兜率天宮一切寶殿品第十九之一

爾時佛威神力故十方一切世界諸四天下一一閻浮提皆有如來坐菩提樹無不顯現彼諸菩薩承佛神力說種種法皆悉自謂在於佛所爾時如來以自在神力不離菩提樹座及須彌頂妙勝殿上夜摩天宮寶莊嚴殿

趣兠率天宮一切寶莊嚴殿時彼天王遥見佛來即於殿上敷如意寶藏師子之座以種種天寶而莊嚴之過去修習善根所得一切如來威神護持不可數那由他阿僧祇善根所生一切諸佛淨法所起一切衆生所共莊嚴無量功德之所成就離一切惡清淨業報一切樂觀無有猒足出離世間諸法所起清淨無汙一切世間因緣所起一切衆生見不能盡以無量莊嚴具而莊嚴之所謂百萬億欄楯百萬億寶網羅覆其上百萬億華帳以張其上百萬億華鬘以垂四邊百萬億香帳普熏十方百萬億寶帳以張其上百萬億華蓋諸天執持百萬億華鬘蓋百萬億寶蓋以蓋其上百萬億寶衣以敷其上百萬億妙寶樓閣百萬億如意寶王網羅覆其上百萬億勝妙雜網百萬億衆寶瓔珞間錯垂下百萬億衆妙雜寶百萬億雜寶網蓋以覆其上百萬億雜寶網衣百萬億妙寶蓮華開敷光曜百萬億無猒香網普熏十方百萬億大寶帳網以覆其上百萬億寶鈴微動出和雅音百萬億栴檀寶帳普熏十方百萬億雜寶妙華以散其上百萬億雜色寶衣以覆其上百萬億菩薩大帳百萬億雜寶蓋帳百萬億清淨金帳百萬億淨琉璃帳百萬億雜寶藏帳百萬億一切寶帳以覆其上百萬億雜寶妙華周帀圍繞百萬億寶形像帳百萬億衆妙寶鬘百萬億香鬘普熏十方百萬億天曼陀羅栴檀色香具足普熏十方百萬億天莊嚴具百萬億妙寶華鬘百萬億勝妙寶藏百萬億勝寶藏鬘百萬億清淨寶鬘百萬億海寶藏

鬘百萬億因陀羅金剛妙寶百萬億妙寶繒綵以爲垂帶百萬億無量自在妙寶百萬億眞金寶藏清淨微妙百萬億毗樓那寶以爲照曜百萬億因尼羅寶雜寶校飾百萬億首羅幢寶光曜明淨百萬億火珠寶出大光明普照十方百萬億天堅固寶以爲窻牖百萬億淨功德寶無量妙色百萬億雜寶徧閣清淨妙藏百萬億大海月寶百萬億離垢藏寶百萬億心王寶無量歡喜百萬億師子面寶百萬億閻浮檀寶百萬億一切世間清淨藏寶百萬億一切世間因陀羅幢寶百萬億羅闍藏寶百萬億須彌山王殊勝幢寶百萬億解脫妙寶百萬億瑠璃鬘網周帀垂下百萬億赤色寶鬘百萬億樂摩尼寶百萬億清淨樂寶百萬億衆雜寶藏百萬億赤色解脫樂見妙寶百萬億無量色寶鬘百萬億無比寶百萬億淨光明寶普照殊勝百萬億摩尼寶像百萬億因陀羅寶百萬億黒沉水香普熏十方百萬億不可思議衆雜妙香普熏十方一切佛刹百萬億十方妙香普熏世界百萬億最殊勝香普熏十方百萬億香像香徹十方百萬億隨所樂香普熏十方百萬億淨光明香普熏衆生百萬億種種色香普熏佛刹不退轉香百萬億塗香百萬億栴檀塗香百萬億香熏香百萬億蓮華藏黒沉香雲充滿十方百萬億丸香煙雲充滿十方百萬億妙光明香常熏不絶百萬億妙音聲香能轉衆心百萬億明相香普熏衆味百萬億能開悟香遠離瞋恚寂靜諸根充滿十方百萬億香王香普熏十方雨百萬億天華雲雨百萬億

天香雲雨百萬億天粖香雲雨百萬億天妙蓮華雲雨百萬億天種種寶華雲雨百萬億天青蓮華不斷雲雨百萬億天寶蓮華雲雨百萬億天分陁利華雲雨百萬億天曼陁羅華雲雨百萬億天一切雜華雲雨百萬億天種種衣雲雨百萬億天雜寶普照十方雲雨百萬億天種種蓋雲雨百萬億天無量色旛雲雨百萬億天冠雲雨百萬億天種種莊嚴天冠雲雨百萬億天莊嚴具雲雨百萬億雜色天鬘雲雨百萬億種種大莊嚴天鬘雲雨百萬億種種色天栴檀雲雨百萬億天沉水香雲雨百萬億天寶幢百萬億天雜旛百萬億天帶垂下百萬億天和香普熏十方百萬億天妙功德寶鬘垂下百萬億天多羅寶懸布光曜百萬億天拂執持侍立百萬億天金

鈴網微風吹動出妙音聲百萬億天寶欄楯周帀圍繞百萬億天多羅寶墻周迴四繞百萬億天雜寶樹圍繞覆蔭百萬億天雜寶樓閣莊嚴其内百萬億天勝寶門百萬億天真金鈴微風吹動出和雅音百萬億清淨天鬚布列垂下百萬億天蘇婆提寶雜相解脫百萬億天金剛藏衆妙瓔珞百萬億天雜寶蓋諸天執持百萬億天雜寶網百萬億天雜寶藏光曜殊特百萬億天淨光明普照十方百萬億大光普曜百萬億日藏光明普照一切百萬億雜色月光百萬億離凝淨香百萬億天妙華藏開敷鮮茂百萬億寶網藏百萬億華網百萬億香網以覆其上百萬億天雜寶衣以敷其上百萬億天諸寶衣處處敷置百萬億天青色衣百萬億天雜黃衣百萬億天

雜朱衣百萬億天雜色衣百萬億天雜寶衣百萬億種種熏衣百萬億殊勝寶衣能令衆生發歡喜心如是等衣以敷其上百萬億白淨妙衣以覆其上百萬億天幢寶鈴出微妙音百萬億白淨寶幢微風吹動出妙音聲百萬億天繒綵幢百萬億香幢出衆香網百萬億華幢雨一切華百萬億天妙衣幢百萬億摩尼寶幢百萬億天一切莊嚴具幢百萬億天驫幢四面行列百萬億天蓋幢一切寶鈴出妙音聲百萬億天螺出妙音聲百萬億天鼓出大音聲百萬億天琴出微妙音百萬億天牟陀羅出大音聲百萬億天娛樂具百萬億天樂音聲充滿十方一切佛刹百萬億化音聲聲徹十方衆生聞者悉解如響百萬億天妓樂音同時俱作百萬億天神力妓樂出

相和音百萬億一切諸天娛樂之具出妙音聲百萬億妙音讚歎如來百萬億勝妙喜音讚歎如來百萬億甚深音聲讚歎如來百萬億種種音聲歎佛果報百萬億細微音聲稱揚讚歎出三界法百萬億寂靜音聲讚歎如來本所修行百萬億音讚歎如來百萬億劫永離瞋恚讚歎百萬億供養供養過去諸佛百萬億法門讚歎如來百萬億音讚歎一切菩薩功德不可窮盡百萬億音讚歎菩薩一切諸地功德具足百萬億音讚歎諸佛無有猒足百萬億音稱揚讚歎見佛之行百萬億音讚歎深法其聞音者得深智慧無有障礙百萬億妙音充滿十方一切世界百萬億妙音歎諸衆生隨其志願皆令歡喜百萬億音歎一切世間其聞音者解一切法眞實之性

百萬億音讚歎如來其聞音者悉能恭敬一切如來百萬億音歎佛境界一切功德百萬億音歎諸總持善妙方便善知分別一切諸法聞持一切諸如來法百萬億音讚歎甚深具足諸法百萬億音歎發心菩薩修習長養一切種智百萬億音歎治地菩薩其心歡喜百萬億音歎修行地菩薩清淨解脫百萬億音歎生貴菩薩心得安住百萬億音讚歎方便具足菩薩於摩訶衍究竟決定百萬億音歎善現菩薩具足一切菩薩所行百萬億音讚歎不退菩薩所行一切諸地皆悉清淨百萬億音歎童眞菩薩光明普照一切十方百萬億音歎王子菩薩善入甚深不可思議諸佛境界百萬億音歎灌頂菩薩能現一切諸如來力百萬億神力自在百萬億清淨解脫出生百萬億清淨解脫百萬億長養大歡喜法百萬億住不壞信百萬億長養勇猛之力百萬億長養名聞法百萬億分別法義廣說定慧百萬億正念清淨不亂出生百萬億定慧百萬億陀羅尼悉能受持一切佛法出生百萬億廣大智慧出生百萬億深心信佛信根堅固出生百萬億清淨檀波羅蜜出生百萬億尸波羅蜜出生百萬億羼提波羅蜜不生恚心具足諸佛羼提波羅蜜出生百萬億毗梨耶波羅蜜究竟具足無量毗梨耶波羅蜜出生百萬億禪波羅蜜無量諸禪寂靜照明出生百萬億般若波羅蜜照一切法出生百萬億清淨大願出生百萬億諸深法門智慧燈明出生十方諸佛百萬億深妙法門出生百萬億離癡示現善妙方便出生百萬億

諸法之行普入百萬億諸佛之剎百萬億清淨法身往詣十方一切佛剎出生百萬億如來微妙音聲出生百萬億一切種智善妙方便出生百萬億具足法門出生百萬億正法知見悉見一切諸佛實法猶如寶幢出生百萬億智慧示現如來境界無所障礙百萬億諸天神王恭敬禮拜百萬億龍王一心諦觀而無猒足百萬億夜叉王合掌敬立百萬億乾闥婆王一心恭敬目不暫捨百萬億阿修羅王斷除憍慢敬心侍立百萬億寶金翅鳥王口啣繒帶百萬億緊那羅王歡喜立侍百萬億摩睺羅王踊躍歡喜一心諦觀百萬億婆羅門王恭敬禮拜百萬億一切世間諸王恭敬頂禮百萬億諸釋天王恭敬尊重一心觀察百萬億夜摩天王踊躍歡喜高聲讚歎

百萬億兜率陀天王恭敬禮拜百萬億化樂天王恭敬讚歎百萬億他化自在天王合掌恭敬一心侍立百萬億梵天王一心觀察百萬億摩醯首羅天王恭敬讚歎百萬億菩薩恭敬讚歎百萬億天女恭敬供養百萬億願天敬心頂禮百萬億宿命近親善知識天妙聲讚歎百萬億梵身天布身敬禮百萬億梵輔天恭敬頂禮百萬億梵眷屬天圍繞侍衛百萬億大梵王讚歎稱揚無量功德百萬億光天五體投地百萬億少光天宣揚讚歎佛世難值百萬億無量光天讚歎禮拜百萬億光音天讚歎如來難遇難見百萬億淨天恭敬禮拜百萬億少淨天恭敬禮拜百萬億無量淨天樂見佛故於虛空中自投來下百萬億遍淨天合掌敬住百萬億密身天憶本功

德稱揚讚歎百萬億少密身天生如來想一心求見百萬億無量密身天清淨善業恭敬禮拜百萬億密果天布身敬禮百萬億無煩天得堅固信恭敬禮拜百萬億無熱天合掌觀察心無猒足百萬億善現天恭敬禮拜百萬億善見天憶念無量佛所恭敬供養心無猒足百萬億阿迦尼吒天恭敬禮拜百萬億種種天皆大歡喜恭敬讚歎百萬億諸天以種種善慧而莊嚴之

大方廣佛華嚴經卷第十三

音釋

迭徒結切互也更也　饌士戀切具食也　嬰於盈切縈也　煢渠營切獨也　澡子皓切洗滌也　邁莫懈切老邁也　竊悕竊千結切私也悕香衣切望也　脆此芮切易斷也　竅詰弔切穴也　欄楯欄郎干切正作闌构闌也楯食尹切闌檻也　金翅音試金翅鳥名也　㘅胡讒切口含物也

大方廣佛華嚴經卷第十四

東晉天竺三藏佛陀跋陀羅等譯

如來昇兜率天宫一切寶殿品第十九之二

百萬億諸大菩薩頂戴護持百萬億華手菩薩雨一切華百萬億香手菩薩雨一切香百萬億鬘手菩薩雨一切鬘百萬億粖香手菩薩雨一切粖香百萬億衣手菩薩雨一切寶衣百萬億幢手菩薩雨一切幢百萬億旛手菩薩雨一切旛百萬億寶手菩薩雨一切寶百萬億莊嚴手菩薩普雨一切諸莊嚴具百萬億諸天以天種種莊嚴宫殿而以莊嚴歡喜天子以百萬億諸天莊嚴宫殿而莊嚴之百萬億生貴天子法身普覆百萬億灌頂天子舉身持座出生百萬億菩薩清淨大願出生百萬億菩薩初清淨心出生菩薩百萬億柔輭利根百萬億禪藏皆悉清淨菩薩百萬億清淨解脱嚴治菩薩百萬億諸清淨業出生菩薩百萬億安住生貴地出生菩薩百萬億法門普照一切成就百萬億菩薩諸地教化調伏百萬億大衆百萬億諸善根所起百萬億諸佛護持百萬億功德所成百萬億直心莊嚴清淨百萬億大願莊嚴清淨百萬億善行所起百萬億諸法充滿百萬億自在神力之所成就百萬億諸功德所起以百萬億讚法而讚歎之如此世界四天下兜率陀天宫一切寶莊嚴殿爲如來敷摩尼寶藏師子之座十方一切諸佛世界諸四天下兜率陀天宫一切寶莊嚴殿爲如來敷摩尼寶藏師子之座亦復如是爾時兜率陀天王爲如來敷高座竟與不可計阿僧祇兜率陀天子俱

奉迎如來雨阿僧祇色上妙諸華供養如來雨不可思議香雨無量色鬘雨上妙栴檀雨無量種種寶蓋雨細妙天衣雨無量雜寶供養如來以歡喜心雨天上妙諸莊嚴具燒種種香香氣普熏十方世界雨栴檀粖香沉水粖香堅固粖香供養如來無量天子各從其身出無量無數諸天子身阿僧祇兜率陀天子及他方來諸天子衆皆大歡喜恭敬作禮阿僧祇天女衆歡喜無量一心寂然諦觀如來不可數不可說諸大菩薩悉從他方兜率天來住於虛空以不可思議諸供養具供養如來出過一切諸天供養以阿僧祇勝妙音聲讚歎如來佛神力故過去諸佛所修善根故如來不可思議自在神力故一切兜率陀天子及諸天女一心恭敬靜默觀佛咸作是念如來出世甚難值遇功德具足智慧無礙平等正覺我今得見作是念已皆大歡喜阿僧祇那由他兜率陀天子來詣佛所各以身上天衣盛種種寶又以身上天衣盛種種香一切寶衣諸莊嚴具栴檀粖香沉水粖香天妙寶粖香諸天香華天曼陀羅華普散十方供養如來億那由他無數天子以種種上妙供具莊嚴虛空燒衆名香香氣成雲充滿十方一切虛空智境界心故雨天華雲莊嚴虛空於如來所起歡喜心故雨一切天蓋雲莊嚴虛空充滿十方得敬佛心故雨一切天鬘雲莊嚴虛空充滿十方供養佛故以阿僧祇白淨寶網遍滿虛空以爲莊嚴懸衆金鈴而間錯之自然微動出妙音聲悟三乘者令得解脫無數寶帳莊嚴虛空彌覆十方於如來

所得深信故普雨一切妙寶鬘雲未曾斷絶以阿僧祇諸天宫殿莊嚴虚空一切天樂出微妙音充滿十方至心踊悦尊敬佛故以阿僧祇種種妙衣莊嚴虚空得佛出世難遇心故雨阿僧祇諸天寶冠莊嚴虚空於如來所得欣敬心故雨阿僧祇上妙衆寶及天寶鬘莊嚴虚空無數億那由他天子各從身出阿僧祇種種色華供養如來無有窮盡於如來所歡喜恭敬故以無數種種隨所樂香供養如來於如來所歡喜恭敬故以阿僧祇栴檀粖香供養如來於如來所得無比歡喜故以種種寶蓋供養如來長養念佛三昧故以無數種種上妙寶衣以布道路供養如來於如來所得歡喜恭敬故以無量無數雜色寶幢供養如來於如來所得無量歡喜心故以阿

僧祇雜色寶幢供養如來於如來所得歡喜恭敬故以無數天樂出微妙音供養如來其心常定未曾散亂不可說億那由他菩薩於兜率陀天宫以離三界一切供具從眞實法生離諸煩惱大慈之心充滿十方無有障礙具足方便諸甚深法唯有諸佛乃能測量餘無能及堅固淨信之所長養不可思議善根所生無數變化因力所起從諸如來眞法化生無行法印一切寶蓋普覆法界供養如來出過諸天一切所供一切波羅蜜所起一切華帳普覆法界出過諸天所供養上供養如來清淨解脱充滿一切諸佛境界一切寶衣普覆莊嚴一切法界出過諸天所供養上供養如來無生法忍所起雜寶鈴網普覆莊嚴一切法界出過諸天所供養上供養如來入

無礙智慧以一切堅固香莊嚴法界出過諸天所供養上供養如來解一切法猶如幻化敷置一切妙寶高座莊嚴法界出過諸天所供養上供養如來其心境界與如來等坐處境界亦同如來建一切寶幢莊嚴法界出過諸天所供養上供養如來善解應時供養如來以一切寶殿莊嚴法界出過諸天所供養上供養如來解一切法如夢以種種寶華莊嚴法界出過諸天所供養上供養如來無著善根所生充滿一切法界此等無量菩薩皆從身出一切堅固香雲一切雜色華雲一切雜色衣雲一切栴檀香雲一切莊嚴寶蓋雲一切種種香雲一切華鬘雲一切清淨莊嚴具雲出過諸天所供養上供養如來無量菩薩稱歎如來真實功德永離顛倒安住正法具一切力能令衆生離諸惡難開示善道於一音中演無量法從一切陀羅尼生辯才之藏不可窮盡具足無畏心常歡喜菩薩以如是等無量妙法讚歎如來法身充滿虛空法界心與三世諸如來等爾時一切諸天衆及他方來諸天子衆幷不可數諸佛刹一切菩薩見如來等正覺不可思議人中之雄其身無量不可稱數示現不可思議神足令一切衆生皆大歡喜周遍充滿一切虛空諸佛功德莊嚴一切法界令一切衆生安住一切善根成就神力出過一切諸語言道一切菩薩恭敬供養隨所應化現身救度具足一切清淨善根顯現如來無上功德智慧境界不可窮盡無比三昧之所出生法身普至一切衆生無有分際令一切衆生皆大歡喜不斷一

切智種住佛所住於三世諸佛家生無盡衆生皆令清淨悉能出生一切菩薩清淨智慧發起一切菩薩諸根一切法雲普覆法界如來教化究竟無餘隨其所願悉令滿足安立清淨平等正智出過一切衆生之上得一切智以正覺眼普觀世間隨其先世所修善根悉能示現普發大心衆生愛樂智慧安住無能壞者善知衆生分別諸剎於不退轉善法中生不壞法性分別法界現如來身無量無數遠離癡妄安住眞實一切衆生歎無能盡教化一切修念佛三昧充滿法界度脫衆生無量無邊本之所請悉能化度隨其所應以法惠施種種方便調伏衆生隨彼欲性悉令清淨示現色身不可思議等觀衆生心無所著住無礙住所見無障善解如來一切諸力心常寂定未曾散亂住一切智善能演說句身味身眞實之義悉能深入無量智海出生無量功德慧藏如來日出普照法界衆生願力常住不没住佛所住堅固不壞於我我所心無所著所行諸法永離世間於一切世無所染汙在大衆會建智慧幢智慧超出一切世間無所染著以大悲心拯拔衆苦安立衆生於深妙智饒益衆生功德無盡悉善分別菩薩智慧信向佛道成最正覺出于大慈顯現大悲佛身無量諸法莊嚴種種音聲演無量法隨其所應充滿其願於去來今心常清淨悉令群生不著境界能與一切諸菩薩記生於三世諸如來家普於十方智慧無礙一切悉至而無所著於諸佛世界了達眞實善能分別一切衆生出世功德普爲一切世間

燈明生死垢惱無能染著佛智慧月普照法界了達諸法無眞實性無量深智觀察平等慧心明淨普照十方解了諸法如夢如化一切世間心諸佛心及諸業報隨其所應顯現眞實順衆生根爲現佛身如來境界悉能容受一切衆生普知衆生所行諸法解了其相無有自性知一切世間一性非性隨順衆生示現有性欲令衆生超出三界一向正趣無上菩提救護拯濟一切衆生未曾妄取世間之相滅諸煩惱正觀世間大乘纔勤所行不亂成就一切諸法善利悉能分別衆生善根業報清淨智慧明了等入三世永離世間一切虛妄放光明網普照十方令一切衆普見如來分別一切十方佛刹相好具足樂觀無猒菩薩所行功德智慧之所興起善能分別諸根境界所行佛事不失其時成就三世諸佛無量方便慈悲普覆一切衆生周遍普降陀羅尼雨皆令成就諸佛功德無量妙色莊嚴佛身十方衆生靡不瞻覩除滅一切世間障礙分別諸法解眞實義成就功德自在法王功德日王普能照曜一切世間最上福田依因一切智慧緣生化身充滿一切世間一一化身普放無量智慧光明無礙天繒冠頂法王功德無量悉能隨順分別世間無上導師開化群生如來智慧一切世間無畏之乘一切世間無上醫王了知衆生所病輕重永離癡冥堅固不退淨慧眼藏善能分別一切世間開示衆生一切業報衆生病苦悉能除滅無量方便而度脫之隨其所應常不失時等觀衆生遠離諸惡示現業報猶如幻化隨

其所應爲現佛身普令衆生悉見導師分別世間一切諸法歡喜敬佛長養善根得不退轉隨彼所業皆分別知一切衆生長眠生死如來出世能覺悟之安慰世間令無怖畏心無所著無能壞者安住智慧方便具足如來最勝嚴淨衆生智慧山王開淨法門或現佛身或現菩薩開導衆生遠離衆惡安置善地無量功德莊嚴佛身業行所成示現世間一切智慧得到彼岸成佛道時悉令清淨能滿世間一切所願開示世間堅固善友光明清淨遍照十方普爲衆生示現其身滅除無量衆生慳垢悉令衆生善根清淨隨其所願皆得滿足等觀衆生無上中下攝取善根起清淨業降伏衆魔除滅煩惱出生無量無礙之力一切世間淨光明王無礙慧日照除癡冥常以法施一切衆生無量無邊如來智藏光明清淨普照十方令一切衆生遠離怨仇隨其所願皆悉充滿最勝福田靡不歸依果報無量具足清淨少修善根獲大功德安置衆生無盡智地一切善根皆由心起無量歡喜清淨功德能除衆生惡道諸難如是正念如來如是觀察正覺如是入智慧淵如是入功德海如是至虛空智慧如是知衆生福田如是正知如來如是觀察淨業相好如是正知法身普照十方如是知佛示現一切不可思議自在神力爾時諸天見如來身一一毛孔出阿僧祇億那由他光明一一光明有阿僧祇妙色阿僧祇清淨照明阿僧祇佛剎阿僧祇衆生阿僧祇歡喜長養阿僧祇佛勇猛精進淨阿僧祇寂滅三昧阿僧祇諸根清涼柔

輭阿僧祇恭敬如來爾時諸天復見佛身出不可思議雜色光明輪一一光明輪有不可思議色不可思議照明普照十方無量無邊一切法界示現如來無量無數自在神力衆生皆聞清淨妙香又自然出不可思議偈宣揚演說出世間法具足成就離世善根顯現阿僧祇億那由他不可思議上妙莊嚴不可思議劫讚歎光明不能窮盡從如來無盡自在中生悉普照現不可思議剎諸佛出世安立衆生於智慧門入眞實義顯現不可思議如來化身普照無量無數不可思議諸佛世界及諸法界十方一切世界究竟法界虛空界持一切世界故起普令衆生清淨平等從如來無礙一切智佛所住生又佛身中出無量無數不可思議妙寶光明本於無量無數不可思議諸如來所修功德故得是光明清淨大願善根所起無量佛所修習清淨不放逸行一向專求無上菩提得是光明出生無量無邊善根普令衆生於如來所除滅疑惑得見如來又覩自在神力安立無量衆生勝善根門度衆生海於一切佛剎爲諸菩薩演說諸佛不思議法爾時如來以大慈悲普覆一切示現一切智慧莊嚴欲令無量無邊不可思議諸佛世界一切衆生未信者信已信者增長善根已增長者令其清淨已清淨者令其成熟已成熟者令其解脫得甚深法具足無量智慧光明滿足誓願一切智心堅固不轉不壞法性聞眞實際而不驚怖具足解達如來實法滿足一切諸波羅蜜成就清淨出世善根具足修習普賢所行成就如來無

量自在遠離魔界入佛境界解甚深法得不思議智大乘弘願堅固不轉常見諸佛得無量智無量無邊功德藏力發勝妙心離疑網地滅惡清淨常依如來於眞實法堅固不轉得入一切諸菩薩衆常在三世諸如來家如來顯現如是等類無量無數清淨善根調伏衆生悉欲令彼知佛功德照明一切無礙慧藏如來不可思議大神通力於一切趣普現自在本所志願皆悉滿足具足淨慧究竟諸佛最勝善逝成就法王一切自在具足出生一切智門成就最勝清淨法身三世諸佛功德平等一切世間無能爲喻相好嚴身具足諸力見無猒足於一切劫稱說如來智慧功德自在示現不可窮盡一切菩薩不能究竟普爲衆生圓滿慧日滅三世闇逮得法王神力自在出生無量清淨功德爾時兜率天王爲如來設如是等諸供具已與無量無數阿僧祇兜率陀天子俱恭敬合掌白佛言善來世尊善來正覺唯願哀愍處此宮殿爾時世尊以佛莊嚴而自莊嚴衆生見者無不敬樂一切菩薩之所願求令兜率諸天皆大歡喜普令衆生修佛境界種佛善根功德無盡遠得清淨不可壞信常供養佛心無猒倦正心清淨發起衆生求一切智故受兜率天王請即昇一切寶莊嚴殿如意寶藏師子之座如此世界四天下兜率天宮如來受請昇一切寶莊嚴殿如意寶藏師子之座一切十方諸四天下兜率天宮一切寶莊嚴殿如意寶藏師子之座亦復如是爾時一切寶莊嚴殿自然殊特妙寶莊嚴出過諸天莊嚴之上一切

寶網彌覆其上普雨一切妙寶雲雨一切寶莊嚴雲雨一切寶衣雲雨一切栴檀雲雨一切堅固香雲雨一切雜寶莊嚴雲雨不可思議衆華雲雨自然演出不可思議妓樂音聲宣揚如來一切種智微妙法言如是一切諸供養具悉過諸天所供養上爾時佛威神力爲兜率天王故一切音樂寂然無聲不復擾亂天王正念長養善根增益大心勇猛精進甚大歡喜正心清淨即發無上菩提之心於諸法門總持不忘爾時兜率天王承佛神力

即自憶念過去佛所所種善根以偈頌曰

無礙如來猶滿月　諸吉祥中最第一
來入衆寶莊嚴殿　是故此處最吉祥
無邊如來智甚深　諸吉祥中最第一
來入清淨金色殿　是故此處最吉祥
普眼如來甚明淨　諸吉祥中最第一
來入寶藏蓮華殿　是故此處最吉祥
珊瑚如來色鮮潔　諸吉祥中最第一
來入清淨寶藏殿　是故此處最吉祥
最勝如來論師子　諸吉祥中最第一
來入因陀寶山殿　是故此處最吉祥
滿月如來德無量　諸吉祥中最第一
來入妙華寶藏殿　是故此處最吉祥
無量如來光無際　諸吉祥中最第一
來入寶樹莊嚴殿　是故此處最吉祥
寶幢如來離疑惑　諸吉祥中最第一
來入妙寶莊嚴殿　是故此處最吉祥
無量慧佛人師子　諸吉祥中最第一
來入香山莊嚴殿　是故此處最吉祥
功德如來光普照　諸吉祥中最第一

來入勝寶莊嚴殿　是故此處最吉祥
如此間兜率天王承佛神力憶念過去諸等正覺以偈讚歎如是十方一切世界兜率天王各自憶念過去佛所所種善根以偈讚歎亦復如是爾時世尊昇一切寶莊嚴殿如意寶藏師子之座結跏趺坐清淨法身三世諸佛境界自在皆悉平等一向寂靜以一切諸佛莊嚴而自莊嚴無量無數不可思議清淨大菩薩衆悉從他方世界來集如來知時而爲說法法身不二無所染著諸佛所起如來法身離諸所行爾時一切寶莊嚴殿自然無量無數不可思議阿僧祇諸供養具殊特奇妙出過諸天所供養上所謂華鬘塗香粖香寶衣幢蓋繒幡種種衆寶妓樂恭敬供養讚歎如來如是等不可思議一切供養諸莊嚴具如此世界四天下兜率天宮一切寶莊嚴殿如意寶藏師子之座一切十方諸佛世界亦復如是

兜率天宮菩薩雲集讚佛品第二十

爾時佛神力故十方各過萬佛世界塵數刹外彼有世界名堅固寶次名堅固樂次名堅固寶王次名堅固金次名堅固摩尼次名堅固金剛次名堅固蓮華次名堅固青蓮華次名堅固栴檀次名堅固香其佛號壽無盡幢次號風幢次號清白幢次號威儀幢次號明相幢次號常幢次號上幢次號自在幢次號梵幢次號寧泰幢彼諸菩薩名字悉同其名曰金剛幢次名堅固幢次名勇猛幢次名夜光幢次名智幢次名寶幢次名精進幢次名離垢幢次名眞寶幢次名法幢彼諸菩薩各

於其國佛所淨修梵行一一菩薩各將萬佛世界微塵數等菩薩眷屬來詣佛所稽首禮敬佛神力故隨所來方化作如意寶藏師子之座充滿十方結跏趺坐白淨寶網以覆其身又放阿僧祇千億那由他光明離垢光明無量光明普照十方以正直心攝取三寶遠離諸惡菩薩大願之所興起一切衆生觀無猒足見者不虛無不調伏顯一切佛自在淨法爲一切衆生作歸依處勸化令發菩薩大願此諸菩薩皆悉成就無量法門所謂遍遊十方一切佛刹無所障礙神足法門見淨法身無著法門住持慧身能爲無數變化之身往詣無量佛所法門入無量無邊不可思議如來自在法門無量無邊一切智法門無量光明普照諸法無畏方便法門盡未來劫分別演說諸功德藏無盡辯法門一切陀羅尼慧光普照法門成就清淨慧眼普觀法界法門智慧境界無量無邊無縛無著究竟如虛空法門如此世界兜率天宮菩薩雲集一切世界諸四天下兜率天宮雲集菩薩所從來國諸佛名號亦復如是爾時世尊從兩膝放百千億那由他光明普照十方虛空法界等一切世界諸四天下兜率天宮一切如來神力自在皆悉顯現彼諸菩薩其有得見如來神力自在者皆是盧舍那如來應供等正覺行菩薩道修習無量諸法門時善知識也是諸菩薩常樂諸佛甚深解脫自在神力得不壞法界身得無礙三昧見不可思議佛心無所著以無礙心充滿法界離垢寶心常爲諸佛之所護念得佛無量住持神力決定究竟

到於彼岸清淨正念速成等覺得諸如來心之源底入深智慧而得自在於甚深智究竟彼岸清淨法身住佛所住得一切智與如來等從智寶起皆於如來妙趣中生開發清淨智慧法門究竟金剛大智彼岸成就金剛方便三昧永離一切愚癡闇冥教化成就無量無邊無數衆生諸佛一切決定自在究竟彼岸不著一切數善學一切數究竟一切數智善住眞實法成就如是等無量無邊不可稱數不可窮盡不可言說諸功德藏爾時金剛幢菩薩承佛神力普觀十方以偈頌曰

如來不出世　亦無有涅槃　以本大願力
顯現自在法　是法難思議　非心之境界
究竟彼岸智　乃見諸佛境　色身非如來
音聲亦如是　亦不離色聲　有佛自在力
少智不能知　甚深佛境界　成就本業智
乃達諸佛境　諸佛無來處　去亦無所至
清淨妙法身　顯現自在力　無量世界中
示現如來身　廣說微妙法　其心無所著
無量無邊慧　諸法無障礙　入於深法界
顯現自在力　衆生及諸法　了達無障礙
變化身無量　普現一切刹　欲求一切智
自然成正覺　先當淨其心　具修菩薩行
如是見如來　無量自在力　除疑常親近
無上善知識

爾時堅固幢菩薩承佛神力普觀十方以偈頌曰

最上無過者　甚深不可說　一切語言斷
清淨如虛空　諦觀人師子　無量自在力
諸佛無虛妄　世間生妄想　導師所演說

其法甚深妙　隨順因緣起　如來清淨身
斯等大乘智　諸佛之境界　若欲求此智
常應親近佛　清淨心供養　一切諸導師
心常無猒足　究竟成佛道　無盡功德藏
增長菩提心　遠離諸疑惑　觀佛無猒足
究竟一切法　法化生佛子　彼悉能解了
諸佛自在力　智慧王所說　欲爲諸法本
應起清淨欲　志求無上道　若能敬諸佛
知報如來恩　彼人未曾離　一切諸導師
如是得見聞　諸佛及佛法　具足清淨願
究竟無上道

爾時勇猛幢菩薩承佛神力普觀十方以偈頌曰

有眼有日光　能見細微色　最勝神力故
淨心見諸佛　勇猛勤方便　能盡海源底
智慧力如是　究竟諸佛海　譬如好良田
植種必滋繁　如是淨心地　出生諸佛法
如貧得寶藏　除滅飢寒苦　菩薩得佛法
離垢心清淨　譬如伽陀藥　能消一切毒
天尊亦如是　滅除煩惱毒　因緣善知識
生長信佛心　因緣善知識　得聞諸佛法
無量無數劫　常行無上施　若能化一人
功德超於彼　如來相莊嚴　功德難思議
諸佛功德藏　一切莫能知　如來等正覺
不起于一座　悉能遍十方　一切諸世界
譬如虛空性　不生亦不滅　諸佛法如是
亦復無生滅

爾時夜光幢菩薩承佛神力普觀十方以偈頌曰

十方諸世界　一切群生類　普見天人尊

清淨妙法身　譬如一心力　能生種種心
如來一法身　出生諸佛身　菩提無二法
亦無有自性　無二淨法身　莊嚴無不現
究竟如虛空　猶如幻化現　功德不可盡
其唯諸佛境　三世一切佛　法身悉清淨
隨其所應化　普現妙色身　未曾生想念
我爲如是像　遠離諸悕望　自然應衆生
不壞諸法性　亦不著法界　應現種種形
教化衆生故　法身非變化　亦非非變化
諸法無變化　示現有變化　正覺不可量
究竟等法界　深廣無涯底　言語道悉斷
一切趣道法　如來知實義　遊行一切刹
未曾有障礙

爾時智幢菩薩承佛神力普觀十方以偈頌曰

入於深智慧　一切無障礙　其心無齊限
修習菩薩行　普於十方刹　常見一切佛
彼佛無處所　法亦無所著　一一諸如來
自在力無量　不可思議劫　說之無窮盡
三世諸衆生　悉可知其數　導師功德藏
其數不可盡　無二不思議　應現種種身
十方無不見　未曾有別異　譬如淨滿月
普現一切水　影像雖無量　本月未曾二
如是無礙智　成就等正覺　應現一切刹
佛身初無二　非一亦非二　亦復非無量
隨其所應化　示現無量身　佛身非過去
亦復非未來　一念現出生　成佛入涅槃
譬如幻化色　不生亦不滅　佛身亦如是
寂然無生滅

爾時寶幢菩薩承佛神力普觀十方以偈頌

曰
如來身無量　衆生見有量　隨彼所應化
導師爲現身　法身無處所　充滿十方界
佛身難思議　如空無分際　彼無心意識
亦無起心想　諸佛之境界　究竟無生滅
譬如無目人　不覩內外色　如來不出世
不見一切法　饒益衆生故　如來出世間
衆生見有出　而實無與世　佛剎非如來
晝夜亦如是　年月至一念　悉非等正覺
衆生咸說言　佛日出世間　導師自覺悟
如來非淨日　虛妄無所有　言語道悉斷
三世諸如來　出世亦如是　譬如清淨日
不與昏夜俱　而說日夜相　諸佛亦如是
三世一切劫　不與如來俱　而說三世佛
導師法如是

爾時精進幢菩薩承佛神力普觀十方以偈
頌曰
一切諸導師　身同義亦然　普於十方界
隨應各別異　觀察牟尼尊　境界甚深妙
充滿諸法界　一切悉無餘　如來淨法身
非是內身數　如來淨法身　亦非外身數
隨彼衆生行　種種無量業　是故見如來
各各悉不同　如來妙法身　一切莫能數
甚深難思議　唯是佛境界　如我非境界
思量所不及　佛法身如是　一切莫能測
如剎難思議　而見淨莊嚴　佛身亦如是
妙相無不現　猶如一切法　因緣和合生
如是因緣會　得見諸如來　譬如隨意珠
悉滿衆生意　諸佛法如是　能滿一切願
無量世界中　導師興於世　如來本願力

普應十方界
爾時離垢幢菩薩承佛神力普觀十方以偈
頌曰
諸佛智慧光　圓滿淨世間　能淨世間已
令入諸佛法　設有人欲見　衆生數等佛
如來一切應　而實無來處　專念佛境界
生起無量心　所見諸如來　其數與心等
具足白淨法　名聞滿十方　彼於一切智
其心安不動　導師爲衆生　如應演說法
隨所宜見處　普現最勝身　佛身非我所
世界亦如是　說心非我所　覺無我菩提
一切人師子　無量自在力　示現念等身
種種相莊嚴　世間即是身　身即是最勝
知身眞實性　是佛無礙智　一切知見人
普明照諸法　佛法及菩提　求悉不可得

導師無來去　亦復無所住　遠離諸顛倒
清淨等正覺
爾時眞寶幢菩薩承佛神力普觀十方以偈
頌曰
正覺遊十方　一切諸世界　不離於一剎
普現諸國土　如來自在力　應現一切身
得道轉法輪　究竟般涅槃　誰爲思議佛
誰爲不思議　誰見諸如來　誰爲等正覺
一切法皆如　諸佛境亦然　乃至無一法
如中有生滅　衆生虛妄故　是佛是世界
若解眞實法　無佛無世界　令衆歡喜故
普現一切前　如來所現身　畢竟不可得
遠離一切障　無礙安隱住　除滅諸留難
具足諸佛法　一切諸如來　神通力自在
悉於三世中　求之不可得　如是知心識

明解一切法　一切知見人　速成等正覺
如來自在力　但有假言說　諸佛及自在
一切言語斷
爾時法幢菩薩承佛神力普觀十方以偈頌
曰
寧於無量劫　具受一切苦　終不遠如來
不覩自在力　無量生死中　未曾發道心
若聞見如來　具足佛菩提　聰達明慧者
若發一道心　汝莫生疑惑　自謂不成佛
無量無數劫　菩提心難得　若能一心求
究竟無上道　設於念念中　供養無量佛
不知是方便　彼猶非供養　若聞如是法
諸佛從此生　無量劫受苦　決定求菩提
一聞摩訶衍　諸佛所乘乘　一切法界中
三世爲導師　雖盡未來劫　一切諸佛剎
不解方便者　終不成菩提　過去無量劫
流轉於生死　不知眞實法　如來所起處
諸法不可壞　亦無壞法者　照明諸世間
示現自在法

大方廣佛華嚴經卷第十四

音釋

拯之庱切援也救也　轡彼義切韁也　怨仇怨於袁切仇巨鳩切怨仇謂怨對仇讎也　摩訶衍梵語也此云大乘衍以淺切

大方廣佛華嚴經卷第十五

東晋天竺三藏佛陀跋陀羅等譯

金剛幢菩薩迴向品第二十一之一

爾時金剛幢菩薩承佛神力入菩薩明智三昧正受正受已十方各過百萬佛刹微塵數等世界之外各見百萬佛刹塵數諸佛是諸如來悉號金剛幢時彼諸佛告金剛幢菩薩言善哉善哉佛子乃能入是菩薩明智三昧正受善男子十方各百萬佛刹微塵數等世界諸佛加汝神力故乃能入是三昧正受又盧舍那佛本願力故威神力故汝智慧清淨故諸菩薩善根力故欲令菩薩得清淨無所畏故得無礙不斷辯故入無礙智地故入佛一切智廣大心故具足無盡諸善根故滿足無礙白淨法故入普門法界故顯現一切佛神力變化故淨念過去際智慧不斷故分別一切佛住持諸善根故以無量法門廣說法故聞持了知無量法故具足演說十迴向故攝取一切菩薩諸善根故安住出世間法故一切智不斷絶故開發大願故入真實義故知法界故令一切菩薩悉歡喜故修一切佛同善根故護持一切如來性故善男子汝當承佛神力演說此法安住佛家故長養出世間諸功德故入陀羅尼光明故入諸佛不滅度法故普照法界故積集白淨離惡法故住廣智慧境界住故住無障礙法光明住故爾時諸佛即與金剛幢菩薩無量智慧與善方便分別句身無留礙辯與無障礙法明與一切如來所共之身與無量微妙音聲與諸菩薩不可思議三昧方便與等心迴向善根智

慧與觀察一切法出生無量方便與一切處說法無斷辯才何以故彼三昧善根力故爾時諸佛各申右手摩金剛幢菩薩頂摩其頂已時彼菩薩即從定起告衆菩薩言佛子是菩薩摩訶薩不可思議大願悉普救護一切衆生菩薩摩訶薩立此願已修學三世諸佛迴向佛子何等爲菩薩摩訶薩迴向菩薩摩訶薩迴向有十去來今佛悉共演說何等爲十一者救護一切衆生離衆生相迴向二者不壞迴向三者等一切佛迴向四者至一切處迴向五者無盡功德藏迴向六者隨順平等善根迴向七者隨順等觀一切衆生迴向八者如相迴向九者無縛無著解脫迴向十者法界無量迴向佛子是菩薩摩訶薩十種迴向三世諸佛所共演說佛子何等爲救護一切衆生離衆生相迴向此菩薩摩訶薩行檀波羅蜜淨尸波羅蜜修羼提波羅蜜行毗梨耶波羅蜜入禪波羅蜜分别般若波羅蜜修行積集慈哀悲愍歡悅喜堪忍捨修如是等無量善根修善根已作如是念我所修習善根悉以饒益一切衆生究竟清淨以此所修善根令一切衆生皆悉除滅地獄餓鬼畜生閻羅王等無量苦惱復作是念我以此善根迴向爲一切衆生作舍令滅苦陰故爲一切衆生作護令解脫煩惱故爲一切衆生作歸令離恐怖故爲一切衆生作趣令至一切智地故爲一切衆生作安隱令得究竟安隱處故爲一切衆生作大明令滅癡冥得慧光故爲一切衆生作炬令滅無明闇故爲一切衆生作燈令得安住究竟明淨故爲一切衆

生作導令入方便法故爲一切衆生作主寶臣令得無礙淨智身故佛子菩薩摩訶薩以如是等無礙善根迴向令一切衆生究竟一切智佛子此菩薩摩訶薩爲怨親故以諸善根迴向等無差别何以故菩薩摩訶薩入平等觀無怨親故常以愛眼視諸衆生若衆生懷惡於菩薩所起怨逆心菩薩摩訶薩爲一切衆生作善知識廣爲分别諸深妙法譬如大海一切衆毒所不能壞菩薩亦復如是一切童蒙愚癡無智不知報恩瞋恚貢高破戒生盲如是等類無量過惡不能動亂菩薩道心譬如日天子出普照天下不以盲人故隱而不現又復不以乾闥婆城四域壓瞌阿脩羅障閻浮樹蔭及餘山障如是等類無量障蔽故隱而不現菩薩摩訶薩亦復如是常正

憶念未曾散亂深廣安諦心無憂感正意思惟悉欲究竟功德智慧清淨法光普照世間示眞實義淨修一切諸法智門爲諸衆生常修善根一切衆生有無量惡菩薩摩訶薩不以惡衆生故嫌恨退没不行迴向不以難調伏衆生故退捨善根不行迴向雖有衆生邪見瞋濁於大莊嚴其心不轉不捨大願救護衆生若見衆生濁惡無信不知報恩修習菩提未曾懈廢若與愚癡童蒙共事心無憂惱何以故我以明淨圓滿慧日出於世間清淨調伏一切衆生菩薩摩訶薩不爲一衆生故發心求阿耨多羅三藐三菩提善根迴向不爲嚴淨一佛刹故不爲信一佛故不爲見一佛故不爲聞一佛法故不爲滿足一願故菩薩摩訶薩悉欲救護一切衆生故以善根迴

向具足嚴淨一切佛刹信一切佛見一切佛恭敬供養一切諸佛聞一切佛所說正法滿足一切大願故以諸善根迴向阿耨多羅三藐三菩提菩薩摩訶薩復作是念發菩提心寶即是如來境界之力廣大平等無有懈怠於一切劫修學難得與諸佛等菩薩摩訶薩如是觀諸善根信心清淨長養大悲以諸善根普爲衆生深心迴向非但口言於諸衆生發歡喜心明淨心柔輭心慈心愛念心攝取心饒益心安樂心最勝心以諸善根迴向菩薩摩訶薩以諸善根迴向時作如是念若我所有迴向功德令一切衆生得清淨趣得清淨生功德滿足一切世閒無能壞者不可窮盡常得尊重心不錯謬分別了知一切諸趣思量諸佛具足莊嚴身口意業具足莊嚴一切功德復作是念以此善根迴向功德令一切衆生常見諸佛於彼佛所得不壞信於諸佛所聽受正法離諸疑惑憶持不忘如說修行於如來所得柔輭心淨身口業心常安住勝妙善根永離貧法七財滿足修學一切諸佛所學得諸善根成就平等淨妙解脫一切種智於一切衆生得慈愛眼其身清淨相好莊嚴言論辯慧功德具足調伏諸根成就十力發起諸善心住滿足無所染著令一切衆生具佛快樂得無量住住佛所住此菩薩摩訶薩復作是念一切衆生造作無量諸不善業因是業故受無量苦不見如來不聞正法不識淨僧此諸衆生具有無量大惡罪業應受無量無邊楚毒我當於彼三惡道中悉代受苦令得解脫我當代受無量苦惱不以苦

故其心退轉恐怖懈怠捨離衆生何以故我爲衆生荷負重擔滿平等願度脫一切生老病死愁憂苦惱無量諸難流轉生死一切邪見失諸善法愚癡無智我當悉度免此衆苦衆生常爲愛網所纏無明覆蔽染著有愛爲之走使不得自在縛在苦獄隨諸魔業於諸佛所心生疑惑不得出世道不見安隱處常馳無量生死曠野受無量苦菩薩摩訶薩見彼衆生沒生死泥受衆楚毒起大悲心饒益衆生令得善利免度苦難善根迴向以大迴向迴向如三世菩薩迴向如諸佛所說大迴向經迴向令一切衆生悉得清淨具足善根究竟一切智復作是念我當悉令一切衆生得無上智王安隱住處不爲自度但欲令彼出生死淵得一切智心拔出衆生惡道險谷救無量苦度生死流復作是念我當爲一切衆生受無量苦令諸衆生悉得免出生死沃焦我當爲一切衆生於一切刹一切地獄中受一切苦終不捨離我當於一一惡道盡未來劫代諸衆生受無量苦何以故我寧獨受諸苦不令衆生受諸楚毒當以我身免贖一切惡道衆生令得解脫菩薩摩訶薩復作是念我悉當爲一切衆生作誠實語者離惱害心不捨衆生何以故我因衆生發菩提心度脫一切不求尊貴不求五欲不求世間種種樂故行菩薩道何以故五欲是世間法諸魔境界愚人所行諸佛訶責彼能出生一切苦惱地獄餓鬼畜生閻羅王處忿恚鬪諍更相訟說皆由五欲積習五欲遠離諸佛能障生天況無上道菩薩明見五欲有如是等無量

過患是故不以五欲修菩薩行但欲饒益安隱衆生發菩提心求無上道令一切衆生得一切利具諸大願斷絶衆生煩惱鉤餌離無量苦菩薩摩訶薩復作是念我當以諸善根迴向令一切衆生得種種樂究竟樂饒益樂不共樂寂靜樂無染樂無動樂無量樂不死不轉樂不滅樂一切智樂我當爲一切衆生作調御師作主藏臣作大明炬示安隱趣令離諸難解一切法我當令解諸甚深義我當爲作一切智船度生死海我當令知無量善根迴向我當悉爲示現彼岸菩薩摩訶薩以是無量善根迴向救護一切度生死海令諸如來皆悉歡喜得一切智捨離衆魔遠惡知識親近菩薩勝善知識成就淨業盡滅衆惡具足菩薩無量願行一切善根菩薩摩訶薩以諸善根正迴向已作如是念不以四天下一一衆生故一一日出但一日出世悉能普照一切天下又諸衆生不以自身光明知有晝夜遊行觀察興造諸業皆由日天子出普照天下一切衆生無業不就菩薩摩訶薩亦復如是修諸善根迴向普爲衆生作如是念彼諸衆生無智慧光尚不自照何況照他唯我一人志獨無侶修諸善根迴向欲爲度脱一切衆生普照一切衆生分别一切衆生了達一切衆生令一切衆生入甚深法攝取一切衆生成就一切衆生悅樂一切衆生柔輭一切衆生滅除一切衆生疑惑菩薩摩訶薩復作是念我當修學如日天子普照一切不求恩報不爲惡衆生故捨大莊嚴亦不以一惡衆生故捨離一切而不度脱但勤修習善

根迴向欲令衆生得一切樂攝少善根迴向廣大若諸善根不能饒益衆生者我終不以善根迴向以諸善根悉與衆生發心迴向令一切衆生不著諸法故迴向以衆生性迴向而無所至菩薩如是迴向亦無所著不取所有性安住諸善根不取相迴向業報虛妄無所有亦無所著不取五陰相迴向不壞五陰相迴向不取虛妄業迴向不求報不起虛妄因緣不生不起不住不住堅固相不住虛妄法不取衆生相不分別世界不住心顛倒想顛倒見顛倒不著語言道但欲令衆生解眞實法迴向觀察一切衆生平等迴向法界印印諸善根迴向離欲等法觀察善根迴向解一切法離於顛倒得諸善根以無二法觀察法界迴向彼迴向不生諸法不滅諸法以如

是等善根迴向修行清淨諸對治法迴向觀一切善根皆悉迴向出世間法於彼善根不作二相薩婆若非即是業亦不離業迴向觀察薩婆若不即是業亦不離業得薩婆若願智業照明清淨故報亦照明清淨報照明清淨故薩婆若亦照明清淨捨離一切動亂覺觀憍慢放逸隨方便智以諸善根迴向令一切衆生悉得眞實究竟解脫不著法性無量無邊善根迴向諸法無業報而出生業報菩薩摩訶薩以如是等善根迴向則能永離一切諸惡佛所讚歎佛子是爲菩薩摩訶薩第一救一切衆生離衆生相迴向爾時金剛幢菩薩承佛神力普觀十方及一切衆觀察法界入深句義味大悲普覆一切衆生護持三世佛種不斷入一切佛諸功德藏出生諸佛

清淨法身善能分別諸衆生心過去所種一切善根知時不失具足法身善能示現清淨色身以偈頌曰

不思議劫所修行　常爲饒益諸群生
精進堅強意無礙　常求諸佛妙功德
其心清淨離瞋恚　恭敬供養調御師
深解諸法救衆生　彼能善入迴向藏
勇猛精進力具足　智力照明甚清淨
忍心堅固不傾動　常能救護諸群生
於無等所心安住　踊悅歡喜意清淨
菩薩忍力如大地　悉能饒益諸衆生
不以苦行自求樂　大慈悲起無量行
常能救護諸群生　彼人速入無礙地
十方一切諸世界　其中衆生皆攝取
常爲衆生心安住　修學無量諸迴向
以歡喜心行布施　具足護持清淨戒
勇猛精進心堅固　清淨智慧善迴向
其心廣大不可量　忍力堅強常迴向
淨修一切諸禪定　智慧深妙難思議
十方一切世界中　具足修習清淨行
智慧迴向諸功德　以一切樂益衆生
彼人積集衆善業　無量無邊不可數
欲令衆生具修習　住不思議深妙智
普爲一切衆生故　不思議劫住地獄
菩薩心常無懈息　決定功德常迴向
不求色聲諸香味　亦不悕望一切觸
常求無上最勝智　度脫一切諸群生
菩薩智淨如虛空　普行無量大士行
最勝所行淨業道　無量名稱常修行
菩薩遊行諸世界　常能安隱群生類

悉令一切皆歡喜　修菩薩行無猒足
除滅一切心垢穢　思惟修習無上智
不自爲已求安樂　常欲利益諸群生
菩薩迴向到彼岸　除滅無量心穢濁
具足修習三世佛　無量清淨諸功德
菩薩未曾染著色　受想行識亦如是
不住一切諸三昧　所有功德悉迴向
諸佛所知衆生類　皆悉攝取無有餘
究竟度脱諸群萌　是名菩薩殊勝行
菩薩一切心安住　開悟彌廣不可稱
離癡正念伏諸根　身口意業常寂然
一切内外所有法　皆悉虛妄無眞實
如風行空無所礙　菩薩心行亦如是
所起身業常清淨　能令諸佛悉歡喜
於最勝所言不虛　意常專向諸如來
十方無量諸世界　所有最勝悉往詣
於彼覲見大悲尊　悉能恭敬供養之
心常遠離一切惡　處大衆中無所畏
心常安住如來道　彼爲三有清涼池
善修分析一切法　具足了達諸有無
善能趣向眞法性　深入無諍勝三昧
修習菩薩堅固行　一切衆生莫能壞
明學了達甚深義　於三世法無所著
究竟迴向到彼岸　普令衆生悉清淨
遠離一切諸味著　菩薩所行無所倚
一切衆生語言法　於彼智慧無障礙
談論巧妙無愛著　心常安處無礙住
菩薩如是行迴向　無量善心功德藏
能令十方諸世界　一切如來皆歡喜
佛子何等爲菩薩摩訶薩第二不壞迴向此

菩薩摩訶薩於去來今諸如來所得不壞信一切諸佛皆悉歡喜於諸菩薩所乃至初發一念求菩薩善根及一切智於彼菩薩得不壞信悉於一切諸佛法中一向直心而不可壞於諸佛教得不壞信守護一切諸如來法得不壞信常以愛眼等觀一切以善根迴向令彼衆生獲諸善利得不壞信於白淨善根得不壞信何以故修習一切諸善根故於一切菩薩迴向得不壞信直心解脱得滿足故於一切菩薩諸法師所得不壞信具足起如來想故於如來自在神力得不壞信諦信諸佛難思議故於一切菩薩方便得不壞信攝取種種無量無數行境界故佛子菩薩摩訶薩如是安住不可壞信於佛菩薩聲聞緣覺如來正教一切衆生如是等無量境界種諸

善根分別諸善根長養菩提心修習大慈所生善根廣修大悲平等觀察學佛所學隨順諸佛攝取一切清淨善根深入實義集功德藏行大惠施修諸功德等觀三世菩薩摩訶薩如是等善根功德迴向一切智常見諸佛親近善知識常與無量諸菩薩會念薩婆若心無散亂受諸佛教興護法心教化成就一切衆生心常不離出世迴向供養守護一切法師解了諸法修習滿足一切大願菩薩摩訶薩如是精勤修習無量善根積集長養善根正念思惟觀察境界眞實等義恭敬供養威儀具足善根迴向菩薩摩訶薩善根迴向已作如是念以此善根迴向所得依果令我修行菩薩行時於念念中見一切佛令彼諸佛皆悉歡喜於諸如來應供等正覺如佛所

應而以供養以阿僧祇寶阿僧祇華阿僧祇香阿僧祇塗香阿僧祇鬘阿僧祇衣阿僧祇蓋阿僧祇幢阿僧祇旛阿僧祇莊嚴阿僧祇莊嚴具阿僧祇供給阿僧祇粖香阿僧祇信樂阿僧祇敬念阿僧祇淨信燒阿僧祇堅固香阿僧祇上味飯食阿僧祇恭敬阿僧祇禮拜阿僧祇一切寶座阿僧祇一切華座阿僧祇一切香座阿僧祇一切鬘座阿僧祇一切清淨栴檀座阿僧祇一切衣座阿僧祇一切金剛座阿僧祇一切摩尼寶座阿僧祇一切寶繒座阿僧祇一切寶色座阿僧祇一切寶輪阿僧祇一切華輪阿僧祇一切香輪阿僧祇一切鬘莊嚴輪阿僧祇一切寶衣輪阿僧祇一切寶莊嚴輪阿僧祇一切寶繒敷輪建立阿僧祇一切寶多羅高顯輪阿僧祇一切寶欄楯輪阿僧祇一切寶網輪羅覆其上阿僧祇一切妙寶宮殿嚴飾殊特出過諸天阿僧祇一切華宮殿阿僧祇一切香宮殿阿僧祇一切寶鬘宮殿阿僧祇一切栴檀宮殿阿僧祇一切堅固香藏宮殿阿僧祇一切金剛宮殿阿僧祇一切摩尼寶宮殿皆悉殊妙出過諸天阿僧祇諸雜寶樹阿僧祇種種香樹阿僧祇諸寶衣樹阿僧祇妙音樂樹阿僧祇妙音聲樹阿僧祇無猒寶樹阿僧祇垂寶繒旛樹阿僧祇寶莊嚴樹阿僧祇一切華一切鬘一切香一切塗香一切蓋一切幢一切旛樹如是等諸妙寶樹莊嚴殊特以用莊嚴無數宮殿阿僧祇寶欄楯莊嚴阿僧祇寶窻莊嚴阿僧祇寶徧樓閣莊嚴阿僧祇內帳莊嚴阿僧祇半月莊嚴阿僧祇樓閣莊嚴阿僧祇

寶帳莊嚴阿僧祇白寶網羅覆其上燒阿僧祇堅固香阿僧祇寶衣以敷其地以如是等諸莊嚴具莊嚴無數宮殿出過諸天以如是等上妙供養於無量無數不可說不可說劫調伏諸根敬心供養一切如來此諸最勝般涅槃後供養舍利欲令一切衆生皆悉歡喜攝取一切衆生善根令一切衆生離無量苦發菩提心令一切衆生以大莊嚴而自莊嚴無量莊嚴超出一切衆生境界示現佛法難可值遇滿足阿僧祇諸如來力清淨信心供養導師受持守護一切佛法如是供養現在諸佛及涅槃後供養舍利於無量阿僧祇劫說供養具不可窮盡諸佛成就無量功德教化度脫一切衆生我常供養彼諸如來心不退轉無有休息未曾懈怠不懷憂惱亦無所著無有心想於諸法中而無所染無所依止不味善根離一切著以實法印印業法門生一切法住佛所住觀無生性境界法印印彼發心受持如來清淨迴向觀察平等法性迴向入無行方便出生諸行心捨一切迴向無量方便迴向離一切有迴向安住離相方便修習法門善根迴向菩薩從初發心修習一切諸妙善根皆悉迴向以此善根於生死中而不可壞求一切智心不退轉處一切有寂定不亂度脫一切衆生不著生死得無礙智門修菩薩行而彼善根不可窮盡世間諸法所不能壞具足清淨諸波羅蜜究竟一切智力菩薩摩訶薩如是捨離癡闇成菩提心普照一切長白淨法善根迴向具足衆行清淨直心觀察平等深入諸法知業如幻業報如

電諸行如化因緣生法如響菩薩行如影無著法眼之所出生無作所作其性寂滅入有爲無爲於一切法了達無二解如實性分别菩薩一切行相不著諸相善知方便入同事業不捨一切白淨善法離一切障無礙無著常爲諸佛之所護念遠離愚癡如是菩薩摩訶薩成就善根出生善法不壞業報明見眞實善解迴向以方便力出生業報究竟法性得到彼岸了達諸法迴向大智諸業善根其心清淨行無所行菩薩摩訶薩如是善根迴向欲度脫一切衆生佛種不斷滅諸惡業業報迴向一切衆生得無量智成一切智離世境界滅諸煩惱究竟清淨成就智慧入深方便捨生死苦成就諸佛無量善根摧伏魔業得平等法印以印諸業隨順薩婆若無上菩提菩薩摩訶薩行如是善根迴向善根明淨普照一切具足成就薩婆若乘佛子是爲菩薩摩訶薩第二不壞迴向菩薩摩訶薩安住此迴向得見無量阿僧祇佛悉得無量清淨妙法普於衆生得平等心捨離愚癡入一切法得諸如來自在神力降伏衆魔滅諸魔業具足生貴菩提之心得無礙智不由他悟於一切法見眞實義於一佛刹悉能受持分别其相智慧具足普照衆生菩薩摩訶薩以此不壞迴向力攝取一切善根迴向爾時金剛幢菩薩承佛神力普觀十方乃至以偈頌曰

修習無量無數業　所乘堅固不可壞
能令諸佛悉歡喜　是名智者所迴向
所供養佛難思議　布施持戒伏諸根
彼爲一切修迴向　清淨無量衆生故

一切上妙諸華香　無量無數衆寶衣
種種莊嚴及寶蓋　供養一切諸如來
如是無量諸供具　不可思議曠劫中
恭敬供養調御師　心常歡喜無猒足
專心觀察諸最勝　一切世間大明燈
現在十方一切佛　皆悉覩見如目前
不可思議無量劫　修行布施無猒足
不可思議無量劫　修諸善根亦無猒
善分別知諸心想　如實觀察無虛妄
悉知諸根無有餘　常能饒益一切衆
心大歡喜無有量　信心清淨而恭敬
不思議劫忍住世　饒益救度一切衆
一切諸佛滅度已　供養舍利無猒足
悉以無量妙雜寶　建立恒沙諸塔廟
造作無數尊形像　寶藏淨金而莊嚴

巍巍高大如山王　其數無量不思議
修學積集諸功德　勝妙堅固不可壞
菩薩善知行迴向　分別非有亦非無
若能如是修迴向　功德無量不可盡
勝妙智慧觀諸法　皆能了達無所生
方便修習令心淨　悉與一切如來等
以不可盡諸方便　迴向無盡如來藏
發起無上菩提心　一心世間無所依
普至十方諸世界　於一切衆心無礙
方便啓導衆生心　悉令出生佛菩提
觀察衆生心平等　推求眞實不可得
一切諸法悉無餘　了達其性無所有
迴向無著清淨眼　永離一切世間苦
欲令諸有悉清淨　心不妄取諸法相
分別所有無所有　能令心淨大歡喜

於一佛刹無所著　了諸佛土無堅固
不取一切有爲法　亦不染著法自性
方便迴向薩婆若　無上智慧自莊嚴
普令諸佛悉歡喜　是爲菩薩迴向業
菩薩一心念諸佛　無上智慧巧方便
如諸如來無所著　令我悉獲此功德
常欲救護一切衆　遠離無量諸惡業
常行饒益衆生心　於饒益心無虛妄
隨所住地守護法　示現涅槃實不滅
一切如來無二法　願我迴向亦如是
一切世界諸趣中　於有爲法無所著
菩薩不緣語言道　亦不染著無語言
十方一切諸如來　悉攝諸法無有餘
離一切趣而受生　於所離生無虛妄
以一莊嚴一切嚴　亦不分別此諸法
了達世間悉虛妄　一切所行無所有

大方廣佛華嚴經卷第十五

音釋

塵曀 曀於計切正作曀天陰塵曀也 **沃焦** 沃烏酷切水浸也焦茲消切火燒也此謂衆生躭染五欲猶水之沃焦也 **贖** 神欲切貿也謂以身貿贖衆生罪也 **鉤餌** 鉤古侯切鉤也餌仍吏切鉤上啗魚之香餌也謂衆生生死爲貪欲等煩惱之所牽引猶魚爲鉤餌之所鉤引也 **析** 先的切分判也 **薩婆若** 梵語也此云一切智若爾者切

大方廣佛華嚴經卷第十六

東晋天竺三藏佛陀跋陀羅等譯

金剛幢菩薩迴向品第二十一之二

佛子何等爲菩薩摩訶薩第三等諸佛迴向此菩薩摩訶薩隨順學過去未來現在諸佛迴向此菩薩修菩薩行時見好惡色其心清淨而無憎愛歡喜悦樂起無壞心離諸憂惱得正直心身意柔輭諸根清淨此菩薩得如是樂時迴向諸佛作如是念一切諸佛雖有無上淨妙快樂復願諸佛具不思議佛所住樂具足攝取不可稱量佛三昧樂成就無量大悲快樂具足成就不可思議佛解脱樂具足攝取諸佛神足自在快樂無上尊重最妙快樂普覆如來常令具足諸佛無量力樂永離一切諸覺之樂無上寂靜不變易樂具足無礙法門心常寂定而無散亂佛無二行不可壞樂菩薩摩訶薩以如是善根迴向諸佛已又復迴向一切菩薩令願未滿者悉令滿足未淨直心者令淨直心未滿諸波羅蜜者悉令滿足安住金剛菩提之心於一切智得不退轉不捨大莊嚴守護菩提門及諸善根能令一切衆生捨離放逸發菩提心所願成滿安住一切菩薩所住得諸菩薩明利諸根修習善根證薩婆若如是菩薩摩訶薩以諸善根迴向菩薩已又復迴向一切衆生迴向一切衆生見佛聞法敬心近僧迴向具足專心念佛迴向具足念淨妙法迴向念僧尊重恭敬迴向見佛未曾遠離迴向成就諸清淨心迴向分别諸如來法迴向成就無量功德迴向清淨諸通善根迴向除滅一切疑惑如

佛迴向開化一切衆生聲聞緣覺及諸菩薩菩薩善根迴向一切衆生亦復如是令一切衆生永離地獄餓鬼畜生閻羅王處一切惡趣無量衆難菩薩摩訶薩令彼一切衆生悉發無上菩提之心長養無上菩提之心一心專求一切種智捨離誹謗諸佛正法常樂具足一切智地令一切衆生究竟清淨得一切智菩薩摩訶薩所行善根以諸大願攝取行等行積聚等積聚長養等長養皆悉廣大具足充滿菩薩摩訶薩若在家時與妻子俱未曾暫離菩提之心正念思惟薩婆若境界自度度彼直心平等方便示現妻子眷屬菩薩善方便智皆悉成就究竟解脱雖與同止心無所著以本大悲故處在家屬以大慈故隨順妻子於菩薩淨道無所障礙菩薩摩訶薩若在家時應以如是薩婆若心善根迴向所謂被著衣裳若飲若食服諸湯藥行住坐卧身口意業具足清淨諸根調伏皆悉安諦洗浴塗身寂靜徐步迴旋顧眄舉足下足若眠若覺不失威儀善攝諸根未曾散亂菩薩摩訶薩以如是等一切諸行未曾遠離薩婆若心善根迴向饒益安樂一切衆生無量諸願皆悉成就攝取無量廣大善根修習善根救護一切除滅一切放逸憍慢一心正念一切種智欲覺一切諸佛菩提捨離煩惱及順煩惱法修習一切菩薩所學於一切智道無所障礙樂修智地及諸善根常樂愛語增長善根令一切衆生永離苦惱不著所行一心受持諸佛教法是爲菩薩摩訶薩處在家屬攝取善根一心迴向無上菩提菩薩摩訶薩復

作是念乃至小大及餘畜生當令此等具足修習不放逸行離畜生趣得饒益樂究竟解脱永度苦海苦受苦陰苦覺苦增上大苦苦行苦藏苦根苦捨如是等無量無邊一切衆苦菩薩摩訶薩欲令衆生悉得除滅以淨善根迴向無上菩提教一切衆生迴向如是境界正念思惟彼諸善根以爲上首所謂迴向一切種智發菩提心攝菩提心遠離生死修習善根出生死淵得諸如來無礙快樂修如來慈充滿十方大悲饒益一切衆生普令一切得清淨樂守護一切諸勝善根令一切衆生究竟佛法遠離一切諸魔境界入彼甚深如來境界普能拔出一切世間具足一切如來善根住三世佛平等法中如是菩薩摩訶薩令集善根已集善根當集善根皆悉迴向復作是念如彼過去菩薩所行恭敬供養一切諸佛度脱衆生救護一切修諸善根迴向菩提而無所著不依色不著受不顛倒想不作行不取識離六入不住世法樂出世法知法如空究竟得至非趣彼岸照解諸法不生不滅無真實相無所染著一切諸法無有虚妄無所歸趣無所破壞安住實際無有自性離諸性故於一念中解一切法無性爲性常樂習行普門善根具足如來圓滿功德顯現一切如彼過去一切如來善根迴向我亦如是樂如是法證如是法如是發心修習諸法不違法相所有起法猶如幻化電光水月鏡中之像因縁和合假持諸法悉分别知從業因起唯如來地是究竟處菩薩摩訶薩如是隨學過去諸佛所學迴向未來現在亦復如

是菩薩摩訶薩學三世佛所學迴向諸善根已作如是念如彼諸佛所知菩薩迴向我亦如是迴向第一迴向勝迴向最勝迴向上迴向無上迴向無等迴向無等等迴向無比迴向無對迴向尊迴向妙迴向平等迴向正直迴向大功德迴向大願迴向明淨迴向善根迴向清淨迴向離惡迴向不隨惡迴向如是菩薩摩訶薩以諸善根正迴向已成就清淨妙身口意所作行業皆悉清淨住菩薩住離諸惡住修習善根離身口惡業心無選擇修薩婆若住住無量住入一切法空無自在修出世法於世間法心無染著分別了知無量諸業成就巧方便迴向諸法心無所倚佛子是爲菩薩摩訶薩第三等諸佛迴向菩薩安住此迴向已深入一切諸如來業趣諸如來勝妙功德入深清淨智慧境界不離一切諸菩薩業善能分別巧妙方便入深法界巧妙方便次第成就菩薩善根入於一切諸如來性以巧方便分別了知無量無邊一切諸法雖復示現世界中生於諸世界心無所著佛子是爲菩薩摩訶薩等諸佛迴向爾時金剛幢菩薩承佛神力普觀十方以偈頌曰

彼諸菩薩摩訶薩　修過去佛迴向法
亦學未來現在世　無量導師之所行
一切種種微妙樂　諸佛如來所讚歎
成就明淨勝法眼　迴向一切諸導師
菩薩身根種種樂　眼耳鼻舌諸情根
種種上妙無量樂　迴向一切諸最勝
一切世間諸善根　及諸如來所成就
於彼悉攝無有餘　隨喜迴向益衆生

菩薩隨喜無有量　亦以迴向一切衆
人中師子所有樂　願令衆生悉具足
諸佛如來所知見　一切衆生清淨樂
欲令衆生皆悉得　世間燈明所受樂
菩薩所得種種樂　迴向諸佛爲衆生
欲令衆生常安樂　於彼迴向無所著
菩薩修此迴向時　興發無量大悲心
如佛所知迴向德　令我具足悉成滿
如諸最勝所知見　一切智乘微妙樂
如我在世諸所行　一切菩薩無量樂
一切趣中衆快樂　柔輭調伏諸根樂
皆悉迴向爲衆生　普令成就無上智
身口意淨離諸惡　巧妙方便心平等
以此迴向群生類　悉令成就無上智
菩薩所修諸行業　積集無量淨功德
隨順如來生佛家　寂然不亂正迴向
十方無量世界中　攝取一切衆生類
無量善根悉迴向　普令衆生得安樂
不爲已身自求樂　欲令一切悉安樂
遠離一切虛妄心　悉解諸法空無我
十方無量諸最勝　所見一切眞佛子
以諸功德迴向彼　速令究竟無上道
一切世間衆生類　等心攝取無有餘
以我所行諸淨業　令彼衆生速成佛
無量無邊清淨願　無等最勝所演說
皆悉清淨離諸垢　普令佛子究竟滿
一切功德盡迴向　悉令十方諸佛刹
種種淨妙而莊嚴　菩薩如是學迴向
心不稱量諸二法　了達覺悟法無二
諸法非二非不二　不作虛妄是佛子

一切世間所有想　究竟悉度無有餘
亦不壞想及非想　決定了知衆生想
彼諸菩薩身淨已　則意清淨無玼穢
口業已淨無散亂　當知意淨無所著
一心正念過去佛　分别未來諸導師
現在十方天人尊　菩薩遍學彼佛教
三世無量諸最勝　慧心明達無障礙
所行無量求菩提　迴向饒益諸世間
彼勝妙慧廣大慧　四眞諦慧離倒慧
平等實慧清淨慧　無比慧等皆迴向

佛子何等爲菩薩摩訶薩第四至一切處迴向此菩薩摩訶薩修習一切諸善根時以彼善根如是迴向令此善根功德之力至一切處譬如實際無處不至至一切世間至一切有至一切衆生至一切剎至一切法至一切虛空至一切三世至一切有爲及無爲法至一切語言音聲我此善根亦復如是遍至一切諸如來所供養三世一切諸佛過去諸佛所願悉滿未來諸佛具佛莊嚴虛空法界等世界中現在諸佛及無量大衆以爲莊嚴皆悉供養猶如諸天於一念中悉能充滿無量無邊一切世界廣大功德智慧無礙善根迴向故菩薩摩訶薩復作是念以此善根虛空法界等一切世界世界性種種業所起十方不可說世界不可說佛剎種種世界諸佛境界無分齊世界轉翻覆世界伏世界轉世界一切無餘世界中現在諸佛顯現無量自在神力彼有菩薩解虛空法界等一切諸法爲諸衆生於一切世界中現爲如來出興於世示現至一切處智無量無邊自在受生法身

遍至不壞法界平等普入同佛身藏不生不滅普應一切善巧方便出現世間從眞實法性起堅固不轉無礙所持諸佛無礙功德所生菩薩摩訶薩於諸如來應供等正覺所種諸善根以衆雜華種種諸香鬘蓋幢旛珍寶燈明以如是等諸妙供具供養尊像及諸塔廟以此一切善根迴向以一心不亂心不動心尊重心離瞋心無住心無著心無衆生心無諂害心寂靜心迴向復作是念虛空法界等一切劫中去來今佛相好具足而自莊嚴以妙法界莊嚴而自莊嚴彼佛眷屬充滿虛空法界等一切世界隨時出世未曾失時我以善根迴向供養諸佛以無量香蓋無量香幢無量香旛無量香宮殿無量香寶網無量香像無量香光無量香炎無量香雲無量香座無量香輪無量香住處無量香佛世界無量香須彌山王無量香海無量香河無量香樹無量香衣無量香蓮華以如是等無量無數衆香莊嚴以爲供養以無量華蓋廣說如上乃至無量無數衆華莊嚴以爲供養以無數鬘蓋乃至無數衆鬘莊嚴以爲供養以不可思議塗香蓋乃至不可思議塗香莊嚴以爲供養以不可稱粖香蓋乃至不可稱粖香莊嚴以爲供養以無分齊妙衣蓋乃至無分齊妙衣莊嚴以爲供養以無邊寶蓋乃至無邊衆寶莊嚴以爲供養以無量燈蓋乃至無量衆燈莊嚴以爲供養以不可說莊嚴具蓋乃至不可說衆莊嚴具以爲供養以不可說不可說摩尼寶蓋如是摩尼寶幢摩尼寶旛摩尼寶帳摩尼寶網摩尼寶鬘摩尼寶光摩

尼寶炎摩尼寶雲摩尼寶座摩尼寶輪摩尼寶宫殿摩尼寶世界摩尼寶須彌山王摩尼寶海摩尼寶河摩尼寶樹摩尼寶衣摩尼寶蓮華如是等不可說不可說摩尼寶莊嚴以爲供養於一一境界中各有阿僧祇欄楯阿僧祇莊嚴阿僧祇宫殿阿僧祇樓閣阿僧祇偏樓閣阿僧祇半月莊嚴阿僧祇内小幃帳阿僧祇窻牖阿僧祇清淨寶阿僧祇一切寶莊嚴清淨一切世界悉無有餘如是莊嚴令一切衆生超出生死成就如來十種力地於諸法中得無礙法明教化衆生一切善根迴向調伏衆生無量心充滿虚空法界等一切佛刹法無所至出生三世無量善根令一切衆生悉得覩見無量諸佛安住一切諸善根中成就大乘不著諸法具足諸善根究竟無量行普入無量無邊一切法界善根迴向入一切如來自在神力令一切衆生因此善根得薩婆若成無上道譬如無我不離諸法我諸善根亦復如是攝取一切佛恭敬供養故攝取一切法離障礙故攝取一切菩薩究竟一切同善根故攝取菩薩一切行滿諸願故攝取菩薩一切法明決定無礙故攝取一切佛自在神力成就無量諸善根故攝取一切佛力無所畏發無量心滿一切故攝取一切菩薩三昧辯才陀羅尼門解了世間無二法故攝取一切佛巧妙方便示現如來大神力故攝取三世一切諸佛出生得道轉淨法輪示現涅槃興發供養化衆生故攝取一切世界無上佛刹莊嚴故攝取一切劫不斷一切菩薩行故攝取一切趣示現受生故攝取一

切衆生具足普賢菩薩行故攝取一切衆生淨煩惱習故攝取一切衆生諸根化度無量故攝取一切衆生諸欲淨諸煩惱故攝取一切衆生調伏成就隨其所應爲現身故攝取一切衆生令解衆生如變化故攝取一切如來性守護受持一切佛法故菩薩摩訶薩如是善根迴向了無所有業中不取虛妄報報中不取虛妄業離諸虛妄入深法界心常安住勝妙善根遠離散心修習善法不信不入一切諸法不見有法自性成就作者壞者皆不可得知一切法悉無自在解了法界無有見者無有知者如是菩薩摩訶薩圓滿具足解了諸法得一切法衆因緣地見一切法身離欲實際等觀諸法解了世間猶如變化明達衆生皆是一法分別無二不捨諸業境界方便於有爲界出無爲界而亦不壞有爲之性於無爲界出有爲界而亦不壞無爲之性如是菩薩摩訶薩樂觀諸法寂滅之相出生一切清淨善根皆悉迴向救護衆生精勤修習離愚癡法深達明了一切法海以虛空等一切善根迴向具足無上堅固功德得離癡冥明淨法眼善知方便迴向功德菩薩摩訶薩如是善根迴向令一切衆生淨一切剎得佛自在教化衆生持諸佛法一切世間最上福田爲諸衆生作採寶導師爲一切世間出明淨日一一善根充滿法界善根迴向救護衆生令一切衆生悉皆成就清淨功德菩薩摩訶薩如是善根迴向守護受持諸如來性教化成就諸衆生性嚴淨一切諸佛剎性不壞業性分別法性等觀不二法性遍遊十方

性廣說離欲性具足解脫性普照諸根性佛子是爲菩薩摩訶薩第四至一切處迴向菩薩摩訶薩安住此迴向能以一切善根迴向得至一切處身業善能應現一切世界故得至一切處口業微妙音聲充滿十方一切世界故得至一切處意業悉能受持一切諸佛所說法故得至一切處神足善能隨順一切世間行故得至一切處法隨順一切法故得至一切處隨順法陀羅尼辯才令一切衆生悉歡喜故得至一切處順入法界於一毛道悉能普入一切世界故得至一切處身令一切衆生身入一衆生身故得至一切處劫於一切劫中常見諸佛故得至一切處剎那於一剎那現一切佛興於世故佛子菩薩摩訶薩得至一切處善根迴向能以一切善根迴向爾時金剛幢菩薩承佛神力普觀十方以偈頌曰

一切内外諸世間　菩薩大士無所著
不捨饒益衆生事　如是妙智人中勝
不著一切諸世界　不取十方堅固性
不取衆生壽命相　亦不妄取諸世間
一切十方世界中　攝取衆生悉無餘
觀察有無得自在　至一切處善迴向
攝取有爲無爲法　心不妄取諸世間
世間諸法無差別　照世燈明如是覺
一切所行諸業行　上中下品各不同
智慧諸業悉迴向　一切十方諸如來
菩薩迴向到彼岸　隨如來學悉成就
分別甚深微妙智　具足最勝殊特法
清淨善根悉迴向　常能利益諸群生

悉令十方一切界　成就無上照世燈
未曾虛妄取眾生　亦不妄想念諸法
不染不著一切世　亦復不捨諸眾生
菩薩常樂寂滅法　隨順得至寂滅境
亦不捨離眾生道　得如是等微妙智
不起諸業虛妄想　於諸果報亦不著
一切世間從緣起　不離因緣見諸法
如是境界隨順至　遠離一切虛妄想
一切眾生調御師　具足明了善迴向

佛子何等為菩薩摩訶薩第五無盡功德藏迴向此菩薩摩訶薩修悔過善根離一切業障於去來今佛一切善根及三世一切眾生善根皆悉隨喜於諸如來尊重恭敬禮拜供養所生善根勸請諸佛所生善根佛所說法聞持憶念如說修行入不思議境界善根三世諸佛無盡善根一切菩薩所修善根三世諸佛得菩提時無上善根菩薩摩訶薩於此一切善根皆悉隨喜隨喜已安住彼善根三世諸佛轉淨法輪度無量眾生彼諸眾生所得善根菩薩摩訶薩皆悉隨喜三世諸佛從初發心修菩薩行乃至成佛示現涅槃於其中間所獲善根皆悉隨喜彼諸如來般涅槃已受持守護諸佛正法乃至法滅所修善根念佛境界所修善根自已境界所修善根乃至無上菩提境界善根菩薩摩訶薩以此諸善根皆悉迴向菩薩摩訶薩作如是念此諸善根若修若學若積集若開解若隨喜若具足若成就若有所行若有所得若正憶念若受持若堅固難壞如此善根盡過去際劫一切諸佛莊嚴世界無量行業之所興起佛智

所知菩薩所識應衆生起隨欲清淨如來所持如來出世淨業所成普賢菩薩淨業所起彼諸世界若有衆生成無上道現自在力未來一切如來應供等正覺莊嚴佛刹與法界等無量無邊虚空法界等一切世界中盡未來際劫一切諸佛彼諸如來成就智慧當淨佛刹雜寶莊嚴一切無猒上香莊嚴雨一切華莊嚴一切衣雲莊嚴一切功德藏莊嚴一切如來持智莊嚴一切佛刹莊嚴不可説莊嚴修習不可思議功德莊嚴如來等正覺淨威神莊嚴未來一切諸佛莊嚴佛刹一切世間所不能覩菩薩淨眼之所照見菩薩摩訶薩修勝善根悉入一切諸清淨法受持一切諸清淨法猶如變化普行菩薩諸清淨業入菩薩不可思議自在三昧佛慧光明普照世間如未來諸佛嚴淨佛刹現在諸佛嚴淨世界亦復如是種種莊嚴清淨具足功德普覆無量妙色不可思議香無量雜寶無量寶樹阿僧祇莊嚴阿僧祇宫殿阿僧祇微妙音聲隨善知識顯現無量一切功德殊勝莊嚴不可窮盡一切香莊嚴一切鬘莊嚴一切華莊嚴一切粖香莊嚴一切寶莊嚴一切衣莊嚴一切幢莊嚴一切播莊嚴一切繒綵莊嚴一切寶欄楯莊嚴阿僧祇白寶網普覆莊嚴阿僧祇河莊嚴阿僧祇雲雨莊嚴阿僧祇自然妙音無所不聞以如是等無量無邊諸莊嚴具莊嚴無量無邊不可思議諸佛世界彼諸世界中若佛刹莊嚴佛刹清淨佛刹平等佛刹妙善佛刹功德佛刹殊勝佛刹安樂佛刹不壞佛刹無盡佛刹無量功德不可盡佛刹

不退佛剎無所畏佛剎光明佛剎快樂佛剎無猒佛剎普照佛剎照明佛剎方正佛剎第一佛剎勝佛剎最勝佛剎微妙佛剎無比佛剎無等佛剎上佛剎無上佛剎無等等如是等三世一切諸佛佛剎莊嚴菩薩摩訶薩以此善根皆悉迴向普令一切佛剎清淨莊嚴如是莊嚴於一世界中三世一切莊嚴佛剎具足清淨周遍清淨積聚等起莊嚴具足莊嚴住持皆悉具足如一世界中無量無邊虛空法界等世界悉以三世諸佛莊嚴佛剎而莊嚴之佛剎功德佛剎觀無猒足佛剎無量佛剎彌廣佛剎無數佛剎不可思議佛剎無勝佛剎不可稱佛剎無邊皆悉具足菩薩摩訶薩復如是迴向令其所修一切佛剎菩薩摩訶薩皆悉充滿此諸菩薩具足一切清淨功德成就智慧善能分別一切世界及衆生界入深法界捨離愚癡入空寂界成就念佛念不思議法念清淨僧成就念捨法日圓滿慧光普照深智無礙從無所有寂滅法生出生無量清淨佛法成就殊特勝妙善根清淨善根最勝善根增上善根建立無上菩提之心善能隨順入如來力心常志求一切種智淨諸魔業了衆生性知法空寂捨離顛倒除滅愚癡修諸善根滿足大願成就如是等無量無邊功德菩薩充滿其剎悉從無量法門中生安住如是一切功德成就無等等勝妙善根常作佛事善巧方便得菩提光明具足無礙法界智慧一身充滿一切法界現自在力成就大智一切智境界善巧方便出生智慧分別無量法界遍遊諸剎而無所著心淨

如空悉能分别一切法界於諸菩薩不可思議三昧正受以巧方便善能入出趣薩婆若住諸佛刹善能了知諸佛威神善能分别阿僧祇諸深妙法而無所畏隨順三世諸佛善根普照一切如來法界悉能受持一切諸佛所說正法善能演出不可思議清淨音聲善能分别阿僧祇諸語言法得無上道佛自在地悉能周遍一切世界而無障礙悉攝一切無諍之法心無虚妄無所染著修習增廣菩提之心善解智慧隨時應化權變無方了真實義具足演說成就如是等無量功德諸大菩薩莊嚴世界充滿世界種種莊嚴順至安住善修勲修淳淨無雜周遍清淨惔然宴寂於一佛刹少分處所有無量菩薩無數菩薩不思議菩薩不可稱菩薩不可量菩薩無等菩薩不可究竟菩薩無分齊菩薩不可說薩不可說不可說菩薩如一佛刹一一少分處有如是等大菩薩摩訶薩虚空法界等一切世界菩薩摩訶薩皆悉充滿亦復如是菩薩摩訶薩以諸善根方便迴向迴向一切佛刹一切菩薩摩訶薩一切如來一切無上菩提一切大願一切出要一切衆生淨一切世界常見如來如來壽命無量轉不退轉法輪與法界等如是菩薩摩訶薩善根迴向令一切佛刹清淨令一切衆生界清淨令一切菩薩清淨令一切諸佛充滿法界令如來清淨法身充滿一切佛刹菩薩摩訶薩以如是等無等等迴向趣薩婆若心淨如虚空不動如大地入不可思議迴向樂觀一切業報皆悉寂滅無盡功德迴向平等隨順一切法界菩

薩摩訶薩行如是迴向已不虛妄取我及我所不虛妄取佛及諸佛法不虛妄取佛刹及刹清淨不虛妄取衆生及調伏衆生不虛妄取諸業及取業報不著意業及業果報不壞因果不取有法不壞有法生死非雜亂涅槃非寂靜如來境界道非他所作無法同止菩薩摩訶薩如是起諸善根決定迴向成熟具足等觀取相善取境界分別稱量離諸虛妄而無所著菩薩摩訶薩如是善根迴向已得無盡善根常念三世一切諸佛得一切無盡善根度無量菩薩得無盡善根淨諸佛刹得無盡善根淨衆生界得無盡善根入深法界得無盡善根修無量心淨如虛空得無盡善根解了一切諸佛境界得無盡善根修習一切菩薩淨業得無盡善根了達三世得無盡善根以如是等善根迴向悉能度脫一切衆生入衆生界不見衆生迴向解一切法無有壽命迴向知一切法眞實無有自在迴向一切諸法無福伽羅迴向觀察一切諸法離諸忿諍迴向一切諸法從因緣起無有堅固迴向知一切法眞實無所著迴向一切佛刹無所染著迴向不取菩薩行堅固相迴向分別了知一切境界空無所有迴向菩薩摩訶薩如是迴向眼終不見不淨佛刹亦復不見異相衆生行法不見法入智無所入解了一切猶如虛空於如來身得一切法滿足成就無量諸功德力具足至一切處善根安樂衆生此菩薩摩訶薩於念念中得不可說不可說十力地具足一切種智清淨善根悉能攝取一切衆生彼菩薩摩訶薩成就如是功德寶

藏隨所遊方悉能嚴淨一切佛剎令不可說不可說衆生安住攝取諸功德力菩薩摩訶薩如是迴向時以此迴向依力故一切所行無有倫匹一切世間所不能壞威攝衆魔莫能瞻對具足成就不退功德無量大願皆悉成滿其心彌廣等一切智於一念中悉能周遍無量佛剎得無量智力悉能了知諸佛境界常樂受持一切佛法安住無量無邊大智菩薩初發菩提心力悉與虛空諸法界等佛子是爲菩薩摩訶薩第五無盡功德藏迴向

菩薩摩訶薩安住此無盡功德藏迴向復得十種無盡功德之藏何等爲十一者常見諸佛無盡功德之藏於一一毛孔中見無量阿僧祇諸佛二者入無盡法功德之藏如來智慧等觀一切法即是一法三者受持正念無盡功德之藏聞一切佛所說正法聞持不忘四者得無盡慧功德之藏於一切如來所說經法善能次第解其句義五者無盡趣法功德之藏善能分別一切法趣六者無盡佛願功德之藏智慧如空充滿三世一切諸法七者無盡功德功德之藏充滿一切諸衆生意猶不可盡八者無盡智功德之藏一切衆生愚癡曀障悉能除滅九者無盡辯才功德之藏令一切衆生悉解一切佛法平等無二十者無盡十力四無所畏功德之藏具足修習菩薩所行受法王職得一切智佛子是爲菩薩摩訶薩得十無盡功德之藏以此無盡功德之藏皆悉迴向一切功德爾時金剛幢菩薩普觀十方以偈頌曰

菩薩成就直心力　於一切法得自在

隨喜所獲諸功德　無礙方便善迴向
三世一切諸最勝　嚴淨剎土及世間
具足一切勝功德　迴向淨剎亦如是
三世一切最勝法　菩薩悉能諦分別
淨心攝取一切法　如是莊嚴諸佛剎
窮盡三世無量劫　獲一佛剎諸功德
三世諸劫猶可盡　佛剎功德無窮極
如是一切諸佛剎　一切最勝悉嚴淨
菩薩嚴淨一切剎　與諸導師等無異
彼眞佛子心清淨　悉從如來法化生
一切功德莊嚴心　充滿一切諸佛剎
彼諸菩薩悉具足　無量相好莊嚴身
一切諸辯悉成滿　不可窮盡如大海
觀察境界心平等　安住一切三昧門
成就清淨無等心　光明普照十方界
如是無餘諸佛剎　此諸菩薩悉充滿
未曾想念聲聞乘　亦復不求緣覺道
菩薩如是心清淨　善根迴向諸群生
普令衆生成正覺　具足三世諸佛法
十方一切諸魔王　菩薩威德悉調伏
勇猛安住莫能壞　決定修行究竟法
菩薩具足諸願力　迴向功德無障礙
深入無盡功德藏　三世果報無窮盡
善能觀察一切法　了達其性不自在
已能分別空無我　是故不妄取業報
無有色法及無色　亦無有想無無想
亦無有法及無法　一切諸法無所有
亦復非有亦非無　亦復非因非無因
於彼一切諸緣中　其心了達無染惑
一切衆生語言法　悉能了知無所著

悉知世間施設法　決定諸法無有我
平等觀察衆生類　諦了諸法無二相
普觀三世無差別　佛剎諸業亦如是
菩薩如是知迴向　隨所行業功德生
明達諸佛眞實性　解一切佛深妙法
菩薩如是淨迴向　心能分別善思量
了知自性悉非性　於一切法無所著
攝取一切諸境界　迴向一切群生類
除滅一切愚癡闇　於眞實性覺如如
菩薩一切虛妄見　已滅已棄永無餘
遠離世間煩惱熱　得到究竟清淨趣
不壞一切諸法性　明達眞實無所生
解了諸法猶如響　悉於一切無所著
了知三世衆生類　悉從因緣和合起
善解煩惱諸習氣　不壞諸法眞實性
了達業性非是業　亦復不壞諸業性
又亦不壞業果報　宣揚讚歎緣起法
衆生所生無有生　亦無流轉生死中
不著衆生說衆生　善能隨順諸世間

大方廣佛華嚴經卷第十六

音釋

眄　匹莧切目流視也　玼　才支切瑕玼也　分齊　分扶問切齊才詣切分齊限量也　牖　與久切穿壁以木為交窗也　惔然　惔徒覽切惔然恬靜之貌

大方廣佛華嚴經卷第十七

東晉天竺三藏佛陀跋陀羅等譯

金剛幢菩薩迴向品第二十一之三

佛子何等爲菩薩摩訶薩第六隨順一切堅固善根迴向此菩薩摩訶薩若爲王時得勝國土安隱豐樂降伏怨敵治以正道如法教化功蓋天下德覆十方萬國歸順無敢違命兵仗不用自然泰平以四攝法善攝衆生轉輪聖王七寶成就此菩薩摩訶薩堅固安住自在功德眷屬和睦不可沮壞端正第一觀者無猒離一切惡功德具足相好成滿顏容殊特身體支節端嚴周備鮮潔明淨見者歡喜體力堅固不可毀壞攝取天帝那羅延身離諸業障得清淨業具足修行一切布施若施飲食種種美味諸乘衣服衆妙華鬘雜香塗香床座住處房舍燈明湯藥寶器莊嚴寶車象馬寶王衆妙寶座諸蓋幢旛種種雜寶妙莊嚴具清淨天冠髻中明珠若見獄囚受諸楚毒起大悲心捨諸庫藏妻子眷屬以身處獄救苦衆生見送獄囚趣於死地自捨已身以代彼命若有人乞連膚頂髮髻中明珠眼耳鼻根牙齒舌根頭頂手足壞身出血髓肉及心腸腎肝肺支節諸骨厚皮薄皮或手足指連肉指爪爲求正法投身火坑爲求法故舉身具受無量衆苦爲法難得故能捨大地四海國土大小諸城村邑丘聚國土豐樂人民熾盛園林浴池華果繁茂無量莊嚴天下太平無諸怨敵金銀寶藏妻子眷屬自在法王斷除一切屠殺惡業普施無畏若見有人毀壞畜類及以人根令身殘闕起大慈悲

而救度之以大音聲普告一切令聞佛名或施大地起佛殿堂造僧房舍安處菩薩聖衆福田或建尊廟隨應一切或施僮使供給三尊父母知識一切福田以身布施一切給使復以自身普覆諸佛以自身施一切衆生常以己身奉給諸佛布施國土及王京都嚴飾大城又施寶女侍人眷屬妻妾男女或施以家種種莊嚴遊戲園林或設無數大衆施會遠離諸惡淨衆生故悉捨一切資生之具心不貪著不求果報悉能捨離若諸衆生人與非人貧賤富貴或善或惡種種福田遠近諸方一切悉來或自來求或不來求一切悉施無所慳悋作如是念攝取隨順一切堅固善根迴向攝取善色隨順一切堅固善根迴向攝取善受想行識隨順一切堅固善根迴向

攝取國土隨順一切堅固善根迴向攝取勝人隨順一切堅固善根迴向攝取眷屬隨順一切堅固善根迴向攝取財利隨順一切堅固善根迴向攝取一切惠施隨順一切堅固善根迴向菩薩摩訶薩如是諸善根迴向已作如是念我所行施無貪無著無染解脫其心真直無所慳惜以此惠施功德之力令一切衆生得大智慧心無障礙知食見食無所貪著但以法食永離摶食智慧充滿攝取善根法身智身清淨遊行爲化衆生現受摶食菩薩摩訶薩若施飲時如是迴向以此善根令一切衆生飲法甘露成菩薩道除滅渴愛常樂大乘離五欲愛得淨法愛法身柔輭三昧調心未曾散亂入智慧海興大法雲雨法甘露是爲菩薩摩訶薩布施飲時善根迴向

菩薩摩訶薩若施衆味所謂辛酸鹹淡甘苦如是無量餚饍香味食之無猒能令四大柔輭安樂身體充滿氣力康强發歡喜心明淨諸根嚴持內身長育柔輭肌色光潤一切毒害所不能壞消滅衆疾得無患法菩薩摩訶薩施如是等無量無數諸美味時如是迴向以此善根令一切衆生得上味相甘露充滿令一切衆生心得安住法味深智悉知一切衆味之業令一切衆生悉得無量深妙法味了法界智安住實際得到法城令一切衆生法雲普雨充滿法界悉能調伏成就衆生令一切衆生得勝智味無上法愛柔輭身心令一切衆生得上味相不著衆味修習一切佛法諸願令一切衆生皆善和合得一味法出生諸佛無二之法令一切衆生得無礙味於一切智乘得不退轉令一切衆生得一切佛無雜法味善能分別一切諸根令一切衆生法味充滿具足安住無礙佛法是爲菩薩摩訶薩施衆味時善根迴向令一切衆生悉得具足無礙智身菩薩摩訶薩布施乘時如是迴向以此善根令一切衆生乘一切智乘具足大乘不可壞乘勝乘上乘速疾乘大力乘功德成就乘出世間乘出生無量諸菩薩乘功德滿足是爲菩薩摩訶薩布施乘時善根迴向菩薩摩訶薩布施衣時如是迴向以此善根令一切衆生得慚愧法服以覆其身離諸陋形端嚴殊妙顏容鮮澤膚體柔輭得身上樂諸佛之樂無量法身普應一切無上清淨一切種智是爲菩薩摩訶薩布施衣時善根迴向菩薩摩訶薩布施衆華鮮妙香華種

種色華無量樂華善現之華樂無猒華一切時華天華人華世所樂華無上香華如是等無量衆華菩薩摩訶薩悉以供養現在十方一切諸佛及滅度後供養塔廟諸法施者比丘僧寶一切菩薩諸善知識聲聞緣覺父母親族乃至自身下及貧賤菩薩摩訶薩布施華時如是迴向以此善根令一切衆生悉得諸佛三昧之華清淨開敷妙法衆華從其心出令一切衆生觀無猒足得佛法愛令一切衆生常見妙色身相端嚴見者無猒令一切衆生未曾散亂具足一切清淨行業令一切衆生常念善知識心無變異令一切衆生如阿伽陀藥悉除一切煩惱衆毒令一切衆生滿足大願決定安住無上智王令一切衆生出智慧日除滅一切愚癡闇冥令一切衆生如淨滿月長菩提月開功德華令一切衆生入大寶海見善知識具足成就一切善根是爲菩薩摩訶薩布施華時善根迴向令一切衆生悉得無礙清淨妙智菩薩摩訶薩布施鬘時如是迴向以此善根令一切衆生人所樂見見無不忻見輙親善見無不愛見離憂惱必見諸佛得一切淨智是爲菩薩摩訶薩布施鬘時善根迴向菩薩摩訶薩布施香時如是迴向以此善根令一切衆生具足戒香得不壞戒不雜戒離垢戒離疑戒離纏戒清涼戒不犯戒無量戒無上戒離世間戒菩薩究竟至彼岸戒令一切衆生具足成就諸佛戒身是爲菩薩摩訶薩布施香時善根迴向令一切衆生具足成就無礙戒身菩薩摩訶薩施塗香時如是迴向以此善根令一切衆

生施香普熏悉捨所有令一切衆生戒香普熏得佛淨戒令一切衆生忍香普熏離毒害心令一切衆生精進之香具足普熏勤修大乘弘誓莊嚴令一切衆生定香普熏具足諸佛現前三昧令一切衆生慧香普熏於一念中得無上智王令一切衆生法香普熏成就無上無畏之法令一切衆生德香普熏成就一切功德智慧令一切衆生無上菩提妙香普熏得佛十力究竟彼岸令一切衆生白淨法香具足普熏斷除一切諸不善法是爲菩薩摩訶薩施塗香時善根迴向菩薩摩訶薩施牀座時如是迴向以此善根令一切衆生得天寶座安處慧牀令一切衆生得賢聖座捨凡夫意修菩提心令一切衆生得安樂座離生死苦令一切衆生得最上座見諸如來自在神力令一切衆生得平等座等心普照一切諸法令一切衆生得最勝座得無上業永離世間令一切衆生得安隱座身證一切諸深妙法令一切衆生得清淨座修習如來淨智境界令一切衆生得安住座得善知識常隨覆護令一切衆生得師子座具足如來無畏之座是爲菩薩摩訶薩施牀座時善根迴向令一切衆生修習念慧調伏諸根菩薩摩訶薩施住處時如是迴向以此善根令一切衆生悉得如來嚴淨佛刹修習功德莊嚴佛刹安住甚深三昧境界於彼住處而無所著善能分別一切住處離世間住安住佛住攝取一切諸佛所住究竟大道安樂善住修習無量清淨善根未曾捨離佛無上住是爲菩薩摩訶薩施住處時善根迴向令一切衆

生安樂饒益救護一切菩薩摩訶薩施房舍時如是迴向以此善根令一切衆生饒益安樂正念思惟令一切衆生依如來住依大智住依善知識住依尊重住依善行住依大慈住依大悲住依六波羅蜜住依無量菩提心住依一切菩薩道住是爲菩薩摩訶薩施房舍時善根迴向令一切衆生具足成就清淨智慧諸通功德菩薩摩訶薩惠施燈明所謂酥燈油燈寶燈摩尼燈漆燈火燈沉水香燈栴檀香燈一切香王燈無量色光炎燈以如是等無量燈明施時如是迴向以此善根饒益一切衆生攝取一切衆生令一切衆生得無量光普照一切諸如來法令一切衆生得明淨光普照一切諸微細色令一切衆生得離癡光善能了知無衆生界令一切衆生得無量光法身淨光普照一切令一切衆生得普光明於諸佛法得不退轉令一切衆生得佛光明普照一切無量佛刹令一切衆生得無礙光以一光明普能遍照一切法界令一切衆生得無量光普照佛刹光明不斷令一切衆生得光明幢王慧光幢燈普照世間令一切衆生得無量色光放自在光照一切刹是爲菩薩摩訶薩施燈明時善根迴向悉能饒益一切衆生悉能安樂一切衆生隨順善根順攝衆生善根善攝一切衆生等施善根等施衆生慈愍善根愍念衆生普覆善根普蔭衆生布施善根滿足衆生普入一切善根境界平等善根平等衆生智慧善根分别一切是爲菩薩摩訶薩燈明施時善根迴向令一切衆生得無礙迴向安住一切明淨善根

菩薩摩訶薩施湯藥時如是迴向以此善根令一切衆生離諸障礙令一切衆生捨離病身悉得如來清淨法身令一切衆生皆成藥性悉能除滅一切衆生不善之病令一切衆生成阿伽陀藥安住菩薩不退轉地令一切衆生成如來藥拔出一切煩惱毒刺令一切衆生習近賢聖除滅煩惱得清淨行令一切衆生得藥王意未曾猒離一切善法令一切衆生具足成就不壞藥樹對治一切諸不善病令一切衆生除諸病刺悉得一切智慧光明令一切衆生解了世間諸對治法隨應群生對治衆病菩薩摩訶薩施藥善根如是迴向已因此善根令一切衆生捨離諸病安隱無患具足清淨得諸如來無病之法令一切衆生出諸病刺得無盡身金剛圍山所不能壞具足堅固一切諸力成滿諸佛無上法藥得佛神力自在法身是爲菩薩摩訶薩施湯藥時善根迴向菩薩摩訶薩悉能惠施一切諸器所謂以眞金器盛滿雜寶以白銀器盛滿雜寶以瑠璃器盛滿雜寶以玻瓈器盛滿雜種寶莊嚴具以硨磲器盛赤珠寶以瑪瑙器盛滿珊瑚夜光衆寶又以玉器盛諸美饍以栴檀器盛衆寶衣以金剛器盛滿衆香如是等無量無數諸妙寶器盛以無量無數妙寶或施諸佛信佛福田不思議故或施菩薩發菩提心諸善知識難值遇故或施衆僧長養佛法故或施福伽羅聲聞緣覺愛聖法故或施父母爲尊重故或施師長爲教如法修切德故乃至布施下品凡劣大慈大悲愛眼等心觀衆生故不捨三世一切菩薩滿足檀

波羅蜜故一向專求無上菩提故悉捨一切內外所有不捨一切衆生類故不著福田及財物故菩薩摩訶薩以如是等無量寶器盛以無量雜寶施時如是迴向以此善根令一切衆生成廣大藏器成虛空等廣大念根世間出世間一切經書悉能受持不忘失故令一切衆生成清淨器普能受持佛深法故令一切衆生成無上寶器悉能受持去來今佛一切法故令一切衆生普成如來勝法寶器悉能受持三世諸佛無壞法故令一切衆生成莊嚴寶器受持無極菩提心故令一切衆生悉成一切功德之器志樂如來無量淨智故令一切衆生成一切智內法之器究竟如來無礙解脫一切智故令一切衆生成未來際劫一切菩薩所行之器一切衆生堅固安住一切智力故令一切衆生成三世佛勝妙法器一切諸佛梵音說法悉受持故令一切衆生悉成內器其身容受一切世界虛空界法界諸佛眷屬勸請諸佛轉大法輪悉能受故是爲菩薩摩訶薩布施器時善根迴向令一切衆生成諸法器皆能受持普賢菩薩一切願行菩薩摩訶薩以無量種種莊嚴寶車奉施諸佛菩薩及善知識如來大衆聲聞緣覺一切福田種種衆生從餘方來或承菩薩名聞故來或是菩薩因緣故來或聞菩薩發施願故來或是菩薩心願請來菩薩摩訶薩或施種種莊嚴妙寶金車金鈴網覆微動相扣出和雅音垂寶瓔珞種種莊嚴或施清淨瑠璃寶車無量珍妙以爲嚴飾或復施與衆妙寶車白銀莊嚴白網羅覆或復施與神馬

寶車無量億寶以爲莊嚴或復施與大象寶車無量億寶以爲莊嚴一切寶網交絡其上或復施與栴檀香車種種寶輪以爲莊嚴寶師子座以敷其上百千婇女列侍其內人相具足顏容姝妙衆寶華蓋彌覆其上十萬壯士而牽御之或復施與玻瓈寶車無量雜色妙寶莊嚴載以無數端嚴婇女衆雜寶帳以覆其上寶繒幢旛周帀莊嚴或復施與碼碯寶車飾以衆寶熏以雜香摩以塗香散以妙華百千婇女持金瓔珞平正安詳其疾如風或復施與堅固香車敷以種種柔輭寶衣衆妙寶網羅覆其上清淨妙香而以熏之其香殊妙能悅人心逆風遠熏聞者無猒諸天子等在前牽御或復施與一切寶車種種雜色以爲交飾衆妙寶網羅覆其上諸雜寶帶周帀垂下敷以寶衣散以粖香所愛男女悉載其上菩薩摩訶薩以如是等衆妙寶車施諸佛時如是迴向以此善根令一切衆生悉皆樂求無上福田深信施佛有無量報令一切衆生一心向佛逮得無量清淨果報令一切衆生於諸佛所無慳悋心具足大施無所愛惜令一切衆生於諸佛所修上福田離二乘願得諸如來無礙解脫一切種智令一切衆生於諸佛所種無盡善根得佛無量功德智慧令一切衆生攝取深慧具足清淨無上智王令一切衆生所遊自在得諸如來至一切處無礙神力令一切衆生攝取大乘得無量種智安住不動令一切衆生具足成就第一福田皆能出生一切智地令一切衆生於一切佛無嫌恨心種諸善根樂求佛智令一切

衆生以少方便往詣一切莊嚴佛剎於一念中深入法界而無疲倦令一切衆生入虛空等菩薩神通悉能遍至一切佛所令一切衆生得無比身盡能遍遊十方世界而無疲倦令一切衆生成廣大身得隨意行令一切衆生得一切佛神力莊嚴究竟彼岸於一念中顯現如來自在神力遍虛空界令一切衆生修安隱行隨順一切諸菩薩行令一切衆生行疾無礙究竟十力智慧彼岸令一切衆生得轉一切世界力波羅蜜普入一切不壞法界令一切衆生行普賢行到於彼岸得不退轉一切種智令一切衆生乘無比智乘隨順修行一切法界見眞實性是爲菩薩摩訶薩以諸寶乘奉施現在諸佛及滅度後舍利塔廟善根迴向令一切衆生究竟諸佛無礙大乘菩薩摩訶薩施諸菩薩及善知識清淨乘時如是迴向以此善根令一切衆生不捨菩薩諸善知識知恩報恩令一切衆生同善知識義攝取同性善根故令一切衆生親近尊重恭敬供養諸善知識悉捨一切攝善知識令一切衆生得正直心隨善知識未曾遠離令一切衆生常見善知識不違其教令一切衆生得正直心不捨善知識離一切垢心不可壞令一切衆生爲善知識不惜身命悉捨一切不違其教令一切衆生爲善知識之所攝取修習大慈遠離諸惡令一切衆生順善知識聞佛正法悉能受持令一切衆生同善知識善根業報菩薩行願究竟清淨平等滿足令一切衆生出生正法善知一切三昧境界智慧具足神通自在令一切衆生遠離諸

趣受持一切法究竟到彼岸令一切衆生乘於大乘乃至究竟一切種智於其中間無有懈息令一切衆生乘智慧乘至安隱處無有退轉令一切衆生知真如行遠離愚癡聞持一切諸佛正法令一切衆生皆為一切諸佛所攝得無礙智究竟諸法令一切衆生得不死神足妙速無礙令一切衆生遊行自在調伏衆生成摩訶衍令一切衆生所行不虛皆悉究竟得智慧乘令一切衆生得無礙乘以無礙智至一切處是為菩薩摩訶薩施善知識種種乘時善根迴向令一切衆生功德具足與佛菩薩等無差別悉能悦可一切賢聖菩薩摩訶薩施如來衆種種寶乘時善學施心慧分別心淨功德心隨順施心僧寶難遇心深信僧寶心攝取正教心安住正直心善能究竟大施之會出生無量無邊功德於佛正教信心清淨不可沮壞菩薩摩訶薩以種種乘施僧寶時如是迴向以此善根令一切衆生向佛正法攝取正教令一切衆生專心內觀除滅邪法成就聖處令一切衆生得賢聖地以如來法展轉相教令一切衆生舉世宗重言必信用令一切衆生入一切法善能分別無二法界令一切衆生入寶圍繞從如來智境界出生令一切衆生住離垢法皆能除滅煩惱塵垢令一切衆生悉從無上僧寶出生離凡夫法得聖僧地令一切衆生具足聖法修無礙智令一切衆生為大衆王智慧莊嚴不染世間令一切衆生以善方便轉慧法輪令一切衆生得一念神力悉能周遍不可說不可說世界令一切衆生乘虛空身於

一切世間智慧無礙令一切衆生往詣虛空法界等如來大衆所令一切衆生得輕舉身勝妙智慧悉能遍遊諸佛世界令一切衆生得無礙神足於一切剎普能現身令一切衆生得大自在神足彼岸不起一坐悉普應現一切世界令一切衆生得淨法身於諸世界而無所著出生神力行疾如電令一切衆生現不思議神足境界善能隨順教化調伏一切衆生不失其宜令一切衆生得妙神足一念遍遊十方世界一念超度一切法界無所罣礙是爲菩薩摩訶薩施如來衆種種乘時善根迴向令一切衆生普乘清淨無上智乘於一切世界轉無礙法輪智輪復次菩薩摩訶薩施聲聞緣覺種種乘時發恭敬心尊重心福田心功德海心出生功德智慧心深信如來功德心修習無量億那由他清淨善根心於不可說劫修習菩薩清淨行心解脱一切魔繫縛心摧滅一切魔軍衆心不可稱量明淨智慧善能分別一切諸法令一切衆生皆成可信第一福田具足無上檀波羅蜜令一切衆生離無益言樂獨閑靜心無二念令一切衆生成最勝清淨第一福田修習功德攝取衆生令一切衆生成智慧地能與衆生無數善果令一切衆生至無礙趣最勝福田清淨圓滿令一切衆生其心安住無諍三昧解一切法無性爲性令一切衆生具足長養無量功德常遇最勝第一福田令一切衆生示現無量自在神力隨順攝取清淨福田令一切衆生成就無盡功德福田能與一切十力乘果令一切衆生成眞實福田具足無盡

功德之藏究竟一切智令一切衆生滅諸惡法聞佛正法句身味身悉能受持令一切衆生普聞佛法隨所聞解其德不虛令一切衆生聞佛說法得到彼岸所聞佛法能爲衆生隨順演說令一切衆生常樂如來正教之法除滅一切九十六種外道邪見令一切衆生常見賢聖長養一切最勝善根令一切衆生樂聞明行足者常得瞻對與共同止永處安樂令一切衆生所聞不虛解聲如響見佛出生令一切衆生善分別知諸佛正教悉能守護持佛法者令一切衆生心常樂向聞持佛法能照顯現如來法教令一切衆生深心信解如來正教一切功德令佛歡喜善解眞諦悉捨内外究竟大施是爲菩薩摩訶薩施聲聞緣覺種種乘時善根迴向令一切衆生得

無上智淨諸神通精勤修習無有懈怠究竟佛智力無所畏菩薩摩訶薩若諸方來一切福田或承菩薩名聞故來或與菩薩因緣故來或聞菩薩本願故來或復菩薩心願請來菩薩於彼悉樂惠施而無猒倦爾時菩薩於來求者發悔過心作如是言諸人當知我應詣彼禮拜供養種種惠施而今爲我故從遠來菩薩即時敬禮悔過愛言慰喻屈辱遠來得無疲倦處令安隱供給所須或施摩尼寶車載以閻浮提内第一女寶或施金車載以巳國最勝寶女或施清淨瑠璃寶車載以内妓或施樂車載以童女容貌如天或施無量無數寶莊嚴車載以寶女種種莊嚴或施菩薩所乘栴檀香車或施玻瓈寶車載以寶女端正殊特顔容無倫威儀具足進止安詳神

珠名寶瓔珞其身樂修善法或施碼碯寶車載以太子或施堅固香車載以男女或施種種寶莊嚴車載以難壞親愛眷屬以如是等種種寶車隨其所求皆給施之滿足彼願歡喜無量菩薩摩訶薩諸乘施時如是迴向以此善根令一切衆生乘不退轉摩訶衍乘詣不思議菩提樹下令一切衆生乘大智乘盡未來劫一切菩薩所行之法皆能修習令一切衆生乘無所有乘於一切法心無所著捨離虛妄具足修習一切智道令一切衆生悉乘離垢寂靜之乘無礙神力詣諸佛刹令一切衆生決定安住一切智乘常以諸佛法樂自娱令一切衆生乘諸菩薩清淨行乘出生菩薩十種之道樂修菩薩一切三昧令一切衆生乘四輪乘住正國輪依正士輪本功德輪平等願輪菩薩淨行由斯滿足令一切衆生乘明法乘遍遊十方修佛智力令一切衆生乘佛法乘於一切法究竟彼岸令一切衆生乘一切功德善根不可思議法乘爲十方衆生現安隱道令一切衆生乘一切施乘斷除慳悋令一切衆生乘清淨尸波羅蜜乘具足無量無邊法界等一切淨戒令一切衆生乘羼提波羅蜜乘離瞋恚心於諸衆生不起惱害令一切衆生乘不退轉毗梨耶波羅蜜乘具菩薩行往詣道場令一切衆生乘禪波羅蜜乘速赴道場令一切衆生乘般若波羅蜜乘化身充滿一切法界及佛境界令一切衆生乘法王乘成就無畏施一切智微妙之法令一切衆生乘無所著智慧願乘悉能遍入一切諸方於眞法性而無所入令一切衆

生乘諸佛法乘於一切剎示現受生而不毀壞於摩訶衍令一切衆生乘一切智乘滿足菩薩平等大願而無懈惓是爲菩薩摩訶薩施種種乘普施衆生無量福田以歡喜心善根迴向令一切衆生無量種智皆悉具足乘於一切成滿智乘菩薩摩訶薩布施象寶七支具足六瘤成滿六牙如雪四淨如華身體平正毛色鮮白珍麗奇飾莊嚴其身淨妙寶網以覆其上種種雜寶莊嚴其首光色晃曜儀體安雅眴息之頃超步萬里猛氣奔勇而無疲惓菩薩摩訶薩布施寶馬形體殊妙毛色光澤馬相具足如天寶馬無量珍寶莊嚴其身明月神珠以爲光曜金鈴寶網以覆其上行不奔驟迅踰疾風致遠不疲乘者安豫巡遊四方不失主意以此寶乘隨意施與或

施福田或獻尊重或貢知識或奉父母或給貧匱其有須者皆悉與之大心惠施無所悋惜心常歡喜無有悔恨大悲充滿能行大施一向專求菩薩功德最勝生地直心清淨以如是心善根迴向令一切衆生成就人寶生菩薩功德莊嚴大乘令一切衆生乘善法乘隨順能至一切佛法令一切衆生常樂大乘得佛無礙智慧力乘光明普照令一切衆生乘勇猛精進滿足諸願令一切衆生具足平等波羅蜜乘成就滿足一切善根令一切衆生成就寶乘出生佛法無上智寶令一切衆生分別菩薩莊嚴之行得是妙乘出於三界悉開菩薩諸三昧華令一切衆生無量阿僧祇劫清淨修習菩薩所行乘無量乘疾解諸法令一切衆生施大乘寶乘以善方便具菩

薩地令一切衆生成最高廣安隱大乘悉能運載一切衆生至無上道是爲菩薩摩訶薩無量阿僧祇那由他劫施象馬寶善根迴向令一切衆生乘無礙智乘得至如來究竟寶乘菩薩摩訶薩施種種座或施賢王師子之座瑠璃爲足金縷織成柔輭妙衣以敷其上熏以一切堅固之香建立種種上妙寶幢無量億寶以爲莊嚴白淨寶網彌覆其上金鈴羅網動發妙音百萬億那由他淨妙寶像周帀圍繞其座高廣清淨嚴飾無量阿僧祇衆生樂觀無猒功蓋天下自在大王之所坐處於彼座以正法治國無敢違逆種種妙寶莊嚴其身青寶珠王大青寶珠王勝藏寶珠以爲莊嚴明淨猶日清凉如月衆星莊嚴如海勝寶海堅固幢離垢明淨閻浮檀金妙色

寶繒以冠其首一切閻浮提内大力灌頂王法以灌其頂具功德力大慈悲主降伏怨敵無敢違命菩薩摩訶薩如是無量無數爲轉輪王得法自在正治國時以如是等種種衆寶嚴飾之座或施正覺諸善知識及賢聖僧聞法歡喜奉施法師供養父母諸尊重者聲聞緣覺一切菩薩乃至初發大乘心者及以一切諸佛塔廟或施無量貧窮下劣有所須欲皆給施之布施座時如是迴向以此善根令一切衆生得菩提座自然覺悟諸佛正法令一切衆生得自在座具足成就於法自在諸金剛山所不能壞悉能降伏一切諸魔令一切衆生得佛自在師子之座一切衆生樂觀無猒令一切衆生得不可說不可說清淨莊嚴殊妙之座成法自在普化衆生令一切

衆生得殊勝座三種世間所不能壞廣大善根及善根具皆悉清淨令一切衆生得高廣座充滿不可說不可說世界諸佛如來於阿僧祇劫歎不能盡令一切衆生處大智人座一身充滿一切法界令一切衆生得不可思議寶莊嚴座隨其本願所請衆生廣開法施令一切衆生皆悉得坐淨妙法座於不可說諸世界中顯現如來自在神力令一切衆生坐一切寶座一切香座一切華座一切衣座一切鬘座一切摩尼寶座不可思議淨瑠璃座無量不可說世界座淨一切衆生莊嚴座離諍座處此座上覺悟如來一切種智示現諸佛功德境界是爲菩薩摩訶薩施種種座時善根迴向令一切衆生得無所著菩提之座自然覺悟一切佛法

大方廣佛華嚴經卷第十七

音釋

摶食　摶度官切摶食謂以手圜食也　餚饍　餚胡交切凡非穀而食曰餚饍時戰切具食也　姝　抽居切好也　眴　音舜目動也　驟　鉏救切疾也奔也　縷　力主切綫也　瘤　力求切疣也

大方廣佛華嚴經卷第十八

東晋天竺三藏佛陀跋陀羅等譯

金剛幢菩薩迴向品第二十一之四

菩薩摩訶薩施種種蓋所謂尊重人蓋種種妙寶而莊嚴之於無量無邊嚴飾蓋中最爲第一衆寶爲竿金網羅覆雜寶瓔珞周帀垂下懸衆寶鈴淨瑠璃珠微動相扣出和雅音白淨寶網而交絡之百千清淨衆雜寶網羅覆其上無量百千億雜寶莊嚴無量億那由他沉水栴檀堅固香熏閻浮檀金清淨莊嚴如是等無量阿僧祇那由他蓋以離惡心廣大心放捨心而行布施或以奉獻現在諸佛及涅槃後供養塔廟爲求法故奉施菩薩諸善知識或施法師或施父毋或施衆僧或復奉施一切佛法或施種種福伽羅福田或施師長及諸尊重或施初發菩提心者或施一切貧窮下劣諸有所求皆悉施與菩薩摩訶薩布施蓋時如是迴向以此善根令一切衆生爲善根所覆又爲一切諸佛蔭護令一切衆生爲智慧功德之所覆護除滅世間諸煩惱垢令一切衆生覆以淨法除滅一切塵勞熱惱令一切衆生悉得如來内智慧藏一切衆生樂觀無猒令一切衆生以寂靜白法而自覆護悉得究竟不壞佛法令一切衆生得善覆身究竟如來清淨法身令一切衆生悉爲一切而作覆蓋十力智慧普覆世間令一切衆生得隨樂智慧皆悉出過一切世間清淨明達無所染著令一切衆生得應供蓋成勝福田受一切供令一切衆生得最上蓋自然覺悟無上智蓋是爲菩薩摩訶薩布施蓋

時善根迴向令一切衆生受持法自在蓋以一功德蓋普覆一切法界虚空界等一切世界示現諸佛神力自在以一功德蓋莊嚴法界供養諸佛妙幡幢蓋普覆十方一切如來令一切佛刹種種寶蓋而以莊嚴令一切衆生皆悉樂求無上菩提以無上蓋普覆衆生令一切衆生以不可説不可説一切衆寶莊嚴妙蓋供養一佛供養一切諸佛亦復如是令一切衆生自然覺悟得最正覺功德高廣微妙之蓋普覆諸佛令一切衆生以種種寶蓋供養法界虚空等界一切世界諸佛令一切衆生以種種摩尼寶蓋諸寶瓔珞周帀垂下以爲莊嚴一切堅固香蓋清淨雜寶而以莊嚴極大高廣以白淨寶網羅覆其上以金鈴網周帀懸之自然演出微妙音聲以如是等無量不可數蓋供養諸佛令一切衆生得無礙智蓋普覆十方一切諸佛令一切衆生得最勝智蓋普覆衆生令一切衆生得佛功德莊嚴寶蓋普覆衆生令一切衆生皆悉具足清淨大願諸佛功德令一切衆生得不思議清淨心寶令一切衆生滿足諸法自在之智令一切衆生以諸善根普覆衆生令一切衆生得無上智蓋普覆衆生令一切衆生得十力蓋普覆衆生令一切衆生以一佛刹悉能普覆一切法界令一切衆生悉於諸法而得自在令一切衆生得心自在令一切衆生智慧勝廣令一切衆生以無量功德悉能普覆一切衆生令一切衆生以諸功德而覆其心令一切衆生以平等心普覆一切令一切衆生以大智慧等覆一切令一切衆生具大

迴向令一切衆生滿足清淨正直之心令一切衆生意根清淨是爲菩薩摩訶薩施種種蓋時善根迴向令一切衆生皆悉成就最大迴向普覆攝取一切衆生菩薩摩訶薩布施種種清淨幢旛無量雜寶以爲其竿種種寶繒以爲垂旛種種雜綵周帀垂下白淨寶網羅覆其上金鈴寶網以爲莊嚴微風吹動出和雅音無量無數億那由他諸妙幢旛以爲眷屬雜寶繒綵懸以爲飾半月寶像閻浮檀金出大光明如日普照嚴飾寶幢周遍大地以一切世界隨樂業報莊嚴彼幢安住一切虛空法界等諸如來刹菩薩摩訶薩於諸世界隨其所樂普施妙幢令發正直菩提之心或施現在一切諸佛或施塔廟或施法寶或施僧寶或施善知識或施菩薩或施聲聞或施緣覺或施大衆或施福伽羅或施貧人諸來求者普施無遺菩薩摩訶薩施幢旛時如是迴向以此善根令一切衆生建立一切善根功德幢旛不可毀壞令一切衆生建立一切諸法自在幢旛守護正法令一切衆生護正法寶守持諸佛菩薩深法令一切衆生建立高顯功德寶幢然智慧燈普照衆生令一切衆生成不壞幢旛降伏一切諸魔惡業令一切衆生皆悉建立智力幢旛一切諸魔所不能壞令一切衆生得大智慧那羅延殊勝幢旛摧滅一切世間幢旛令一切衆生建立解脫慧光圓滿日幢智慧具足普照法界令一切衆生得智慧莊嚴幢旛充滿一切諸佛世界建不可說勝妙幢旛供養十方一切諸佛令一切衆生得如來幢摧滅一切九十六

種諸邪見幢是爲菩薩摩訶薩施幢旛時善根迴向令一切衆生建立高廣甚深菩薩行幢建一切菩薩自在行幢得清淨道菩薩摩訶薩開衆寶藏行布施時如是迴向以此善根令一切衆生常見佛寶捨離愚癡修行正念令一切衆生得法寶明照護持一切諸佛法藏令一切衆生攝取僧寶離慳行施充滿其意令一切衆生得薩婆若心寶於清淨菩提心不退轉令一切衆生廣智慧寶求離愚癡究竟佛法令一切衆生成就菩薩諸功德寶演說無量智慧妙寶令一切衆生讚歎無量功德之寶修十力智得正覺寶令一切衆生得十六智寶三昧正受究竟增廣智慧之寶令一切衆生成就第一福田之寶覺悟如來無上智寶令一切衆生成增上寶無盡辯藏演說法寶是爲菩薩摩訶薩施衆寶時善根迴向令一切衆生具足究竟無上智寶得佛無礙清淨眼寶菩薩摩訶薩捨莊嚴具惠施衆生所謂一切身莊嚴具支節莊嚴具令身清淨莊嚴具無猒足莊嚴具雜寶交飾莊嚴具如是等種種無量億那由他莊嚴之具布施一切善根迴向令一切衆生身淨莊嚴等觀一切猶如一子超出世間得佛智樂調伏衆生使樂深法安住一切諸佛法中令一切衆生莊嚴人天悉以清淨智慧而自嚴飾令一切衆生身淨莊嚴功德相門清淨具足令一切衆生妙相嚴身百福具好以自莊飾令一切衆生身相具足以諸相好而自莊嚴令一切衆生言辭莊嚴皆悉具足無盡辯藏令一切衆生以諸功德莊嚴音聲梵音清淨

微妙具足令一切衆生皆悉志樂佛法莊嚴聽受正法諸佛歡喜令一切衆生以心莊嚴而自莊嚴念佛三昧普見諸佛令一切衆生以諸陀羅尼莊嚴而自莊嚴得佛法明見諸佛法令一切衆生以平等智莊嚴其心以如來智莊嚴法身是爲菩薩摩訶薩惠施一切莊嚴具時善根迴向令一切衆生於無量佛法功德智慧莊嚴滿足令一切衆生捨離自大憍慢放逸菩薩摩訶薩爲灌頂大王威力自在布施天冠髻中明珠給施一切攝取衆生長養施心以施熏心向增上施以施修慧施修捨根施修廣覺菩薩摩訶薩施髻中明珠時如是迴向以此善根令一切衆生善受一切智灌頂法王令一切衆生具足頂相獲勝智頂得到彼岸令一切衆生得勝智寶究

竟一切功德之頂令一切衆生悉得安住智慧寶頂堪受一切敬心頂禮令一切衆生皆悉冠晃智慧天冠於一切法而得自在令一切衆生以智慧明珠而繫其頂一切世間無能見頂令一切衆生皆堪受敬心頂禮具足慧頂照明佛法令一切衆生成十力冠以冠其頂智慧海藏清淨具足令一切衆生安住最上大地帝王摧諸魔頂成最正覺究竟具足如來十力令一切衆生成勝頂王得一切智頂最勝光明是爲菩薩摩訶薩捨天冠明珠善根迴向令一切衆生勝妙智慧皆悉清淨得淨智慧摩尼寶冠菩薩摩訶薩見牢獄衆生受諸楚毒或縛或打閉在幽冥杻械枷鎖拷掠流血飢渴難忍裸形羸瘦被髮覆身受無量苦無能救者菩薩摩訶薩見如是等

苦衆生已或捨財寶妻子眷屬或捨己身於彼獄中救苦衆生如大悲菩薩善眼王菩薩摩訶薩於彼獄中出衆生已隨其所須而給施之或以醫藥呪術令彼安隱先令歡喜復爲說法皆悉安立不放逸善根於正覺法心不退轉菩薩摩訶薩救獄人時如是迴向以此善根令一切衆生解脱愛縛令一切衆生斷生死流到智慧彼岸令一切衆生滅除癡冥得明淨智拔衆使根離諸塵垢令一切衆生斷三界縛得一切智令一切衆生永滅結漏得離煩惱地無礙智慧皆悉究竟到於彼岸令一切衆生離愛慢縛究竟成就離愛慢慧令一切衆生脱諸欲縛永離一切世間貪欲住諸世間無所染著令一切衆生得清淨深心常爲諸佛之所守護令一切衆生得無著無縛心廣大如法界究竟如虛空令一切衆生得菩薩神足遍遊諸剎調伏衆生捨離世間安住大乘是爲菩薩摩訶薩救苦衆生善根迴向令一切衆生究竟如來智慧之地

菩薩摩訶薩見送獄囚趣於死地五種繫縛憂惱切心命在須臾衆人圍繞捨閻浮提一切樂具永離親愛漸之死地或以木貫罝高標上或以刀割或以火焚或纏身油灌以火燒之受如是等無量諸苦菩薩摩訶薩見如是已自捨身命救彼苦難猶如持來菩薩勝進王菩薩等諸大菩薩自捨己身受衆楚毒以救衆生作如是言我當捨身以代彼命設使苦痛過彼無量悉當代受令其解脱復作是念見如是苦而不代受爲失大利何以故我爲衆生故救護衆生故發一切智菩提之

心是故捨身以代彼命菩薩摩訶薩救苦人時如是迴向以此善根令一切衆生得無盡身命永離燋然憂悲苦惱令一切衆生依諸佛住受一切智力菩提記莂令一切衆生救諸怖畏永離惡道令一切衆生得一切命永入不死智慧境界令一切衆生遠離怨敵值善知識常共攝護令一切衆生捨離刀杖修行淨業令一切衆生離諸恐怖坐菩提樹下降伏魔軍令一切衆生離大衆恐怖於無上法中得淨無畏大師子吼令一切衆生得無障礙師子智慧行清淨業令一切衆生到無畏處救護一切苦惱衆生是爲菩薩摩訶薩自捨身命救彼死囚善根迴向令一切衆生離生死苦究竟佛樂菩薩摩訶薩見人來乞連膚頂髮及髻中明珠菩薩是時歡喜施與

如周羅寶王菩薩勝趣菩薩等諸大菩薩有人從乞連膚頂髮及明珠時正心思惟不念餘業離諸世間專樂寂靜清淨正念一切種智修正直心菩薩爾時手執利刀即割膚髮及髻明珠右膝著地敬心合掌正念三世諸佛菩薩所行發大歡喜直心清淨一切正法充滿意根心不計苦苦者是生滅法是無常法作是念已除滅衆苦歡喜布施善根迴向令一切衆生得無見頂相成就菩薩周羅尊塔令一切衆生得紺青髮得金剛髮得柔軟髮悉能除滅諸煩惱患令一切衆生得不亂髮得光澤髮令一切衆生得柔軟旋螺髮令一切衆生得右旋髮令一切衆生得佛相髮煩惱結習皆悉除滅令一切衆生髮出大光明普照十方令一切衆生得佛清淨不亂之

髮令一切眾生得應供塔髮除滅惡心見如來髮令一切眾生髮離諸塵垢悉得如來無染著髮是為菩薩摩訶薩布施頂髮及髻中明珠善根迴向令一切眾生悉得究竟一切陀羅尼諸三昧門一切種智及佛十力菩薩摩訶薩布施眼時如歡喜菩薩滿月王菩薩等無量諸大菩薩布施眼時修施眼心修慧眼心得佛法眼心向無上道心究竟諸通心專求智慧心等三世菩薩修惠施心於乞眼者以愛眼觀以無壞信心而施彼眼因生佛眼增廣菩提摩訶衍心大慈大悲調伏六根菩薩摩訶薩修如是心以眼惠施常樂施與建立正法捨離世間歡樂放逸猒離五欲樂菩提心隨彼所求悉滿其願長養平等無二布施隨彼所須悉能施與善根迴向令一切眾生眼得開明為世作眼令一切眾生得無障眼開廣智藏令一切眾生得淨肉眼一切世間無能壞者令一切眾生得淨天眼悉見眾生死此生彼令一切眾生得淨法眼能隨順入如來境界令一切眾生得淨慧眼分別了知一切世間令一切眾生得淨佛眼悉能覺悟一切諸法令一切眾生得普淨眼究竟境界無所障礙令一切眾生除滅癡翳得清淨眼了眾生界空無所有令一切眾生得無障眼得到如來十力勝處是為菩薩摩訶薩布施眼時善根迴向令一切眾生得一切智眼菩薩摩訶薩布施耳時如勝王菩薩勝無怨菩薩布施耳時修菩薩行生如來家修習諸佛所行布施正念一切菩薩淨行隨順諸佛菩提出生清淨諸根智慧功德觀察世間

無堅固者令一切衆生常見一切諸佛菩薩自於己身無所染著隨順正念一切佛法菩薩摩訶薩布施耳時其心寂靜調伏諸根免濟衆生嶮難曠野生智慧燈功德成就檀波羅蜜海施心成滿知義知法明識諸道得智慧行於法自在以不堅固身易堅固身菩薩摩訶薩施耳時如是迴向以此善根令一切衆生得無礙耳悉能普聞無量法音了達無礙令一切衆生得無礙耳分别了知無量音聲令一切衆生得無對耳得佛淨耳令一切衆生得清淨耳解了耳根空無所有令一切衆生得廣大耳皆悉寂靜識無所起令一切衆生得法界等耳能善聞持一切佛法令一切衆生得無著耳悉能分别無礙諸法令一切衆生得無壞耳一切異論無能壞者令一切衆生得周普耳廣大清淨令一切衆生得天耳佛耳是爲菩薩摩訶薩布施耳時善根迴向令一切衆生得清淨耳菩薩摩訶薩布施鼻時清淨如是迴向以此善根令一切衆生得如來鼻相得善根鼻得愛樂鼻得清淨鼻得隨順鼻得高好鼻得伏怨鼻得如來鼻令一切衆生得端正面門得一切法門得無礙門得善現門得無猒門得清淨門得離惡門得諸如來圓滿面門得一切門得善樂無量門是爲菩薩摩訶薩布施鼻時善根迴向令一切衆生究竟得入諸佛法中令一切衆生攝取十方諸佛正法令一切衆生分别深解諸佛妙法令一切衆生於諸佛法得到彼岸令一切衆生常見諸佛令一切衆生得諸如來無量法門令一切衆生得究竟清淨令

一切衆生得佛法明普照諸法令一切衆生得嚴淨佛剎令一切衆生得佛堅固不可壞鼻是爲菩薩摩訶薩布施鼻時善根迴向菩薩摩訶薩安住自在大王地時能以牙齒布施衆生如華齒王菩薩六牙白象王菩薩布施齒時獲難得心如優曇華清淨施心無盡施心不濁施心無著施心無量施心調伏捨諸根心一切施心一切智願心安隱衆生心成就施心大施心勝施心身之要用牙齒爲最已所重寶衆所歎惜而能惠施諸乞求者菩薩摩訶薩安住此法捨牙齒時如是迴向以此善根令一切衆生得白淨利牙成最勝塔受天人供令一切衆生得佛齊密無間齒相令一切衆生行調伏心進趣菩薩諸波羅蜜令一切衆生口齒清淨顯現明白令一切衆生念莊嚴口牙相成就開現鮮潔令一切衆生舍齒四十常出無量清淨妙智香令一切衆生得安住旋牙華色莊嚴能調伏心令一切衆生得清淨牙能放無量億千光明鮮潔圓滿普照十方令一切衆生得馀膳牙飯入口過粒粒皆碎無所味著爲上福田令一切衆生得勝妙牙放無量色光授菩提記是爲菩薩摩訶薩施牙齒時善根迴向令一切衆生得無礙嚴淨諸法智慧菩薩摩訶薩若有人來從乞舌時於乞求者柔輭語愛語慈愍心語生撫慰心如善口王菩薩不退轉菩薩及餘無量菩薩摩訶薩等於諸趣中受無量生時有乞舌者先安乞人處師子座捨已舌時以歡喜心不壞心無嫌恨心大心生佛家心建立菩薩家心不濁心勇猛精進心不

著自身心無怨敵心以右膝著地出舌示已作柔輭語愛語慈愍心語謂乞者言汝取我舌隨意所用充滿汝意菩薩摩訶薩布施舌時如是迴向以此善根令一切衆生得廣長舌相能出一切具足音聲令一切衆生得覆面舌相所言無二皆悉誠實令一切衆生舌能遍覆一切佛刹示現諸佛自在神力令一切衆生得柔輭薄舌宣通清淨第一上味令一切衆生得正語舌有所言說一切歡喜疑網悉除令一切衆生得淨光舌能放不可說百千億那由他光明令一切衆生得決定語善能分別無盡法藏令一切衆生得淨勝舌善衆言音究竟教化令一切衆生得音聲智善能隨順入語言海令一切衆生善能演說一切諸法於諸語言出生智慧得到彼岸是爲菩薩摩訶薩布施舌時善根迴向令一切衆生得無礙智諸願滿足菩薩摩訶薩若有衆生來乞頭時如無上智菩薩善男子迦葉王菩薩如是等無量諸大菩薩布施頭時欲得一切妙智慧首欲得無上菩提之首救護衆生欲見一切諸妙法首欲具一切淨智慧首欲具一切無礙法首欲具最勝妙首之地欲得勝智慧首一切衆生皆悉愛念欲具智慧正法藏首一切衆生所不能覩欲得十力大智慧王欲得滿足一切諸法自在之首一切世間所不能壞菩薩摩訶薩住是法住則學一切諸佛所學深信諸佛長養善根有來求者充滿其意悉令歡喜菩薩心淨歡喜施與愛樂佛法得清淨明安住菩提心不退轉能行大捨諸根歡悅增長妙法正直善心能

廣大施菩薩布施頭時如是迴向以此善根令一切衆生得如來首一切世間無能見頂於一切處所不能壞出過一切諸世界上頂相具足旋髮莊嚴一切世間所未曾有得佛首相嚴勝殊特令一切衆生得智慧首最勝首清淨首具智慧首是爲菩薩摩訶薩布施頭時善根迴向令一切衆生具足勝法逮得無上大智慧首菩薩摩訶薩施衆生手足如勇猛王菩薩無畏王菩薩如是等無量菩薩摩訶薩於諸趣中無量生處布施手足修信心手常行正法饒益衆生威儀庠序寶手爲手無著施手菩薩所行眞實不虛施心廣大建立善根遠離慳貪具菩薩行於如來所得不壞信除滅惡道成就菩提菩薩摩訶薩施手足時以無量無邊曠大之心開淨法門入諸佛海見一切佛成就施手滿衆生意悉能受持一切種智菩提諸願修清淨心離煩惱纒得智身法身無斷無壞不可磨滅一切魔業不能傾動親近善知識修習一切菩薩布施之所出生菩薩摩訶薩一切智境界施手足時如是迴向以此善根令一切衆生悉得寶手具神通力成寶手已各相敬重生福田心以種種寶更相供養又以衆寶莊嚴供一切佛興妙寶雲遍諸佛刹令一切衆生修習慈悲不相惱害遊諸佛刹安住無畏以少方便究竟神足以寶手香手衣手蓋手鬘手華手粖香手莊嚴具手無量華手無量香手普手以神通力詣諸佛刹供養諸佛能以一手遍摩一切諸佛世界能以神足自在之手持一切衆生手相成就放無量光能以一手普

覆衆生得佛縵網手足相好是爲菩薩摩訶薩大迴向手普覆衆生令一切衆生志常樂求無上菩提令一切衆生出生無量功德大海得忍辱心見來求者皆大歡喜觀無猒足入深法海逮得諸佛所共善根是爲菩薩摩訶薩施手足時善根迴向菩薩摩訶薩壞身出血布施衆生如法手菩薩喜心王菩薩等無量菩薩摩訶薩於諸趣中無量生處於乞求者壞身出血而布施之以薩婆若心施喜菩提心施樂修菩薩行心施不計苦痛心施於來乞者無嫌恨心施趣向一切菩薩心施長養一切菩薩心施增廣菩薩善心施以不退轉心施不休息心施不惜己心施菩薩摩訶薩壞身出血布施時如是迴向以此善根令一切衆生具足菩薩法身智身令一切衆

生成就微密金剛之身令一切衆生得無盡身清淨不壞令一切衆生得現化身遍滿十方一切世界令一切衆生得可樂身明淨鮮潔不可沮壞令一切衆生得法界生身於如來身無所染著令一切衆生得寶光明身無能壞者令一切衆生得智藏身於不死法而得自在令一切衆生得寶海身一切衆生所見不虛令一切衆生得虛空等身於諸世間無所染著是爲菩薩摩訶薩壞身出血布施善根大乘心迴向清淨心迴向大心迴向歡喜心迴向大歡喜心迴向無猒足心迴向安樂心迴向不濁心善根迴向菩薩摩訶薩見有人來乞髓肉時歡喜軟語謂乞者言我身髓肉隨意取用如饒益菩薩一切施王菩薩等無量菩薩摩訶薩於諸趣中無量生處捨

髓肉時心大歡喜施心深廣不可測量一切菩薩所修習心無上大乘妙善根心捨離塵垢正直勝心於來求者施無盡心能捨自已愛重身心一向專求無量善根妙功德寶所覆之心菩薩所行無猒足心大布施心離疑惑心於來乞者所布施物無中悔心分別布施不求報心平等布施無選擇心菩薩摩訶薩施髓肉時於諸佛所生尊父心令一切衆生清淨安住嚴淨現在諸世界中一切佛刹大悲現前救護衆生菩提現前十力明觀三世菩薩現前滿足善根無畏現前大師子吼三世現前智慧平等一切世閒現前盡未來際修菩薩願無憂現前修習無數諸菩薩行菩薩摩訶薩施髓肉時如是迴向以此善根令一切衆生得金剛藏不可壞身令一切衆生得微密身無有疏漏令一切衆生得佛清淨莊嚴如意法身令一切衆生得百福德身三十二相而自莊嚴令一切衆生得八十種好妙莊嚴身具足十力不可斷壞令一切衆生逮得如來常住妙身不可測量令一切衆生得最勝身一切諸魔所不能壞令一切衆生悉得一身等三世佛令一切衆生得無礙身微妙清淨滿虛空界令一切衆生得菩薩藏身悉能含受一切衆生是爲菩薩摩訶薩布施髓肉一切智境界心善根迴向令一切衆生得佛常住無量法身菩薩摩訶薩見有衆生來從乞心如無憂猒菩薩不動王菩薩如是等無量菩薩摩訶薩見有人來從乞心時歡喜施與學不斷施心一切無盡施心大檀波羅蜜心到檀波羅蜜彼岸心學一切菩

薩行布施心於一切施得無盡心修習一切大布施心建立一切菩薩施心現前正念諸佛施心充滿一切來求施心菩薩摩訶薩布施心時以清淨心施以度脱一切衆生心施以十力菩提境界心施以滿足大願心施以修習菩薩行心施以得薩婆若心施以不捨本願心施以此善根迴向衆生令一切衆生得金剛藏心一切金剛圍山所不能壞得金剛莊嚴心離恐怖心不可勝心一切世間無能盡心勇健勝幢智慧藏心大那羅延高勝幢心衆生大海不可盡心不可沮壞那羅延藏心悉能壞散諸魔魔業魔軍衆心威武勇健大丈夫心無恐怖心大誓莊嚴勝堅固心最勝生菩薩心具諸佛法菩提莊嚴心坐菩提樹成就一切如來正法離諸愚癡一切種智正覺之心具十力心是爲菩薩摩訶薩施心善根迴向衆生令一切衆生具足無著十力之心菩薩摩訶薩見有人來乞腸腎肝肺時如難勝菩薩滅惡自在王菩薩如是等無量菩薩摩訶薩見有人來乞腸腎肝肺見已歡喜以愛眼觀起菩提愛隨彼所樂悉滿其意歡喜施與心不中悔正念觀察捨不堅固身取堅固身我此穢身虎狼狐狗衆獸所食此身無常可棄捨物菩薩摩訶薩如是觀已敬心諦視來乞求者復作是念我若不施不得不堅固中堅固無常中常不淨中淨菩薩摩訶薩如是正念則能開發清淨直心解眞實法於來乞者生善知識心能教化我不堅固中而取堅固菩薩摩訶薩作是念已以此善根迴向衆生令一切衆生得内外清淨智

慧藏身令一切衆生得智慧藏腹悉能受持一切智願令一切衆生得清淨身見者無猒演放堅固妙香光明普熏十方令一切衆生逮得如來腹不現相身直相稱支節具足令一切衆生得法味食長養智身具佛法愛柔輭充滿令一切衆生得無盡身安住法身令一切衆生得内清淨總持藏身一切辯明普照諸法令一切衆生得清淨身内外悉淨令一切衆生得如來智修習行身普雨甘露智慧法雨令一切衆生悉得内身清淨寂靜外身能爲衆生作智慧幢王照明一切是爲菩薩摩訶薩施腸腎肝肺善根迴向衆生令一切衆生悉得内外清淨之身安住堅固無障礙智

大方廣佛華嚴經卷第十八

音釋

杻械 杻尺久切手械也械胡懈切又桎梏也 拷掠 拷苦浩切打也掠離灼切笞也 裸 魯果切赤體也 羸瘦 羸倫爲切亦瘦也 嶮難 嶮虛儉切危嶮也難乃旦切脆難也 噍 才笑切咀嚼也

大方廣佛華嚴經卷第十九

東晉天竺三藏佛陀跋陀羅等譯

金剛幢菩薩迴向品第二十一之五

菩薩摩訶薩見有來乞支節諸骨如法藏菩薩夜光菩薩如是等無量菩薩摩訶薩施支節骨見來求者生大歡喜心明淨心寂靜心慈心安樂心無所著心清淨心於來乞者生滿願心菩薩摩訶薩以施支節所攝善根迴向衆生令一切衆生得如化身永離世間骨血肉身令一切衆生得金剛力身無能壞者無能勝者令一切衆生得薩婆若力具足法身從無縛無著法界出生令一切衆生得智力身諸根堅固不可斷壞令一切衆生得法力身智力自在到於彼岸令一切衆生得堅固身不可壞散令一切衆生得隨應化身善能調伏成就衆生令一切衆生得智熏身具那羅延支節莊嚴令一切衆生得堅固流注不斷絶身究竟永離一切疲倦令一切衆生得安住力身悉皆具足勇猛精進令一切衆生得淨法身悉能分別一切衆生入於無量智身境界令一切衆生得功德力身除滅衆惡見者不虛令一切衆生得無礙身皆悉究竟無染著智令一切衆生得佛所攝身常爲一切佛所守護令一切衆生得普饒益衆生之身悉能遍入一切諸道令一切衆生得圓應身十方衆生悉見其面無背佛法清淨照明常現在前令一切衆生得具足精進身修習究竟大乘智慧令一切衆生捨離我慢自大放逸之身得清淨身智慧安住不可傾動令一切衆生得堅持戒身成就大乘一切智

業令一切衆生得生佛家身永離世間生死穢身是爲菩薩摩訶薩施支節諸骨善根迴向令一切衆生皆悉清淨得薩婆若菩薩摩訶薩見有人來手執利刀乞厚薄皮以愛眼視歡喜恭敬爲敷坐處即作是念福田難遇而今自來滿我本願決定究竟一切種智作如是言取我身皮隨汝意用如清淨藏菩薩金剛脇鹿王菩薩如是等無量菩薩摩訶薩布施乞人厚薄皮時如是迴向以此善根令一切衆生得如來薄皮相金色清淨令一切衆生得金剛堅固不壞薄皮令一切衆生得金色皮如閻浮檀金藏令一切衆生得無量色皮隨應現色悉令清淨令一切衆生得明淨皮不受塵垢如樂沙門如來淨色令一切衆生得第一色皮自然清淨令一切衆生逮得如來清淨色皮微妙相好所自莊嚴令一切衆生得明淨皮放大光明普覆一切令一切衆生得明網皮無量光明圓滿具足普覆世間令一切衆生得潤澤皮衆色清淨是爲菩薩摩訶薩布施自身厚薄皮時善根迴向令一切衆生逮得無上最勝菩提皆悉具足如來功德菩薩摩訶薩見有人來乞手足指如堅固精進菩薩閻浮提自在王金光菩薩等無量菩薩摩訶薩施手足指時心大歡喜顏色無異乘大乘施不求五欲施不求名聞施建立檀波羅蜜施大施心施離慳垢施離嫉妬施隨順佛施以是施手足指所攝善根迴向衆生令一切衆生得佛長指相令一切衆生得指密相圓牖纖直令一切衆生得赤銅甲相箱密清淨令一切衆生得大人指相

悉能攝持一切諸法令一切衆生得具足隨好十力相指令一切衆生得大人指相纖牖堅密令一切衆生手足指端輪相莊嚴指節平滿文相明顯令一切衆生得蓮華色指十力業報相好莊嚴令一切衆生得光明指放光明網普照十方諸佛世界令一切衆生得淨妙指以諸相好具足莊嚴是爲菩薩摩訶薩施指善根迴向衆生令一切衆生心皆清淨復次菩薩摩訶薩請求法時若有人言汝能施我連肉爪者當與汝法菩薩答言但與我法隨汝所須恣意取用如求法王菩薩無盡菩薩如是等無量菩薩摩訶薩爲求法故欲令一切衆生具正法故以是善根迴向衆生令一切衆生悉得赤銅如來相爪令一切衆生得潤澤爪令一切衆生得佛具足清淨光爪令一切衆生得具足大人一切智爪令一切衆生得無比爪於諸世間無所染著令一切衆生得莊嚴爪普照衆生令一切衆生得細妙爪微密清淨不可破壞令一切衆生得佛具足方便相好大智清淨令一切衆生得善生爪菩薩清淨行業果報令一切衆生得薩婆若善方便爪放無量色妙光明藏是爲菩薩摩訶薩施肉爪善根迴向衆生令一切衆生得一切智爪具足莊嚴如來法身皆悉滿足無障礙力菩薩摩訶薩爲求法故爲難得法故能施法者作如是言若能投身七仞火坑當與汝法菩薩聞此歡喜無量作是思惟我爲法故尚於阿鼻地獄諸惡趣中受無量苦況入人間微小火坑而得聞法奇哉正法甚爲易得免於地獄無量楚毒入小火

坑而聞正法汝但說法我入火坑如求善法
王菩薩金剛思惟菩薩爲法歡喜入火善根
迴向衆生令一切衆生得佛所住一切智法
於無上道堅固不退令一切衆生皆悉除滅
惡趣火坑受如來樂令一切衆生得無畏心
離衆恐怖令一切衆生常樂求法皆得歡喜
佛法莊嚴令一切衆生離諸惡道悉能除滅
三毒熾火令一切衆生悉得快樂成就如來
最勝妙樂令一切衆生得菩薩心悉能除滅
貪恚癡火令一切衆生悉得菩薩諸三昧樂
普見諸佛心大歡喜令一切衆生常聞正法
究竟佛道未曾忘失令一切衆生悉得菩薩
自在諸通快樂究竟具足薩婆若智是爲菩
薩摩訶薩爲求法故赴火善根迴向衆生令
一切衆生具智慧火遠離一切諸不善業菩
薩摩訶薩爲求法故舉身具受無量諸苦爲
正法故爲廣說正法故建立菩薩道故開無
上菩提故具足無上智故修習十力故增廣
一切智心故得無礙智故令一切衆生清淨
故入一切菩薩境界故守護大乘佛菩提故
如求正法菩薩勇健王菩薩如是等無量菩
薩摩訶薩爲求法故受無量苦乃至謗正故
人極大惡人惡業障人持魔業人爲正法故
代彼惡人具受諸苦菩薩摩訶薩爲求法故
代諸衆生受苦善根迴向衆生令一切衆生
離一切苦得安樂利益令一切衆生離諸苦
受成就妙樂令一切衆生永滅苦陰得如電
光樂令一切衆生超出苦獄具足究竟智慧
之行令一切衆生見安隱道離苦惱趣令一
切衆生得法愛樂充滿具足究竟寂滅一切

衆苦令一切衆生發大悲心悉欲濟度一切苦海令一切衆生得諸佛樂斷生死苦令一切衆生得無比淨樂其身永離一切苦受令一切衆生得一切勝樂究竟具足佛無礙樂是爲菩薩摩訶薩爲求法故悉受衆苦善根迴向救護衆生令一切衆生安住薩婆若無礙解脱菩薩摩訶薩爲求法故爲法難得故能捨大地四海國土大小諸城村邑丘聚國土豐樂人民熾盛園林浴池華果繁茂如是種種無量莊嚴天下太平無有怨敵金銀寶藏妻子眷屬皆悉能捨於不堅固中求堅固法饒益一切諸衆生故令一切衆生得佛無礙清淨解脱薩婆若道如大勢妙德菩薩勝趣王菩薩如是等無量菩薩摩訶薩爲求正法故乃至一句一味五體投地敬禮頂受正

念三世諸佛勤求正法於正法中心常欣樂修習諸願求離食法捨離世間帝王自在之法樂求無上法王自在勝法不念不著一切世間以離世法自長養心遠離一切世間惡語寂靜安立諸佛所住菩薩摩訶薩爲求正法以施四天下大地國土所攝善根迴向衆生令一切衆生悉能捨離内外所有令一切衆生能捨一切心無中悔令一切衆生不惜身命資生之具常求正法令一切衆生悉得法利斷除無量衆生疑惑令一切衆生常樂正法於諸佛法得深法愛令一切衆生能捨身命世間自在樂求佛法大心修習無上菩提令一切衆生恭敬尊重諸佛正法能捨身命究竟正法令一切衆生護持佛法修習如來難得聞法令一切衆生悉得諸佛菩提明

照畢菩薩行不由他悟令一切衆生於諸佛法而得自在拔出疑刺心常清淨是爲菩薩摩訶薩爲求難得法故布施國土善根迴向令一切衆生知見滿足復次菩薩摩訶薩行法自在時悉教斷除閻浮提内城邑聚落一切屠殺二足四足普施無畏離怨敵心修菩薩行以正治國滅除衆生一切苦難發起一切衆生安隱心寶具足正直勝妙心寶能自具足三種戒法亦令衆生具三種戒菩薩摩訶薩以不殺等五戒善根迴向衆生令一切衆生得長壽慧具菩提心命根無盡令一切衆生得無量壽恭敬供養一切諸佛令一切衆生具足修習離老死法一切衆難不能害命令一切衆生逺得無量離病苦身命根自在能隨意住令一切衆生得無盡命盡未來劫悉具修習菩薩所行調伏化度一切衆生令一切衆生得淨命門十力善根皆悉來入令一切衆生善根具足壽命無量諸願成滿令一切衆生悉見諸佛修習無盡長壽善根令一切衆生於如來家學諸所學具足成就無盡命根於聖法中得歡喜心令一切衆生得無老病不死命根無盡精進安住佛智是爲菩薩摩訶薩以離殺等五戒善根迴向衆生令一切衆生安住如來三種淨戒具足究竟十力智慧菩薩摩訶薩若見衆生殘害不仁若人若獸毀其男形令身殘闕受諸楚毒見此苦已起大慈悲而救度之悉令貴樂珍寶具足菩薩摩訶薩謂惡人言汝爲何利造此惡業隨汝所須盡相資給汝今便可捨是惡業不能正念肆其貪欲害彼自利以求已

樂無有是處如此惡行諸不善法一切如來所不讚歎菩薩摩訶薩悉能捨離一切所有令彼衆生不行惡業又爲彼人說微妙法謂寂靜法長養淨行除滅不善修習慈心不惱衆生時彼惡人聞此法言即捨惡行修清淨業菩薩摩訶薩以慈救善根迴向衆生令一切衆生得佛大人陰藏之相令一切衆生具足男形得丈夫意清淨梵行令一切衆生成就丈夫無欲之身乘無礙智究竟不退令一切衆生得大人身永離欲心無所染著令一切衆生皆悉成就善男子法諸佛讚歎智慧具足令一切衆生得大人力具足成就十力善根令一切衆生常得成就男子之形堅固安住未曾有法令一切衆生於五欲中無著無縛心得解脫猒離三界修菩薩行令一切衆生皆得成就第一智人一切信伏皆受道化令一切衆生成就菩薩丈夫深智究竟一切大乘佛趣是爲菩薩摩訶薩救毀形者善根迴向令一切衆生皆悉救護諸善男子生賢聖家智慧具足修習履行男子勝智善能示現七丈夫趣具足無上丈夫正法常能化度一切衆生善根迴向令一切衆生得佛清淨丈夫勝法復次菩薩摩訶薩若有如來出興於世以大音聲普告一切如來出世如來出世令一切衆生得聞佛音聞佛音已捨離自大憍慢放逸得見諸佛堅固安住念佛三昧修佛境界未曾廢忘恭敬供養一切諸佛常樂見佛以百千劫難值遇故廣爲衆生說佛難遇衆生聞已常欲樂見一切諸佛心大歡喜恭敬供養尊重讚歎於如來所聞諸佛

名於無量佛所種諸善根修習增長無量衆生因如來故悉皆清淨無量衆生因如來故悉淨調伏彼諸衆生於菩薩所生善知識心因菩薩故諸衆生等悉具佛法彼諸衆生無量劫中所修善根悉作佛事菩薩摩訶薩以歎佛善根迴向衆生令一切衆生常見諸佛初不失時如應受化令佛歡喜令一切衆生常樂見佛未曾廢忘令一切衆生修習智慧能持一切諸佛法藏令一切衆生不離佛法於無量劫修菩薩行常聞正法令一切衆生得不忘念悉持一切諸如來智令一切衆生不念異業正念諸佛修習十力令一切衆生隨方見佛盡虛空界一切如來悉得奉見令一切衆生得佛身自在於一切世界現成佛道令一切衆生於善知識所聞佛正法於諸如來得不壞信令一切衆生讚佛出世皆悉不虛化度衆生普令清淨是爲菩薩摩訶薩歎佛出世善根迴向令一切衆生悉見諸佛如應受化於無上道一切佛法究竟清淨復次菩薩摩訶薩布施大地或布施佛起立殿堂或施菩薩及善知識隨意所用或施聖僧造立坊舍或奉父母興建屋宅或施餘人聲聞緣覺一切福田諸乞求者或施四衆隨意受用令無所乏或奉如來造立塔廟如是等施隨彼受用悉離怨敵一切恐怖菩薩摩訶薩以施大地菩薩迴向令一切衆生得薩婆若清淨佛地究竟得到普賢菩薩所行彼岸令一切衆生得大地陀羅尼離癡正念悉能受持諸佛妙法令一切衆生持一切法守護佛法令一切衆生得大地等心於衆生所清

淨正直不生惡念令一切衆生持佛族姓不斷佛種次第成立一切菩薩諸地善根令一切衆生普爲一切作安隱依悉令調伏成就清淨令一切衆生與如來等饒益衆生安立佛力令一切衆生悉爲一切之所愛樂安住諸佛所愛樂處令一切衆生堅固安住如來諸力無畏法中令一切衆生得薩婆若地於諸佛法自在究竟是爲菩薩摩訶薩布施大地善根迴向令一切衆生界究竟如來清淨道地復次菩薩摩訶薩布施僮僕或奉諸佛菩薩善知識爲欲增長如來法故或施僧寶或奉給父母尊重福田或復給施諸病瘦者全濟其命一切貧窮諸乞求者皆悉施與或施塔廟供給灑掃若有人能書寫佛經爲護法故以無量億僮僕淨人給其使令此諸給使皆悉聰達明了黠慧柔輭調伏常勤精進未曾懈怠成正直心饒益心安樂心慈心離怨敵心此諸僮僕以如是心奉給於彼菩薩摩訶薩隨彼受者方俗所宜才能技術以此僮僕而施與之悉是菩薩淨業所起能令僮僕悅可彼意菩薩摩訶薩以施僮僕善根迴向令一切衆生得調伏心奉給諸佛修習善根令一切衆生隨順奉給一切諸佛悉能聞持諸佛所說令一切衆生隨意自在進覲如來常修正念無餘惡心令一切衆生紹繼佛種隨順如來所攝善根令一切衆生奉給如來常不失時所見諸佛皆悉不虛令一切衆生悉攝一切諸佛妙義言辭清淨遊行無畏令一切衆生悉覲諸佛樂觀無猒於諸如來不惜身命令一切衆生得見諸佛心無染著

離世所依令一切衆生依止諸佛遠離一切世間吉祥令一切衆生隨順佛趣一向樂求無上菩提是爲菩薩摩訶薩布施僮僕善根迴向令一切衆生永離垢染得佛淨地如來法身自在無礙菩薩摩訶薩以身布施爲給使時捨離憍慢謙下心給使心如大地心忍一切苦心供給一切無猒足心無懈怠心與一切貧賤衆生諸善根心一切尊貴富樂乃至童蒙愚小皆悉恭敬供養心堅固安住最勝法門正念修習一切善根心菩薩摩訶薩以身布施善根迴向令一切衆生僮僕無乏修菩薩行心不退轉未曾違失菩薩正義一心專求菩薩之道了達菩薩平等正法得在如來種姓之數修眞實法增菩薩行令諸世間得淨佛法深心解脫究竟菩提令一切衆生增長清淨勝大善根令一切衆生向大功德究竟一切智菩薩摩訶薩復作是念以身供給所攝善根令一切衆生善能給侍一切諸佛其心調柔常聞正法受持法守護法不忘法不壞法不選擇法不離法善調伏法善能調伏不調伏法調伏寂滅法令彼衆生於諸佛所善能隨順以隨順功德令一切衆生作第一塔悉能堪受衆生供養令一切衆生作第一福田自然正覺無上菩提令一切衆生作最勝福田普能饒益一切衆生令一切衆生悉作殊勝功德義藏皆能窮盡善根源底令一切衆生作淨妙福田悉能出生果報無量令一切衆生得勝出道悉能超出一切世間令一切衆生作第一調御隨其所應悉能示導令一切衆生得最勝陀羅尼悉能受

持諸如來法令一切衆生逮得無量最勝法界具足虛空無礙正道是爲菩薩摩訶薩布施已身善根迴向令一切衆生逮得如來應供智身菩薩摩訶薩悉得法愛清淨喜心能以自身普覆諸佛常樂修習無上法寶於諸佛所生父母心欲得究竟無礙道法成就無數那由他智慧妙寶諸善根門於諸如來無量法門正念不忘深解如來諸境界義能以如來微密梵音普雨一切諸佛法雨如來法雲遍覆一切而無所畏能分別說一切智人地具足究竟薩婆若乘以無量無邊大法成滿諸根菩薩摩訶薩於諸佛所聞甚深法歡喜無量修習正道自能除滅一切疑惑又令衆生歡喜無量疑網悉除功德成滿善根具足修習無量法門普行大願饒益衆生安住

不動金剛藏智正心專求無上菩提悉能嚴淨一切佛刹恭敬親近無量如來菩薩摩訶薩安住此法自身普覆一切諸佛以此善根迴向衆生令一切衆生妙身具足悉能普覆一切諸佛令一切衆生依如來住常見諸佛未曾遠離令一切衆生得最勝身具足一切功德智慧令一切衆生行離有楚行能令一切諸佛歡喜令一切衆生得無我所身於我我所心無所著令一切衆生悉能分身遍一切刹於諸世界而無來去令一切衆生得自在身離我我所自在遊方令一切衆生出生佛身處在如來無上身家令一切衆生得法力身安住法座忍力成就心不可壞令一切衆生得無比身具足如來清淨法身令一切衆生得出世間功德之身於空法界而得出

生是爲菩薩摩訶薩自身覆佛所攝善根迴向衆生令一切衆生成三世佛勝妙功德菩薩摩訶薩以身布施一切衆生時作如是念令一切衆生成就善根令一切衆生常念善根令一切衆生能爲明燈令一切衆生安隱樂住令一切衆生得法藏腹悉能含受一切衆生令一切衆生作世間明滅除衆闇令一切衆生悉作一切善根因緣爲善知識展轉相成開示正道得無上樂令一切衆生作明淨日菩薩摩訶薩以身布施一切衆生所攝善根迴向衆生令一切衆生究竟諸佛智慧道地令一切衆生隨順正道悉令究竟無上菩提令一切衆生常處佛會悉受正化令一切衆生威儀具足成就諸佛清淨威儀令一切衆生悉得涅槃深解法義令一切衆生悉得勝法而無猒足常遇勝法生如來家令一切衆生捨世悕望逮得如來眞實悕望令一切衆生坐菩提樹出生無量清淨善根令一切衆生摧滅一切煩惱怨敵發無害心令一切衆生得無畏法悉能護持一切佛法是爲菩薩摩訶薩布施自身善根迴向令一切衆生饒益安隱得無上法菩薩摩訶薩自以已身奉給諸佛於一切如來生報恩心生父母心於諸佛所生清淨深心以明淨心受持菩提得諸佛法捨世間法生如來家隨順諸佛守護正法遠離一切衆魔境界修佛境界自以已身成就一切諸佛法器菩薩摩訶薩修如是法自身奉給一切諸佛所攝善根迴向衆生令一切衆生安住淨心一切智寶而自莊嚴令一切衆生得調伏衆生與其同事遠

離一切諸不善業令一切衆生得不壞眷屬悉能攝持諸佛正法令一切衆生悉爲如來清淨弟子成就灌頂菩薩之地令一切衆生悉爲諸佛之所攝護遠離一切諸惡知識令一切衆生隨順諸佛修習最勝生地菩薩法行令一切衆生入佛境界悉皆得受一切智記令一切衆生與如來等於諸佛法而得自在令一切衆生悉爲諸佛之所攝取行無著業令一切衆生悉爲諸佛第一侍者智慧具足悅可諸佛是爲菩薩摩訶薩身奉事佛善根迴向無上菩提迴向救護一切衆生迴向衆生超出三界迴向自心悉令清淨迴向無量廣大菩提迴向諸佛照明智慧迴向已身爲佛所攝迴向受持一切佛法迴向樂求一切佛法迴向善根悉與三世諸如來等迴向

清涼心得一切佛法菩薩摩訶薩布施國土時捨世帝王自在之心無著無縛不求自在遠離惡業普於衆生悉起饒益安樂之心菩薩摩訶薩以施國土善根迴向令一切衆生遠離愚癡明識業報令一切衆生不樂世法令一切衆生不著一切世間生處令一切衆生不取世界堅固之相令一切衆生心不染著陰界諸入令一切衆生心不染著我我所法令一切衆生心不忘失諸菩薩行令一切衆生未曾捨離諸善知識令一切衆生能悉受持菩薩願行令一切衆生諸善知識皆悉歡喜菩薩摩訶薩以施國土善根迴向令一切衆生得法王處於自在法得到彼岸令一切衆生得法王法調伏一切結王怨敵令一切衆生與法王同止讚歎佛法如來智慧令

一切衆生住佛境界法王之家能自在轉無上法輪令一切衆生出生如來巧妙方便得法自在護持佛法永使不絶令一切衆生護持無量法王正法皆悉成就勝大菩薩令一切衆生於淨法界得爲法王出興於世相繼不絶令一切衆生於諸世界作智慧王調伏成就一切衆生令一切衆生普爲法界虚空界等世界衆生作法施主建立一切諸衆生界於摩訶衍令一切衆生得法王法與三世佛善根齊等是爲菩薩摩訶薩布施王位善根迴向令一切衆生皆悉究竟安隱之處菩薩摩訶薩見有人來乞王京都嚴飾大城以歡喜心施不亂心施一向正求菩提心施無量願心施大慈心施大悲心施清淨心施爲利一切衆生故施自安立摩訶衍故施以諸佛法平等心施行善法心施欲一切智王心施求法王自在意故施欲增上智慧心故施欲一切清淨功德心施堅固廣大心施長養一切善根故施遠離衆魔恐怖具足佛智故施安住菩薩心力故施究竟一切境界一切智菩薩所行及諸大願故施菩薩摩訶薩布施京都嚴飾大城所攝善根迴向衆生令一切衆生淨一切剎施佛令住令一切衆生常樂阿蘭若處安住寂靜令一切衆生不著一切國土都邑聚落大小諸城究竟離欲得上寂靜令一切衆生心不親近一切世間悉皆永離世間語言令一切衆生得離欲心布施所有心不中悔令一切衆生不著家業得淨直心令一切衆生悉捨一切無所縛著善施成就令一切衆生不著住處捨離一切居家

貪著令一切衆生捨諸苦惱除滅一切恐怖憂慼令一切衆生以一切世界爲嚴淨刹奉施諸佛是爲菩薩摩訶薩布施京都嚴飾大城善根迴向令一切衆生嚴淨佛住菩薩摩訶薩布施寶女侍人眷屬技術悉備才能巧妙善於言戲威儀具足奉給恭順能感人心世間功德無不備舉莊嚴綺麗迴動天人言音和雅而無麤陋侍主盡禮不失其意姿容殊妙見者無猒千億技直供侍寶女皆是菩薩淨業果報而用布施以無著心施離虛妄心施不縛一切欲施於一切色無所著施不貪欲樂施離欲覺觀施於寶女形色不生想施菩薩摩訶薩布施寶女眷屬善根迴向迴向一切衆生出離生死迴向悉得諸佛喜樂迴向不堅固中而得堅固迴向金剛界智不可壞心迴向如來圓滿大衆迴向攝取堅固眞實迴向無上菩提之心迴向智慧分別諸法迴向出生一切善根迴向不違三世佛教菩薩摩訶薩住如是法生如來家出生一切智道深入一切菩薩智業捨離一切世間塵垢調伏實心功德圓滿無上福田廣說妙法安立衆生令一切衆生皆悉清淨修習攝取一切善根菩薩摩訶薩布施寶女眷屬所攝善根迴向衆生令一切衆生逮得無量三昧眷屬又得菩薩不壞三昧令一切衆生悉入諸佛莊嚴三昧常樂觀佛令一切衆生悉行菩薩不可思議自在遊戲三昧安住無量自在三昧令一切衆生入如實三昧不壞其心令一切衆生悉得菩薩甚深三昧於一切三昧皆得自在令一切衆生皆悉成就三昧眷

屬心得解脫令一切衆生善能分別種種三昧悉能善取諸三昧相令一切衆生得勝智三昧修習一切諸三昧門令一切衆生得無礙三昧能決定入不壞正受令一切衆生得無著三昧心常念行不二三昧令一切衆生得不可壞三昧清淨眷屬菩薩眷屬令一切衆生普發清淨菩提之心滿足佛法令一切衆生薩婆若力清淨滿足得無上智令一切衆生得隨順眷屬悉與衆生同意安住令一切衆生悉得滿足一切智功德成就一切勝妙善根令一切衆生得眞實眷屬成就如來清淨法身令一切衆生成就諸辯無縛無著廣說諸佛無盡法藏令一切衆生各爲一切作善知識成就一切勝妙善根令一切衆生淨業滿足成就一切諸清淨法令一切衆生滿足諸佛淨妙法門以諸淨法莊嚴世間是爲菩薩摩訶薩布施寶女眷屬善根迴向復次菩薩摩訶薩布施妻妾男女如須達拏太子現莊嚴王菩薩如是等無量菩薩摩訶薩乘薩婆若乘行一切施具足成滿檀波羅蜜嚴淨菩薩布施之道長養清淨不悔施心入一切施寶薩婆若心令一切衆生皆悉清淨具正直心具足清淨正直心已一切菩提皆悉滿足志常樂求菩薩淨道受持諸佛菩提願門修習一切如來家心如是菩薩摩訶薩意力成就求如來處自知已身繫屬一切不得自在隨彼走使普於衆生行一切施於未滿足者悉令滿足護持安慰一切衆生欲令自身普爲世間作第一塔令一切衆生皆悉歡喜欲於一切具平等心欲爲世間作清涼

池欲爲世間作施樂主欲爲一切作大施主智慧爲首習菩薩行如說修行欲成一切種智大誓莊嚴欲常專求智慧福田悉請衆生長養善根建立已身崇順正教普爲一切作智慧明正念菩薩一切施心一切諸佛常現在前菩薩摩訶薩以布施妻妾男女所攝善根無著無縛解脫心迴向衆生令一切衆生普出無量變化之身充滿十方一切世界轉不退法輪安立一切衆生於無上道令一切衆生不貪著身諸願具足悉詣十方諸佛世界令一切衆生得離憎愛心斷愛恚結令一切衆生爲佛眞子行如來家令一切衆生於諸佛所生自已心不可沮壞令一切衆生常爲佛子從法化生令一切衆生得正悕望成薩婆若令一切衆生修習善根究竟具足無上菩提令一切衆生成就諸佛菩提解脫施無上法令一切衆生得無生心不壞因緣令一切衆生坐菩提樹得最正覺成無上道化生無量眞法男女是爲菩薩摩訶薩布施妻妾男女善根迴向令一切衆生得無著解脫無礙智慧菩薩摩訶薩見有人來從乞家者以家莊嚴具具足莊嚴而布施之修習威儀於家無著遠離居家一切覺觀猒惡家業資生之具於家珍妙玩好之物不生貪心無所味著於家衆具無染縛心解家磨滅須臾變易出家求道究竟佛法安住菩薩住佛法莊嚴心能捨一切而不中悔常爲諸佛之所稱歎於資生物一切住處心無染著見來求者歡喜無量能決定施菩薩摩訶薩以家布施所攝善根如是迴向衆生令一切衆生捨離

妻子常樂出家令一切衆生信家非家捨家求道於佛法中淨修梵行令一切衆生樂一切施心不中退安住離慳令一切衆生永離家法少欲知足無所藏積令一切衆生不樂俗家常樂佛家令一切衆生悉皆永離障礙之法滅除一切諸障礙道令一切衆生不染家屬雖現在家心無所著令一切衆生善化一切雖現在家說正覺智令一切衆生示現在家住佛所住心常隨順如來智慧令一切衆生在家悉能悦喜衆生住佛所住是爲菩薩摩訶薩以施家善根迴向令一切衆生悉行菩薩種種諸行滿足諸願智慧自在

大方廣佛華嚴經卷第十九

音釋

脇虚業切　傭丑容切均也圓直也　纖思廉切細也　筩徒東切斷竹也謂手指圓直如竹筩也　仞而振切八尺曰仞　灑掃灑所賣切灑水也掃先到切掃除也　黠胡八切慧也

大方廣佛華嚴經卷第二十

東晉天竺三藏佛陀跋陀羅等譯

金剛幢菩薩迴向品第二十一之六

菩薩摩訶薩布施莊嚴遊戲園林時作如是念我當爲一切衆生作愛樂法林我當爲一切衆生示現悦樂之處我當與一切衆生無量歡喜我當爲一切衆生開淨法門超出三界我當與一切衆生無上菩提滿足諸願我當爲一切衆生而作慈父智慧觀察一切三界我當惠施一切衆生資生之具令無所乏我當爲一切衆生而作慈母出生善根滿足諸願菩薩摩訶薩善根迴向無猒足心遠離一切衆生諸惡迴向正心安隱一切衆生迴向不求報恩迴向不求衆生利養迴向不求讚歎迴向除滅一切衆生無量苦惱迴向一切衆生其心清淨猶如虛空迴向一切衆生善根爲首觀察一切諸法眞實迴向一切衆生以大莊嚴而自莊嚴永離苦陰迴向於摩訶衍願而無猒足永離邪見具足修習菩薩所行及諸大願迴向菩薩摩訶薩以施莊嚴遊戲園林所攝善根迴向衆生令一切衆生得轉勝善根究竟成就無上菩提園林之心令一切衆生得不動法普見諸佛皆悉歡喜令一切衆生常樂法林逮得佛刹娛樂園林令一切衆生得淨妙心常見如來大神足林令一切衆生悉樂如來自在遊戲智慧自在遍遊十方令一切衆生修習法戲詣諸佛刹諮受道化令一切衆生樂菩薩戲盡未來劫修菩薩行心無疲倦安住解脫令一切衆生見一切佛充滿法界樂佛大心清淨園林令

一切衆生詣諸佛剎其心忻樂供養諸佛令一切衆生樂離欲心清淨莊嚴一切佛剎是爲菩薩摩訶薩布施莊嚴遊戲園林善根迴向令一切衆生遊戲一切諸佛園林見一切佛復次菩薩摩訶薩作無量億那由他阿僧祇大衆施會離惡清淨諸佛所歎普淨衆生永離衆惡淨三業迹生薩婆若心無量境界皆悉清淨無量百千萬億那由他布施之具皆悉莊嚴而以惠施菩薩摩訶薩以大施會所攝善根迴向衆生令一切衆生悉得無上菩提之心行無量施皆悉清淨令一切衆生皆悉究竟無量無邊清淨之道令一切衆生行無量慈隨衆所須悉令滿足令一切衆生行無量悲悉能救護一切衆生令一切衆生隨順三世如來正教令佛歡喜令一切衆生於諸佛所修行布施心不中悔令一切衆生皆悉長養勝妙信根於念念中修行增進無量布施令一切衆生得摩訶衍心皆悉成就大乘施會令一切衆生成大善會施究竟施善施勝施隨願施第一施上施無上施無等施出世間施一切諸佛所讃歎施令一切衆生成第一施主於諸惡道拔出衆生安置無礙清淨智道修平等願眞實善根得無等等如來智慧令一切衆生安住寂靜諸禪定智趣不死道究竟一切通明智慧勇猛精進具足諸施莊嚴佛法究竟彼岸永不退轉令一切衆生得不退轉大乘之會給施衆生而無休息究竟無上一切種智令一切衆生種諸善根悉到無量功德彼岸令一切衆生諸佛所歎普爲一切作大施主功德具足充滿法

界普照十方施無上樂令一切衆生悉爲平等大布施主究竟善根等攝衆生令一切衆生爲勝施主建立一切於無上乘令一切衆生爲應時施主悉離非時究竟時會令一切衆生爲善施主具大人施法到於彼岸令一切衆生爲嚴淨施主至一切佛薩婆若處令一切衆生爲一切淨施主出生積聚法界等功德令一切衆生爲出過一切施主滿足大願度脫衆生安住如來處非處力是爲菩薩摩訶薩大施善根迴向令一切衆生行無上捨究竟佛施成就善施不可壞施諸佛法施愛眼心施救衆生施薩婆若施見諸佛施具威儀施具足菩薩所行功德佛智慧施復次菩薩摩訶薩悉捨一切資生之具心無貪著不求果報世間富樂無所希望捨離愚癡深解諸法饒益安立一切衆生眞實相心解一切法種種莊嚴諸資生具無量境界種種莊嚴資生之具饒益衆生究竟施一切施内外施增長直心令一切衆生具功德寶心善能饒益無量衆生令一切衆生成就寶心令一切衆生清淨善根等三世佛具一切智菩薩摩訶薩以施資生之具所攝善根迴向衆生令一切衆生清淨調伏令一切衆生皆悉嚴淨一切佛刹除滅煩惱令一切衆生以清淨心於念念中充滿法界令一切衆生智慧充滿虛空法界令一切衆生得一切智了達三世於一切時轉不退法輪令一切衆生悉皆示現一切種智巧妙方便饒益衆生令一切衆生悉悟一切諸如來道盡未來劫於一切刹廣說佛法未曾休息令一切衆生於無量

劫修菩薩行心無猒倦令一切衆生於一切世界淨世界不淨世界小世界中世界大世界微細世界廣世界翻覆世界伏世界如是等一切世界皆悉嚴淨菩薩充滿行大乘行令一切衆生於念念中悉作三世一切佛事調伏衆生立薩婆若此菩薩摩訶薩以如是等無量阿僧祇劫饒益衆生令佛法不斷以大悲心救護衆生修習大慈具菩薩行建立一切諸如來論令一切衆生皆悉不斷諸佛善根有來求者悉滿其意而無恚猒能施一切心無有悔捨一切物資生之具隨所來方無不忻悅於諸衆生如一子想見來求者心大歡喜作是念言是我善知識爾時菩薩長養大悲心歡喜心不可壞心大施心菩薩摩訶薩見來求者隨其所須悉資給之充滿其意令無所乏皆令歡喜斷其貧苦具足富樂同聲稱美歎德而歸菩薩爾時心大歡喜於百千億那由他劫受帝釋樂所不能及須夜摩天王兜率陀天王化自在天王他化自在天王百千億那由他劫所受喜樂所不能及梵天王樂乃至淨居天無量無邊阿僧祇劫禪定快樂亦所不及無量無數不可稱說阿僧祇劫轉輪王樂亦不能及菩薩摩訶薩如是大喜無量信心增長直心清淨諸根柔輭定心增廣生菩提心堅固不轉菩薩摩訶薩善根迴向令一切衆生離毒害心令一切衆生安隱快樂令一切衆生得眞實義令一切衆生悉得清淨無上菩提令一切衆生悉得平等令一切衆生得賢善心令一切衆生逮得普賢菩薩摩訶衍心令一切衆生所行悉

善令一切衆生具普賢菩薩所修願行令一切衆生覺十力乘菩薩摩訶薩以此善根迴向時於身口意業無著無縛解脱心迴向無衆生想迴向無命想無人想無補伽羅想無男子想無年少想無禪頭想無造想無受想無有想無無想無今世後世想無死此生彼想無有常想無無常想非三有想非無三有想非想非無想無縛無著解脱心迴向無業迴向無業報迴向無虛妄迴向無眞實迴向無思迴向無思報迴向無心迴向無無心迴向菩薩摩訶薩如是迴向時不著内不著外不著緣不著境界不著因不著因緣和合不著法不著非法不著思不著思果不著色不著色取不著色滅不著受想行識不著受想行識取不著受想行識滅菩薩摩訶薩若於此法中心不著者則不縛色不縛色取不縛色滅不縛受想行識不縛受想行識取不縛受想行識滅若於此法而不縛者則於諸法亦無有解何以故一切諸法不生不滅無有自性無一無二無多無少無有量無無量無善無惡無深無淺無靜無亂無著無離無法無非法無性無非性無有無無故菩薩如是見法則是非法言語道斷故非法爲法而亦不壞一切業迹具修菩薩行不退一切智解知業緣如夢如響如鏡中像一切法如幻而亦不違因緣業報入甚深業解法眞實無行無作亦復不違業行之道菩薩摩訶薩以一切善根如是迴向一切種智普遊十方教化衆生迴向者何義永度世間生死彼岸故説迴向度諸陰彼岸故説迴向度語言道彼岸

故說迴向度衆生相彼岸故說迴向度身見彼岸故說迴向度不堅固彼岸故說迴向度諸行彼岸故說迴向度諸有彼岸故說迴向度諸取彼岸故說迴向度諸世間法彼岸故說迴向菩薩摩訶薩若能以此善根迴向則皆隨順一切諸佛隨順法隨順智隨順菩提隨順義隨順迴向隨順行隨順真實隨順清淨菩薩摩訶薩如是迴向已令一切衆生得如來法諸佛歡喜無佛不值無法不了於一切法無違無失悉能分別一切佛法不捨正法不違因緣内外諸法法力具足無有休息佛子是爲菩薩摩訶薩第六隨順一切堅固善根迴向菩薩摩訶薩住此迴向無量諸佛皆悉守護得堅固法修一切智解隨順義解一切法隨順真性得一切法隨順堅固善根隨順滿足諸願得隨順堅固法一切金剛所不能壞得隨順堅固願於一切法中而得自在爾時金剛幢菩薩承佛神力觀察十方觀察一切大衆觀察法界深入諸法句味之義修無量心大悲普覆一切衆生覺悟三世如來家法入於一切諸佛功德逮得諸佛自在之身分別一切諸衆生心隨所種善根應受化時隨順法身示現色身以偈頌曰

一切世間諸大王　菩薩現身於彼生
處彼尊豪大王位　悉能調伏諸群生
其心柔輭常清淨　於一切衆得自在
常以正法治天下　方便隨順樂世間
菩薩清淨王家生　常能如應轉法輪
遠離諸惡正治國　十方衆生無違教
菩薩色相功德滿　具足甚深妙智慧

堅固安住不退轉　悉能降伏一切魔
常能具持清淨戒　決定安住忍辱力
除滅一切瞋恚毒　常能修習最勝法
菩薩具行布施法　飲食華鬘乘衣服
塗香房舍明淨燈　如是等施無有量
菩薩所施益衆生　常能開發廣大心
其意清淨大歡喜　布施尊勝及世間
菩薩悉能捨無量　内外所有一切物
所行布施常歡喜　未曾暫有中悔心
菩薩悉能施頭目　手足肌肉及骨髓
一切身分盡惠施　其心未曾生中悔
菩薩處在大王位　清淨豪貴人中尊
大悲以舌施群生　楚毒無量不中悔
菩薩施舌淨善根　迴向一切諸群生
悉令此等衆生類　具足成就廣長舌

菩薩歡喜施妻子　其心未曾生憂悔
又復忻悅施國土　亦能捨身無所悋
隨所樂求盡施與　應時惠施無嫌恨
一切所有能悉捨　諸來求者皆滿足
爲法捨身無央數　修諸苦行求菩提
又爲衆生受諸苦　求無上智不退轉
聽受如來正法故　以身布施無疲猒
内心歡喜無有量　救護一切衆生故
菩薩得見諸佛已　慈心恭敬設供養
饒益歡喜悉具足　皆能聞持諸佛法
迴向一切衆生類　悉令世間得安樂
普能救護一切衆　永使究竟得解脱
菩薩具足諸眷屬　色身端嚴順教命
妙莊嚴具爲校飾　聰叡仁賢巧智慧
以饒益故悉布施　而未曾有微悋心

不爲世間資生利　饒益衆生求菩提
具足修習淨功德　履行無量諸勝業
迴向一切衆生類　亦不取業堅固相
菩薩能捨大王位　嚴飾京都諸城邑
宫殿内外一切物　遊觀園林諸池流
無量無數百千劫　以無上心行布施
開悟世間示彼岸　隨順化導群生類
菩薩見有來求者　悉從他方世界至
隨彼所須滿其願　菩薩大喜充遍身
菩薩迴向施功德　三世一切諸如來
所學究竟到彼岸　無上導師之境界
菩薩觀察一切法　誰爲度脱衆生者
爲度脱誰至何處　解空不捨布施心
菩薩迴向智慧故　菩薩迴向求正法
菩薩迴向甚深義　於一切法無所著

心不分别一切業　於諸業報不染著
了達菩提從縁起　於法真性無所壞
解了已身不染著　其心寂滅無所依
智慧分别無業性　善解因縁非無業
不虚妄取過去法　亦復不取未來法
了達現在無所有　觀察三世悉空寂
菩薩究竟色彼岸　受想行識亦如是
永度一切到彼岸　其心謙順常清淨
觀察五陰十八界　分别諸入及已身
於此諸法求菩提　皆悉空寂不可得
不取諸法常住相　於斷滅相亦不受
一切諸法非有無　諸業因縁和合生
無有衆生得菩提　一切諸法悉寂滅
心不染著諸佛刹　了達三世無所有
若能如是解正法　亦如一切諸最勝

雖復推求無所得　菩薩所得亦不虛
是故緣中求諸法　不違一切因緣道
分別解說諸業迹　欲令衆生悉清淨
是爲智者所修行　一切諸佛之所說
隨順思惟入正義　自然覺悟無上道
諸法無生亦無滅　亦復無來亦無去
不於此死而彼生　深解一切諸佛法
了達諸法眞實性　於法性中無所著
分別解了諸法趣　衆生諸趣佛國趣
永離諸法虛妄相　彼人得見諸佛智
一切三世所有法　皆悉了知無有餘
三世諸佛所覺法　悉能具足聞受持
所說三世一切法　如是等法悉非法
隨順修行一切法　而亦不壞諸法相
菩薩迴向諸衆生　令彼疾得一切智

佛子何等爲菩薩摩訶薩第七等心隨順一切衆生迴向佛子此菩薩摩訶薩增長下品善根中品善根上品善根無量善根廣善根種種善根不可測量善根不可思議善根阿僧祇善根無邊善根佛境界善根法境界善根僧境界善根善知識境界善根一切衆生境界善根方便境界善根修習微妙境界善根內境界善根外境界善根無量別異功德境界善根修習一切施境界善根清淨戒境界善根菩薩內自專正於一切捨忍辱境界善根精進不退轉境界善根入種種禪定境界善根修行諸地智慧境界善根分別一切衆生心心境界善根積集無量清淨功德善根修習正念菩薩業境界善根普覆一切衆生境界善根菩薩摩訶薩行如是等無量善

根修習究竟積集長養廣開解已則能安住忍力閉惡趣門善調諸根威儀具足永離顛倒決定正趣堪爲一切諸佛法器普爲衆生作無上福田常爲諸佛之所守護出生長養一切諸佛清淨善根隨順具滿如來大願深樂佛業心得自在悉與三世諸如來等普能供養一切諸佛究竟一切諸如來力常爲諸佛之所讚歎不求生天不貪利養不著諸行一切善根皆悉迴向爲一切衆生作功德藏具足諸道普覆一切衆生於生死中拔出衆生教令修習一切善根迴向一切境界而不斷絶開一切智菩提之門建立智幢嚴淨大道普示衆生捨離一切世間塵垢施心功德生如來家清淨功德皆悉滿足無上福田不著衆生不依世間令一切衆生皆悉清淨修習攝取一切善根菩薩摩訶薩離垢清淨菩提心攝取善根作如是念此菩提心所起善根菩提心思惟善根菩提心所得善根菩提心正悕望善根一向菩提心善根憐愍一切衆生攝取一切種智境界究竟十力境界積集十力境界不壞法界善根不退轉善根菩薩摩訶薩復作是念如此善根所有果報我當盡未來際行菩薩行不捨衆生故修行大捨迴向一切衆生悉無有餘令無數世界珍寶充滿令無數世界寶衣充滿令無數世界妙香充滿令無數世界莊嚴具充滿令無數世界摩尼寶充滿令無數世界勝摩尼寶充滿令無數世界妙色雜華充滿令無數世界上味充滿令無數世界金銀充滿令無數世界天牀充滿妙寶莊嚴敷以天衣令無數世

界雜寶莊嚴天冠充滿若有一人盡未來劫常來求索以此寶物而惠施之未曾猒倦如一衆生一切衆生亦復如是菩薩摩訶薩如是施時以平等心無偏愛心不求名心無熱惱心無中悔心專求一切智心清淨道心一向施心憐愍心調伏心安住一切智心菩薩摩訶薩善根如是迴向盡未來劫常行布施復次菩薩摩訶薩善根如是迴向一切衆生悉無有餘我當以寶象充滿無數世界七支具足六瘤充滿建大寶幢眞金莊嚴白寶網覆一切雜寶而莊嚴之以用布施我當以清淨寶馬婆羅馬王等充滿無數世界以一切馬寶莊嚴具而莊嚴之以用布施無數世界寶女充滿娛樂具足以用布施無數世界男女充滿以用布施無數世界已身充滿以用布施無數世界已身頭目充滿不放逸心以用布施無數世界已目充滿以用布施無數世界已身充滿堪忍楚毒破骨出髓以用布施無數世界大王坐處皆悉充滿以用布施無數世界給使僮僕皆悉充滿以用布施修習平等一切施心於一世界中盡未來劫修菩薩行爲一衆生於一切世界中盡未來劫修菩薩行爲一衆生爲一切衆生亦復如是具足大悲遠離衆惡普念一切令我布施究竟不退行布施時乃至不生一念憂悔之心菩薩摩訶薩復作是念我行如是無量布施以無著心無縛心解脫心大心甚深心攝取心離憎愛心離壽命心善調伏心不亂心無害心安住一切智心慧光普照一切法心入一切智心菩薩摩訶薩以此善根念念迴向

令一切衆生財寶滿足令一切衆生具足無盡大功德藏令一切衆生得安隱樂令一切衆生長養菩薩摩訶衍業令一切衆生滿足深法令一切衆生得不退轉一切智乘令一切衆生見一切佛令一切衆生普於衆生無所選擇令一切衆生悉得清淨平等之心令一切衆生離諸難處得一切智令一切衆生饒益安樂無量衆生令一切衆生普於一切得平等心令一切衆生得柔輭施心令一切衆生攝取眞實惠施之心令一切衆生不失施心令一切衆生具足施心永滅貧窮令一切衆生悉攝世間諸妙財寶無所乏短令一切衆生行無量施令一切衆生行一切施令一切衆生盡未來劫修行布施心無退轉令一切衆生悉捨一切心不中悔令一切衆生隨順行施饒益衆生令一切衆生行勝廣施令一切衆生行種種莊嚴施令一切衆生行無著施令一切衆生行平等施令一切衆生行大力金剛施令一切衆生行如日光明施令一切衆生得如來智令一切衆生善根眷屬具足成滿令一切衆生善根智慧悉現在前令一切衆生得不可壞正直之心令一切衆生具足成就清淨善根令一切衆生於煩惱睡眠智慧覺悟令一切衆生疑惑悉除令一切衆生得平等智慧清淨功德令一切衆生功德悉備無能壞者令一切衆生具足清淨不動三昧令一切衆生具不可壞薩婆若智令一切衆生具足菩薩無量清淨自在正行令一切衆生修習無著清淨善根令一切衆生淨修正念三世諸佛令一切衆生出生

勝妙清淨善根令一切衆生除滅一切諸魔魔業障礙道法令一切衆生皆悉履行無量功德生諸三昧清淨滿足令一切衆生常念諸佛未曾廢忘令一切衆生常見諸佛悉令歡喜初不遠離令一切衆生開淨法門出生善根諸白淨法平等具足令一切衆生悉得無量平等正直之心令一切衆生成就清淨平等施心令一切衆生滿足諸佛尸波羅蜜平等清淨令一切衆生具大精進波羅蜜未曾懈怠令一切衆生得大羼提波羅蜜令一切衆生得無量禪波羅蜜智慧分别滿足諸通令一切衆生於一切法得離身般若波羅蜜平等滿足令一切衆生得清淨法界平等滿足令一切衆生悉具淨妙諸通善根令一切衆生修平等行具諸善法令一切衆生究竟永度諸佛境界令一切衆生身口意業平等清淨令一切衆生諸業行報平等清淨令一切衆生悉得諸法平等清淨令一切衆生悉得諸法清淨平等實義令一切衆生悉得清淨諸勝妙行令一切衆生悉得菩薩諸清淨願令一切衆生普得平等淨功德智令一切衆生以諸善根迴向薩婆若乘平等滿足令一切衆生顯現一切嚴淨佛刹平等滿足令一切衆生得見諸佛除滅一切諸煩惱患令一切衆生具諸相好功德莊嚴平等滿足令一切衆生得八種聲百千妙聲而莊嚴之如來無量功德清淨梵音皆悉具足令一切衆生十力莊嚴成就無礙平等之心令一切衆生得一切佛無盡法明無量諸辯平等滿足令一切衆生得無上無畏人中之雄大師

子吼令一切衆生得一切智轉不退法輪令一切衆生出生諸法平等滿足令一切衆生善根清淨應不失時平等滿足令一切衆生成就清淨調御師法平等滿足令一切衆生於淳一莊嚴無量莊嚴大莊嚴諸佛莊嚴平等滿足令一切衆生觀察三世分別平等令一切衆生詣諸佛所聞法受持解了平等圓滿具足令一切衆生慚愧智慧與諸佛等令一切衆生得平等智慧觀察諸法令一切衆生得不動業報離諸障礙平等滿足令一切衆生入甚深智悉分別知衆生諸根平等滿足令一切衆生得無分別平等智慧皆悉等一清淨滿足令一切衆生隨順無猒善根平等分別皆悉滿足令一切衆生於大神足而得自在菩薩神力平等滿足令一切衆生悉得諸佛無盡功德智慧之藏究竟功德皆悉等一令一切衆生於諸法中得離虛妄隨順平等入一切法智菩提心令一切衆生勝妙福田平等滿足令一切衆生得清淨大悲普爲世間最上福田令一切衆生堅固無壞平等滿足令一切衆生見眞實法不可破壞平等滿足令一切衆生得最勝心思惟正觀平等滿足令一切衆生離諸恐怖入甚深法到於彼岸令一切衆生放一光明普照十方等度一切令一切衆生悉得菩薩不退精進同行同願平等滿足令一切衆生出一言音平等滿足令一切衆生於菩薩直心平等滿足令一切衆生悉得覩見諸善知識心大歡喜令一切衆生皆悉具足菩薩諸行調伏衆生未曾休息平等滿足令一切衆生得不斷辯

普入諸音平等滿足令一切衆生能以一心知一切心一切善根平等滿足令一切衆生修諸善根而不退轉安立衆生於清淨智令一切衆生得一切智平等功德清淨法身令一切衆生悉捨愚癡觀察善根平等滿足令一切衆生得一薩婆若成等正覺平等滿足令一切衆生離諸惡趣出生一道一切種智平等滿足令一切衆生得一衆清淨悉能普淨一切大衆平等智慧而莊嚴之令一切衆生於一佛刹普見一切諸如來刹平等滿足令一切衆生一切莊嚴不可說莊嚴不可量莊嚴無盡莊嚴莊嚴一切佛刹平等滿足令一切衆生分別解了無量諸法見甚深義平等滿足令一切衆生得諸聖行諸佛自在平等滿足令一切衆生非一非異諸神通力平等滿足令一切衆生隨順善根普為諸佛甘露灌頂令一切衆生清淨智身平等具足如是菩薩摩訶薩憐愍饒益衆生大悲哀念衆生令一切衆生皆悉清淨離慳嫉結具足無量無邊善妙功德常樂勝法離瞋恚濁及諸障礙其心柔軟離癡正直而無邪曲所行堅實不可沮壞得不退轉平等之心白淨法力皆悉成就不惱不失善解迴向修習功德調伏衆生除滅一切諸不善業專精苦行普教一切具足修習苦行善根為諸衆生具受衆苦慧眼清淨觀察善根習慧聖行善根迴向一切衆生令一切衆生安住清淨微妙功德遠離熾然成就等心善根迴向令一切衆生得薩婆若修習迴向攝取衆生一切善根平等具足具足成就等心迴向以如是等無量

善根迴向衆生令一切衆生常得安隱令一切衆生常得清淨令一切衆生常得安樂令一切衆生得究竟解脫令一切衆生得究竟平等令一切衆生得自在神力令一切衆生安住白法令一切衆生得無障眼令一切衆生調伏諸根令一切衆生具足十力教化衆生菩薩摩訶薩修行如是善根迴向時不著業迴向不著報迴向不著身迴向不著利養迴向不著諸刹迴向不著諸方迴向不著衆生迴向亦不離衆生迴向不著一切迴向不著法迴向菩薩摩訶薩如是迴向時作如是念令一切衆生滿足佛智得清淨心智慧分別内心寂靜外緣不亂得在三世諸佛家生菩薩摩訶薩行如是迴向勝出一切無能壞者一切衆生悉共讃歎所不能盡普行一切

諸菩薩行以少方便遍詣諸刹悉見諸佛無所障礙又見諸刹一切菩薩修習衆行悉得一切巧妙方便分别一切法陀羅尼演說妙法教化衆生盡未來劫未曾斷絶於念念中不可說不可說諸佛世界悉現受生猶如電光於念念中悉能嚴淨不可說不可說諸佛世界修行嚴淨佛刹智慧而無猒足令不可說不可說衆生清淨成就平等滿足隨其所住善根悉能具足諸波羅蜜攝取衆生除滅垢穢成就淨業得無礙淨耳於不可說不可說世界佛轉法輪悉聞受持於彼諸佛不生遠想乃至未曾一彈指頃不聞正法住無所有無依無染無著無行堅固不壞菩薩神力於念念中不可說不可說一切佛刹隨其所應悉現其身修菩薩行常與同見從事不相

違背菩薩摩訶薩修菩薩行時成就如是無量無邊清淨功德說不可盡況成無上菩提得最正覺所謂一切佛剎清淨平等一切衆生清淨平等一切身清淨平等一切根清淨平等一切業報清淨平等一切眷屬清淨平等滿足諸行清淨平等方便入一切法清淨平等滿足一切如來諸願迴向清淨平等示現一切諸佛境界自在清淨平等菩薩摩訶薩如是善根迴向已得一切清淨功德法門以諸功德而莊嚴之菩薩摩訶薩如是行迴向不違一切剎剎不違衆生剎不違衆生業衆生業不違剎思不違心心不違思思不違心境界心境界不違思業緣不違報報不違業緣業不違業迹業迹不違業法不違相相不違法法生不違性性不違法生剎平等不違衆生平等衆生平等不違剎平等一切衆生平等不違一切法平等一切法平等不違一切衆生平等離欲際平等不違一切衆生安住平等一切衆生安住平等不違離欲際平等過去不違未來未來不違過去過去不違未來現在未來現在不違過去世平等不違佛平等佛平等不違世平等菩薩行不違薩婆若薩婆若不違菩薩行菩薩摩訶薩行如是迴向得平等業得平等報得平等身得平等道得平等願得平等一切衆生心得平等一切剎得平等一切行得平等一切智得三世諸佛平等得見諸佛及諸菩薩得一切善根得滿足一切願得成就一切衆生得善分別一切諸業得見一切諸善知識悉令歡喜得清淨大衆得究竟諸佛正教得究竟一

切白淨法迴向佛子是爲菩薩摩訶薩第七等心隨順一切衆生迴向菩薩摩訶薩成就此迴向已則能摧伏一切怨敵悉能拔出一切欲刺得無生道到無二處得無量自在功德之王救護衆生神足無礙遍遊諸刹常樂寂靜於一切身而得自在悉能出生菩薩大行於諸行願得自在智分别了知一切諸法悉能遍生一切佛刹得無礙耳聞一切刹所有音聲得淨慧眼見一切佛修諸善根未曾休息具足成就一切諸法菩薩摩訶薩以此等心隨順一切衆生迴向迴向諸善根爾時金剛幢菩薩承佛神力普觀十方以偈頌曰

菩薩具行諸功德　深遠清淨甚微妙
所行功德雖微小　悉能迴向廣無量
菩薩一切資生具　珍妙奇特貴無價
象馬寶王諸輦轝　種種寶衣及衆珍
已身頭目幷手足　破骨出髓割肌肉
充滿無量諸世界　悉以惠施無貪悋
如是無量無邊劫　一切普施不退轉
以此功德悉迴向　救度無量衆生故
菩薩饒益一切衆　清淨功德諸妙願
安樂三有群生類　悉令究竟證菩提
菩薩平等發大願　隨順修習清淨業
令一切衆得平等　於彼願中無所著
普於世間無嫌恨　悉能隨順行諸願
悉能迴向群生類　不違一切諸賢聖
一切世間智慧日　斯從布施淨戒生
勤修精進無懈怠　於一切願不退轉
菩薩迴向到彼岸　能開清淨妙法門
得兩足尊勝智慧　分别實義到彼岸

菩薩梵音悉究竟　具足堅固妙智慧
深入正法離障礙　菩薩於彼意無著
菩薩心淨不作二　亦復不作不二法
捨離二法不二法　覺悟衆生語言道
菩薩覺悟世平等　諸心音聲一切業
一切衆生猶如化　悉從因緣業報轉
一切世間所造作　十方無量業音聲
悉從業緣之所起　應滅彼業令無餘
菩薩觀察一切衆　身口意業悉平等
普令衆生得平等　猶如一切無等等
菩薩善根悉迴向　普令衆生色清淨
具足一切諸功德　悉同無上調御士
一切衆中最殊勝　具足功德妙法身
功德大海悉迴向　饒益安樂諸群生
我所修行諸功德　普令一切悉清淨
諸佛清淨無倫匹　普令世間亦如是
平等善根悉迴向　令一切衆知實義
微妙智慧功德滿　悉與一切如來等
菩薩觀察一切法　世間寂滅空無餘
無有造作無造者　亦復不壞諸業報
於彼靜亂無有二　悉以等心正觀察
菩薩眞實解世間　遠離一切諸虛妄
如是眞實佛子等　從諸如來法化生
無量功德悉迴向　一切疑惑悉除滅

大方廣佛華嚴經卷第二十

音釋

諮　津私切訪問於善爲諮
悋　良刃切慳也
瘤　力求切腫起也
輦　力展切王者所乘之車謂之輦
轝　羊諸切與輿同

大方廣佛華嚴經卷第二十一

東晉天竺三藏佛陀跋陀羅等譯

金剛幢菩薩迴向品第二十一之七

佛子何等爲菩薩摩訶薩第八如相迴向佛子此菩薩摩訶薩成就念智安住不動離癡正念直心不動成就堅固不可壞業一切智境界得不退轉得大乘勇猛無畏之心修習無盡善根積集勝妙善根修白淨法增長大悲得正直寶常能正念一切諸佛白淨法迴向心不退轉樂求菩薩道巧妙方便出生清淨堅固善根正念修習智慧功德爲調御師具足出生一切善根智慧方便迴向衆生慧眼清淨悉能觀察一切善根長養無量種種善根分別境界善根具足善根清淨善根一向善根修習善根行善根思惟善根平等廣説善根菩薩摩訶薩如是善根有種種門種種境界種種相種種事種種分別無量行無量語言道出生無量分別修行種種莊嚴善根悉能正持十力諸乘菩薩摩訶薩修習如是種種善根一觀無二一切智境界菩薩摩訶薩以如是等善根迴向欲令具滿無礙身修菩薩行欲令口業清淨無礙修菩薩行欲令具足無礙心業安住大乘具無礙心令菩薩行皆悉清淨得無量大施心克滿一切衆生得法自在心照一切法普示世間得最勝不可壞心得清淨一切種智發菩薩心普照一切正念三世一切諸佛念佛三昧悉得具足滿足離害正直之心遠離怨敵任持衆生克滿一切而無休息於十力智悉得安住得深三昧悉能遍遊一切世界無所染著悉住

一切刹而無猒足化度衆生未曾休息出生無量巧便思慧具足成就一切菩薩不思議慧得離癡智悉能分別一切世界於一念中悉能嚴淨一切佛刹於諸通慧而得自在入一切法眞實之相示現嚴淨一切世間於一刹中見一切刹究竟不壞智能持一切刹以菩薩莊嚴具而莊嚴之應現一切悉能調伏無量衆生一佛世界廣大如法界一切世界亦復如是得究竟智詣一切刹一切普持菩薩摩訶薩以此善根迴向佛刹令一切衆生克滿迴向分別受持智慧如爲已身爲衆生迴向亦復如是令一切衆生永離地獄餓鬼畜生閻羅王處令一切衆生悉能除滅諸障礙業令一切衆生悉得等心平等智慧令諸怨敵具慈心樂清淨智慧令一切衆生智慧

現前圓滿具足普照一切令一切衆生具眞實智離垢正直菩提心無量智慧滿足令一切衆生示現平等安隱善趣菩薩摩訶薩如是迴向修習善根及一切願如大雲雨令一切衆生皆悉清淨令一切衆生爲功德福田令一切衆生守護受持菩提内藏令一切衆生離諸障礙安住無礙清淨法界令一切衆生滿足無礙諸通智慧令一切衆生得自在身遊行十方如應示現令一切衆生得無礙善根一切種智令一切衆生攝取一切悉令清淨令一切衆生遠離障礙瞋恚之心究竟成就一切種智復次菩薩摩訶薩若見可樂國土林樹華果或見可樂名香上服珍寶財物諸莊嚴具或見可樂園觀村邑聚落王都或見可樂自在帝王或見可樂阿練若處善

薩摩訶薩見如是已修巧方便出生無量淨妙功德樂求實義爲衆生故而不放逸善能修習一切善根猶如大海難可測量具足善根不可窮盡一切功德皆悉滿足亦不分別種種善根巧妙方便清淨迴向示現無量諸行善根常念一切未曾忘失衆生境界如善根平等善根菩薩摩訶薩善根如是迴向令一切衆生志常樂見無量諸佛如法不取法性無數衆生平等清淨亦復如是令一切衆生悉得諸佛隨意愛樂供給侍者令一切佛國除滅煩惱清淨可樂令一切衆生悉得見聞無量佛法心常愛樂常樂守護諸菩薩行樂以愛眼觀善知識令一切衆生見可樂法令一切衆生樂持正法令一切衆生於佛法中得可樂明令一切菩薩悉得可樂大施之心於諸法中得無所畏樂爲衆生分別廣說得菩薩可樂三昧諸陀羅尼得一切菩薩受記智慧得一切菩薩甚可愛樂自在示現具足諸佛圓滿說法得可樂方便分別說法得可樂大悲發菩薩心諸根悅豫得可愛樂諸如來家教化衆生心不休息得菩薩可樂無盡法藏於無量劫一一世界化度衆生於現在佛所得可愛樂巧妙方便得可愛樂深妙方便無所障礙永離愚癡具足可樂平等離欲一切諸法斷諸障礙決定深解不二法界具足可樂離欲際等一切諸法入眞實際得菩薩可樂無諍滿足之法具足可樂金剛藏心一切種智勇猛精進清淨成滿具足可樂清淨善根摧伏怨敵滅障道法具足可樂無上菩提一切種智常現在前充滿衆生如是

菩薩摩訶薩長養善根得淨慧明常為善知識之所攝護如來慧日明照其心滅除癡闇淨修正法入諸智業善學智地分別法界一切善根善能迴向一切菩薩諸善根海盡其源底成就智慧深入堅固明解善根了達諸度菩薩摩訶薩善根如是迴向不著世界不著衆生界心無所依寂然不亂正念諸法具足諸佛無選擇智不違三世一切諸佛正迴向門不違一切平等正法不壞佛相等觀三世了衆生空無所依住順如來道普照諸法解眞實義漸至諸地如實分別一切諸法智慧周滿具足堅固未曾忘失修習正業常樂寂靜正趣離生了一切法猶如幻化解了一切法無有自體觀一切義及種種行於語言道而無所著所有諸法皆從緣起觀甚深法

生實智迴向觀察寂滅一切諸法皆入一觀不違諸法種種異相善解迴向修菩薩道善根迴向攝取衆生長養三世菩薩一切迴向如是菩薩摩訶薩以無恐怖心善根迴向一切佛法以無量心善根迴向一切衆生皆悉清淨以無我無我所心善根迴向於十方界無所染著以無餘心善根迴向於一切境界世界無所染著行離世間法善根迴向得出世法不著衆生善根迴向見諸勝道善根迴向離虛妄法出生眞實善根迴向如法門至一切道無量無邊善根迴向如如善根亦爾迴向衆生解了諸法如性如善根亦爾迴向一切法自性無有自性如相如善根亦爾迴向一切法無相眞實相如法如善根亦爾迴向佛法不退轉如行如善根亦爾迴向一切

如來所行如境界如善根亦爾迴向三世諸佛滿足境界如安立如善根亦爾迴向安立一切衆生如隨順如善根亦爾迴向盡未來刼隨順不斷如量如善根亦爾迴向衆生心與虛空等如充滿如善根亦爾迴向一念滿一切世界如久住如善根亦爾迴向離一切世間住住究竟住如不生如善根亦爾迴向不生滿足一切佛法如堅固如善根亦爾迴向壞散一切煩惱如不壞如善根亦爾迴向一切衆生不可破壞如明如善根亦爾迴向普照一切如一切處如善根亦爾迴向至一切處道如一切時如善根亦爾迴向隨順一切時如一切如善根亦爾迴向一切衆生隨順清淨如一切平等如善根亦爾迴向一切行平等如一切法眼如善根亦爾迴向一切衆生悉得法眼如不倦如善根亦爾迴向一切行菩薩道而無疲倦如甚深如善根亦爾迴向一切第一深法如無所有如善根亦爾迴向知一切無所有如不出如善根亦爾迴向一切無所顯現如離瞖如善根亦爾迴向明眼離瞖清淨如無比如善根亦爾迴向菩薩無比之行如寂靜如善根亦爾迴向一切常樂寂靜如無根如善根亦爾迴向究竟無根之法如無量無邊如善根亦爾迴向一切無量無邊衆生皆悉清淨如無著如善根亦爾迴向究竟無所著際如無礙如善根亦爾迴向滅除一切障礙如非世間行如善根亦爾迴向遠離一切世間行法如不繫如善根亦爾迴向不繫一切生死如無行法如善根亦爾迴向遠離一切諸行如住如善根亦爾

迴向一切住於如住如一切法成如善根亦爾迴向衆生所學成就如一切法平等如善根亦爾迴向一切具平等行如一切法不捨如善根亦爾迴向不捨盡未來際一切衆生如一切法不盡如善根亦爾迴向一切無盡衆生如不違一切法如善根亦爾迴向一切衆生不違三世諸佛如攝一切法如善根亦爾迴向一切衆生悉攝善根令無有餘如一切法同如善根亦爾迴向悉同三世諸佛如一切法不離如善根亦爾迴向悉攝世間及離世間如不可壞如善根亦爾迴向一切衆生不可沮壞如無恚如善根亦爾迴向一切衆生一切魔業所不能動如不濁如善根亦爾迴向一切菩薩行無有垢濁如不亂如善根亦爾迴向一切衆生離諸塵亂如不可盡

如善根亦爾迴向一切世間法所不能盡如菩提如善根亦爾迴向覺悟一切諸法如不失如善根亦爾迴向一切衆生不失直心如照如善根亦爾迴向一切衆生悉以大智光明普照一切如不可說如善根亦爾迴向一切不可說智如持一切衆生如善根亦爾迴向一切持菩薩行如隨順一切語言如善根亦爾迴向一切無言智慧如離一切種種法如善根亦爾迴向示現一切佛刹及諸如來成最正覺示現無量無邊神力自在如離虛妄如善根亦爾迴向世間悉離虛妄如一切身遍至如善根亦爾迴向無量身遍一切刹如不受生如善根亦爾迴向無生巧妙方便示現受生如無不有如善根亦爾迴向三世一切諸佛自在神力及一切刹在身內現如

夜如善根亦爾迴向一切夜施作佛事得無上明如晝如善根亦爾迴向一切在晝衆生悉令善覺見諸如來自在神力住不退法輪離癡清淨如半月及月如善根亦爾迴向一切衆生住一切時巧妙方便於一念中悉能分別一切時節如年歲如善根亦爾迴向受持種種諸劫嚴淨諸根了達諸根如一切劫成敗如善根亦爾迴向一切劫淨住無染一切衆生清淨調伏衆生如未來如善根亦爾迴向盡一切未來際脩習菩薩清淨妙行悉能滿足無量大願如世如善根亦爾迴向一切衆生於一念中見一切佛乃至未曾一念遠離如至一切處道如善根亦爾迴向一切衆生得不壞道超出三界如有無如善根亦爾迴向一切諸有清淨如無所有如淨如善根亦爾迴向一切菩薩淨行出生無上菩提之具如明淨如善根亦爾迴向得菩薩一切三昧明淨之心如離垢如善根亦爾迴向離一切垢淨心滿足如無我所如善根亦爾迴向攝取無我我所清淨之心充滿十方一切佛刹如平等如善根亦爾迴向得無盡一切智永離癡愛普照一切如無數如善根亦爾迴向一切智乘力住巧方便法雲普覆一切世界如平等住如善根亦爾迴向一切衆生具菩薩行住一切智如分別一切衆生界如善根亦爾迴向一切善根現前滿無礙智如一切衆生語言如善根亦爾迴向解了一切諸語言法如不離一切衆生如善根亦爾迴向攝取一切衆生具足善根遠離生死如廣如善根亦爾迴向受持三世佛所說法修習

菩薩離癡之行如不休息如善根亦爾迴向一切劫修菩薩行未曾休息安處衆生於摩訶行如一切法第一如善根亦爾迴向開淨法門無礙淨念攝一切法如無量讚歎如善根亦爾迴向得無量讚歎智慧菩薩實行如離熾然如善根亦爾迴向離熾然法滅除衆生熾然令得清淨如不動如善根亦爾迴向善根安住不動滿足普賢菩薩願行如諸佛境界如善根亦爾迴向一切衆生智慧境界皆悉滿足除滅一切煩惱境界如不可壞如善根亦爾迴向善根一切魔業所不能壞悉能調伏衆邪外道如非可修非不可修如善根亦爾迴向離一切修非修虛妄斷一切虛妄如不退如善根亦爾迴向常見一切諸佛未曾中退修習莊嚴菩提之心如一切語言

如善根亦爾迴向分別一切語言如不著一切法如善根亦爾迴向一切衆生悉無所著令一切衆生行普賢行如一切地如善根亦爾迴向一切衆生悉得隨順智慧之地普賢莊嚴如不可斷如善根亦爾迴向一切法中得無畏無斷一切語言周滿具足能廣演説如無漏如善根亦爾迴向一切衆生皆令具足無漏善根菩提之心逮得法智解了分別如無有覺法無有滅法如善根亦爾迴向覺悟一切諸法於一念頃皆悉充滿無量法界如過去非同未來非故現在非異如善根亦爾迴向發起新新菩提心願除滅生死清淨界生如三世中不取虛妄如善根亦爾迴向過去未來皆悉清淨現在念念現成正覺如一切諸佛菩薩具足如善根亦爾迴向一切

衆生具足佛智大願方便如常淨無染污如善根亦爾迴向一切衆生悉除煩惱一切種智清淨滿足菩薩摩訶薩如是迴向時等一切佛刹淨一切世界故等一切世間轉不可壞清淨法輪故等一切菩薩出生一切智願故等觀諸佛無有二故等觀諸法不壞自性故等觀三世巧方便智解語言道故一切菩薩行等所種善根悉能迴向故知一切時隨時修習不捨佛事故一切業報平等不著世間出生離世善根故神力自在與諸佛等隨順世間等現佛事故佛子是名菩薩摩訶薩第八如相迴向菩薩摩訶薩安住此迴向得無量無邊清淨法門爲人中雄而無所畏大師子吼成就無量無數菩薩於一切時未曾休息得佛無量無邊滿足身一身充滿一切世界得佛無量無邊滿足音聲發一音聲一切衆生無不聞者得佛無量無邊滿足力於一毛道安置一切世界得佛無量無邊滿足勝衆生法示現一切得佛無量無邊滿足自在神力置一切衆生於一微塵得一切佛無量無邊滿足解脫於一衆生身中現一切佛刹一切如來成最正覺得一切佛無量無數滿足三昧正受善方便力於一三昧中悉能出生一切三昧得一切佛無量無邊滿足辯才說一句法盡未來劫而不窮盡悉除一切衆生疑惑得一切佛無量無邊滿足勝衆生法示現一切衆生薩婆若十力等覺佛子是爲菩薩摩訶薩以一切善根隨順如相迴向

爾時金剛幢菩薩承佛神力普觀十方以偈頌曰

菩薩心安住　離癡常正念　忍辱離惱害
修集無量德　其心無嫌恨　正直常清淨
諸業莊嚴世　悉能善分別　菩薩思惟業
種種無有量　若益衆生業　修習常履行
善能順世間　普令一切喜　隨應衆生業
菩薩分別行　永離諸恚癡　知法亦知義
安住調伏地　饒益一切衆　覺悟諸善法
無量不可數　悉能分別知　迴向益衆生
以此深方便　具足諸地智　滅除衆煩惱
如如善迴向　普攝一切趣　安住如實法
如是業迴向　悉令無所著　深樂至處道
修習眞如法　無性無所有　明德者迴向
日夜及半月　一月年數劫　一切皆悉如
功德亦如是　如世及諸剎　衆生一切法
趣非趣如實　迴向悉無餘　如如性如實
思惟如是性　諸功德迴向　悉皆順眞如
如如性如是　諸法無所有　如如離自性
智者業迴向　如諸相如實　諸生亦如是
如如自性實　諸業亦如是　如如無有量
一切業如是　無縛亦無解　諸業悉清淨
如是眞佛子　安住不可動　成就智慧力
入佛方便藏　覺悟法王法　無縛亦無著
無礙無轉心　亦復無所轉　法身所攝業
隨順衆生相　深入眞實相　相亦非是相
如是不思議　思議不可盡　深入不思議
思非思寂滅　如是思惟法　分別一切業
除滅諸煩惱　是名功德生　菩薩一切報
無盡智所印　盡法無盡性　無盡方便滅
心不在內外　心亦無所有　妄取故有法
不取則寂滅　佛子如是知　法空無自性

諸法無自性　最勝覺無我　如如等衆生
覺法性如是　彼見不思議　無相智不惑
如是深修習　一向求菩提　所願不退轉
饒益衆生故　菩薩捨此身　無死虛妄想
解了心如化　調伏一切衆　觀彼順正念
世間業報起　菩薩悉救護　三界無有餘
了知衆想行　皆悉是虛妄　菩薩知非實
亦不壞法性　彼如是迴向　智慧妙善根
憐愍一切衆　令入深方便

佛子何等爲菩薩摩訶薩第九無縛無著解脫心迴向此菩薩摩訶薩於一切善根不生輕心不輕出生死心不輕攝善根心不輕專求一切善根心不輕悔過心不輕隨喜善根心不輕禮他方佛心不輕恭敬合掌業心不輕禮拜塔廟尊重業心不輕勸請他方諸佛轉法輪業心菩薩摩訶薩常樂攝受彼諸善根堅固不壞彼善根安住彼善根思惟彼善根長養彼善根不著彼善根具正直心具彼善根不選擇彼善根隨順彼諸佛境界善根見彼善根得自在力菩薩摩訶薩以無縛無著解脫心彼諸善根迴向具足普賢身口意業以無縛無著解脫心修習普賢勇猛精進以無縛無著解脫心具足普賢無礙音聲陀羅尼門充滿十方以無縛無著解脫心具足普賢得見一切佛諸陀羅尼以無縛無著解脫心具足普賢妙音陀羅尼分別一切音聲悉能演說無量法雲以無縛無著解脫心得持普賢一切劫行陀羅尼於一切世界具足修習諸菩薩行以無縛無著解脫心於一衆生身盡未來劫示現普賢菩薩一切自在神

力如一衆生身一切衆生身亦復如是以無縛無著解脫心悉得普賢自在神力示現現在一切諸佛菩薩衆中修菩薩行以無縛無著解脫心得普賢一法門於無量無數劫示現諸佛無盡自在悉能度脫一切衆生以無縛無著解脫心得普賢種種法門自在於無量無數劫示現諸佛無盡自在悉能度脫一切衆生以無縛無著解脫心得普賢自在於念念中令無量衆生安住十力心無猒足以無縛無著解脫心得普賢菩薩自在於一切衆生身中皆悉得見諸佛自在修普賢行以無縛無著解脫心得普賢自在於一言中悉能分别一切衆生音聲語言調伏一切衆生安住薩婆若地以無縛無著解脫心得普賢自在於一衆生身中悉能容受一切衆生彼悉自謂逮得佛身以無縛無著解脫心得普賢自在於一華中令一切嚴淨世界皆悉安住菩薩摩訶薩復作是念以此無縛無著解脫心善根出生普賢微妙音聲充滿法界十方佛刹隨其所應皆悉得聞以此普賢無縛無著解脫心善根如普賢於念念中見盡過去際無量無邊世界諸佛聞所說法受持不忘莊嚴佛家以此無縛無著解脫心善根如普賢盡未來劫於一切世界中演說諸法皆悉究竟以此無縛無著解脫心善根於一切世界成最正覺出興于世以此無縛無著解脫心善根能以一光普照虛空等一切世界修習普賢菩薩所行以此無縛無著解脫心善根得無量無邊智慧皆能隨順諸地神通成就普賢菩薩所行以此無縛無著解脫心

善根悉得究竟如來智慧於一切劫說如來智諸劫悉盡而智無窮盡具足普賢菩薩所行以此無縛無著解脱心善根於法界等一切如來菩薩所行悉能修習身口意業而無懈怠猶如普賢以此無縛無著解脱心善根得一切佛無上菩提義身不違法身辭辯淨地而不可壞樂說辯才無盡之藏調伏一切衆生具普賢願以此無縛無著解脱心善根入一一法門普照無量不可思議世界於一切法門盡其源底修習普賢菩薩所行逮得究竟薩婆若地以此無縛無著解脱心善根於一一境界中悉以一切種智分別了知一切種智猶無窮盡究竟普賢莊嚴彼岸修菩薩行具足成就方便大王以此無縛無著解脱心善根從此生盡未來際生具足普賢菩薩所行及一切種智離癡法王以此無縛無著解脱心善根得無礙法明普照一切諸菩薩行常修正業具足普賢自在方便以此無縛無著解脱心善根悉得無量方便不可思議方便菩薩方便一切智方便調伏菩薩方便轉無量法輪方便不可說不可說時方便種種說法方便無分際無畏方便說一切法無餘方便得如是等一切隨順方便智修習普賢菩薩所行以此無縛無著解脱心善根具足身業令一切衆生皆悉歡喜得菩薩不退轉清淨善根究竟安住普賢諸業以此無縛無著解脱心善根得清淨智悉能分別衆生語言一切口業清淨莊嚴音辭微妙言無能及修習受持普賢所行以此無縛無著解脱心善根悉能分別一切佛刹一切衆生一

切諸法一切莊嚴其心清淨出生一切如來法藏究竟一切智善能隨順普賢所行以此無縛無著解脱心善根清淨直心得一切佛無礙法身具足解脱修如來法攝佛功德住佛境界大智普照修習菩薩清淨之行隨順方便悉能分別一切法藏出生無量大乘自在悉能示現無量無邊一切衆生無上大道具足普賢行願迴向以此無縛無著解脱心善根得明利根善調伏根於一切法自在根無窮盡根修習一切諸善根住一切佛境界平等根授一切菩薩不退轉記大精進根分別一切佛法金剛界根一切如來智慧光照金剛燄根分別一切諸根自在根力令一切衆生安住一切智根無量根滿足一切根無礙清淨根平等修習諸願根以此無縛無著

解脱心善根得一切菩薩神力住持無量身神力無量智慧境界神力不離一處悉能示現一切佛刹神力菩薩無礙不可制持自在神力示現攝取一切佛刹安置一處自在神力一身充滿一切佛刹自在神力菩薩無礙解脱自在神力少方便一念自在神力依無所有自在神力以一毛悉縛無量世界悉持遊行法界等佛刹示現衆生令得究竟妙智慧門自在神力修習普賢菩薩所行以此無縛無著解脱心善根於一念頃悉能往詣無量佛刹於一身中悉能容受無量佛刹逮得甚深微妙智地善能分別諸佛世界得無生心悉入普賢菩薩法門生菩薩行以此無縛無著解脱心善根生如來家修菩薩行具足無量無數不思議法無量大願皆悉成滿分

別一切法界及三世法界而無懈怠隨順普賢菩薩諸行究竟智界以此無縛無著解脫心善根於一毛道分別無量無數佛刹悉能包容一切法界究竟空界如一毛道一切法界虛空界等一切毛道亦復如是以普賢菩薩清淨法門開智慧眼以此無縛無著解脫心善根能以無量無數阿僧祇劫以爲一念能以一切衆生諸念以爲一念此諸方便皆由普賢菩薩深心究竟以此無縛無著解脫心究竟此無縛無著解脫心善根於一身內悉能容受無量諸身如一身一切身亦復如是具足普賢菩薩迴向以此無縛無著解脫心善根悉入一切諸佛境界常見諸佛虛空界等清淨法身相好莊嚴神力自在梵音微妙具足廣說無礙正法聞彼佛法悉能受持於彼佛身了無所有悉得普賢菩薩無量大願永離衆生心想見倒以此無縛無著解脫心善根入一切世界入翻覆世界入伏世界於一念中悉能遍入十方世界一切佛刹分別因陀羅網世界分別一切平等法界令雜世界悉爲一形無量種種世界無量方便入深法界皆如虛空而亦不壞世界之性修普賢行住菩薩地以此無縛無著解脫心善根悉能分別一切諸想衆生想法想佛刹想方想佛想世想業想行想解脫想根想時想受持想煩惱想清淨想成熟想見諸佛想轉法輪想聞法解想調伏想種種方便出生想種種地想入菩薩想修習菩薩功德想菩薩三昧正受想菩薩三昧起想菩薩境界想劫成壞想明想闇想晝想夜想半月一月年歲時

變想去想來想坐想立想覺想睡想如是等一切諸想於一念中悉能了知心無虛妄悉離諸想心無所著遠離障礙一切如來智慧充滿一切佛法長養善根以一切佛身以熏其身常爲諸佛之所攝取於白淨法未曾退失善能修學等正覺法究竟彼岸修行諸佛普賢所行具足諸願受如來記於一念中得入方便地究竟智滿足安住以此無縛無著解脱心善根以一一心觀無量心離諸虛妄而無所依心不一故所行各異業相不同令一切衆生勇猛精進出生普賢智慧之寶猶如普賢以此無縛無著解脱心善根於一處悉能分別無量諸處如一處一切處亦復如是悉決定知滿足普賢大願智寶以此無縛無著解脱心善根於一業分別知無量諸業種種緣造如一業一切諸業亦復如是修習普賢菩薩行業智地以此無縛無著解脱心善根於一法中悉分別知一切諸法於一切法中亦知一法分別諸法而不違不著以此無縛無著解脱心善根於一語中悉分別知無量言音猶如呼響如一語中一切語言亦復如是於彼言音無所依著住菩薩行智慧成就遠得普賢無礙淨耳以此無縛無著解脱心善根於一一法中悉能演說不可說不可說諸法長養善根不可思議應時說法一切時解脱決定了知衆生諸根隨其所應聞佛音聲佛一妙音悅無量衆一如來所菩薩大衆充滿法界究竟了知一切諸行住普賢地於念念中如說入法長養不可說妙智慧身盡未來劫於一切世界一切佛所悉能修

習虛空等行勇猛如普賢修習大智慧具足一切行安住普賢地以此無縛無著解脱心善根於一一根中皆悉了知無量諸根不可數意不思議境界修習普賢行法門諸根

大方廣佛華嚴經卷第二十一

音釋

阿練若（梵語也此云閑靜處若爾者切）曀（於計切暗障也）沮壞（沮慈呂切遏也）摩訶衍（梵語也此云大乘衍以淺切）薩婆若（梵語也此云一切智若爾者切）

大方廣佛華嚴經卷第二十二

東晋天竺三藏佛陀跋陀羅等譯

金剛幢菩薩迴向品第二十一之八

以此無縛無著解脱心善根具菩薩行生眞實妙智知色微細知身微細知刹微細知劫微細知世間微細知方微細知時微細知數法微細知業微細知報微細知清淨微細如是等一切微細於一念中皆悉了知隨順普賢菩薩所行成就普賢眞實智慧離恐怖心離愚癡心離散心離亂心調伏諸根心一心正受心善分別諸法心善安住智慧心行普賢行隨順普賢菩薩迴向心以此無縛無著解脱心善根知衆生趣微細知衆生死微細知衆生生微細知衆生處微細知衆生性微細知衆生種類微細知衆生界微細知衆生行微細知衆生取微細知衆生境界微細如是等一切微細於一念中悉能了知修普賢行而無懈倦以此無縛無著解脱心善根悉分別知初發意菩薩等一切菩薩諸行微細菩薩處微細菩薩自在微細菩薩遊行無量佛刹微細菩薩法明微細菩薩淨眼微細菩薩具足深心微細菩薩往詣諸如來大衆微細菩薩諸陀羅尼智門微細菩薩無量無邊無所畏地一切諸辯才方便演說微細菩薩無量無邊三昧相微細菩薩見一切佛三昧微細菩薩莊嚴三昧微細菩薩法界三昧智慧微細菩薩自在三昧智慧微細菩薩三昧智慧微細菩薩受持盡未來際三昧智慧微細菩薩勝妙智慧分別一切菩薩三昧微細菩薩無量無邊一切菩薩出生三昧分別了

知微細菩薩出生三昧智慧往詣一切諸如來所微細修習一切菩薩廣大甚深無礙三昧究竟一切種智得方便地一切通地分別實義地菩薩離癡智修習普賢無量諸行微細以此無縛無著解脫心善根於一念中悉知菩薩一切住微細悉知菩薩地微細菩薩種種行微細菩薩出生迴向微細菩薩得一切諸佛藏微細菩薩分別智慧微細菩薩大願神力自在微細演說菩薩三昧微細菩薩神力方便微細菩薩印微細菩薩一生補處微細菩薩生兜率天微細菩薩處天宮微細菩薩嚴淨佛刹微細菩薩觀察人中微細菩薩放大光明微細菩薩了達家法微細菩薩眷屬法微細菩薩一切世界受生法微細菩薩一身示一切身命終微細菩薩身入母胎微細菩薩處母胎微細菩薩在胎中顯現法界等大衆自在神力微細菩薩在母胎顯現一切佛自在微細菩薩生法微細菩薩遊行七步無畏智微細菩薩現在王宫方便法微細菩薩出家求道調伏諸根修法微細菩薩菩提樹下坐道場法微細菩薩降魔成最正覺法微細如來端坐道場放光明網微細普照十方一切世界微細顯現如來無量無邊自在神力微細如來師子吼大般涅槃微細如來教化一切衆生未曾有失微細知如來金剛菩提心微細顯現如來住持一切世界微細於一切世界盡未來劫施作佛事而無休息微細究竟受持一切法界微細虚空界等一切世界爲化衆生故普現佛身出與於世微細一如來身現無量身微細去來現在

一切諸佛智慧眷屬微細如是一切功德微細我當悉知具足究竟得到彼岸清淨示現一切衆生於念念中智慧周滿得不退轉修菩薩行具普賢迴向功德之地受持一切如來菩薩所行不離菩薩諸智慧門一切方便皆悉清淨普能安隱一切衆生修菩薩行具足菩薩諸地功德得金剛幢迴向之門出生無量法界諸功德藏常爲諸佛之所護念入諸菩薩深淨法門演說一切微妙法義無所違失悉能慈愍一切衆生於念念中究竟了知思議不思議地諸功德藏於不思議出生思議示諸法門離語言道得智慧地一切菩薩皆悉同等盡未來際修菩薩行未曾休息具普賢行遠離世間一切妄想及語言道具足受持大願自在修菩薩行未曾斷絶以此無縛無著解脫心善根入一切衆生性智微細分別衆生性智微細具足演說衆生性智微細染著衆生性智微細衆生不動性智微細衆生動性智微細無量無邊趣趣衆生性智微細不可思議衆生種種行性智微細衆生無量煩惱性智微細衆生無量清淨性智微細如是等一切衆生性境界智微細於一念中如實了知調伏安隱一切衆生如應說法而不失時常轉法輪攝取衆生說諸法門修菩薩道智慧具足化身無量安隱衆生悉令歡喜慧日普照深入菩提心得菩薩自在智覺悟安住菩薩智境界修習大乘智究竟普賢行以此無縛無著解脫心善根悉能分別虛空法界等一切世界智微細小世界智微細中世界智微細不淨世界智微細清淨

世界智微細無比世界智微細雜世界智微細廣世界智微細狹世界智微細無礙莊嚴世界智微細一切世界諸佛出世示現一切智微細演說一切世界智微細一身充滿一切世界智微細放無量光普照一切世界智微細一切世界一切諸佛顯現自在神力智微細一切妙音聲普聞十方一切世界智微細一切世界現在諸佛大衆圍遶智微細一切法界作一佛剎智微細一佛剎作一切佛剎智微細一切世界如夢智微細一切世界如電智微細如是等一切世界智微細悉分別知究竟了達菩薩願行皆悉如幻究竟普賢菩薩行自在智得普賢菩薩明觀行一切菩薩行無有休息悉離顛倒見一切佛及佛自在得無礙身智無所依諸善根法無所染著心之所行悉無所有捨離諸方堅固之相嚴淨菩薩所行之相而未曾取一切智相不著衆生三昧莊嚴智慧隨順一切法界於一切世界修菩薩行以此無縛無著解脫心善根深入無量法界智微細演說一切法界智微細度廣法界智微細分別不思議法界智微細分別一切法界智微細於一念中充滿一切法界智微細等觀一切法界智微細一切法界境界無所有智微細觀察一切法界無礙智微細解一切法界不生智微細身持一切法界自在智微細如是等一切法界智微細皆悉究竟成普賢行受持智慧得法自在令衆生歡喜不捨義身不見法身出生無礙平等之智得無礙行不著諸法離一切有眞實無染隨順世間行語言法常樂寂靜不

捨實義智慧清淨滅除虛妄一切所有悉非堅固覺悟無量一切法界一切世間平等不二一切諸法亦復不二無所依止得入普賢菩薩行門究竟成就平等智慧以此無縛無著解脫心善根悉能分別一切諸劫智微細無量劫即是一念智微細一念即無量劫智微細阿僧祇劫即是一劫智微細一劫即是阿僧祇劫智微細長劫即是短劫智微細短劫即是長劫智微細入有佛劫無佛劫智微細數知一切劫無餘智微細說一切劫非劫智微細一念中覺過去未來現在際一切諸劫無餘智微細如是等一切諸劫一念中以如來智知得一切菩薩行圓滿正心得普賢菩薩究竟行心得一切離虛妄心得不退大願心得示現無量無邊世界微細中一切如來遍充滿心得聞持諸佛善根菩薩行心得與一切衆生大無畏心得一切劫中示現諸佛出興世心淂一一世界中盡未來際行菩薩道無休息心得一切世界中如來身業充滿菩薩身心以此無縛無著解脫心善根知無量甚深法智微細勝法智微細雜法智微細莊嚴法智微細廣說一切諸法智微細一切法即是一法智微細一法即是一切法智微細一切法悉入非法智微細非法入一切法亦不違法智微細入一切佛法方便無有餘智微細如是一切諸法微細以無礙智悉能了知得一切行同一行心得究竟無量無邊法界心得無畏力分別法心決定安住諸無礙行以一切智充滿諸根一切佛智正念方便皆悉現前成就諸佛廣大功德充滿世

界普入一切諸如來身示現一切菩薩身業出妙音聲普遍世界一切佛所得威神力智慧意業出生無量分別方便一切種智修普賢行得不退轉智以此無縛無著解脫心善根出生一切佛刹無餘智微細出生一切衆生諸通智慧無餘智微細出生諸法業報無餘智微細出生一切衆生心無餘智微細出生隨時說法無餘智微細出生分別一切法界無餘智微細出生虛空界等三世智慧無餘智微細出生一切語言道法無餘智微細出生一切世間諸法無餘智微細出生離世間行法無餘智微細如是等一切出生智微細一切如來道一切菩薩道一切衆生道出生智微細修菩薩行安住普賢行隨義隨味皆如實知如夢如電如幻如響如化寂滅一切法界無有眞實無所染著出生諸佛平等智慧皆悉究竟修普賢行出生微細智菩薩摩訶薩以如此無縛無著解脫心善根皆悉迴向不妄取世間及世間法不妄取菩提及菩薩不妄取菩薩行及出生死道不妄取一切佛及佛法不妄取調伏不調伏衆生不妄取善根及迴向不妄取自己及他人不妄取施物及受者不妄取菩薩行及菩提不妄取法及解法者如是菩薩摩訶薩以無縛無著解脫心善根迴向無縛無著解脫身無縛無著解脫口無縛無著解脫業無縛無著解脫報無縛無著解脫世間無縛無著解脫佛刹無縛無著解脫衆生無著無縛解脫法無著無縛解脫智菩薩摩訶薩如是迴向時則與三世諸佛一切菩薩迴向同等成就安住三

世諸佛一切菩薩迴向於三世諸佛菩薩迴向得不退轉隨順過去一切佛教具足未來一切佛教得現在一切佛教滿足過去諸佛平等正法成未來諸佛平等正法迴向現在諸佛平等正法與行過去一切佛境界住未來一切佛境界等現在一切佛境界與三世諸佛善根無異住三世諸佛所住與三世諸佛同一境界不違三世諸佛佛子是爲菩薩摩訶薩第九無縛無著解脱心善根迴向菩薩摩訶薩安住此迴向一切善根迴向一切金剛山所不能壞於一切衆生第一殊勝一切衆魔邪業所不能壞悉能摧滅衆魔邪業普現一切世界行菩薩行以善方便廣爲衆生說諸佛法捨離愚癡隨順一切佛法智慧菩薩摩訶薩隨所生處行住坐卧一切常得不壞眷屬得清淨念悉能聞持三世一切諸如來法盡未來際劫行菩薩行未曾休息而無染著得普賢行諸願滿足得一切智地施作佛事悉得諸佛菩薩無量自在爾時金剛幢菩薩承佛神力普觀十方以偈頌曰

菩薩未曾有慢心　一切諸方無比尊
隨本所修功德業　亦復不起輕慢心
所修一切諸功德　不爲自己及他人
以無縛著解脱心　迴向饒益一切衆
永離一切自高顯　亦復棄捨憍慢心
於最勝所起身業　勸請說法種種行
所作無量諸功德　饒益一切衆生類
安住無著解脱心　迴向一切諸如來
世間無量群生類　種種方便諸技術
勝妙甚深微細事　悉能具足分別知

世間所有種種身　斯由身業之所得
覺悟無量生死行　逮得不退智慧門
十方一切無量刹　微細勝妙伏世界
菩薩深入智慧門　於一毛孔悉了知
一切衆生無量心　明者了知即一心
菩薩覺悟智慧門　不捨增長諸業行
一切衆生種種根　上中下品各不同
所有甚深諸功德　菩薩隨性悉了知
一切衆生種種業　上中下品差別相
菩薩深入如來力　悉能具足分別知
不可思議無量劫　悉能了知即一念
一切十方所行業　菩薩覺悟清淨知
悉能逆順知三世　分別其相各不同
而亦不違平等相　是則離癡菩薩行
一切衆生無量行　愛慢諸結各不同
菩薩別相分別知　亦復不捨無相觀
十方世界諸如來　具足示現大自在
難見難得難思議　菩薩悉能分別知
兜率陀天大導師　無比最勝人師子
功德甚深廣清淨　一切如實見其性
示現降神處母胎　無量自在大神變
成佛涅槃轉法輪　一切世間莫能轉
人中師子初生時　一切諸勝悉奉敬
天王帝釋梵天王　諸有智者悉敬侍
十方一切無有餘　無量無數諸法界
無始無末無中間　示現無量自在力
人中尊導現生已　遊行諸方各七步
觀察一切衆生類　無礙法門覺一切
觀見衆生沒五欲　人中師子現微笑
衆生盲冥愚癡覆　我當度脫三有苦

大師子吼出妙音　我為世間第一尊
顯現明淨智慧燈　永滅生死愚癡闇
人中師子出世間　放大光明無有量
斷除一切諸惡道　無量衆苦究竟滅
或時示現處宮殿　或現捨家行學道
人中師子現自在　饒益一切衆生故
菩薩初坐道場時　六反震動諸大地
普放無量大光明　遍照五道衆生類
震動一切魔宮殿　開發十方衆生心
昔於菩薩有緣者　皆悉覺悟眞實義
一毛道中無量乘　十方一切諸佛刹
衆生道乘無有量　彼現最勝大神變
如是方便隨順覺　如一切佛所演說
若諸如來所不說　亦悉解了分別知
除滅一切衆魔怨　普覆三千大千界
深入一切無礙門　能壞一切諸魔道
如來或在諸佛刹　或復現處諸天宮
或復現身梵宮殿　菩薩悉見無障礙
轉於清淨妙法輪　如來法身無邊際
悉於三世一切劫　最勝演說無窮盡
諸佛無等師子座　悉皆充滿十方界
種種妙相而莊嚴　佛處彼座難思議
眞佛子等悉圍遶　充滿法界無有餘
說菩薩行無邊際　隨順諸佛出要道
智者能以一方便　攝諸佛法無有餘
種種莊嚴最勝法　皆悉充滿於法界
無等無量妙自在　示現一切種種身
又現諸趣無量生　或現婇女衆圍遶
示現出家行學道　欲令衆生諸根利
乃至示現般涅槃　分布舍利起塔廟

如是種種無量行　如來演說佛所住
一切如來諸功德　究竟遍知到彼岸
如是種種無量行　於一切劫無休息
亦未曾生憂慼心　菩薩皆悉善迴向
一切諸佛自在力　及佛無量諸功德
菩薩隨順悉了知　普為一切衆生說
如是一切諸法王　隨彼無量諸境界
於一念中悉覺悟　而亦不捨菩薩行
一切最勝甚深法　及諸佛剎正法道
隨順覺悟殊勝行　究竟迴向到彼岸
有數無數一切劫　菩薩深解即一念
具足修習菩薩行　於彼勝道不退轉
十方無量一切剎　或有淨妙或垢穢
及彼一切諸如來　菩薩皆悉分別知
於念念中悉明了　不可思議無量劫

如是了知三世劫　具足安住究竟行
深入了達心所行　善方便行一切法
一切佛剎菩薩行　悉能明了分別知
出生智慧無有量　出生衆生及諸法
出生菩提力自在　一切皆悉無邊際
深入一切無有餘　分別一切諸妙法
悉分別知同異相　具足廣修菩薩行
十方一切諸佛剎　彼有無量無數衆
彼彼諸性各不同　菩薩皆能分別知
過去一切諸如來　未來現在諸導師
若能如是知迴向　則與三世諸佛等
若能如是知迴向　則與最勝功德等
則與最勝智慧等　則與最勝所行等
一切世間莫能壞　諸所學者悉成就
隨順一切諸最勝　善能觀察於世間

菩薩所行不可量　無量功德悉具足
堅固安住如來行　具足分別自在力
佛子何等爲菩薩摩訶薩第十法界等無量迴向佛子此菩薩摩訶薩受離垢繒繫頂受大法師記能廣法施成大慈悲安立衆生於菩提心饒益衆生未曾休息以善提心長養善根爲一切衆生作調御師示諸衆生一切智道爲一切衆生作法藏日善根淨光普照一切等心普觀一切衆生欲令衆生常行善根未曾休息增長清淨微妙智慧不捨一切善根道業爲一切衆生作大智慧採寶導師開示一切安隱正道以一切衆生爲首修行諸法令一切衆生得不可壞眞善知識長養善根菩薩摩訶薩行法施等一切善根攝取薩婆若心究竟正力到於彼岸修行堅固難壞菩提之心常樂大願修習菩提依善知識離諂曲心專求菩提分別無量一切智門境界菩薩摩訶薩於彼善根迴向廣大而無限礙乃至一句一味佛所說法若聞若持若說以此善根如是迴向一心正念無量無邊虛空等世界中三世諸佛行菩薩行以此善根迴向令一切佛常守護念於一世界盡未來劫爲一衆生修菩薩行如一世界乃至虛空法界等一切世界盡未來劫爲一衆生修菩薩行爲一切衆生亦復如是爲一切衆生以大莊嚴而自莊嚴不生離佛善知識想得是想故常見現在一切諸佛乃至未曾違離一佛諸佛菩薩所讚梵行皆悉滿足行不缺梵行具足不破梵行不濁梵行無垢梵行不退梵行不壞梵行諸佛所讚梵行無依梵行無

所有梵行離倒清淨順行三世諸佛菩薩梵行無礙梵行無取梵行無諍梵行無擇梵行安住梵行無比梵行不動梵行不亂梵行無恚梵行令一切衆生皆悉安住此諸梵行修習梵行具足梵行清淨梵行離垢梵行明照梵行離塵梵行離翳梵行離熱梵行離纏梵行離一切疑梵行離一切惱害梵行得到彼岸何以故菩薩若自不修梵行令他淨修梵行無有是處菩薩自退梵行令他具足梵行無有是處菩薩自破梵行令他安立梵行無有是處菩薩自離梵行令他立梵行道無有是處菩薩自滅梵行令他修習梵行無有是處菩薩不樂梵行令他樂修梵行無有是處菩薩不住梵行令他安住梵行無有是處菩薩不究竟梵行令他究竟梵行無有是處菩薩自捨梵行令他不捨安住梵行無有是處何菩薩壞散梵行令他攝取梵行無有是處何以故菩薩摩訶薩如說修行遠離顛倒又能廣說離顛倒法實語實行修習清淨身口意業離諸染汚行無礙處滅一切障菩薩摩訶薩自正直心令他正直心法菩薩修習忍辱以諸善根調伏其心令他修忍以諸善根調伏其心菩薩自離疑悔令他離諸疑悔菩薩自得歡喜信心令他得不壞信菩薩自行堅法令他行堅法菩薩摩訶薩善根如是迴向復次菩薩摩訶薩以法施等諸善根門如是迴向以此善根令一切衆生悉得諸佛無盡法門分別解說諸佛法門摧滅一切外道邪論令辭理窮屈悉得三世一切諸佛所說法海於一一生法一一方便法一一語言法一

一施設法一一教法一一説法一一法門一一入法一一決定法一一住法悉得無量無邊無盡法藏得無畏法深入四辯廣爲衆生説微妙法盡未來際而無窮盡成正直心離諸顛倒生無礙道言無謬失衆生聞法悉皆歡喜解了衆生一切言音得不退轉一切法明一切衆生歡喜無量悉皆安住一切種智具足離癡明淨法辯聞持諸法悉能分別一切世界得法界等無量身於一念中悉能充滿一切法界微妙音聲遍滿無量無邊法界示現眷屬充滿法界修法界等菩薩淨業得法界等無量菩薩所住得法界等無量決定法學法界等無量諸法究竟住法界等無量菩薩行迴向法界等無量菩薩內法菩薩摩訶薩善根如是迴向令一切衆生具足薩婆若安住薩婆若復次菩薩摩訶薩善根如是迴向見法界等無量一切佛調伏法界等無量衆生嚴淨法界等無量佛刹得法界等無量菩薩智得法界等無量無所畏得法界等無量深妙辯得法界等無量一切菩薩諸陀羅尼得法界等無量不可思議菩薩住具足法界等無量功德藏具足法界等無量實義善根菩薩摩訶薩復作是念以此善根令一切衆生悉得是法具足成滿如我無異一切行等功德等智慧等力等無畏等自在等正覺等説法等如實義等論議等諸通等菩薩摩訶薩善根如是迴向復次菩薩摩訶薩以此善根如是迴向如法界無量出生智慧亦復如是如法界無量所見諸佛亦復如是如法界無量往諸佛刹亦復如是如法界無量

菩薩所行亦復如是如法界不可斷得一切智亦復如是如法界等一得一切智亦復如是如法界自然清淨令一切衆生清淨亦復如是如法界隨順悉至一切令一切衆生行普賢菩薩行亦復如是如法界莊嚴一切衆生令一切衆生得普賢菩薩莊嚴亦復如是如法界不可壞令一切衆生得不壞善根亦復如是復次菩薩摩訶薩以此善根如是迴向令一切諸佛菩薩皆悉歡喜令諸善根趣薩婆若迴向善根趣一切智至一切道令一切衆生常見諸佛菩薩摩訶薩以此善根如是迴向見一切佛能作佛事故迴向見一切佛不於佛事生住著心故迴向見一切佛悉令衆生普得清淨故迴向見一切佛悉能了知故迴向見一切佛悉無所著故迴向見一切佛悉能分别無礙法故迴向見一切佛具普賢行故迴向見一切佛未曾失時故迴向見一切佛出生菩薩無量諸力故迴向見一切佛不忘其法故迴向以此善根如是迴向解法界無主解法界無自性解法界如如解法界無依解法界無妄解法界離相解法界寂靜解法界無處所解法界無去無集解法界無壞復次菩薩摩訶薩善根如是迴向以此法施所攝善根令一切衆生成大法師住一切佛無量自在令一切衆生作無上法師安立衆生於一切智令一切衆生成無壞法師一切問難無能窮盡令一切衆生作無礙法師具足諸法無礙照明令一切衆生作智藏法師巧方便說一切佛法令一切衆生成就如來自在法師能善巧說諸如來智令一

切衆生作淨眼法師廣説實法不由他教令一切衆生作正持佛法法師具足説法不失一味令一切衆生作離相法師以諸妙相而自莊嚴放無量光廣説諸法令一切衆生作大身法師一身充滿無數佛刹興大法雲普雨法雨令一切衆生作不失佛法大海法師一切世間無能壞者令一切衆生作具足圓滿日光法師放佛慧光悉能顯照一切諸法令一切衆生作隨順問答法師善巧方便廣説諸法令一切衆生作究竟衆行到彼岸法師善巧方便開無量法藏令一切衆生作建立正法法師分别演説如來道智令一切衆生作了達諸法法師讚歎功德不可窮盡令一切衆生作不虛誑法師入深眞妙諸方便際令一切衆生作善覺魔事法師悉能壞散一切諸魔令一切衆生作諸佛攝護法師未曾暫起我我所心令一切衆生作安隱正法法師悉得菩薩一切願力菩薩摩訶薩以此善根如是迴向不選擇業故迴向不選擇報故迴向不選擇願故迴向不選擇法故迴向不選擇事故迴向不選擇因故迴向不選擇成法故迴向不選擇名身味身句身故迴向不選擇迴向故迴向不選擇義故迴向菩薩摩訶薩以此善根如是迴向不著色故迴向不著聲香味觸法故迴向不求生天故迴向不求欲樂故迴向不著欲境界故迴向不求眷屬故迴向不求自在故迴向不求生死樂故迴向不著生死故迴向不著死此生彼故迴向不求三有樂故迴向不求欲相應故迴向不求樂處故迴向不毒心故迴向不壞善

根故迴向不依三界故迴向不味著諸禪解脫三昧正受故迴向不求住聲聞緣覺乘故迴向但欲調伏一切衆生滿足薩婆若究竟無礙智故迴向欲令一切善根清淨無礙故迴向欲令一切衆生超出生死得大乘智故迴向欲滿足金剛菩提心故迴向欲究竟成就不死法故迴向欲無量莊嚴諸佛種性示現一切智自在故迴向欲具足菩薩一切法明神力自在故迴向欲於法界虛空界等一切佛剎行普賢行而不退轉以離癡金剛大莊嚴而自莊嚴安住普賢菩薩地故迴向欲盡未來劫行菩薩行度脫衆生示現一切諸佛莊嚴行地安住不斷故迴向菩薩摩訶薩如是平等心迴向平等法心迴向一切衆生無量心迴向無諍心迴向無所有心迴向不亂心迴向等入三世心迴向於三世諸佛種性心迴向得不死神通心迴向得如來涅槃心迴向令一切衆生離地獄餓鬼畜生閻羅王處故迴向令一切衆生除滅障道法故迴向令一切衆生悉具善根歡喜故迴向欲不失轉法輪時故迴向欲令一切衆生成十力輪到彼岸故迴向欲令滿足無量無邊菩薩清淨法願故迴向欲令成就善知識器隨順一切善知識教具菩提心寶故迴向欲令一切住佛深法正直修習一切佛法具足無上智慧光明故迴向欲令一切菩薩無礙慧明常現在前故迴向欲令一切常見諸佛現在前故迴向欲令一切得明淨法門故迴向欲令一切離諸恐怖具無所畏菩提心門故迴向欲令一切得菩薩不可思議諸住智門故

迴向欲令一切大悲救護悉得清淨故迴向欲令一切無餘佛刹皆悉莊嚴故迴向欲令一切除滅一切魔業鉤餌及魔巧術故迴向欲令一切修菩薩行不著一切佛刹故迴向欲令一切度一切佛法得一切智廣大心故迴向菩薩摩訶薩以此善根欲令正念清淨故迴向欲決定故迴向欲攝取一切佛法分別了知故迴向欲得無量無邊無礙智故迴向欲得清淨正直心故迴向欲令一切衆生修習大慈心故迴向修習大悲心故迴向修習喜心故迴向修習捨心故迴向得二種無礙解脫安住善根故迴向欲分別一切緣起法故迴向欲分別緣起法得法化生心故迴向欲得勇猛幢心故迴向欲得不壞幢藏故迴向欲壞一切魔故迴向欲得一切清淨無礙法心故迴向欲行一切菩薩行得不退轉心故迴向欲得樂求勝妙心故迴向欲得一切功德法自在智樂求一切智故迴向欲滿一切願滅一切惡受離垢記得佛自在爲一切衆生轉不退法輪故迴向欲令如來諸妙勝法無量智慧日光莊嚴大智光明普照一切衆生法界故迴向欲調伏一切衆生皆悉歡喜成就大願盡未來劫行菩薩行滅諸煩惱離垢清淨壞裂愛網除愚癡闇具足離垢無礙之法修行菩薩不退轉行得一切種智故迴向欲令一切衆生得無礙無上妙智慧身示現無量諸佛身故迴向菩薩摩訶薩善根如是迴向不著五欲不依三界何以故菩薩摩訶薩以無染污善根迴向遠離瞋恚善根迴向捨離愚癡善根迴向不可沮壞善根

迴向遠離憍慢善根迴向除滅諂曲善根迴向以正直心善根迴向精勤修習善根迴向菩薩摩訶薩如是迴向時得大歡喜於菩薩行得正希望趣摩訶薩道具佛種性得佛智慧離一切惡降伏衆魔悉能調伏一切衆生令善知識皆悉歡喜已所修願皆悉成滿請一切衆生設大施會

大方廣佛華嚴經卷第二十二

音釋

吼呼后切哮聲也 技術技渠綺切能也術食聿切巧藝也 盲莫耕切目無童子也 繒疾陵切帛也 瞖於計切障也 鉤餌鉤古侯切鈎也餌而志切以粉餅致魚者

大方廣佛華嚴經卷第二十三

東晉天竺三藏佛陀跋陀羅等譯

金剛幢菩薩迴向品第二十一之九

復次菩薩摩訶薩以此法施善根如是迴向令一切衆生皆悉具足清淨法音得柔輭音得和悦音得不可思議音得可愛樂音得充滿一切佛刹音得不可思議功德莊嚴音得滅高大散亂音得充滿法界淨妙音得攝一切衆生音令一切衆生得無量智音令一切衆生得清淨妙音令一切衆生悉得音聲妙自在音令一切衆生得一切莊嚴音令一切衆生悉得妙音衆生樂聞無有猒足令一切衆生得解脱音悉到彼岸令一切衆生得歡喜音令一切衆生得佛清淨語言音令一切衆生得佛音聲具妙辭辯遠離愚癡令一切衆生得莊嚴諸法妙陀羅尼於一一法説無量行眷屬無數充滿法界悉能聞持不可思議金剛正法廣分別説能以無量句身味身具足演説無量法藏種種法相住無著處得諸法明令一切衆生究竟薩婆若攝一切法以句身味身於諸法義得自在音於無礙音具足自在得到彼岸令一切衆生得無憂音聲得無畏音聲得無染汚音聲得功德音聲得令眷屬歡喜音聲得如法音聲得諸佛法語言音聲得疾除滅一切衆生疑網音聲得具足辯才不斷音聲得勝覺悟衆生音聲復次菩薩摩訶薩以此善根如是迴向令一切衆生得淨法身令一切衆生得淨妙功德令一切衆生具諸相好令一切衆生得淨業報令一切衆生得清淨薩婆若心令一切衆生

得無量清淨菩提之心令一切衆生得淨方便悉能分別衆生諸根令一切衆生得清淨性令一切衆生得清淨無礙行滿足諸願令一切衆生得清淨正念智慧不斷辯才菩薩摩訶薩以此善根如是迴向令一切衆生得如是等清淨妙身所謂明淨身離濁身究竟淨身清淨身離塵身離種種塵身離垢身光明身可愛樂身無礙身以如是身普應十方一切世界示一切業示現衆生普照一切示現一切猶如鏡像淨水之月令一切衆生悉得如是淨妙之身示現衆生菩薩諸行示現衆生諸深妙法示現衆生無量功德示現衆生眞實正道示現衆生具足諸法示現衆生一切大願住於一刹示現一切世界如來出世示現一切諸佛神足自在示現受持菩薩不思議解脱示現普賢諸行一切願智菩薩摩訶薩善根如是迴向令一切衆生成就一切功德智身復次菩薩摩訶薩以此法施所攝善根如是迴向令一身遍一切世界行菩薩行衆生見者皆悉不空得不退轉菩提之心令一切衆生隨順眞實得不壞心於一切世界盡未來劫行菩薩道而無猒足具法界等大慈悲心教化衆生未曾失時分別諸根念善知識於一念中悉見現在一切諸佛正念如來未曾暫捨修諸善根無有虚欺安立衆生於一切智悉得不退清淨法輪悉得一切諸佛法明受持一切諸佛法雨行菩薩行入一切衆生入一切刹入一切法入一切世間入一切三世入一切衆生諸業報智入一切菩薩巧方便智入一切菩薩出生智入一

切菩薩淨境界智入一切佛住持境界入一切無量無邊法界修菩薩行安住諸住是爲菩薩摩訶薩法施善根迴向復次菩薩摩訶薩修善根業如是迴向令一切佛刹皆悉清淨以無量莊嚴具而莊嚴之令一佛刹廣大如法界如一佛刹一切佛刹亦復如是得最正覺於一佛刹悉皆顯現一切佛刹如一佛刹一切佛刹亦復如是彼一一刹以法界等諸莊嚴具而莊嚴之無量阿僧祇衆寶莊嚴無量阿僧祇清淨衆寶高座諸妙寶衣以敷其上無量阿僧祇衆妙寶帳一切寶鈴諸寶垂帶以爲莊嚴無量寶蓋以懸其上無量寶雲雨一切寶散衆寶華見者無厭無量妙寶以爲欄楯妙寶樓閣而莊嚴之無量寶鈴自然演暢諸佛妙法無量寶華周遍充滿衆妙寶色以爲莊嚴無量寶樹充滿其刹出生無量妙寶華果無量妙寶以爲宮殿妙寶樓觀遍遊諸刹無量妙寶以爲欄楯大寶莊嚴無量妙寶爲偏樓閣一切淨寶而莊嚴之無量寶門種種寶鬘而嚴飾之無量珍寶半月形像悉以衆寶而莊嚴之無量無數不可思議珍寶莊嚴諸佛淨業善根所起無量寶藏莊嚴又以衆寶而莊嚴之流出無量清淨寶河常流正法未曾斷絕無量法海周遍其刹正法淨水湛然充滿無量阿僧祇寶分陀利華皆悉充滿自然演出正法華音無量阿僧祇須彌寶山莊嚴智慧須彌皆悉具足無量阿僧祇八楞妙寶莊嚴諸寶瓔珞以爲垂帶無量阿僧祇明淨寶莊嚴放大慧光普照法界無量阿僧祇寶鈴莊嚴自然演出微妙音聲

無量阿僧祇衆寶階道以爲莊嚴菩薩妙寶皆悉充滿無量阿僧祇寶繒莊嚴不可思議寶色清淨建立無量阿僧祇寶幢莊嚴半月寶像而嚴飾之無量阿僧祇寶旛莊嚴悉能普雨無量寶旛無量阿僧祇寶繒莊嚴充滿世界莊飾虛空敷無量阿僧祇細輭寶衣以爲莊嚴無量阿僧祇衆寶旋流以爲莊嚴示現菩薩清淨一切智眼無量阿僧祇寶鬘莊嚴一一寶鬘百千菩薩以爲嚴飾無量阿僧祇衆寶宮殿莊嚴悉能除滅諸處所愛無量阿僧祇衆寶莊嚴金剛摩尼以爲嚴飾無量阿僧祇雜寶莊嚴示現無量清淨妙色無量阿僧祇金剛圍山莊嚴清淨明徹無所障礙無量阿僧祇妙香莊嚴其香普熏一切世界出生無量阿僧祇諸變化身一一化身與法界等各放無量阿僧祇妙寶光明一一光明出一切光無量阿僧祇明淨寶光以爲照曜能發衆生淨智慧光放無量阿僧祇無礙寶光一一光明普照法界無量阿僧祇衆寶莊嚴一一寶中具一切寶無量阿僧祇寶藏莊嚴自然演說諸法寶藏無量阿僧祇寶幢莊嚴建立如來妙智慧幢無量阿僧祇賢寶莊嚴具足清淨大乘賢寶無量阿僧祇寶園莊嚴菩薩三昧清涼悅樂無量阿僧祇諸妙寶音自然演出一一音中出如來音充滿十方無不聞者無量阿僧祇寶像莊嚴一一像身普放無量法寶光明無量阿僧祇衆相莊嚴一切衆相無相莊嚴無量阿僧祇寶威儀莊嚴見者樂求菩薩威儀無量阿僧祇長養衆寶莊嚴出生一切妙寶庫藏無量阿僧祇衆

寶安住莊嚴一切衆寶而嚴飾之無量阿僧祇寶衣莊嚴皆悉普覆具足菩薩無量三昧無量阿僧祇妙衣莊嚴其發心者即得菩薩善現等諸陀羅尼無量阿僧祇修寶莊嚴悉能分別業寶報應決定清淨無量阿僧祇無礙知見妙寶莊嚴若有見者悉得諸法清淨法眼無量阿僧祇寶天冠莊嚴具足成就智慧天冠無量阿僧祇寶座莊嚴成佛清淨寶師子座然無量阿僧祇明淨寶燈具足明淨妙智慧燈無量阿僧祇寶多羅樹莊嚴一一多羅樹以寶瓔珞而嚴飾之無量阿僧祇衆寶涼臺以爲莊嚴無量阿僧祇寶樹莊嚴不思議鳥栖集其上出妙音聲無量阿僧祇妙寶化華莊嚴一一華上無量菩薩結跏趺坐遍遊法界無量阿僧祇果實莊嚴具薩婆若

大智慧果無量阿僧祇衆寶聚落莊嚴皆悉修習清淨正法無量阿僧祇寶宅莊嚴衆寶街巷人民充滿無量阿僧祇大王寶都莊嚴彼諸大王勇猛精進被大法鎧於無上道堅固不退無量阿僧祇寶舍莊嚴除滅一切房室貪愛無量阿僧祇寶衣莊嚴隨意受用無所貪著無量阿僧祇寶家莊嚴捨家出家菩薩充滿其中無量阿僧祇無厭足寶莊嚴見者能生無量歡喜無量阿僧祇寶輪莊嚴放不思議智慧光明轉不退輪無量阿僧祇妙寶行樹莊嚴以清淨因那尼羅寶而莊校之無量阿僧祇寶地莊嚴分別示現不思議寶無量阿僧祇樂器莊嚴出自然音充滿法界無量阿僧祇樂器莊嚴盡未來際常出法音未曾斷絶無量阿僧祇寶身莊嚴充滿其剎

悉能受持一切法寶無量阿僧祇清淨寶口
莊嚴具足一切功德藏寶出無量阿僧祇淨
寶言音常說無量淨妙法寶無量阿僧祇清
淨寶心莊嚴得正直寶一切智願皆悉充滿
無量阿僧祇清淨寶念莊嚴除滅愚癡得一
切智無上寶王無量阿僧祇清淨寶趣莊嚴
悉能攝受一切諸佛正法之寶無量阿僧祇
菩薩寶慧莊嚴決定善知一切佛法無量阿
僧祇不放逸寶智慧莊嚴一切智寶皆悉充
滿無量阿僧祇清淨寶眼莊嚴於一切十力
寶無所障礙無量阿僧祇清淨寶耳莊嚴善
能聽聞一切法界微妙音聲而無障礙無量
阿僧祇清淨寶鼻莊嚴聞淨寶香而無猒足
無量阿僧祇清淨寶廣長舌莊嚴善說一切
諸語言法無量阿僧祇清淨寶身莊嚴遊行

十方而無罣礙無量阿僧祇清淨寶意莊嚴
悉能修習普賢菩薩一切大願無量阿僧祇
清淨寶音莊嚴微妙音聲皆悉充滿一切世
界無量阿僧祇寶身業莊嚴具足一切智慧
寶業無量阿僧祇寶口業莊嚴廣說無量智
慧妙寶無量阿僧祇清淨寶意業莊嚴究竟
一切無礙寶智菩薩摩訶薩復次如是念於
彼一切諸如來刹於一佛刹一方一毛道中
成就無量無數不可思議清淨智慧諸大菩
薩皆悉充滿如一佛刹一方一毛道盡虛空
法界等一切佛刹一切方一切毛道亦復如
是是爲菩薩摩訶薩迴向妙寶莊嚴一切佛
刹如寶莊嚴一切佛刹廣說香莊嚴乃至究
竟無量清淨妙香意業無礙寶智亦復如是
廣說華莊嚴乃至究竟清淨華意業無礙寶

智亦復如是廣說鬘塗香粖香衣蓋幢旛乃至百事莊嚴亦復如是如是菩薩摩訶薩以此法施等所攝善根迴向長養善根故迴向嚴淨佛刹故迴向令一切衆生清淨平等故迴向令一切衆生除滅瞋恚故迴向令一切衆生具足平等甚深佛法故迴向令一切衆生具足平等不可壞清淨功德故迴向令一切衆生力不可壞故迴向令一切衆生悉得平等無盡智慧度諸佛法令一切衆生悉得平等清淨梵音令一切衆生悉得平等無礙淨眼究竟虛空法界等無礙智令一切衆生悉得清淨平等正念盡過去劫令一切衆生悉得平等無礙智決定了知一切諸法令一切衆生悉得平等菩提充滿法界無所障礙令一切衆生悉得平等諸妙善根令一切衆生悉得平等身口意業具足功德莊嚴清淨令一切衆生悉得平等普賢菩薩一切所行令一切衆生悉得平等清淨佛刹令一切衆生悉得平等具足深入一切智行令一切衆生離一切惡悉得平等善根迴向令一切衆生悉得平等一切知見皆能分別他人心念令一切衆生悉得平等安住白法令一切衆生悉得平等於一念中具一切智究竟滿足無上菩提令一切衆生成就一切平等道行清淨具足菩薩摩訶薩以此善根普爲一切平等迴向令一切衆生悉得清淨分別諸法之力廣爲衆生解說迴向菩薩摩訶薩復作是念以此善根令一切衆生修菩薩淨行得無量法海於一一法海無量法界等清淨智慧普照法界令一切衆生分別解說一切句

義令一切衆生悉得一切法明三昧普照諸法令一切衆生皆悉具足隨順三世諸佛辯才令一切衆生得三世佛自在之身令一切衆生得無礙善根起佛法愛不退大悲救護衆生令一切衆生得無礙智不思議法能淨歡喜一切衆會令一切衆生於一切佛刹麤覆佛刹俯伏佛刹微細佛刹廣大佛刹清淨佛刹穢濁佛刹於如是等諸佛刹中悉轉清淨不退法輪令一切衆生於念念中悉得無盡無所畏辯廣說佛法不可窮盡令一切衆生常樂一向專求勝法於一切法得智慧自在令一切衆生皆悉歡喜廣說一切法復次菩薩摩訶薩安住法界無量善根迴向法界無量身業迴向法界無量口業迴向法界無量意業迴向法界無量妙色迴向法界無量妙受想行識迴向法界無量平等陰迴向法界無量平等界迴向法界無量平等入迴向法界無量內平等迴向法界無量外平等迴向法界無量勇猛精進平等迴向法界無量正直心平等迴向法界無量方便平等迴向法界無量性平等迴向法界無量諸根平等迴向法界無量三世平等迴向法界無量業報平等迴向法界無量離諸煩惱清淨平等迴向法界無量一切衆生平等迴向法界無量一切佛刹平等迴向法界無量一切諸法平等迴向法界無量一切世間平等迴向法界無量一切諸佛菩薩平等迴向法界無量一切菩薩行願平等迴向法界無量一切菩薩平等道迴向法界無量一切菩薩成就一切善根迴向法界無量一切諸法平等無二

迴向法界無量一切如來眷屬圓滿平等迴向法界菩薩摩訶薩如是迴向時安住法界等無量清淨身業安住法界等無量清淨口業安住法界等無量清淨意業安住法界等無量清淨行願安住法界等無量清淨眷屬安住法界等無量一切菩薩清淨智慧廣說諸法安住法界等無量清淨身充滿一切世界法界得一切法明清淨無畏以一言音悉除一切衆生疑惑皆令歡喜調伏諸根安立無上智諸力無畏一切自在力佛無量功德上妙法中佛子是爲菩薩摩訶薩第十法界等無量迴向菩薩摩訶薩以此法施等一切善根悉迴向已成就普賢菩薩無量無邊一切行願悉能嚴淨無量無邊虛空法界等一切佛刹令一切衆生亦復如是具足成就無量無邊智慧深入一切法於念念中示現無量無數一切世界諸佛出世悉得無量無邊諸佛自在悉得無量無邊如來自在悉得無量無邊廣大自在悉得無量無邊無礙自在悉得無量無邊無障自在悉得無量無邊不可思議自在悉得無量無邊令一切衆生清淨自在悉得無量無邊一切世界住持自在悉得無量無邊一切不可言說自在悉得無量無邊一切時自在悉得無量無邊一切諸通無礙智自在悉得無量無邊廣說諸法充滿法界自在悉得無量無邊滿足普賢菩薩淨眼悉得菩薩無量無邊淨耳聞持諸佛所說正法能以一身結跏趺坐充滿十方一切世界而不迫迮一切衆生悉得無量無邊具足深入三世智慧悉得無量無邊清淨菩提

清淨衆生清淨佛刹清淨諸法清淨諸入悉得無量無邊虛空法界等清淨智慧悉得無量無邊衆生語言音聲清淨智慧放大光明普照十方一切世界出生三世諸菩薩行清淨智慧於一念中皆悉究竟三世如來清淨智慧令一切衆生皆悉清淨具足成就平等正觀決定智慧究竟到彼岸爾時佛神力故十方各百萬佛刹微塵等世界六種震動佛神力故法如是故雨天華雲雨天鬘天秣香天寶衣天莊嚴天香天摩尼寶天沉水香天阿伽樓香天婆羅乾馱香天堅固香天栴檀香天雜色幡蓋無量阿僧祇天身不可思議微妙法音不可思議諸天妙音讚歎如來無量阿僧祇諸天讚歎善哉雲雨無量阿僧祇那由他諸天恭敬禮拜無量阿僧祇那由他諸天歡喜念佛修習不可思議諸佛功德無量阿僧祇諸天出娛樂音供養如來放無量阿僧祇廣大光明出過諸天普照虛空法界等一切佛刹示現無量阿僧祇如來化身自在威力出過諸天如此世界一切四天下兜率陀天删兜率陀天王宮說如是法一切十方世界删兜率陀天王宮亦復如是爾時佛神力故十方各過百萬佛刹微塵等世界各有百萬佛刹微塵等菩薩悉來雲集咸作是言善哉善哉佛子乃能說此諸大迴向我等悉同一號名金剛幢於金剛光世界金剛幢佛所來詣此土彼諸世界佛神力故亦說是法大會眷屬說法句味皆悉同等我等承佛神力從彼土來爲汝作證如我來此世界爲汝作證一切十方一切四天下删兜率陀天

王宮摩尼寶殿上說如是法往爲作證亦復如是爾時金剛幢菩薩承佛神力觀察十方及諸眷屬一切法界諸義句味修習無量廣大之心無上大悲普覆一切其心安住三世一切諸佛種性悉究竟度諸佛功德成就諸佛自在寶身悉能分別一切衆生悕望心行隨彼所種善根悉皆知時隨順法身示現色身如是觀已以偈頌曰

菩薩受此　無量法寶　自然正覺　大法師記
爲調御師　普照諸法　善悟無疑　最正覺道
菩薩爲法　調御大師　能廣演說　難得深法
十方一切　無量大衆　皆悉安立　諸正法門
菩薩悉飲　無量法海　興大法雲　普雨法雨
矅明法日　普照世間　說微妙法　饒益衆生
此法施主　甚難值遇　具足成就　諸法方便
以智慧明　普照其心　爲世無畏　廣說深法
善能修習　變化之心　廣能開發　諸正法門
成就諸門　最勝法海　普爲世間　擊甘露鼓
能具足說　難得妙法　以法長養　一切功德
清淨正法　真直之法　示現衆生　甚深法藏
最勝授彼　灌頂法王　具足成就　智慧藏身
無相妙智　觀法真相　菩薩善法　而得安住
菩薩法施　最爲殊勝　一切諸佛　咸共讚歎
隨順一切　天中之天　彼能出生　一切諸佛
菩薩清淨　微妙法身　悉從諸佛　真法化生
明淨法燈　饒益衆生　說無量法　除滅憂惱
菩薩布施　清淨妙法　隨順思惟　一切善根
無量世界　所作功德　清淨智慧　皆悉迴向
一切諸佛　所得功德　悉令衆生　具足成就
分別一切　清淨功德　究竟諸佛　莊嚴彼岸

十方一切　無量無數　諸如來等　嚴淨佛剎
如是一切　無餘佛土　衆生莊嚴　不可思議
一切如來　所有智慧　悉令衆生　清淨具足
猶如普賢　菩薩莊嚴　悉令衆生　亦復如是
具足成就　無量自在　充滿無餘　一切世界
一切十方　無餘衆生　皆悉安住　彼清淨行
十方無量　一切佛剎　彼諸如來　行菩薩行
悉令十方　一切衆生　究竟成就　無上勝行
一切佛子　行佛功德　無量無邊　不可稱數
諸佛如來　悉分別知　皆令衆生　具足成就
菩薩具足　諸神通力　悉能善學　一切所學
遊行十方　一切世界　示現無量　自在神力
菩薩能於　一念之中　悉見諸佛　與衆生等
菩薩能於　一毛道中　悉見一切　諸佛正法
一切衆生　無量諸行　一切最勝　悉分別知
常平等心　恭敬供養　一切十方　無量諸佛
種種衆香　諸雜寶華　無量寶衣　及諸幡蓋
悉皆充滿　無量法界　以用供養　一切諸佛
菩薩能於　一毛道中　悉見諸佛　數不可議
普能供養　世間明燈　其所聞法　悉能受持
恭敬禮拜　五體投地　舉身自歸　一切最勝
盡未來際　無量諸劫　讚歎十方　一切最勝
於一佛所　諸供養具　數與一切　衆生類等
如一佛所　諸供養具　一切佛所　亦復如是
無量無邊　一切諸劫　菩薩恭敬　一切導師
窮盡無量　一切諸劫　恭敬供養　而無猒足
一切衆生　無量諸劫　於此劫中　修菩薩行
恭敬供養　一一如來　盡一切劫　而無猒足
一切最勝　所說大劫　悉無有能　稱量數者
爾所一切　諸大劫中　修菩薩行　而無猒足

悉能覺悟 一切法界 廣大無邊 無有分際
衆妙寶華 充滿其中 以用供養 衆生等佛
諸妙寶華 色香具足 清淨鮮潔 無量莊嚴
一切世間 無可爲譬 而以供養 一切最勝
衆生數等 無量佛刹 諸妙寶蓋 彌滿其中
悉以此蓋 奉一如來 供一切佛 亦復如是
微妙最勝 奇特塗香 一切世間 無有倫匹
以此塗香 盡衆生劫 供養一切 諸佛如來
如是粖香 種種雜華 微妙香熏 無量寶衣
無數妙寶 諸莊嚴具 以供如來 而無猒足
衆生數等 一切諸佛 於一念中 悉成正覺
以無量偈 讚歎宣揚 恭敬供養 天人導師
衆生數等 世間明智 菩薩無上 殊勝供養
衆生數等 一切諸劫 如來歎德 猶不能盡
如是供養 一切諸佛 具足成就 如來自在
安住普賢 菩薩所行 悉能覩見 一切諸佛
已作未作 及現所作 無量無數 一切善根
修習普賢 菩薩所行 安住普賢 菩薩諸地
一切世間 悉無有餘 諸佛所知 衆生種類
悉令成就 智慧明達 猶如普賢 菩薩所得
如佛所說 一切諸行 菩薩悉能 具足修習
悉以迴向 一切衆生 普令成就 無上迴向
一切十方 諸如來刹 悉能覺悟 了達其因
悉令一切 無餘衆生 皆與普賢 菩薩齊等
成就布施 悉如迴向 持戒具足 如普賢力
勇猛精進 而不退轉 成就忍辱 不可沮壞
善入甚深 諸禪正受 分別了知 一切三昧
清淨智慧 了達三世 一切世間 所不能知
身口諸業 及與意業 音聲語言 皆悉清淨
究竟成就 菩薩諸行 悉與普賢 菩薩齊等

譬如如如　一切法界　捨離憍慢　諸散亂心
永滅障礙　普皆清淨　悉令衆生　亦復如是
如是殊妙　最勝迴向　一切如來　之所演說
以此無量　善根迴向　具足成就　菩薩所行
一切無餘　諸佛眞子　普修行此　深迴向法
攝取一切　微妙法界　深入安住　諸善逝力
若有樂求　此殊勝行　如來所說　甚深彌廣
此諸佛子　皆悉安住　具足成就　猶如普賢
一切衆生　尚可知數　一切三世　心猶可知
普賢菩薩　功德深廣　無量無邊　不可了知
一毛可量　十方虛空　一切刹塵　悉可知數
殊勝大仙　眞佛子等　所住功德　不可稱量

十地品第二十二之一

爾時世尊在他化自在天王宮摩尼寶殿上與大菩薩衆俱於阿耨多羅三藐三菩提皆不退轉從他方世界俱來集會此諸菩薩一切菩薩智慧行處悉得自在諸佛如來智慧入處悉皆得入善能教化一切世間於念念中普能示現神通等事具足一切菩薩所願於一切世一切劫一切國土常修一切諸菩薩行具足菩薩福德智慧而無窮盡能爲一切而作饒益能到一切菩薩智慧方便彼岸能令衆生背生死道向涅槃門不斷一切菩薩所行善遊一切菩薩禪定解脫三昧神通明慧諸所施爲善能示現一切菩薩無作神足皆悉已得於一念頃能至十方諸佛大會勸發諮請受持法輪常以大心供養諸佛常能修習諸大菩薩所行事業其身普現無量世界其音遍聞無所不至其心通達明見三世一切菩薩所有功德具足修習如是諸菩

薩摩訶薩功德無量無邊於無數劫說不可盡其名曰金剛藏菩薩寶藏菩薩蓮華藏菩薩德藏菩薩蓮華德藏菩薩日藏菩薩淨月藏菩薩照一切世間莊嚴藏菩薩智慧照明藏菩薩妙德藏菩薩栴檀德藏菩薩華德藏菩薩優鉢羅華德藏菩薩天德藏菩薩福德藏菩薩無礙清淨智德藏菩薩功德藏菩薩那羅延德藏菩薩無垢藏菩薩離垢藏菩薩種種樂說莊嚴藏菩薩大光明網藏菩薩淨明威德王藏菩薩大金山光明威德王藏菩薩一切相莊嚴淨德藏菩薩金剛炎德相莊嚴藏菩薩炎熾藏菩薩宿王光照藏菩薩虛空無礙妙音藏菩薩陀羅尼功德持一切世間願藏菩薩海莊嚴藏菩薩須彌德藏菩薩淨一切功德藏菩薩如來藏菩薩

佛德藏菩薩解脫月菩薩如是等菩薩摩訶薩無量無邊不可思議不可稱說金剛藏菩薩而爲上首爾時金剛藏菩薩摩訶薩承佛威神入菩薩大智慧光明三昧即時十方世界於一方過十億佛土微塵數世界有十億佛土微塵數諸佛皆現其身名金剛藏十方世界皆亦如是同聲讚言善哉善哉金剛藏乃能入是菩薩大智慧光明三昧如是十方世界微塵數等諸佛皆同一號加汝威神所謂盧舍那佛本願力故大威神力故汝有大智慧力故欲宣一切菩薩不可思議諸佛法明故所謂入智慧地故攝一切善根故善分別一切佛法故廣法智故決定說諸法故無分別智善分別故一切世間法不能染故出世間善根清淨故得不可思議智力故得一

切智人智境界故所謂如實說菩薩十地差別故菩薩安住十地故分別說無漏法故大智慧光明善分別以自莊嚴故入具足智門故隨所應住次第說故得無礙樂說光明故具足大無礙智地故不忘失菩薩心故教化成就一切衆生界故得至一切處決定智故金剛藏汝當說此法門差別所謂諸佛神力故汝能堪受如來智慧神力故自善根清淨故清淨法界故饒益衆生故入法身智身故於一切佛得受記故得一切世間高大身故過一切世間道故淨出世間善根故即時十方諸佛與金剛藏眞實無上身與無障礙樂說辯才與善分別清淨智慧與善憶念不忘與善決定慧與至一切智處與諸佛無壞力與諸佛無所畏與諸佛無礙智分別諸法善開法門與一切諸佛上妙身口意業何以故以得菩薩大智慧光明三昧故亦是菩薩本願力故直心清淨故智慧明白故善集助道法故善修本業故念持無量法故信解清淨光明法故善得陀羅尼門不可壞故法界智印善印故爾時十方諸佛皆伸右手摩金剛藏菩薩頂金剛藏菩薩即從三昧起告諸菩薩言諸佛子是諸菩薩願決定無有過不可壞廣大如法界究竟如虛空遍覆一切十方諸佛世界衆生爲救度一切世間爲一切諸佛神力所護何以故諸菩薩摩訶薩入過去諸佛智地亦入未來現在諸佛智地何等是諸菩薩摩訶薩智地菩薩摩訶薩智地有十過去未來現在諸佛已說今說當說爲是地故我如是說何等爲十一曰歡喜二曰離垢

三曰明四曰炎五曰難勝六曰現前七曰遠行八曰不動九曰善慧十曰法雲是十地者三世諸佛已說今說當說我不見有諸佛國土不說是十地者何以故此十地是菩薩最上妙道最上明淨法門所謂分別十地事諸佛子是事不可思議所謂菩薩隨順諸地智慧金剛藏菩薩說諸菩薩十地名已默然而住不復分別爾時一切菩薩聞說菩薩十地名已咸皆渴仰欲聞解釋各作是念何因何緣金剛藏菩薩說十地名已默然而住時大菩薩衆中有菩薩名解脫月知諸菩薩心之所念以偈問曰

淨念智慧人　何故說菩薩　諸地名號已
默然不解釋　今諸大菩薩　心皆懷猶豫
何故說是名　而不演其義　大智諸菩薩
咸皆欲聽聞　如是諸地義　願爲分別說
是諸菩薩衆　清淨無瑕穢　安住堅實中
具足智功德　皆以恭敬心　瞻仰於仁者
願欲聞所說　如渴思甘露

爾時金剛藏菩薩聞說是已欲令衆悅以偈答曰

諸菩薩所行　第一難思議　分別是十地
諸佛之根本　微妙甚難見　非心所能及
從佛智慧出　若聞則迷悶　持心如金剛
深信佛智慧　以爲第一妙　心無有疑難
遠離計我心　及心所行地　如是諸菩薩
爾乃能聽聞　寂滅無漏智　分別說甚難
如畫於虛空　如執於疾風　我念佛智慧
第一難思議　衆生少能信　是故我默然

解脫月菩薩聞說此已語金剛藏菩薩言佛

子是大菩薩衆直心清淨善行菩薩道善集助道法善能恭敬供養諸佛於無量佛多種善根成就無量深厚功德離癡疑悔無有貪著及諸結礙深心信解安住不動於是法中不隨他教是故佛子當承佛神力敷演此義是諸菩薩於是深法皆能證知時解脫月菩薩欲重宣此義以偈頌曰

願說安隱法　菩薩無上行　分別於諸地
令智慧清淨　衆智淨無垢　安住深信解
於諸無量佛　證知十地義

金剛藏菩薩言佛子是諸大衆雖皆清淨離癡疑悔於是法中不隨他教其餘樂小法者聞是甚深難思議事或生疑悔是人長夜受諸衰惱我愍此等是故默然時金剛藏菩薩欲重宣此義以偈頌曰

是衆雖清淨　深智離疑悔　其心已決定
不復隨他教　無動如須彌　不亂如大海
其餘不久行　智慧未明了　隨識不隨智
聞已生疑悔　彼將墜惡趣　愍念故不說

解脫月菩薩言佛子願承佛神力善分別此不可思議法佛所護念事令易信解所以者何善說十地義十方諸佛法應護念一切菩薩護是事故勤行精進何以故是菩薩最上所行得至一切諸佛法故譬如一切文字皆初章所攝初章爲本無有一字不入初章者如是佛子十地者是一切佛法之根本菩薩具足行是十地能得一切智慧是故佛子願說此義諸佛護念加以神力令人信受不可破壞時解脫月菩薩欲明顯此義以偈頌曰

善哉智慧子　清淨行具足　願說十地行

所入十地法　具足於智慧　得以成菩提
所有十方佛　最勝人中尊　皆共護念汝
說是十地義　十地爲根本　是名智行處
亦爲究竟道　佛無量法聚　譬如諸文字
皆攝在初章　諸佛功德智　十地爲根本

爾時諸菩薩一時同聲以偈請金剛藏菩薩言

上妙智慧人　樂說無有量　德重如山王
哀愍說十地　戒念慧清淨　說是十地義
十力之根本　無礙智本行　戒定慧功德
集在仁者心　憍慢諸邪見　皆悉已滅盡
是衆無疑心　唯願聞善說　譬病思良醫
如饑思美饍　我等亦如是　聞甘露法味
是故曠大意　願開初地門　乃至第十地
次第爲我說

爾時釋迦牟尼佛從眉間白毫相放菩薩力光明百千阿僧祇光以爲眷屬普照十方諸佛世界靡不周遍三惡道苦皆得休息悉照十方諸佛大會說法之衆顯現如來不思議力是光明遍照十方諸佛大會諸菩薩身已於上虛空中成大光明雲臺十方諸佛亦復如是從眉間白毫俱放菩薩力光明百千阿僧祇光以爲眷屬普現如來不思議力悉照一切諸佛大會及娑婆世界釋迦牟尼佛一切大衆并金剛藏菩薩及師子座照已於上虛空中成大光明雲臺時諸大光明雲臺中諸佛神力故而說頌曰

無等等諸佛　功德如虛空　十力無畏等
最尊世間主　於釋迦佛前　而現此神力
以佛力開現　法王無畏藏　說諸地所行

諸地義差別　承諸佛神力　無有能壞者
若人聞法寶　則為諸佛護　漸次具諸地
得以成佛道　若人堪任聞　雖在於大海
及劫盡火中　必得聞此經　若人癡疑悔
終不能得聞　是故今佛子　說諸地智道
入勢力觀法　次第而修行　得至於餘地
各得所利益　利一切世間　願說勿令斷

大方廣佛華嚴經卷第二十三

音釋

欄楯 欄郎干切闌也楯竪尹切檻也　鎧 苦亥切甲也　罣礙 罣古話切罥也礙牛代切妨也　迫迮 迫博陌切窘也迮側革切狹也　刪兜率陀 梵語也此云知足刪音山　諮 即移切訪問也　猶豫 猶以周切豫羊茹切猶豫遲疑不決也

大方廣佛華嚴經卷第二十四

東晋天竺三藏佛陀跋陀羅等譯

十地品第二十二之二

爾時金剛藏菩薩觀察十方欲令大衆增益信敬以偈頌曰

諸佛聖主道　微妙甚難解　非思量所得
唯智者行處　其性從本來　寂然無生滅
從本已來空　滅除諸苦惱　遠離於諸趣
等同涅槃相　無中亦無後　非言辭所說
出過於三世　其相如虛空　諸佛所行處
清淨深寂滅　言說所難及　地行亦如是
說之猶尚難　何況以示人　諸佛之智慧
離諸心數道　不可得思議　非有陰界入
但以智可知　非識之所及　如空迹難說
何可示其相　十地義如是　非心意所行
是事雖爲難　發願行慈悲　漸次具諸地
智者所能及　如是諸地行　微妙甚難見
不可以心知　當承佛力說　汝等當恭敬
咸共一心聽　智慧所隨順　諸地相入行
於無量億劫　說之不可盡　今如實略說
其義無有餘　一心恭敬待　今承佛力說
大音唱因喻　義名不相違　佛神力無量
今皆在我身　我之所說者　如大海一渧

金剛藏菩薩說此偈已告於大衆諸佛子若衆生厚集善根修諸善行善集助道法供養諸佛集諸清白法爲善知識所護入深廣心信樂大法心多向慈悲好求佛智慧如是衆生乃能發阿耨多羅三藐三菩提心爲得一切種智故爲得十力故爲得大無畏故爲得具足佛法故爲救一切世間故爲淨大慈悲

心故爲向十方無餘無礙智故爲淨一切佛國令無餘故爲於一念中知三世事故爲自在轉大法輪廣示現佛神力故菩薩摩訶薩生如是心諸佛子是心以大悲爲首智慧增上方便所護直心深心淳至量同佛力善決定衆生力佛力趣向無礙智隨順自然智能受一切佛法以智慧教化廣大如法界究竟如虛空盡未來際菩薩發如是心即時過凡夫地入菩薩位生在佛家種姓尊貴無可譏嫌過一切世間道入出世間道住菩薩法中在諸菩薩數等入三世如來種中畢定究竟阿耨多羅三藐三菩提菩薩住如是法名住歡喜地以不動法故諸佛子菩薩摩訶薩住歡喜地多喜多信多清淨多踴悅多調柔多堪受不好鬪諍不好惱亂衆生不好瞋恨諸佛子諸菩薩住是歡喜地念諸佛故生歡喜心念諸佛法故生歡喜心念諸菩薩摩訶薩故生歡喜心念諸菩薩所行故生歡喜心念諸波羅蜜清淨相故生歡喜心念諸菩薩與衆殊勝故生歡喜心念諸菩薩力不可壞故生歡喜心念諸如來教化法故生歡喜心念能爲利益衆生故生歡喜心念一切佛一切菩薩所入智慧方便門故生歡喜心菩薩復作是念我轉離一切世間境界生歡喜心入一切佛平等中生歡喜心遠離凡夫地生歡喜心近智慧地生歡喜心斷一切惡道生歡喜心與一切衆生作依止生歡喜心近見一切諸佛生歡喜心生諸佛境界生歡喜心入一切諸菩薩數生歡喜心離一切恐怖生歡喜心所以者何是菩薩得歡喜地所有怖畏

即皆遠離所謂不活畏惡名畏死畏墮惡道畏大衆威德畏離如是等一切諸畏何以故是菩薩離我相故尚不貪身況所用物是故菩薩無不活畏心不悕望恭敬供養我應供養衆生供給所須是故菩薩無惡名畏遠離我見無我相故無有死畏又作是念我若死已所生必見諸佛菩薩是故無有墮惡道畏我所志樂無與等者何況有勝是故無有大衆威德畏如是菩薩永離一切諸恐怖事諸佛子是菩薩以大悲爲首於一切衆生心無嫌恨直心堅固自然清淨轉復勤修一切善根所謂信心增上多行淨心解心清淨多以信心分別出生大悲成就大慈心不疲懈以慚愧莊嚴成就忍辱柔和敬順諸佛教法信重善知識日夜常修一切善根常愛樂法求多聞無猒如所聞法正念觀察心不貪著不求名聞不求利養資生之物常生實心無有猒足樂一切智地欲得諸佛力無所畏不共法求助諸波羅蜜法離諸諂曲如說能行常行實語不汙諸佛家不捨菩薩戒生薩婆若心不動如山王不樂世間事成就出世間善根集助菩提法無有猒足常求勝中勝道菩薩成就如是淨地法名爲安住歡喜地菩薩如是安住歡喜地發諸大願生如是定心所謂我當以清淨心供養一切諸佛皆無有餘一切供具隨意供養發如是大願廣大如法界究竟如虛空盡未來際盡供養一切劫中所有諸佛以大供養具足無有休息又一切諸佛所說經法皆悉受持攝一切諸佛阿耨多羅三藐三菩提一切諸佛所教化法悉皆

隨順一切諸佛法皆能守護發如是大願廣大如法界究竟如虛空盡未來際盡皆守護一切劫中一切佛法無有休息又一切世界一切諸佛從兜率天下入胎處胎初生出家成佛道時勸請轉大法輪示入大涅槃我於爾時盡往供養攝法爲首三時轉故發如是大願廣大如法界究竟如虛空盡未來際盡一切劫奉迎供養一切諸佛無有休息又一切菩薩所行廣大無量不可壞無分別諸波羅蜜所攝諸地所淨生諸助道法總相別相有相無相有成有壞一切菩薩所行諸地道及諸波羅蜜本行教化一切令其受行心得增長發如是大願廣大如法界究竟如虛空盡未來際盡一切劫中菩薩所行以諸教化成就衆生無有休息又一切衆生若有色若無色有想無想非有想非無想卵生胎生濕生化生三界所繫入於六道一切生處名色所攝教化成就斷一切世間道令住佛法一切智慧使無有餘發如是大願廣大如法界究竟如虛空盡未來際盡一切劫教化一切衆生無有休息又一切世界廣陿及中無數無量不可分別不可壞不可動不可說麤細正住倒住平坦方圓隨入如是世界智如因陀羅網差別如是十方世界差別皆現前知發如是大願廣大如法界究竟如虛空盡未來際盡一切劫如是世界皆現前知無有休息又一切佛土入一佛土一佛土入一切佛土一一佛土無量莊嚴離諸垢穢具足清淨智慧衆生悉滿其中常有諸佛大神通力隨衆生心而爲示現發如是大願廣大如法界

究竟如虛空盡未來際盡一切劫淨如是國土無有休息又一切菩薩同心同學共集諸善無有怨嫉同一境界等心和合常不相離隨其所應能現佛身自於心中悉能解知諸佛境界神通智力常得隨意神通悉能遊行一切國土一切佛會皆現身相一切生處普生其中有如是不可思議大智慧具足菩薩行發如是大願廣大如法界究竟如虛空盡未來際盡一切劫行如是大智慧道無有休息又乘不退輪行菩薩道身口意業所作不空衆生見者即必定佛法聞我音聲即得眞實智慧有見我者心即歡喜離諸煩惱如藥樹王爲得如是行菩薩道發如是大願廣大如法界究竟如虛空盡未來際盡一切劫行不退道所作不空無有休息又於一切世界皆得阿耨多羅三藐三菩提於一毛端示現入胎出家坐道場成佛道轉法輪度衆生示大涅槃現諸如來大神通智力隨一切衆生所應度者念念中得佛道知一切法如涅槃相以一音聲令一切衆生皆發歡喜示大涅槃而不斷菩薩所行示衆生大智地使知一切法皆是假僞以大智慧神通自在出生變化充滿法界發如是大願廣大如法界究竟如虛空盡未來際盡一切劫得佛道事求大智慧大神通等無有休息諸佛子菩薩摩訶薩住歡喜地以十願爲首生如是等百萬阿僧祇大願以十不可盡法而生是願爲滿此願勤行精進何等爲十一衆生不可盡二世界不可盡三虛空不可盡四法界不可盡五涅槃不可盡六佛出世不可盡七諸佛智慧

不可盡八心所緣不可盡九起智不可盡十世間轉法輪智轉不可盡若衆生盡我願乃盡若世界虛空法界涅槃佛出世諸佛智慧心所緣起智諸轉盡我願乃盡而衆生實不可盡世界虛空法界涅槃佛出世諸佛智慧心所緣起智諸轉實不可盡我諸願善根亦不可盡諸佛子菩薩決定發是大願則得利安心柔輭心調順心寂靜心不放逸心寂滅心直心和潤心不恚心不濁心如是則成信者樂以信分別功德信諸佛本所行道信行諸波羅蜜而得增長信善入諸地得殊勝功德信得成佛十力信具足四無所畏信不共法不可壞信諸佛法不可思議信諸佛自在神力無量無邊信諸如來無量行門信從因緣以成果報舉要言之信諸菩薩普行諸佛

功德智慧威神力等諸佛子菩薩作是念諸佛正法如是甚深如是離相如是寂滅如是空如是無相如是無作如是無染如是無量如是廣大如是難壞而諸凡夫心墮邪見無明癡冥蔽其慧眼常立憍慢幢墮在渴愛網隨順諂曲常懷慳嫉而作後身生處因緣多集貪欲瞋恚愚癡起諸重業嫌恨猛風吹罪心火常令熾然有所施作皆與顛倒相應欲流有流見流無明流相續起心意識種子於三界地生苦惱芽所謂名色名色和合增長六入根塵相對生觸觸故生受貪樂受故生愛愛增長故生取取因緣故復起後有有因緣故有生老病死憂悲苦惱如是因緣集諸苦聚受諸苦惱是中無我無我所無作者無受者無知者如草木瓦石又如影響凡夫可

慼不知不覺而受苦惱菩薩於此見諸衆生不免諸苦即生大悲智慧是諸衆生我應救護令住畢竟佛道之樂即生大慈智慧菩薩摩訶薩隨順如是大慈悲法以深妙心住在初地於一切物無所貪惜尊重諸佛大妙智慧故學行大施即時所有盡能施與金銀摩尼硨磲碼碯瑠璃珊瑚琥珀珂貝珍寶瓔珞嚴身之具及象馬輦轝人民奴婢國土城邑園林遊觀妻妾男女一切所愛皆悉施與頭目耳鼻支節手足深重佛故而不貪惜菩薩摩訶薩住於初地能行大施是菩薩以大悲心大施心救一切衆生故勤求世間出世間利益之事心無疲懈是故菩薩生無疲倦功德於諸經書能自開解是故生知經書功德得如是知經書智慧善能籌量應作不應作於上中下衆生隨宜利益是故菩薩生世智功德得世智功德則知時知量慚愧莊嚴修習自利利彼之道是故則生慚愧功德如是功德精勤修行心不懈退是精進不退功德即得堪受力得堪受力已勤行供養一切諸佛隨佛所說如說修行諸佛子是菩薩悉知生起如是淨地法所謂信慈悲施無有疲倦知諸經書善解世法慚愧堪受供養諸佛如所說行又是菩薩住歡喜地少見諸佛以願力故廣見數百千萬億那由他諸佛世尊心大歡喜深心愛敬以上樂具供養諸佛及一切僧以是福德皆迴向阿耨多羅三藐三菩提是菩薩因供養諸佛故生教化衆生法多以二攝攝取衆生所謂布施愛語後二攝法以信解力行未善通達是菩薩隨所供養諸

佛教化衆生皆能受行諸淨地法如是諸功德皆迴向薩婆若轉益明顯堪任有用譬如金師鍊金隨以火力調柔可用增益光色如是菩薩供養諸佛教化衆生行淨地法此諸功德皆迴向薩婆若轉益明顯隨意所用諸佛子是菩薩摩訶薩於初地中行果相貌從諸佛菩薩善知識所諮受請問成地之法無有猒廢是菩薩住初地中於諸佛菩薩善知識所諮受請問第二地中行果相貌無有猒足如是第三第四第五第六第七第八第九第十地中行果相貌從諸佛菩薩善知識所諮受請問成十地法無有猒廢是菩薩善知諸地對治法善知諸地成壞善知諸地行果善知分別得諸地善知諸地清淨行善知諸地從一地至一地行善知諸地是處非是處善知諸地轉所住處善知諸地勝進業善知諸地得不退轉乃至善知一切菩薩淨地法入如來智地諸佛子如是菩薩善知諸地行未發初地乃至十地無有障礙得諸地智慧光明乃至知諸佛智慧光明如大商主多將賈人欲至大城先問道路退還過咎在道利害未發初處知道宿時乃至善知到彼城事能以智慧思惟籌量具諸資用令無所乏正導人衆得至大城於險道中免諸患難身及衆人皆無憂惱菩薩摩訶薩亦復如是住於初地而善知諸地對治法乃至善知一切菩薩淨地法入如來智地爾時菩薩集大福德智慧資粮爲衆生商主隨宜教化令出生死險難惡處示安隱道乃至令住薩婆若智慧大城無諸衰惱是故菩薩常應心不疲倦勤

修諸地本行乃至善知入如來智地諸佛子是名略說菩薩入歡喜地廣說則有無量百千萬億阿僧祇事菩薩住歡喜地多作閻浮提王豪貴自在常護正法能以大施攝取衆生善除衆生慳貪之垢常行大施而無窮盡所作善業布施愛語利益同事是諸福德皆不離念佛不離念法不離念諸同行菩薩不離念菩薩所行道不離念諸波羅蜜不離念十地不離念諸力無畏不共法乃至不離念具足一切種智常生是心我當於一切衆生中爲首爲勝爲大爲妙爲上爲無上爲導爲將爲帥爲尊乃至於一切衆生中爲依止者諸佛子是菩薩若欲捨家勤行精進於佛法中便能捨家妻子五欲得出家已勤行精進須臾之間得百三昧得見百佛知百佛神力能動百佛世界能飛過百佛世界能照百佛世界能教化百佛世界衆生能住壽百劫能知過去未來世各百劫事能善入百法門能變身爲百於一一身能示百菩薩以爲眷屬若以願力自在示現過於此數百千萬億那由他劫不可計知時金剛藏菩薩欲重明此義以偈頌曰

若有諸衆生　厚修集善根　成就清白法
親近於諸佛　清淨信樂力　隨順慈悲心
如是人能發　無量之佛智　諸佛一切智
無量力清淨　堪受力堅牢　成就諸佛法
悲心救世間　淨修諸佛國　敷演轉法輪
發此無上願　一念知三世　而無有別異
種種時差別　以示於世間　略說則盡求
諸佛之功德　發於廣大心　猶若如虚空

悲心智慧首　方便念修行　深直心淳至
其力無有量　心向無障礙　而不隨他教
同諸佛平等　而生於大心　諸佛子發生
如是之寶心　即離凡夫地　入於佛所行
即生如來家　無有可譏嫌　則同於諸佛
必成無上道　生如是心時　即便得初地
其心不可動　猶如大山王　是菩薩便有
大喜相顯現　其心常清淨　堪受於大事
心不樂鬪諍　不好惱衆生　無有瞋恨心
樂慚愧恭敬　又習行直心　守護於諸根
常念救世間　念求諸佛智　心生於歡喜
我當得此事　得於歡喜地　即過五恐怖
不活死惡名　惡道衆威德　以不貪著我
及與我所故　是諸佛子等　遠離諸怖畏
常行慈悲心　恒有信恭敬　慚愧功德備
晝夜增善法　樂功德實利　不樂於諸欲
如有所聞法　能常善思惟　無有貪著身
斷諸利養心　常樂於菩提　一心求佛智
行諸波羅蜜　離於諂曲心　隨說而能行
安住實語中　不汙諸佛家　不捨菩薩學
遠世間事願　樂出於世間　求善法無猒
精進轉增益　諸菩薩如是　好樂諸功德
而發於大願　求欲見諸佛　護法至佛所
行菩薩妙行　化一切衆生　淨一切佛土
我佛國土中　滿諸大菩薩　諸菩薩同心
見聞皆不空　一切微塵中　諸佛成佛道
發於如是等　無量無邊願　是願無窮盡
如虛空衆生　法界世涅槃　諸佛出智慧
心緣起智轉　我願如是住　如是發大願
心柔輭調順　能信佛功德　而觀於衆生

知從因緣起　則生慈悲心　即於苦衆生
我當救度之　爲是衆生故　而行種種施
所謂妙國土　一切諸珍寶　象馬及車乘
眷屬與人民　頭目及手足　肌肉施無悔
求種種經書　心無有疲倦　得解其義趣
能隨世所行　慚愧堪受力　漸令得增長
能以恭敬心　供養無量佛　智者於日夜
如是常修行　善根轉明淨　猶若成鍊金
菩薩住是地　能了知十住　展轉修行時
無有諸障礙　譬如賈客主　欲利諸商人
先問道路中　諸險艱難事　菩薩住初地
善知諸地行　而無有障礙　能至於佛地
住是初地中　多作閻浮王　善知於諸法
常行慈悲心　如法而化導　一切皆信敬
勸令行布施　以求佛智慧　菩薩若捨國
佛法中出家　勤行於精進　即得百三昧
能見百諸佛　震動百國土　光明照百國
飛行亦如是　化百土衆生　入於百法門
念知百劫事　示現於百身　能以百菩薩
眷屬而示現　若以其願力　過是數無量
今明初地義　但以略解說　若欲廣說者
億劫不能盡　是初菩薩地　名之爲歡喜
利益衆生者　今已分別竟

第二離垢地

一切菩薩衆　聞說上地義　其心皆清淨
歡喜無有量　各於所坐處　踴住虛空中
以諸上妙華　散於金剛藏　咸皆稱讚言
善哉金剛藏　大智無所畏　善說菩薩地
解脫月大士　知衆心清淨　欲聞第二地
行相之所說　即請金剛藏　大智願解說

第二地行相　一切皆欲聞

金剛藏菩薩語解脫月菩薩言佛子菩薩摩訶薩已具足初地欲得第二地者當生十種直心何等為十一柔輭心二調和心三堪受心四不放逸心五寂滅心六直心七不雜心八無貪悋心九勝心十大心菩薩以是十心得入第二地菩薩住離垢地自然遠離一切殺生捨棄刀仗無瞋恨心有慚有愧於一切衆生起慈悲心常求樂事尚不惡心惱於衆生何況加害離諸劫盜資生之物常知止足若物屬他他所受用於是物中不與不取離於邪婬自足妻色於他女人不生一念離於妄語常眞實語諦語隨語不作增惡乃至夢中尚不妄語何況故作離於兩舌無破壞心於闘諍離散人中常好和合離於惡口所有言語麤獷苦惡自壞其身亦壞於他如是等語皆悉捨離離無義語常自守護所可言說應作不作常知時語利益語順法語籌量語乃至戲笑尚無所犯何況故作不貪他物若物屬他他所攝用不作是念我當取之離瞋害心常於衆生求愛潤心慈悲心離於占相習行正見決定深信罪福因縁離於諂曲誠信三寶生決定心菩薩如是常護善道作是思惟一切衆生墮惡道者皆由十不善道我當自住善法亦當為人說諸善法示正行處何以故若人自不行善為他說法令住善者無有是處又深思惟行十不善道則墮地獄畜生餓鬼行十善道則生人處乃至有頂又是十善道與智慧和合修行若心劣弱樂少功德猒畏三界大悲心薄從他聞法至聲聞

乘若行是十善道不從他聞自然得知不能具足大悲方便而能深入衆因緣法至辟支佛乘若行是十善道清淨具足其心廣大無量無邊於衆生中起大慈悲有方便力志願堅固不捨一切衆生求佛大智慧淨菩薩諸地淨諸波羅蜜入深廣大行則能得佛十力四無所畏四無礙智大慈大悲乃至具足一切種智集諸佛法是故我應行十善道求一切智是菩薩復作是思惟此十不善道上者地獄因緣中者畜生因緣下者餓鬼因緣於中殺生之罪能令衆生墮於地獄畜生餓鬼若生人中得二種果報一者短命二者多病劫盜之罪亦令衆生墮三惡道若生人中得二種果報一者貧窮二者共財不得自在邪婬之罪亦令衆生墮三惡道若生人中得二種果報一者婦不貞潔二者得不隨意眷屬妄語之罪亦令衆生墮三惡道若生人中得二種果報一者多被誹謗二者爲人所誑兩舌之罪亦令衆生墮三惡道若生人中得二種果報一者得弊惡眷屬二者得不和眷屬惡口之罪亦令衆生墮三惡道若生人中得二種果報一者常聞惡音二者所可言説恒有諍訟無義語罪亦令衆生墮三惡道若生人中得二種果報一者所有言語人不信受二者有所言説不能明了貪欲之罪亦令衆生墮三惡道若生人中得二種果報一者多欲二者無有猒足瞋惱之罪亦令衆生墮三惡道若生人中得二種果報一者常爲一切求其長短二者常爲衆人之所惱害邪見之罪亦令衆生墮三惡道若生人中得二種果

報一者生邪見家二者其心諂曲諸佛子如是十不善道皆是衆苦大聚因緣菩薩復作是念我何故不離是十不善道行十善道亦令他人行此善道如是念已即離十不善道安住十善道亦令他人住於善道是菩薩爾時於一切衆生生安隱心樂心慈心悲心哀愍心利益心守護心師心大師心自已心作是念是諸衆生墮於邪見隨逐邪心行邪險道甚可哀愍我應令彼住正見道如實法中是諸衆生常共鬬諍分別彼我我應令彼住於大慈是諸衆生常貪財物無有猒足恒以邪命而自生活我應令彼住於清淨身口意業是諸衆生隨逐貪欲瞋恚愚癡常爲種種煩惱大火之所燒然不能志求出要方便我應令彼滅煩惱火置清涼處是諸衆生常爲無明所覆入大黑闇離慧光明入於生死大險道中隨逐種種無量邪見我應令彼得無障礙清淨慧眼以是眼故知一切法如實相得不隨他一切如實無障礙智是諸衆生墮生死道將墜地獄畜生餓鬼入邪見網爲種種愚癡叢林所覆隨逐虛妄邪道徑路常爲愚癡之所盲冥遠離導師非出要道謂爲出要隨順魔心遠離佛意我應令彼度於生死險道艱難安處令住一切智人無畏大城無諸衰惱是諸衆生爲諸煩惱暴水所沒欲有見無明四流所漂隨生死流入大愛河爲諸煩惱勢力所食不能得求出要之道常爲欲覺恚覺惱覺惡蟲所害又爲水中身見羅刹所執入於五欲深流洄澓喜愛淤泥之所沒溺我慢陸地之所燋枯無所歸趣於十二入

怨賊聚落不能得出不遇導師能正度者我應於彼生大慈悲以善根力而拔濟之得安隱處離諸恐怖住於一切智慧寶洲是諸衆生深心貪著多有憂悲苦惱患難憎愛所縛欲械所繫入於三界無明稠林我應令彼遠離一切三界所著令住離相無礙涅槃是諸衆生深著我我所於五陰巢窟不能自出常隨四倒依六入空聚爲四大毒蛇之所侵害爲諸煩惱衆賊所殺受此一切無量苦惱我應令彼離諸貪著住於寂靜所謂斷一切障礙安隱涅槃是諸衆生其心陿劣樂於小法遠離無上一切智慧貪著小乘不能志求大乘出法我應令彼住廣大心無量無邊諸佛道法所謂無上大乘諸佛子是菩薩如是隨順持戒力善能廣生大慈悲心是菩薩住離

垢地得見數百千萬億那由他諸佛世尊以衣被飲食卧具醫藥資生之物而供養之於諸佛所生恭敬心復受十善道乃至得阿耨多羅三藐三菩提終不中失是菩薩若干百千萬億劫遠離慳貪破戒垢故淨修布施持戒功德譬如眞金鍊之以火一切垢盡轉復明淨菩薩亦復如是住離垢地若干百千乃至無量百千萬劫遠離慳貪破戒垢故淨修布施持戒功德菩薩爾時於四攝法愛語偏多十波羅蜜戒波羅蜜偏勝餘波羅蜜亦皆修集隨地增長佛子是名菩薩摩訶薩第二離垢地菩薩住是地多作轉輪聖王爲大法王廣得法力七寶成就有力自在能除一切衆生慳貪破戒之垢以善方便令衆生住十善道爲大布施而不窮盡所作善業布施愛

語利益同事是諸福德皆不離念佛不離念法乃至不離念具足一切種智常生是心我當於一切眾生中為首為勝乃至於一切眾生中為依止者佛子是菩薩若欲捨家勤行精進於佛法中便能捨家妻子五欲得出家已勤行精進須臾之間得千三昧得見千佛知千佛神力能動千佛世界能飛過千佛世界能照千佛世界能教化千世界眾生能住壽千劫能知過去未來世各千劫事能善入千法門能變身為千於一一身能示千菩薩以為眷屬若以願力自在示現過於此數百千萬億那由他劫不可計知爾時金剛藏菩薩欲重明此義以偈頌曰

菩薩入二地　柔輭調和心　堪受不放逸
寂滅真不雜　亦無有貪恡　勝大悉具足
得是十心已　入於第二地　菩薩住是地
成就諸功德　常離於殺生　不惱害一切
常離於劫盜　亦無有邪婬　不兩舌妄語
惡口無義言　他所有財物　不生於貪著
不惱於眾生　直心行正見　無有憍慢心
亦無諂曲意　柔輭不放逸　護持諸佛教
所有劇苦惱　地獄與畜生　餓鬼熾然身
皆從惡心有　我今已永離　如是諸惡事
行於真實道　寂滅之善法　從人至有頂
所有受樂處　禪定三乘樂　皆從十善生
如是思惟已　心常不放逸　身自持淨戒
亦教人令持　遍觀諸眾生　種種受苦惱
如是愍念已　轉生深悲心　凡夫甚可愍
墮在諸邪見　心多懷瞋恨　常好起諍訟
常樂於五欲　貪求無有猒　起三毒因緣

我應度此等　深覆愚癡闇　墜生死險道
入大邪見網　墮於世籠檻　常為諸魔賊
煩惱之所壞　此等甚可愍　我應度脫之
沒深煩惱水　四流所漂轉　具受於三界
無量諸苦毒　住五陰深巢　生我我所心
我為度此苦　當勤修行道　捨無上佛慧
生於下劣心　令住佛大智　發無量精進
菩薩住此地　集無量功德　得值遇諸佛
承事而供養　以是因緣故　善根轉明淨
猶如好真金　鍊之以火力　佛子住此地
多作轉輪王　令諸眾生等　住於十善道
從初始發心　修集諸福德　願以救世間
令得佛十力　若欲捨王位　出家行學道
勤心行精進　得入千三昧　得見於千佛
供養聽受法　菩薩住此地　能示如是事
若以其願力　示諸神通事　度脫於眾生
過此數無量　常為諸世間　勤求好事者
具足解說此　第二地已竟

大方廣佛華嚴經卷第二十四

音釋

滴丁歷切水點也　輦轝輦力展切步車也轝羊諸切乘也　鍊郎甸切鍊治也　譏嫌譏居依切責也嫌戶兼切憎也　獷古猛切悍也　洄澓洄戶恢切澓方六切水漩流也　械下戒切桎梏也　窟苦骨切穴也　陿胡夾切隘也　劇奇逆切甚也　籠檻籠盧紅切笭也檻下斬切欄也

大方廣佛華嚴經卷第二十五

東晉天竺三藏佛陀跋陀羅等譯

十地品第二十二之三

諸菩薩聞是　不可思議行　心皆大歡喜
恭敬無有量　即時虛空中　雨衆名華香
如雲而散下　供養金剛藏　咸讚言善哉
善哉金剛藏　善說諸大人　護持淨戒行
於一切衆生　深有哀愍心　敷演解說是
二地之行相　菩薩微妙行　眞實無有異
是諸菩薩等　清淨之行足　爲一切衆生
常求好事者　已爲具演說　第二離垢地
天人恭敬者　願說第三地　善示智所作
菩薩之所行　願說諸大人　所行布施德
持戒及忍辱　精進行禪定　智慧巧方便
并及慈悲心　云何行是法　淨於諸佛行
解脫月菩薩　請金剛藏言　菩薩入三地
當以何等心

金剛藏菩薩語解脫月菩薩言佛子諸菩薩摩訶薩淨第二地已欲得第三地當以十種深心何等爲十一淨心二猛利心三猒心四離欲心五不退心六堅心七明盛心八無足心九勝心十大心菩薩以是十心得入第三地菩薩住明地能觀一切有爲法如實相所謂無常苦無我不淨不久敗壞不可信相不生不滅不從前際來不去至後際現在不住菩薩如是觀一切有爲法眞實相知諸法無作無起無來無去而諸衆生憂悲苦惱憎愛所繫無有停積無定生處但爲貪恚癡火所然增長後世苦惱大聚無有實性猶如幻化見如是已於一切有爲法轉復猒離趣佛智

慧是菩薩知如來智慧不可思議不可稱量有大勢力無能勝者無有雜相無有衰惱能至無畏安隱大城能救無量苦惱衆生如是見知佛智無量見有爲法無量苦惱於一切衆生轉生殊勝十心何等爲十衆生可愍孤獨無救貧無依止三毒之火熾然不息閉在三有牢固之獄常住煩惱諸惡刺林無正觀力於善法中欲樂心薄失佛妙法而常隨順生死水流怖畏涅槃是菩薩見諸衆生如是衰惱發大精進是衆生等我應救我應解應令清淨應令得脱應著善處應令安住應令歡喜應令知所宜應令得度應使滅苦菩薩如是猒離一切有爲法深念衆生見一切智無量利益即時欲具佛智慧救度衆生勤行菩薩道作是思惟此諸衆生墮在大苦諸煩惱中以何方便而拔濟之使得永住畢竟之樂即時知住無礙解脱智慧中者乃可得此是無礙解脱智慧不離通達諸法如實智無行行慧如是慧明從何而得當知不離多聞決定智慧復作是念一切佛法以何爲本不離聞法爲本菩薩如是知已一切求法轉加精勤日夜聽受無有猒足喜法愛法依法順法滿法辯法究竟法歸法救法隨順行法菩薩如是方便求法所有珍寶無所遺惜於此物中不生難想但於說法者生難遭想爲求法故於内外物無不能捨國土人民摩尼七寶象馬輦轝衆寶瓔珞嚴身之具妻妾男女支節手足舉身施與無所愛惜又爲求法故於說法者盡心恭敬供養給侍破除憍慢我慢大慢諸惡苦惱悉能忍受深求法故若得

一句未曾聞法勝得三千大千世界滿中珍寶得聞一偈勝得轉輪聖王釋提桓因梵天王處無量劫住是菩薩若有人來作如是言我有佛所説法一句能淨菩薩道汝今若能入大火坑受大苦者當以相與是菩薩作是念我受一句法故設令三千大千世界大火滿中尚從梵天而自投下何況小火我盡受一切諸地獄苦猶應求法何況人中諸小苦惱爲求法故發如是心又如所聞法心常喜樂悉能正觀是菩薩聞諸法已降伏其心於空閑處心作是念如説行者乃得佛法但以口言無有是處菩薩如是即離欲惡不善法有覺有觀離生喜樂入初禪滅覺觀内清淨心一處無覺無觀定生喜樂入二禪離喜行捨成就念慧身受樂諸賢聖能説能捨常念受樂入三禪斷棄苦樂憂喜已滅不苦不樂行捨念淨入四禪是菩薩過一切色相滅一切有對相不念一切别異相故知無邊虚空即入虚空無色定處過一切虚空相知無邊識即入識無色定處過一切識相知無所有即入無所有無色定處過一切無所有處知非有想非無想安隱即入非有想非無想無色定處順諸法行而不樂著是菩薩以慈心廣大無量無瞋恨無惱害以信解力遍滿十方悲喜捨心亦復如是菩薩有神通力能動大地一身爲多身多身爲一身現沒還出石壁皆過如行虚空於虚空中加趺而去猶如飛鳥履水如地入地如水身出煙燄如大火聚日月威德而能以手捫摸摩之身力自在乃至梵世是菩薩天耳清淨過天人耳悉聞

人天音聲遠近是菩薩以他心智如實知他心欲心如實知欲心離欲心如實知離欲心瞋心離瞋心癡心離癡心垢心離垢心小心大心廣心狹心亂心無亂心定心不定心縛心解心有上心無上心如實知有上心無上心是菩薩念知宿命諸所生處一世二世乃至百千萬億那由他世一劫二劫乃至百千萬億那由他劫其中諸劫無量成壞於諸劫中所經因緣悉能念知我生彼處如是種族如是姓名如是飲食如是苦樂如是久住我於彼死生於此間於此間死生於彼間如是種種悉能念知是菩薩天眼清淨過天人眼見諸衆生死此生彼形色好惡貧賤富貴趣善惡道隨業受報皆如實知所謂是諸衆生成就身惡業口惡業意惡業拒逆賢聖受邪見教起罪業因緣故身壞命終墮於惡道是諸衆生成就身善業口善業意善業不逆賢聖信受正見行善業因緣故身壞命終生於善處是菩薩於諸禪定解脱三昧能入能出而不隨生有助菩提法處以願力故能生其中是菩薩住於明地見數百千萬億那由他諸佛世尊恭敬供養尊重讚歎衣服飲食卧具醫藥親近諸佛聽受經法如說修行是菩薩觀諸法不生不滅衆緣而有於萬百千億劫所集欲縛有縛無明縛皆悉微薄不復積集不積集故斷於邪貪邪瞋邪癡譬如眞金巧師鍊治轉更精好光明倍勝菩薩亦如是住在明地不集三縛故斷於邪貪邪瞋邪癡一切善根轉增明淨是菩薩忍辱心美妙心不壞心不動心不濁心不高下心一切所作

不望報心他少有所作當生報心不諂曲心不染亂心轉勝明淨菩薩爾時於四攝法愛語利益偏多十波羅蜜忍辱波羅蜜精進波羅蜜偏勝餘助菩提法皆轉明淨諸佛子是名略說菩薩第三明地菩薩住是地中多作釋提桓因智慧猛利能以方便轉諸衆生令離婬欲所作善業布施愛語利益同事皆不離念佛不離念法乃至不離念具足一切種智常生是心我當於一切衆生爲首爲勝乃至於一切衆生爲依止者是菩薩若欲勤行精進於須臾間能得十萬三昧乃至能示十萬菩薩以爲眷屬若以願力神通自在過於此數若干百千萬億那由他劫不可計知時金剛藏菩薩欲重明此義以偈頌曰

菩薩深信心　能得第三地　清淨猛利心
猒離欲不退　堅堪受無猒　勝大悉具足
以如是等心　得入於三地　智者住明地
觀有爲作法　不淨無常苦　無我壞敗相
無有牢固性　不久念念滅　如是思惟知
無有來去相　見諸有爲法　如病如癰瘡
愛心所纏縛　生諸憂悲苦　但爲貪恚癡
猛火所焚燒　從無始世來　熾然常不息
即時於一切　三界生猒離　惡賊有爲法
心無所貪著　但求諸佛智　無量無邊限
甚深難思議　清淨無諸苦　如是見佛智
無諸苦惱已　哀愍諸衆生　貧窮無福慧
三毒火常然　無有救護者　墮在地獄中
無量苦所切　放逸凡夫人　没諸煩惱海
盲冥無所見　失諸佛法寶　常隨生死流
無怖空怖畏　我於是衆生　當勤度脫之

精進求智慧　爲作饒益者　思惟何方便
可以得救護　唯有諸如來　深妙無礙智
此智何爲因　無行行慧生　思惟是智慧
從於多聞起　如是籌量已　勤求多聞法
日夜常精進　聽受無猒倦　讀誦愛樂法
唯法以爲貴　爲欲求法故　以諸珍寶等
所親愛妻子　隨意諸眷屬　國土及城邑
資生諸寶物　歡喜而施與　心無所戀惜
頭目耳鼻舌　牙齒及手足　支節身血肉
心肝及髓腦　以此等施人　猶不以爲難
若得聞正法　是爲甚希有　假令有一人
語此菩薩言　汝今若能入　是大猛火聚
然後當與汝　諸佛所說法　聞已即歡喜
自投無有疑　設使三千界　大火滿其中
須彌梵世界　不足以爲難　若爲求一句
諸佛所說法　救諸苦惱者　得之爲甚難
從初始發心　乃至成佛道　我於其中間
盡此諸劫數　爲欲求法故　備受阿鼻苦
何況於人間　小小諸苦惱　以聽法因緣
能得正憶念　正憶念因緣　能生諸禪定
深妙等三昧　及五神通事　次第皆能起
自在不隨生　菩薩住是地　能以決定心
多供養諸佛　聽受所說法　斷邪愛恚癡
諸縛悉微薄　猶如成鍊金　調和得其所
菩薩住是地　福德藏充滿　多作忉利王
自在化婬欲　愛佛功德故　化導無量衆
悉能令得住　無上佛道中　菩薩住是地
能以柔輭心　勤行於精進　得百千三昧
見百千諸佛　相好莊嚴身　其心轉猛利
願力者殊勝　常爲諸衆生　勤求好事者

分別解說此　第三明地竟

第四燄慧地

諸佛子聞說　如是地行義　深妙無有量
心皆大歡喜　散衆名華香　供養於如來
地及大海水　悉皆大震動　天諸婇女等
於上虛空中　同以微妙音　歌頌此正法
他化自在王　聞已大歡喜　雨摩尼珠寶
以散於佛上　踴躍稱讚言　善哉佛出世
功德藏流布　利益於我等　我今聞說此
菩薩地行義　是事百千劫　難聞而得聞
願更說後地　利益諸天人　僉皆喜欲聞
得地諸行義　解脫月菩薩　重請金剛藏
願為諸菩薩　說至四地行

金剛藏菩薩語解脫月菩薩言佛子諸菩薩摩訶薩淨三地已欲得第四地當以十法明門何等為十一觀察衆生界二觀察法界三觀察世界四觀察虛空界五觀察識界六觀察欲界七觀察色界八觀察無色界九觀察勝信解界十觀察大心界菩薩以此十法明門得入第四地菩薩住燄地即於如來家轉有勢力得內法故有十種智何等為十一心不退轉二於三寶中得不壞信清淨畢竟三修習觀生滅四修習諸法本來不生五常修習世間成壞六修習業因緣故有生七修習分別生死涅槃門差別八修習衆生業差別九修習前際後際差別十修習現在常滅不住行是十智心則生佛家轉得勢力佛子菩薩摩訶薩住是第四地觀內身循身觀精勤一心除世間貪憂觀外身循身觀精勤一心除世間貪憂觀內外身循身觀精勤一心除

世間貪憂觀内受外受内外受内心外心内外心内法外法内外法循法觀精勤一心除世間貪憂是菩薩未生惡不善法爲不生故勤精進發心正斷已生諸惡不善法爲斷故勤精進發心正斷未生諸善法爲生故勤精進發心正行已生諸善法爲住不失修滿增廣故勤精進發心正行是菩薩修行四如意足欲定斷行成就修如意足依止猒依止離依止滅迴向涅槃精進定心定慧定斷行成就修如意足依止猒離滅迴向涅槃是菩薩修行信根精進根念根定根慧根依止猒離滅迴向涅槃是菩薩修行信力精進力念力定力慧力依止猒離滅迴向涅槃是菩薩修行念覺分擇法覺分精進覺分喜覺分猗覺分定覺分捨覺分依止猒離滅迴向涅槃是菩薩修行正見正思惟正語正業正命正精進正念正定依止猒離滅迴向涅槃是菩薩以不捨衆生心故行以本願助故大悲爲首故大慈念故行爲攝一切智爲莊嚴佛國爲具佛諸力無畏不共法三十二相八十種好爲具足音聲爲隨順佛深解脱爲思惟大智慧方便故行諸佛子菩薩住燄地所有身見等著我著衆生著人壽者知者見者著五陰十二入十八界所起屈伸卷舒出没推求心所行處愛著寶重所見爲歸爲洲皆悉斷滅是菩薩轉倍精進智慧方便所生助道法隨所修行心轉柔和堪任有用無有疲倦轉求上法增益智慧救一切世間隨順諸師恭敬受教如所説行是菩薩爾時知恩知報恩心轉和善同止安樂直心柔軟心無有邪曲行

正定行無有憍慢隨順教誨得說者意如是具足善心輭心寂滅心忍辱心淨地諸法思惟修行是菩薩爾時成不轉精進不捨精進不染精進不壞精進不猒倦精進廣大精進無邊精進猛利精進無等精進救一切衆生精進是菩薩修習如是精進直心清淨不失深心信解明利善根增長遠離世間垢濁不信皆已滅盡無疑無悔現前具足於一切佛大信解事不猒不捨自然習樂無量之心常現在前菩薩住第四餤地能見數百千萬億那由他諸佛世尊恭敬供養尊重讚歎衣服飲食卧具醫藥親近諸佛一心聽法能信奉持多於佛所出家修道是菩薩樂心深心清淨信解平等轉更明了住壽多劫若干百千萬億那由他劫善根轉勝如上眞金爲莊嚴具餘金不及如是菩薩住此餤地善根轉增下地菩薩所不能及譬如摩尼珠光明清淨能照四方餘寶不及水雨漬澆光明不滅菩薩住餤地中下地菩薩所不能及一切諸魔及諸煩惱皆不能壞諸佛子是名略說菩薩第四餤地菩薩住是地中多作須夜摩天王教化衆生破於我心所作善業布施愛語利益同事皆不離念佛不離念法乃至不離念具足一切種智常生是心我當於一切衆生爲首爲勝乃至於一切衆生爲依止者是菩薩若欲勤行精進須臾之間得百億三昧乃至示現百億菩薩以爲眷屬若以願力自在示現過於此數若干百千萬億那由他劫不可計知爾時金剛藏菩薩欲重明此義以偈頌曰

諸菩薩具足　修治明地已　觀察諸衆生
法及於世界　虛空識欲色　無色勝信解
大心清淨故　得入第四地　即於如來家
增長得勢力　不退於佛道　三寶不壞信
觀諸法生滅　一切本來空　知世間成敗
從業而有生　衆生業差別　生死涅槃異
觀法先後際　常滅不住相　諸大菩薩等
得如是法已　哀愍諸衆生　習身受心法
內外四念處　依止於猒離　亦依止寂滅
迴向於涅槃　除滅惡法故　善法得增長
習行四正勤　修四如意足　習行於五根
及以修五力　修習七覺意　行於入聖道
修習如是法　皆爲衆生故　本願之所助
慈悲心爲首　爲攝一切智　莊嚴諸佛土
成就十種力　無畏不共法　諸音聲言說
甚深妙道法　及無礙解脫　大智慧方便
從身見爲首　六十二見等　衆生及我人
壽命知見者　於諸陰界入　之所貪著處
得是第四地　皆悉已滅離　斷諸煩惱業
其心轉明淨　諸所作善業　皆爲救世間
菩薩柔輭心　常不爲放逸　堪用正直意
求利於衆生　如此所求事　皆爲無上道
大智慧職位　利益世間故　深心敬養師
如說樂修行　知恩報恩者　易化無瞋恨
無有邪曲心　柔和同止樂　修習如是法
精進不退轉　菩薩住是地　不失深直心
淨心與信解　增長諸善根　世間諸垢濁
不信疑悔事　如是等諸法　皆悉得除滅
諸菩薩住是　第四燄地中　得值無量佛
諮受所說法　於是諸佛所　出家難沮壞

如眞金莊嚴　餘金所不及　菩薩住是地
諸功德深心　智慧及方便　所行清淨道
乃至千億魔　皆所不能壞　如眞妙明珠
不爲水雨敗　菩薩住是地　天人所供養
多作夜摩王　能轉諸邪見　所作諸善業
皆爲佛智慧　其心常堅固　不可得動轉
若勤行精進　得百億三昧　能見百億佛
願力則過是　如是第四地　清淨名爲燄
無量福慧者　今已解說竟

第五難勝地

諸菩薩聞是　第四地行法　心皆懷喜悅
踴躍無有量　雨天衆寶華　雰雰如雪下
咸讚言善哉　金剛藏大士　他化自在王
與諸眷屬等　於上虛空中　心皆大歡喜
放衆妙光明　作天諸妓樂　歌歎佛功德
及諸菩薩衆　天諸婇女等　各以清妙音
同聲稱讚佛　而說如是言　世尊久遠來
勤苦所求願　無上正眞道　於今始乃得
利益天人者　久乃得奉見　釋迦牟尼佛
今至於天宮　從久遠以來　大海相始動
久遠無量世　今乃放妙光　衆生從久遠
今始得安樂　久乃方得聞　大慈悲德音
度諸功德岸　久遠今乃値　聖王能悉破
憍慢我心等　無比可恭敬　而今得供養
能開諸天道　使得一切智　世尊甚清淨
無量如虛空　不染於世法　如蓮華在水
處世最高大　猶如巨海中　須彌大山王
是故歡喜禮　如是諸天女　各以衆妙音
敬心歌頌已　默然而觀佛　解脫月菩薩
請金剛藏言　願說得五地　行相之因緣

金剛藏菩薩語解脫月菩薩言佛子菩薩摩訶薩已具足第四地欲得第五地當以十平等心何等爲十一過去佛法平等二未來佛法平等三現在佛法平等四戒淨平等五心淨平等六除見疑悔淨平等七道非道淨平等八行知見淨平等九諸菩提分法轉勝淨平等十化衆生淨平等菩薩以是十平等心得入第五地菩薩住難勝地善修菩提法故深心清淨故求轉勝道故則能得佛是菩薩得大願力故慈悲心不捨一切故得念慧道力故修習福慧不捨故出生方便故欲得轉勝道上地明觀法故受諸佛神力所護故生定不退心故如實知是苦聖諦是苦集諦是苦滅諦是苦滅道諦是菩薩善知世諦善知第一義諦善知相諦善知差別諦善知說諦善知事諦善知生起諦善知盡無生諦善知入道諦善知一切菩薩次第成就諸地起如來智諦菩薩隨衆生意令歡喜故知世諦究竟一乘故知第一義諦分別諸法自相故知相諦諸法各異故知差別諦分別陰界入故知說諦以身心苦惱故知苦諦諸趣生相續故知集諦畢竟滅一切惱故知滅諦至不二法故知道諦以一切種智知一切法次第成一切菩薩地故知如來智諦以信解力故知非得無盡諦智菩薩如是以此諸諦智如實知一切有爲法虛僞誑詐假住須臾誑惑凡夫菩薩爾時於衆生中大悲轉勝生大慈光明得如是智慧力不捨一切衆生常求佛智慧如實觀一切有爲法先際後際知衆生從先際無明有愛故生流轉生死於五陰歸處

不能動發增苦惱聚是中無我無我所無衆生無人無知者無壽命者後際亦如是如是無所有而愚癡貪著不知究竟有出無出又作是念凡夫衆生甚爲可怪無明癡故有無量身已滅今滅當滅如是生死不能於身生猒離想轉更增長五道苦輪生死水漂不能得反歸五陰舍不能捨離不知不畏四大毒蛇不能拔出憍慢見箭不能滅除貪恚癡火不能破壞無明愚闇不能乾竭愛著大海不求十力大聖導師常隨魔意於生死城常爲諸惡覺觀所轉如是苦惱孤窮衆生無有救者無有舍者無有究竟道者唯我一人獨無等侶修習福慧以是資粮令此衆生住畢竟淨乃至得一切法中無礙智力如是思惟從正觀生於智力發願所作一切善根皆爲度衆生故爲一切衆生求安樂故爲利益一切衆生故爲解脫一切衆生故爲一切衆生無苦惱故爲一切衆生無麤惡故爲一切衆生心清淨故爲調伏一切衆生故爲滅一切衆生諸憂惱苦滿其願故是菩薩住難勝地不忘諸法故名爲念者決定智慧故名爲智者知經書意次第故名爲有道者自護護彼故名爲有慚愧者不捨持戒故名爲堅心者善思惟是處非處故名爲覺者不隨他故名爲隨智者善分別諸法章句義故名爲隨慧者善修禪定故名爲得神通者隨世間法行故名爲方便者善集福德資粮故名爲無猒足者常求智慧因緣故名爲不捨者集大慈大悲因緣故名爲無疲倦者常正憶念故名爲遠離破戒者深心求佛十力四無所畏十八

不共法故名爲常念佛法者常念衆生離惡修善故名爲莊嚴佛國者種諸福德莊嚴三十二相八十種好故名爲行種種善業者求莊嚴佛身口意故名爲常行精進者供養一切說法菩薩故名爲樂大恭敬者一切菩薩方便中心無礙故名爲心無礙者常樂教化衆生故名爲晝夜遠離餘心者菩薩如是行時以布施教化衆生愛語利益同事亦教化衆生又以色身示現教化衆生亦以說法教化衆生亦示諸菩薩行事教化衆生亦示諸佛大事教化衆生亦示生死過惡教化衆生亦示諸佛智慧利益教化衆生菩薩如是修習以大神力種種因緣方便道教化衆生是菩薩雖種種因緣方便心常在佛不失善根又復常求轉勝利益衆生法是菩薩利益衆生故知世間所有經書技藝文章筭數金石諸性治病醫方乾消癩病鬼著蠱毒等妓樂歌舞戲笑歡娛國土城郭聚落室宅園林池觀華果藥草金銀瑠璃珊瑚琥珀硨磲碼碯示諸寶聚日月五星二十八宿占相吉凶地動夢怪身中諸相布施持戒攝伏其心禪定神通四無量心四無色定諸不惱亂安衆生事哀愍衆生故出如此法令入諸佛無上之法菩薩住難勝地值數百千萬億佛恭敬供養尊重讚歎衣服飲食卧具醫藥親近聽法聞法出家而爲法師說法利益得轉勝多聞三昧乃至過百千萬億劫而不忘失一切福德善根轉勝明淨譬如成鍊眞金硨磲磨瑩其光轉勝菩薩住是地中方便智慧力故功德善根轉淨明勝下地不及又如日月星宿

諸天宫殿風持令去不失法度如是菩薩住難勝地以方便思惟故福德善根轉倍明淨而不取證亦不疾成於無上道佛子是名略說菩薩難勝地菩薩住是地中多作兜率陀天王諸根猛利悉能摧伏一切外道有所作業布施愛語利益同事皆不離念佛不離念法乃至不離念具足一切種智常生是心我當於一切衆生爲首爲勝乃至於一切衆生爲依止者佛子是菩薩若欲勤行精進須臾之間能得千億三昧乃至能示千億菩薩以爲眷屬若以願力神通自在復過是數若干百千萬億劫不可計知時金剛藏菩薩欲重明此義以偈頌曰

諸菩薩具足　四地行法已　思惟三世佛
戒心除疑悔　道非道知見　菩提化衆生
如是平等觀　得入第五地　四念處爲弓
信五根爲箭　四正勤爲馬　四如意爲車
五力以爲鎧　破諸煩惱賊　勇健不退轉
直入第五地　慚愧無垢衣　淨戒以爲香
七覺爲華鬘　禪定爲塗香　智慧與方便
種種念莊嚴　如是則得入　陀羅尼園林
四如意爲足　正念爲頭項　慈悲明淨眼
利智慧爲牙　以空無我吼　破諸煩惱賊
如是人師子　能入第五地　是菩薩已得
住於第五地　轉修勝淨法　皆爲佛道故
常行慈悲心　未曾有猒惓　常爲修習此
第五地行法　深集二資粮　福德及智慧
種種方便力　上地明觀法　常爲佛所護
得成於念慧　次第能善觀　如實知諸諦
苦集滅正道　世相第一事　說生起差別

無生如來智　如是觀諸諦　心微妙清淨
雖未能逮得　無障礙解脫　以能有智慧
及與信力故　得勝於一切　世間諸智慧
如是觀諸諦　悉知有爲法　虛僞不真實
無一堅固相　能得於諸佛　慈悲光明分
爲諸衆生故　專心求佛慧　知有爲先後
衆生甚可愍　隨在無明闇　愛因緣所繫
是菩薩能滅　世間之苦惱　知法無壽者
猶如草木等　衆生常以二　煩惱因緣故
從於先世來　後世亦如是　相續不斷絕
不能盡苦道　於此生愍傷　我當度脫之
不能出五陰　不畏四大害　不拔諸邪箭
不滅三毒火　不除無明闇　隨在大愛海
無有智慧眼　離大導師故　知如是事已
轉加勤精進　有所作起業　皆爲度衆生

常住正念慧　有道有慚愧　堅心覺隨智
轉更念增益　修福慧無猒　持戒不羸弱
求多聞無倦　正修淨佛土　種相好音聲
因緣無猒足　所作諸善業　皆爲利衆生
爲利世間故　造立經書等　金石性醫方
歌舞戲笑事　堂閣及園林　衣服諸飲食
示種種寶聚　令衆得歡喜　占日月五星
及二十八宿　地動吉凶相　夢書諸怪事
布施淨戒等　離欲修禪定　四無量神通
安樂世間故　大智慧菩薩　得此難勝地
供養萬億佛　從佛而聽法　所修諸善根
悉皆得明淨　猶如硨磲寶　瑩磨於真金
譬如寶宮殿　風持不失法　世法所不染
如蓮華在水　菩薩住是地　多作兜率王
諸根轉猛利　破諸外道見　所作諸善根

皆爲佛智慧　得佛力無量　能度諸衆生
是菩薩勤修　轉勝精進力　即能得千億
深妙諸三昧　供養千億佛　動千億世界
隨其所願力　過是數無量　如是第五地
種種諸方便　上智慧大人　如法解說竟

大方廣佛華嚴經卷第二十五

音釋

捫摸 捫莫奔切 摸末各切 捫摸捺也
癰瘡 癰於容切 瘡初良切 瘍也
髓腦 髓息委切骨中脂也 腦奴皓切頭中髓也
僉 七廉切 咸也
漬 漬疾智切浸也
澆 澆古堯切沃也
僞誑 僞容睡切非眞也 誑古況切欺也
癩 落蓋切惡疾也
蠱 公戶切 蠱毒也
羸弱 羸力追切瘦也 弱而灼切劣也

大方廣佛華嚴經卷第二十六

東晉天竺三藏佛陀跋陀羅等譯

十地品第二十二之四

第六現前地

諸菩薩聞說　上地之行相　在於虛空中
雨衆妙珍寶　放清淨光明　供養於世尊
咸讚言善哉　善哉金剛藏　無量億諸天
心皆大歡喜　於上虛空中　雨種種珍寶
光明相綺錯　微妙甚可樂　香華諸瓔珞
旛蓋散佛上　他化自在王　與諸眷屬等
雨衆妙寶物　雰雰如雪下　歌頌供養佛
稱歎金剛藏　咸讚言善哉　快說諸地行
千萬億天女　於上虛空中　作天衆妓樂
歌歎佛功德　咸作如是言　如來之所說
微妙無有量　能滅諸煩惱　諸法本性空
無有毫末相　空無有分別　同若如虛空
無有去住相　亦無有戲論　本來常清淨
如如無分別　若人能通達　一切諸性相
於有於無中　其心不動搖　但以大悲心
爲度諸衆生　是名諸佛子　從佛口法生
常行於布施　利益諸衆生　本來雖清淨
持戒而堅心　雖本心無傷　而行於忍辱
雖知法性離　而行於精進　雖先滅煩惱
而入於諸禪　雖先解法空　而分別諸法
寂滅智雖多　而求利世間　能滅諸惡者
名之爲大人　如是諸天女　百千種妙音
稱讚歌頌已　默然而觀佛　解脫月菩薩
請金剛藏言　當以何行相　得成第六地

金剛藏菩薩言佛子菩薩摩訶薩已具足五地欲入第六地當以十平等法何等爲十

以無性故一切法平等二以無相故一切法平等三以無生故一切法平等四以無滅故一切法平等五以本來清淨故一切法平等六以無戲論故一切法平等七以不取不捨故一切法平等八以離故一切法平等九以幻夢影響水中月故一切法平等十以有無不二故一切法平等菩薩以是十平等法得入第六地菩薩如是觀一切法性能忍隨順得第六地無生法忍雖未現前心已成就明利順忍是菩薩觀一切法如是相大悲爲首增長大悲故觀世間生滅相作是念世間所有受身生處皆以貪著我故若離著我則無生處一切凡夫常隨邪念行邪妄道愚癡所盲貪著於我習起三行罪行福行不動行以是行故起有漏心種子有漏有取心故起生死身所謂業爲田識爲種子無明覆蔽愛水爲潤我心溉灌種種諸見令得增長生名色芽因名色故生諸根諸根合故有觸從觸生受樂受故生愛愛增長故有取取因緣故有有於有起五陰身名爲生五陰衰變名爲老五陰滅名爲死老死因緣有憂悲熱惱衆苦聚集是十二因緣無有集者無有散者緣合則有緣散則無菩薩如是於六地中隨順觀十二因緣又作是念不如實知第一義故有無明無明起業是名行依行有初識與識共生有四取陰依止取陰有名色名色成就有六入根塵合故有觸觸因緣生受貪樂受名爲愛愛增長名爲取從取起業名爲有業報五陰名爲生五陰變名爲老五陰壞名爲死死別離時貪著心熱名爲悲發聲啼哭五識

爲苦意識爲憂憂苦轉多名爲惱如是但生大苦積聚是十二因緣無我無我所無作者無使作者若有作者則有作事若無作者則無作事第一義中無作者無作事又作是念三界虛妄但是一心作十二緣分是皆依心所以者何隨事生欲心是心即是識事是行行誑心故名無明識所依處名名色名色增長名六入三事和合有觸觸共生名受貪著所受名爲愛愛不捨名爲取彼和合故名爲有有所起名爲生生變名爲老老壞名爲死又無明有二種作一者緣中癡二者爲行作因行亦有二種作一者生未來世果報二者與識作因識亦有二種作一者能受生二者與名色作因名色亦有二種作一者令諸趣相續二者與六入作因六入亦有二種作一者能緣六塵二者能與觸作因觸亦有二種作一者能觸所緣二者能與受作因受亦有二種作一者覺憎愛事二者與愛作因愛亦有二種作一者於可染中生貪心二者與取作因取亦有二種作一者能增長煩惱二者與有作因有亦有二種作一者能於餘道中生二者與生作因生亦有二種作一者能起五陰二者與老作因老亦有二種作一者令諸根熟二者與死作因死亦有二種作一者壞五陰身二者以不見知故而令相續不絶又無明緣諸行者無明令行不斷助成行故行緣識者令識不斷助成識故識緣名色者令名色不斷助成名色故乃至生緣老死憂悲苦惱者令死不斷助成死故無明滅故則諸行滅乃至生滅故老死憂悲苦惱滅因滅

故果亦滅又無明愛取是三分不斷煩惱道
行有二分不斷業道餘因緣分不斷苦道先
後際相續故是三道不斷是三道離我我所
而有生滅又無明及行是過去世事識名色
六入觸受是現在世事愛取有生老死是未
來世事於是有三世轉無明滅故諸行滅名
爲斷三世相續說又十二因緣說名三苦無
明行識名色六入名爲行苦觸受名爲苦苦
愛取有生死憂悲苦惱名爲壞苦無明滅故
諸行滅乃至生滅故老死滅名爲斷三苦相
續說又因無明諸行生無明滅諸行滅以諸
行性空故餘亦如是無明因緣諸行生以生
縛說無明滅故諸行滅以滅縛說餘亦如是
又無明因續諸行生是隨順無所有觀說無
明滅諸行滅是隨順盡觀說餘亦如是如是
逆順十種觀十二因緣法所謂因緣分次第
心所攝自助成法不相捨離隨三道行分別
先後際三苦差別從因緣起生滅縛無所有
盡觀是菩薩隨十二因緣無我無人無衆生
無壽命者離作者使作者無生屬衆因緣如
是觀時空解脫門現在前滅此事餘不相續
故無相解脫門現在前知此二種更不樂有
唯大悲心教化衆生無願解脫門現在前菩
薩修行三解脫門離彼我相離作者受者相
離有無相悲心轉增以悲心故勤行精進未
滿菩提法欲令滿足菩薩作是念有爲法和
合故增離散則滅緣具故增不具則滅我知
有爲法過故不應和合具諸因緣化衆生故
亦不畢竟滅有爲法菩薩如是知有爲法無
性離堅固相無生無滅與大慈悲和合不捨

衆生即得無障礙般若波羅蜜光明現在前得是智慧具足修習阿耨多羅三藐三菩提因緣而不住有爲法觀有爲法性寂滅相亦不住其中欲具足無上菩提法故菩薩住現前地得勝空三昧性空三昧第一義空三昧究竟空三昧大空三昧合空三昧生空三昧如實離虛妄空三昧略空三昧離分別不分別空三昧如是等萬空三昧門現在前無相無願三昧亦如是是菩薩住現前地深心決定心眞心甚深心不轉心不捨心廣心無邊心樂智心慧方便和合心如是等心轉勝增長隨順阿耨多羅三藐三菩提一切論師不能傾動入於智地轉聲聞辟支佛地決定向佛智一切衆魔及諸煩惱所不能壞安住菩薩智慧明中修空無相無願解脫門專以智慧方便行助菩提法是菩薩住現前地於般若波羅蜜偏勝得明上順忍以順是法無有違逆菩薩住現前地得見數百千萬億佛恭敬供養尊重讚歎衣服飲食卧具醫藥親近諸佛於諸佛所聽受正法如說修行令佛歡喜是人轉勝知佛法藏乃至無量百千萬億劫一切善根轉妙明淨譬如眞金以瑠璃磨瑩光色轉勝菩薩住現前地以慧方便故一切善根轉勝明淨餘地不及譬如月明能令衆生身得清涼四種風吹不能遏絕菩薩住現前地善根轉勝能滅衆生煩惱之火四種惡魔所不能壞諸佛子是名略說菩薩現前地菩薩住是地多作善化自在天王智慧猛利能破一切增上慢者聲聞問難不能窮盡有所施作布施愛語利益同事皆不離念佛

不離念法乃至不離念一切種智常生是心我當於一切衆生中爲首爲勝乃至於一切衆生爲依止者是菩薩若欲勤行精進於須臾間得百千億三昧乃至能示百千億菩薩以爲眷屬若以願力能過是數若干百千萬億劫不可計知時金剛藏菩薩欲重明此義以偈頌曰

諸菩薩已得　具足五地行　知諸法無性
無相無生滅　本來常清淨　無有諸戲論
諸法常離相　不取亦不捨　性空猶如幻
離二無分別　隨順如是行　得入第六地
住明利順忍　以智慧力故　觀察於一切
世間生滅相　悉知諸世間　皆從無明有
無明若滅者　則無有世間　觀察因緣法
隨順第一義　而不壞緣報　所作及假名
如實無作者　亦無有受者　如是觀有爲
如雲無實事　不知眞諦義　名之爲無明
從是則生思　身口業行果　從行故有識
即生於名色　如是次第起　生死苦惱聚
了達於三界　但從貪心有　知十二因緣
在於一心中　如是則生死　但從心而起
心若得滅者　生死則亦盡　無明二種作
緣癡作於業　乃至於老死　壞散五陰聚
從於此事邊　具出於苦惱　是事若盡者
苦惱則亦滅　無明若具足　相續則不滅
因緣若盡者　相續則亦斷　無明及愛取
即是煩惱道　行及有是業　餘分則是苦
癡行爲過去　識名色六入　觸受是現在
餘則未來世　癡業識名色　六入名爲行
觸受是苦苦　餘分則是壞　癡從衆緣生

則有於諸縛　衆緣若滅者　諸縛則亦斷
從因而生果　因滅則果滅　如是觀諸法
自性則皆空　隨順於無明　則有諸世間
若能不隨順　是則斷於有　從是則有是
是無則無是　如是十種觀　甚深因緣法
因緣分次第　去來及現在　作不捨一心
分別有三道　三種苦差別　生滅於縛法
無所有及盡　能行逆順觀　菩薩如是入
十二因緣法　如空如夢幻　無作者受者
如是觀因緣　智者修於空　事滅不相續
入於無相行　知此二虛假　於中無所願
但以大悲心　愍度於衆生　如是諸大士
修習解脫門　悲心愛樂佛　無量諸功德
知諸有爲法　皆從和合有　得萬空三昧
無相無願定　智慧轉增進　入於上順忍
得於諸菩薩　無礙智解脫　如是諸善根
轉勝利明淨　供養無量佛　諸佛所稱讚
於諸如來所　出家學佛道　入諸佛法藏
善根轉增長　猶以瑠璃寶　瑩磨於眞金
光明轉清淨　餘所不能及　如月行虛空
清涼被一切　四種風所吹　不能令遏絶
菩薩智慧光　滅諸煩惱火　四魔不能壞
其義亦如是　菩薩住是地　多作善化王
諸根悉猛利　能破增上慢　所作諸善業
皆悉隨智慧　聲聞諸問難　不能得窮盡
是佛子若欲　如是勤精進　須臾即能得
百千億三昧　見於百千億　十方世界佛
如秋清涼時　月光明淨好　如是第六地
深妙難知見　聲聞所不了　大士略說竟

第七遠行地

爾時諸天衆　在於虛空中　雨香華珍寶
如雲散佛上　踊躍發妙音　咸讚言善哉
善哉金剛藏　善知第一義　無量功德聚
人中之蓮華　說此上妙行　利益諸世間
他化自在王　雨光明寶華　雰雰而供養
除憂煩惱者　諸天及天王　咸發如是言
若聞此地義　則爲得大利　時作百千種
上妙諸妓樂　諸天女稱讚　承佛神力故
諸佛最寂滅　能轉惡爲善　一切諸世間
皆所共恭敬　雖出過世間　而示世間法
知身同實相　而示種種身　雖以諸言音
演說寂滅法　而知於語言　無有音聲相
能過百千土　上妙供諸佛　智身佛國土
離相智自在　雖教化衆生　而無彼我想
廣集大功德　不於中起著　以見取相故
三毒火然世　不取一切相　慈悲起精進
諸天及天女　歡喜設供養　如是讚歎已
默然而觀佛　解脫月菩薩　請金剛藏言
大衆皆清淨　願說七地行

金剛藏菩薩言佛子菩薩摩訶薩已具足第六地欲入第七地從方便慧起十妙行何等爲一善修空無相無願而以慈悲心處在衆生隨諸佛平等法而不捨供養諸佛常樂思惟空智門而廣修習福德資粮遠離三界而莊嚴三界畢竟寂滅諸煩惱燄而爲衆生起滅貪恚癡煩惱燄法隨順諸法如幻如夢如水中月不二相而起分別種種煩惱及不失業果報知一切佛國土空如虛空皆是離相而起淨國土行知一切佛法身無身而起色身三十二相八十種好以自莊嚴知諸佛音

聲不可說寂滅相而隨一切起種種莊嚴音聲知諸佛於一念中通達三世而知種種相種種時種種劫得阿耨多羅三藐三菩提隨衆生信解作如是說是名從慧方便生十妙行菩薩摩訶薩修此妙行如是方便慧現前故名為入七地是菩薩住七地入無量衆生界入無量諸佛教化衆生法入無量世界入諸佛無量清淨國土入無量諸法差別入無量諸佛智得無上道入無量諸劫數入無量諸佛通達三世入無量衆生欲樂差別入無量諸佛色身別異入無量諸佛知衆生志行諸根差別入無量諸佛音聲語言令衆生歡喜入無量衆生心心所行差別入無量諸佛隨智慧行入示無量聲聞乘信解入諸佛無量說道因緣令衆生信解入無量辟支佛智慧習成入諸佛無量甚深智慧所說入諸菩薩無量所行道入諸佛無量所說大乘習成事令衆生得入菩薩作是念如是諸佛有無量無邊大勢力如是勢力我應修習得此勢力不以分別菩薩如是智慧思惟修習大方便慧安住佛智以不動法故常起種種度衆生道無有障礙行住坐卧皆悉能起度衆生法離諸陰蓋住諸威儀常不遠離如是想念是菩薩於念念中具足十波羅蜜及十地行何以故是菩薩於念念中大悲為首修習佛法一切迴向大智慧故十波羅蜜者菩薩以求佛道所修善根與一切衆生是檀波羅蜜能滅一切煩惱熱是尸波羅蜜慈悲為首於一切衆生心無所傷是羼提波羅蜜求善根無猒足是毗梨耶波羅蜜修道心不散常向

一切智是禪波羅蜜忍諸法不生門是般若波羅蜜能起無量智門是方便波羅蜜求轉勝智慧是願波羅蜜諸魔外道不能沮壞是力波羅蜜於一切法相如實說是智波羅蜜如是念念中具足十波羅蜜是菩薩具足十波羅蜜時四攝法三十七品三解脫門一切助阿耨多羅三藐三菩提法於念念中皆悉具足解脫月菩薩問金剛藏菩薩言佛子菩薩摩訶薩但七地具足助菩提法一切諸地亦能具足金剛藏言佛子菩薩摩訶薩於諸地中皆悉具足助菩提法遠行勝故於此地說何以故諸菩薩摩訶薩於七地中功行具足入智慧神通道故佛子菩薩於初地發願緣一切佛法故具足助菩提法二地除心惡垢故具足助菩提法三地願轉增長得法明故具足助菩提法四地入道故具足助菩提法五地隨順行世間法故具足助菩提法六地入甚深法門故具足助菩提法此第七地起一切佛法故具足助菩提法何以故菩薩摩訶薩於此地中得諸智慧所行道以是力故第八地自然得成佛子譬如二世界一定清淨一定垢穢是二中間難可得過欲過此界當以神通及大願力菩薩亦如是行於雜道難可得過以大願力大智慧力大方便力故爾乃得過解脫月言第七菩薩爲是淨行爲是垢行金剛藏言從歡喜地菩薩所行皆離罪業何以故迴向阿耨多羅三藐三菩提故隨地所行清淨不名爲過佛子譬如轉輪聖王乘大寶象遊四天下見諸衆生貧窮困苦王雖無苦而未離人若捨王身生於梵世

遊千世界現大威力爾時乃名離於人身菩薩亦如是從初地在諸波羅蜜乘知一切衆生心所行事及煩惱垢不爲煩惱垢之所汚雖乘善道不名爲過若捨一切所修功行入於八地爾時名爲乘清淨乘悉知一切諸煩惱垢不爲煩惱垢之所汚乃名爲過諸佛子菩薩住七地過貪欲等諸煩惱垢在此七地不名有煩惱不名無煩惱何以故一切煩惱不起故不名有煩惱貪求如來智慧未滿願故不名無煩惱菩薩住七地成就深淨身口意業是菩薩所有不善業隨煩惱者悉已捨離所有善業常修習行又世間經書如五地說自然而得於三千大千世界最爲希有得爲大師唯除如來八地菩薩無有衆生深心妙行能與等者是菩薩所有禪定神通解脫三昧不隨禪生所欲自在菩薩住遠行地於念念中具足修習方便慧力及一切助菩提法轉勝具足能入菩薩善伏三昧善思義三昧進慧三昧分別義藏三昧如實分別法三昧堅固安住三昧知神通門三昧淨法界三昧順佛教三昧種種義藏三昧背生死向涅槃三昧如是具足百萬三昧淨治此地是菩薩得是三昧智慧方便善清淨故深得大悲力故名爲過聲聞辟支佛地趣佛智地是菩薩住是地無量身業無相行無量口意業無相行是菩薩清淨行故得無生法忍照明諸法解脫月菩薩言佛子菩薩住初地有無量身業無量口意業已能過聲聞辟支佛地金剛藏菩薩言緣大法故過非實行力第七地實行力故一切聲聞辟支佛所不能壞譬如

生在王家即勝一切何以故地尊貴故其身長大智慧成就爾乃眞實勝於一切菩薩亦如是初發心時勝於二乘以發大願深心清淨故今住此地以智慧力勝於聲聞及辟支佛佛子菩薩住七地得甚深遠離無行身口意業轉求勝法而不捨離以轉勝心故雖行實際而不證實際解脫月言佛子菩薩從何地來能入寂滅金剛藏言從六地來能入寂滅今住此地於念念中能入寂滅而不證寂滅是菩薩成就不可思議身口意業行實際而不證實際譬如有人乘船入海善爲行法善知水相不爲水災之所淪没如是菩薩住此七地乘諸波羅蜜船能行實際而不證實際菩薩如是以大願力故得智慧力故從禪定智慧生大方便力故雖深愛涅槃而現身生死雖眷屬圍遶而心常遠離以願力故受生三界不爲世法之所污染心常善寂以方便力故而還熾然隨行佛智轉聲聞辟支佛地至佛法藏而現魔界雖過四魔而現魔行雖現外道行而不捨佛法雖現身一切世間而心常在出世間法一切所有莊嚴之事勝諸天龍夜叉乾闥婆阿脩羅迦樓羅緊那羅摩睺羅伽人非人等四天王釋提桓因梵天王而不捨樂法愛法菩薩成就如是智慧住遠行地值百千萬億那由他佛恭敬供養尊重讚歎衣服飲食卧具醫藥供養諸佛護持佛法諸聲聞辟支佛智慧問難所不能壞是菩薩哀愍衆生故法忍轉淨是菩薩無量百千萬億那由他劫善根轉勝譬如眞金以諸妙寶莊飾間錯轉勝明淨餘金不及菩薩亦

如是住遠行地一切善根從方便智慧生轉勝明淨無能壞者譬如日光星宿月光所不能及一切泥水悉能乾竭菩薩亦如是住遠行地善根轉勝一切聲聞辟支佛所不能及又能乾竭煩惱淤泥諸佛子是名略說菩薩摩訶薩遠行地菩薩住是地多作他化自在天王諸根猛利能發衆生悟道因緣所作善業布施愛語利益同事皆不離念佛不離念法乃至不離念具足一切種智常生是心我當於一切衆生爲首爲勝乃至於一切衆生爲依止者是菩薩若欲如是勤行精進於須臾間得百千億那由他三昧乃至能現百千億那由他菩薩以爲眷屬若以願力自在示現過於此數百千萬億那由他劫不可計知爾時金剛藏菩薩欲重明此義以偈頌曰

深智慧定心　具行六地已　一時行方便
智慧入七地　行空無相願　而修慈悲心
順佛平等法　而供養諸佛　雖以智觀空
而修福無猒　雖能嚴三界　而心樂遠離
雖心常寂滅　而起滅惡法　行空不二相
而行慈悲心　雖觀一切土　空若如虛空
而能善莊嚴　清淨諸佛土　雖知諸佛身
同法相無相　而種三十二　八十諸相好
雖知音聲法　不可言說相　而嘆佛音聲
令一切歡喜　雖知於諸佛　一念中成道
而示時劫剎　引導諸衆生　如是知諸法
則得法照明　菩薩如是者　即入第七地
住是地能觀　無量衆生行　亦知於諸佛
教化衆生法　世界及劫數　諸法差別相
又知諸衆生　種種之欲樂　知說三乘法

令衆生信解　我應修教化　成就是衆生
以如是思惟　方便慧和合　於四威儀中
常行如是道　於一一念中　能具菩提法
所謂施戒等　十種波羅蜜　如是諸菩薩
所修之福德　皆與諸衆生　名檀波羅蜜
滅除心惡垢　名尸波羅蜜　不爲六塵傷
羼提波羅蜜　能起轉勝法　精進波羅蜜
於是道不動　名禪波羅蜜　無生忍照明
般若波羅蜜　迴向於佛道　方便波羅蜜
求於轉勝法　名願波羅蜜　無有能壞者
名力波羅蜜　能解如實說　名智波羅蜜
是助菩提法　念念皆能攝　發於廣大願
緣於大法故　初地中功德　名之爲具足
第二地名爲　除諸心垢惡　第三願增明
第四地入道　第五隨世行　第六入深法
得無生相分　漸漸而增長　第七集一切
具菩提分法　能起諸功德　及以一切願
如是諸功德　令後入地中　一切諸所行
自然得清淨　遠行地難過　大智力所能
如二國中間　難可得過度　在於七地中
不汚如聖王　雖住於此道　不名一切過
若到於第八　菩薩智慧地　爾時過意界
住於智業中　如梵王觀世　不得名爲人
菩薩罪不汚　如蓮華在水　菩薩住是地
過諸貪欲等　不名有煩惱　亦不名滅盡
入是正道中　無有諸煩惱　願求佛道故
不得名盡者　於諸世間中　經書技藝事
文頌呪術等　自然能明了　修習諸禪定
及諸神通等　無量心利世　是事皆能起
爾時此菩薩　過於二乘行　安住第七地

菩薩諸行中　以初發心時　大願力故勝
今於此地中　自以智慧力　猶如國王子
生時姓尊貴　後以功行成　於諸人中尊
住此得深智　轉發勝精進　念念入寂滅
而亦不取證　如人善乘船　入於大海中
雖行深水難　而不爲所害　菩薩行轉勝
方便智慧故　功德悉備足　非世所能知
供養無量佛　其心轉清淨　如眞金雜寶
間錯而莊嚴　得佛智慧光　乾諸愛潤水
猶如日光明　消涸於泥潦　住是地多作
他化自在王　諸根悉猛利　通達諸道果
若欲勤精進　得見百千億　那由他諸佛
願力復過是　七地智慧淨　人天及二乘
皆非其境界　今已略說竟

第八不動地

他化自在王　諸天及菩薩　聞說此上行
心皆大歡喜　雨上妙華香　旛蓋寶瓔珞
眞珠摩尼珠　散佛及大衆　天女於空中
作種種妓樂　供養於如來　并及諸菩薩
同以微妙音　歌頌佛功德　一切智慧者
衆生中最尊　哀愍世間故　現諸神通力
華香珍寶等　皆出如是音　於一微塵中
各示那由他　無量數諸佛　於中而說法
於一微塵中　見無量佛國　須彌金剛圍
世間不迫迮　於一微塵中　見有三惡道
天人阿脩羅　各各受業報　聞諸佛國中
一切佛妙音　轉無上法輪　隨應衆生心
諸佛世界中　衆生身種種　隨國土衆生
示現種種身　一切諸天人　皆悉同止住
佛先觀察已　然後爲說法　衆生悉知見

微塵中佛國　亦觀曠大刹　以佛威神力
佛現如是等　種種神通力　若爲衆生說
是事不可盡　以是微妙音　稱歎於世尊
心皆大歡喜　默然而觀佛　解脫月菩薩
請金剛藏言　佛子願演說　入於八地行

大方廣佛華嚴經卷第二十六

音釋

漑灌　漑居代切注也灌古玩切澆也　遏烏葛切止也　淤依據切澱滓也

涸下各切水竭也　潦郎到切積水也

大方廣佛華嚴經卷第二十七

東晉天竺三藏佛陀跋陀羅等譯

十地品第二十二之五

金剛藏菩薩言佛子菩薩摩訶薩已習七地微妙行慧方便道淨善集助道法具大願力諸佛神力所護自善根得力常念隨順如來力無所畏不共法直心深心清淨成就福德智慧大慈大悲不捨衆生修行無量智道入諸法本來無生無起無相無成無壞無來無去無初無中無後入如來智一切心意識憶想分別無所貪著一切法如虚空性是名菩薩得無生法忍入第八地入不動地名爲深行菩薩一切世間所不能測離一切相離一切想一切貪著一切聲聞辟支佛所不能壞深大遠離而現在前譬如比丘得於神通心得自在次第乃入滅盡定一切動心憶想分別皆悉盡滅菩薩亦如是菩薩住是地諸勤方便身口意行皆悉自滅住大遠離如人夢中欲度深水發大精進施大方便未度之間忽然便覺諸方便事皆悉放捨菩薩亦如是從初已來發大精進廣修道行至不動地一切皆捨不行二心諸所憶想不復現前譬如生梵世者欲界煩惱不現在前菩薩亦如是住不動地一切心意識不現在前乃至佛心菩提心涅槃心尚不現前何況當生諸世間心佛子是菩薩隨順是地以本願力故又諸佛爲現其身住在諸地法流水中與如來智慧爲作因緣諸佛皆作是言善哉善哉善男子汝得是第一忍順一切佛法善男子我有十力四無所畏十八不共法汝今未得爲得

是故勤加精進亦莫捨此忍門善男子汝雖得此第一甚深寂滅解脫一切凡夫離寂滅法常爲煩惱覺觀所害汝當愍此一切衆生又善男子汝應念本所願欲利益衆生欲得不可思議智慧門又善男子一切法性一切法相有佛無佛常住不異一切如來不以得此法故說名爲佛聲聞辟支佛亦得此寂滅無分別法善男子汝觀我等無量清淨身相無量智慧無量清淨國土無量方便無量圓光無量淨音汝今應起如是等事又善男子汝今適得此一法明所謂一切法寂滅無有分別我等所得無量無邊汝應精勤起此諸法善男子十方無量國土無量衆生無量諸法差別汝應如實通達是事隨順如是智是菩薩諸佛與如是等無量無邊起智慧門因緣以此無量門故是菩薩能起無量智業皆悉成就諸佛子若諸佛不與菩薩起智慧門者是菩薩畢竟取於涅槃棄捨利益一切衆生以諸佛與此無量無邊起智慧門故於一念中所生智慧比從初地已來乃至七地百分不及一無量無邊阿僧祇分不及一乃至筭數譬喻所不能及所以者何先以一身修集功德今此地中得無量身修菩薩道以無量音聲無量智慧無量生處無量清淨國土無量教化衆生供養給侍無量諸佛隨順無量佛法無量神通力無量大會差別無量身口意業集一切菩薩所行道以不動法故佛子譬人乘船欲渡大海未至大海多用功力入海以風無復艱礙一日之行過先功力於百千歲所不能及菩薩亦如是多集善根乘

大乘船入菩薩所行大智慧海不施功力能近一切諸佛智慧比本所行若一劫若百千萬劫所不能及佛子菩薩摩訶薩至第八地從大方便慧生無功用心在菩薩道思惟諸佛智慧勢力知世界生世界滅世界成世界壞知以何業因緣集故世界成何業因緣滅故世界壞是菩薩知地水火風性小相中相無量相差別相知微塵細相知微塵差別相於一世界中所有微塵差別皆悉能知此一世界所有地水火風若干微塵皆悉能知知寶物若干微塵衆生身若干微塵世界中萬物微塵差別分別衆生大身小身以若干微塵成地獄身畜生身餓鬼身以若干微塵成阿脩羅身天身以若干微塵成皆悉了知是菩薩入如是分別微塵智知欲色無色界壞知欲色無色界成知欲色無色界成壞知欲色無色界小相中相無量相知欲色無色界差別相如是知三界是名菩薩教化衆生助智明分別善分別衆生身善觀所應生處隨衆生生處隨衆生身而爲受身是菩薩現身遍滿三千大千世界隨衆生身各各差別譬如日月於一切水皆現其像若二若三乃至無量無邊不可思議不可說二千大千世界身遍其中隨衆生身差別而爲受身是菩薩成就如是智慧於一世界身不動搖乃至不可說諸佛世界隨衆生身隨所信樂於佛大會而現身像若於沙門中示沙門形色婆羅門中示婆羅門形色刹利中示刹利形色居士中示居士形色四天王中帝釋中魔中梵天中示梵天形色乃至阿迦貳吒天中示阿

迦貳吒天形色以聲聞乘度者示聲聞形色以辟支佛乘度者示辟支佛形色以菩薩乘度者示菩薩形色以佛身度者示佛身形色所有不可說諸佛國中隨衆生身信樂差別現為受身而實遠離身相差別常住平等是菩薩善知衆生身知國土身知業報身知聲聞身知辟支佛身知菩薩身知如來身知智身知法身知虛空身是菩薩如是知衆生深心所樂若於衆生身作已身若於衆生身作國土身業報身聲聞身辟支佛身菩薩身如來身智身法身虛空身若於國土身作已身業報身乃至虛空身若於業報身作已身乃至虛空身若於已身作衆生身國土身業報身聲聞身辟支佛身菩薩身如來身智身法身虛空身是菩薩知衆生集業身報身煩惱身色身無色身諸佛國土小相中相無量相垢相淨相廣相狹相平等相方圓相差別相知業報身假名差別聲聞身假名差別辟支佛身假名差別菩薩身假名差別知如來身菩提身願身化身住持身相好莊嚴身勢力身如意身福德身智身法身知智身善分別如實知法身平等不壞相知虛空身無量相周遍相無形相是菩薩善知起如是諸身則得命自在心自在財自在業自在生自在願自在信解自在如意自在智自在法自在是菩薩得十自在為不可思議智者無量智者廣智者不可壞智者菩薩隨如是智慧畢竟常起無罪身業口業意業身業隨智行口業隨智行意業隨智行般若波羅蜜增上大悲為首善修方便善起諸願善為諸佛神通所

護常不捨行利益衆生智悉知無邊世界中差別事舉要言之菩薩住無動地身口意所作皆能集一切佛法是菩薩住此地離一切煩惱故善住淨心力心常不離道故善住深心力不捨衆生故善住大悲力救一切世間故善住大慈力不忘所聞法故善住陀羅尼力分別觀察一切佛法故善住一切樂説力行無邊差別世界故善住神通力不捨一切菩薩所行故善住願力修集一切佛法故善住波羅蜜力善起一切種智故善住如來力是菩薩得如是智力示一切所作無有過咎諸佛子菩薩此地不可壞故名爲不動地智慧不轉故名爲不轉地一切世間不能測知故名爲威德地無色欲故名童眞地隨意受生故名自在地更不作故名爲成地決定知故名爲究竟地善發大願故名爲變化地不可壞故名爲住持地先修善根故名爲無功力地菩薩得如是智慧名爲入佛境界名爲佛功德所照明名爲隨佛威儀行趣向佛法常爲諸佛神力所護常爲四天王釋提桓因諸梵王等之所奉迎密迹金剛神常隨侍衛善能出生諸禪三昧能作無量諸身差別於諸身中皆有勢力得大果報神通力於無邊三昧中得自在能受無量記隨衆生成就處示成阿耨多羅三藐三菩提是菩薩入如是大智慧善通達諸法常放大智光明度無礙法界道善知世界道差別能示一切諸功德隨意自在善解先際後際能入轉魔道智入如來行境界能於無邊世界行菩薩道以不轉相故此地名爲不動佛子菩薩在不動地

善生禪定力故常見無邊諸佛不捨供養供給諸佛是菩薩於一一劫一一世界中數百千萬億那由他無量無邊阿僧祇佛恭敬供養尊重讃歎親近諸佛從諸佛受世界差別等諸法明是菩薩轉深入如來法藏問世界差別事無能盡者乃至百千萬億劫說不可盡又諸善根轉勝明淨譬如眞金衆寶間錯爲轉輪王所佩瓔珞一切人民無能奪者菩薩摩訶薩亦如是住無動地善根轉淨一切聲聞辟支佛乃至七地菩薩所不能壞菩薩住是地以善分別智門故智慧光明滅除一切衆生惱熱譬如千世界主大梵天王能於一時流布慈心滿千世界亦能放光遍照其中菩薩摩訶薩亦復如是住不動地能放身光照十方佛刹微塵世界滅除衆生諸煩惱熱令得清涼諸佛子是名略說菩薩不動地若廣說者無量億劫所不能盡菩薩住是地多作大梵天王主千世界諸根猛利與諸衆生聲聞辟支佛菩薩波羅蜜道無有窮盡說世界差別無能壞者所作善業布施愛語利益同事皆不離念佛不離念法乃至不離念一切種智常生是心我當於一切衆生爲首爲勝乃至於一切衆生爲依止者是菩薩若欲勤行精進於須臾間得百萬三千大千世界微塵數三昧乃至能示百萬三千大千世界微塵數菩薩以爲眷屬若以願力神通自在能過是數若干百千萬億劫不可計知時金剛藏菩薩欲重明此義以偈頌曰

菩薩住七地　慧方便已淨　善集助道法
大願力所繫　諸佛神力護　善根悉成就

求於勝智慧 能入第八地 善集於福慧
而有深慈悲 離諸有量心 心同如虛空
如所說法中 心得決定力 如是得寂滅
微妙無生忍 諸法從本來 無生亦無起
無相無有成 亦無去來義 諸法初中後
與如無分別 無有心意行 同若如虛空
成就如是忍 無有諸戲論 得是不動地
甚深寂滅行 一切諸世間 不能得測量
一切諸心相 皆悉已滅盡 菩薩住是地
心識無分別 如入滅盡定 無復憶念想
猶如人夢中 方便欲度水 覺則意廓然
休息諸所作 得是深忍已 一切想念滅
如生於梵天 無欲界煩惱 以本願力護
及佛今勸導 如是第一忍 是諸佛職位
我等深智力 無畏不共法 汝今無有此
當加勤精進 汝雖得除滅 一切煩惱火
當觀諸世間 煩惱常熾然 當念本所願
欲利諸衆生 悉遍知諸法 廣度於一切
諸法實性相 常住無變異 二乘亦得此
而不名爲佛 但以得無礙 甚深微妙智
通達三世故 乃得名爲佛 是諸無等等
天人所恭敬 開是起智門 令入諸佛法
成就無邊底 無量妙智慧 先所行諸法
不及今一念 如是諸菩薩 得妙智慧地
能在一念中 身遍於十方 入是智慧門
行道疾無礙 如行於海中 大風力所濟
離諸功用心 但在於智慧 觀十方世界
成壞及與住 能知四大一 亦知諸別異
小中及無量 種種差別相 能數知三千
大千界微塵 亦知衆生身 四大微塵數

諸天身衆寶 微塵數差別 皆悉遍明了
餘亦如是知 智慧因緣故 心轉得調柔
爲利諸衆生 遍諸世界身 能於衆生身
而自作己身 及以諸佛刹 諸餘種種身
如日月停空 影現一切水 菩薩亦如是
遍滿大千界 常住於法身 湛然不移動
於淨心衆生 各現其身像 隨諸心所樂
而現爲受生 於諸人天會 悉皆示其身
菩薩於因緣 和合中自在 乃至能隨意
爲現於佛身 衆生國土身 業報賢聖身
智身與法身 知皆同平等 以是因緣故
得如意神通 爲令世歡喜 而現種種身
能得於十種 妙大自在智 所作隨智行
順於慈悲心 諸佛所有法 皆能善修習
住三淨戒中 不動如須彌 能得大菩薩
所有十種力 一切諸魔衆 皆所不能轉
常爲諸佛護 釋梵所敬禮 密迹金剛神
常隨所侍衛 菩薩得是地 功德無有量
百千萬億劫 説之不可盡 親近無數佛
增益諸善根 如眞金雜寶 莊嚴王瓔珞
菩薩在是地 多作大梵王 典領千國土
功德無有量 能以三乘教 而無有窮盡
慈心光普照 滅諸煩惱熱 能於須臾間
得百萬三千 大千世界數 微塵諸三昧
能見十方佛 其數亦如是 若以其願力
過是無有量 今已略解説 第八地妙相
若廣演説者 千億劫不盡

第九善慧地

佛子演説此 八地妙義時 以佛神力故
震動無量國 一切智身出 無量微妙光

遍照十方界　衆生得安樂　百千萬菩薩
住於虛空中　設衆妙供養　諸天所無有
自在大梵天　并及他化王　歡喜設妙供
大海功德佛　千萬諸天女　咸恭敬歡喜
同以微妙音　歌歎佛功德　以佛神力故
出如是妙音　善行寂滅者　無有諸惡心
各在於其地　善修菩薩行　利益世間故
遍遊於十方　示衆以佛道　心如空無礙
諸菩薩神力　上妙供養具　勝十方人天
福德之所致　佛子樂智者　以此示佛力
於一國不動　而現一切處　利益於世間
如滿月明淨　滅一切音聲　語言諸想念
而以諸音聲　說法猶如響　若衆生下劣
其心猒没者　示以聲聞道　令出於衆苦
若復有衆生　諸根少明利　樂於因緣法
爲說辟支佛　若人根明利　饒益於衆生
有大慈悲心　爲說菩薩道　若有無上心
決定樂大事　爲示於佛身　說無量佛法
譬如幻化師　示種種身色　如是諸身相
皆無有實事　如是諸佛子　善知智慧術
能示一切行　心離於有無　千萬諸天女
同以微妙音　如是歌歎已　默然而觀佛
解脫月又言　佛子大會淨　一心願樂聞
入九地正行

金剛藏菩薩言佛子菩薩摩訶薩以如是無量智慧善觀佛道欲求轉勝寂滅解脫欲轉勝思惟如來智慧欲入如來深密法藏欲觀察不可思議大智慧欲觀察諸陀羅尼三昧重令清淨欲令神通廣大欲分別世界差別欲修諸佛力無畏不共法無能壞者欲順行

諸佛轉法輪力欲不捨所受大悲大願菩薩如是思惟得入第九地菩薩住此地如實知善不善無記法行知有漏無漏法行世間出世間法行思議不可思議法行定不定法行聲聞辟支佛法行菩薩道法行如來地法行有為無為法行隨順如是智慧知菩提心所行難知煩惱難業難諸根難欲難性難直心難使心難生難習氣難三聚差別難知衆生諸心差別相莊飾世心相速轉心相壞不壞心相無形心相無邊自在心相清淨差別心相垢無垢心相縛解心相諂曲質直心相隨道心相皆如實知是菩薩知煩惱深相淺相知心伴相不相離相知使纏差別相知是心相應不相應相隨道生時得果報相知三界中差別相知愛癡見深入如箭相知憍慢癡重罪相知是三業因緣不斷相乃至如實知八萬四千煩惱行差別相是菩薩知諸業善不善無記相分別不可分別相心伴相不相離相自然盡相行道盡相種種集相不失果報相次第相有報相無報相黑黑報相白白報相黑白黑白報相非黑非白能盡業相知業起相受業法差別相知無量因緣起業相知世間業出世間業差別相現報相生報相後報相隨諸乘定相不定相乃至如實知八萬四千諸業差別相是菩薩知諸根輭中上差別相知先後際別異不別異相知上中下相知煩惱伴相不相離相隨諸乘定相不定相淳熟相未淳熟相隨根轉相易壞相深取相增上相不可壞相轉相不轉相三世差別相久遠共生差別相乃至如實知八萬四千

諸根差別相是菩薩知諸欲輭中上差別相乃至如實知八萬四千諸欲差別相是菩薩知諸性輭中上差別相乃至如實知八萬四千諸性差別相是菩薩知直心輭中上差別相乃至如實知八萬四千直心差別相是菩薩知諸使共心生不共心生心相應心不相應無始來惱衆生相與一切禪定解脫神通相違相三界繫相無量心不現前相開煩惱門相不知對治相無所有相無聖道開法門相皆如實知是菩薩知諸生差別相所謂地獄畜生餓鬼阿脩羅人天色無色界有想無想差別業是田愛是水無明是覆識是種子後身是芽名色共生而不相離癡愛相續欲生欲作欲愛不樂涅槃三界差別相續相皆如實知是菩薩知諸習氣有起不起隨所生處有習氣隨衆生行有習氣隨業煩惱有習氣善不善無記有習氣離欲有習氣隨後身有習氣次第隨趣有習氣久遠不斷持煩惱業離則無法皆如實知是菩薩知衆生定不定相正定相邪定相不定相正見中正定相邪見中邪定相離此二不定相一一逆邪定相五根正定相離此二不定相邪位邪定相正位正定相離此二不定相深入邪聚難轉相修無上道因緣相不定衆生守護相皆如實知佛子菩薩摩訶薩隨如是智名為安住善慧地菩薩住是地知衆生如是諸行差別相隨其解脫而與因緣是菩薩化衆生法度衆生法如實知而為說法聲聞乘相辟支佛乘相菩薩乘相如來地相如實知隨衆生因緣而為說法隨心隨根隨欲差別而為說法

又隨行處隨智慧處而爲說法知一切行處而爲說法隨衆生性深入難處而爲說法隨趣隨生隨煩惱隨習氣轉故說法隨乘令解脫故說法是菩薩住此地爲大法師守護諸佛法藏入深妙義用無量慧方便四無礙智言辭說法是菩薩常隨四無礙智而不可壞何等爲四一法無礙二義無礙三辭無礙四樂說無礙是菩薩以法無礙智知諸法自相以義無礙智知差別法以辭無礙智知說諸法不可壞以樂說無礙智知說諸法次第不斷復次以法無礙智知諸法無體性以義無礙智知諸法生滅相以辭無礙智知諸法假名不斷假名說以樂說無礙智知隨假名不壞無邊說復次以法無礙智知現在諸法差別相以義無礙智知過去未來諸法差別相以辭無礙智知過去未來現在諸法說不可壞相以樂說無礙智於一一世得無邊法明說復次以法無礙智知諸法差別以義無礙智知諸法義差別以辭無礙智隨諸言音而爲說法以樂說無礙智隨所樂解而爲說法復次以法無礙智以法智方便知諸法差別不可壞以義無礙智以比智如實知諸法差別以辭無礙智以世智說諸法差別以樂說無礙智知善說第一義復次以法無礙智知諸法一相不壞以義無礙智知陰入界諦因緣法以辭無礙智以微妙音故一切世間之所歸趣以樂說無礙智所說轉勝能令衆生得無邊法明復次以法無礙智知一乘究竟攝一切無差別以義無礙智知諸乘差別以辭無礙智能說諸乘無差別以樂說無礙智

以一法門說無邊法明復次以法無礙智能入一切菩薩行智行法行隨智行以義無礙智能分別說十地義差別以辭無礙智說隨順諸地道不可壞以樂說無礙智說一切行無邊相復次以法無礙智知一切佛於一念中得菩提以義無礙智知種種時種種刹差別以辭無礙智隨諸佛得道事差別說以樂說無礙智於一句法無邊劫說而不窮盡復次以法無礙智知一切佛語一切佛力無畏不共法大慈大悲無礙智轉法輪一切種智以義無礙智知如來音聲說八萬四千隨衆生心諸根欲樂差別行以辭無礙智以如來音聲說一切諸行不可壞以樂說無礙智以諸佛智力隨衆生所樂音聲說菩薩摩訶薩如是善知四無礙智安住第九地名爲得佛

法藏爲大法師得衆義陀羅尼衆法陀羅尼起智陀羅尼衆明陀羅尼善慧陀羅尼衆財陀羅尼名聞陀羅尼威德陀羅尼無礙陀羅尼無邊旋陀羅尼雜義藏陀羅尼得如是等百萬阿僧祇陀羅尼隨方便說如是無量樂說差別門說法是菩薩得如是無量陀羅尼門能於無量佛所聽法聞已不忘如所聞法能以無量差別門爲人演說是菩薩於一佛所以百萬阿僧祇陀羅尼聽受正法如從一佛餘無量佛亦復如是是菩薩於禮敬佛時所聞法明非多學聲聞得陀羅尼力於十萬劫所能受持是菩薩得如是陀羅尼力無礙智樂說力以說法故在於法座大千世界滿中衆生隨意說法是菩薩在法座上唯除諸佛及受職菩薩於一切中最爲殊勝是菩薩

處於法座或以一音欲令一切悉得解了即得解了或以種種音聲欲令一切各得開解即得開解或以默然但放光明欲令一切各得解法即得解法或以一切毛孔皆出法音或三千大千世界所有色無色物皆出法音或以一音周滿法界欲令得解即皆得解是菩薩三千大千世界所有衆生以無量音聲一時問難所問各異是菩薩於一念中悉受如是一切問難以一音答皆令開解如是若二若三若百若千乃至不可說不可說三千大千世界滿中衆生廣爲說法承佛神力能爲衆生廣作佛事倍復勤攝如是智明於一塵中有不可說不可說世界塵數大會佛在此中隨衆生心而爲說法令一一衆生心得若干無量諸法如一佛一切諸佛亦如是如一微塵一切十方世界亦如是於是中生大憶念力於一念中從一切佛所受法明不失一句如上大會滿中衆生以決定法明演清淨法於一念中令爾所衆生皆得開解何況若干世界中衆生是菩薩住是地善根轉勝深入諸佛行處常與一切佛會深入菩薩解脫菩薩隨順如是智常見諸佛於一一劫中無量無邊百千萬億以上供具供養諸佛於諸佛所種種問難通達諸陀羅尼一切善根轉勝明淨佛子如鍊眞金具足莊嚴爲轉輪王所著寶冠一切小王無能奪者菩薩亦如是住善慧地一切善根轉勝明淨聲聞辟支佛諸地菩薩所不能壞是菩薩善根轉明能照衆生煩惱難處如大梵王三千大千世界一切難處皆悉能照菩薩亦如是住善慧地

善根明淨照諸衆生煩惱難處諸佛子是名略説菩薩善慧地若廣説者則無量無邊劫不可得盡菩薩住是地多作大梵王典領三千大千世界無有能勝如實解義者於自在中而得自在善能宣説聲聞辟支佛菩薩波羅蜜衆生問難無能窮盡所作善業布施愛語利益同事皆不離念佛不離念法乃至不離念一切種智常生是心我當於一切衆生爲首爲勝乃至於一切衆生爲依止者是菩薩若欲如是勤行精進於一念中得百萬阿僧祇三千大千世界微塵數三昧乃至能示百萬阿僧祇三千大千世界微塵數菩薩以爲眷屬若以願力神通自在復過是數百千萬億那由他劫不可計知爾時金剛藏菩薩欲重明此義以偈頌曰

諸菩薩隨順　無量深智力　第一最微妙
一切世難知　利益衆生者　能至第九地
得入於諸佛　秘密之法藏　得微妙最上
三昧陀羅尼　廣大神通力　善入世界相
智慧力決定　能觀諸佛法　大願悲心淨
得入第九地　順行此上地　持諸佛法藏
即能通諸法　善不善無記　有漏及無漏
世間出世間　是可思議法　是不可思議
知法定不定　三乘具足相　思惟分別此
有爲無爲法　起知如是法　滅諸無明暗
隨順是智心　則爲第一妙　悉知一切難
諸心差別相　莊飾世輕易　無邊自在心
煩惱深淺相　心伴不離相　知使纒差別
隨順相續有　知業種種雜　各各差別相
因滅果不失　通達如是事　又知於衆生

諸根輭中上　廣大差別等　先際後際相
知欲輭中上　及諸性差別　乃至能悉知
八萬四千種　煩惱使難處　無始來不滅
皆與心共行　繫縛不可斷　知諸結使等
但妄想分別　無有方處所　亦無定事相
常不離於身　又亦難得知　禪定力能遮
金剛道能斷　又能知諸生　入六道差別
愛潤無明覆　業田識是種　生於後身芽
名色共增長　無始生死來　相續在三界
知諸天龍趣　由煩惱業心　若離於此法
是則無所有　一切諸衆生　皆在三聚中
或没諸邪見　或在於智道　菩薩住是地
悉知衆生心　諸根及欲樂　種種差別義
深心善思惟　隨宜而說法　通達無礙智
善以言辭說　菩薩爲法師　猶如師子王
牛王寶山王　安住無所畏　普於諸世界
雨甘露法味　猶如大龍王　能雨滿大海
是菩薩善知　法義辭無礙　善能隨順行
具足樂說力　能得於百萬　阿僧祇總持
能受諸佛法　如海受龍雨　菩薩得如是
諸深妙清淨　無量陀羅尼　諸三昧力故
能於一念中　得見無量佛　聞已淨梵音
演說妙法寶　是菩薩或教　大千界衆生
隨心根所好　說法令歡喜　如是等無量
三千大千國　轉深勤精進　而作是思惟
於一微塵中　無量佛說法　隨衆生心相
演說於妙義　是菩薩皆受　如地受諸種
復作如是願　十方諸所有　國土中衆生
皆合爲大會　我於一念中　皆悉知其心
以一音說法　悉令斷疑網　菩薩住是地

人天中法王　爲大說法師　隨順衆生性
常於日夜中　與諸佛共會　能住甚深妙
寂滅智解脫　供養無量佛　善根轉明淨
猶如轉輪王　真金莊嚴冠　光明照衆生
諸煩惱難處　如梵王光明　照於大千界
菩薩住是地　於三千世界　作大梵天王
諸根悉猛利　善以三乘法　示悟諸衆生
所作諸善業　皆順於正念　能於一念中
而得無有量　世界微塵數　諸深妙三昧
得見十方佛　微妙音說法　見佛大神力
更發無量願　如是第九地　大智所行處
深妙難知見　今已略說竟

大方廣佛華嚴經卷第二十七

音釋

阿迦貳吒天梵語也此云色究竟吒丑亞切　廓苦郭切開也

大方廣佛華嚴經卷第二十八

東晉天竺三藏佛陀跋陀羅等譯

十地品第二十二之六

第十法雲地

說諸大菩薩　所行無上事　無數那由他
首陀會諸天　於上虛空中　心皆大歡喜
咸以恭敬心　衆妙供養佛　那由他菩薩
歡悅無有量　燒諸奇妙香　滅除諸煩惱
他化自在王　與諸天大衆　住在虛空中
心皆大歡喜　咸以恭敬心　種種設供養
各散衆寶衣　空中旋轉下　無量億天女
諸根欣悅豫　於上虛空中　敬心供養佛
同作無量億　那由他妓樂　一切寶器中
皆出如是音　佛坐於此處　悉遍於一切
十方國土中　皆亦有佛現　無量億種種
相好莊嚴身　殊妙無有比　充滿於世界
於一毛孔中　出無量光明　滅除於一切
世間煩惱火　十方微塵數　尚可得計量
一毛孔光明　不可得窮盡　各見有佛身
以三十二相　八十好莊嚴　轉無上法輪
或見佛種種　爲衆而說法　或見在兜率
教化於諸天　或見從兜率　來下處胞胎
或見初生時　或見夜出家　或見坐道場
而成無上道　或見轉法輪　或見入涅槃
於無量國土　種種而示現　欲度衆生故
有如是等事　譬如巧幻師　善知於幻術
多示諸衆生　種種異身相　如是佛慧中
善巧於示現　變化一切身　周遍諸世界
一切法空寂　先來無性相　同若如虛空
大師亦如是　得入第一義　微妙之性相

隨諸法性相　示佛大神力　一切佛行性
法及諸衆生　皆悉同無相　一切法空故
一切佛法等　入在於第一　寂滅義趣中
悉皆無有相　若欲得佛智　應離諸想念
有無俱通達　疾作天人師　諸天婇女衆
皆出如是等　千萬種妙音　寂然而觀佛
解脫月菩薩　見衆皆寂然　請金剛藏言
大名稱佛子　菩薩從第九　至於第十地
諸大神通力　願今爲略說

金剛藏菩薩言佛子菩薩摩訶薩如是無量智慧善修行佛道乃至九地善集清白法集無量助道法大功德智慧所護廣行大悲深知分別世界差別深入衆生難處入諸如來行處念隨順如來寂滅行處趣向諸佛力無畏不共法堅持不捨得至一切智位菩薩摩訶薩行如是智近佛位地則得菩薩離垢三昧而現在前又入法界差別三昧莊嚴道場三昧雨一切世間華光三昧海藏三昧海印三昧虛空廣三昧觀察一切法性三昧隨一切衆生心行三昧如實知一切法三昧得如來智信三昧如是等百萬阿僧祇三昧皆現在前是菩薩悉入此三昧善知其中功用差別最後三昧名益一切智位是三昧現在前即時大寶蓮華王出周圓如百萬三千大千世界一切衆寶間錯莊嚴過於一切人天所有出世間善根所生知一切法如幻如化空慧所成光明能照一切世界瑠璃爲莖栴檀王爲臺碼碯爲鬚閻浮檀金爲葉無量光明一切妙寶皆在其內寶網覆上十三千大千世界微塵數蓮華以爲眷屬爾時菩薩其身

姝妙稱可華座菩薩得益一切智位三昧力
故身在大蓮華座即時眷屬蓮華上皆有菩
薩一一菩薩坐蓮華上即得百萬三昧皆一
心恭敬瞻仰大菩薩是菩薩昇蓮華座時十
方現在一切世界皆大震動一切惡道皆悉
休息光明普照十方世界一切世界皆悉嚴
淨皆得見聞諸佛大會何以故是菩薩坐大
蓮華上即時足下出百萬阿僧祇光明照十
方阿鼻地獄等滅衆生苦惱兩膝上放若干
光明照十方一切畜生滅除苦惱臍放若干
光明照十方一切餓鬼滅除苦惱左右脇放
若干光明照十方人安隱快樂兩手放若干
光明照十方諸天阿脩羅宫兩肩放若干光
明照十方聲聞衆項放若干光明照十方辟
支佛口放若干光明照十方菩薩乃至住九
地者白毫放若干光明照十方得位菩薩一
切魔宫隱蔽不現頂上放百萬阿僧祇三千
大千世界微塵數光明照於十方諸佛大會
遶十帀已住於虛空成光明網高大明淨供
養諸佛如是供養從初發心乃至九地所作
供養百分不及一乃至筭數譬喻所不能及
是大光明網勝於十方世界所有華香末香
塗香衣服旛蓋衆寶瓔珞摩尼寶珠供養之
具從出世間善根生故一一諸佛大法會上
皆雨衆寶猶如大雲若有衆生覺是供養者
皆是必定無上大道如是諸光雨大供養已
遶大會十帀入諸佛足下爾時諸佛及大菩
薩知某世界某甲菩薩摩訶薩行如是道成
就受職即時十方無邊菩薩乃至住九地者
皆來圍遶設大供養一心恭敬各得萬三昧

一切得職菩薩摩訶薩於金剛莊嚴胷出一大光明名破魔賊無量百千萬光以爲眷屬照十方世界示無量神力亦來入是大菩薩胷此光明滅已是菩薩即得百千萬億大勢力神通智慧爾時諸佛出眉間白毫相光名益一切智有無量無邊光明眷屬悉照一切十方世界圍遶十帀示現諸佛大神通力勸進無量百千萬億諸菩薩十方世界六種震動滅除一切惡道苦惱一切魔宫皆蔽不現示一切諸佛得道之處示一切諸佛大會莊嚴事廣大如法界究竟如虛空照一切世界已集在虛空示大神通莊嚴之事入是菩薩頂眷屬光明入眷屬蓮華上諸菩薩頂即時各得先所未得十千三昧是光明入此菩薩頂如一佛光一切佛光皆亦如是一切十方

諸佛光明入是菩薩頂時名爲得職名爲入諸佛界具佛十力墮在佛數佛子譬如轉輪聖王太子成就王相轉輪聖王令子在白象寶閻浮檀金座取四大海水上張羅幔種種莊嚴幢旛妓樂執金鍾香水灌子頂上即名爲灌頂大王具足轉十善道故名轉輪聖王菩薩摩訶薩亦如是受職時諸佛以智水灌是菩薩頂名灌頂法王具足佛十力故墮在佛數是名諸菩薩摩訶薩大智慧職地以是職故菩薩摩訶薩受無量百千億萬苦行難事是菩薩得是職已住法雲地無量功德智慧轉增佛子菩薩住法雲地如實知欲界集色界集無色界集如實知世間性集衆生性集識性集有爲性集無爲性集虛空性集法性集涅槃性集邪見諸煩惱性集如實知諸

世間法成壞集聲聞道集辟支佛道集菩薩道集諸佛力無畏不共法色身法身集一切智集得佛道轉法輪示滅度集舉要言之如實知一切法差別集是菩薩以如是智慧隨順菩提行如實知衆生化業化煩惱化諸見化世界化法界化聲聞化辟支佛化菩薩化如來化一切化分別無分別化是菩薩如實知佛力持法持業持煩惱持時持願持先世持行持劫壽持智持是菩薩住十地諸佛所有微細智所謂行微細智命終微細智受胎微細智出生微細智出家微細智得道微細智神力自在微細智轉法輪微細智持壽命微細智示涅槃微細智法久住微細智如是等微細智皆如實知又諸佛密處所謂身密口密意密知時非時密與菩薩受記密攝伏衆生密諸乘差別密八萬四千諸根差別密業如實所作密行得菩提密如是等密皆如實知是菩薩諸佛所有入劫智所謂一劫攝阿僧祇劫阿僧祇劫攝一劫有數劫攝無數劫無數劫攝有數劫一念攝劫劫攝一念劫攝非劫非劫攝劫有佛劫攝無佛劫無佛劫攝有佛劫過去未來劫攝現在劫現在劫攝過去未來劫未來過去劫攝現在劫現在劫攝未來過去劫長劫攝短劫短劫攝長劫諸劫攝相皆如實知是菩薩諸佛所入微塵智國土智衆生身心智衆生身心得道智衆生行智至一切處智遍行佛道智順行智逆行智不可思議智一切世間聲聞辟支佛菩薩所不能知皆如實知佛子諸佛智慧廣大無量菩薩住是地則能得入如是智慧菩薩摩

訶薩隨是地行得菩薩不可思議解脫無礙解脫淨行解脫普門明解脫如來藏解脫隨無礙論解脫入三世解脫法性藏解脫明解脫勝進解脫是菩薩十解脫爲首得如是等無量無邊百千萬億阿僧祇解脫百千萬無量阿僧祇三昧百千萬無量阿僧祇陀羅尼百千萬無量阿僧祇神通亦復如是是菩薩成就如是智慧隨順菩提成就無量念力能於一念頃至十方無量佛所無量法明無量法雨皆能受持譬如娑伽羅龍王所澍大雨唯除大海餘不能受菩薩摩訶薩亦如是如來微密雨大法雨一切衆生聲聞辟支佛乃至九地菩薩所不能受唯此菩薩住法雲地悉能受持譬如大海一龍王起大雲雨皆能堪受若二若三乃至無量無邊諸大龍王所起雲雨一時澍下皆能受持菩薩摩訶薩亦如是住法雲地於一佛所能受大法明雨二佛三佛乃至不可說不可說佛於一念中皆能堪受如是諸佛大法雲雨是故此地名法雲地解脫月言佛子是菩薩於一念中能堪受幾所大法明雨答言佛子譬如十方所有不可說百千萬億那由他世界微塵爾所微塵世界衆生假使皆得聞持陀羅尼爲佛侍者爲大聲聞多聞第一如金剛蓮華上佛善伏比丘其一衆生成就如是多聞之力餘亦如是一人所受餘不重問如是一切各各不同於意云何是一切衆生受持多聞力爲多不答言甚多不可稱計佛子我今爲汝說是菩薩住法雲地於一念頃於一佛所受三世法藏大法明雨上一切衆生多聞之力百分

不及一乃至筭數譬喻所不能及如一佛所聞十方世界微塵諸佛皆能受持大法明雨復能過此無量無邊於一念頃亦能受持是故名爲法雲地佛子菩薩摩訶薩住法雲地自從願力生大慈悲福德智慧以爲密雲現種種身爲雜色雲通明無畏以爲電光震大雷音說法降魔一念一時能於上所說微塵世界皆悉周普以雨善法甘露法雨滅諸衆生隨心所樂無明所起煩惱燄故是故名爲法雲地復次佛子菩薩摩訶薩住法雲地於一世界從兜率天來下乃至示大涅槃一切佛事隨所度衆生皆現神力若二若三乃至如上微塵數世界又復過是百千萬億阿僧祇世界從兜率天來下乃至示大涅槃一切佛事隨所度衆生皆現神力是菩薩住此地於智慧中得上自在力或以狹國爲廣廣國爲狹或以垢國爲淨淨國爲垢如是一切世界皆有神力是菩薩或於一微塵中置三千大千世界鐵圍山川而不迫迮或二或三乃至不可說不可說世界諸莊嚴事示入一塵或以一世界莊嚴事示不可說不可說世界或以不可說不可說世界衆生置一世界中而不迫迮或以一世界衆生置不可說不可說世界中或以不可說不可說世界入一塵中而不惱衆生或於一塵中示一切佛神通力莊嚴之事或於一念中現不可說不可說世界微塵數身於一身中示無量手以一一手執恒沙蓮華以散諸佛雜香末香旛蓋寶物如是一切莊嚴之具皆以手執供養諸佛於一一身亦復如是又一一身化微塵數頭

於一一頭有塵數舌以是神力讃歎諸佛如是等事於念念中遍滿十方於念念中以神通力無量世界示得佛道轉法輪乃至大般涅槃於三世中以神通力示現無量身於自身中現無量佛無量佛土莊嚴事於自身中示一切世界成壞事或於一毛孔出一切風而不惱衆生或以無量無邊世界爲一海水此海水中作大蓮華形色光明遍無量無邊世界於中示菩提樹莊嚴妙事乃至示得一切種智或自身中現一方世界摩尼寶珠日月星宿一切光明乃至十方所有光明亦復如是或口噓氣能令十方無量世界悉大震動不令衆生有恐畏想或示十方世界水劫盡風劫火劫盡而衆生身隨意莊嚴或於自身示作如來身或於如來身示作自身如來

身作已佛國已佛國作如來身佛子菩薩摩訶薩在法雲地神變如是又餘無量神力自在爾時會中諸菩薩天龍夜叉乾闥婆阿脩羅迦樓羅緊那羅摩睺羅伽四天王釋提桓因梵天王自在天子淨居天等各作是念若菩薩神通力智慧力如是無量無邊佛復云何時解脱月菩薩知大衆心所念問金剛藏菩薩言佛子今諸大衆聞是菩薩神通智慧力墮在疑網汝今當斷一切疑惑示菩薩神通莊嚴妙事時金剛藏菩薩即入一切佛國體性三昧時諸大衆天龍夜叉乾闥婆阿脩羅迦樓羅緊那羅摩睺羅伽四天王釋提桓因梵天王自在天子淨居天等皆自見知入金剛藏菩薩身中於其身內見三千大千世界莊嚴衆事若滿一劫説不可盡於中見佛

道場樹其莖周圍十萬三千大千世界高百萬三千大千世界覆三千億三千大千世界稱樹高廣有師子座其座上有佛號一切智王如來一切大衆咸皆見佛坐在座上其中所有莊嚴上妙供養之具滿一劫說亦不可盡金剛藏菩薩示現如是大神力已還令大衆各在本處一切衆會生希有想默然一心觀金剛藏時解脫月菩薩問金剛藏菩薩言佛子是三昧有大勢力甚爲希有是三昧者所號云何答言是三昧名一切佛國體性問言是三昧所有勢力境界云何答言佛子若菩薩摩訶薩善修成就是三昧力者能以如是無量恒沙世界微塵數三千大千世界於身中現復過是數菩薩在法雲地得如是無量無邊百千萬億諸大三昧是故菩薩住此地中身身業難可測知口口業難可測知意意業難可測知神力自在難可測知觀三世法難可測知諸三昧行入難可測知智力難可測知遊戲諸解脫難可測知變化所作神力所作如意所作難可測知乃至舉足下足菩薩住善慧地者不能測知佛子菩薩法雲地如是無量若廣說者無量無邊阿僧祇劫不能得盡解脫月言佛子若菩薩行處力神通力如是者佛行處力神通力復云何答言佛子譬如有人見一塊土而作是言無量無邊世界地性爲多此耶汝所問者我謂如是如來無量智慧云何以菩薩智慧而欲測量佛子如人取四天下地性少分餘者極多菩薩法雲地於無量劫但可說聞何況如來地我今當說令汝知之佛現爲證如十方無量

無邊世界微塵等諸佛世界十地菩薩皆滿其中是諸菩薩有無量無邊業修習菩薩功德智慧禪定於如來功德智慧力百分不及一百千萬億分不及一乃至筭數譬喻所不能及佛子是菩薩隨順如是智慧順如來身口意不捨諸菩薩三昧勤心供養一切諸佛於一一劫以一切供具供養無量無邊諸佛能悉具受諸佛神力轉復明勝是菩薩於法性問難無能勝者乃至無量無邊百千萬億劫不可窮盡佛子譬如天金以摩尼珠衆寶間錯爲自在天王嚴身之具其餘諸天所不能及亦無奪者菩薩住十地智慧善根從初地乃至九地所不能及菩薩住是地得大智照明隨順一切智故其餘智慧所不能壞譬如大自在天王光明能令衆生身心清淨一切生處衆生光明所不能及菩薩摩訶薩亦如是住法雲地智慧光明一切聲聞辟支佛所不能及乃至九地菩薩亦不能及是菩薩住是地中能令無量衆生住一切智道佛子菩薩住是地十方諸佛爲說三世智慧法界智慧一切世界智慧普照住持一切世界智慧大慈大悲普覆一切衆生智慧舉要言之具足爲説至一切智道佛子是名菩薩摩訶薩第十法雲地菩薩住是地多作摩醯首羅天王智慧明達善説聲聞辟支佛菩薩波羅蜜於法性中有問難者無能令盡所作善業布施愛語利益同事皆不離念佛不離念法乃至不離念具足一切種智常作是念我當於一切衆生爲首爲勝乃至於一切衆生爲依止者若欲如是勤行精進於一念中得無

量百千萬億那由他不可說不可說世界微塵數三昧乃至示爾所微塵數菩薩以爲眷屬若以願力神通自在復過是數所謂諸行上妙供具信解起業若身若口若光明若諸根若如意足若音聲若行處乃至若干百千萬億劫不可稱數佛子是菩薩十地次第順行趣向一切種智如從阿耨達池四河流出滿足四天下無有窮盡乃入大海菩薩亦如是從菩薩出於善根大願之水以四攝法滿足衆生而不窮盡乃至一切種智佛子是菩薩十地因佛智故而有差別如因大地有十大山王何等爲十所謂雪山王香山王軻梨羅山王仙聖山王由乾陀山王馬耳山王尼民陀羅山王斫迦羅山王宿慧山王須彌山王如雪山王一切藥草集在其中而不可盡菩薩亦如是住歡喜地一切世間經書技藝文頌呪術集在其中無有窮盡如香山王一切諸香集在其中而不可窮盡菩薩亦如是住離垢地持戒頭陀威儀助法集在其中無有窮盡如軻梨羅山王但以寶成集諸妙華取不可盡菩薩亦如是住於明地集一切世間禪定神通解脫三昧問不可盡如仙聖山王但以寶成多有五通仙人不可窮盡菩薩亦如是住於餤地集令衆生入道因緣種種問難不可窮盡如由乾陀山王但以寶成集夜叉大神不可窮盡菩薩亦如是住難勝地集一切自在如意神通說不可盡如馬耳山王但以寶成集衆妙果取不可盡菩薩亦如是住現前地集深因緣法說聲聞果不可窮盡如尼民陀羅山王但以寶成集一切大力

龍神不可窮盡菩薩亦如是住遠行地集種種方便智慧説辟支佛道不可窮盡如斫迦羅山王但以寶成集心自在者不可窮盡菩薩亦如是住不動地集一切菩薩自在道説世間性不可窮盡如宿慧山王但以寶成集大神通諸阿脩羅無有窮盡菩薩亦如是住善慧地集轉衆生行智説世間相不可窮盡如須彌山王但以寶成集諸天神無有窮盡菩薩亦如是住法雲地集如來十力四無所畏説諸佛法不可窮盡是十寶山同在大海因大海水有差别相菩薩十地亦如是同在佛智因一切智故有差别相佛子譬如大海以十相故名爲大海無有能壞何等爲十一漸次深二不受死屍三餘水失本名四一味五多寶六極深難入七廣大無量八多大身衆生九潮不失時十能受一切大雨無有盈溢菩薩地亦如是以十因緣故無有能壞何等爲十歡喜地中漸生堅固願離垢地中不與破戒共宿明地中捨諸假名燄地中於佛得一心不壞淨信難勝地中生世間無量方便神通起世間事現前地中觀甚深因緣法遠行地中以廣大心善觀諸法不動地中能起大莊嚴示現善慧地中能得深解脱通達世間行如實不失法雲地中能受一切諸佛大法明雨佛子譬如大摩尼寶珠有十事能與衆生一切寶物何等爲十一出大海二巧匠加治三轉精妙四除垢穢五以火鍊治六衆寶莊嚴七貫以寶縷八置瑠璃高柱九光明四照十隨王意雨衆寶物菩薩發菩提心寶亦有十事何等爲十一初發心布施離慳

二修持戒頭陀苦行三以諸禪定解脱三昧令轉精妙四以道行清淨五錬以方便神通六以深因緣法莊嚴七以種種深方便智慧貫穿八置神通自在幢上九觀衆生行施多聞智慧光明十諸佛授智職於一切衆生能爲佛事墮在佛數佛子是菩薩所行集一切智慧功德法門品若不深種善根不能得聞問言佛子若得聞者是人爲得幾所福答言隨佛所有智慧勢力如是發薩婆若心所緣攝福德是人得聞此法門所得福德亦復如是何以故若無菩薩心聞是法門不能信解受持何況以身修習能成其事是故當知是人隨順一切種智得聞信解受持修行說是品時十方世界十億佛國微塵數世界六種十八相動以佛神力法如是故諸天雨華末香瓔珞寶衣旛蓋莊嚴身具雨天妓樂歌頌而下復有大音讚歎十地殊勝之事如此世界四天下他化自在天王宫說十地十方一切世界皆亦如是以佛神力故十方過十億佛國微塵數刹有十億佛國微塵數菩薩詣此世界遍滿虚空皆作是言善哉善哉金剛藏善說菩薩十地之法佛子我等皆名金剛藏發金剛德世界金剛幢佛所來所經歷處皆說是經衆會如是言辭義趣亦如是我等以佛神力故來證是事如我至此十方一切世界他化自在天王宫摩尼寶殿皆有十億佛國微塵數菩薩往爲作證亦復如是時金剛藏菩薩觀察十方觀察一切大衆觀察法界讚歎初發薩婆若心示菩薩境界淨菩薩行力攝一切種智隨衆生說除一切世間垢

穢與衆生一切種智因緣示不可思議智慧莊嚴事讚歎一切菩薩功德差別相欲令諸地轉勝明顯示衆生故承佛神力以偈頌曰

諸菩薩所行　樂於善寂滅　其心無所著
猶若如虛空　除貪恚癡垢　安住於道智
如是無上行　願樂欲聽聞　如是諸菩薩
在於無量劫　勤心常修習　一切諸善根
供養無量佛　辟支阿羅漢　爲利衆生故
乃生菩提心　精勤持戒行　頭陀除離垢
修善忍轉妙　慚愧威德滿　福慧因緣故
勝遠心明淨　深樂於佛智　同佛生菩提
供養於一切　十方三世佛　如虛空等國
悉皆令清淨　一切法平等　善悉通達故
爲度諸衆生　發於菩提心　諸菩薩如是
生是無量心　至於歡喜地　息惡樂布施
得諸本願力　增廣慈悲心　深行十善道
能到離垢地　戒聞功德備　慈心愍世間
永離諸垢穢　深心常清淨　普觀諸世間
三毒火熾然　如是之大士　入第三明地
觀三界皆空　無常亦如病　如癰如瘡箭
無量苦常然　見諸有爲過　貪樂佛功德
得佛智明燄　入於第四地　成就於念慧
得至於道智　在此地供養　百千諸如來
常能思惟念　諸佛無量德　得入於一切
世間難勝地　能以慧方便　種種而示現
諸有所爲作　以利於世間　供養於諸佛
行益衆生事　無生法在前　得入現前地
菩薩諸所行　一切世難知　常無有我心
有無皆悉離　諸法先空寂　十二緣故行
善了此微妙　入於遠行地　行慧方便等

得法寂滅相　如是之大士　難知難可及
爲欲令世間　得善寂滅故　還起修諸行
種種福德事　普入於衆生　種種心行處
如是能得入　如空不動地　大智諸菩薩
善能悉具行　種種諸智業　得十自在力
能以無有量　無邊限諸身　普現十方界
而爲說妙法　善達於世界　及諸衆生性
如是大慈悲　能入善慧地　第一妙淨智
善觀諸世間　纏綿煩惱業　甚深諸難處
爲度是等故　得諸佛法藏　善說第一義
悉無所違錯　如是次第行　具足諸善法
乃至於九地　所修習福慧　欲得諸佛力
第一深妙利　乃於一切佛　得受智職位
先得無數定　智行極廣大　最後得難壞
諸智位三昧　若能得如是　益智位三昧
一切寶莊嚴　蓮華王即出　菩薩稱蓮華
現身坐其上　餘華諸菩薩　咸共一心視
爾時大菩薩　從身放無量　百千億光明
滅諸世間苦　然後頂上出　百千億光明
普照十方界　諸佛大衆會　於上虛空中
化成光明網　供養諸佛已　入諸佛足下
時一切如來　及諸大士等　各知其菩薩
得受於智職　如是一切佛　放眉間光明
名益一切智　入此菩薩頂　一切無量佛
與此菩薩職　猶如轉輪王　授於太子位
時十方世界　普皆大震動　乃至阿鼻等
諸苦皆除滅　菩薩具一切　智慧得是職
如是名爲到　無上法雲地　住於是地中
智慧無邊限　善知度一切　世間諸因緣
入色無色法　欲色無色界　能知於衆生

國土及法性　又能入可數　不可數法中
乃至能觀察　虛空無量性　又此地悉知
菩薩變化事　諸佛威神力　微細智密事
又能悉通達　一切諸劫數　於一微塵中
觀見諸世界　一切諸如來　於此無上地
初生及出家　得道轉法輪　示入於涅槃
皆隨順於智　寂滅妙解脫　悉得於此地
此地諸大士　憶念力大故　諸佛大法雨
皆悉能受持　譬如大海水　能持龍王雨
諸佛廣大法　菩薩受亦爾　若於一佛所
一時聽受法　十方無量土　微塵數衆生
皆多聞總持　成於聲聞乘　不如是菩薩
筭數所不及　以無量智慧　及先大願力
能於一念中　遍滿無量國　雨甘露法雨
滅諸煩惱火　是故諸如來　名爲法雲地
大士住此地　供養諸佛具　過諸天所有
普示大神力　示衆轉勝力　過是數無量
若人欲思量　迷悶不能解　大智住此地
舉足下足事　一切諸菩薩　乃至於九地
皆悉不能知　何況餘衆生　三世諸聲聞
及與辟支佛　住此諸佛示　一切智慧事
亦與令通達　三世無礙智　示法性寂滅
亦示種種變　一切諸世界　所有衆生類
所行一切法　深微隱遠事　一切佛功德
次第示令知　菩薩住此地　能以大供具
供養十方佛　遍一切世界　一切諸世間
所有衆生類　其餘諸供具　皆所不能及
智者住此地　皆能破一切　無明諸闇冥
開示以佛道　如自在天王　光滅衆熱惱
佛子智光明　滅惡亦如是　住是地多作

三界自在王 通達諸智慧 善以三乘位
能於一念中 得無量三昧 能見十方佛
其數亦如是 金剛藏菩薩 告諸大士言
我今略解說 十地之妙行 若廣演說者
千億劫不盡 是則名清淨 諸大菩薩地
爲得佛智故 住於十地中 安住不移動
猶如大山王 初地具一切 經書諸技術
猶如雪山中 積聚衆藥草 持戒及多聞
在於二地中 猶如香山王 集一切香物
如軻梨羅山 多積諸寶華 明地集聞智
禪定亦如是 燄地多積集 入道法不壞
如仙聖山中 善寂所遊止 五地諸神通
無能得及者 如由乾陀山 多集夜叉衆
六地善分別 諸果無窮盡 猶如馬耳山
妙果無有量 七地方便慧 無有能及者

如尼民陀山 諸龍王盈滿 住於八地中
自在智無量 如斫迦羅山 多心自在者
九地心清淨 說法無障礙 猶如宿慧山
阿脩羅所止 十地諸佛力 功德無窮盡
如須彌山王 集一切天衆 又復初地中
發於廣大願 二地持戒品 三地假名壞
第四地專一 五地衆妙事 六地甚深相
七地廣大心 八地中種種 莊嚴諸神通
九地思妙智 能過一切世 十地能受持
諸佛大法雨 菩薩行大海 難動不可盡
發心出世間 得入於初地 二地淨持戒
三地修諸禪 四地道行淨 五鍊方便慧
六因緣莊嚴 七深方便慧 八到瑠璃幢
九地觀衆生 一切險難處 智慧光普照
十地受智職 如珠隨王意 如是次第淨

菩提心妙寶　十方諸世界　所有微塵數
可於一念中　計知其多少　可以一毫末
數知於虛空　諸佛大功德　無量不可盡

大方廣佛華嚴經卷第二十八

音釋

臍前西切肚臍也　脇虛業切腋下也　澍朱戍切霔也　溢夷質切滿也

縷力主切綫也

大方廣佛華嚴經卷第二十九

東晋天竺三藏佛陀跋陀羅等譯

十明品第二十三

爾時普賢菩薩摩訶薩告諸菩薩言佛子菩薩摩訶薩有十種明何等爲十此菩薩摩訶薩悉知三千大千世界衆生心念所謂善心不善心無記心廣心狹心惡心勝心順生死心背生死心聲聞心緣覺心菩薩心聲聞行心緣覺行心菩薩行心天心龍心夜叉心乾闥婆心阿脩羅心迦樓羅心緊那羅心摩睺羅伽心人心非人心地獄心畜生心餓鬼心閻羅處衆生心諸難處衆生心如是等無量種種衆生心悉分別知如是等百世界千世界百千世界億世界百億世界千億世界百千億世界乃至百千億那由他世界廣說乃至不可說不可說佛剎微塵數世界衆生悉能分別知其心念佛子是爲菩薩摩訶薩第一善知他心智明佛子菩薩摩訶薩悉知無量無數不可說不可說佛剎微塵數世界衆生死此生彼善惡諸趣若好若醜若垢若淨若黑若白如是等無量種種衆生天龍夜叉乾闥婆阿脩羅迦樓羅緊那羅摩睺羅伽人非人微細衆生小衆生中衆生大衆生勝衆生如是等無量種種衆生死此生彼菩薩摩訶薩以無障礙明淨天眼悉能照見隨其業報所受苦樂種種業種種行種種思願種種見如業境界如所迴轉悉能覩見佛子是爲菩薩摩訶薩第二無礙天眼智明佛子菩薩摩訶薩憶宿命事或自或他悉能憶念無量無數不可說不可說佛剎微塵數世界衆生

過去無量無數不可說不可說佛刹微塵數劫事如是生如是名姓如是食如是苦樂悉能了知又憶過去無量無數不可說不可說佛刹微塵數諸佛如是名號如是眷屬如是父母如是侍者如是聲聞如是最勝二大弟子如是捨離王都出家求道如是菩提樹下結跏趺坐得最正覺如是住處如是牀座如是說法如是化度如是壽命如是作佛事已入無餘涅槃佛滅度後正法如是久住悉能憶念過去無量無數不可說不可說佛刹微塵數佛從初發心出生願行恭敬供養無量諸佛教化調伏一切衆生大衆眷屬轉淨法輪隨其壽命示現神力自在變化無餘涅槃莊嚴塔廟長養善根乃至法住佛子是爲菩薩摩訶薩第三深入過去際劫無礙宿命智明佛子菩薩摩訶薩深入未來際劫乃至無量無數不可說不可說佛刹微塵數世界衆生未來生死流轉三有知衆生業知衆生報知衆生善知衆生不善知衆生出知衆生不出知衆生定知衆生不定知衆生正定知衆生邪定知衆生有使善根知衆生無使善根知衆生具足善根知衆生不具足善根知衆生攝取善知衆生攝取不善知衆生積集善知衆生積集不善知衆生積集惡法知衆生不積集惡法知未來無量無數不可說不可說佛刹微塵數世界諸佛如是名號如是眷屬如是父母如是侍者如是聲聞如是最勝二大弟子如是捨離王都出家求道如是菩提樹下結跏趺坐得最正覺如是住處如是牀座如是說法如是化度如是壽命如是作

佛事已入無餘涅槃佛滅度後正法如是久住悉知未來無量無數不可說不可說佛剎微塵數佛從初發心出生願行恭敬供養無量諸佛教化調伏一切衆生大衆眷屬轉淨法輪隨其壽命示現神力自在變化無餘涅槃莊嚴塔廟長養善根乃至法住佛子是爲菩薩摩訶薩第四深入未來際劫無礙智明佛子菩薩摩訶薩出生無礙天耳清淨廣大具足不可稱量修習得證明淨離障了達決定菩薩成就無礙天耳十方遠近一切音聲欲聞不聞自在隨意於東方無量無數不可說不可說佛剎微塵數諸如來應供等正覺所說所發所開所示所制所調伏所教化所念所分別所教深妙善解無量清淨方便如是一切悉能聞持善義善味隨衆隨人隨音聲隨智隨識隨所化度所得功德隨境界隨所依隨出道悉能聞持無有忘失廣說妙法度脫一切乃至不失一句一味如東方一切十方亦復如是佛子是爲菩薩摩訶薩第五無礙清淨天耳智明佛子菩薩摩訶薩安住無畏神力智明逮得自在無作神力平等神力廣大神力無量神力無依神力念至神力不轉神力不退轉神力無盡神力不可壞神力長養神力隨順行神力若聞十方無量阿僧祇世界無邊世界無分齊世界不可稱量世界不可思議世界不可度量世界乃至不可說不可說佛剎微塵等一切世界現在諸佛聞已悉能往詣彼諸佛所恭敬禮拜讚歎供養深知如來清淨佛剎種種莊嚴種種功德無量功德皆悉充滿示現無量自在無量

境界讚歎一切如來恭敬供養示現其身悉在十方一切佛所亦不離此而往到彼悉自了知詣諸佛所恭敬禮拜讚歎供養問菩薩法出生佛智見諸佛刹眷屬變化知説法相知佛刹相悉無所著於一切事皆悉究竟到於彼岸無損神力速遍十方一切世界無佛不見無法不聞無衆不知常聞正法未曾斷絶樂求佛法勝願成滿具足修習普賢菩薩無量諸行佛子是爲菩薩摩訶薩第六安住無畏神力智明佛子菩薩摩訶薩於無量無數不可説不可説佛刹微塵數世界衆生音聲語言悉能了知所謂中國言音邊國言音天言音龍言音夜叉言音乾闥婆言音阿脩羅言音迦樓羅言音緊那羅言音摩睺羅伽言音人言音非人言音如是等不可説不可説種種衆生言音不同菩薩摩訶薩悉能了知善分别知入一切施設深入解了一切世諦悉知種種諸言音法分别了知諸言音法入一切種種言音大海菩薩摩訶薩隨其所入遊行世界悉能了知此世界中衆生之性知其性已悉解一切諸言音法如日天子出照一切色令有眼者悉見色相菩薩摩訶薩亦復如是悉入一切諸言音雲善知一切諸言音法佛子是爲菩薩摩訶薩第七分别一切言音智明佛子菩薩摩訶薩知一切色法不生色無種種色無虚妄色無青黄赤白等形色而菩薩摩訶薩入深法界住持變化種種形色無量色明淨色清淨色普現色似彼色普照色所得色無染汙色具足相色清淨相色離惡色大力色尊重色無窮色無盡色

雜色端嚴色不可稱量色善學色善長養色成熟色隨化度色無礙色明徹色離垢色澄靜色正身色不可思議方便色不可壞色最勝色離曀色離暗色牢强色善雜色功德相色姿好色大我色境界色善調伏色清淨正直色上色勝廣色不可斷色無所依色無等色充滿不可說佛刹色長養色最堅固色勝色惡色勝功德色隨悕望色清淨性色常善色善決定色無障色虛空明淨色清淨長養色無垢色離塵色離種種塵色善示現色普應現色隨時示現色寂靜色離欲色功德福田眞實色安隱色離恐怖平等威儀色超越智慧色無礙身色遍遊行身色離愚癡色大慈等起色大悲受持色出正趣色具足功德力色隨正念色無量寶色明淨藏色令一切衆生歡喜色一切智門色歡喜眼色一切寶莊嚴無比色不著心色不堅固色住持自在色種種神力自在色如來家生色無比色充滿法界色隨衆往詣色種種色具足色善行色隨化究竟色見無猒足色無量雜光色放無量阿僧祇燄光色不可說種種光色不可思議香光普熏三界色不可量日光燄色不可稱月形像色放無量樂華雲色種種寶華鬘莊嚴雲色過一切世間一切香燄普熏色出生一切如來功德藏色無量音聲廣說一切法顯現色一切種行具足普賢菩薩色佛子菩薩摩訶薩入無色法界住持變化種種形色隨所應故所謂見教化正念教化轉法輪教化隨時教化念念教化親近教化隨逐教化神力教化種種自在教化不可思議大

神變教化悉能度脫一切衆生佛子是爲菩薩摩訶薩第八出生無量阿僧祇色身莊嚴智明佛子菩薩摩訶薩悉知諸法無有名字知一切法悉無有性知一切法無來無去知一切法別異知一切法無別異知一切法不二非不二知一切法無我知一切法無比知一切法不生知一切法不滅知一切法無所從來去無所至知一切法無壞知一切法不實知一切法非不實知一切法一相無相知一切法非有知一切法非無知一切法非法知一切法非非法知一切法非語言知一切法非非語言知一切法非業知一切法非非業知一切法非報知一切法非無報知一切法非作知一切法非不作知一切法非第一義知一切法非不第一義知一切法非出知一切法非不出知一切法非量知一切法非無量知一切法非世間知一切法不離世間知一切法非因生知一切法非無因生知一切法非定色知一切法非不定色知一切法不具足色知一切法非不具足色知一切法不出生死知一切法非不出生死知一切法非虛妄知一切法非不虛妄知一切法非方便知一切法非不方便菩薩摩訶薩知如是諸法故不著世諦不著第一義諦不虛妄取諸法不起諸文字隨順寂滅性不捨一切願見第一實義決定知諸法興無量法雲普雨一切甘露法雨入不可說方便度不可說方便從無盡辯才廣說如實義不違眞法善巧方便說一切法辯才無盡成就大慈悲無文字境界出生文字義不壞文字性觀察諸法

悉從緣起無所染著解了一切諸語言法開發示導稱揚顯現具足清淨滅衆疑網攝取衆生不捨實法於不二法而不退沒具足成就無礙法門微妙音聲普雨法雨未曾失時佛子是爲菩薩摩訶薩第九一切諸法眞實智明佛子菩薩摩訶薩於念念中入滅一切法三昧正受而不退轉亦不捨菩薩事不捨大慈悲心不捨諸波羅蜜善能分別諸佛剎土而無猒足不捨大願度脫衆生不捨轉法輪不捨教化調伏衆生不捨供養恭敬一切諸佛不捨一切諸法自在法門不捨常見一切諸佛不捨常聞諸佛正法悉能出生一切無礙法知一切法皆悉平等具足成就一切諸佛勝法諸願深入一切佛剎究竟一切諸佛種性彼岸於一切世界悉能善學一切所

學一切法相深入法相善知諸法悉從緣起了一切法無有眞實隨順世間諸語言法於一切法無所染著隨其所應方便演說一切諸法菩薩摩訶薩於一切法滅盡正受或住一劫或住百劫或住百千劫或住億劫或住百億劫或住百千億劫或住億那由他劫或住百億那由他劫或住千億那由他劫或住百千億那由他劫或住無量劫或住無邊劫或住阿僧祇劫或住不可思議劫或住不可稱量劫或住無分齊劫或住不可說不可說劫常在滅一切法三昧正受顏容無異體無羸損亦不壞散不可燒不可沒不可失不可盡於有於無悉無所作悉能成辦諸菩薩事廣能演說一切諸法教化衆生未曾失時長養一切諸如來法滿足一切諸菩薩行不捨

饒益一切衆生應化十方未曾暫息不捨普照一切諸趣於正受地寂然不動佛子是爲菩薩摩訶薩第十一切諸法滅定智明菩薩摩訶薩安住此明一切天人不能思議一切世間不能思議聲聞緣覺不能思議下地菩薩不能思議身口意業不可思議一切三昧自在不可思議智慧境界不可思議唯有如來乃能演說此人功德餘無能說佛子是爲菩薩摩訶薩十種智明此菩薩摩訶薩住此智明悉得三世無礙智明

十忍品第二十四之一

爾時普賢菩薩摩訶薩復告諸菩薩言佛子菩薩摩訶薩成就十種忍能得一切無礙忍地又得一切諸佛無盡無礙之法何等爲十所謂隨順音聲忍順忍無生法忍如幻忍如燄忍如夢忍如響忍如電忍如化忍如虛空忍佛子是爲菩薩摩訶薩十種忍過去諸佛已說未來諸佛當說現在諸佛今說佛子何等爲菩薩摩訶薩隨順音聲忍若聞眞實法不驚不怖不畏信解受持愛樂順入修習安住佛子是爲菩薩摩訶薩第一隨順音聲忍佛子何等爲菩薩摩訶薩順忍佛子此菩薩隨順寂靜觀一切法平等正念不違諸法隨順深入一切諸法清淨直心分別諸法修平等觀深入具足佛子是爲菩薩摩訶薩第二順忍佛子何等爲菩薩摩訶薩無生法忍佛子此菩薩不見有法生不見有法滅何以故若不生則不滅若不滅則無盡若無盡則離垢若離垢則無壞若無壞則不動若不動則寂滅地若寂滅地則離欲若離欲則無所行

若無所行則是大願若是大願則住莊嚴佛子是為菩薩摩訶薩第三無生法忍佛子何等為菩薩摩訶薩如幻忍佛子此菩薩深入諸法皆悉如幻觀緣起法於一法中解眾多法眾多法中解了一法菩薩摩訶薩於彼諸法分別諸剎入眾生界法界等觀世間等觀佛出入不出入出生住持譬若如幻非象兵馬兵車兵步兵非男非女非童男童女非樹非葉非華非果非地水火風非晝非夜非半月一月非年歲非百年非月非日非劫數非定非亂非一非異非純非雜非好非惡非多非少非量非無量非麤非細種種眾非幻幻非種種眾但以幻故示眾色像菩薩摩訶薩亦復如是觀一切世間皆悉如幻所謂業世間煩惱世間佛剎世間法世間三世世間流轉世間成世間壞世間行世間菩薩摩訶薩觀察一切世間悉如幻時不起眾生不壞眾生不起諸剎不壞諸剎不起諸法不壞諸法不取過去虛妄相不住當來不轉當來現在不住亦無所著不觀察菩提不虛妄取菩提不取佛興世亦無佛涅槃不住大願不取清淨離生平等無出無著出生嚴淨佛剎決定知真法出生眾生界分別知眾生決定知法界住正法不動等入三世而亦不違分別三世出生陰入除滅所依度脫眾生等觀法界無有差別知一切法非文字非言說而亦不捨諸深妙辯不著化眾生而轉法輪為眾生故受持大悲度脫一切說過去因緣實知諸法而無所至佛子是為菩薩摩訶薩第四如幻忍佛子何等為菩薩摩訶薩如燄忍佛子

此菩薩覺悟一切世間皆悉如燄如熱時燄無有方處菩薩摩訶薩決定了知一切諸法亦無方處非内非外非有非無非常非斷觀一切法皆悉眞實假名施設非一色非種種色非無色地具足證知一切諸法佛子是爲菩薩摩訶薩第五如燄忍佛子何等爲菩薩摩訶薩如夢忍佛子此菩薩解一切世間皆悉如夢譬如夢非世間非離世間非欲界非色界非無色界非生非死非淨非穢非清非濁而有示現如是菩薩摩訶薩覺悟一切世間皆悉如夢不壞夢不著夢夢性寂滅夢無自性受持一切法皆悉如夢不壞夢不虛妄取夢覺悟一切世間皆悉如夢佛子是爲菩薩摩訶薩第六如夢忍佛子何等爲菩薩摩訶薩如響忍佛子此菩薩出生諸法善學成就究竟聖法得到彼岸知一切法悉皆如響分別衆聲猶如呼響而無所至菩薩摩訶薩解如來音不從内出不從外出不從内外出彼聞音者不在内不在外亦不在内外而能出生巧方便智了聲如響悉從緣起亦不壞法施深入音聲遠離顛倒善學一切如帝釋后於一音中出千妙音而亦不取虛妄音聲菩薩摩訶薩亦復如是入離虛妄音聲菩薩摩訶薩如是入離虛妄法界出生巧妙方便音聲於無量無邊世界廣爲衆生轉淨法輪度脫一切受持如來廣長舌相出生無量無障礙音充滿十方一切世界普令衆生悉得開解發起善根而音聲無轉不可言說知音聲非語言而隨順語言亦不染著種種音聲覺悟了知一切音聲佛子是爲菩薩摩訶薩

第七如響忍佛子何等爲菩薩摩訶薩如電忍佛子此菩薩不生世間不死世間不內世間不外世間不行世間非不行世間不壞世間非不壞世間不趣世間趣不離世間趣不等世間非不等世間非世間非離世間不行菩薩行而不捨大願非實非虛所行眞實究竟一切如來正法能辦一切世間諸事亦不隨順世間流轉亦不受持正法流轉譬如電或日或月山樹男女室宅牆壁大地流水等皆悉能照令明淨故譬如水油身實珠明鏡如是等一切清淨色悉能照明一切淨界電不離明淨明淨不離電電能遠照而電非遠近菩薩摩訶薩亦復如是能照彼我一切境界而其智慧不作分別照現彼我一切境界如種子中無有根芽莖節枝葉而能爲因菩薩摩訶薩亦復如是於不二法中分別二相修無礙際佛子是爲菩薩摩訶薩第八如電忍若菩薩摩訶薩成就此忍雖不往詣諸如來所而悉普現一切佛刹不起此世界不至一切世界菩薩現身遍一切世界如電光現遊行無礙普至十方金剛諸山堅固之物所不能障具足成就佛家清淨身口意業得無量清淨一切色身佛子何等爲菩薩摩訶薩第九如化忍佛子此菩薩知一切世間皆悉如化所謂一切衆生業化一切衆生行化一切虛妄化一切苦樂顛倒化一切妄取化一切世間無實法化一切語言道化一切煩惱化諸想所起故調伏衆生化離垢清淨故三世不退轉化無生平等故菩薩願化長養菩薩行故如來大悲化除滅衆生一切苦故法

輪方便智化出生無量無畏智辯故佛子是爲菩薩摩訶薩解知世間離世間化決定知廣大知無量無際等知如如具足成就無量自在於眞實中而不傾動悉見一切無有眞實而不壞所行譬如化不從心起不住心中不由業起亦不受報非世間生非世間滅非法所攝非法所觸非是久住非須臾住非世間行非離世間非遊諸方非諸方所攝非量非無量非猒非無猒非休息非無休息非凡非聖非淨非穢非生非死非愚非智非見非失不依世間非法界所攝非黠慧非愚懞非熾然非寂滅非生死非涅槃非有非無如是菩薩摩訶薩處於世間行菩薩行受持方便觀察世間皆悉如化不著世間亦不著化不妄取世間亦不取化不住世間不滅世間不住正法不隨非法而不捨教化衆生一向正念具足諸願不莊嚴諸法亦復不壞諸莊嚴法於一切法悉無所有悉能具足一切佛法譬如化非有非無菩薩摩訶薩亦復如是安住如化忍中悉能具足諸佛菩提饒益衆生佛子是爲菩薩摩訶薩第九如化忍佛子若菩薩摩訶薩成就此忍於一切佛刹無所依著譬如化於一切世界無所倚著於一切佛法不虛妄行譬如化行無所行離諸顚倒譬如化非身示現一切身譬如化不依色示現一切色譬如化不著實際平等滿足自性無性譬如化非解脫法悉能示現一切法處譬如化無處所性亦非調伏亦非清淨譬如化離一切神力往詣一切諸如來所譬如化不可退轉不生不滅悉離罣礙一切諸力金剛

諸山所不能障佛子何等爲菩薩摩訶薩第十如虛空忍佛子此菩薩摩訶薩解一切法界猶如虛空以無性故譬如虛空一切世界亦復如是解一切佛刹無所起故譬如虛空一切諸法亦復如是解無二法故譬如虛空一切衆生行亦復如是解行無所行故譬如虛空一切佛法亦復如是解無分別故譬如虛空一切佛力亦復如是解無異故譬如虛空一切諸禪亦復如是解三世故譬如虛空一切說法亦復如是解不可說故譬如虛空一切佛身亦復如是解無礙故譬如虛空遍一切處解一切法如虛空故佛子如是菩薩摩訶薩解一切法悉如虛空得虛空等忍智得虛空等身得虛空等身業得虛空等口得虛空等口業得虛空等心得虛空等心業譬如虛空不生不死菩薩摩訶薩亦復如是一切法身不生不死譬如虛空不可破壞菩薩摩訶薩亦復如是智慧諸力不可破壞譬如虛空一切世間之所依止而無所依菩薩摩訶薩亦復如是一切諸法之所依止而無所依譬如虛空不生不滅悉爲一切生滅所依菩薩摩訶薩亦復如是非向非成令一切衆生皆悉清淨譬如虛空非方非非方而能示現諸海分際菩薩摩訶薩亦復如是非業非業報而能演說一切生死大海分際譬如虛空非行非住而能示現種種威儀菩薩摩訶薩亦復如是非行非住而能分別一切諸行譬如虛空非色非無色而能示現百千諸色菩薩摩訶薩亦復如是非世間色非離世間色而能示現一切諸色譬如虛空非久住非

須臾住菩薩摩訶薩亦復如是非久趣向非須臾趣向能廣演說一切菩薩之所住行譬如虛空非淨非穢菩薩摩訶薩亦復如是非世間障覆亦非清淨譬如虛空一切世間皆謂現前實非現前菩薩摩訶薩亦復如是一切諸法現菩薩前而於菩薩無所現前譬如虛空住一切處而虛空無分齊菩薩摩訶薩亦復如是住一切法而菩薩心無有分齊何以故菩薩摩訶薩思惟自己善根猶如虛空善根清淨善根具足善根平等善根一分善根寂滅善根一味善根一量善根清淨如虛空色善根趣一切道不忘一切法得一切不壞法遊行一切刹具足一切身而於諸身悉無所著普於十方永離癡惑具足成就不可壞力滿足一切功德境界得一切種法得深

樂法得虛空等金剛善根出生一切諸妙音聲一切世間常轉法輪未曾失時佛子是爲菩薩摩訶薩第十如虛空忍若菩薩摩訶薩成就此忍得無來身以無去故得不生身以不滅故得不聚身以無散壞故得具足不實身以無眞實故得一相身以無相故得無量身以佛力無量故得平等身以如相故得不可壞身以等觀三世故得至一切處身以淨眼普照無障礙故得離欲際身以一切法無合散故得虛空際功德藏以無盡故得無窮盡平等法辯以一切法性如虛空一性故得無量無礙微妙音聲以無礙如虛空故得清淨具足一切菩薩行巧妙方便以一切法無礙清淨如虛空故得一切佛法海以不可斷如虛空故得受持一切佛刹以無量如虛空

離貪欲故得一切法示現自在未曾休息以堅固如虛空故得不可壞堅固法身以如虛空能持一切世間故具足成就不可沮壞金剛諸根以示現一切世間成敗故得具足力能持一切世間以受持智慧如虛空故佛子是爲菩薩摩訶薩十種忍爾時普賢菩薩欲重宣此義爲諸菩薩以偈頌曰

大方廣佛華嚴經卷第二十九

音釋

黠（胡八切慧也）懞（莫紅切昧也）

大方廣佛華嚴經卷第三十

東晉天竺三藏佛陀跋陀羅等譯

十忍品第二十四之二

譬如世有人　聞有寶藏處　聞已大歡喜
寶藏可得故　如是大智慧　菩薩眞佛子
佛深寂滅法　聞已大歡喜　聞彼深法已
其心不恐怖　亦不生驚畏　不退亦不没
菩薩向菩提　聞此寂滅音　堪忍寂滅法
於彼不生疑　我作一切智　天人尊導師
以聞甚深法　其心堪忍故　彼聞寂滅音
踊躍大歡喜　一心樂專求　一切諸佛法
修習調伏心　正直求菩提　長養諸善根
而不壞法性　堪忍寂滅法　隨順彼音聲
修習菩薩行　安住音聲忍　轉求勝妙道
出生諸善法　精進不退轉　究竟成菩提
聞此妙音聲　菩提心清淨　得勇健善根
令諸佛歡喜　譬如功德人　獲大珍寶藏
隨順身所宜　造諸莊嚴具　慧者亦如是
聞此深法義　增廣智慧海　隨順求諸法
決定隨順法　分別無所有　隨順於眞如
得彼眞實法　得淨自在心　明徹大歡喜
解了一切法　悉從衆緣起　修習平等法
分別性非性　不壞佛法藏　正覺一切法
正直心堅固　莊嚴淨菩提　不動如須彌
一向求佛道　修習深三昧　精進不懈怠
無量劫修行　未曾有退失　最勝甚深海
究竟到彼岸　盡諸法源底　遠離衆恐怖
等心觀諸法　如無等所說　成就隨順忍
平等智滿足　具足順忍門　順佛之所說
隨順眞實智　不分別法相　三十三天中

彼諸天子等　共一寶器食　所食各不同
諸天種種食　不從十方來　隨彼所修業
自然食在器　菩薩亦如是　觀察一切法
悉從因緣起　不生亦不滅　若法不生滅
是法不可盡　了達其成敗　清淨不可壞
實際不可壞　悉寂滅如如　金剛願饒益
具佛無礙智　專念寂滅法　其心未曾離
隨順世間行　長養大悲願　具足諸願力
不著於世間　成就甚深智　隨順廣說法
是名無生忍　解諸法無盡　了達悉如如
法界無所起　菩薩住此忍　一切十方界
現在無量佛　皆悉授彼記　樂觀寂滅法
出生諸善根　一念達三世　調伏淨衆生
觀察諸世間　解了悉如幻　寂滅無所有
於彼無染著　諸色從心造　示現猶如幻

虛妄非眞實　一切有如幻　譬如工幻師
四衢現衆像　衆生見歡喜　而實無所有
世間亦如是　一切皆如幻　有無等諸法
了知悉虛妄　度脫一切衆　解了悉如幻
善能平等知　衆生幻無異　衆生諸佛剎
三世一切法　無量諸世間　悉了義如幻
譬如工幻師　示現種種形　男女象馬牛
園林花果等　幻無所染著　亦無有住處
幻法無眞實　所現悉虛妄　佛子亦如是
觀察諸世間　有無一切法　了達悉如幻
衆生諸佛剎　種種業所造　覺悟如幻際
菩薩摩訶薩　常樂寂靜法　深入眞實際
究竟住法界　於彼無所著　隨順向正法
最勝法化生　善解一切想　纏網群生類
想如熱時燄　令衆生顛倒　菩薩善知想

能離一切倒　世間各別異　形類悉不同
佛子善明達　了想非眞想　十方諸群生
悉爲想網覆　菩薩慧眼淨　善見世間想
世間猶如燄　妄想取世間　能斷世間想
則離三種倒　譬如熱時燄　衆生於遠見
妄想謂爲水　其實非眞水　衆生亦如是
虛妄取世間　想如熱時燄　無礙心境界
分別一切想　成就無礙智　想縛群生類
勇健能解脫　遠離放逸慢　除滅世間想
究竟盡無盡　無盡者方便　彼能解世間
一切法如夢　夢性無方處　世間亦如是
解法離虛妄　寂滅心無異　明了世間行
三世皆如夢　夢非生死法　非有亦非無
三有悉如夢　寂滅心無縛　解世如夢性
不依於世間　觀世間寂滅　不染著諸趣
明見一切世　不虛妄顛倒　善解法如夢
逮得如夢忍　衆生於夢見　種種諸異相
悉知從心造　而實無所有　智者如是見
衆生皆如夢　曉了如夢已　離一切虛妄
菩薩方便解　一切法如夢　夢性無眞實
非一亦非異　衆生一切法　佛剎諸行業
菩薩悉明了　一切皆如夢　隨一切垢淨
悉能如實知　解知世如夢　不取虛妄相
菩薩所行行　一切諸妙願　明解悉如夢
於彼無所著　決定解諸法　及一切世間
菩薩能善知　其性皆如夢　世間生滅法
衆生去來相　解了淨如夢　其性無忘失
隨順如夢行　亦不壞世間　了達諸威儀
如倏短無實　是名如夢忍　解了一切法
成就無礙智　度脫一切衆　菩薩摩訶薩

廣行無量行　出生於一切　正覺平等法
種種諸方便　解法眞實相　諸法無去來
於彼心無著　一切衆生類　無量諸音聲
菩薩深覺悟　了之悉如響　菩薩知音聲
非是内外法　諦了諸音聲　一切皆如響
一切諸音聲　皆悉是虛妄　菩薩知非實
於彼無所著　菩薩悉覩見　十方一切佛
又聞彼如來　梵音演說法　彼諸大導師
廣說修多羅　菩薩聞法音　其心無所著
所聞聲如響　悉無所從來　分別一切智
善解無壞法　分別諸音聲　善解一切法
解聲非是聲　出無量淨音　觀察一切法
皆悉離音聲　種種語言際　悉能善了知
菩薩於衆生　了之悉如響　如是能深解
一切諸衆生　菩薩善隨順　明達語言道
解一切世間　種種諸音聲　了知音聲性
常樂寂靜地　明解諸世間　一切悉如響
猶如語言道　宣明種種法　衆生樂染著
虛妄之音聲　如彼音聲相　世間亦如是
衆生相亦然　眞佛子明覺　如此眞實相
明智之忍力　令音聲淨妙　解世間寂滅
彼於三世中　了達語言道　不取虛妄聲
其心無所著

寂靜定意爲世間　一向專求佛菩提
未曾虛妄取世間　心常欣樂寂滅法
觀察世間無有餘　皆悉寂滅無自性
專求菩提爲衆生　具足智力大慈悲
不受一切世間生　亦不解脫於世間
一切世間無所依　亦復不離依世間
解知衆生諸法性　於彼法性不染著

於諸衆生無所依 清淨解脫而無縛
於一切趣知實性 世間生死流轉法
菩薩解法無有二 於不二法無所著
其心不住諸世間 又亦不離於世間
所行不在世間外 了知諸法眞實相
譬如水中電光色 彼色非內亦非外
菩薩饒益衆生故 演說世間無眞實
衆生無縛無解脫 一切世間不可說
世間非內亦非外 如彼水中電光像
如是清淨離垢心 隨順甚深微妙行
具足智慧法燈明 成滿諸願不退轉
智慧成就不可量 常能饒益一切衆
安立衆生無畏法 除滅一切諸障礙
修習甚深法 饒益一切衆 此忍增妙智
具足菩薩行 深入寂滅法 諦了悉如化

示現無量行 而實無所行 勝地修菩提
隨順如化行 如化常寂滅 菩薩行亦然
了知衆生類 及無量行業 平等悉如化
解脫亦如是 明解三世佛 一切悉如化
無量本行願 化成諸導師 大慈悲彌廣
化衆生清淨 清淨即是化 解力持應現
世間悉虛妄 菩薩解如化 化性諸世間
種種業莊嚴 變化藏嚴飾 究竟菩薩行
隨世諸行業 種種雜無量 化是虛妄法
出生化虛妄 菩薩所行法 皆悉離虛妄
化智海決定 化印印世間 化非生非滅
智慧亦如是 第十忍明觀 清淨如虛空
虛空衆生法 等觀無別異 智滿如虛空
除滅諸障礙 虛空性無雜 世間亦如是
成就空忍力 如空不可盡 境界如虛空

不取虛妄相　虛空無自性　虛空不可斷
虛空無種種　智力亦如是　譬如虛空性
無有初中後　虛空無異性　智慧亦如是
如是正觀法　皆悉如虛空　無生亦無滅
平等觀諸法　安住虛空法　廣為十方說
虛空方便忍　調伏一切魔　虛空無自性
世間亦如是　有性無性法　平等如虛空
一方便莊嚴　觀世間虛空　悉知三世法
猶如虛空性　菩薩智慧身　音聲如虛空
身性亦虛空　安住虛空智　是名十種忍
佛子具足行　心安住忍力　廣為十方說
真佛子善學　超成智慧力　法力定智力
隨順修菩提　深入此忍門　成就無礙智
調伏一切惡　轉無上法輪　安住無量住
一切莫能知　調御師智海　菩薩盡源底
謙下行菩提　得此深法忍　妙法清淨意
悉滿一切願　一切眾生類　諸佛剎微塵
悉可筭其數　菩薩德難知　若有真佛子
成此十種忍　一切諸眾生　無能知境界

心王菩薩問阿僧祇品第二十五

爾時心王菩薩白佛言世尊所謂阿僧祇不可量無分齊無周遍不可數不可稱量不可思議不可說不可說不可說世尊云何阿僧祇乃至不可說不可說耶佛告心王菩薩言善哉善哉善男子饒益眾生故乃能問此如來應供等正覺佛智境界甚深之義善男子汝今諦聽我當說之爾時心王菩薩白佛言世尊唯然善聽佛告心王菩薩言百千百千名一拘梨拘梨拘梨名一不變不變不變名一那由他那由他那由他名一鞞婆邏鞞婆

邏鞞婆邏名一作作作名一來來來名一勝勝勝名一復次復次復次名一阿婆邏阿婆邏阿婆邏名一得勝得勝得勝名一分界分界分界名一充滿充滿充滿名一量量量名一解解解名一此解此解此解名一離欲離欲離欲名一捨捨捨名一聚聚聚名一通通通名一頻申頻申頻申名一網網網名一衆流衆流衆流名一出出出名一分分分名一分別分別分別名一稱稱稱名一持持持名一不顛倒不顛倒不顛倒名一不牖不牖不牖名一正正正名一慧慧慧名一第一第一第一名一覺覺覺名一毗遮妬毗遮妬毗遮妬名一極高極高極高名一妙妙妙名一羅婆羅婆羅婆名一訶梨婆訶梨婆訶梨婆名一解脫解脫解脫名一黃黃黃名一訶梨那訶梨那訶梨那名一因因因名一賢覺賢覺賢覺名一明相明相明相名一摩樓陀摩樓陀摩樓陀名一忍忍忍名一枝枝枝名一摩樓摩摩樓摩摩樓摩名一等等等名一離疑離疑離疑名一種種種名一不放逸不放逸不放逸名一摩多羅摩多羅摩多羅名一動動動名一到到到名一說說說名一白白白名一了別了別了別名一究竟究竟究竟名一清涼清涼清涼名一阿羅阿羅阿羅名一潮潮潮名一油油油名一秖邏秖邏秖邏名一味味味名一泥邏泥邏泥邏名一戲戲戲名一斯羅斯羅斯羅名一聚沫聚沫聚沫名一彌羅彌羅彌羅名一堅固堅固堅固名一風風風名一滿滿滿名一不可稱量不可稱量不可稱量名一根根根名一微細微細微

細名一蓮華蓮華蓮華名一摩伽婆摩伽婆摩伽婆名一不可度不可度不可度名一醯樓醯樓醯樓名一語語語名一劫劫劫名一婆婆婆婆婆婆名一間間間名一無間無間無間名一離垢離垢離垢名一實勝實勝實勝名一彌羅覆彌羅覆彌羅覆名一遮摩羅遮摩羅遮摩羅名一法法法名一波羅摩馱波羅摩馱波羅摩馱名一決定決定決定名一流轉流轉流轉名一廣說廣說廣說名一無盡無盡無盡名一等眞實等眞實等眞實名一無我無我無我名一阿槃陀阿槃陀阿槃陀名一青蓮華青蓮華青蓮華名一數數數名一趣趣趣名一受受受名一阿僧祇阿僧祇阿僧祇名一阿僧祇轉阿僧祇轉阿僧祇轉名一無量無量無量名一無量轉無量轉無量轉名一無分齊無分齊無分齊名一無分齊轉無分齊轉無分齊轉名一無周遍無周遍無周遍名一無周遍轉無周遍轉無周遍轉名一無數無數無數名一無數轉無數轉無數轉名一不可稱不可稱不可稱名一不可稱轉不可稱轉不可稱轉名一不可思議不可思議不可思議名一不可思議轉不可思議轉不可思議轉名一不可量不可量不可量名一不可量轉不可量轉不可量轉名一不可說不可說不可說名一不可說轉不可說轉不可說轉名一不可說轉轉爾時世尊爲心王菩薩以偈頌曰

不可言說不可說　充滿一切不可說
不可言說諸劫中　說不可說不可盡
不可言說諸佛刹　皆悉盡末爲微塵

悉於一一微塵中　演說一切不可說
悉能善於一念中　說不可說諸世界
不可稱說諸劫中　念念次第而演說
不可說劫猶可盡　而不可說不可盡
悉於一一微塵中　分別演說不可說
不可說劫猶可盡　而不可說不可盡
不可言說微塵中　悉有不可說衆生
皆共讚歎普賢德　猶尚不能令窮盡
設使一微毛端處　有不可說諸普賢
彼諸一切普賢等　說不可說不能盡
如一微細毛端處　十方世界亦如是
於彼一一毛端處　置不可說諸佛刹
毛端能量虛空盡　而說佛刹不可盡
於彼一一毛道中　種種無量諸佛刹
有同類者不可說　亦有異類不可說

於彼一一毛道中　有不可說淨佛刹
以不可說莊嚴具　莊嚴彼彼諸佛刹
於彼一一毛道中　演出名身不可說
於彼一一諸名身　廣宣無量諸佛名
一一如來自身中　變化毛孔不可說
於彼一一毛孔中　出生異色不可說
於彼一一異色中　放妙光明不可說
於彼一一光明中　出寶蓮華不可說
於彼一一寶蓮華　各有寶葉不可說
於彼一一寶華葉　有微妙色不可說
於彼一一妙色中　出生蓮華不可說
於彼一一蓮華中　各放光明不可說
於彼一一光明中　出生淨月不可說
於彼一一諸月中　復出淨月不可說
於彼一一淨月中　出淨光明不可說

於彼一一光明中　出不可說明淨日
於彼一一諸日中　出不可說淨妙色
於彼一一妙色中　出不可說淨光明
於彼淨妙光明中　出不可說師子座
不可言說莊嚴具　出不可說淨光明
於彼一一光明中　出不可說異妙色
於彼一一妙色中　出不可說明淨寶
於彼一一明淨寶　出不可說不可說
金剛寶藏如須彌　清淨具足而莊嚴
於彼一一須彌中　有不可說不可說
微妙殊特諸佛剎　清淨具足而莊嚴
如此一寶須彌山　一切須彌亦如是
悉有無量不可說　具足清淨諸佛剎
是不可說不可說　皆悉分別不可說
攝取不可言說轉　出生光明不可說
於彼一一光明中　出生諸佛不可說
彼諸一切如來等　說不可說清淨偈
彼偈悉於念念中　說不可說真實諦
小現一切未來際　如來智慧無窮盡
彼諸一一如來等　出不可說梵音聲
於彼一一梵音中　轉不可說淨法輪
於彼一一法輪中　雨不可說修多羅
於彼一一修多羅　分別諸法不可說
於彼一一諸法中　又說諸法不可說
又復於彼諸法中　說衆生依不可說
又於一一毛道中　不可說劫說正法
如彼一微毛端處　一切十方亦如是
不可稱說無礙心　變化諸佛不可說
彼諸一一化如來　所出變化不可說
彼諸一切所變化　遍遊佛剎不可說

不可稱說變化身　種種妙色而莊嚴
彼不可說佛世界　分別一切諸衆生
清淨一切衆生類　度脫一切諸群生
莊嚴莊嚴不可說　成就神力不可說
清淨自在不可說　應現衆生不可說
神力自在不可說　智慧境界不可說
不可稱說神力持　普轉世間令清淨
不可說淨方便法　說修多羅不可說
於彼一一修多羅　攝諸佛法不可說
於彼一一淨法中　復說淨法不可說
於彼一一諸法中　說不可說決定法
於彼一一決定中　說不可說衆生依
不可稱說種類法　不可稱說種類心
不可稱說非類法　不可稱說非類心
不可稱說非類根　不可稱說非類語
彼悉能於念念中　調伏衆生不可說
不可稱說自在力　應現衆生不可說
彼不可說應化時　或有同類不同類
菩薩皆悉分別知　諸明筭者不能數
菩薩於一毛端處　安置佛刹不可說
或有微細或廣狹　淨穢無量不可說
於彼一一佛刹中　復有佛刹不可說
菩薩皆悉分別知　如是佛刹不可說
一毛端處無量刹　而於其中不迫迮
微小毛端亦不大　悉容彌廣諸佛刹
不令佛刹有雜亂　形相如本而無異
一佛刹有無量刹　一切佛刹亦如是
一毛端處悉容受　如虛空等無量刹
佛刹形相不可說　一毛端處各殊別
入於一毫毛道中　次第悉入不可說

毛道攝取不可說　毛道亦無究竟滿
次第劫入不可說　常能攝取不可說
種種方便不可說　度脫衆生不可說
具足攝取是方便　境界無量不可說
菩薩深入不可說　是名深入不可說
意根深廣不可說　遍遊諸方不可說
勇猛精進不可說　具足自在不可說
彼諸大願不可說　所得功德不可說
彼諸境界不可說　能究竟度不可說
菩薩身業不可說　口業清淨不可說
意業清淨不可說　清淨解脫不可說
清淨智慧不可說　微妙奇特不可說
方便深入不可說　除滅疑惑不可說
勇猛精進不可說　深入正法不可說
甚深三昧不可說　究竟彼岸不可說

一切衆生不可說　一切佛刹不可說
諸衆生身不可說　衆生悕望不可說
彼諸業報不可說　知衆生欲不可說
知衆生性不可說　分別衆生不可說
彼應化時不可說　隨所出處不可說
隨方便道不可說　彼諸出者不可說
無上智慧不可說　彼方便道不可說
彼諸所說不可說　一切轉時不可說
如是成就大慈悲　饒益一切諸世間
應現色像不可說　遊諸佛刹不可說
菩薩智慧甚明淨　覲十方佛不可說
所問正法不可說　諸佛應答不可說
應現色像不可說　遊行諸方不可說
往詣佛所不可說　示現自在不可說
以不可說諸色像　詣不可說如來所

以不可說供養具　供不可說諸如來
不可稱說清淨寶　不可稱說衆寶華
不可稱說妙華鬘　供不可說諸最勝
彼深信心不可說　清淨解脫不可說
正直悕望不可說　恭敬供養一切佛
成就施心不可說　過去施心不可說
修行布施不可說　內外悉施不可說
禁戒清淨不可說　信心清淨不可說
讚歎最勝不可說　生妙法愛不可說
具足諸忍不可說　深解無生不可說
成就寂滅不可說　住寂滅地不可說
具足精進不可說　過去妙心不可說
不退轉心不可說　忍辱之心不可說
一切禪藏不可說　觀察諸法不可說
寂靜定意不可說　了知諸禪不可說
波羅蜜慧不可說　成就三昧不可說
決定解法不可說　究竟諸佛不可說
菩薩行門不可說　具足諸願不可說
智慧境界不可說　清淨法門不可說
彼諸法力不可說　清淨住法不可說
菩薩正念不可說　彼諸法界不可說
修行智慧不可說　善學智慧不可說
彼智慧身不可說　住持智慧不可說
彼淨法輪不可說　彼法智慧不可說
彼妙法雲不可說　彼妙法雨不可說
彼諸神力不可說　解方便法不可說
彼悉能於念念中　解深法界不可說
成就迴向不可說　於念念中遍遊行
諸佛剎海不可說　所詣諸佛不可說
分別佛剎不可說　種種莊嚴不可說

莊嚴清淨不可說　微妙淨色不可說
種種雜色不可說　衆莊嚴具不可說
清淨佛刹不可說　垢穢佛刹不可說
深入衆生不可說　衆生諸界不可說
彼諸業報不可說　衆生所行不可說
種種諸根不可說　衆生虛妄不可說
衆生諸性不可說　衆生欲樂不可說
衆生威儀不可說　衆生煩惱不可說
衆生清淨不可說　調伏衆生不可說
菩薩神力不可說　所變化身不可說
隨順諸行不可說　度脫衆生不可說
示現自在不可說　放大光明不可說
光明妙色不可說　令衆生淨不可說
彼於一一毛端中　放光明網不可說
光明網色不可說　普照佛刹不可說
勇猛精進不可說　成就無畏不可說
寂靜三昧不可說　調伏世間不可說
清淨身業不可說　清淨口業不可說
意業無量不可說　清淨勝行不可說
成就智寶不可說　深入法界不可說
諸陀羅尼不可說　菩薩善學不可說
音聲清淨不可說　智慧知音不可說
眞實正念不可說　持衆生語不可說
菩薩所行不可說　正覺清淨不可說
離衆恐怖不可說　調伏世間不可說
不可稱說眞佛子　彼清淨行不可說
讚歎佛子不可說　欲究竟盡不可說
不可稱說諸導師　讚歎菩薩不可說
彼諸菩薩不可說　清淨功德不可說
彼諸分齊不可說　隨彼所住不可說

隨住智慧不可說　不可說劫不能說
樂見諸佛不可說　長養智慧不可說
永度正法不可說　離礙正法不可說
正觀三世不可說　三世智慧不可說
彼所稱量不可說　出生智慧不可說
菩薩勝行不可說　種種所願不可說
清淨所願不可說　具足菩提不可說
諸佛菩提不可說　彼起智慧不可說
分別眞實不可說　知一切法不可說
清淨佛刹不可說　所行諸力不可說
彼所修習不可說　一念開悟不可說
廣說正法不可說　諸佛自在不可說
踴躍歡喜不可說　示現世間不可說
轉妙法輪不可說　離衆怖畏不可說
所說正法不可說　度脫衆生不可說
不可稱說一切劫　讚歎菩薩諸功德
彼諸大劫猶可盡　讚歎功德不可盡
不可稱說諸如來　各有無量清淨根
不可說劫常讚歎　如來功德猶不盡
一切十方諸衆生　皆悉一時成正覺
彼諸正覺一一有　不可稱說淨妙身
彼淨妙身一一有　不可稱說如來頭
彼如來頭一一有　不可稱說廣長舌
彼廣長舌一一有　無量清淨妙音聲
以彼一一妙音聲　不可說劫讚歎佛
不可稱說一切劫　宣揚讚歎佛功德
不可說劫猶可盡　歎佛功德無窮盡
若於一小微塵中　有諸佛刹不可說
於彼一一佛刹中　各有賢首不可說
彼此修習不可說　一念開悟不可說

賢首如來佛剎中　復有佛剎不可說
一切法界無有餘　其中所有諸微塵
於彼一一微塵中　佛剎成敗不可說
於彼一一微塵中　安置佛剎不可說
復置剎海不可說　分別方類不可說
於彼一一佛剎中　不可稱說諸如來
彼諸如來所壽命　不可稱說諸大劫
諸佛所行不可說　微妙正法不可說
威神道力不可說　離障礙智不可說
微妙智慧不可說　境界甚深不可說
十力功德不可說　佛覺菩提不可說
清淨深入不可說　清淨法界不可說
彼智慧藏不可說　分別功德不可說
菩薩究竟正隨順　具足迴向不可說
分別無量諸迴向　迴向一切諸導師
不可稱說諸大劫　一心正受諸三昧
於不可說諸佛所　所行清淨不可說
得不可說無礙心　悉遍遊行十方界
所修行業不可說　神力應現不可說
分別佛剎不可說　諸佛現前不可說
勇猛精進不可說　究竟智慧不可說
未曾離於一坐處　而能遍遊十方界
不可稱說諸大劫　遍遊十方諸佛剎
智慧方便不可說　如實智慧不可說
轉淨智慧不可說　念念示現不可說
於諸一一語言中　解佛智慧不可說
或於一時覺菩提　或種種時覺菩提
入諸毛端不可說　入諸微細不可說
殊特勝性不可說　見諸如來不可說
一一方便不可說　隨順善入諸佛性

諸佛刹性不可說　悉能隨順入菩提
不壞法界不可說　佛衆生刹不可說
三世所攝不可說　菩薩究竟不可說

大方廣佛華嚴經卷第三十

音釋

鞞駢迷切　醯馨兮切

大方廣佛華嚴經卷第三十一

東晉天竺三藏佛陀跋陀羅等譯

壽命品第二十六

爾時心王菩薩摩訶薩告諸菩薩言佛子如此娑婆世界釋迦牟尼佛刹一劫於安樂世界阿彌陀佛刹爲一日一夜安樂世界一劫於聖服幢世界金剛如來佛刹爲一日一夜聖服幢世界一劫於不退轉音聲輪世界善樂光明清淨開敷佛刹爲一日一夜不退轉音聲輪世界一劫於離垢世界法幢佛刹爲一日一夜離垢世界一劫於善燈世界師子佛刹爲一日一夜善燈世界一劫於善光明世界盧舍那藏佛刹爲一日一夜善光明世界一劫於超出世界法光明清淨開敷蓮華爲刹爲一日一夜超出世界一劫於莊嚴慧世界一切光明佛刹爲一日一夜莊嚴慧世界一劫於鏡光明世界覺月佛刹爲一日一夜佛子如是次第乃至百萬阿僧祇世界最後世界一劫於勝蓮華世界賢首佛刹爲一日一夜普賢菩薩等諸大菩薩充滿其中

菩薩住處品第二十七

爾時心王菩薩摩訶薩復告諸菩薩言佛子東方有菩薩住處名仙人起山過去諸菩薩常於中住彼現有菩薩名金剛勝於其中止有三百菩薩眷屬常爲説法南方有菩薩住處名勝樓閣山過去諸菩薩常於中住彼現有菩薩名法慧有五百菩薩眷屬常爲説法西方有菩薩住處名金剛光山過去諸菩薩常於中住彼現有菩薩名無畏師子行有三百菩薩眷屬常爲説法北方有菩薩住處名

香聚山過去諸菩薩常於中住彼現有菩薩名香象有三千菩薩眷屬常爲說法東北方有菩薩住處名清凉山過去諸菩薩常於中住彼現有菩薩名文殊師利有一萬菩薩眷屬常爲說法東南方有菩薩住處名枝堅固過去諸菩薩常於中住彼現有菩薩名天冠有一千菩薩眷屬常爲說法西南方有菩薩住處名樹提光明山過去諸菩薩常於中住彼現有菩薩名賢首有三千菩薩眷屬常爲說法西北方有菩薩住處名香風山過去諸菩薩常於中住彼現有菩薩名香光明有五千菩薩眷屬常爲說法四大海中有菩薩住處名枳怛過去諸菩薩常於中住彼現有菩薩名曇無竭有萬二千菩薩眷屬常爲說法海中有菩薩住處名功德莊嚴窟過去諸菩薩常於中住毗舍離城南有菩薩住處名善住過去諸菩薩常於中住巴連弗邑有菩薩住處名金燈僧伽藍過去諸菩薩常於中住摩偷羅國有菩薩住處名長養功德過去諸菩薩常於中住拘陳那耶國有菩薩住處名法座過去諸菩薩常於中住清淨彼岸國有菩薩住處名牟眞隣陀功德過去諸菩薩常於中住風地内有菩薩住處名無礙龍王所造過去諸菩薩常於中住甘菩國有菩薩住處名最上慈過去諸菩薩常於中住眞旦國土有菩薩住處名那羅延山過去諸菩薩常於中住邊夷國土有菩薩住處名牛頭山過去諸菩薩常於中住罽賓國土有菩薩住處名鬱提尸山過去諸菩薩常於中住難提拔檀那城有菩薩住處名梯羅浮呵過去諸菩

薩常於中住菴浮梨摩國有菩薩住處名正治邪曲過去諸菩薩常於中住乹陀羅國有菩薩住處名寂靜窟過去諸菩薩常於中住

佛不思議法品第二十八之一

爾時諸菩薩大會中有諸菩薩作如是念諸佛刹土不可思議諸佛淨願不可思議諸佛種性不可思議諸佛出世不可思議諸佛法身不可思議諸佛音聲不可思議諸佛智慧不可思議諸佛神力自在不可思議諸佛無礙住不可思議諸佛解脫不可思議爾時世尊知諸菩薩心之所念即與青蓮華菩薩佛神力佛智佛辯佛功德佛無畏充滿其身究竟一切諸佛法界與佛神力境界無障礙行分別一切如來種性與不可數諸佛方便爾時青蓮華菩薩摩訶薩即入甚深無礙法界一切無礙法門修菩薩行成就普賢菩薩所願隨順一切佛以大莊嚴而自莊嚴大悲普觀一切衆生欲令清淨於一念中出生如來無量大智成就如來無盡智門成就一切諸陀羅尼諸辯光明普照一切爾時青蓮華菩薩承佛神力告蓮華藏菩薩言佛子諸佛有無量無數清淨妙住諸佛安住無量自在諸佛於一切事未曾失時一切諸佛悉皆平等轉淨法輪諸佛四辯說無窮盡一切佛法不可思議一切諸佛清淨音聲無所不至一切諸佛悉能分別無量法界一切諸佛光明普照一切諸佛所說皆入甚深法界佛子一切諸佛有十種法界無量無邊何等爲十一切諸佛色身清淨無量無邊超出世間一切諸佛無礙眼無量無邊清淨平等覺一切法一

切諸佛無礙耳無量無邊分別一切衆生音聲一切諸佛鼻入無量無邊清淨究竟一切佛自在到於彼岸一切諸佛廣長舌相無量無邊出妙音聲普聞法界一切諸佛身業無量無邊隨應衆生現如來身一切諸佛意業無量無邊三世無礙法身清淨不可破壞一切諸佛無礙解脫法門無量無邊示現無盡神力自在一切諸佛於一切世界莊嚴佛刹無量無邊以應衆生一切諸佛無量無邊諸菩薩行及諸勝願自在神力皆悉滿足悉能覺悟諸佛正法佛子是爲一切諸佛十種法界無量無邊佛子一切諸佛於念念中悉能出生十無盡智何等爲十於一念中悉現一切世界從兜率天命終於一念中悉現一切世界菩薩出生於一念中悉現一切世界菩薩出家於一念中悉現一切世界往詣道場菩提樹下成等正覺於一念中示現一切世界轉淨法輪於一念中悉現一切世界隨應化導一切衆生悉令解脫於一念中悉於一切世界現莊嚴身隨應衆生於一念中悉現一切世界種種莊嚴無數莊嚴如來自在一切智藏於一念中悉現一切世界清淨衆生於一念中遍一切世界悉現三世一切諸佛於一念中爲種種諸根精進欲性故顯現三世諸佛種性成等正覺開導衆生佛子是爲一切諸佛於念念中生十種智佛子一切諸佛有十種未曾失時何等爲十一切諸佛成等正覺未曾失時一切諸佛善根業報未曾失時一切諸佛授菩薩記未曾失時一切諸佛隨應衆生示現神力未曾失時一切諸佛

現如來身未曾失時一切諸佛悉行於捨未曾失時一切諸佛入城聚落未曾失時一切諸佛攝取歡喜衆生未曾失時一切諸佛於難化衆生而放捨之爲調伏故未曾失時一切諸佛示現不可思議自在神力未曾失時佛子是爲一切諸佛十種未曾失時佛子一切諸佛有十種不可譬喩不可思議境界何等爲十一跏趺坐遍滿十方一切世界一發言音悉能演說一切佛法放一光明悉能普照一切世界一身悉能現一切身不離本處悉遍示現一切世間決定一法悉於諸法無所罣礙於一念中悉能充滿無餘世界於一念中悉能示現諸佛功德於一念中悉能示現一切三世佛教化一切衆生而不捨離諸佛寂滅無二三昧佛子是爲一切諸佛十種不可譬喩不可思議境界佛子一切諸佛有十種出生住持智慧何等爲十一切諸法無所趣向而能出生清淨願智一切諸法無身而能出生法身智慧一切諸法悉無有二而生正覺悟一切法一切諸法悉無有我無有衆生而能出生化衆生智一切諸法悉無有相而能出生種種相智一切世界悉無成敗而能出生世成敗智一切諸法無有造者而能出生業報智慧一切諸法無可言說而能出生說法界智一切諸法無有垢淨而能出生垢淨智慧一切諸法無有生滅而能出生緣起智慧佛子是爲一切諸佛十種出生住持智慧佛子一切諸佛有十種無量內法何等爲十一切諸佛內身清淨隨順三世一切諸佛悉有三輪內法教化衆生一切諸佛悉

有内深智慧陀羅尼分別一切佛法一切諸佛皆悉内有四辯法輪於四衆中轉淨法輪一切諸佛皆悉内有大慈大悲悉能不捨一切衆生一切諸佛内常寂定善觀衆生未曾失時一切諸佛皆悉内有巧妙善根調伏衆生一切諸佛皆悉内有一切法界住無礙住一切諸佛内一念中悉能示現三世諸佛出興於世一切諸佛内有分別一切三世阿僧祇劫即是一日佛子是爲一切諸佛十種無量内法佛子一切諸佛有十種甚深大法何等爲十一切諸佛悉能壞散一切諸魔一切諸佛悉能降伏一切外道一切諸佛悉能應化一切衆生令其歡喜一切諸佛悉能往詣一切世界教化衆生一切諸佛悉分別知甚深法界一切諸佛以種種身遍諸世界而無異身一切諸佛一一音聲具四種辯未曾斷絶一切諸佛衆生見者皆令歡喜利益不虚一切諸佛一一毛孔次第出生一切世界微塵等佛未曾斷絶一切諸佛於一一微塵中示現一切世界微塵等佛刹種種莊嚴常轉法輪教化衆生未曾斷絶而微塵不大世界不小決定了知安住法界一切諸佛於一切法覺悟癡闇具足十力廣爲一切衆生說如實法除滅癡翳佛子是爲一切諸佛十種甚深大法佛子一切諸佛有十種功德離惡清淨何等爲十一切諸佛本來修習一切功德離惡清淨一切諸佛悉於三世如來家生離惡清淨一切諸佛於未來際心無所著離惡清淨一切諸佛不著一切三世諸法離惡清淨一切諸佛離種種虚妄以一莊嚴而自莊

嚴離惡清淨一切諸佛功德無盡安住法界等離惡清淨一切諸佛色身淨妙無量無邊普現十方一切世界教化衆生未曾失時離惡清淨一切諸佛住四無畏離諸恐怖於一切天人衆中大師子吼廣說諸法令衆歡喜離惡清淨不可說不可說劫中滅度諸佛若有衆生聞其名者得大果報如佛現在離惡清淨一切諸佛遠在不可說不可說世界中住若有衆生一心正念彼諸如來即現在前離惡清淨佛子是爲一切諸佛十種功德離惡清淨佛子一切諸佛有十種究竟清淨何等爲十一切諸佛諸願究竟清淨一切諸佛梵行禁戒究竟清淨一切諸佛悉得捨離優婆提究竟清淨一切諸佛佛刹究竟清淨一切諸佛眷屬究竟清淨一切諸佛種性究竟清淨一切諸佛色身相好究竟清淨一切諸佛法身究竟清淨一切諸佛無礙一切智身究竟清淨一切諸佛解脫所作已作永度彼岸究竟清淨佛子是爲一切諸佛十種究竟清淨佛子一切諸佛於一切世界一切時有十種佛事何等爲十一切諸佛若有衆生正憶念者即現在前一切諸佛常爲衆生說摩訶衍一切諸佛常能長養一切衆生無量善根一切諸佛若有衆生始離生死入正法位悉分別知一切諸佛不捨衆生敎化時會一切諸佛常遊一切世界無有障礙一切諸佛大悲常不捨離一切衆生一切諸佛所變化身常不斷絶一切諸佛自在神力未曾斷絶一切諸佛普常安住清淨法界悉爲衆生而廣演說佛子是爲一切諸佛於一切世界一

切時有十種佛事佛子一切諸佛有十種無盡方便智慧大海何等爲十一切諸佛法身無盡智慧大海一切諸佛功德無盡智慧大海一切諸佛佛眼境界無盡智慧大海一切諸佛不可思議善根無盡智慧大海一切諸佛行一切法無盡智慧大海一切諸佛雨甘露法無盡智慧大海一切諸佛讃歎諸佛功德無盡智慧大海一切諸佛本願諸行無盡智慧大海一切諸佛盡未來際爲一切衆生常作佛事未曾休息無有窮盡智慧大海一切諸佛知衆生心心所行無盡智慧大海一切諸佛出生一切智功德無盡智慧大海佛子是爲一切諸佛十種無盡方便智慧大海佛子一切諸佛有十種常法何等爲十一切諸佛常行一切諸波羅蜜一切諸佛於一切法常離愚癡一切諸佛常具大悲一切諸佛常具無量十力一切諸佛常轉無上法輪一切諸佛常度一切衆生一切諸佛常爲衆生成等正覺一切諸佛常應化度一切衆生一切諸佛常行正念不二之法一切諸佛常化衆生已示現涅槃諸佛境界無有邊際佛子是爲一切諸佛十種常法佛子一切諸佛有十種無量諸佛法門何等爲十一切諸佛悉說無量衆生界門一切諸佛悉說無量衆生種種行門一切諸佛悉說衆生無量諸業報門一切諸佛悉說無量方便度衆生門一切諸佛悉有無量淨衆生行門一切諸佛悉有無量教化一切菩薩安立菩薩行門一切諸佛悉說無量菩薩勝妙願門一切諸佛悉說無量世界諸成敗門一切諸佛悉說無量清

淨佛刹一切菩薩正希望門一切諸佛悉說無量一切世界去來現在諸佛無量劫中次第出世善分別此佛智慧門佛子是爲一切諸佛十種無量說佛法門佛子一切諸佛有十種法常爲衆生而作佛事何等爲十一切諸佛色身常爲衆生而作佛事一切諸佛音聲常爲衆生而作佛事一切諸佛受施常爲衆生而作佛事一切諸佛不受施常爲衆生而作佛事一切諸佛常以地水火風而作佛事一切諸佛神力住持境界常爲衆生而作佛事一切諸佛常以名號爲諸衆生而作佛事一切諸佛常以佛刹境界普爲衆生而作佛事一切諸佛常以清淨佛刹爲諸衆生而作佛事一切諸佛常以默然爲諸衆生而作佛事佛子是爲一切諸佛十種法常爲衆生而作佛事佛子一切諸佛有十種堅固士法何等爲十一切諸佛諸願堅固不可沮壞如說修行言行相應一切諸佛盡未來際劫修菩薩行功德莊嚴未曾恐怖一切諸佛爲化一衆生故悉詣不可說不可說世界而於一切世界教化衆生無有留難一切諸佛於信不信衆生大悲等觀而無有異一切諸佛從初發心乃至正覺於其中間未曾退失菩提之心一切諸佛修諸功德皆悉迴向一切種智不求世行一切諸佛於諸佛所隨順修學身口意業求離聲聞緣覺之心一向專求無上菩提所修功德皆悉迴向一切種智求無上道成等正覺一切諸佛平等普照無量無邊諸佛正法淨菩薩心究竟具足一切種智一切諸佛悉能捨離一切世樂不樂世間所

可願樂不著世間令一切衆生悉滅諸苦逮得寂滅平等快樂一切諸佛爲一切衆生故受無量苦皆欲建立諸佛種性悉令衆生樂求菩提超出生死得十力地佛子是爲一切諸佛有十種堅固士法佛子一切諸佛有十種佛無障礙住何等爲十一切諸佛悉能遍遊一切世界無障礙住一切諸佛悉能安住一切世界無障礙住一切諸佛於一切世界行住坐卧無障礙住一切諸佛於一切世界說法無障礙住一切諸佛於一切世界皆悉安住兜率陀天無障礙住一切諸佛於三世法界無障礙住一切諸佛眷屬充滿一切法界而爲說法無障礙住一切諸佛於一念中悉知一切衆生心心所行以三輪教化而調伏之無障礙住一切諸佛能以一身悉住一切諸佛不可思議法門無障礙住一切諸佛悉分別知一切衆生無障礙住一切諸佛悉能分別一切如來無障礙住佛子是爲一切諸佛十種無障礙住佛子一切諸佛有十種最勝無上莊嚴何等爲十一切諸佛悉有色身相好最勝無上莊嚴是爲一切諸佛最勝無上色身莊嚴一切諸佛悉有八種微妙音聲一一音聲悉有五百妙音眷屬不可稱數百千音聲以爲莊嚴無量無邊妙音聲教皆悉清淨普能演說一切諸佛正法義味悉離恐怖安住無畏大師子吼悉令一切法界一切衆生聞其音聲隨其本行種種善根皆令開解是爲一切諸佛最勝無上口業莊嚴一切諸佛悉有十力莊嚴意業開敷諸佛大三昧華十八不共莊嚴境界無所罣礙住法界

地悉得諸佛法之源底無餘法界皆悉莊嚴於一念中悉分別知三世一切法界一切衆生心心所行而無有餘是爲一切諸佛最勝無上意業莊嚴一切諸佛悉有最勝無上光明莊嚴皆悉普放大光明藏一一光明悉有無數妙光明網以爲眷屬普照一切諸佛世界除滅一切世間闇冥現佛出世作不退轉最勝佛事出生無量清淨法身是爲一切諸佛最勝無上光明莊嚴一切諸佛若微笑時悉於口中放不可數阿僧祇億那由他光各有種種無量不可思議色普照十方一切世界悉授無量無數阿僧祇衆生阿耨多羅三藐三菩提記是爲一切諸佛最勝無上普照一切離癡示現莊嚴一切諸佛悉有無量法身離癡清淨法界無量無邊遠離世間不染世間不著世間解世眞實行出世法斷語言道攝無言際離陰界入是爲一切諸佛最勝無上法身莊嚴一切諸佛悉有無量常妙光明普照十方一切世界不可說不可說諸雜妙色而莊嚴之普照世間無所障礙出生一切光明之藏是爲一切諸佛最勝無上常光莊嚴一切諸佛悉有無量妙色悅樂妙色清淨妙色隨應一切衆生妙色映蔽三界光明妙色究竟彼岸無上妙色是爲一切諸佛最勝無上無量妙色莊嚴一切諸佛自然清淨三世佛寶聖家中生離一切惡修行一切清淨勝法出生一切智如來種性清淨無礙是爲一切諸佛最勝無上清淨種性莊嚴一切諸佛大慈諸力莊嚴其身自然清淨遠離一切不善覺觀身行永息觀者無猒心淨解脫

大悲具足一切衆生第一福田無上受者哀愍衆生普令安立一切種智出生無量功德寶藏一切衆生長養善根智慧功德之藏是爲一切諸佛最勝無上大慈大悲究竟功德寶藏清淨莊嚴佛子是爲一切諸佛最勝無上十種莊嚴佛子一切諸佛有十種自在正法何等爲十一切諸佛於一切法隨意自在句身味身辯無窮盡說一切法而無障礙是爲一切諸佛自在正法一切諸佛隨應衆生化不失時隨其所願而爲說法未曾失時是爲一切諸佛自在正法一切諸佛悉能六種震動十方世界未曾惱亂於一衆生虛空等世界無量阿僧祇種種莊嚴或舉或下或合或散於一一世界一一處所衆生亦不惱亂衆生之心亦不令其生疑惑想是爲一切諸佛自在正法一切諸佛能以智慧受持一切世界種種莊嚴於一念中示現一切世界種種莊嚴不可數不可數阿僧祇劫歎莊嚴具而無窮盡永離一切世界染汙莊嚴世間一切佛剎是爲一切諸佛自在正法一切諸佛若見一衆生應受化者於不可數不可數阿僧祇劫結跏趺坐身不疲猒專念彼人未曾廢忘而不失時爲一衆生住持壽命盡未來際劫結跏趺坐身無疲猒念彼衆生未曾廢忘如一衆生一切衆生亦復如是是爲一切諸佛自在正法一切諸佛悉遍往詣一切世界諸如來所而無障礙一一方面各有法界等世界海一一方無量世界網法界等一切世界海於一念中悉能周遍轉妙法輪而無障礙是爲一切諸佛自在正法一切諸佛調

伏敎化一切衆生故於念念中成等正覺非不先覺諸佛正法亦不住學地而成正覺於諸佛法得無罣礙不捨自在神力無量智慧境界敎化衆生是爲一切諸佛自在正法一切諸佛能以眼入作耳入佛事能以耳入作鼻入佛事能以鼻入作舌入佛事能以舌入作身入佛事能以身入作意入佛事能以意入於一切世界種種境界世間境界出世間境界於一一境界能作佛事是爲一切諸佛自在正法一切諸佛於一毛孔悉能安置一切衆生一一衆生其身悉與不可說不可說諸佛刹等於彼衆生而不迫迮一一衆生悉壽無量阿僧祇劫普能遊行無量世界於諸世界見佛興世轉淨法輪宣暢演說無數法門廣說過去不可數法未來現在不可數法一切衆生行四威儀而不迫迮是爲一切諸佛自在正法一切諸佛於一念中現蓮華寶藏師子之座如來淨身與法界等處彼寶座成等正覺示現如來自在神力如一念中示現一如來成等正覺於一念中示現一切世界微塵數如來成等正覺亦復如是如一念中於一切念中亦復如是如蓮華寶藏師子之座示成正覺如是一切不可說不可說法界等清淨佛刹不可思議種種莊嚴世界種種境界不可說佛刹或有同相或有異相不可說阿僧祇劫說不能盡無量諸佛種種念種種時不可思議於一念中一切諸佛以少方便示現一切衆生亦復如是佛子是爲一切諸佛自在正法佛子一切諸佛具足十種不思議法已成等正覺何等爲十一切諸佛

一一妙相百福悉具成等正覺一切諸佛具足一切佛法成等正覺一切諸佛具諸善根成等正覺一切諸佛具足修習諸功德行成等正覺一切諸佛善知衆生諸根熟已成等正覺一切諸佛具足成就無壞勝法成等正覺一切諸佛具足嚴淨佛刹成等正覺一切諸佛具足一切種智成等正覺一切諸佛色身相好滿足見者不虛成等正覺一切諸佛悉具諸佛平等正法成等正覺一切諸佛悉具一切諸佛事已然後入於無餘涅槃佛子是爲一切諸佛滿足十種不思議法成等正覺佛子一切諸佛有十種巧妙方便何等爲十一切諸佛悉知諸法無有究竟而究竟說諸佛善根是爲一切諸佛巧妙方便一切諸佛了一切法悉無所見各不相知無縛無脫無取無集無具足無自在無究竟而一切佛於彼法中實知無異離衆垢汙於一切法悉得自在於無取法中不壞實際善究竟學大自在地見一切法界覺悟一切智是爲一切諸佛巧妙方便一切諸佛離諸相際不住一切相而分別知一切諸相亦不亂自性一切諸性無有自性而能示現阿僧祇清淨色身種種嚴淨佛刹妙相佛一切知具足智身明淨智燈除滅癡闇普能示現一切衆生是爲一切諸佛巧妙方便一切諸佛知衆生際非過去非未來非現在法界亦非去來現在如如實性捨離虛妄而能演說三世諸佛見一切佛平等境界是爲一切諸佛巧妙方便一切諸佛身口意業無所造作究竟無住離諸數法到於彼岸而出生無量功德寶藏分別

演說世間出世間法具足成就無礙智慧示現無量自在神力度脫一切法界等衆生是爲一切諸佛巧妙方便一切諸佛悉知一切法無知無見非一非異非相非無相非莊嚴非不莊嚴一切諸法皆無自性不生不滅而於所有無所有法中亦不壞世間法相一切知人見人示現勝妙智慧自在廣說一切諸法而於如如亦不求滅是爲一切諸佛巧妙方便一切諸佛能於一時皆悉分別知一切時不捨離生平等正法一切時中皆所不攝非晝非夜非半月非一月非一歲非百歲非劫成非劫敗非時不離時而於無量時轉淨法輪或須臾時或於晝初中後時或於夜初中後時或於七日一月一歲百歲乃至不可思議阿僧祇劫時乃至盡未來際劫一切時中轉淨法輪未曾暫息是爲一切諸佛巧妙方便一切諸佛知一切法界非時不離時一切諸佛具足成就無量無畏具足成就不可數辯不可量辯不可盡辯不可壞辯無邊辯不共辯無窮盡辯眞實辯方便分別演說一切句身味身辯一切法辯隨性隨根隨行廣說諸法不可說不可說億那由他修多羅彼諸一一修多羅初中後善究竟善說是爲一切諸佛巧妙方便一切諸佛正覺法界無名無性無三世名無衆生名無法名無非法名無功德名無非功德名無菩薩名無佛名無數名無非數名無生名無滅名非有名非無名非一名非種種名一切諸法自性無言無方無處捨離音聲言語道斷究竟彼岸離虛妄境界修無形法除滅一切覺觀虛妄不著

一切世間語言而能出生一切諸法句身味身是爲一切諸佛巧妙方便一切諸佛知一切法不生無有受者知色不生受想行識不生一切諸法皆悉寂滅無入界法界無所有而亦不壞一切法相一切諸法無有起者悉如虛空一切法寂滅無有業報無所學無成就無數無非數非有非無非生非滅非垢非淨無來無去亦無有住無衆生非無衆生亦無教化無命非無命無因緣非無因緣無緣起非無緣起而善分別正定邪定不定衆生成就十力四無所畏一切種智於大衆中大師子吼如來境界是爲一切諸佛巧妙方便佛子是爲一切諸佛十種巧妙方便

大方廣佛華嚴經卷第三十一

音釋

枳怛 枳居紙切怛丁割切

罽賓 梵語也此云賤種西域國名罽居刈切

罣 古賣切罥也

翳 於計切蔽也

沮 慈呂切過也

大方廣佛華嚴經卷第三十二

東晉天竺三藏佛陀跋陀羅等譯

佛不思議法品第二十八之二

佛子一切諸佛有十種佛事無量無邊不可思議一切天人不能稱量三世一切聲聞緣覺所不能說除佛神力何等爲十一切諸佛於無量無邊虛空法界等一切世界兜率天上修菩薩行而作佛事無量妙色無量功德無量光明無量音聲無量清淨音聲無量三昧無量智慧境界攝取天人魔梵沙門婆羅門阿修羅等一切世間大慈境界無礙大悲安樂攝取衆生或令生天或令長養諸功德力或令諸根清淨或調伏其心攝取衆生或以清淨諸乘攝取衆生或以滿足大乘攝取衆生或離生死攝取衆生是爲一切諸佛第一佛事一切諸佛從兜率天降神母胎修菩薩行觀諸有生如幻如化如電如夢如虛空如燄離一切諍修眞實智離欲清淨具足大莊嚴藏於最後生而作佛事安處妙寶莊嚴樓閣而作佛事或以神力而作佛事或以正念而作佛事或以示現大自在藏而作佛事或以圓滿慧日而作佛事或以具足如來廣大境界而作佛事或以化滿無量無邊世界諸佛而作佛事或入無量無邊諸大三昧而作佛事或復從彼諸三昧起而作佛事或從初發心而作佛事乃至無餘涅槃而作佛事此第二地究竟示現一切世間或初生時一切世間而作佛事或童子時一切世間而作佛事或菩薩時一切世間而作佛事或出家時或成佛時或轉法輪時一切世間而作佛

事種種方便於一切無餘世界而作佛事一切方便而作佛事一切佛刹而作佛事一切業報而作佛事或作一切無餘衆生而作佛事於一切生死中變化正念法門而作佛事佛子是爲一切諸佛第二佛事一切諸佛爲菩薩時於王宫中成就一切清淨勝業善能分别知一切生隨順衆生現處王宫欲令一切善根具足而不著一切色離一切聲觀一切有皆悉寂滅甚深智慧入一切境界持一切戒清淨滿足大悲觀察内諸眷屬大慈觀察衆生空寂大喜觀察世無可樂大捨觀察心得自在隨意能轉究竟一切智諸妙功德出生法身與法界等清淨滿足而無染著令一切眷屬皆悉清淨廣能爲彼如應説法令猒世間能説一切世間音聲隨彼所行示現

果報出生無量種種方便隨其所應調伏教化善根未熟悉令成熟已成熟者令得解脱示現無量不退佛事廣説種種法門令無量衆生心得清淨與大悲重雲普雨無量甘露法雨大慈平等三輪示現教化衆生雖處王宫而普示現一切佛事於一切世界示現佛事出生無礙諸佛神通具足三種巧方便業身口二業究竟清淨意業甚深究竟無礙得巧方便饒益衆生佛子是爲一切諸佛第三佛事佛子一切諸佛世間珍玩種種寶物悉能眩惑動轉人心菩薩悉棄捨家出家示現世間欲令衆生不著世間解知磨滅皆悉非常捨離貪愛行清淨法饒益衆生得出家利示現世間捨離俗服修無諍法滿足本願無量功德皆悉圓滿智慧具足除世愚癡示現

衆生無上福田若有衆生於佛福田種善根者讚歎其人悉已具足一切功德甚深智慧了眞實義悉令衆生得清淨樂永離諸惡清淨法門廣爲衆生說正法門超出生死爲欲建立一切智幢故捨家出家佛子是爲一切諸佛第四佛事一切諸佛修無量行一向專求薩婆若坐於道場菩提樹下成等正覺達一切法壞散衆魔不可破壞法身之藏悉能充滿一切法界離一切相究竟無盡具足成就無量法門於一切智境界自在隨順其義積集成滿一切種智功德莊嚴一切寶座遍一切刹諸大菩薩悉處其座成就菩薩無上衆行具足菩薩殊勝大願一切菩薩常所敬念爲諸菩薩轉深法輪無量佛境界攝取諸菩薩修習莊嚴諸菩薩行令菩薩衆皆悉清淨一切世間諸佛境界令一切衆生修習善根不可破壞一切善根出眞實地安住無量菩薩行地具足一切勝妙功德悉分別知一切世界一切衆生一切佛刹一切諸法一切菩薩一切成熟一切三世一切敎化一切佛自在覺一切衆生性而作佛事佛子是爲一切諸佛第五佛事一切諸佛轉妙法輪不退轉故無量法輪一切世間知故一切覺法輪無畏大師子吼故知一切法藏法輪開示顯現明淨法門滅癡闇故無著法輪智慧等虛空故無礙法輪觀一切法非有無故一切世間燈法輪淨一切衆生法眼故示現一切智法輪充滿三世一切世間故一切諸佛同一法輪一切佛法不相違故如是等無量阿僧祇法輪隨所應轉施作佛事不可思議佛子

是爲一切諸佛第六佛事一切諸佛若入聚落城邑大王都城能爲衆生施作佛事或入人王都城或入天王龍王夜叉乾闥婆阿脩羅迦樓羅緊那羅摩睺羅伽羅刹毗舍遮王入如是等一切諸王都城時能爲衆生而作佛事所謂入城門時一切大地六種震動光明普照盲者得視聾者得聽狂者得正裸者得衣苦者得樂一切樂器不鼓自鳴諸莊嚴具自然演出微妙音聲如是等物亦自然出微妙音聲一切諸佛色身清淨見者無猒普爲衆生而作佛事一切諸佛相好莊嚴普爲衆生而作佛事一切諸佛視瞻安庠不曾卒疾觀察諸方不失威儀於一切境界諸根寂定攝心不亂直趣涅槃普爲衆生而作佛事一切諸佛行四威儀普爲衆生而作佛事一切諸佛或以說法或以默然普爲衆生而作佛事一切諸佛或以神足說法教戒普爲衆生而作佛事一切諸佛爲一切世界海中種種衆生海修大善根念佛三昧行菩薩行觀察諸佛無有猒足或說佛興難可值遇見如來已出生無量一切善法修習功德行諸佛行佛出世間令衆生淨讚歎諸佛無量功德長養未來諸佛種性修一切善根令諸佛歡喜解知如來無量妙色隨所應化普能現前令不可思議衆生於諸佛刹得見如來一切諸佛以如是等無量善根普爲衆生而作佛事彼諸衆生或有見佛歡喜或有禮拜或有合掌或有讚歎或有請佛或有受施或見佛微笑或有念佛或見佛悅樂普爲衆生而作佛事一切諸佛能以無量種種色身示現衆

生而作佛事一切諸佛以妙音聲普爲衆生而作佛事一切諸佛以如是等無量無數不思議事普爲衆生而作佛事於一切世界中一一衆生悉教化之令不退轉大悲充滿不捨本願具足成就一切智力隨所應化悉令調伏佛子是爲一切諸佛第七佛事一切諸佛或住阿練若處或寂靜處或離欲處而作佛事或住佛住而作佛事或住大三昧而作佛事或住獨處而作佛事或不現身而作佛事或住深智而作佛事或住不可稱量諸佛境界而作佛事或隨所應而作佛事或以天身境界而作佛事或以龍迦樓羅緊那羅摩睺羅伽羅刹人非人等一切境界而作佛事或以聲聞緣覺菩薩境界而作佛事或以說法而作佛事或以默然而作佛事或說世間有一佛而作佛事或說世有一切諸佛而作佛事或說一切菩薩無量願無量行爲一而作佛事或說一行一願爲無量而作佛事或說世間境界爲如來境界或說如來境界爲世間境界或說非境界爲如來境界而作佛事或住一日或住一夜或住半月一月一歲乃至住無量無數阿僧祇劫而作佛事佛子是爲一切諸佛第八佛事一切諸佛即是無盡功德之藏能令衆生發深信心具足清淨隨其所應悉能化度諸根具足調伏衆生悉令歡喜化一切衆生以眞實道覺悟一切諸菩薩衆未發菩提心者皆令發心已發心者令具智慧悟不由他或現涅槃而作佛事或現世間無常而作佛事或讚歎法身清淨而作佛事或說所作已辦而作佛事或說壞一

切有而作佛事或說三有根本永盡而作佛事或教衆生猒離世間隨順佛心或爲衆生說壽命短促或爲衆生說一切世間無可樂者或爲衆生說值未來一切諸佛或爲衆生說諸如來轉妙法輪或發衆生佛境界心或說隨時清淨命佛得見如來滅除衆苦皆令清淨專求佛道於一切世界攝取衆生令入如來甚深境界以如來身爲一切身攝取衆生放逸衆生悉令具足三種淨戒佛子是爲一切諸佛第九佛事一切諸佛般涅槃時一切衆生悲泣雨淚憂惱愁毒嗚呼痛哉如來應供等正覺常以大悲等念衆生爲大導師哀愍饒益一切衆生救護世間天人所歸難可值遇無上福田於今永滅諸佛即以此等衆生憂苦悲惱感慕諸佛而作佛事隨應化

彼一切天人龍神夜叉乾闥婆阿脩羅迦樓羅緊那羅摩睺羅伽等故碎抹全身示現舍利欲令衆生歡喜供養淨正直心調伏教化清淨衆生欲令衆生功德滿足欲令衆生起如來塔種種供養一切世間天宮龍宮夜叉乾闥婆阿脩羅迦樓羅緊那羅摩睺羅伽人非人宫起塔供養又以爪牙頭髮起塔供養衆生見已念佛法僧發起恭敬供養之心或行布施或修功德具功德已或生天上或生人中尊貴富樂除滅惡趣直向正道得見諸佛具白淨法成就正道超出三界隨彼所願皆悉滿足常念如來知恩報恩以諸如來常爲衆生作救護歸依如來雖復入於涅槃猶爲衆生作無上福田無盡福田令一切衆生長養善根具足成就一切功德佛子是爲一

切諸佛第十佛事佛子此十種佛事無量無邊不可思議一切天人莫能知者三世一切聲聞緣覺所不能說除佛神力佛子一切諸佛有十種法王無異之法何等爲十一切諸佛與受記者言無有異一切諸佛若有衆生修念佛者皆令意滿悉無有異一切諸佛皆無異身覺諸法義悉無有異一切諸佛於三世如來智慧無異一切諸佛念念普知三世諸法悉無有異一切諸佛了知分別三世佛刹悉無有異一切諸佛一切佛語悉無有異一切諸佛教化衆生悉無有異一切諸佛解一切世間法與佛法無異三世諸佛一切善根同一善根悉無有異佛子是爲一切諸佛十種法王無異之法佛子一切諸佛有向十種住法何等爲十一切諸佛悉住覺一切法界一切諸佛悉住大悲一切諸佛悉住本願一切諸佛悉住不捨教化衆生一切諸佛悉住無所依法一切諸佛悉住無虛妄法一切諸佛悉住念無失法一切諸佛悉住無障礙心一切諸佛悉住定心未曾散亂一切諸佛悉住一切諸法平等不壞實際佛子是爲一切諸佛向十種住法佛子一切諸佛知十種法悉無有餘何等爲十一切諸佛知過去一切法悉無有餘一切諸佛知未來一切法界悉無有餘一切諸佛知現在一切法界悉無有餘一切諸佛知一切語言道悉無有餘一切諸佛知一切世間成壞悉無有餘一切諸佛知一切衆生及其智慧悉無有餘一切諸佛知一切菩薩善根上中下相悉無有餘一切諸佛知一切佛滿足智慧悉無有餘一

切諸佛知一切法皆從緣起悉無有餘一切諸佛分別了知一切世界悉無有餘一切諸佛智慧分別一切法界如因陀羅網悉無有餘佛子是爲一切諸佛知十種法悉無有餘佛子一切諸佛有十種最勝力大力無量力大功德力尊重力不退轉力堅固力不可壞力一切世間不能思議力一切衆生不能壞力大力佛子諸佛世尊有十種大力那羅延幢佛所住法何等爲十一切佛身舉世災横所不能壞諸佛命根世間諸毒所不能害一切世界火劫起時不能燒熱水劫起時不能浸溺風劫起時不能散壞一切魔軍天龍夜叉乾闥婆阿脩羅迦樓羅緊那羅摩睺羅伽羅刹毗舍遮人非人等一切衆生悉雨金剛如須彌山金剛圍山三千大千世界爾所等

雨雨於佛上不能令佛生怖畏心一毛不豎行住坐卧威儀不改隨諸如來所住方面金剛雨滴終不得下欲雨不雨隨如來意佛所住持衆生及佛使命尚不可害何況如來佛子是爲一切諸佛第一大力那羅延幢佛所住法佛子一切諸佛一切法界等世界中須彌山王金剛圍山大金剛圍山一切大海一切諸山及一切衆生於一毛孔悉能容持盡未來際劫一切衆生悉不自知我住何所除佛神力一毛悉持一切衆生遍遊十方無量世界行住坐卧而諸如來不生苦惱猒倦之心威儀無異佛子譬如虛空容持一切法界等世界不生苦惱猒倦之心一切諸佛亦復如是於一毛孔容持無餘世界一切衆生不生苦惱猒倦之心佛子是爲一切諸佛第二

大力那羅延幢佛所住法佛子一切諸佛一步能過不可說不可說世界微塵等佛刹於一念中能行不可說不可說世界微塵等步以如是步經一切世界微塵等劫於念念中能經一切世界微塵等劫一金剛圍山與上諸劫所經世界微塵佛刹等如是等不可說不可說世界微塵數諸金剛圍山內一毛孔一切毛孔亦復如是如來毛孔悉與一切衆生毛孔數等以如是毛孔如是遠步如是速疾遊行十方一切世界一切虛空界盡過去未來際一切諸劫如是諸劫猶可窮盡而諸如來身無羸弊心不退沒不捨三昧一切佛事佛子是爲一切諸佛第三大力那羅延幢佛所住法佛子一切諸佛一坐食已結跏趺坐盡過去未來際不可說不可說一切劫身不傾動住不可思議佛住受寂滅樂乃至不失化一衆生以一切世界及一切衆生安置如來一指端上盡未來際劫彼一一衆生其身悉如不可說不可說佛刹微塵等世界彼一一衆生其身重如一切世界而諸如來身無疲倦心無苦惱如一指端一切指端亦復如是入一一世界入虛空界入一切方網如是一切處虛空界悉無有餘究竟法界以一毛端量一切世界一一毛端處結跏趺坐盡過去未來際劫佛子是爲一切諸佛第四大力那羅延幢佛所住法佛子一切諸佛於一身化不可說不可說佛刹微塵等頭一一頭化不可說不可說佛刹微塵等舌一一舌出不可說不可說佛刹微塵等音聲一切法界衆生無不聞者一一音聲說不可說不可說

佛刹微塵等修多羅一一修多羅說不可說不可說佛刹微塵等法一一法中說不可說不可說佛刹微塵等句身味身如是說法乃至盡不可說不可說佛刹微塵等劫復不可說不可說佛刹微塵等劫說異句身味身盡一切世界微塵等劫一切衆生念等劫盡未來際一切劫此諸劫數猶可得盡如來化身說法轉一切法猶如火輪自在智慧說一切法轉正法輪除滅一切衆生疑惑轉正法輪照一切法轉正法輪皆悉開發一切法藏轉正法輪歡喜調伏莊嚴一切衆生轉正法輪說諸菩薩莊嚴法行轉正法輪令大乘智日圓滿莊嚴轉正法輪令一切無餘衆生以大乘智而自莊嚴轉正法輪一切論辯無畏而自莊嚴如一如來一化身轉如是等不可譬

喻法輪雲一切法界虛空等世界悉以毛端周遍度量一一毛端處於念念中化不可說不可說佛刹微塵等身乃至盡未來際劫一一化佛身有不可說不可說佛刹微塵等頭一一頭有不可說不可說佛刹微塵等舌一一舌出不可說不可說佛刹微塵等音聲一一音聲說不可說不可說佛刹微塵等修多羅一一修多羅說不可說不可說佛刹微塵等法一一法中說不可說不可說佛刹微塵等句身味身復不可說不可說佛刹微塵等劫說異句身味身音聲充滿法界一切衆生無不聞者盡一切未來際劫常轉法輪如來音聲無異無斷不可窮盡佛子是爲一切諸佛第五大力那羅延幢佛所住法佛子一切諸佛成就勝妙大莊嚴胷德字相猶如金剛

不可破壞如來坐彼菩提樹下有無量魔王軍衆悉與一切衆生數等雜惡形色甚可怖畏衆生見者能發狂亂悉能恐怖一切世間如是等衆充滿虛空法界等一切世界雜惡形色甚可怖畏能發狂亂能令一切衆生怖畏能壞一切世間能害一切衆生如來見已心無恐怖一毛不竪顔無異容乃至不生一念微畏之相心安不動形色無異遠離覺觀心常寂靜究竟遠離一切恐怖除滅一切愛恚煩惱安住佛住具足無礙大慈之力住大悲住諸根寂靜永離恐怖胷德字相不可破壞堅固眞實一切諸魔魔天眷屬見如來已皆悉歸依如來於彼三輪敎化皆令調伏發菩提心悉不退轉乃至令得無上菩提佛子是爲一切諸佛第六大力那羅延幢佛所住法佛子一切諸佛出無障礙微妙音聲皆悉充滿一切世界隨所應度無不聞者彼諸如來所出音聲一切衆山所不能障須彌山王寶山小金剛圍山大金剛圍山所不能障天宮龍宮夜叉乾闥婆阿脩羅迦樓羅緊那羅摩睺羅伽人非人等一切宮殿所不能障一切世界高大音聲亦不能障隨其所應皆悉聞之無所障礙佛子是爲一切諸佛第七大力那羅延幢佛所住法佛子一切諸佛心無障礙於不可說不可說億那由他劫心常清淨三世諸佛離垢清淨同一莊嚴離我我所於一切法亦無所依非內非外非生非不生離一切境界寂滅無處無所造作離種種相除滅一切虛妄取相自然清淨離諸境界無所憶念隨順境界無諍之法離欲清淨住眞

實際說法界際法界平等而無有盡一切衆生莫能知者求離一切有爲無爲捨離一切言語道境究竟無礙無盡法界隨智慧轉十力莊嚴淨一切法行巧方便說種種法相即一法相一切法相不相違背不壞三世於一切法界究竟自在到於彼岸具足甚深自在法藏一切方便離癡正念安住十方一切佛刹而無動轉具不死智盡一切漏究竟諸法證於無漏心慧解脫究竟實際住無礙住常定無亂於三世法無有障礙於一念中悉了三世一切衆生心心所行佛子是爲一切諸佛第八大力那羅延幢佛所住法佛子一切諸佛具足成就細密法身諸佛法身境界無量一切世間所不能知於三界中無所染汙隨因緣應一切普現非實非虛平等清淨非

去非來無爲無壞清淨常住一相無相是法身相非處非方一切身身自在無量妙色無量攝一切身作種種身隨方便身普照一切具足智藏而無種種分別其身充滿無餘世界說一切法界雖動非動清淨法身非有非無非方便非不方便隨衆生所應悉能示現非滅非不滅亦非不現而化衆生法身自然寂靜於一切法無所障礙隨順一切法界清淨一切世間分別一切世間無有動轉無有境界如來解脫攝一切智隨順一切身佛子是爲一切諸佛第九大力那羅延幢佛所住法佛子一切諸佛正覺悉等出生一切諸菩薩行所行不虛滿足深願淨菩薩行具足一切菩薩行智一切諸佛修菩薩行悉無有異善分別知一切菩薩行滿足菩薩諸大願海

離一切惡生諸善行修菩薩行皆悉清淨隨順一切佛寂然不放逸住一切三昧無量境界能教一切勝道遠離一切惡道究竟彼岸具足成就第一智力雨無畏法雨隨其所問悉能善答方便說法智慧平等周遍清淨身口意業皆悉清淨住諸佛住諸佛種性佛智所作悉不退轉一切種智分別無量無邊諸住一切智明隨順智慧不可思議一切世間所不能解智慧明淨知一切法微細智慧無量無邊善能分別一切三世智慧微妙覺悟一切世界具足了知無上道義於一切世間作不可說佛事智慧不退成就一切諸如來身入算數智決定了知一切諸法捨離文字言語道斷而善能說一切文字行淨善法滿普賢智於一念中悉能覺了一切諸法隨淨衆生隨所應乘悉能法施以明淨智解一切法境界一切世界境界一切衆生境界於一念中悉能知見三世法界一切如來出世境界一切教化境界未曾失時至於一切清淨境界覺一切境界皆悉究竟於一念中覺悟三世衆生心意識行諸佛平等衆生無邊世界無邊法界無邊三世無邊一切諸佛自在無邊覺如是等無有障礙諸佛智慧諸佛自在轉無量無邊諸佛所住住無礙住無礙心住住大悲住廣說深法教化衆生心無休息是爲一切諸佛第十大力那羅延幢佛所住法佛子是爲一切諸佛十種大力那羅延幢佛所住法無量無邊不可思議三世一切衆生聲聞緣覺皆不能知除佛神力佛力一切諸佛有十種定法何等爲十一切諸佛定於

兜率天盡其壽命一切諸佛定示現處胎滿十月生一切諸佛定捨宮館樂行出家一切諸佛定坐菩提樹下覺一切法一切諸佛定一念中覺一切佛法於一切世界普現如來神力自在一切諸佛定隨時教化轉正法輪一切諸佛定知隨時種諸善根爲彼受記一切諸佛定隨應時不失佛事一切諸佛定知菩薩功德具足而爲受記一切諸佛定隨衆生一切問難於一念中悉能善答佛子是爲一切諸佛十種定法佛子一切諸佛有十種法若有衆生見如來者皆悉疾得十種果報何等爲十若有衆生見如來者疾得遠離一切惡道若有衆生見如來者疾得長養一切善根若有衆生見如來者疾得滿足一切善根若有衆生見如來者疾得往生淨妙天上若有衆生見如來者疾得除滅一切疑惑若有衆生見如來者已發菩提心者疾得不退轉未發心者速發阿耨多羅三藐三菩提心若有衆生見如來者未得離生聖道除滅有見速令正取離生聖道若有衆生見如來者速令清淨世間離世間一切諸根若有衆生見如來者疾得除滅一切障礙若有衆生見如來者疾得無畏不斷辯才佛子是爲一切諸佛衆生見者皆悉疾得十種果報佛子一切諸佛有十種清淨法一切菩薩應常正念何等爲十一切諸佛過去方便一切菩薩應常正念一切諸佛清淨妙行一切菩薩應常正念一切諸佛滿足波羅蜜一切菩薩應常正念一切諸佛滿足大願一切菩薩應常正念一切諸佛功德積聚一切菩薩應常正念

一切諸佛過去梵行一切菩薩應常正念一切諸佛成等正覺一切菩薩應常正念一切諸佛色身無量無邊一切菩薩應常正念一切諸佛無量無邊神力境界一切菩薩應常正念一切諸佛十力無畏一切菩薩應常正念佛子是爲一切諸佛十種清淨法一切菩薩應常正念佛子一切諸佛有十種一切智住何等爲十一切諸佛於一念中悉知一切法界三世一切衆生心心所行一切諸佛於一念中悉善分別三世一切衆生種種業報一切諸佛於一念中隨一切衆生所應度者或以神足或以教戒或以說法而教化之一切諸佛於一念中悉能善取一切法界十方衆生諸心心相示現一切世間如來出世一切諸佛於一念中隨一切法界中一切衆生希望欲性所應化度令見如來一切諸佛於一念中示現一切法界中一切衆生如來住持神力自在一切諸佛爲一切法界中一切衆生說一切佛離諸熾然隨其所應化度衆生一切諸佛於一念中以一切至處道悉知一切法界中一切衆生彼彼諸趣一切諸佛於一念中一切法界中一切方處一切衆生念如來者悉令得見一切諸佛於一念中隨一切法界中衆生心之所樂如來形色悉令得見佛子是爲一切諸佛十種一切智住佛子一切諸佛有十種無量不可思議三昧何等爲十一切諸佛於一切法常定不亂於一念中爲一切衆生說一切法一切諸佛於一切法界一切衆生常定不亂於一念中悉爲衆生分別演說無我實際一切諸佛於一切

法界三世諸法常定不亂於一念中入億三昧一切諸佛於一切法界十方佛刹常定不亂於一念中悉遍遊行一切佛刹一切諸佛於一切法界普現無量無邊佛種種身常定不亂於一念中一切世界無不遍現一切諸佛身口意業充滿一切法界常定不亂於一念中分別演說一切衆生心藏欲性一切諸佛於一切法界一切法性常定不亂於一念中悉能究竟離欲實際一切諸佛於一切法界一切世界緣起常定不亂於一念中分別演說一切因緣一切諸佛於一切法界一切世間離世間法常定不亂於一念中無量莊嚴爲一切衆生普現諸佛無有窮盡一切諸佛於一切衆生一切法界正受無礙常定不亂於一念中至諸佛趣無量解脫究竟彼岸佛子是爲一切諸佛十種無量無邊不可思議三昧佛子一切諸佛有十種無礙解脫何等爲十一切諸佛出世一切諸佛於一微塵中悉能普現不可說不可說諸佛出世一切諸佛於一微塵中悉能普現不可說不可說諸佛轉淨法輪一切諸佛於一微塵中教化調伏不可說不可說衆生一切諸佛於一微塵中普現不可說不可說佛刹一切諸佛於一微塵中授不可說不可說菩薩記一切諸佛於一微塵中普現三世諸佛出世一切諸佛於一微塵中普現三世一切佛刹一切諸佛於一微塵中普現三世諸佛自在神力一切諸佛於一微塵中普現三世一切衆生一切諸佛於一微塵中普現三世一切諸佛佛事佛子是爲一切諸佛十種無礙解脫

大方廣佛華嚴經卷第三十二

音釋

眩黄絹切目無常主也　薩婆若梵語也此云一切智若爾者切　裸郎果切赤體也　阿練若梵語也此云閑靜處　抹莫割切摩也　浸溺浸子鴆切沉也溺泥的切没也　竪臣庾切立也　羸弊羸力追切瘦也弊毗祭切困也

大方廣佛華嚴經卷第三十三

東晉天竺三藏佛陀跋陀羅等譯

如來相海品第二十九

爾時普賢菩薩摩訶薩告諸菩薩言佛子諦聽諦聽善思念之當爲汝説如來相海如來頂上有大人相名曰明淨三十二相寶以爲莊嚴普放無量大光明網遍照一切十方世界如來頂上有大人相名曰普照佛方便海圓滿雜寶以爲莊嚴種種摩尼寶王莊嚴金剛光明世界所起普照一切法界如來頂上有大人相名充滿法界雲妙寶光明普照一切法界一切世界如來功德智慧十方世界海雲菩薩功德海雲如來頂上有大人相名曰普照悉現不可思議諸佛世界金剛摩尼妙寶光明觀無猒足如衆寶華聚奮迅普放一切法界佛寶光明如來頂上有大人相名瑠璃寶普照一切法界大自在雲摩尼寶王相種種莊嚴普照一切十方世界過去時歎佛功德因緣所起悉放如來大寶光雲普照菩薩於道場樹結跏趺坐普現菩薩自在神力覺如來力普照一切十方佛剎六種震動於大法界虛空中普現無量自在一切智雲如來頂上有大人相名曰平等如來音聲燈雲離垢寶海放諸光明普照一切法界十方世界菩薩功德海安立三世佛智幢海如來頂上有大人相名佛光廣雲伊那羅寶如意王寶摩尼王寶以爲莊嚴普照一切世界法界菩薩光燄燈雲普照一切如來妙色音聲海及世界海淨佛力海如來有大人相名圓滿光明雲種種寶華莊嚴瑠璃摩尼寶王光

明讚歎法身及諸菩薩一切十方世界海中歎如來地令一切衆生趣向如來諸力境界普現無量無邊如來淨地離垢清淨放大光明普照一切諸佛世界如來有大人相名菩薩行藏光明雲無量世界中如來放無量種種色寶光明普照一切法界佛刹出生無量如來妙音皆悉分别演說如來甚深大法如來有大人相名普照雲瑠璃伊陀羅金剛寶無量色清淨摩尼寶莊嚴放瑠璃色光明皆悉遍照一切諸海出佛無量微妙音聲充滿一切十方世界普現一切佛智慧海無量化身如來有大人相名曰覺雲佛頂右面以雜寶華燄莊嚴於一切世界莊嚴道場清淨一切法界世界令一切虛妄皆悉解脫覺淨法界如來有大人相名光明雲以心海王如意法寶莊嚴如來頂相普照十方世界諸菩薩雲長養最上智身法身行於一切如來相海滿足一切菩薩法界雲如來有大人相名一切莊嚴雲金剛瑠璃華普照莊嚴一切法界海世界衆寶蓮華以爲莊嚴皆悉充滿一切法界四種菩薩行自在師子吼充滿一切法界海如來有大人相名佛三昧海行雲莊嚴一切法界海於念念中普現無量如來莊嚴充滿一切不可思議法界世界如來有大人相名化海普照雲妙寶蓮華如須彌山王出生無量寶光明海佛意所起盧舍那所化出生無量一切化海如來有大人相名一切如來解脫雲離垢勝寶以爲莊嚴普照莊嚴一切如來師子之座於其座内悉現一切如來色像放大寶光明演說無量佛法大海莊嚴

一切諸佛刹海如來有大人相名覺佛種性雲於瑠璃華金寶蓮華放無量寶正法光明雲嚴淨一切如來光明普現一切清淨法界衆寶光明無壞解脱遍入甚深諸法界海普現無量自在力海如來有大人相名無量寶光明輪示現過去清淨善根出生清淨智日普照十方智慧法海如來有大人相名普照自在雲如來頂寶妙解脱華瑠璃光明普照一切法界海佛悉現一切諸佛刹海具足圓滿如來智慧如來有大人相名入一切普照光明如來實相清淨莊嚴普照一切無量無邊如來菩薩妙智慧藏一切法界如來有大人相名明淨雲寶華瑠璃月放無量百千光明普照一切法界虚空界一切佛刹普現十方一切如來如來有大人相名覺光明雲一

切寶光明普照一切法界諸佛轉淨法輪悉放如來妙光明雲普照一切十方世界如來有大人相名普現一切莊嚴雲無量寶光明於一念中一切法界普現一切菩薩坐於道場菩提樹下成等正覺又能普現一切諸佛如來有大人相名法界因雲如意妙寶莊嚴見無猒足放大寶光明網普現一切衆生諸業報海如來有大人相名曰普照淨法輪雲能令如來正法清淨普照莊嚴一切佛刹深解一切不思議法海普照過去未來現在諸佛法界出生無量如來化身如來有大人相名普照諸佛海雲十方一切世界海中悉離障礙普現一切如來海雲如來有大人相名淨燈雲方便深入一切衆生一切菩薩一切如來不可思議法界海雲普照一切法界覺

雲如來有大人相名分別法界雲如來智慧廣照佛地一切菩薩衆無量法海無量佛剎令一切衆生入佛境界具足普賢菩薩願行佛平等智一切諸佛如來有大人相名一切世界海安住普照雲一切法界虚空界寶光明雲見無猒足普現道場一切菩薩諸如來身出生無量普功德雲如來有大人相名一切寶光燄雲於佛眉間相中出生無量淨寶光明普照一切十方世界淨照一切諸佛菩薩行法王光明普照法界悉能長養一切光明一切法界光明莊嚴普照一切諸菩薩海如來力雲普照一切十方佛剎如來有大人相名一切法界莊嚴雲如來頂相隨次漸起閻浮檀金衆寶莊嚴放種種金色光明於念念中普現一切世界諸佛悉能普照一切佛剎莊嚴一切菩薩諸功德藏如來頂相悉能莊嚴三十二相又能莊嚴一切法界如來有大人相名普照法界遍光明雲佛眉間相悉能普照一切妙寶一切衆色一切日月一切佛海出生十方無量光明海莊嚴一切諸如來身演說一切如來法海如來有大人相名自在雲佛清淨眼衆寶莊嚴慧眼清淨於諸法界無所障礙吉光明雲示現一切如來有大人勝妙鼻相清淨衆寶以爲莊嚴一切衆寶妙色爲覆佛寶華雲一切菩薩無能思議悉知一切衆生諸佛法海如來有大人廣長舌相悉能遍覆十方世界一切海雲過去修習善根所得一切寶王清淨光明普照一切法界尸羅之心又照一切三世諸佛悉能莊嚴一切法界出生無量微妙音聲不思議寶

以爲莊嚴普照無量諸光明海佛妙音聲悉徧充滿一切法界諸世界海如來有大人相名法界地雲舌常安住一切衆寶以爲莊嚴安住一切法出生十方諸佛具足音聲悉能清淨一切佛刹分别一切諸佛不可思議音聲海雲如來有大人相名順法界雲舌端妙相金色淨寶以爲莊嚴出生無量金色光明普照一切諸如來海大師子吼振妙音聲悉皆徧至一切世界一切衆生無不聞者於不思議劫修行所得普現一切諸音聲海普照一切衆生樂聞無有猒足如來有大人相名平等法門雲佛舌端相令無量佛刹皆悉清淨如意妙寶以爲莊嚴出生無量種種音聲讚歎一切諸佛法界普現一切菩薩法界妙功德雲普覆一切諸佛菩薩深入一切諸佛菩薩法悉現一切離垢衆寶清淨佛刹悉能普照一切佛刹如來有大人齗齶相伊陀尼羅淨瑠璃寶以爲莊嚴諸法界地悉在其内諸菩薩雲皆悉充滿出生離垢妙寶光明普照十方種種香雲種種燈雲普照菩薩内諸樓閣分别一切諸佛刹海方便安住自在神力普現不可思議諸法界雲如來有大人相名佛大牙雲如來右面下大牙相衆寶莊嚴放大光明輪普照法界及諸佛身普放光明網照十方世界海及衆生海妙安隱輪以爲莊嚴如來有大人相名寶燄須彌藏如來右面上大牙相如意寶王藏勝香燄雲照以莊嚴放寶光明與法界等一一光明内普現一切諸佛自在一切佛刹莊嚴道塲如來有大人相名照一切寶須彌山燈雲如來左面下

大牙相分别解説一切諸相香華衆寶妙方便輪以爲莊嚴放寶光明雲普照一切世界海普現一切佛蓮華藏師子之座離垢菩薩海雲眷屬圍遶如來有大人相名普照佛雲如來左面上大牙相清淨衆寶及閻浮檀寶網輪華以爲莊嚴出生不可思議微妙音聲普現一切如來自在神力成就一切菩薩功德普照一切虛空及語言法無盡法雲一切法海諸佛音聲及一切寶出生分别一切諸佛衆妙音聲充滿法界如來有大人相名金幕耆婆如來一一齒間出無量相海門雲種種色寶放大光明海閻浮檀金色普照法界一切世界一切如來如來有大人相名一切寶地雲如來右肩相一切寶色淨蓮華色明淨寶色光燄普照一切菩薩内法藏雲悉照

一切如來法海如來右肩平滿大人相清淨閻浮檀金色普照菩薩法輪法界及照一切如意寶王如來有大人左肩相閻浮檀蓮華色如來圓滿諸功德海以爲莊嚴普放無量諸光明網悉照一切世界法界示現如來無量自在諸神力雲如來有大人相名周遍普照雲如來左肩相衆寶莊嚴放閻浮檀金色光明悉能充滿一切法界普照一切諸如來海種種寶香莊嚴一切諸佛刹海如來有大人相名普照莊嚴雲如來右肩無有動轉出生無量佛燈光明垂法界雲充滿菩薩衆普照莊嚴一切法界如來有大人相名海頂雲如來胷有勝妙相海以爲莊嚴柔輭細滑種種衆寶燄輪莊嚴周遍清淨開發甚深法海音聲如來有大人相名勝妙相續普現雲如

來右脇勝妙清淨法界輪地以爲莊嚴清淨寶網而彌覆之出生無量如來化雲普照一切十方法界如來有大人相名普現如來雲勝妙功德藏菩薩功德寶天冠普照極高雲離垢清淨普現十方無量諸佛自在神力開示三世一切諸佛法海淨行坐於道場菩提樹下成等正覺如來有大人相名開敷華雲如來勝妙功德相續衆妙寶華寶輪莊嚴放香燄光明普現一切蓮華形色世界如來有大人相名可悅樂金色雲一切寶王藏勝妙功德相續一切寶心王藏放摩尼寶光明輪離垢清淨極大高顯普照一切諸佛內方便功德藏普照一切法界如來有大人相名勝海雲勝上虛空寶放香光明普照十方一切道場圓滿瑠璃寶香燈鬘充滿十方如來有

大人相名電光雲下第二勝功德平等地相蓮華右旋淨菩薩衆坐寶蓮華放佛藏光明普照法界海如來有大人相名普現法界雲第三勝相海具足成滿一切寶海刹普照開現無量菩薩法界如來有大人相名普照最高雲第四勝相海放離垢衆寶光明海普照一切法界一切如來一切世界莊嚴一切衆生海如來有大人相名轉一切法輪妙音聲雲下分勝相離垢清淨一切正法道香燄光明照一切佛內心相海一切法界如來有大人相名莊嚴雲第十勝相宣暢十方一切諸佛菩薩淨行覺悟離垢清淨光明三世諸佛一切智海莊嚴一切諸佛刹海如來有大人手掌相具足千輻寶輪種種衆寶以爲莊嚴放大光明普照法界轉正法輪普照一切諸

如來海充滿一切佛功德海種種妙寶莊嚴法界如來有大人相名海照雲如來寶手衆寶莊嚴普放淨月光明燄雲莊嚴虛空如來菩薩諸世界海讃歎菩薩行海如來有大人相名普莊嚴雲如來妙手因陀尼羅瑠璃寶華以爲莊嚴普照一切法界一切世界蓮華藏菩薩安住寶藏莊嚴十方一切道塲普照一切諸佛海雲清淨法身如來有大人相名離垢燈普照雲淨寶光明放淨光網普照十方皆悉出生變化網雲莊嚴菩薩淨寶光明究竟一切諸法行海到於彼岸如來有大人相名普現一切衆寶雲寶藏海雲莊嚴如來蓮華充滿一切衆寶蓮華放寶光明雲普照一切法界如來有大人相名普照明淨雲放寶燄光明海照於法界一切衆香光燄莊嚴

普現寶華燄光令一切佛世界網悉淨莊嚴普照一切道塲如來有大人相名瑠璃燈雲一切世界衆寶色地普照莊嚴皆放諸佛金色光明以一切莊嚴而莊校之於一念中皆悉示現一切法門如來有大人相名智慧燈雲金剛寶華以爲莊嚴放閻浮檀金色光明普照一切世界如來有大人相名安住蓮華光明雲衆寶妙華以爲莊嚴放大光明網覆一切世界諸須彌山如來有大人相名充滿法界如來雲離垢淨寶以爲莊嚴放大光明普照一切諸佛世界悉見如來坐蓮華藏師子之座又復普照一切法界現一切相如來妙手普現一切自在之相千輻相輪清淨具足種種衆寶以爲莊嚴佛手充滿一切刹雲普照一切諸法界雲如來有大人相名曰成

就佛刹海雲佛右手指寶相清淨法界清淨光燄普照如淨水月出衆寶華出生一切妙寶音聲普現一切諸佛刹海如來有大人相名安住一切寶雲普照諸佛寶藏法界於佛指相出生如意妙寶王雲衆寶莊嚴放大光明網普照一切法界雲及諸佛雲普照莊嚴一切菩薩諸功德海出生普賢菩薩淨行妙音聲海一切佛刹無不聞者又開發普照諸菩薩心皆悉滿足無量大願摩尼寶王以爲莊嚴種種日光輪皆悉普照一切法界如來有大人寶馬藏相隱密於右衆寶莊嚴普照一切法界及虚空界一切衆寶莊嚴法界海出生一切如來莊嚴微妙音聲如來有大人相名曰一相現一切相海雲如來安處福田之座一切衆寶以爲莊嚴出生無量不可思議妙寶光明普照十方一切法界普現分別一切衆相現一相雲照現一切諸佛自在神力如來有大人相名一切法界海雲普照十方諸如來座及一切法界法輪法海悉能示現一切相雲如來有大人相名普示現雲如來右髀衆寶莊嚴放於妙法種種香光隨順安住出諸音聲一切寶王以爲莊嚴於念念中悉能示現心王海雲如來有大人相名普照一切迴向海雲如來左髀悉遍充滿一切寶海隨順安住法海莊嚴放一切光明海悉能普照一切衆生無量佛海如來有大人相伊尼延右腨放閻浮檀金色光明普照一切世界震動無量諸佛刹土出佛音聲一切普聞出生無量菩薩化身充滿一切諸佛世界及虚空界放明淨光明莊嚴普照一切令諸

佛刹皆悉清淨菩薩變化藏諸法界雲猶若虛空如來有大人相伊尼延左腨如鍊金色常放一切妙寶光明充滿無量諸佛世界開發一切諸佛法化莊嚴無量諸佛法海如來有大人相名毛端內現一切佛刹於一毛孔悉放一切寶光明藏普照十方一切法界於一毛孔示現一切如來自在諸佛界雲如來有大人相名菩薩海莊嚴雲如來金剛足下閻浮檀金色放一切寶光明網充滿十方諸佛刹雲開發一切菩薩法化出生無量菩薩變化放一切寶香光明住菩薩海能於一步遍諸佛刹如來有大人相名明淨雲佛足趺上一切衆寶以爲莊嚴放妙寶光明示現一切諸佛菩薩大光明藏普照無量諸如來雲如來有大人相名曰覺雲普覆一切如來指間衆寶王莊嚴放諸寶光於念念中示現一切諸佛自在普照無量諸佛法海示現一切道場悉照未來無量際劫如來有大人相名曰遍照法界海雲如來足下千輻相輪種種莊嚴放百千衆寶光明普照一切法界諸世界海衆寶燈燄妙莊嚴藏普照十方一切諸佛無量香光以爲莊嚴普照一切淨法界海如來有大人相名示現一切諸佛海雲清淨如空照諸法海充滿十方發起一切諸菩薩雲出妙音聲雲衆寶華雲以爲莊嚴香燈光燄示現普照一切世界如來有大人相名自在光明雲衆寶莊嚴示現一切諸佛光明淨法界海及諸道場常放如來智慧光明一切衆相悉爲一相法界無雜種種莊嚴如來有大人相名法界海音聲雲如來足下後分衆

實莊嚴普照一切諸法界海一切諸佛自在莊嚴普入化輪覆一切法界於一一身出生法界妙音聲雲如來有大人相名深實源底衆寶莊嚴放閻浮檀金色圓滿光明普照十方世界法界顯現一切莊嚴道場如來有大人相名一切實月光明伊那尼羅寶藏莊嚴照法界雲於念念中悉能示現如來法海如來有大人相名普雲藏右虛空寶雲最高實光明照一切佛道場座藏金剛伊那尼羅寶顯現莊嚴如來有大人相名平等光雲衆寶妙華以爲莊嚴出生甚深法界音聲遍一切法界及虛空界於一一相普照一切諸如來海入佛甚深自在菩薩法界海說不可盡如來有大人相名示現莊嚴雲清淨閻浮檀金色衆寶莊嚴普放種種妙色光明遍照一切莊嚴佛刹佛雲充滿無量世界莊嚴菩薩自在法海普照一切諸佛功德及諸菩薩解脫之藏莊嚴法界如來有大人相名諸佛自在普示現雲轉諸寶輪衆寶莊嚴放不思議如來光明妙香普聞一切世界無量佛海演出一切佛音聲海於諸世界現菩薩門佛自在雲佛子於佛身中有如是等十蓮華藏世界海微塵數佛大人相於諸支節種種妙寶以爲莊嚴

佛小相光明功德品第三十

爾時佛告寶手菩薩言如來應供等正覺有隨形好名曰海王彼出光明名曰明淨七百萬阿僧祇光以爲眷屬又菩薩摩訶薩於兜率天放大光明名曰幢王普照十世界微塵數刹遍照彼處地獄衆生滅除苦痛令彼衆

生十種眼耳鼻舌身意諸根行業皆悉清淨彼諸衆生見光明已皆大歡喜命終皆生兜率天上生天上已聞天妙音名可愛樂此音聲語諸天子言以不放逸故於諸佛所種善根故遇善知識故盧舍那佛威神力故於地獄命終生此天上如來足下千輻輪中有妙光明名普照王於彼海王隨形好處悉放四十廣大光明一名清淨功德普照六十億那由他佛刹微塵數世界隨衆生境界隨種善根隨衆生意乃至普照阿鼻地獄其中衆生命終皆生兜率天上生天上已聞天妙音作如是言善哉善哉諸天子盧舍那菩薩今住離垢三昧應當敬念爾時諸天子聞天勸化微妙之音便作是念奇哉奇哉何由出此微妙音聲爾時音聲語諸天子言我此天音諸善功德之所成就諸天子如我說我而不著我不著我所一切諸佛亦復如是自說是佛而不著我不著我所諸天子如我音聲不從東方南西北方四維上下來諸天子業報成佛亦復如是非十方來諸天子猶如汝等昔在地獄不從十方來但以顛倒愚癡纏故得地獄身本無來處如普照王光明不從十方來我天音聲亦復如是非十方來但以三昧善根力故出生如是微妙音聲般若波羅蜜力故示現如是自在神力諸天子譬如須彌山王有三十三天淨妙宮殿種種樂具不從十方來我天音聲亦復如是諸天子譬如億那由他佛刹微塵數世界末爲微塵如是微塵數衆生我爲說法隨彼所應令大歡喜然我於彼不生猒惡心不生疲倦心不生放逸

心不生高慢心諸天子盧舍那菩薩住離垢三昧亦復如是於右手掌隨形好中放一光明出生無量自在神力一切衆生聲聞緣覺所不能知汝等應當往詣盧舍那菩薩恭敬禮拜莫著五欲障諸善根諸天子譬如劫盡燒須彌山悉令消滅諸天子五欲纒心修念佛三昧皆悉除滅是故諸天子當知報恩一向敬念盧舍那菩薩諸天子其有衆生不知報恩捨是身已入三惡道諸天子汝昔在地獄蒙光明恩捨地獄已來生此天應當長養彼諸善根諸天子譬如我天非男非女而能出生百千萬億不思議法諸天子如天子天女五欲樂具宮殿園林皆悉如我不生不滅色受想行識亦復如是若如是知是名能入無著甚深三昧海時諸天子聞是音聲歡喜無量皆悉化作一萬華雲一萬香雲一萬樂雲一萬幢雲一萬蓋雲一萬讃歎雲作是化已往詣盧舍那菩薩所住宮殿恭敬供養於一面住而不見盧舍那菩薩時有天子作如是言此菩薩者今已命終生淨飯王家乘栴檀樓閣處摩耶夫人胎爾時諸天子以天眼觀盧舍那菩薩摩訶薩見梵身天欲界諸天恭敬供養時諸天子作如是言我等若不先往恭敬供養盧舍那菩薩乃至一念頃住兜率天起樂著心者我則不可爾時一一天子與十那由他天子眷屬欲從天下至閻浮提詣菩薩所時天妙音語天子言菩薩摩訶薩亦不命終生於彼間隨所應化悉令彼見諸天子譬如我今非眼所見能出音聲菩薩摩訶薩住離垢三昧亦復如是非眼所見而處

處示現命終受生捨離虛妄滅除憍慢無所染著是故諸天子應當速發阿耨多羅三藐三菩提心令意清淨住威儀戒悔過一切業障煩惱障報障邪見障以法界虛空界衆生界等善身口意業以衆生界等身衆生界等頭衆生界等舌悔過四障時諸天子聞是聲已皆大歡喜心意柔輭問天聲曰菩薩摩訶薩云何悔過爾時天聲以菩薩摩訶薩三昧力故天善根力故答諸天子言業障等罪不從東方南西北方四維上下來積聚於心菩薩摩訶薩知此業等因顛倒起不生疑惑諸天子如我天聲說隨業報行隨戒隨喜隨定寂滅諸佛菩薩說我衆生貪恚癡業而實無我無有我所亦復如是所作諸業於十方求悉不可得諸天子如我天聲少福衆生所不能聞除地獄衆生應受化者諸天子聲非生滅一切諸業亦復如是非生非滅但隨業行而受果報諸天子如我所出音聲於無量劫不可窮盡諸天子若謂音聲有來去者即墮邊見一切諸佛不說斷常除爲衆生方便說法諸天子如我天聲十方世界隨所應化皆悉得聞一切諸佛亦復如是隨應度者皆悉得見諸天子譬如明淨發光金玻瓈鏡與十世界等於彼鏡中見無量刹一切山川一切衆生地獄餓鬼若好若醜形類若干悉於中現諸天子於意云何彼諸影像來入鏡不答言不也諸天子一切業報亦復如是無來去處而能出生善根果報譬如幻師能幻人目當知諸業亦復如是若如是知是名清淨眞實悔過說是法時百千萬億那由他佛刹微

塵數諸世界中兜率天子皆得無生法忍無量無邊不可思議阿僧祇欲界諸天子皆發阿耨多羅三藐三菩提心六欲天中一切天女皆捨女身悉爲男子得不退轉菩提之心爾時諸天子廣聞普賢迴向善根悉得十地諸力莊嚴具足三昧皆悉成就衆生界等善身口意業滅一切障皆得清淨見百千萬億那由他佛刹微塵數七寶蓮華一一華上皆見菩薩結跏趺坐放大光明彼諸菩薩一一隨形好中放衆生界等光明彼光明中見衆生界等諸佛結跏趺坐隨所應度而爲說法猶未能見離垢三昧之少分也爾時諸天子於一一毛孔化作衆生界等妙香華雲供養盧舍那佛散香華已一一華中見諸如來時彼香雲普熏無量佛刹塵數世界衆生其蒙香者身心快樂譬如比丘入第四禪若有衆生得聞此香諸罪業障皆悉除滅於色聲香味觸內有五百煩惱其外亦有五百煩惱二萬一千欲行煩惱二萬一千恚行煩惱二萬一千癡行煩惱二萬一千等行煩惱此諸煩惱皆悉除滅彼諸衆生具足種種淨香自在光明善根若有衆生見此蓋雲者彼諸衆生種一恒沙轉輪聖王所植善根所謂白淨寶網轉輪王等菩薩摩訶薩安住如是轉輪王處於百千億那由他佛刹微塵數諸世界中教化衆生譬如明鏡世界月王如來十方無量刹中比丘比丘尼優婆塞優婆夷無有乃至一念不作化身來詣佛所而聽法者彼佛常爲廣說經法乃至廣爲說本生經聞彼佛名命終之後皆生其國菩薩摩訶薩安住白

淨寶網轉輪王處亦復如是放曼陀羅自在光明若有衆生遇斯光者皆得菩薩十地當知此衆生悉是先世修善根力如得初禪雖未命終見梵天處得梵天樂如是次第得諸禪者雖未命終而得彼樂如是菩薩摩訶薩安住白淨寶網轉輪王處放大光明名周羅摩尼若有衆生遇斯光者皆得菩薩十地悉得無量智慧光明得十種眼清淨行業乃至十種意清淨業具足成就淨力三昧如是成就清淨肉眼譬如菩薩摩訶薩以左手持億那由他佛刹微塵東行過億那由他佛刹微塵數世界乃下一塵如是東行盡此微塵如是菩薩摩訶薩悉能了知彼微塵數亦識諸塵本刹來處及下塵之刹乃至十方亦復如是菩薩摩訶薩復能還集此諸微塵作一佛

刹於此佛刹亦分別知佛告寶手菩薩言於意云何如是佛刹廣大可思議不寶手菩薩白佛言世尊如是佛刹無量無邊不可思議世尊奇哉奇哉若聞是喻此人難得聞而信者亦復難得佛告寶手菩薩言如是如是若有善男子善女人聞而信者我授彼記速成阿耨多羅三藐三菩提得一切種智佛告寶手菩薩言譬如千億佛刹微塵數世界如上喻說此一切刹末爲微塵彼諸世界一一微塵悉與一切佛刹微塵數等菩薩摩訶薩取此微塵展轉更種乃至八十彼一一微塵生果悉與一切世界微塵數等菩薩摩訶薩業報清淨肉眼悉分別見亦於念念中見百千萬億那由他佛刹微塵等如來佛告寶手菩薩言譬如鋌光玻瓈珠照十佛刹微塵等世

界此珠白淨寶網轉輪聖王善根所成

大方廣佛華嚴經卷第三十三

音釋

齗齶（齗語斤切齶五各切齗齶齒根肉也）䏶（部禮切股也）腨（市兖切排腸也）錠（徒徑切）

大方廣佛華嚴經卷第三十四

東晉天竺三藏佛陀跋陀羅等譯

普賢菩薩行品第三十一

爾時普賢菩薩摩訶薩告諸菩薩言佛子如向所說是微妙說何以故一切如來應供等正覺爲受化者隨應說法愚癡衆生諸纏所纏計我我所著吾我見常隨顛倒生邪見惑起邪虛妄爲縛所縛流轉生死遠如來道爲如是等諸衆生故如來應供等正覺出興于世佛子若菩薩摩訶薩起一瞋恚心者一切惡中無過此惡何以故佛子菩薩摩訶薩起瞋恚心則受百千障礙法門何等爲百千所謂受不見菩提障不聞正法障生不淨國障生惡道障生八難處障多疫病障多被謗毀障生闇鈍趣障失正念障少智慧障眼耳鼻舌身意等障近惡知識障近惡伴黨障近惡人障與惡人同止障不樂賢善共事障遠正見障生外道家障離佛正教障入魔境界障不見善知識障不生諸善根障增不善法障生惡家障生邊地障生惡人中障生天貧窮障生諸龍夜叉乾闥婆阿脩羅迦樓羅緊那羅摩睺羅伽羅刹中障不樂佛法障習童蒙法障樂小乘障不樂大乘障多生驚怖障樂生死障著三界障不護佛法障不樂聞佛自在神力障離菩薩清淨諸根障離菩薩行障離菩薩深心希望障不攝正念障不發起一切智心障不淨施行障不淨業障不淨報障不成長諸力障斷智慧根障不受持菩薩諸行障誹謗佛法障遠離菩提障不入佛境障墮諸魔界障不能求佛法障聞諸菩薩大莊

嚴事生恐怖障不樂菩薩共住障不樂求菩薩善根業障邪見蓋疑障增益愚癡障捨菩薩戒隨順破戒障不信如來戒障聞佛讚歎諸持戒者生瞋恚心障離忍辱樂常懈怠障謗諸菩薩不退精進障捨三昧慧障誹謗般若波羅蜜巧方便障不知是處非處方便障不知度脫衆生方便障不入菩薩諸深智障不出生菩薩諸道障於菩薩十種眼生盲障於菩薩法不能出生無礙法流障無礙耳鼻障不具相好障無礙舌障不能別知衆生音聲障於衆生中生懈怠心障狂亂業障離三種戒障無礙諸入障口四過障意惡業障生增上貪恚邪見障不求正法障於菩薩法懈怠心障菩薩精進法中疑惑心障捨離菩薩決定法障損減菩薩智慧門障損減正命障

遠離佛法障不習菩薩離生法障菩薩謙下心障遠離聲聞緣覺離生法障不順三世諸佛菩薩障佛子菩薩摩訶薩起一瞋恚心受如是等百障法門乃至百千障礙法門何以故佛子我不見有一惡法出過菩薩一瞋恚心佛子是故菩薩摩訶薩欲疾具足菩薩行者應當修習十種正法何等爲十所謂不捨一切衆生於諸菩薩生如來想常不誹謗一切佛法於諸佛刹得無盡智恭敬信樂菩薩所行不捨虛空法界等菩提之心分別菩提究竟佛力到於彼岸修習菩薩一切諸辯教化衆生心無疲厭於一切世界示現受生而不樂著佛子菩薩摩訶薩安住如是十種正法則能攝取十種清淨之法何等爲十所謂於甚深法究竟清淨親近善知識清淨能護

諸佛正法清淨悉能分別空界清淨善入法界清淨智慧了諸心行清淨令諸菩薩善根清淨心常不著諸劫清淨智慧觀察三世清淨成就諸佛種性清淨佛子菩薩摩訶薩安住如是清淨正法則能具足十種正智何等為十所謂分別衆生心心行智分別衆生諸業報智普照一切諸佛法智於諸佛法得方便次第智具足一切總持門智成就一切文字辯智善知衆生一切語智示現一切世界身智具足普照一切衆生智於一切趣得一切智佛子菩薩摩訶薩安住如是十種正智則入十種巧隨順入何等為十所謂一切世界入一毛道一毛道出不可思議剎一切衆生身悉入一身於一身出無量諸身不可說劫悉入一念令一念入不可說劫一切佛法悉入一法令一法入一切佛法一切諸入入於一入令一入入一切諸入一切諸根入於一根令一根入一切諸根一切諸根入非根法非根法入一切諸相一切諸相悉入一相一相入一切諸相一切語音入一語音一語音入一切語音一切三世悉入一世令一世入一切三世佛子菩薩摩訶薩分別如是十種入法則能安住十種直心何等為十所謂安住一切世界語言非語言法直心安住正念一切衆生直心安住虛空界直心安住法界無量無邊直心安住一切佛順正法直心安住甚深善法不壞正法直心安住除滅一切疑惑直心安住等觀三世法直心安住三世諸佛平等直心安住諸佛無量力直心佛子菩薩摩訶薩安住如是十種直心則得諸

佛十種巧方便法何等爲十所謂得巧方便普照一切諸佛深法得巧方便出生諸佛甚深勝法得巧方便分別演說一切諸佛莊嚴之法得巧方便深入一切佛平等法得巧方便分別別相一切佛法得巧方便入不可壞諸佛正法得巧方便入一切佛諸莊嚴法得巧方便以一方便入一切佛法得巧方便入佛無量諸方便法得巧方便於一切佛法心得自在而不退轉佛子是爲十種巧方便法佛子是故菩薩摩訶薩應當一心恭敬聽受是法何以故菩薩摩訶薩得聞是法以少方便疾得阿耨多羅三藐三菩提與三世諸佛等爾時佛神力故法如是故十不可說億那由他佛刹微塵等世界六種震動雨出過諸天一切華雲雨妙香雲雨末香雲雨衣蓋幢旛衆寶莊嚴具雲雨妓樂雲雨諸菩薩雲雨不可說讚歎佛雲雨不可說讚歎善哉雲雨佛音聲滿法界雲雨不可說淨世界雲雨不可說長養菩薩功德雲雨不可說光明雲雨不可說種種神力自在雲雨如此世界四天下佛坐道場雨如是等種種雲雨演說諸法十方世界亦復如是爾時佛神力故法如是故過十不可說世界微塵等刹有十佛世界微塵數菩薩摩訶薩來詣此土充滿十方作如是言善哉善哉佛子能說如是諸佛如來最大誓願授記深法我等同號皆名普賢於諸普勝世界諸普幢自在如來所來詣此土一切世界亦說此法如是句身味身一切諸行無有增減是故來此爲汝作證如是十佛世界微塵數菩薩摩訶薩來爲作證一切十

方諸如來所亦復如是爾時普賢菩薩摩訶薩以佛神力自善根力觀察十方及諸法界欲明諸菩薩行諸佛菩提欲說大願欲分別一切世界諸劫欲明隨時示現佛出世間欲隨衆生根悉令受化欲明如來諸所說法無有虛妄欲隨種善根果報不虛欲明菩薩清淨法身出妙音聲覺悟衆生起菩提心故以偈頌曰

一切衆歡喜　除滅諸陰蓋　一心恭敬聽
菩薩諸願行　隨三世菩薩　所行諸願行
我當次第說　菩薩勝妙法　一切諸劫數
及世界業數　我說無等等　應化興于世
見過去諸佛　於彼發大願　饒益衆生類
除滅一切苦　菩薩論師王　所行無斷絕
得無等等法　一切智境界　菩薩見過去
一切諸導師　放大光明網　普照十方界
發如是大願　我爲世間燈　功德莊嚴身
具足十力智　一切諸群生　貪恚癡熾盛
我當爲除滅　無量惡道苦　發如是誓願
堅固不退轉　具修菩薩行　究竟無礙力
如是誓願已　世間行不轉　所行無虛妄
究竟論法王　於一賢劫中　千佛出于世
隨彼佛正法　次第分別說　如此賢劫佛
無量劫亦然　未來諸佛法　我當次第說
如一佛剎中　無量剎亦然　一切佛國性
我悉分別說　諸佛次興世　隨願隨名號
隨彼所得記　隨其所壽命　隨所修正法
專求無礙道　隨所化衆生　正法住於世
隨所淨佛剎　衆生及法輪　說法時非時
次第淨群生　隨彼衆生行　種種諸業性

上中下差別　隨應所受化　如是甚深智
菩薩入是行　修習普賢業　具足智慧輪
身業無障礙　口業悉清淨　意業亦無礙
通達三世法　菩薩如是行　究竟普賢道
出生淨智日　普照諸法界　於不可說劫
及一切佛刹　菩薩一念知　於彼無所著
行者入如是　奇特甚深地　菩薩妙法中
我當說少分　智慧無邊際　究竟佛境界
善入一切處　成就不退轉　具普賢淨慧
滿足普賢願　菩薩究竟行　深入無等智
於一微塵中　悉內一切刹　見彼無量佛
具聞演說法　如一微塵中　一切塵亦然
見刹及諸佛　是不思議智　一一微塵中
普見三世法　五趣生死道　皆悉分別知
一一微塵中　有無量佛刹　一中知無量

無量中知一　如是法界等　一切諸佛土
同性及異性　皆悉能了知　深入微細智
分別諸世界　一切劫成壞　悉能分別說
知諸劫脩短　三世即一念　同行不同行
皆悉分別知　深入諸世界　清淨不清淨
身中無量刹　一刹無量身　一切十方中
無量諸世界　種種無數性　一切悉能知
一切三世中　無量佛國土　具足甚深智
悉了彼成敗　十方諸世界　有成或有敗
普賢悉深入　一切能了知　以淨慧眼見
無量諸佛土　分別知諸業　隨行故清淨
菩薩摩訶薩　善知衆生行　以諸惡業故
而得不淨土　無量無邊刹　即知爲一刹
如是入諸刹　一切莫能知　一切諸世界
令入一刹中　世界不積聚　亦復不離散

或俯或有仰 或高或復下 世界衆生相
菩薩皆悉知 或有翻覆刹 無量諸佛土
知種種是一 知一是種種 普賢眞佛子
以不思議智 知難思議刹 了達無邊際
知諸世間化 刹化衆生化 了知諸法化
究竟諸佛化 甚深世間法 種種莊嚴事
衆生無量報 皆心業莊嚴 眞佛子善學
甚深妙法界 具自在神力 充滿十方刹
衆生等諸劫 常説世界法 一切莫能知
唯除等正覺 世界及如來 種種諸名號
無量劫演説 猶不能究竟 何況心境界
三世諸佛法 眞實妙法界 諸佛一切地
清淨無礙念 具足無礙智 分別説法界
智慧到彼岸 如是諸世界 無量業莊嚴
菩薩一念中 悉知三世刹 於彼世界中

行諸最勝行 究竟等正覺 顯現自在力
如是未來世 一切世界中 諸佛次興世
菩薩悉能知 彼行諸妙願 境界修功德
隨劫成正覺 菩薩分別知 亦知彼壽量
及所化衆生 隨方便法門 爲衆轉法輪
菩薩如是知 具普賢行地 成就一切智
與諸如來等 現在十方界 無量諸佛土
深入此世界 通達諸法界 於彼世界中
現在無數佛 無礙論山王 究竟自在法
知淨土及衆 應化自在力 盡無量億劫
常思惟是事 調御世間尊 成就自在力
菩薩究竟度 深入智慧藏 菩薩具出生
無礙眼耳鼻 無礙廣長舌 令衆悉歡喜
最勝無礙心 無量普清淨 甚深無礙智
悉了三世法 善學一切化 刹化衆生化

能化世間化　究竟化彼岸　種種業莊嚴
嚴飾諸世間　成就佛智慧　善知一切相
一一如來身　以無量方便　隨其所應化
度脫無量眾　深入智境界　出世間慧日
所行不退轉　遍遊一切剎　深解諸世間
如夢如幻化　一切眾生界　了達悉如電
不取虛妄劫　及一切世間　善解非真實
於彼無所著　無量無數劫　解之即一念
知念亦非念　世間無實念　不動於本座
一念遊十方　無量無邊劫　常化諸眾生
不可說諸劫　即是一念頃　亦不令劫短
究竟剎那法　一切諸世間　及諸眾生心
非一亦非二　菩薩悉了知　眾生世界劫
諸佛及佛法　皆悉如幻化　法界無有二
普於十方剎　示現無量身　不取虛妄身

法界無所著　無二智慧中　出生人師子
不著不二法　知無一二故　菩薩知諸法
如燄如電光　如響亦如夢　如幻如變化
如是隨順入　一切佛境界　成就平等智
普照深法界　以無量大悲　觀察諸眾生
遠離染著心　清淨觀世間　廣淨無盡身
深入方便地　菩薩常正念　論師子妙法
見世眾苦惱　發無量大願　所行皆清淨
普遍諸法界　諸佛及菩薩　佛法與世間
菩薩方便觀　通達無差別　清淨法身藏
一切諸世間　世間及法身　二俱無所著
譬如淨水中　見影無所有　法身至十方
而亦無所至　如此無所著　世間清淨身
雖身而非身　諸法無生故　深入無盡身
非生亦非滅　非常非無常　示現諸世間

除滅惡邪見　成就於正見　平等觀諸云
不著我我所　譬如工幻師　示現種種幻
本無所從來　去亦無所至　幻亦非有量
亦復非無量　於彼大衆中　示現量無量
以此寂滅心　修習諸善根　出生諸佛法
非量非無量　有量有無量　皆悉是妄想
分別一切趣　不著量無量　諸佛甚深法
寂滅最深妙　甚深無量智　知甚深諸趣
菩薩離愚癡　心意淨無量　修習諸善根
具足無量願　度無量衆生　令至安隱處
平等觀法界　於彼無所著　深解眞實際
諸法無所有　覺悟諸世間　諸法無生滅
深知一切法　隨應化衆生　普雨甘露法
充滿諸世間　化無量衆生　令發菩提心
不捨菩薩行　皆得不退轉　隨順佛正法

究竟得法身　悉了知世間　一切衆生身
分別諸衆生　及一切佛刹　深入智慧海
通達十方海　如來淨身中　普現衆生身
菩薩明淨眼　悉皆能覩見　無量億劫中
讃歎如來身　窮盡一切劫　猶尚不究竟
菩薩摩訶薩　於佛涅槃後　能於念念中
分布諸舍利　如是未來世　有求佛道者
無量菩提心　決定智能知　如是三世中
諸佛出於世　安住普賢行　皆悉分別知
如是分別知　無量諸行地　成就堅固智
能轉不退輪　無量深智慧　究竟如來境
普賢明淨智　深入不退轉　一切最勝尊
深入妙境界　究竟不退轉　得無上菩提
無量無邊心　一切種種業　修習諸想行
能於一念知　染污不染污　學心無學心

菩薩一念中　覺悟無量心　了知非一二
非穢亦非淨　亦復非積集　皆從因緣起
如是分別知　一切衆生心　世間諸佛刹
悉皆是虚妄　如是妙方便　深入菩薩行
皆與普賢等　如來法化生　一切衆生類
善惡想不同　或有生天上　有墮諸惡道
菩薩見世間　皆從業緣起　常著虚妄想
流轉於生死　十方諸衆生　虚誑網所覆
菩薩一念中　方便令解脱　如是諸根入
眼耳鼻舌身　分别知意業　世間想不同
一一眼境界　出生無量眼　種種相不同
無量無有邊　隨衆生所行　一切善惡業
於彼得果報　像類悉不同　普賢清淨眼
深入諸地力　一一眼境界　出生無量智
如是諸世間　悉能分別知　究竟一切行
逮得不退轉　佛説菩薩説　刹説衆生説
三世一切説　菩薩分别知　過去是未來
未來是過去　現在是去來　菩薩曉了知
如是無量世　覺悟相不同　方便究竟行
具足諸佛智

寶王如來性起品第三十二之一

爾時如來眉間白毫相中放大光明名曰明
如來法無量億那由他阿僧祇光以爲眷屬
普照十方一切世界圍繞十帀顯現如來無
量自在覺悟無數億那由他諸菩薩衆一切
世界六種震動除滅一切諸惡道苦映蔽一
切諸魔光明猶若聚墨顯現一切如來菩提
顯現一切諸佛大衆究竟莊嚴普照法界虚
空界等一切世界復還圍繞一切菩薩諸大
衆已入如來性起妙德菩薩頂爾時一切大

衆心大歡喜身意柔輭作如是念甚奇希有如來今者放大光網必當演說甚深正法爾時如來性起妙德菩薩於蓮華座起偏袒右肩右膝著蓮華臺上一心合掌正向如來以偈頌曰

正覺一切法　究竟諸境界　三世大仙等
是故恭敬禮　究竟無相境　相好莊嚴身
普放離垢光　除滅一切魔　震動十方界
一切諸佛刹　衆生不恐怖　是佛威神力
安住如虛空　清淨法界等　除滅一切惡
令衆得清淨　無量劫苦行　一心求佛道
得無礙境智　與諸如來等　普放無量光
震動一切刹　顯現自在力　來入我身中
善學諸菩薩　皆悉來集會　是故我發心
應有法王事　大衆皆清淨　究竟菩薩行
智慧無染著　成就無所畏　大仙行無量
智慧力精進　開發菩薩心　如來甚深法
正覺微妙義　誰能演說者　我今欲請問
願佛爲顯示

說是偈已時如來口中放大光明名無礙無畏無量億那由他阿僧祇光以爲眷屬普照十方一切世界圍繞十帀顯現如來無量自在覺悟無數億那由他諸菩薩衆一切世界六種震動除滅一切諸惡道苦映蔽一切諸魔光明猶若聚墨顯現一切如來菩提顯現一切諸佛大衆究竟莊嚴普照法界虛空界等一切世界復還圍繞一切菩薩諸大衆已入普賢菩薩摩訶薩口爾時普賢菩薩摩訶薩身及師子座殊勝百倍諸菩薩身及師子座唯除如來所處之座爾時如來性起妙德

菩薩問普賢菩薩摩訶薩言佛子佛所顯現大威神力不可思議是何瑞相爾時普賢菩薩摩訶薩答如來性起妙德菩薩言佛子如我惟忖如我所見過去如來應供等正覺放大光明必說如來性起正法是故今佛放大光明顯自在力必說如來性起正法時如來性起妙德菩薩聞如來性起正法名已一切大地六種震動出生無量論難光明爾時如來性起妙德菩薩問普賢菩薩摩訶薩言佛子云何菩薩摩訶薩知如來應供等正覺性起正法佛子無數億那由他菩薩摩訶薩清淨衆會善學修行清淨諸業念慧成就諸佛莊嚴究竟彼岸住佛威儀具如來行正念諸佛未曾散亂大悲觀察一切衆生決定智慧分別菩薩諸妙神道得佛神力安住一切諸佛功德成就如是無量功德諸大菩薩皆來集會仁者曾於無量億那由他佛所恭敬供養種諸善根成就菩薩無上妙行諸三昧門皆得自在深入一切如來秘密於諸佛法除衆疑惑深入佛法善知一切衆生諸根隨衆生性而爲說法隨順佛智分別演說一切佛法究竟彼岸成就如是等無量功德善哉佛子願爲說如來性起正法爾時如來性起妙德菩薩欲重明此義向普賢菩薩以偈頌曰

善哉無礙智　覺悟一切法　具足平等慧
說佛無量境　諸佛子聞已　心皆大歡喜
願時爲敷演　如來性起法　何等如來身
清淨妙音聲　云何如來心　及無量境界
修習何等法　速成等正覺　何等如來行
及諸佛菩提　云何轉法輪　清淨妙勝法

願爲分別說 善逝涅槃法 佛子等聞已
歡喜心無量 十方衆生類 皆見諸法王
恭敬供養佛 於彼種善根 若有見諸佛
恭敬種善根 功德藏無量 願爲分別說
若有聞一切 如來之名號 十方現在佛
及巳般涅槃 無盡功德藏 聞名歡喜者
彼得何等利 哀愍分別說 清淨眞佛子
願爲廣敷演 分別深境界 無量功德海
一切諸菩薩 皆一心合掌 恭敬觀善逝
瞻仁兼及我 巧語微妙音 願說眞實義
除滅諸疑惑 清淨如虛空 因緣及譬喻
爲我分別說 無量衆聞已 皆發菩提心
一切諸如來 相好莊嚴身 充滿十方國
方便度衆生 出微妙音聲 演說無量法
因喻隨應化 示悟佛菩提 十方一切界
無量佛刹中 不可稱說劫 是會甚難見
如此大衆集 清淨諸佛子 無量億劫中
難見亦難聞 是故眞佛子 願說微妙義
顯現廣無量 如來性起法 一切諸菩薩
皆一心合掌 渴仰於大乘 願雨甘露法

爾時普賢菩薩摩訶薩告如來性起妙德菩薩等諸大衆言佛子如來應供等正覺性起正法不可思議所以者何非少因緣成等正覺出興于世佛子以十種無量無數百千阿僧祇因緣成等正覺出興于世何等爲十一者發無量菩提心不捨一切衆生二者過去無數劫修諸善根正直深心三者無量慈悲救護衆生四者行無量行不退大願五者積無量功德心無猒足六者恭敬供養無量諸佛教化衆生七者出生無量方便智慧八者

成就無量諸功德藏九者具足無量莊嚴智慧十者分別演說無量諸法實義佛子如是等十種無量無數百千阿僧祇法門成等正覺出現于世佛子譬如三千大千世界非少因緣成以無量因緣乃能得成所謂興大雲雨因大雨故起四風輪何等爲四一名曰持能持大水二名漸消漸消大水三名曰起起諸處所四名莊嚴莊嚴三千大千世界衆生業報如是四種皆衆生業報及諸菩薩善根所起佛子如是等無量因緣乃成三千大千世界法如是故無有作者亦無成者如來應供等正覺亦復如是非少因緣成以無量因緣成等正覺出興于世所謂菩薩摩訶薩曾於過去無量佛所聞受正法甘露大雨因是能起如來四種智慧風輪何等爲四一者正

念持陀羅尼未曾忘失如來大智風輪能持如來一切法雨二者正觀如來大智風輪悉能消滅一切煩惱三者善廻向如來大智風輪成就一切功德善根四者出生離垢諸莊嚴法如來大智風輪皆令衆生諸根清淨相好莊嚴如來無漏善根所成法如是故無有作者亦無成者佛子是爲第一最勝法門成等正覺出興于世菩薩摩訶薩應如是知復次佛子譬如三千大千世界成時大雲降雨名曰洪澍一切世界不能容持除大千世界初始成時如來應供等正覺亦復如是出興于世演說如來性起法雨一切聲聞緣覺不能受持除成就諸力菩薩摩訶薩佛子是爲第二因緣成等正覺出興于世菩薩摩訶薩應如是知復次佛子譬如衆生業報大雲降

雨無所從來去無所至如來應供等正覺亦復如是以諸菩薩善根力故演說如來性起法雨無所從來去無所至佛子是爲第三因緣成等正覺出興于世菩薩摩訶薩應如是知復次佛子譬如大雲降雨大千世界一切衆生無能知數若欲算計令心狂亂除大千世界主摩醯首羅天王乃至一滴無不知者以本善根果報力故如來應供等正覺亦復如是出興于世說如來性起甘露法雨一切衆生聲聞緣覺所不能知若欲思量令心狂亂除一切世界主菩薩摩訶薩乃至一句一味悉分別知於過去佛所修地力故佛子是爲第四因緣成等正覺出興于世菩薩摩訶薩應如是知復次佛子譬如大雲降雨名滅熾然或名能起或名能壞或名成實或名分別大千世界如來應供等正覺亦復如是出興于世雨正法雨名曰除滅除滅衆生煩惱盛火或有法雨名曰能起能起衆生一切善根或有法雨名曰能壞能壞衆生諸惡邪見或有法雨名曰成實能成衆生一切智寶或有法雨名曰分別分別衆生心心所行佛子是爲第五因緣成等正覺出興于世菩薩摩訶薩應如是知復次佛子譬如大雲雨一味水隨其所雨而有差別如來應供等正覺亦復如是雨於大悲一味法雨隨所應化種種不同佛子是爲第六因緣成等正覺出興于世菩薩摩訶薩應如是知復次佛子譬如三千大千世界初始成時先成色界諸天宮殿次成欲界諸天宮殿次成人處及餘衆生諸所住處如來應供等正覺亦復如是出興于

世先起菩薩諸行智慧次起緣覺聲聞及餘衆生一切善根佛子譬如大雲雨一味水隨諸衆生善根力故起種種宫殿如來大悲一味法水隨衆生器根不同故法雨差别佛子是爲第七因緣成等正覺出興于世菩薩摩訶薩應如是知復次佛子譬如世界初始成時有大水輪遍滿三千大千世界滿世界已生大蓮華名如來性起諸功德寶以爲莊嚴遍覆三千大千世界光照十方一切國土時摩醯首羅淨居天等見蓮華已即決定知如蓮華數諸佛出興世佛子爾時有風輪起名淨光明能成色界諸天宫殿又風輪起名淨莊嚴能成欲界諸天宫殿又風輪起名不可壞能成大小圍山及金剛山又風輪起名曰勝高能成須彌山王又風輪起名曰不動能成十種大山何等爲十所謂芭蕉山仙人山伏魔山大伏魔山持劫山黑山目眞隣陀山摩訶目眞隣陀山香山雪山又風輪起名曰安住能成大地又風輪起名曰莊嚴能成地天宫殿乹闥婆宫殿又風輪起名無盡藏能成三千大千世界海又風輪起名明淨藏能成大千世界珍寶又風輪起名堅固根能成一切如意樹佛子是爲大雲雨一味水以衆生善根果報力故法如是故起種種風輪風輪差别故大千世界形類不同如來應供等正覺亦復如是出興于世具諸善根有光明名無上大智不斷如來性起不思議智普照十方世界授一切菩薩如來記號成等正覺出興于世又能善知一一佛所有幾菩薩成就功德復有光明名離垢淨如來大智能成

如來無漏無生智復有光明名曰普照如來大智能成如來不可思議法界智復有光明名持佛性如來大智能成如來不動諸力復有光明名無壞最勝如來大智能成如來無然畏智復有光明名一切明如來大智能成如來堅固不退一切種智復有光明名出生變化如來大智能令見聞恭敬供養諸如來者善根不虛復有光明名普隨順至如來大智能成如來無盡功德智慧清淨法身饒益衆生復有光明名不可究竟如來大智能成如來甚深妙智不斷三寶復有光明名種種莊嚴如來大智能成如來相好嚴身令一切衆生皆悉歡喜得一切智復有光明名不可壞如來大智能成如來法界虛空界等無有窮盡殊勝壽命佛子如來大悲一味之水以諸菩薩善根力故及餘衆生根差別故法如是故如來智慧應化不同佛子如來性起正法一切如來平等智慧光明所起一切如來一味智慧出生無量無邊功德衆生念言此諸功德如來所造佛子此非如來神力所造佛子乃至一菩薩不於佛所曾種善根能得如來少分智慧無有是處但以諸佛爲一切群生作善知識衆生依此得大智慧無有作法亦無作者佛子是爲第八因緣成等正覺出興于世菩薩摩訶薩應如是知復次佛子譬如有四風輪依虛空住能持水輪何等爲四所謂安住不動常住堅固是名爲四能持水輪水輪能持大地令不敗壞是故說大地依水輪水輪依風輪風輪依虛空虛空無所依虛空雖無所依能令三千大千世界而得

安住如來應供等正覺亦復如是依如來起四種無礙大智風輪能持一切衆生善根何等爲四所謂攝取衆生皆令歡喜大智風輪分別諸法令衆生樂求大智風輪守護衆生一切善根大智風輪決定了知無漏法界大智風輪是名四種大智風輪大慈爲衆生歸依大悲度脱衆生大慈大悲饒益衆生大慈大悲依方便智大方便智依於如來如來無所依無礙慧光普照十方一切世界佛子是爲第九因緣成等正覺出興于世菩薩摩訶薩應如是知復次佛子譬如大千世界成已種種饒益無量衆生水性衆生得水安樂陸地衆生得地安樂宮殿衆生得宮殿安樂空中衆生得空安樂如來應供等正覺亦復如是出興于世種種饒益一切衆生見聞如來踊躍歡喜修諸善根住尸羅者得佛戒樂住四禪四無量者得聖無上智明之樂住法門者得眞實樂住照明者得淨智樂如是等無量法門種種饒益一切衆生佛子是爲第十因緣成等正覺出興于世菩薩摩訶薩應如是知佛子菩薩摩訶薩又復應知如來性起正法功德無量行無量故充滿十方無來去故離生住滅無有行故離心意識無有身故性如虛空悉平等故一切衆生無我我所無有盡故一切剎無盡無有轉故不斷未來際無有退故如來智無礙無二平等觀察有爲無爲故成等正覺饒益衆生本行迴向自在滿足故爾時普賢菩薩欲重明此義以偈頌曰

一切衆諦聽　如來十力法　一切諸世間

最勝無有上　悉與無等等　亦與虛空等
功德無等者　境界不可量　一切諸如來
功德無有量　諸餘衆生類　無能思議者
如來一法門　一切諸群生　無量億劫中
思量不能盡　十方諸佛刹　盡末爲微塵
有人能計算　悉了知其數　彼人無量劫
算數諸如來　一毛之功德　莫能知少分
譬如一士夫　能量虛空界　又第二士夫
隨算知量數　於億無數劫　算量空可盡
如來諸功德　不可得窮盡　譬如有士夫
能於一念中　數三世衆生　心心之所行
衆生數等劫　數之猶可盡　如來無量德
其數不可盡　譬如諸法界　分際不可得
一切非一切　非見不可取　如是諸如來
境界不可盡　一切非一切　法界無窮盡

譬如如如性　離虛妄寂滅　亦無有生者
亦無有滅者　如是諸如來　及一切境界
亦同如如性　不增亦不減　譬如未來際
眞實際無際　三世性自離　眞實不可得
等正覺如是　境界亦復然　一切三世中
通達無障礙　諸法無變易　性空無作故
離垢無染污　其性如虛空　一切諸如來
清淨性亦然　一切性無性　非有亦非無
正法性遠離　一切語言道　一切趣非趣
皆悉寂滅性　一切諸如來　境界亦如是
遠離語言道　不可爲譬喻　諸佛覺悟法
性相皆寂滅　如鳥飛空中　足跡不可得
無量大願果　成就淨色身　具十力功德
示現大神變　如來甚深法　若有欲知者
應當淨其意　猶若如虛空　遠離虛妄想

及邪見顛倒　修習清淨道　究竟得淨意
是故諸佛子　一心善諦聽　諸善逝境界
我當說少分　一切諸十方　功德不可數
覺悟群生故　我今少演說　一切諸導師
起清淨身業　口業及意業　境界悉清淨
如來深境界　清淨妙法輪　涅槃諸善根
我當分別說　譬如大千界　國土初成時
非是少因緣　能成於世界　無量方便力
一切因緣起　三千大千界　安置諸群生
如是諸最勝　如來性起法　無量功德藏
一切莫能知　十方諸世界　皆末為微塵
算數諸微塵　及知衆生心　微塵衆生心
猶尚可知數　一切諸十力　功德不可知
譬如因重雲　能澍降大雨　四種風輪起
能成三千界　衆生諸善根　菩薩功德力
三千世界起　安置衆生類　如來亦如是
因緣法雲起　大智慧風輪　離垢清淨意
一切諸佛所　修習諸善根　迴向與衆生
速成等正覺　譬如虛空中　雲雨名洪澍
一切諸世界　無堪受持者　除三千大千
世界初成時　不可動風輪　依止虛空界
如來亦如是　初成等正覺　十方一切界
法雲降大雨　充滿勝法界　無有能持者
唯諸大菩薩　成就無量德　空中興雲雨
無作無造者　本無所從來　去亦無所至
如來亦如是　法雲雨甘露　本無所從來
去亦無所至　一切諸菩薩　修習無量行
隨所應受化　為彼雨正法　譬如大雲雨
無有能數者　唯摩醯首羅　悉能分別知
善逝亦如是　雨無量法雨　充滿諸佛剎

無有能數者　唯無上法王　一切世界主
悉能分別知　如觀掌中寶　應滅能寂滅
應起能令起　除滅諸邪見　長養功德寶
如來雨正法　除滅諸煩惱　出生不可數
無量諸善根　修習於正見　遠離諸顛倒
一切諸最勝　深解功德寶　譬如虛空中
普雨一味水　衆生果報力　所起物不同
如來雨正法　大悲一味水　隨應受化故
種種差別說　世界初成時　先起色界宮
復於欲界天　次第起宮殿　次復於人間
各各造住處　然後次第起　乾闥諸龍處
如來亦如是　始成等正覺　初起菩薩行
次成緣覺乘　又化心自在　一切諸聲聞
然後令衆生　修習諸善根　見清淨蓮華
諸天知佛出　因雨能起風　風能起世界
如來放光明　分別佛菩薩　能起智慧輪
通達諸佛法　水依風輪住　地依於水輪
衆寶樹依地　虛空無所依　智輪依如來
慈悲依智慧　功德依方便　法身無所依
譬如大地起　饒益諸衆生　水陸群萌類
各各得安樂　依虛空衆生　及欲色諸天
二足四足等　一切悉饒益　法王亦如是
出興于世間　令一切衆生　皆悉得饒益
若人有見聞　恭敬供養者　除滅諸煩惱
深解如來法　如來性起法　世間莫能知
我所說少分　饒益衆生故

大方廣佛華嚴經卷第三十四

音釋

摩醯首羅（梵語也此云大自在醯馨兮切）澍（常句切淋澍也）萌（莫耕切與甿同無知貌）

大方廣佛華嚴經卷第三十五

東晉天竺三藏佛陀跋陀羅等譯

寶王如來性起品第三十二之二

爾時普賢菩薩摩訶薩告諸菩薩言佛子云何菩薩摩訶薩知見如來應供等正覺此菩薩摩訶薩知見如是具足成就無量功德何以故如來應供等正覺非一法一行一身一刹化一衆生故此菩薩摩訶薩知見如來具足成就無量法無量行無量身無量刹平等教化一切衆生故佛子譬如虛空一切色處非色處無處不至而非至非不至何以故虛空無形色故如來法身亦復如是至一切處一切刹一切法一切衆生而無所至何以故諸如來身非是身故隨所應化示現其身佛子是爲菩薩摩訶薩初入勝行門知見如來復次佛子譬如虛空彌廣悉能容受一切衆生而無染著如來法身亦復如是照一切衆生世間善根離世間善根亦無染著何以故如來法身於一切染著悉已斷故佛子是爲菩薩摩訶薩第二勝行知見如來復次佛子譬如日出世間以無量事饒益衆生所謂滅除闇冥長養一切山林藥草百穀卉木消除冷濕照空饒益虛空衆生照池則能開敷蓮華普悉照現一切色像世間事業皆得究竟何以故日能普放無量光故如來身日亦復如是以無量事普能饒益一切衆生所謂除滅衆惡長養善法慧光普照除滅一切衆生闇冥大慈饒益救護衆生大悲饒益度脫一切正法饒益長養一切根力覺意堅信饒益除心垢濁見法饒益不壞因緣天眼饒益悉

見衆生死此生彼離害饒益不壞衆生一切善根慧光饒益開敷一切衆生心華發心饒益究竟一切菩薩所得何以故如來身日普放一切慧光明故佛子是爲菩薩摩訶薩第三勝行知見如來復次佛子譬如日出先照一切諸大山王次照一切大山次照金剛寶山然後普照一切大地日光不作是念我當先照諸大山王次第乃至普照大地但彼山地有高下故照有先後如來應供等正覺亦復如是成就無量無邊法界智慧日輪常放無量無礙智慧光明先照普賢菩薩摩訶薩等諸大山王次照緣覺次照聲聞次照決定善根衆生隨應受化然後悉照一切衆生乃至邪定爲作未來饒益因緣如來智慧日光不作是念我當先照菩薩乃至邪定但放大

智光普照一切佛子譬如日月出現世間乃至深山幽谷無不普照如來智慧日月亦復如是普照一切無不明了但衆生希望善根不同故如來智光種種差别佛子是爲菩薩摩訶薩第四勝行知見如來復次佛子譬如日出世間生盲衆生未曾覩見何以故無肉眼故佛子此生盲衆生雖不見日亦爲日光之所饒益因日光故而得飲食資生衆具消除冷濕令體輕輭風寒痰癊諸患悉除安隱快樂如來慧日出現世間亦復如是一切邪見犯戒無智邪命生盲衆生未曾覩佛智慧日光何以故無信心眼故佛子生盲衆生雖不見如來智慧日光然此衆生亦爲如來智慧日光之所饒益除滅四大一切諸苦身體安樂斷一切煩惱毒痛根本佛子如來有光

名曰一切功德積聚復有光明名普照一切復有光明名曰清淨自在普照復有光明名出大妙音復有光明名普照一切諸語言法復有光明名自在除滅一切疑惑復有光明名無依普照復有光明名智慧自在除滅一切境界虛妄復有光明名分別諸乘隨其所應出大妙音復有光明名曰圓滿自在音聲莊嚴諸剎悉令衆生皆得清淨佛子如來一一毛孔放如是等千種光明五百光明普照下方五百光明普照上方菩薩摩訶薩各於其剎諸如來所見此光已彼諸菩薩即時具足清淨十頭十眼十耳十鼻十舌十身十手十足十地十智彼諸菩薩因菩薩行地所得諸入皆悉清淨成就善根一切種智聲聞緣覺皆悉除滅一切煩惱少智生盲衆生身體柔軟安隱快樂離垢清淨調伏諸根具足成就四念處法地獄餓鬼畜生惡道衆生衆苦悉除皆得安隱身壞命終生人天中彼諸衆生不知不覺以何因緣何威神力來生此間彼生盲者唯作是念我是梵天我是梵化爾時如來安住普自在三昧演出八種如來妙音告衆生言汝等衆生非是梵天亦非梵化蒙佛神力故得生此間彼諸衆生佛神力故即識宿命所經惡道來生此間皆大歡喜大歡喜已各持優曇華雲香雲娛樂雲一切衣雲蓋雲幢雲末香雲妙寶雲師子幢雲半月樓閣雲讚歎莊嚴具雲詣如來所奉獻供養何以故蒙佛神力慧眼開明如來即授彼諸衆生阿耨多羅三藐三菩提記佛子當知如來慧日饒益生盲衆生長養具足成就善根

佛子是爲菩薩摩訶薩第五勝行知見如來復次佛子譬如滿月有四奇特未曾有法何等爲四映蔽一切星宿光明示現增減於閻浮提一切淨水影無不現一切衆生有覩見者皆悉對面如來法身亦復如是有四奇特未曾有法何等爲四映蔽一切聲聞緣覺學無學法功德星宿隨其所應示現壽命脩短不同法身常住未曾增減影現一切世界淨心衆生菩提器中隨所聞法隨解脫地應受化者一切皆謂如來現前其實法身無有彼此究竟佛事佛子是爲菩薩摩訶薩第六勝行知見如來復次佛子譬如三千大千世界大梵天王以少方便大千世界一切衆生各見梵王現在已前亦不分身無種種身佛子如來亦復如是亦不分身無種種身於一切衆生隨所應化示現其身未曾生念示現彼此若干衆生佛子是爲菩薩摩訶薩第七勝行知見如來復次佛子譬如大醫王善知衆藥對治之法一切方論皆悉明練彼大醫王閻浮提中一切藥草若現其前悉能識別彼大醫王宿善根力又能明了諸方論故悉能療治一切衆病彼大醫王臨命終時作如是念我命終後一切衆生無所歸依是故我應現巧方便爾時醫王以藥塗身呪術自持令我命終之後身不乾燥又不散壞猶能具足身四威儀行住坐臥行醫王事療治衆病與本無異如來應供等正覺無上醫王亦復如是善能明了諸對治法悉能除滅一切衆生諸煩惱病無量億那由他劫修習善根究竟般若波羅蜜到於彼岸善學方便藥塗呪持

如來於昔先善安住菩薩行地般若波羅蜜巧妙方便藥呪之力住持壽命如來以少方便施作佛事救護衆生除滅煩惱佛子是爲菩薩摩訶薩第八勝行知見如來復次佛子譬如大海有摩尼寶名普照明淨藏此寶光明觸衆生身悉同一色若有見者眼即清淨隨彼光明所照之處雨日佉寶皆悉徧滿饒益安樂無量衆生如來法身亦復如是爲大寶王功德積聚大智慧藏如來有光名寶身智若有衆生觸斯光者皆悉得與佛身同色若有衆生見斯光者皆悉逺得清淨法眼若有衆生觸斯光者除貧賤苦尊貴富樂乃至無上菩提快樂佛子當知如來法身無有彼此悉能究竟一切衆生而作佛事佛子是爲菩薩摩訶薩第九勝行知見如來復次佛子譬如大海有寶名曰一切世間莊嚴如意摩尼寶王具足成就百萬功德隨彼寶王所住之處一切衆生所有苦患皆得除滅隨其所願悉能充滿彼摩尼寶王非少福衆生所能得見如來法身摩尼寶王亦復如是若有衆生得聞見者皆悉除滅生死之苦若一切衆生一時專念欲見如來皆悉覩見能令歡喜所願悉滿如來法身非少福衆生之所能見除佛神力隨其所應而示現身佛子是爲菩薩摩訶薩第十勝行知見如來菩薩摩訶薩具足成就無量淨心充滿十方深入法界住眞實際無生無滅三世平等悉能除滅一切虛妄入未來際正法充滿一切世間一切法界一切佛身無量莊嚴爾時普賢菩薩摩訶薩欲重明此義以偈頌曰

譬如虛空性　無處而不至　十方世界中
一切諸佛剎　色處非色處　一切衆生類
去來今現在　非至非不至　一切諸最勝
清淨妙法身　無處而不至　充滿諸法界
最勝妙法身　一切莫能見　教化衆生故
導師爲示現　譬如虛空性　無能執持者
普令諸群生　無礙造衆業　虛空無是念
我今何所作　云何而造作　爲誰而造作
如是諸最勝　因此淨身業　普令群生類
成就白淨法　如來淨法身　饒益無量衆
法身亦無念　我利諸群萌　譬如明淨日
出現閻浮提　除滅一切闇　普照悉無餘
一切衆寶山　大地諸華池　隨事而長養
饒益一切衆　最勝日如是　饒益一切衆
悉令群生類　長養諸善根　成就慧光明

除滅一切闇　覩見諸導師　具足一切樂
譬如日出時　先照大山王　又復次第照
一切諸大山　次照諸小山　及餘高顯處
然後乃普照　世界諸大地　善逝亦如是
清淨慧日光　先照諸菩薩　功德大山王
爾乃次第照　一切諸緣覺　又復次第照
聲聞學無學　然後次第照　一切諸衆生
法身無是念　我有所照明　譬如明淨日
出現於世間　生盲雖不見　而能作饒益
除滅饑渴患　令身柔軟樂　當知明淨日
無所不饒益　佛日亦如是　出現於世間
雖無信心眼　而爲作饒益　或聞如來聲
或觸導師光　爲彼作因緣　究竟成菩提
譬如盛滿月　映蔽諸星宿　示現一切衆
有增或有減　一切澄淨水　月影無不現

世間群生類　皆悉對目見　最勝淨滿月
映蔽於二乘　隨其受化者　示現壽脩短
影現諸人天　淨心菩提器　各各皆自謂
我對天人尊　譬如大梵王　安住梵天宮
悉於大千界　普現梵王身　具足自在力
變現無量身　無處而不見　其身亦不分
導師亦如是　具足自在力　一切十方剎
普現無量身　不可稱量身　一切莫能見
普應現衆生　而亦不分身　譬如大醫王
善知對治法　若有得見者　無病而不除
臨欲命終時　而生如是念　我身終沒後
一切無歸依　以藥塗其身　呪術而自持
令我命終後　如本無變異　如是諸最勝
無上大醫王　善學方便慧　具足一切智
過去無量行　示現淨法身　衆生若見者
除滅煩惱患　譬如大海中　摩尼衆寶王
出生無量種　清淨妙光明　衆生觸斯光
皆悉同寶色　若有得覩者　彼開清淨眼
最勝寶如是　普放慧光明　若有觸斯光
悉與佛同色　衆生若見者　具足五淨眼
除滅諸闇冥　安住如來地　譬如如意寶
隨滿一切願　若有所求者　皆悉滿其意
寶王不生念　我饒益世間　少功德衆生
不見此寶王　善逝亦如是　令一切願滿
若有求願者　皆悉得滿足　善逝不生念
我利益衆生　其懷惡心者　不覩如來身

佛子菩薩摩訶薩云何知見如來應供等正覺微妙音聲此菩薩摩訶薩知見如來音聲無處不至如來種種微妙音聲令一切衆生皆大歡喜演說無量諸佛正法隨應化者悉

得解了教化衆生未曾失時令身清涼心定不亂觀察平等無生無滅譬如呼響無主知見出生長養諸善根故知見甚深無邊底故知見正直究竟度法界故知見無斷攝法界故知見不可壞究竟法界故菩薩摩訶薩知如來音聲非量非無量非主非無主非智非無智何以故譬如世界將欲壞時法如是故自然演出四種音聲何等爲四一曰汝等當知初禪安樂離欲瞋恚遠離欲界衆生聞已自然皆得成就初禪捨欲界身生梵天處二曰汝等當知二禪安樂離於覺觀無覺無觀遠離梵身衆生聞已自然皆得成就二禪捨梵世身生光音天三曰汝等當知三禪安樂離於喜愛衆生聞已自然皆得成就三禪捨光音身生遍淨天四曰汝等當知四禪安樂

遠離衆苦衆生聞已自然皆得成就四禪捨遍淨身生果實天佛子是爲世界將欲壞時法如是故自然出生四種音聲彼聲無主亦無作者如來妙音亦復如是亦無有主無有作者自然出生四種妙音隨順佛法何等爲四一曰汝等當知一切行苦地獄畜生餓鬼中苦閻羅王苦惡行者苦無功德苦著我我所苦欲生人天當種善根修諸功德遠離八難得無難處衆生聞已捨離顛倒修習善根遠離八難生人天中二曰汝等當知一切行苦皆悉熾然如燒鐵丸一切衆行悉磨滅法寂滅涅槃遠離熾然清涼安樂衆生聞已皆修善根修善根已得音聲忍得音聲忍已學聲聞乘三曰汝等當知學聲聞乘者爲學小智因他覺悟更有勝道名緣覺乘悟不由師

汝等應學若有衆生樂勝道者聞此音聲學緣覺乘四曰汝等當知過聲聞緣覺更有勝道名曰大乘修菩薩行究竟六波羅蜜具菩薩行得不退轉不捨菩薩心永離生死向無上菩提若有衆生諸根猛利過去修習無量善根又復承佛威神力故得聞此音發菩提心諸佛如來微妙音聲不從身出不從心出而能饒益無量衆生佛子是爲菩薩摩訶薩初勝妙行知見如來微妙音聲復次佛子譬如呼響因山聲起無有積聚不可覩見隨種種聲悉能應對實無所應如來妙音亦復如是無有方處但隨所應而出音聲音聲非實不可覺知不可言説佛子是爲菩薩摩訶薩第二勝行知見如來微妙音聲復次佛子譬如天妙音聲於虚空中自然而出悉能覺悟

放逸天子而告之言汝等當知五欲無常虚妄顛倒須臾變異如逆風執火愚夫所習汝莫放逸若放逸者身壞命終墮三惡道放逸諸天聞此音聲生恐怖心猒離五欲各捨宫殿詣正法堂修習善法愛樂正道佛子天妙音聲亦無有主亦無作者不起不滅而能利益放逸諸天如來妙音亦復如是普爲放逸諸衆生故出生無量正法音聲而覺悟之謂無著聲不放逸聲無常苦空非我之聲寂滅涅槃聲皆悉充滿一切法界隨其所應悉令歡喜各隨所樂修學諸乘出生無量大智音聲不退轉聲具足菩薩諸行音聲如來一切智慧地聲衆生聞此諸音聲已無量無數阿僧祇衆生修習善法或學聲聞辟支佛乘或學無上摩訶衍乘如來妙音超絶衆相言語

道斷佛子是爲菩薩摩訶薩第三勝行知見如來微妙音聲復次佛子譬如自在天王有天寶女名曰善口於一語中演出百千娛樂音聲於彼一一娛樂音中復出百千娛樂音聲佛子當知一善口聲出生無量微妙音聲如來音聲亦復如是於一音中出無量聲隨其所應悉令開解佛子是爲菩薩摩訶薩第四勝行知見如來微妙音聲復次佛子譬如大梵天王於梵衆中出梵音聲一次大衆無不聞者彼梵音聲不出衆外時梵身諸天各作是念大梵天王唯與我語不對餘天如來應供等正覺亦復如是出生無量無上妙音應受化者皆悉得聞不出衆外何以故彼諸衆生根未熟故聞佛音者各作是念今日如來唯爲我說不爲餘人如來所出音聲亦無所出聞佛音者亦無所聞能爲衆生施作佛事佛子是爲菩薩摩訶薩第五勝行知見如來微妙音聲復次佛子譬如水性皆同一味隨器用故味有差別水無是念我作衆味如來妙音亦復如是皆悉一味謂解脫味隨諸衆生受化器異應有差別如來音聲不作是知不作是念我作種種別異音聲佛子是爲菩薩摩訶薩第六勝行知見如來微妙音聲復次佛子譬如阿耨達龍王興大重雲滿閻浮提普降大雨百穀草木皆悉滋長江河池泉一切盈滿此大雨水不從龍王身心中出而能饒益無量衆生如來應供等正覺亦復如是興大悲雲遍滿世間普雨無上甘露正法令一切衆生皆大歡喜出生善根長養正法具足諸乘如來音聲不從外來亦不內出

而能饒益一切衆生佛子是爲菩薩摩訶薩第七勝行知見如來微妙音聲復次佛子譬如摩那斯龍王將欲降雨先興重雲彌覆虚空凝停七日而未降雨先令衆生究竟諸業何以故彼大龍王慈悲心故過七日已漸降微雨普潤大地如來應供等正覺亦復如是將雨法雨先興法雲普覆衆生未便即雨甘露正法先令衆生成就諸根諸根熟已然後漸降甘露法雨若即說深法衆生恐怖是故如來漸漸微雨一切種智甘露法味佛子是爲菩薩摩訶薩第八勝行知見如來微妙音聲復次佛子譬如海中有大龍王名大莊嚴或連雨十日或二十日或百日或千日或百千日佛子雨不作念我雨十日乃至百千日但彼龍王有不可思議自在力故或十日雨乃至百千日雨如來應供等正覺亦復如是欲雨微妙甘露正法或十種音聲或二十或百或千或百千或八萬四千行種種音聲乃至無量億那由他聲分別說法令一切衆生皆悉歡喜如來妙音不作是念我能演說種種諸法又法界清淨無有差別化衆生故所說不同佛子是爲菩薩摩訶薩第九勝行知見如來微妙音聲復次佛子譬如娑伽羅龍王欲現龍王大自在力爲欲饒益群生類故從四天下乃至他化自在天處興大重雲遍覆六天有種種色或有處如閻浮檀金色或有處如琉璃色或有處如白銀色或有處如玻瓈色或有處如玫瑰色或有處如瑪瑙色或有處如勝寶藏色或有處如赤真珠色或有處如妙香色或有處如種種衣色或有處

如清淨水色或有處如種種雜色如是等無量色雲覆四天下乃至六天覆已出諸電光所謂閻浮檀金色雲出琉璃電光琉璃色雲出閻浮檀金電光白銀色雲出玻瓈電光玻瓈色雲出白銀電光玫瑰色雲出瑪瑙電光瑪瑙色雲出玫瑰電光勝寶藏色雲出赤真珠電光赤真珠色雲出勝寶藏電光妙香色雲出種種衣色電光種種衣色雲出妙香色電光淨水色雲出種種雜色電光種種雜色雲出淨水電光廣說乃至一種色雲出種種色電光種種色雲出一種色電光又震種種大雷音聲令衆生歡喜所謂天女歌音天娛樂音龍女歌音乹闥婆女歌音緊那羅女歌音大地音大海音鹿王音或有異類奇妙種種鳥音或種種歌音爾時龍王起若干風降微細雨饒益安樂無量衆生從四天下上至六天普雨種種無量異雨所謂於大海中雨名洪澍無有斷絶於他化自在天普雨歌頌娛樂音聲於化自在天普雨解脫明淨光寶於兜率陀天普雨頂髻明月神珠於夜摩天普雨種種衆莊嚴具於三十三天普雨妙香於四天王天普雨寶衣於龍王宫普雨赤明真珠於阿脩羅處普雨兵仗名伏怨敵於欝單越普雨衆華如是廣說遍四天下雨種種雨然彼龍王其心平等無有彼此但以衆生根不同故雨有差別如來應供等正覺無上法王亦復如是將欲應現無量大法先以清淨身雲普覆一切法界隨其所應示現身雲或有衆生應見如來生身之雲或有衆生應見如來神力住持身雲或有衆生應見如來

色身之雲或有衆生應見如來種種身雲或有衆生應見如來功德身雲或有衆生應見如來智慧身雲或有衆生應見如來不壞身雲或有衆生應見如來無畏身雲或有衆生應見如來法界身雲佛子如來以如是等無邊身雲普覆一切世界隨其所應示現光明電光或有衆生得見如來光明電光名無所不至或有衆生得見如來光明電光名照無量無邊或有衆生得見如來光明電光名曰入佛微密之教或有衆生得見如來光明電光名明淨普照或有衆生得見如來光明電光名曰淨照或有衆生得見如來光明電光名入無盡藏陀羅尼門或有衆生得見如來光明電光名不亂正念或有衆生得見如來光明電光名不退智慧或有衆生得見如來光明電光名順入諸趣或有衆生得見如來光明電光名普令衆生滿足諸願佛子如是如來應供等正覺普爲衆生示現如來光明電光現電光已出生無量諸大三昧雷震音聲所謂出正覺三昧雷聲離垢寂靜海三昧雷聲一切法自在三昧雷聲金剛圓滿三昧雷聲須彌山王幢三昧雷聲海印三昧雷聲日光三昧雷聲普令衆生歡喜三昧雷聲無盡功德藏三昧雷聲不壞解脫阿羅漢三昧雷聲佛子如來應供等正覺於佛身雲出生無量種種三昧雷聲出雷聲已欲說甘露法時先現如來大智風輪瑞相從無障礙大慈悲起先令一切衆生及諸菩薩身心柔輭皆大歡喜如來如是以正法雲大慈悲雲不可思議雲令一切衆生身心柔輭然後乃雨不

可思議大法雲雨所謂爲坐道場一切菩薩雨不可壞法界大法雲雨爲最後身菩薩雨如來密教菩薩娛樂自在大法雲雨爲一生補處菩薩雨清淨普照大法雲雨爲得記菩薩雨如來莊嚴大法雲雨爲得忍菩薩雨功德寳智華不斷菩薩行大法雲雨爲向行菩薩雨不退行入化門甚深門無有疲猒大法雲雨爲初發心菩薩雨如來定行大慈大悲救護衆生大法雲雨爲樂緣覺者雨深知緣起離斷常見無壞解脫果法雲雨爲求聲聞者雨降伏煩惱怨敵智藏法雲雨爲修習長養善根衆生及決定不決定衆生雨種種歡喜法門雲雨佛子諸佛如來隨衆生心雨如是等十種無量無邊大法雲雨充滿法界佛子如來應供等正覺其心平等無有彼此但

以衆生根不同故如來法雨現有差別佛子是爲菩薩摩訶薩第十勝行知見如來微妙音聲復次佛子菩薩摩訶薩知見如來音聲十種無量何等爲十所謂知見虛空等無量無處不至故知見法界等無量無處不徹故知見衆生界等無量令一切衆生悉歡喜故知見行業等無量廣說一切果報故知見煩惱等無量究竟寂滅故知見種種音聲等無量隨應受化無不聞故知見欲樂等無量悉分別說諸解脫故知見三世等無量無分際故知見智慧等無量深入一切法故知見佛境界不退等無量隨順如如法界故佛子菩薩摩訶薩知見如來應供等正覺音聲有如是等十種無量阿僧祇爾時普賢菩薩欲重明此義以偈頌曰

世界欲壞時　於彼虛空中　衆生福報力
自然出四聲　於彼四禪中　寂樂離衆苦
衆生聞是已　猒離欲界身　十力亦如是
自然出四聲　充滿於法界　無處而不聞
衆生因緣力　佛應四種聲　其有聞音者
求度生死海　譬如因山谷　出生呼聲響
從外一切音　響聲隨應對　種種因緣起
聞者亦不同　響不作是念　我出種種音
如來聲如是　出生無量音　隨應受化者
一切無不聞　皆悉令歡喜　調伏諸衆生
音聲亦無念　我出種種音　譬如天妙音
於彼虛空中　自然而演出　覺悟諸天子
諸天子聞此　正法妙音聲　修習不放逸
猒離於五欲　十力亦如是　出生微妙聲
法雲音充滿　一切諸世界　令衆生覺悟

彼音無生滅　若有得聞者　皆悉證菩提
如自在天王　寶女名善口　於一音聲中
出生百千聲　復於一一音　出生百千聲
諸天若聞者　一切皆悅樂　十力亦如是
於彼一音中　隨應一時演　衆生數等音
衆生聞音聲　除滅諸煩惱　音聲不作念
我能有所滅　譬如大梵王　出清淨梵音
一切梵天衆　無有不聞者　一一梵音聲
令梵衆歡喜　遍滿梵天衆　音聲不出外
功德大梵王　安處如來坐　演出一妙音
充滿諸法界　隨應受化者　一切無不聞
聲不出衆外　以無信心故　譬如諸水性
皆悉同一味　清淨離垢濁　具足八功德
所因地不同　衆器各別異　隨彼因緣故
水味有差別　佛子應當知　一切智音聲

如來微妙音　悉同解脱味　衆生所造行
若干差别故　善逝隨應化　所聞各不同
譬如阿耨達　自在大龍王　興雲覆世間
普雨潤大地　長養諸叢林　百穀藥草等
彼所降雨水　不從身心出　如來亦如是
初興大法雲　普覆諸法界　雨大甘露法
令衆增善根　除滅煩惱熱　而彼甘露法
不從身心出　譬如大龍王　名曰摩那斯
七日起重雲　凝停不降雨　普令一切衆
究竟諸事業　漸降微細澤　然後乃大雨
十力興法雲　普覆諸法界　雨大甘露法
饒益諸群生　隨應受化者　爲彼説深法
聞者不恐怖　究竟成菩提　譬如大龍王
名曰大莊嚴　先布密重雲　然後降大雨
或十二十日　乃至百千日　雨水等一味
衆生故不同　究竟至如來　大辯之彼岸
或説十法門　乃至百千門　或説八萬四
乃至無量行　如來不生念　我分别法界
譬如海龍王　名曰娑伽羅　先興密重雲
彌覆四天下　普雨一切處　各各悉不同
龍王心平等　亦無有憎愛　最勝亦如是
無上法龍王　興起大悲雲　普覆於一切
爲道場菩薩　雨大甘露法　隨其所應化
如來心平等

大方廣佛華嚴經卷第三十五

大方廣佛華嚴經卷第三十六

東晉天竺三藏佛陀跋陀羅等譯

寶王如來性起品第三十二之三

佛子云何菩薩摩訶薩知見如來應供等正覺心此菩薩摩訶薩知心意識非即如來但知如來智無量故心亦無量佛子譬如虛空悉爲一切萬物所依而彼虛空無所依止如來智慧亦復如是悉爲一切世間智慧離世間智之所依止而如來智無所依止佛子是爲菩薩摩訶薩最初勝行知見如來應供等正覺心復次佛子譬如清淨法界悉爲一切聲聞緣覺菩薩解脫之所依止而清淨法界無增無減如來智慧亦復如是爲一切世間出世間智算數巧術一切衆智之所依止而如來智無增無減佛子是爲菩薩摩訶薩第二勝行知見如來應供等正覺心復次佛子譬如四大海水悉能澤潤四天下地八十億小洲若有衆生於彼諸處方便求水無往不得而彼大海不作是念我能資給諸衆生水如來智慧大海亦復如是悉能澤潤一切衆生心彼諸衆生各於法門修習善根皆得智慧光明而如來不作是念我能悉與衆生智慧佛子是爲菩薩摩訶薩第三勝行知見如來應供等正覺心復次佛子譬如大海有四種寶珠此四種寶悉生海中一切衆寶若無此寶海中衆寶悉皆滅失何等爲四一名衆寶積聚二名無盡寶藏三名遠離熾然四名一切莊嚴聚是爲四寶佛子此四種寶一切阿脩羅迦樓羅諸龍神等悉不得見何以故娑伽羅龍王密置深寶藏故此四種寶端嚴

方正如來應供等正覺海亦有四種大智寶珠出生一切聲聞緣覺學無學智及諸菩薩智慧大寶何等爲四一名無染巧妙方便清淨智寶二名分別演説有爲無爲清淨智寶三名分別演説一切諸法而不壞法界清淨智寶四名應化衆生未曾失時清淨智寶是爲如來大海四種清淨智寶佛子此如來四種清淨智寶一切衆生無能見者何以故此四種智慧大寶安置如來微密法寶藏故菩薩慧光端嚴殊特佛子是爲菩薩摩訶薩第四勝行知見如來應供等正覺心復次佛子譬如大海有四熾然光明大寶此四種寶悉能消竭大海無極之水何等爲四一名日藏光明大寶二名離潤光明大寶三名火珠光明大寶四名究竟無餘光明大寶佛子若大海中無此四寶四域天下金剛圍山乃至非想非非想處皆悉漂没佛子此日藏光明大寶能變海水悉成爲酪離潤光明大寶能變酪海悉成爲酥火珠光明大寶能悉熾然酥海究竟無餘光明大寶悉然酥海永盡無餘如來應供等正覺海亦有四種智光摩尼大寶照諸菩薩具足修習一切衆行乃至成佛平等智慧何等爲四一者永息一切不善波浪智光大寶二者滅一切法愛智光大寶三者大慧智光大寶四者與如來等無量智光大寶佛子彼菩薩摩訶薩修習菩提時起無量生死不善波浪一切諸天阿脩羅等悉無能止如來已息一切不善波浪智光大寶照曜菩薩安善波浪令永止息堅固安住無上三昧以滅一切順法愛智光大寶滅一切三

昧難捨味著以大慧智光大寶滅一切無明浮慧通達以與如來等無量智光大寶以少方便出生如來智慧之地佛子若無如來四種智光大寶乃至一菩薩得如來地無有是處佛子是爲菩薩摩訶薩第五勝行知見如來應供等正覺心復次佛子譬如從水輪際上至非想非非想天一切三千大千世界依虛空住謂無色界衆生處色界衆生處欲界衆生處此三界處悉依虛空而彼虛空無有迫迮如來智慧亦復如是一切聲聞緣覺菩薩知有爲法智慧知無爲法智慧如是等一切智慧悉依如來智慧而起悉依如來智慧而住如來智慧無有迫迮何以故如來智慧無所不至故佛子是爲菩薩摩訶薩第六勝行知見如來應供等正覺心復次佛子譬如雪山頂有藥王樹名非從根生非不從根生彼藥王樹從六百八十萬由旬下極金剛地水輪際生佛子此藥王樹若生根時閻浮提樹一切根生若生莖時閻浮提樹皆悉生莖若生枝葉華果時閻浮提樹一切悉生枝葉華果此藥王樹根能生莖莖能生根是故名曰不從根生非不從根佛子此藥王樹一切諸處皆悉生長唯除二處所謂地獄深坑及水輪中不得生長而大藥王樹亦不捨生性如來智慧大藥王樹亦復如是從一切如來種性中生於過去世修習大慈悲等無量無邊功德堅固正住不可傾動三世無量善根智慧皆悉普覆一切世間除滅一切惡道衆難巧方便莖淨法界枝諸禪三昧解脫之葉七覺意華無上解脫果陀羅尼持袮無增減

佛子如來智慧大藥王樹復有異名名根堅固不壞何以故不捨不斷菩薩衆行是故其根名曰不壞彼如來智慧大藥王樹初生根時一切菩薩悉生大慈悲根未曾捨離一切衆生初生莖時一切菩薩皆悉生長堅固精進正直心莖初生枝時一切菩薩生長一切波羅蜜枝初生葉時一切菩薩生長一切淨戒威儀頭陀功德之葉初生華時一切菩薩善根莊嚴相好華敷初生果時一切菩薩得無生忍受佛記果佛子如來智慧大藥王樹唯除二處不得生長所謂聲聞緣覺涅槃地獄深坑及諸犯戒邪見貪著非法器等而如來樹非不生長其餘一切應受化者皆悉生長而如來智慧大藥王樹不增不減佛子是爲菩薩摩訶薩第七勝行知見如來應供等

正覺心復次佛子譬如火劫起時三千大千世界一切所有大地草木金剛圍山皆悉熾然燒盡無餘設有一人若以乾草投彼火中寧得不然答言不也無不燒盡佛子彼所投草猶可不盡如來智慧於一切衆生一切佛刹一切劫數一切諸法無不悉知若有不知無有是處何以故如來智慧不可破壞悉明達故佛子是爲菩薩摩訶薩第八勝行知見如來應供等正覺心復次佛子譬如風災壞世界時有大風起名曰壞散悉能壞散磨滅大千世界金剛圍山一切萬物爾時三千大千世界外復有風起名障壞散風災不令風災得至餘方佛子若無此障風十方無量無邊阿僧祇世界無不散滅如來應供等正覺亦復如是有大智風名曰散滅一切煩惱悉

能散滅一切菩薩煩惱習氣如來復有巧方便智風能持一切菩薩不令究竟盡滅墮於聲聞辟支佛地菩薩摩訶薩得此巧方便智風力故能過聲聞辟支佛地究竟佛地佛子是爲菩薩摩訶薩第九勝行知見如來應供等正覺心復次佛子如來智慧無處不至何以故無有衆生無衆生身如來智慧不具足者但衆生顛倒不知如來智遠離顛倒起一切智無師智無礙智佛子譬如有一經卷如一三千大千世界大千世界一切所有無不記録若二千世界等悉記二千世界中事小千世界等悉記小千世界中事四天下等悉記四天下事須彌山王等悉記須彌山王事地天宫等悉記地天宫殿中事欲天宫等悉記欲界天宫殿中事色天宫等悉記色界天宫殿中事若無色天宫等悉記無色界天宫殿中事彼三千大千世界等經卷在一微塵内一切微塵亦復如是時有一人出興于世智慧聰達具足成就清淨天眼見此經卷在微塵内作如是念云何如此廣大經卷在微塵内而不饒益衆生耶我當勤作方便破彼微塵出此經卷饒益衆生爾時彼人即作方便破壞微塵出此經卷饒益衆生佛子如來智慧無相智慧無礙智慧具足在於衆生身中但愚癡衆生顛倒想覆不知不見不生信心爾時如來以無障礙清淨天眼觀察一切衆生觀已作如是言奇哉奇哉云何如來具足智慧在於身中而不知見我當教彼衆生覺悟聖道悉令永離妄想顛倒垢縛具見如來智慧在其身内與佛無異如來即時教彼

衆生修八聖道捨離虛妄顛倒離顛倒已見如來智與如來等饒益衆生佛子是爲菩薩摩訶薩第十勝行知見如來應供等正覺心佛子菩薩摩訶薩有如是等無量無數諸勝妙行知見如來應供等正覺心爾時普賢菩薩欲重明此義以偈頌曰

欲知如來心　應解最勝智　如來智無量
最勝心亦然　十方諸世界　一切衆生類
皆悉依虛空　虛空無所依　一切法界中
衆生種種樂　方便巧智術　依最勝智起
一切諸智慧　悉依善逝智　如來最勝智
寂然無所依　聲聞緣覺乘　解脫智慧果
悉從法界起　法界無增減　最勝智如是
能起一切智　學智無學智　了達有無智
善逝無上智　出生一切智　非生非不生
皆悉無增減　譬如大海水　澤潤一切地
衆生善方便　求水無不得　大海地無念
我與衆生水　大海無增減　方便求悉得
十方諸世界　一切群生類　善逝智慧海
皆悉能潤澤　各各勤方便　修習諸法門
一切修行者　疾得智慧光　如娑伽龍王
有四妙寶珠　密置深寶藏　衆生無能見
端嚴而方正　常住於大海　因此四摩尼
生出一切寶　最勝四種智　無量不可稱
出生一切衆　無量諸智慧　安住大乘藏
無量德莊嚴　除受記菩薩　一切莫能見
譬如大海中　有四摩尼寶　光燄甚猛熱
能消大海水　若無此四寶　天地悉漂沒
大海無增減　四域皆安住　如來四種智
無量不可稱　能止諸菩薩　不善根波浪

一切三世間　欲色無色界　離我及我所
安住於虛空　善逝智亦然　一切智根本
聲聞學無學　及諸緣覺智　菩薩普饒益
無量甚深智　悉依如來智　如來智無依
如彼雪山頂　有大藥王樹　名不從根生
非不從根生　由此藥王樹　生長因緣故
悉生閻浮提　一切諸樹林　彼樹生根時
一切樹根生　莖枝葉果實　一切亦如是
清淨甚深智　如來性中生　依因如來智
出生修行智　一切菩薩行　無量諸功德
如來智樹王　平等心地生　譬如劫盡時
猛盛大火災　設人投乾草　猶可燒不盡
善逝清淨智　無量無有邊　悉能分別知
三世眾生類　又知一切劫　一切諸佛剎
如是無量法　如來悉了知　譬如劫盡時
風災名壞散　能壞諸大地　金剛及須彌
剎外有風起　名曰障散壞　若無此風者
十方悉磨滅　十力亦如是　智慧風無量
皆悉能散滅　菩薩諸煩惱　如來方便智
攝取諸菩薩　過聲聞緣覺　安住如來地
譬如微塵內　有一大經卷　三千世界等
無益眾生類　爾時有一人　出興於世間
破塵出經卷　饒益一切世　如來智如是
眾生悉具有　顛倒妄想覆　眾生不知見
如來教眾生　修習八聖道　除滅一切障
究竟成菩提

佛子云何菩薩摩訶薩知見如來應供等正覺境界此菩薩摩訶薩成就無量無邊無礙智慧知一切眾生是如來境界一切世間一切剎一切法一切眾生行如如不壞境界無

礙法界境界實際無際境界無量虛空境界非境界境界是如來境界佛子一切衆生無量故如來境界無量一切世間無量故如來境界無量乃至非境界境界無量故如來境界無量非境界至一切處而無所至如來境界亦復如是佛子菩薩摩訶薩知心境界是如來境界如心境界無量故如來境界無量何以故隨心無量出生智慧亦復如是佛子譬如大龍隨心降雨雨不從內亦不從外如來境界亦復如是隨心所念於念念中出生無量不思議智彼諸智慧悉無來處佛子一切大海水皆從龍王心願所起如來智海亦復如是悉從大願力起佛子如來智海無量無邊不可言說不可思議我說小喻汝今諦聽佛子此閻浮提內流出二千五百河水悉入大海俱耶尼內流出五千河水悉入大海鬱弗婆提內流出八千四百河水悉入大海鬱單越內流出一萬河水悉入大海佛子此四天下內如是二萬五千九百河水悉入大海佛子於意云何此水多少答言甚多佛子復有十光明龍王雨大海中悉過前水百光明龍王雨大海中復悉過前大莊嚴龍王雨大海中復悉過前摩那斯龍王雨大海中復悉過前大雷龍王雨大海中復悉過前難陀跋難陀龍王雨大海中復悉過前無量光明龍王雨大海中復悉過前流注不斷龍王雨大海中復悉過前大勝龍王雨大海中復悉過前金剛光明龍王雨大海中復悉過前佛子如是等八十億龍王各雨大海展轉過前娑伽羅龍王太子名曰佛生雨大海中復悉過

前佛子彼十光明龍王所住淵池流入大海復悉過前百光明龍王所住淵池流入大海復悉過前大莊嚴龍王所住淵池流入大海復悉過前摩那斯龍王所住淵池流入大海復悉過前大雷龍王所住淵池流入大海復悉過前難陀跋難陀龍王所住淵池流入大海復悉過前無量光明龍王所住淵池流入大海復悉過前流注不斷龍王所住淵池流入大海復悉過前大勝龍王所住淵池流入大海復悉過前金剛光明龍王所住淵池流入大海復悉過前如是等廣說乃至娑伽羅龍王太子所住淵池流入大海復悉過前佛子如彼十龍王及八十億龍王乃至娑伽羅龍王太子雨大海中及其淵池皆悉不及娑伽羅龍王所雨大海娑伽羅龍王所住淵池湧出流入大海倍復過前彼湧流水青瑠璃色盈滿大海湧出有時是故海潮常不失時佛子如是大海其水無量珍寶無量衆生無量大地無量佛子於意云何彼大海水爲無量不答言實爾其水深廣不可爲喻佛子如是海水深廣無量於如來無量智海百分不及其一乃至不可爲譬但隨所應化爲作譬喻佛子菩薩摩訶薩知見如來智海深廣無量從初發心乃至不斷菩薩無量行故知見道品實無量不斷三寶故知見無量衆生歡喜長養一切聲聞學無學及緣覺故知見大地無量從歡喜地乃至究竟無礙智地故佛子是爲菩薩摩訶薩知見如來應供等正覺境界無量饒益一切衆生無量智慧故爾時普賢菩薩欲重明此義以偈頌曰

離垢淨境界　無量不可稱　殊勝願力故
一切無有量　譬如心境界　無量無有邊
一切諸十力　境界亦如是　譬如大龍王
不離於本處　以心願力故　其雨無有量
雨水無從來　亦無有去處　龍王願力故
隨心雨無量　一切十方刹　十力亦如是
本無所從來　去亦無所至　無量諸境界
悉從心緣起　一切諸法界　皆入一毛道
譬如大海水　無量無有邊　衆生及珍寶
大地亦無量　海水常湛然　皆悉同一味
隨衆生受用　其味各不同　最勝亦如是
智慧海無量　三寶最勝故　是故寶無量
聲聞學無學　辟支佛無量　具修無上道
故說地無量

佛子云何菩薩摩訶薩知見如來應供等正覺行此菩薩摩訶薩知見如來無礙行如如行是如來行如如過去不滅未來不至現在不起如來行亦如是不滅不至不起佛子譬如法界無量無縛何以故法界無身故如來行亦如是無量無縛何以故如來行無身故佛子譬如鳥飛虛空經百千年所遊行處不可度量未遊行處亦不可量何以故虛空無分齊故如來應供等正覺行亦復如是若使有人於百千億那由他劫分別解說如來之行已解說者不可限量未解說者亦不可量何以故如來行無分齊故佛子如來應供等正覺住如來住無所住故而能普爲一切衆生示現開導如來之行衆生見已出過一切諸障礙道佛子譬如金翅鳥王飛行虛空安住虛空以清淨眼觀察大海龍王宮殿奮勇

猛力以左右翅搏開海水悉令兩闢知龍男女有命盡者而撮取之如來應供等正覺金翅鳥王亦復如是安住無礙虛空之中以清淨眼觀察法界諸宮殿中一切衆生若有善根已成熟者奮勇猛大力止觀兩翅搏開生死大愛海水隨其所應出生死海除滅一切妄想顛倒安立如來無礙之行佛子譬如日月周行虛空不作是念我行虛空從何所來去至何所如來亦復如是周行無礙解脫虛空分别一切法界饒益一切衆生廣作佛事如來不作是念我有去來佛子菩薩摩訶薩以如是等無量無邊勝行知見如來應供等正覺行爾時普賢菩薩欲重明此義以偈頌曰

譬如如無盡　無生亦無滅　亦無有方處　求之不可見　如來亦如是　境界不可盡

遠離於三世　其性悉如如　譬如諸法界　非界非非界　非有亦非無　非量非無量

功德持如是　所行不可量　非有亦非無　其身本無故　如鳥飛虛空　經由百千年

行處未行處　皆悉不可量　若人百千劫　演說如來行　已說及未說　皆悉不可量

譬如金翅鳥　安住於虛空　觀察龍王宫　撮取其男女　十力亦如是　安住如來行

善根純熟者　令出煩惱海　譬如淨日月　周行於虛空　安樂一切衆　不念我能爾

如來亦如是　遊行諸法界　度脱一切衆　不念我能度

佛子云何菩薩摩訶薩知見如來應供等正覺菩提此菩薩摩訶薩知見菩提解一切義

滅除疑惑不二等覺無相無行無退無量無邊無縛無脫遠離二邊知處非處知一切字一切語言法知一切衆生心心所行知一切根煩惱習性於一念中悉知三世一切諸法佛子譬如大海爲一切衆生色像之印是故大海說名爲印如來應供等正覺菩提亦復如是一切衆生心念諸根現菩提中而無所現故說如來爲一切覺佛子一切諸佛菩提一切文字所不能記一切語言所不能說不可爲譬但隨所應如來爲之分別演說佛子如來應供等正覺成菩提時住佛方便得一切衆生等身得一切法等身得一切刹等身得一切三世等身得一切如來等身得一切諸佛等身得一切語言等身得一切法界等身得虛空界等身得無礙法界等身得出生無量界等身得一切行界等身得寂滅涅槃界等身佛子隨如來所得身當知音聲及無礙心亦復如是如來具足如是等三種清淨無量佛子如來身中悉見一切衆生發菩提心修菩薩行成等正覺乃至見一切衆生寂滅涅槃亦復如是皆悉一切以無性故無相無盡無生無滅故我非我性故衆生非衆生性故覺無所覺故法界無自性故虛空界無自性故如是等覺一切無性無盡智自然智一切如來無極大悲度脫衆生佛子譬如虛空界世界若成若敗常無增減何以故虛空無生滅故如來應供等正覺菩提若成未成常無增減一性無性捨離衆性佛子設有一人出興於世彼能化作恒沙等心彼一一心悉能化作恒沙如來無色無形如是恒沙等

劫常化不絕於意云何彼化如來寧爲多不答曰我知仁意若化不化等無有異善哉善哉佛子誠如所言佛子設使一切衆生於一念中悉成正覺若成未成皆悉平等何以故菩提無性故無增無減如來菩提皆悉一性所謂無性佛子是爲菩薩摩訶薩知見如來應供等正覺菩提佛子如來應供等正覺成正覺已正受三昧名曰善覺正受三昧已得菩提身數與一切衆生身等如一三昧一切三昧一切法門亦復如是佛子是爲菩薩摩訶薩知見如來應供等正覺菩提身復次佛子菩薩摩訶薩於一毛道悉知一切衆生等如來之身如一毛道一切毛道一切法界處亦復如是何以故如來菩提身無處不至無處不有故如來應供等正覺本求菩提勤修精進往詣道場菩提樹下處師子座成最正覺究竟菩提復次佛子此菩薩摩訶薩自知身中悉有一切諸佛菩提何以故彼菩薩心不離一切如來菩提故如自心中一切衆生心中亦復如是無量無邊無處不有不可破壞不可思議佛子菩薩摩訶薩以如是等無量無邊不可思議方便法門知見如來應供等正覺菩提爾時普賢菩薩欲重明此義以偈頌曰

菩提非二法　遠離於二道　除滅一切惡
平等覺諸法　了達一切法　皆悉如虛空
非我非無我　等覺一切法　譬如諸大海
一切衆生類　色像悉顯現　故說一切印
十方世界中　一切衆生類　無上菩提海
無法而不現　譬如虛空性　世界成壞時

若成若未成　虛空無增減　最勝亦如是
無上菩提道　若覺若未覺　二性亦無性
譬如無量劫　念念化諸佛　若化若不化
皆悉等無異　設一切衆生　一時成正覺
若成若未成　菩提無增減　最勝有三昧
名曰爲善覺　道場成菩提　逮得此三昧
普放無量光　一切衆生等　除滅一切闇
開悟諸群生　三世一切劫　佛刹及諸法
諸根心心法　一切虛妄法　於一如來身
此法皆悉現　是故說菩提　無量無有邊

佛子云何菩薩摩訶薩知見如來應供等正覺轉法輪此菩薩摩訶薩知見如來一切願一切法輪無所轉本無所起三轉圓滿皆悉清淨悉能遠離一切邪見離欲際非際一切諸法如虛空際不可言說一切法寂滅涅槃性故菩薩摩訶薩知見一切文字一切語言法悉轉法輪如來音聲無所不至故知見法輪如響眞實法性故知見一切音聲皆是一聲如來以此而轉法輪佛轉法輪無有主故知見轉法輪無漏無盡内外無所有故佛子譬如文字於無量無數劫說不可盡如來應供等正覺轉正法輪亦復如是一切文字一切語言說不可盡如來法輪悉入一切語言文字而無所住佛子譬如字章悉入一切字數一切事數一切語言數一切算數一切世間出世間而無所住如來音聲亦復如是於一切處無所不入於一切衆生一切法一切業一切報一切心亦無所住一切衆生諸語言法皆爲法輪音聲所攝何以故一切音聲不離法輪音聲故復次佛子此菩薩摩訶薩

知見如來應供等正覺出生法門轉法輪何等爲如來出生法門轉法輪如來以一切衆生念念心心行等音聲爲一切衆生而轉法輪何以故佛子如來應供等正覺有三昧名曰究竟無礙無畏如來正受三昧而轉法輪如來入此三昧已出生一切衆生等音於一一音中復生一切衆生等音而轉法輪悉令衆生皆大歡喜佛子若是知轉法輪者當知是人則爲隨順一切佛家不如是知則不隨順諸如來家佛子是爲菩薩摩訶薩知見如來應供等正覺轉法輪爾時普賢菩薩欲重明此義以偈頌曰

如來轉法輪　三世無不至　所轉無所轉
求之不可得　譬如諸文字　說之不可盡
十力亦如是　轉法輪無盡　譬如諸文字
悉入一切數　所入無所入　法輪亦如是
普入一切音　所入無所入　彼亦無自性
能令一切喜　出過一切數　究竟成菩提
欲說真實義　是故入三昧　以彼三昧力
出生妙音聲　悉與衆生等　而轉淨法輪
又復悉於彼　一一諸音聲　出生無量音
衆生語言法　大自在無念　我出彼衆音
隨其受化者　一切無不聞　譬如諸文字
不內亦不外　無漏不可盡　亦復無積聚
十力亦如是　轉清淨法輪　無漏不可盡
諸佛大神力

大方廣佛華嚴經卷第三十六

音釋

翅 式利切金翅鳥名也　搏 補各切擊也　撮 宗括切挽也

大方廣佛華嚴經卷第三十七

東晉天竺三藏佛陀跋陀羅等譯

寶王如來性起品第三十二之四

佛子云何菩薩摩訶薩知見如來應供等正覺大般涅槃此菩薩摩訶薩欲知見如來應供等正覺大般涅槃者當如是知如如般涅槃如來大般涅槃亦復如是如實際如法界如虛空界如實性如離欲際如無相際如我性際如一切法性際如真實際般涅槃如來大般涅槃亦復如是何以故涅槃非生滅法若法不生當知不滅去無所至佛子如來應供等正覺不爲菩薩演說顯現如來究竟涅槃何以故欲令諸菩薩於一念中普見三世一切諸佛悉現前故出生一切如來妙色亦復不起二不二想何以故菩薩摩訶薩遠離諸想無染著故佛子但如來欲令衆生歡喜故出現於世欲令衆生憂悲感慕故示現涅槃其實如來無有出世亦無涅槃何以故如來常住如法界故爲化衆生示現涅槃佛子設有日出照現世間圓滿明淨與法界等於一切世界淨水器中影無不現日無是念我能普現一切淨水佛子彼時或有一水器破日影不現於意云何彼影不現豈日過耶答曰不也水器破故日影不現佛子如來智慧圓滿淨日一念出現悉能照明一切世界一切法界一切衆生滅除垢濁淨心水器影無不顯常現在前但破器濁心衆生不見如來法身影像應見涅槃而得度者是故如來現般涅槃其實如來不生不滅亦無滅度佛子譬如大火於一切世界能爲火事焚燒草木

無不盡者有時彼火至無草木城邑聚落自然而滅於意云何一切世間火悉滅不答曰不也如來應供等正覺亦復如是於一切世界施作佛事或一佛刹化度已周示現涅槃於意云何一切世界如來悉滅度耶答曰不也佛子是爲菩薩摩訶薩知見如來應供等正覺大般涅槃復次佛子如大幻師善知幻術安住此術於三千大千世界一切城邑聚落大王之都普現幻身住持幻身壽命無盡時此幻師於彼城邑聚落大王之都隨事訖處便捨幻身於意云何爲三千大千世界幻身悉捨滅耶答曰不也如來應供等正覺亦復如是善知大慧幻術具足出生巧方便慧於一切法界普能示現如來幻身常住如法界究竟如虛空隨諸佛刹教化度脫已周訖

處示現涅槃當知不以一刹示現涅槃故如來究竟永滅度也佛子是爲菩薩摩訶薩知見如來大般涅槃復次佛子如來示現般涅槃時先入不動三昧入三昧已於一一身各放無量億千那由他大光一一光明各出無量阿僧祇妙寶蓮華一一蓮華各有不可說不可說妙寶華鬚一一華鬚各有寶師子座一一座上各有如來結跏趺坐彼時所現諸如來身悉與一切衆生數等功德具足相好莊嚴究竟本願時有衆生善根熟者見如來身心皆調伏禀受道化彼如來身究竟安住盡未來際隨一切衆生所應受化未曾失時彼如來身無有處所非實非虛如來但欲究竟過去諸大願故欲令衆生長養諸善根故應現其身常住不滅佛子是爲菩薩摩訶薩

知見如來應供等正覺大般涅槃復次佛子此菩薩摩訶薩知見如來涅槃無量無邊究竟法界無所障礙不生不滅淨如虛空安住實際隨其所應而示現之本願所持不捨一切衆生一切佛刹一切諸法爾時普賢菩薩欲重明此義以偈頌曰

譬如圓滿日　一切法界等　影現一切水
唯除諸破器　最勝亦如是　普現一切世
衆生無信心　謂佛入涅槃　譬如猛盛火
焚燒一切物　無草木聚落　火則自然滅
最勝亦如是　充滿於法界　究竟諸佛事
示現入涅槃　譬如大幻師　示現無量身
如來亦如是　普現一切身　究竟諸佛事
示現般涅槃　隨應受化者　以此而示現
最勝有三昧　名曰不可動　究竟佛事已
然後入此定　念出無數佛　又放無量光
光有無量華　華有無量佛　最勝無量身
充滿諸法界　積集功德者　一切無不見
善逝淨法界　無量法界等　壽命淨莊嚴
一切悉具足　猶如無生性　如來興亦然
猶如無滅性　涅槃亦如是　悉離語言道
不可爲譬喻　天中天難勝　具足一切德

佛子云何菩薩摩訶薩知見於如來應供等正覺所見聞恭敬供養所種善根此菩薩摩訶薩知見於如來所見聞恭敬供養所種善根皆悉不虛功德無盡離一切愛究竟解脫果報不虛滿足諸願於一切有爲法中不可窮盡而能隨順無爲智慧起諸佛智究竟未來際具足一切諸如來地佛子譬如丈夫食少金剛終竟不消要從身過至金剛輪際然

後乃住所以者何以彼金剛不可消故如是佛子於如來所少植善根能壞一切有爲煩惱乃至究竟如來涅槃智慧然後乃住所以者何於如來所植諸善根不可盡故佛子譬如須彌山等大乾草聚若有人持如芥子火悉能燒盡何以故火性悉能燒故佛子於如來所種少善根亦復如是悉能燒滅一切煩惱無有遺餘究竟涅槃何以故於如來所種諸善根性究竟故佛子譬如雪山有大藥王名曰善現若有見者眼得清淨若有聞者耳得清淨若聞香者鼻得清淨若甞味者舌得清淨若有觸者身得清淨若取彼地土悉能除滅無量衆病安隱快樂如來應供等正覺無上藥王亦復如是常以一切諸方便行饒益衆生若有得見如來色身眼得清淨若有得聞如來名號耳得清淨若有得聞如來戒香鼻得清淨若有得味如來法味舌得清淨得金剛廣長清淨舌根悉能演說一切言音若有得觸如來光者彼人即得清淨色身究竟逮得無上法身若有念如來者得念佛三昧正念不亂若有得經行地如來塔廟禮拜供養彼衆生等具足善根滅煩惱患得賢聖樂佛子乃至不信邪見衆生見聞佛者彼諸衆生於見聞中所種善根果報不虛乃至究竟涅槃斷一切惡諸不善根具足善根佛子於如來所見聞供養恭敬所種善根不可言說不可爲喻何以故如來不可思議過思議故但隨所應佛爲作喻佛子是爲菩薩摩訶薩知見於如來所見聞恭敬供養種諸善根爾時諸菩薩摩訶薩白普賢菩薩言佛子當

何名此經云何奉持佛子此經名爲一切諸佛微密法藏一切世間不能思議如來所印大智光明開發示現如來種性長養一切菩薩功德一切世間無能破壞隨順一切如來境界令一切衆生皆悉清淨分别演說佛究竟法佛子如是經典但爲乘不思議乘菩薩摩訶薩一向專心求菩提者分别解說不爲餘人何以故此經不入一切衆生之手唯除菩薩佛子譬如轉輪聖王所有七寶因此寶故行轉輪王法聖王七寶無堪持者唯除第一夫人所生太子具足成就聖王相者佛子若轉輪王無此太子具衆德者王命終後此諸寶等自然散滅佛子此經如是不入一切衆生之手唯除如來法王眞子從諸如來種性家生種如來相諸善根者若無此等佛之眞子斯經則滅何以故一切聲聞緣覺不聞此經何況受持書寫解說無有是處唯除菩薩摩訶薩能自誦持書寫經卷佛子是故菩薩摩訶薩聞此經者歡喜恭敬頂戴受持何以故菩薩摩訶薩信樂此經少作方便必決定得無上菩提佛子菩薩摩訶薩雖無量億那由他劫行六波羅蜜修習道品善根未聞此經雖聞不信受持隨順是等猶爲假名菩薩不從如來種性家生佛子若菩薩摩訶薩得聞此經聞巳信向受持隨順當知此等爲眞佛子從佛家生隨順一切如來境界具足一切菩薩正法安住一切種智境界遠離一切世間諸法出生長養如來所行到一切菩薩諸法彼岸於如來自在正法心無疑惑究竟安住無師之地深入一切如來境界佛子

菩薩摩訶薩聞此經已應當發平等意行無量心遠離一切虛妄之想究竟直心面對正念一切如來修習平等清淨猶如虛空分別觀察一切菩薩行業與法界等具足成就一切智智遠離一切世間垢濁發清淨心充滿一切十方世界深入一切菩薩法門平等觀察三世諸佛具足善根功德智慧深入此等一切諸法而無所入不念一法不念二法悉平等觀無量諸法佛子菩薩摩訶薩成就如是等功德少作方便得無師智爾時普賢菩薩欲重明此義以偈頌曰

若見聞如來　恭敬及供養　所植諸善根
無量不可稱　一切有爲中　不可得窮盡
寂滅諸煩惱　離苦得涅槃　譬如有一人
呑服小金剛　終竟不可消　下至金剛際
如是十力所　見聞供養福　具足金剛智
煩惱滅無餘　譬如乾草積　等彼須彌山
投火如芥子　燒盡悉無餘　如是善逝所
若植少功德　燒滅諸煩惱　正趣到涅槃
譬如雪山中　有大藥王樹　見聞齅味觸
除滅一切患　十力亦如是　若有見聞者
修習勝功德　究竟成菩提

爾時十方不可說不可說百千億那由他佛剎微塵等世界六種震動東湧西沒西湧東沒南湧北沒北湧南沒邊湧中沒中湧邊沒及十八相動所謂動遍動等遍動起遍起等遍起覺遍覺等遍覺震遍震等遍震吼遍吼等遍吼湧遍湧等遍湧爾時佛神力故法如是故雨衆華雲勝過諸天雨寶衣雲蓋雲幢雲旛雲香雲塗香雲鬘雲莊嚴雲衆寶雲菩

薩讚歎雲菩薩身雲三藐三菩提雲普令不可思議世界皆悉清淨雨如來妙音聲雲充滿無量無邊法界如此四天下佛神力故令諸菩薩皆大歡喜一切十方亦復如是爾時十方各過八十不可說百千億那由他佛刹微塵等世界之外各有八十不可說百千億那由他世界微塵等如來悉現其身若近對面同號普賢現已咸作是言善哉善哉佛子乃能承佛神力隨順深法解說不可思議如來性起正法佛子我等諸佛亦說此法十方一切諸佛及諸菩薩亦復如是說此經時百千佛刹微塵等菩薩得菩薩一切明一切三昧受一生記當成阿耨多羅三藐三菩提一佛刹微塵等衆生發菩提心我等悉與授記於未來世當成佛道悉同一號號佛勝境界是故我等普爲未來諸菩薩故護持此經令久住世如此四天下所度衆生十方無量阿僧祇不可思議不可稱不可量不可說法界虛空界等一切世界所度衆生亦復如是盧舍那佛本願力故法如是故善根力故如來無盡智故如來不失時故隨其所應化菩薩故廣行普賢菩薩行故示現一切種智故爾時十方各過十不可說百千億那由他佛刹微塵等世界之外各有十不可說百千億那由他佛刹微塵等菩薩來詣此土充滿一切法界示現菩薩大妙莊嚴放大光明網震動一切世界壞散一切諸魔宮殿除滅一切惡道諸難照明一切如來功德讚歎一切如來正法普雨無量無邊供養雲雨示現無量種種異身示現已身是無量諸佛法門之器時

彼諸菩薩承佛神力各作是言善哉善哉佛子乃能說是如來不可壞法佛子我等一切悉名普賢於普光明世界普勝如來所淨修梵行彼諸佛所亦說是經如是句如是味如是行如是相貌佛子我等承佛神力故法如是故於彼世界來詣此土爲汝作證一切十方盡法界虚空界等一切世界亦復如是爾時普賢菩薩承佛神力觀察一切諸菩薩衆欲重明如來性起正法欲說如來無量功德欲明如來正法不可沮壞欲生一切菩薩無量智慧法明欲說一切具足佛法欲觀察一切群生類心欲隨所應化不失時欲分別一切無量無邊菩薩正法欲顯現一切如來變化自在莊嚴欲明一切如來一身無異欲出生一切菩薩無量本行以偈頌曰

一切諸如來　所成就威儀　舉世悉稱譽
無能爲譬喻　爲饒益衆生　令悉開解故
以非喻爲喻　顯現真實義　如是微密法
無量劫難聞　精進智慧者　乃聞如來藏
若有聞此經　歡喜恭敬者　此等已過去
供養無量佛　當知如此人　諸天常讚歎
一切諸善逝　攝取常守護　一切諸善逝
世出世間勝　最勝歡喜衆　此經爲內藏
能出生無量　一切白淨道　是故離放逸
一心常奉持

離世間品第三十三之一

爾時世尊在摩竭提國寂滅道場普光法堂坐蓮華藏寶師子座成等正覺念不二念無相念住佛所住等一切佛到無礙趣得不退法無礙境界住不思議遠離三世於一切世

界普現其身知一切法具足成就一切妙行永滅疑惑離虛妄身能與一切菩薩無量智慧住佛無二法究竟到彼岸具足如來不可沮壞智慧法門究竟無量無邊虛空法界等如來諸地與百千億那由他不可說一切佛刹微塵等菩薩摩訶薩俱悉是一生當成阿耨多羅三藐三菩提各從十方世界來集具足成就一切菩薩方便智慧善巧方便調伏衆生悉令安住菩薩正法分別了知一切世界觀察明達解脫境界悉已除滅一切虛妄具足成就一切妙行善攝衆生深入無量巧方便法善知一切衆生果報善知一切衆生心使諸根境界方便三世一切諸佛所說句味及義善聞受持廣爲人說善入無量無邊世間離世間法善能解了諸有爲法皆悉無二於一念中得一切佛智於念念中善能示現成等正覺令一切衆生發菩提心成等正覺入一衆生境界善知一切衆生心之境界不捨如來地現菩薩身得不退轉一切智地不捨菩薩行深入無行智爲一切衆生故於無量無數劫修菩薩行於無量無數劫難得值遇菩薩之寶轉淨法輪調伏衆生悉令逮得明淨法眼成就三世一切諸佛淨住行願具足如是等無量無邊功德一切諸佛盡未來劫說不可盡其名曰普賢菩薩普正法菩薩普化菩薩普慧菩薩普眼菩薩普光菩薩普觀察菩薩普照菩薩普幢菩薩普覺菩薩如是等百萬億那由他不可說佛刹微塵等菩薩摩訶薩皆悉具足普賢行願隨諸世界有佛興世悉能往詣請轉法輪悉能受持諸

佛正法令一切佛種性不斷悉能了達一切諸佛次第受記隨諸世界成等正覺轉淨法輪於無佛世界現身爲佛出興于世令有染者悉得清淨除滅一切菩薩業障入無礙法界爾時普賢菩薩正受三昧其三昧名佛華嚴入三昧已十方一切世界六種十八相震動出微妙音一切世界無不聞者然後安詳從三昧起爾時普慧菩薩知諸菩薩大衆雲集問普賢菩薩言佛子何等爲諸菩薩摩訶薩依果何等爲奇特想何等爲行何等爲善知識何等爲勤修精進何等爲正希望何等爲成就衆生何等爲戒何等爲自知受記法何等爲入何等爲入如來何等爲入衆生心行何等爲入世界何等爲入劫何等爲說三世何等爲入三世間何等爲離憂惱心無猒悔何等爲無壞智何等爲陀羅尼何等爲知分別說佛何等爲發普賢心何等爲普賢願行法何等爲大悲何等爲發菩提心因緣何等爲於善知識起恭敬心何等爲清淨何等爲波羅蜜何等爲隨順覺知何等爲決定智何等爲力何等爲平等何等爲佛法句何等爲說法何等爲受持何等爲辯何等爲勝法何等爲無著何等爲平等心何等爲出生智慧何等爲變化何等爲持何等爲大正希望何等爲深入佛法何等爲依止何等爲發無畏心何等爲除滅一切疑惑發無疑心何等爲不思議何等爲巧方便微密語何等爲巧方便分別智何等爲正受三昧何等爲一切處何等爲法門何等爲通何等爲明何等爲解脫何等爲園林何等爲宮殿何等爲樂何

等爲莊嚴何等爲發不動心何等爲不捨深心何等爲智觀察何等爲分別法何等爲無垢何等爲智印何等爲智慧光明何等爲不可稱量住何等爲無懈怠心何等爲須彌山王正直之心何等爲深入智慧大海成無上菩提何等爲寶住何等爲發金剛心莊嚴大乘何等爲發大事何等爲究竟大事何等爲不壞信何等爲受記何等爲善根迴向何等爲得智慧何等爲發無量無邊廣心何等爲藏何等爲調順何等爲自在何等爲衆生自在何等爲刹自在何等爲法自在何等爲身自在何等爲願自在何等爲境界自在何等爲智自在何等爲通自在何等爲神力自在何等爲力自在何等爲遊戲神通何等爲勝行何等爲力何等爲無畏何等爲不共法何

等爲業何等爲身何等爲身業何等爲淨身業何等爲口何等爲口業何等爲淨口業得諸守護何等爲口業成辦大事何等爲心何等爲發心何等爲心滿何等爲根何等爲直心何等爲深心何等爲方便何等爲樂修何等爲解脱深入世界何等爲入衆生性何等爲習氣何等爲熾然何等爲趣何等爲具足佛法何等爲退失佛法何等爲離生何等爲決定法何等爲出生佛道法何等爲得善男子名號何等爲道何等爲無量道何等爲道具何等爲修道何等爲莊嚴道何等爲足何等爲手何等爲腹何等爲藏何等爲心何等爲莊嚴何等爲器仗何等爲頭何等爲眼何等爲耳何等爲鼻何等爲舌何等爲身何等爲意何等爲行何等爲住何等爲坐何等爲

臥何等爲住何等爲行何等爲觀察何等爲周遍觀察何等爲奮迅何等爲師子吼何等爲淨施何等爲淨戒何等爲淨忍何等爲淨精進何等爲淨禪何等爲淨慧何等爲淨慈何等爲淨悲何等爲淨喜何等爲淨捨何等爲義何等爲法何等爲功德具何等爲智具何等爲明足何等爲求法何等爲明了法何等爲向法何等爲魔何等爲魔業何等爲捨離魔業何等爲見佛何等爲佛業何等爲慢業何等爲智業何等爲魔攝持何等爲佛攝持何等爲法攝持何等爲住兜率天所行事業何等爲兜率天示現命終何等爲示現降神母胎事何等爲示現微細趣何等爲生何等爲大莊嚴何等爲遊行七步何等爲示現童子地何等爲示現婇女眷屬何等爲示現捨家出家何等爲示現苦行何等爲往詣道場何等爲坐道場何等爲坐道場時顯奇特相何等爲示現降魔何等爲成等正覺何等爲轉法輪何等爲因轉法輪得白淨法佛子何等爲如來應供等正覺示現大般涅槃善哉佛子如向所問願具演說爾時普賢菩薩摩訶薩告普慧等諸菩薩言佛子菩薩摩訶薩有十種依果何等爲十所謂菩提心依果究竟不忘失故善知識依果隨順和合故善根依果長養諸善根故諸波羅蜜依果究竟修行故一切法依果永出生死故諸願依果長養菩提故諸行依果廣修習故菩薩依果一生補處故供養佛依果信心不壞故一切如來依果正教離顛倒故佛子是爲菩薩摩訶薩十種依果若菩薩摩訶薩住此依果則

得如來無上智依果佛子菩薩摩訶薩有十種奇特想何等爲十所謂於一切善根生自善根想於一切善根生菩提種子想於一切衆生生菩提器想於一切願生自願想於一切法生出生死想於一切行生自行想於一切法生佛法想於一切語言生語言道想於一切佛生慈父想於一切如來生無二想佛子是爲菩薩摩訶薩十種奇特想若菩薩摩訶薩安住此想則得無上巧妙方便轉一切想佛子菩薩摩訶薩有十種行何等爲十所謂令一切衆生專求正法行善根淳熟行善學一切戒行長養一切善根行一心不亂修三昧行分別一切諸智慧行修習一切所修行莊嚴一切世界行恭敬供養善知識行恭敬供養諸如來行佛子是爲菩薩摩訶薩十種行若菩薩摩訶薩安住此行則得如來無上大智行佛子菩薩摩訶薩有十種善知識何等爲十所謂能令安住菩提心善知識能令修習善根善知識能令究竟諸波羅蜜善知識能令分别解説一切法善知識能令安住成就一切衆生善知識能令具足辯才隨問能答善知識能令不著一切生死善知識能令於一切劫行菩薩行心無猒倦善知識能令安住普賢行善知識能令深入一切佛智善知識佛子是爲菩薩摩訶薩十種善知識佛子菩薩摩訶薩有十種勤修精進何等爲十所謂教化一切衆生勤修精進入一切法勤修精進令一切世界清淨勤修精進究竟一切菩薩所學勤修精進令一切衆生滅一切惡勤修精進除滅一切地獄餓鬼畜生

閻羅王苦勤修精進降一切魔勤修精進爲一切衆生作清淨眼勤修精進恭敬供養一切諸佛勤修精進令一切如來皆悉歡喜勤修精進佛子是爲菩薩摩訶薩十種勤修精進若菩薩摩訶薩住此精進則具如來無上精進波羅蜜佛子菩薩摩訶薩有十種正希望何等爲十所謂自住菩提心亦令衆生住菩提心正希望自離忿諍亦令一切衆生離於忿諍正希望自離愚癡安住佛法亦令衆生捨離愚癡安住佛法正希望自修善根專求正法亦令衆生修習善根專求正法正希望自究竟諸波羅蜜得到彼岸亦令衆生究竟諸波羅蜜得到彼岸正希望自生如來種性家亦令衆生生如來種性家正希望自深入觀一切法無盡性亦令衆生深入觀一切

法無盡性正希望自不誹謗一切佛法亦令衆生不誹謗一切佛法正希望自滿一切智願亦令衆生滿一切智願正希望自深入一切如來無盡智藏亦令衆生深入一切如來無盡智藏正希望佛子是爲菩薩摩訶薩十種正希望若菩薩摩訶薩安住此法則得如來無上平等大智正希望佛子菩薩摩訶薩有十種法成就衆生何等爲十所謂布施成就衆生色身端嚴成就衆生說法成就衆生同意成就衆生無染著成就衆生歎菩薩行成就衆生示現一切世界熾然成就衆生歎如來功德成就衆生示現神力自在成就衆生種種巧方便微密隨順世間行成就衆生佛子是爲菩薩摩訶薩十種成就衆生若菩薩摩訶薩安住此法則能成就一切衆生佛

子菩薩摩訶薩有十種戒何等爲十所謂不壞菩提心戒離聲聞緣覺地戒饒益觀察一切衆生戒令一切衆生住佛法戒一切菩薩學戒一切無所有戒一切善根迴向菩提戒不著一切如來身戒佛子菩薩摩訶薩有十種自知受記法令彼菩薩自知受記何等爲十所謂一向發菩提心菩薩受記不猒菩薩行菩薩受記於一切劫修諸苦行菩薩受記隨順一切佛法菩薩受記於一切如來所說決定信向菩薩受記具足修習一切善根菩薩受記令一切衆生安住菩提菩薩受記於一切善知識和合隨順菩薩受記於一切善知識生如來想菩薩受記守護菩提本願菩薩受記佛子是爲菩薩摩訶薩十種自知受記法令彼菩薩自知受記佛子菩薩摩訶薩有十種入何等爲十所謂入願入行入聚入波羅蜜入具足入分別願入性入莊嚴剎入神力自在入示現出生佛子是爲菩薩摩訶薩十種入亦入三世一切菩薩所入佛子菩薩摩訶薩有十種深入如來何等爲十所謂深入無量無邊諸佛菩提深入無量無邊轉淨法輪深入無量無邊諸方便法深入無量無邊微妙音聲深入無量無邊調伏衆生深入無量無邊神力自在深入無量無邊種種異身深入無量無邊三昧深入無量無邊力無所畏深入無量無邊示現涅槃佛子是爲菩薩摩訶薩十種深入如來此十種深入法三世諸佛悉亦共入佛子菩薩摩訶薩有十種入衆生心行何等爲十所謂入過去一切衆生心行入未來一切衆生心行入現在

一切衆生心行入一切衆生諸善根行入一切衆生不善根行入一切衆生心心所行入一切衆生諸根行入一切衆生種性行入一切衆生煩惱使習氣行入一切衆生時非時調伏行佛子是爲十種入衆生心行因是十種入衆生心行則能普入一切衆生心行佛子菩薩摩訶薩有十種入世界何等爲十所謂入不淨世界入清淨世界入小世界入中世界入微塵世界入微細世界入覆世界入仰世界入有佛世界入無佛世界佛子是爲菩薩摩訶薩十種入世界因此十種入世界則能普入一切世界佛子菩薩摩訶薩有十種入劫何等爲十所謂入過去劫入未來劫入現在劫入可數劫入不可數劫入可數不可數劫入不可數可數劫入一切劫非劫入非劫一切劫入一切劫即是一念佛子是爲菩薩摩訶薩十種入劫因此十種入劫則能普入一切諸劫

大方廣佛華嚴經卷第三十七

音釋

積（資息切聚也） 齅（許救切以鼻撍氣也）

大方廣佛華嚴經卷第三十八

東晉天竺三藏佛陀跋陀羅等譯

離世間品第三十三之二

佛子菩薩摩訶薩有十種說三世何等爲十所謂過去世說過去世過去世說未來世過去世說現在世未來世說過去世未來世說現在世未來世說無盡現在世說未來世現在世說過去世現在世說平等現在世說三世即一念佛子是爲菩薩摩訶薩十種說三世因此十種說三世則能普說一切三世佛子菩薩摩訶薩有十種入三世間何等爲十所謂入世間入語言道入性入施設入想入名字入語言入無盡入離欲入寂滅佛子是爲菩薩摩訶薩十種入三世間因此十種入三世間則能普入一切三世間佛子菩薩摩訶薩有十種捨離憂惱心無猒悔何等爲十所謂供養一切佛捨離憂惱心無猒悔親近一切善知識捨離憂惱心無猒悔專求一切法捨離憂惱心無猒悔常聞正法捨離憂惱心無猒悔常說正法捨離憂惱心無猒悔教化調伏一切衆生捨離憂惱心無猒悔令一切衆生安住佛道捨離憂惱心無猒悔於一一世界中行不可說不可說菩薩行捨離憂惱心無猒悔遊行一切世界教化衆生捨離憂惱心無猒悔出生一切佛法捨離憂惱心無猒悔佛子是爲菩薩摩訶薩十種捨離憂惱心無猒悔若菩薩摩訶薩安住此法則得如來無上智慧永離猒悔佛子菩薩摩訶薩有十種不可壞智何等爲十所謂知衆生智不可壞知諸根智不可壞知受生智不可壞

知世界智不可壞知法界智不可壞知佛智不可壞知法智不可壞知僧智不可壞知三世智不可壞知一切語言道智不可壞佛子是爲菩薩摩訶薩十種不可壞智若菩薩摩訶薩安住此智則得如來無上不可壞智佛子菩薩摩訶薩有十種陀羅尼何等爲十所謂聞持陀羅尼不忘一切法故持正法陀羅尼巧方便分別一切法如實故不生一切法陀羅尼覺一切法無自性故法明陀羅尼普照不可思議諸佛法故三昧陀羅尼於現在一切佛所聞法不亂故音聲圓滿陀羅尼究竟解了不可思議語言法故三世陀羅尼分別說一切三世佛不思議法故種種辯才陀羅尼分別解說無量無邊諸佛法故出生無礙耳陀羅尼不可說佛所說諸法悉能聞故持一切佛法陀羅尼安住如來十力四無畏故佛子是爲菩薩摩訶薩十種陀羅尼若菩薩摩訶薩欲得此法應勤修學佛子菩薩摩訶薩知分別說十種佛何等爲十所謂正覺佛願佛業報佛住持佛化佛法界佛心佛三昧佛性佛如意佛佛子是爲菩薩摩訶薩知分別說十種佛佛子菩薩摩訶薩有十種發普賢心何等爲十所謂發大慈心救護一切衆生故發大悲心代一切衆生受一切苦毒故發一切施爲首心悉捨一切諸所有故發正念一切智爲首心樂求一切佛法故發功德莊嚴心學一切菩薩諸行故發金剛心一切受生不忘失故發大海心一切白淨法悉流入故發須彌山王心一切誹謗苦言悉堪忍故發安隱心施一切衆生無畏故發究竟

般若波羅蜜到彼岸心巧分別一切法無所有故佛子是爲菩薩摩訶薩十種發普賢心若菩薩摩訶薩安住此心以少方便則能具足普賢巧方便智佛子菩薩摩訶薩有十種普賢願行法何等爲十所謂盡未來劫行菩薩行普賢願行法恭敬供養未來一切佛普賢願行法立一切衆生於普賢菩薩願行普賢願行法積集一切善根普賢願行法入一切波羅蜜普賢願行法滿足一切菩薩願行普賢願行法莊嚴一切世界普賢願行法往生一切佛所普賢願行法善巧方便求一切法普賢願行法於一切十方佛刹成無上菩提普賢願行法佛子是爲菩薩摩訶薩十種普賢願行法若菩薩摩訶薩修此願行疾得具足普賢願行佛子菩薩摩訶薩有十種大悲常觀衆生何等爲十所謂觀察衆生無所歸依而起大悲觀察衆生隨逐邪道而起大悲觀察衆生貧無善根而起大悲觀察衆生長寢生死而起大悲觀察衆生行不善法而起大悲觀察衆生欲縛所縛而起大悲觀察衆生在生死海而起大悲觀察衆生久遠長病而起大悲觀察衆生無欲善法而起大悲觀察衆生失諸佛法而起大悲佛子是爲菩薩摩訶薩十種大悲常觀衆生佛子菩薩摩訶薩有十種發菩提心因緣何等爲十所謂教化成就一切衆生發菩提心因緣除滅一切衆生苦發菩提心因緣與一切衆生種種快樂發菩提心因緣除滅一切衆生愚闇發菩提心因緣與一切衆生佛智發菩提心因緣恭敬供養一切諸佛發菩提心因緣隨如

來敎令佛歡喜發菩提心因緣見佛色身相好發菩提心因緣入一切佛智發菩提心因緣顯現佛力無畏發菩提心因緣佛子是爲菩薩摩訶薩十種發菩提心因緣若菩薩摩訶薩發菩提心應當恭敬供養親近善知識何以故欲速覺一切智故彼菩薩摩訶薩恭敬供養親近善知識起十種心何等爲十所謂於善知識起給侍心不違心隨順心歡喜心不求利心一向心同善根心同願心如來心同滿行心佛子是爲菩薩摩訶薩於善知識起十種心佛子若菩薩摩訶薩發如是十種心則得十種清淨何等爲十所謂正直心清淨究竟不失故色身清淨隨所應化無不見故音聲圓滿清淨究竟一切語言法故辯才清淨巧方便說不可思議諸佛法故智慧清淨除滅一切愚癡闇故受生清淨具足菩薩自在力故眷屬清淨成就過去同行衆生諸善根故果報清淨除滅一切業障故諸願清淨同一切菩薩故諸行清淨究竟普賢菩薩行故佛子是爲菩薩摩訶薩十種清淨佛子菩薩摩訶薩有十種波羅蜜何等爲十所謂檀波羅蜜捨一切有故尸波羅蜜淨佛戒故羼提波羅蜜具足佛忍故精進波羅蜜於一切時不退轉故禪波羅蜜正念不亂故般若波羅蜜觀一切法悉如如故智波羅蜜深入佛力故願波羅蜜普賢菩薩願行滿故神力波羅蜜示現一切神通力故法波羅蜜攝取一切法故佛子是爲菩薩摩訶薩十種波羅蜜若菩薩摩訶薩安住此法則得如來無上究竟智波羅蜜佛子菩薩摩訶薩有十種

隨順覺知何等爲十所謂隨順覺知一切世界隨順覺知一切衆生不可思議隨順覺知一切諸法不一不異隨順覺知一切法界隨順覺知一切虛空界隨順覺知一切世界入過去世隨順覺知一切世界入未來世隨順覺知一切世界入現在世隨順覺知一切如來於一念中具足願行隨順覺知三世諸佛悉同一行佛子是爲菩薩摩訶薩十種隨順覺知若菩薩摩訶薩安住此法則得一切法自在普照隨意滿願於一念中覺無上道一切佛法悉現在前佛子菩薩摩訶薩有十種決定智何等爲十所謂決定了知一切諸法於一念中決定了知一切諸法以無礙智決定了知一切衆生心心所行決定了知一切衆生皆悉同根決定了知一切衆生煩惱習氣諸行決定了知一切衆生諸心使行決定了知一切衆生善不善行決定了知一切菩薩願行神力自在變化住持決定了知一切如來成就十力佛子是爲菩薩摩訶薩十種決定智若菩薩摩訶薩安住此法則得一切諸法巧妙方便佛子菩薩摩訶薩有十種力何等爲十所謂深入一切法力解一切法猶如化力解一切法猶如幻力令一切法入佛法力於一切法無染著力專求一切善妙法力一向恭敬供養一切善知識力令一切善根悉究竟得無上智力深心信解一切佛法不誹謗力究竟不退一切智心力佛子是爲菩薩摩訶薩十種力若菩薩摩訶薩安住此力則具足如來無上十力佛子菩薩摩訶薩有十種平等何等爲十所謂一切衆生平等

一切法平等一切佛刹平等一切佛乘平等一切善根平等一切菩提平等一切願平等一切波羅蜜平等一切行平等一切佛平等佛子是爲菩薩摩訶薩十種平等若菩薩摩訶薩住此平等則具足一切諸佛無上平等佛子菩薩摩訶薩有十種方便佛法句何等爲十所謂說一切法言說方便佛法句一切法如幻一切法如電一切法緣起一切法淨業一切法文字一切法實際一切法無相一切法眞實義一切法法界佛子是爲菩薩摩訶薩十種方便佛法句若菩薩摩訶薩安住此法則得無上方便一切智佛子菩薩摩訶薩有十種說法何等爲十所謂說甚深法說勝妙法說種種莊嚴法說一切智法說隨順波羅蜜法說出生如來力法分別說三世法說不退菩薩法說讚歎一切佛功德法說一切菩薩行一切佛平等一切如來境界法佛子是爲菩薩摩訶薩十種說法若菩薩摩訶薩住此說法則得如來無上說法佛子菩薩摩訶薩有十種受持何等爲十所謂受持一切善根功德受持一切佛所說法受持一切譬喻受持一切方便法門受持一切出生陀羅尼門受持一切除疑惑法受持一切菩薩具足法受持一切如來所說平等三昧法門受持一切普照法門受持一切諸佛自在神力佛子是爲菩薩摩訶薩十種受持若菩薩摩訶薩安住此法則得如來無上智慧持法佛子菩薩摩訶薩有十種辯何等爲十所謂不虛妄取一切法辯於一切法無所行辯於一切法無所著辯於一切法悉空無辯於一

切法無閡障辯於一切法佛所持辯於一切法不由他悟辯於一切法巧方便說句味身辯於一切法說衆生辯於一切衆生等心觀察令歡喜辯佛子是爲菩薩摩訶薩十種辯若菩薩摩訶薩安住此辯則得如來無上巧方便辯佛子菩薩摩訶薩有十種勝法何等爲十所謂成就一切衆生勝法普照一切諸法勝法修習一切善根一切行勝法大乘智慧勝法具足無著淨戒勝法一切善根悉迴向菩提勝法勤修精進不退勝法降伏一切衆魔勝法發菩提心自在遊行勝法隨時應化現成菩提勝法佛子是爲菩薩摩訶薩十種勝法若菩薩摩訶薩安住此法則得如來無上大智勝法佛子菩薩摩訶薩有十種無著何等爲十所謂於一切世界無著於一切衆生無著於一切法無著於一切所作無著於一切善根無著於一切生處無著於一切願無著於一切行無著於一切菩薩無著於一切佛無著佛子是爲菩薩摩訶薩十種無著若菩薩摩訶薩安住此法則能速轉一切衆想得清淨無上無所著智佛子菩薩摩訶薩有十種平等心何等爲十所謂長養一切功德平等心一切語言法平等心於一切衆生平等心於一切衆生業報平等心入一切法平等心於一切淨穢佛刹平等心於一切衆生性若好若醜平等心於一切行無所選擇平等心入一切如來力無所畏平等心入一切如來智慧平等心佛子是爲菩薩摩訶薩十種平等心若菩薩摩訶薩安住此心則得如來無上平等心佛子菩薩摩訶薩有十

種出生智慧何等爲十所謂入一切衆生性出生智慧入一切佛刹無一無異出生智慧入分別十方一切世界網出生智慧入一切俯仰翻覆世界等出生智慧巧方便入一切諸法無一無異出生智慧入一切種種異身出生智慧入一切世間顛倒惑網悉無所著出生智慧入一切法究竟一乘出生智慧入一切法界自在神力出生智慧入三世一切衆生諸佛種性常不斷絕出生智慧佛子是爲菩薩摩訶薩十種出生智慧若菩薩摩訶薩安住此法則得無盡法藏佛子菩薩摩訶薩有十種變化何等爲十所謂衆生變化身變化佛刹變化供養變化音聲變化行願變化調伏成就衆生變化菩提變化說法變化住持變化佛子是爲菩薩摩訶薩十種變化若菩薩摩訶薩安住此法則得一切無上變化法佛子菩薩摩訶薩有十種持何等爲十所謂佛持法持衆生持業持願持行持境界持妙持善持智持佛子是爲菩薩摩訶薩十種持若菩薩摩訶薩安住此持則於一切法得自在持佛子菩薩摩訶薩有十種大正希望何等爲十所謂菩薩摩訶薩發如是心盡未來世一切諸佛出興于世我當隨順奉行悉令歡喜得大正希望彼一切如來應供等正覺我當以無上恭敬供養而供養之得大正希望恭敬供養彼諸佛已必當具足誨我正法聞正法已三世菩薩一切諸地所生功德令我悉得得大正希望菩薩摩訶薩發如是心我當於不可說不可說劫修菩薩行常不離佛及諸菩薩得大正希望菩薩摩訶薩

發如是心我當正向菩提離一切畏所謂不活畏惡名畏死畏惡道畏大衆畏如是等畏我當遠離休息除滅一切衆魔外道不能壞我得大正希望菩薩摩訶薩發如是心令一切衆生究竟成就無上菩提安住菩提成菩提已我當於彼佛所盡其形壽修菩薩行恭敬供養彼諸如來彼諸如來滅度之後我當悉取舍利起無量塔而供養之受持守護彼諸佛法得大正希望菩薩摩訶薩發如是心令十方一切世界悉以無上莊嚴而莊嚴之平等清淨住持出生神力自在六種震動得大正希望菩薩摩訶薩發如是心令一切衆生悉除疑惑清淨直心除滅煩惱永閉惡道開善趣門成就慧光照除癡闇降伏衆魔置安隱處得大正希望菩薩摩訶薩發如是心

無量無數劫如來難值正法難聞譬如優曇鉢華我欲見佛聽受正法應念見聞於彼佛所直心清淨離衆諂曲捨幻僞法常見諸佛一心恭敬得大正希望菩薩摩訶薩發如是心我當擊大法鼓雨甘露法作大法施清淨無畏大師子吼滿足大願安住法界於無量無數劫常爲衆生講說正法安住大悲身口意業未曾疲猒得大正希望佛子是爲菩薩摩訶薩十種大正希望若菩薩摩訶薩安住此法則得無上智慧大正希望佛子菩薩摩訶薩有十種深入佛法何等爲十所謂一切世界入過去世是爲第一深入佛法一切世界入未來世是爲第二深入佛法一切世界入現在世所有世界數世界行世界說世界清淨世界智悉入現在世界是爲第三深入

佛法一切世界悉分別入一切世界是爲第四深入佛法悉分別入一切衆生業報是爲第五深入佛法悉分別一切菩薩行是爲第六深入佛法悉次第知過去一切如來是爲第七深入佛法悉次第知未來一切諸佛出興于世是爲第八深入佛法悉知現在十方世界一切佛刹佛及眷屬說法教化法界虛空界等衆生是爲第九深入佛法知世間法知聲聞緣覺菩薩法知如來法於彼諸法無一無異而說一異於彼諸法悉入法界無所入故如法相說無所染著是爲第十深入佛法佛子是爲菩薩摩訶薩十種深入佛法若菩薩摩訶薩安住此法則能深入阿耨多羅三藐三菩提甚深智慧佛子菩薩摩訶薩有十種依止菩薩依此行菩薩行何等爲十所謂依供養一切諸佛行菩薩行依調伏一切衆生行菩薩行依善知識行菩薩行依一切善根行菩薩行依清淨佛刹行菩薩行依不捨一切衆生行菩薩行依深入一切波羅蜜行菩薩行依一切菩薩滿足諸願行菩薩行依無量菩提心行菩薩行依一切諸佛菩提行菩薩行佛子是爲菩薩摩訶薩十種依止菩薩依此行菩薩行佛子菩薩摩訶薩有十種發無畏心何等爲十所謂滅一切業障發無畏心佛滅度後受持守護正法發無畏心降一切魔發無畏心不惜身命發無畏心如法調伏一切外道發無畏心令一切衆生皆悉歡喜發無畏心令一切大衆皆悉歡喜發無畏心調伏一切天龍夜叉乾闥婆阿修羅迦樓羅緊那羅摩睺羅伽發無畏心遠離聲

聞緣覺地入甚深法發無畏心於不可說不可說劫修菩薩行心無疲猒發無畏心佛子是爲菩薩摩訶薩十種發無畏心若菩薩摩訶薩安住此心則得如來大智無所畏心佛子菩薩摩訶薩有十種除滅一切疑惑發無疑心何等爲十所謂菩薩摩訶薩發如是心布施攝取一切衆生戒忍精進定慧慈悲喜捨攝取一切衆生不生疑惑若生疑惑無有是處是爲第一除滅一切疑惑發無疑心菩薩摩訶薩發如是心未來一切諸佛出興于世我當奉給恭敬供養於彼不生疑惑若生疑惑無有是處是爲第二除滅一切疑惑發無疑心菩薩摩訶薩發如是心令一切世界種種莊嚴放大光明網皆悉普照於彼不生疑惑若生疑惑無有是處是爲第三除滅一切疑惑發無疑心菩薩摩訶薩發如是心我當盡未來際劫修菩薩行無量無數不可思議不可稱量不可分齊不可說不可說一切算數所不能及法界虛空界等衆生悉以無上教化調伏成就彼諸衆生心無疲猒於彼不生疑惑若生疑心無有是處是爲第四除滅一切疑惑發無疑心菩薩摩訶薩發如是心我當成滿諸願行菩薩行出生一切智安住一切智於彼不生疑惑若生疑惑無有是處是爲第五除滅一切疑惑發無疑心菩薩摩訶薩發如是心我當爲一切世間行菩薩行作大燈明普照佛法於彼不生疑惑若生疑惑無有是處是爲第六除滅一切疑惑發無疑心菩薩摩訶薩發如是心我當說一切法悉是佛法隨其所應化一切故於彼不生

疑惑若生疑惑無有是處是爲第七除滅一切疑惑發無疑心菩薩摩訶薩發如是心我當得無礙法門除滅一切障礙究竟逮得無上正覺於彼不生疑惑若生疑惑無有是處是爲第八除滅一切疑惑發無疑心菩薩摩訶薩發如是心我當知一切世間法即是出世間法斷一切顛倒以一莊嚴而自莊嚴無所莊嚴不由他悟於彼不生疑惑若生疑惑無有是處是爲第九除滅一切疑惑發無疑心菩薩摩訶薩發如是心我當成等正覺得一切智永滅一切顛倒疑惑成一念智無二智無所有智無礙智無爲智無著智不可說實際境界智於彼不生疑惑若生疑惑無有是處是爲第十除滅一切疑惑發無疑心佛子是爲菩薩摩訶薩十種除滅一切疑惑發無疑心若菩薩摩訶薩安住此法則於一切佛法得無疑心佛子菩薩摩訶薩有十種不可思議何等爲十所謂一切善根不可思議是爲第一不可思議一切願不可思議是爲第二不可思議解一切法如幻不可思議是爲第三不可思議發菩提心修菩薩行善根無所依住而亦不失無所染著是爲第四不可思議深解一切法亦不滅度一切諸願未成滿故是爲第五不可思議行菩薩行示現受胎出生出家苦行往詣道場降伏衆魔成最正覺轉正法輪於一切法而得自在示現大般涅槃而亦不捨大願大慈救護衆生是爲第六不可思議示現如來十力自在而亦不捨法界等心教化成就一切衆生是爲第七不可思議解一切法無相有相有相無相

非劫是劫劫是非劫非有是有有是非有非行是行行是非行非說是說說是非說是爲第八不可思議解發菩提心與菩提等解菩提與發菩提心等解初發菩提心及菩提與一切衆生等亦不生心顛倒想顛倒見顛倒是爲第九不可思議於念念中入滅盡三昧正受滅一切漏而不證實際又亦不盡有漏善根知一切法無漏亦知漏滅盡知一切佛法是世間法於佛法中不取世間相於世間法中不取佛法相一切諸法悉入法界無所入故解一切法無二不變易故佛子是爲菩薩摩訶薩第十不可思議若菩薩摩訶薩安住此法則得如來不可思議法佛子菩薩摩訶薩有十種巧方便微密語何等爲十所謂於一切經典巧方便微密語於一切受生處巧方便微密語覺一切菩薩神力自在巧方便微密語於一切衆生業報巧方便微密語於一切衆生垢淨巧方便微密語於一切法究竟無礙門巧方便微密語於一切虛空界一一方面世界成壞無處不現巧方便微密語於一切法界一切諸方乃至微細處現成等正覺如來充滿一切法界乃至示現大般涅槃悉分別見巧方便微密語解一切衆生悉同涅槃無變易故而不捨大願乃至究竟滿足一切智願巧方便微密語解一切法不由他悟而亦不離諸善知識恭敬如來隨順善知識修諸善根迴向善根安住善根相續善根同一善根一道善根一成就善根巧方便微密語佛子是爲菩薩摩訶薩十種巧方便微密語若菩薩摩訶薩安住此法則得如

來無上巧方便微密語佛子菩薩摩訶薩有十種巧方便分別智何等爲十所謂一切佛刹巧方便分別智入一切衆生處巧方便分別智入一切衆生心心所行巧方便分別智入一切衆生根巧方便分別智入一切衆生諸行業報巧方便分別智入一切聲聞行巧方便分別智入一切緣覺行巧方便分別智入一切菩薩行巧方便分別智入一切世間法巧方便分別智入一切佛法巧方便分別智佛子是爲菩薩摩訶薩十種巧方便分別智若菩薩摩訶薩安住此法則得一切諸佛無上巧方便分別智佛子菩薩摩訶薩有十種正受三昧何等爲十所謂一切世界正受三昧一切衆生身正受三昧一切法正受三昧見一切諸佛正受三昧善巧住持一切劫正受三昧巧方便出生不可思議身正受三昧一切如來身正受三昧巧隨順覺一切衆生平等正受三昧於一念中正受一切菩薩三昧於一念中以無礙智具足成就一切菩薩行不捨大願善巧智慧正受三昧佛子是爲菩薩摩訶薩十種正受三昧若菩薩摩訶薩住此三昧則得一切諸佛無上巧方便智正受三昧佛子菩薩摩訶薩有十種一切處何等爲十所謂一切衆生處一切佛刹處一切衆生性處一切火災處一切水災處一切佛處一切出生莊嚴處一切如來無量功德處一切分別說法處一切如來種種供養處佛子是爲菩薩摩訶薩十種一切處若菩薩摩訶薩安住此處則得如來無上一切大智處佛子菩薩摩訶薩有十種法門何等爲十

所謂一身充滿一切世界法門示現一切世界種種無量色法門一切世界入一佛剎法門住持一切衆生法門如來莊嚴身充滿一切世界法門遍至一切世界法門於一念中遊行一切世界法門於一佛剎示現一切如來出世法門一身充滿一切法界法門於一念中示現一切諸佛神力法門佛子是爲菩薩摩訶薩十種法門若菩薩摩訶薩住此法門則得如來無上法門佛子菩薩摩訶薩有十種神通何等爲十所謂出生念宿命方便智通出生無礙天耳方便智通出生知一切衆生不可思議心心數法方便智通出生無礙天眼觀察衆生方便智通出生不可思議自在神力示現衆生方便智通出生一身示現不可思議世界方便智通出生於一念中往詣不可說不可說世界方便智通出生不可思議莊嚴具莊嚴一切世界方便智通出生不可說不可說化身示現衆生方便智通出生不可說世界成阿耨多羅三藐三菩提不可思議示現衆生方便智通佛子是爲菩薩摩訶薩十種神通若菩薩摩訶薩安住此通則得無上大方便智通顯現諸佛自在神力

大方廣佛華嚴經卷第三十八

大方廣佛華嚴經卷第三十九

東晉天竺三藏佛陀跋陀羅等譯

離世間品第三十三之三

佛子菩薩摩訶薩有十種明何等爲十所謂出生知一切衆生業報方便智明出生知一切衆生境界解脫寂滅淨心方便智明出生入一切境界一切衆生種種決定一切法無所有金剛方便智明出生不可思議淨妙音聲無量世界無不普聞方便智明出生智慧除滅一切毀害染著方便智明出生受生方便不受生方便方便智明於一切境界轉諸受想方便智明知一切法無性無非性無相無非相一性無性故而於無量劫種種說法修習善根成阿耨多羅三藐三菩提方便智明知一切衆生生亦知無生知一切衆生滅亦知無滅知因知緣知事知境界知行知生知滅知衆生成就知愚癡知離愚癡知顛倒知非顛倒知垢濁知清淨知生死知涅槃知有知無知著知不著知堅固知離知轉知不轉知起知不起知壞知道知成就知根知衆生受化隨器應故教化衆生未曾忘失菩薩所行何以故菩薩摩訶薩發阿耨多羅三藐三菩提心爲教化衆生故是故菩薩摩訶薩常化衆生而不失菩薩行身無疲倦不違一切衆生觀察緣起方便智明不著諸剎不起著心不著諸佛不起著心不著一切法不起著心不著世界不起著心不著衆生不起著心不見衆生不化衆生不調伏衆生不爲衆生說法而亦不捨菩薩行願長養大悲見一切佛聽受正法未曾忘失得佛依果種諸善

根於如來所不捨恭敬供養之心增長恭敬供養之心具足成就法界等心自在神力六種震動不可思議無量世界知種種說法知衆生數知種種衆生知苦起知苦滅知一切行苦知一切行悉如電光行菩薩行永斷一切生死根本悉能救護一切衆生行菩薩行無所污染不斷一切如來種性發須彌山王心不可傾動除滅一切顛倒衆想一切智門悉現在前不動不壞成等正覺於生死海悉能濟度一切衆生方便智明佛子是爲菩薩摩訶薩十種明若菩薩摩訶薩安住此明則得如來無上巧方便智明佛子菩薩摩訶薩有十種解脫何等爲十所謂煩惱解脫邪見解脫熾然解脫陰界入解脫超出聲聞緣覺地解脫無生法忍解脫不著一切佛刹一切衆生一切諸法解脫住無量無邊諸菩薩住解脫離一切菩薩行住如來地解脫於一念中悉能了知一切三世諸法解脫佛子是爲菩薩摩訶薩十種解脫若菩薩摩訶薩住此解脫則能普爲一切衆生作無上佛事佛子菩薩摩訶薩有十種園林何等爲十所謂生死園林行菩薩行不起憂惱故教化衆生園林不猒衆生故一切劫園林攝取菩薩一切大行故清淨世界園林性無著故一切魔宫殿園林降魔境界故聽受正法園林正念觀察故六波羅蜜四攝法三十七道品園林修習慈父境界故十力四無所畏乃至一切佛法園林不念異法故菩薩示現一切無量無邊功德神力園林轉淨法輪調伏衆生故於念念中爲一切衆生現成正覺園林法身如

虛空充滿一切世界平等覺故佛子是爲菩薩摩訶薩十種園林若菩薩摩訶薩住此園林則得如來無上離憂快樂園林佛子菩薩摩訶薩有十種宫殿何等爲十所謂發菩提心宫殿不忘失故十善業跡功德智慧宫殿教化成就欲界衆生故四梵住處宫殿教化成就色界衆生故淨居天受生宫殿一切煩惱不能染故無色界天受生宫殿除滅衆生障難處故降生不淨世界宫殿欲令衆生斷一切煩惱故現處深宫婇女妻子色味宫殿教化成就本同行衆生故現爲四天下王四大天王帝釋梵王宫殿爲調伏自在心衆生故一切菩薩神力自在令行宫殿一切諸禪解脫三昧智慧自在故於諸佛所受無上自在一切智王說宫殿十力莊嚴行一切法自在法王事故佛子是爲菩薩摩訶薩十種宫殿若菩薩摩訶薩安住此法則得一切法王受記自在法佛子菩薩摩訶薩十種樂何等爲十所謂樂寂靜不散亂故樂明慧善分別法故樂往詣一切佛所現前聞法受持故樂一切佛充滿十方故樂菩薩自在神力無量法門示現衆生身故樂三昧於一三昧門出生一切三昧門故樂陀羅尼門持一切法教化衆生不忘失故樂辯才於一句身味身不可說劫說無窮盡故樂菩提以無量法門現衆生等身成正覺故樂轉法輪如法調伏一切外道故佛子是爲菩薩摩訶薩十種樂若菩薩摩訶薩安住此樂則得一切諸佛無上法樂佛子菩薩摩訶薩有十種莊嚴何等爲十所謂力莊嚴不可壞故無畏莊嚴不生恐

怖故義莊嚴說不可說義法門無窮盡故法莊嚴說八萬四千法藏不忘失故願莊嚴一切菩薩願事不退轉故行莊嚴究竟普賢菩薩行故佛刹莊嚴受持一切佛刹爲一佛刹故妙音莊嚴雨大甘露法充滿一切佛刹故受持莊嚴於一切劫行菩薩行不斷絕故變化莊嚴於一衆生身示現一切衆生等身一切衆生無不知見專求十力一切智不退轉故佛子是爲菩薩摩訶薩十種莊嚴若菩薩摩訶薩安住此法則得一切諸佛無上莊嚴佛子菩薩摩訶薩有十種發不動心何等爲十所謂一切所有皆悉能捨發不動心出生一切諸佛正法發不動心恭敬供養一切諸佛發不動心等心觀察一切衆生發不動心攝取一切衆生發不動心一向專求一切佛法未曾休息發不動心一切衆生等劫修菩薩行發不動心成就有根信不濁信離垢信明淨信恭敬供養一切佛信不退轉信不壞信發不動心具足成就究竟一切智發不動心成就一切菩薩諸行發不動心佛子是爲菩薩摩訶薩十種發不動心若菩薩摩訶薩安住此法則得無上一切智不動心佛子菩薩摩訶薩有十種不捨深心何等爲十所謂覺一切佛菩提不捨深心教化成就一切衆生不捨深心不斷一切諸佛種性不捨深心親近善知識不捨深心於一切佛刹恭敬供養一切諸佛不捨深心專求大乘及一切功德不捨深心於一切佛所修行梵行護持淨戒不捨深心攝取一切菩薩不捨深心聞持一切佛法不捨深心修習一切菩薩行願一

向專求一切佛法不捨深心佛子是爲菩薩摩訶薩十種不捨深心若菩薩摩訶薩安住此法則得一切佛不捨深心正法佛子菩薩摩訶薩有十種智觀察何等爲十所謂智慧觀察善巧分別一切諸法智慧觀察三世一切善根智慧觀察一切菩薩行神力自在智慧觀察一切諸法巧方便門智慧觀察一切佛持智慧觀察一切陀羅尼門智慧觀察一切世界常說正法智慧觀察深入一切法界智慧觀察十方一切世界不可思議智慧觀察一切佛法智慧觀察無障礙智佛子是爲菩薩摩訶薩十種智觀察若菩薩摩訶薩安住此法則得如來無上大智觀察佛子菩薩摩訶薩有十種分別法何等爲十所謂分別一切法悉從緣起分別一切法皆悉如幻分別一切法皆悉無諍分別一切法無量無邊分別一切法無所依止分別一切法悉如金剛分別一切法悉是如來分別一切法皆悉寂靜分別一切法悉是正道分別一切法悉是一相一義佛子是爲菩薩摩訶薩十種分別法若菩薩摩訶薩安住此法則得巧方便悉能分別一切諸法佛子菩薩摩訶薩有十種無垢何等爲十所謂深心無垢除滅疑惑無垢遠離邪見無垢境界無垢欲得一切智無垢諸辯無垢無畏無垢一切菩薩所住無垢一切菩薩正受三昧無垢三十二相百福莊嚴成就一切諸白淨法究竟逮得無上菩提無垢佛子是爲菩薩摩訶薩十種無垢若菩薩摩訶薩安住此法則得一切佛無上無垢法佛子菩薩摩訶薩有十種智印何等爲

十所謂菩薩摩訶薩知苦苦變易苦行苦不生懈怠修菩薩行一向專求無上菩提不恐不怖不驚不畏不捨大願菩提之心堅固不退究竟阿耨多羅三藐三菩提是爲第一印一切凡夫衆生悉有煩惱顛倒惑亂彼諸衆生麤鄙惡言呵罵菩薩或以刀杖瓦石而加害之菩薩爾時心無憂惱修菩薩行正向菩提修習忍法受證離生是爲第二印菩薩摩訶薩聞甚深佛法讃一切智聞已一向信解是爲第三印菩薩摩訶薩作如是念我發菩提心究竟成就阿耨多羅三藐三菩提一切衆生流轉五道受無量苦我當令彼皆大歡喜勤行精進修習善根度生死流永得安樂是爲第四印菩薩摩訶薩解如來智無量無邊而未與如來等於如來所聞無量無邊智於文字中分別解了與如來等是爲第五印菩薩摩訶薩成就善欲不可壞欲甚深欲勝欲功德欲莊嚴欲無比欲無上欲堅固欲究竟正求無上菩提一切衆魔外道及其眷屬不能壞欲不退無上菩提欲是爲第六印菩薩摩訶薩不惜身命無所怖畏修菩薩行發菩提心趣一切智得一切佛智慧光明不捨佛菩提不捨善知識是爲第七印菩薩摩訶薩若善男子善女人學大乘者長養諸佛善根安住善根攝取一切智心不退菩提是爲第八印菩薩摩訶薩令一切衆生住平等心修一切智爲衆生説法悉令不退無上菩提長養大悲是爲第九印菩薩摩訶薩隨順三世諸佛一切善根紹繼佛種生一切智是爲第十印佛子是爲菩薩摩訶薩十種智印若

菩薩摩訶薩成就此印疾得阿耨多羅三藐三菩提具足如來無上智印佛子菩薩摩訶薩有十種智慧光明何等爲十所謂菩薩摩訶薩於阿耨多羅三藐三菩提決定智慧光明見一切佛智慧光明見一切衆生死此生彼智慧光明開悟一切衆生悉令正求修多羅法智慧光明依善知識發菩提心長養善根智慧光明示現一切諸佛智慧光明化一切衆生悉令成就安住佛地智慧光明分別解說不思議法智慧光明於一切佛神力住持善巧方便智慧光明滿足一切波羅蜜智慧光明佛子是爲菩薩摩訶薩十種智慧光明若菩薩摩訶薩安住此法則得一切佛法無上智慧光明佛子菩薩摩訶薩有十種不可稱量住一切衆生及聲聞緣覺不能稱量何等爲十所謂菩薩摩訶薩住實際住而不受證一切所願未成滿故是爲第一菩薩住不可稱量菩薩摩訶薩種如法界等清淨善根於彼善根無所染著是爲第二菩薩住不可稱量菩薩摩訶薩解菩薩行猶如變化一切諸法皆悉寂滅於諸佛法不生疑惑是爲第三菩薩住不可稱量菩薩摩訶薩離生死心於不可說劫修菩薩行滿一切大願而不中起猒怠之心是爲第四菩薩住不可稱量菩薩摩訶薩住一切法無所依止皆悉寂滅而不證涅槃一切智道未成滿故是爲第五菩薩住不可稱量菩薩摩訶薩知一切劫非劫而實說一切劫是爲第六菩薩住不可稱量菩薩摩訶薩知一切行非行而不捨道行正求佛法是爲第七菩薩住不可稱量菩薩

摩訶薩解心是三界心是三世了知彼心無量無邊是爲第八菩薩住不可稱量菩薩摩訶薩爲一衆生故於不可說劫修菩薩行欲令安住一切智地如一衆生一切衆生亦復如是不生猒心是爲第九菩薩住不可稱量菩薩摩訶薩雖具足滿菩薩諸行而不取正覺何以故菩薩摩訶薩作如是念我不受正覺故行菩薩行於無量劫中無量衆生悉令安住無上菩提是爲第十菩薩住不可稱量若菩薩摩訶薩安住此法則得一切佛法無上大智不可稱量住佛子菩薩摩訶薩有十種發無懈怠心何等爲十所謂菩薩摩訶薩作如是念我降伏一切魔及其眷屬發無懈怠心如法調伏一切外道發無懈怠心說深妙法令一切衆生皆悉歡喜發無懈怠心滿足一切法界等諸波羅蜜發無懈怠心令一切衆生積集成滿一切功德藏發無懈怠心一切如來無上菩提彌廣大事甚難成滿我當修菩薩行具足成就發無懈怠心以無上法教化調伏一切衆生悉令成就發無懈怠心於一切世界種種異色無量莊嚴成就正覺發無懈怠心菩薩摩訶薩發如是心我修菩薩行時若有衆生來求我身或求手足耳鼻血肉骨髓妻子象馬國土如是等類皆悉能捨乃至不生一念悔心悉能惠施饒益安樂一切衆生不求果報大慈悲心以爲上首發無懈怠心菩薩摩訶薩作如是念於一念中三世一切佛一切佛法一切衆生一切刹一切世界一切空界一切法界一切施設語界一切寂滅涅槃界如是等一切諸法以一

念相應慧悉别相覺知明了修分别修知智斷證於一切法不取虚妄無一無異無所分别無所修習無境界無所有無二智慧覺一切無二無相智慧覺一切相無劫智慧覺一切劫無異智慧覺一切異光明智慧覺一切世間光明界趣智慧覺一切世界非世界智慧覺一切世界衆生地智慧覺一切衆生界無著智慧究竟無著行無堅固智慧覺一切堅固無染智慧覺一切煩惱無盡際智慧覺一切盡法界等智慧於一切世界示現其身離一切言音智慧出生一切微妙言音一性智慧説無性法一境智慧示現種種諸異境界覺不可説諸法智慧示現無量大自在神變覺一切地智慧顯現大自在神變一切智自在神變教化成就一切衆生發無懈怠心佛子是爲菩薩摩訶薩十種發無懈怠心若菩薩摩訶薩安住此心則得一切諸佛無上無懈怠法佛子菩薩摩訶薩有十種須彌山王正直之心何等爲十所謂菩薩摩訶薩常修正念一切智法是爲第一決定阿耨多羅三藐三菩提須彌山王正直之心菩薩摩訶薩觀察一切法空一切法無所有是爲第二決定阿耨多羅三藐三菩提須彌山王正直之心菩薩摩訶薩於無量無數劫行菩薩行以一切具足白淨法發心決定了知如來無量智法趣向積聚諸白淨法是爲第三決定阿耨多羅三藐三菩提須彌山王正直之心菩薩摩訶薩爲一切佛法等心恭敬供養諸善知識不起疑心不求利養又復遠離盗法之心但起無上恭敬供養一切施心是爲第

四決定阿耨多羅三藐三菩提須彌山王正直之心菩薩摩訶薩若一切衆生訶責罵辱生一切苦乃至奪命菩薩摩訶薩不因此故捨菩提心心亦不散不生恚心於一切衆生不捨大悲莊嚴長養大悲何以故菩薩摩訶薩成就一切法如如捨故決定了知如來大忍法故是爲第五決定阿耨多羅三藐三菩提須彌山王正直之心菩薩摩訶薩成就增上功德天增上功德人增上功德色增上功德力增上功德眷屬增上功德欲增上功德王法增上功德自在增上功德智慧增上功德彼菩薩不著味樂不著欲樂不著財樂不著眷屬樂但專求正法諦滿正法諦辯正法究竟正法向正法燈明向正法救護向正法歸依向正法道向正法義樂求正法樂住寂

靜法菩薩摩訶薩雖成就如是一切快樂而悉遠離衆魔境界何以故菩薩摩訶薩於過去世發如是心令一切衆生皆悉遠離衆魔境界住佛境界是爲第六決定阿耨多羅三藐三菩提須彌山王正直之心菩薩摩訶薩勤修精進正求阿耨多羅三藐三菩提於阿僧祇劫修菩薩行猶謂我今初發阿耨多羅三藐三菩提心亦不驚不怖不畏行菩薩行雖能速成正覺爲化衆生故於無量劫修菩薩行是爲第七決定阿耨多羅三藐三菩提須彌山王正直之心菩薩摩訶薩知一切衆生難伏難度不知恩不知報恩爲彼衆生故發大莊嚴而自莊嚴欲令一切衆生心得自在隨意境界不生惡心不於他所生煩惱心是爲第八決定阿耨多羅三藐三菩提須彌

山王正直之心菩薩摩訶薩作如是念我不依他發菩提心修菩薩行都無有人助我修習菩薩之行但我一身盡未來際劫修菩薩苦行積集一切諸佛正法成阿耨多羅三藐三菩提身自清淨亦令一切衆生清淨自知境界知他境界我當悉同三世諸佛境界是爲第九決定阿耨多羅三藐三菩提須彌山王正直之心菩薩摩訶薩如是知見無有一法修菩薩行無有一法滿菩薩行無有一法調伏衆生無有一法化度衆生不見有法恭敬供養一切諸佛不見有法過去成阿耨多羅三藐三菩提不見有法未來成阿耨多羅三藐三菩提不見有法現在成阿耨多羅三藐三菩提無有一法過去說法未來說法現在說法無有一法能說法者亦無法可說而菩薩摩訶薩不捨阿耨多羅三藐三菩提大願之心何以故菩薩摩訶薩如是出生阿耨多羅三藐三菩提深入一切甚深諸法行無所有行而此菩薩摩訶薩修習積聚善業善根清淨一切諸對治法智慧成滿於念念中悉能積集長養一切諸善根法若一切法無所有者我有何義求無上道是故不生恐怖驚畏之心是爲第十決定阿耨多羅三藐三菩提須彌山王正直之心佛子是爲菩薩摩訶薩十種須彌山王正直之心若菩薩摩訶薩安住此心則得一切諸佛無上智慧須彌山王正直之心佛子菩薩摩訶薩有十種深入智慧大海成阿耨多羅三藐三菩提何等爲十所謂入無量一切衆生界是爲第一深入智慧大海成阿耨多羅三藐三菩提菩薩

摩訶薩入一切世界不取虚妄是爲第二深入智慧大海成阿耨多羅三藐三菩提菩薩摩訶薩知一切虚空界等入十方一切世界無所障礙是爲第三深入智慧大海成阿耨多羅三藐三菩提菩薩摩訶薩善入法界入無礙入不斷入不常入無量入不生入不滅入知一切是爲第四深入智慧大海成阿耨多羅三藐三菩提菩薩摩訶薩於過去未來現在諸佛菩薩法師聲聞緣覺及一切衆生所種善根過去諸佛已成無上菩提善根未來諸佛當成無上菩提善根現在諸佛今成無上菩提善根過去諸佛説法教化調伏成就衆生善根未來諸佛説法教化調伏成就衆生善根現在諸佛説法教化調伏成就衆生善根菩薩摩訶薩皆悉隨喜長養積集如是等一切善根心無猒足是爲第五深入智慧大海成阿耨多羅三藐三菩提菩薩摩訶薩於念念中入過去世觀察不可説劫於一劫中或百億佛出興于世或千億佛百千億佛無量佛阿僧祇佛不可思議佛不可稱量佛無分齊佛無邊際佛不可説不可説佛算數譬喻所不及佛出興于世彼諸如來及其眷屬菩薩大衆諸聲聞僧説法教化壽命住持種種法住如一劫中一切諸劫亦復如是若無佛劫中有諸衆生爲阿耨多羅三藐三菩提所種善根亦悉了知又覩衆生種見佛善根得值未來無量諸佛如是觀察過去一切劫而無猒足是爲第六深入智慧大海成阿耨多羅三藐三菩提菩薩摩訶薩入未來世觀察一切劫知劫有佛知劫無佛知彼諸

劫各有幾佛出興于世世界如來名號何等又知所度衆生多少亦知如來壽命長短如是入未來世一切諸劫分別了知而無猒足是爲第七深入智慧大海成阿耨多羅三藐三菩提菩薩摩訶薩入現在世觀察十方一切世界無量無邊不可說不可說諸世界中一切如來捨家學道往詣道場菩提樹下藉菩提草結跏趺坐降魔官屬成阿耨多羅三藐三菩提已起入城邑昇天宫殿說微妙法轉正法輪調伏敎化無量衆生現如來無量自在神力付囑阿耨多羅三藐三菩提乃至捨壽入無餘涅槃如來滅後大衆普會結集經藏護持正法令久住世爲舍利故起無量塔種種莊嚴恭敬供養又化衆生令見諸佛聽受正法憶念護持智慧觀察長養勝趣深心充滿無量法界於一切佛法而無錯謬何以故菩薩摩訶薩知一切如來皆悉如夢而能往詣一切佛所恭敬供養不著自身不著佛身不著世界不著大衆不著聞法不著諸劫見佛聞法觀察世界解一切劫而無猒足是爲第八深入智慧大海成阿耨多羅三藐三菩提菩薩摩訶薩於不可說不可說劫恭敬供養無量諸佛於一一劫中恭敬供養不可說不可說佛示現没此生彼以出三界衆供養具供養諸佛菩薩大衆及聲聞僧諸佛滅後以無上供具供養舍利廣行大施滿足一切衆生意願所行大施不可思議不求果報爲哀愍饒益攝取衆生於不可說不可說劫恭敬供養一切諸佛護持正法化度衆生成阿耨多羅三藐三菩提而無猒足是爲第

九深入智慧大海成阿耨多羅三藐三菩提菩薩摩訶薩於一切佛所一切菩薩所一切法師所一向專求教菩薩法菩薩威儀菩薩隨順法菩薩清淨法菩薩長養法菩薩調伏法菩薩平等法菩薩出生道受持菩薩陀羅尼門攝取一切衆生而爲說法調伏成就令不可說不可說衆生發一切智心得不退轉住阿耨多羅三藐三菩提隨順修習一切佛法教化衆生而無猒足是爲第十深入智慧大海成阿耨多羅三藐三菩提佛子是爲菩薩摩訶薩十種深入智慧大海成阿耨多羅三藐三菩提若菩薩摩訶薩安住此法則得一切諸佛無上智慧大海佛子菩薩摩訶薩有十種寶住成阿耨多羅三藐三菩提何等爲十所謂菩薩摩訶薩悉能往詣無量阿僧祇世界諸如來所恭敬禮拜親近供養是爲菩薩摩訶薩第一寶住成阿耨多羅三藐三菩提菩薩摩訶薩於不可思議諸如來所聞法受持正念不忘智慧分別長養勝趣出生智慧充滿十方是爲菩薩摩訶薩第二寶住成阿耨多羅三藐三菩提菩薩摩訶薩不離此土而於異刹示現受生於一切佛法心不惑亂是爲菩薩摩訶薩第三寶住成阿耨多羅三藐三菩提菩薩摩訶薩出生一法別相分別知一切法一切諸法究竟無一無異義故是爲菩薩摩訶薩第四寶住成阿耨多羅三藐三菩提菩薩摩訶薩知息煩惱知離煩惱知斷煩惱而善住修習菩薩諸行不證實際究竟到於實際彼岸善學成就巧妙方便本願成滿心無疲猒是爲菩薩摩訶薩第五

寶住成阿耨多羅三藐三菩提菩薩摩訶薩知一切衆生心無處所而說衆生心有處所無著無行修菩薩行化度衆生是爲菩薩摩訶薩第六寶住成阿耨多羅三藐三菩提菩薩摩訶薩知一切法一性所謂無性無一無異無來無去不可稱量不可讚歎悉無實性以一異求皆不可得而菩薩摩訶薩決定了知此是佛法是菩薩法是緣覺法是聲聞法是凡夫法是善法是不善法是世間法是出世間法是染汙法是不染汙法是有漏法是無漏法乃至是有爲法是無爲法是爲菩薩摩訶薩第七寶住成阿耨多羅三藐三菩提菩薩摩訶薩求佛不可得求菩薩不可得求法不可得求衆生不可得而亦不捨本願教化一切衆生成無上道何以故菩薩所修善根欲令一切成無上道善知衆生善根善知衆生境界善知教化衆生善知一切衆生涅槃修菩薩行欲令一切大願成滿是爲菩薩摩訶薩第八寶住成阿耨多羅三藐三菩提菩薩摩訶薩隨其所應善巧說法而調伏之巧妙方便示現涅槃知實非虛亦非顛倒而安住三世菩薩正法不離如如不住實際亦不見衆生亦不見衆生已受化今受化當受化解我所行非爲虛妄解了無有乃至一法可求得者無生滅故而菩薩所願皆悉不虛無所依止是爲菩薩摩訶薩第九寶住成阿耨多羅三藐三菩提菩薩摩訶薩於不可思議諸佛一一佛所聞不可說不可說受記法名號各異劫數不同從一劫中次第聞法乃至不可說不可說劫聞受記法聞是法已不

驚不怖不畏行菩薩行心無疑惑解如來智
不可思議如來所說言無有二本願滿足隨
應受化令成阿耨多羅三藐三菩提滿一切
願了達法界是爲菩薩摩訶薩第十寶住成
阿耨多羅三藐三菩提若菩薩摩訶薩安住
此法則得一切諸佛阿耨多羅三藐三菩提
大智慧寶

大方廣佛華嚴經卷第三十九

音釋

懈怠（懈古隘切惰也怠徒耐切慢也）髓（息委切骨中脂也）謬（靡幼切差也）

大方廣佛華嚴經卷第四十

東晋天竺三藏佛陀跋陀羅等譯

離世間品第三十三之四

佛子菩薩摩訶薩有十種發金剛心莊嚴大乘何等爲十所謂菩薩摩訶薩作如是念一切諸法無有分際不可究竟菩薩發如是心我當覺了三世一切諸法悉無有餘是爲菩薩摩訶薩第一發金剛心莊嚴大乘菩薩摩訶薩作如是念於一毛端處有無量無邊不可數菩薩何況一切法界耶菩薩發如是心我當發大莊嚴而自莊嚴化度衆生皆令成阿耨多羅三藐三菩提以大般涅槃而般涅槃是爲菩薩摩訶薩第二發金剛心莊嚴大乘菩薩摩訶薩作如是念十方世界無量無邊無有分際菩薩發如是大願我當以無上清淨莊嚴莊嚴此等一切世界彼諸莊嚴皆實不虛是爲菩薩摩訶薩第三發金剛心莊嚴大乘菩薩摩訶薩作如是念衆生無量無邊無有分際不可窮盡菩薩發如是心我當以諸善根迴向一切衆生以無上大智慧光普照一切衆生是爲菩薩摩訶薩第四發金剛心莊嚴大乘菩薩摩訶薩作如是念一切諸佛無量無邊不可窮盡菩薩發如是心我所種善根迴向奉給供養一切諸佛然後我乃成等正覺是爲菩薩摩訶薩第五發金剛心莊嚴大乘菩薩摩訶薩見一切佛聞所說法發大歡喜心不著自身及如來身解知佛身非實非虛非有非無非有性非無性非色非無色非相非無相非生非滅解知如來實無所有亦不壞有相何以故一切攝取故是

爲菩薩摩訶薩第六發金剛心莊嚴大乘菩薩摩訶薩若有衆生呵駡毀辱或截手足耳鼻或挑其目或級其頭菩薩不因此故生恚害心於不可說不可說劫修菩薩行攝取衆生心不廢捨何以故菩薩摩訶薩住不二法善學菩薩所學清淨直心於一切衆生無瞋恚心忍住衆苦心無加報自身堪受一切衆苦是爲菩薩摩訶薩第七發金剛心莊嚴大乘菩薩摩訶薩作如是念未來世劫無量無邊無有分際不可窮盡菩薩發如是心我當盡一切未來世法界虛空界等劫於一世界行菩薩道教化衆生如一世界盡法界虛空界等一切世界亦復如是心亦不驚不怖不畏行菩薩行何以故菩薩法應如是爲一切衆生修菩薩行是爲菩薩摩訶薩第八發金剛心莊嚴大乘菩薩摩訶薩作如是念阿耨多羅三藐三菩提以心爲本心清淨故能積集成滿一切善根若心得自在則能成就無上菩提行菩薩行滿足諸願究竟教化一切衆生是爲菩薩摩訶薩第九發金剛心莊嚴大乘菩薩摩訶薩知佛不可得菩提不可得菩薩不可得一切法不可得衆生不可得心不可得行不可得過去不可得未來現在不可得一切衆生不可得有爲無爲不可得菩薩摩訶薩如是住寂靜住甚深住寂滅住無諍住不可得住無二住無等住眞實住成就住解脱住涅槃住實際而亦不捨一切大願不捨發一切智心不捨修菩薩行不捨教化衆生不捨恭敬供養諸佛不捨說法不捨莊嚴一切世界何以故菩薩摩訶薩出生大願

故菩薩善知如是法相長養大悲無量功德攝取衆生不捨衆生一切諸法無有眞實凡愚衆生不知不覺一切諸佛安住寂滅演說正法教化衆生不捨大悲一切衆生未得菩提佛法未足大願未滿我本請一切衆生爲無上大法施主唱實語不虛語一切諸佛種性語發大願門心發饒益一切衆生心發長養一切善根心發安住善巧方便心發内身舍受一切衆生心發一切衆生所生平等心令一切衆生所願成滿我當云何未度衆生而捨大悲是爲菩薩摩訶薩第十發金剛心莊嚴大乘佛子是爲菩薩摩訶薩十種發金剛心莊嚴大乘若菩薩摩訶薩安住此法則得一切諸佛無上金剛智明佛子菩薩摩訶薩有十種發大事何等爲十所謂恭敬供養一切諸佛是爲菩薩摩訶薩第一發大事長養一切菩薩善根是爲菩薩摩訶薩第二發大事一切如來滅度之後悉取舍利起無量塔種種妙寶以爲莊嚴以一切華一切鬘一切香一切塗香一切末香一切衣一切蓋一切幢一切旛而供養之受持守護諸佛正法是爲菩薩摩訶薩第三發大事教化成就一切衆生令得阿耨多羅三藐三菩提是爲菩薩摩訶薩第四發大事以諸佛剎無上清淨莊嚴莊嚴一切世界是爲菩薩摩訶薩第五發大事菩薩摩訶薩作如是念我當爲一衆生於一一世界盡未來際阿僧祇劫修菩薩行如爲一衆生爲一切衆生亦復如是出生大悲令一切衆生安住菩提乃至不生一念疲猒之心是爲菩薩摩訶薩第六發大事我

當於不可思議阿僧祇劫恭敬供養彼諸如來是爲菩薩摩訶薩第七發大事彼諸如來滅度之後我當悉取舍利而起塔廟其塔高廣與不可說諸世界等造如來像巍巍高大如不可思議世界於不可思議劫以衆妙寳幢旛繒蓋華香而供養之乃至不生一念休息之心教化衆生受持守護讃歎正法亦無一念休息之心是爲菩薩摩訶薩第八發大事修習彼諸善根成阿耨多羅三藐三菩提悉與一切諸如來等逮得一切諸如來地是爲菩薩摩訶薩第九發大事我成菩提已於一切世界不可說劫說微妙法示現如來不可思議自在神變其身口意未曾暫生疲猒之想但發專念正法之心如來力心充滿一切衆生願心大慈悲心觀察諸法眞實之心安住實語證寂滅法一切衆生悉不可得而亦不違一切諸業隨順三世一切諸佛究竟一切法界虚空界觀察諸法無所有相不生不滅具足成就一切諸佛無上大願施作一切諸佛大事悉能化度一切衆生是爲菩薩摩訶薩第十發大事佛子是爲菩薩摩訶薩十種發大事若菩薩摩訶薩安住此法則得一切諸佛無上智慧不斷一切菩薩所行佛子菩薩摩訶薩有十種究竟大事何等爲十所謂恭敬供養一切如來究竟大事隨所請衆生皆悉度脱究竟大事專求一切諸佛正法究竟大事長養一切善根究竟大事出生一切諸如來法究竟大事成滿一切清淨大願究竟大事行一切菩薩行究竟大事恭敬奉事一切善知識究竟大事往詣一切世界

佛所究竟大事聞持一切諸佛正法深入一切諸佛大衆究竟大事佛子是爲菩薩摩訶薩十種究竟大事若菩薩摩訶薩安住此法則得阿耨多羅三藐三菩提究竟智慧大事佛子菩薩摩訶薩有十種不壞信何等爲十所謂於一切佛不壞信於一切佛法不壞信於一切聖僧不壞信於一切菩薩不壞信於一切善知識不壞信於一切衆生不壞信於一切菩薩大願不壞信於一切菩薩行不壞信恭敬供養一切諸佛不壞信教化一切衆生成就菩薩巧妙方便不壞信佛子是爲菩薩摩訶薩十種不壞信若菩薩摩訶薩安住此法則得一切諸佛無上智慧不可壞信佛子菩薩摩訶薩有十種受記何等爲十所謂專求解脱菩薩受記諦滿諦辯菩薩善根菩薩受記廣行菩薩無量諸行菩薩受記現前菩薩受記秘密菩薩受記因自心得菩提菩薩受記得法忍菩薩受記教化成就衆生菩薩受記究竟一切劫菩薩受記一切菩薩自在修行菩薩受記佛子是爲菩薩摩訶薩十種受記若菩薩摩訶薩安住此法則於一切佛所而得受記佛子菩薩摩訶薩有十種善根迴向何等爲十所謂一切善根迴向同善知識願一切善根迴向同善知識正直心一切善根迴向同善知識行一切善根迴向同善知識善根一切善根迴向隨順善知識善根一切善根迴向同善知識正念一切善根迴向同善知識清淨一切善根迴向同善知識住一切善根迴向同善知識入成滿平等一切善根迴向同善知識不壞深心若如是

同則無異同佛子是爲菩薩摩訶薩十種善根迴向若菩薩摩訶薩安住此法則得一切無上善根迴向佛子菩薩摩訶薩有十種得智慧何等爲十所謂於一切施自在智慧樂一切佛法解脫自在智慧深入一切如來無量無邊自在智慧隨問能答滅一切疑自在智慧深解實義自在智慧解一切如來巧妙方便深入一切諸佛解脫自在智慧解一切佛所種少善根必能滿足一切白淨善根出生如來一切智自在智慧具足成就菩薩不思議住自在智慧於一念中悉能往詣不可說佛所自在智慧覺悟一切諸佛菩提深入一切法界聞持一切佛法深入一切如來莊嚴語言自在智慧佛子是爲菩薩摩訶薩十種得智慧若菩薩摩訶薩安住此法則得一切如來無上自在智慧佛子菩薩摩訶薩有十種發無量無邊廣心何等爲十所謂發無量無邊廣心於一切佛發無量無邊廣心度脫一切衆生發無量無邊廣心令一切衆生一切世一切刹悉入法界發無量無邊廣心觀一切法悉如虛空發無量無邊廣心觀察一切菩薩諸行發無量無邊廣心正念三世一切諸佛發無量無邊廣心了達不可思議諸業果報發無量無邊廣心嚴淨一切諸如來刹發無量無邊廣心深入一切如來大衆發無量無邊廣心觀察一切如來妙音佛子是爲菩薩摩訶薩十種發無量無邊廣心若菩薩摩訶薩安住此心則得一切諸佛無量無邊智慧大海佛子菩薩摩訶薩有十種藏何等爲十所謂分別數知一切法藏出生一

切法藏普照一切陀羅尼法藏分別解說一切法辯藏於一切法覺不可說巧方便藏示現一切佛自在力大神變藏於一切法出生平等巧方便藏不離常見一切佛藏入不思議劫皆悉如幻巧方便藏於一切諸佛菩薩歡喜恭敬藏佛子是爲菩薩摩訶薩十種藏若菩薩摩訶薩安住此藏則得一切諸佛大智慧藏悉能度脫一切衆生佛子菩薩摩訶薩有十種調順何等爲十所謂不謗一切佛法調順於一切佛信不可壞調順尊重恭敬一切菩薩調順親近一切善知識調順遠離一切聲聞緣覺調順長養菩薩一切三昧調順平等觀察一切衆生調順究竟成滿一切善根調順悉能降伏一切諸魔調順成滿一切波羅蜜調順佛子是爲菩薩摩訶薩十種調順若菩薩摩訶薩安住此法則得無上大智調順佛子菩薩摩訶薩有十種自在何等爲十所謂壽命自在無量無邊不可說劫住持壽命故心自在出生阿僧祇三昧入深智故莊嚴自在以大莊嚴悉能莊嚴一切刹故業自在隨時受報故受生自在於一切刹示現生故解脫自在見一切世界一切諸佛充滿故願自在隨時隨刹成菩提故神力自在示現一切大神變故法自在示現無量無邊法門故智自在於念念中示現覺悟如來十力無所畏故佛子是爲菩薩摩訶薩十種自在若菩薩摩訶薩安住此法則得一切諸佛菩薩究竟成滿一切智自在佛子菩薩摩訶薩有十種自在何等爲十所謂衆生自在刹自在法自在身自在願自在境界自在智自

在通自在神力自在力自在佛子是爲菩薩摩訶薩十種自在佛子何等爲菩薩摩訶薩衆生自在佛子菩薩摩訶薩有十種衆生自在何等爲十所謂度脫一切衆生自在持一切衆生想自在爲一切衆生說法未曾失時自在變化一切衆生自在安置一切衆生於一毛道而不迫迮自在於一切世界一切衆生中示現爲王自在於一切衆生中示現帝釋梵王自在於一切衆生中示現聲聞緣覺不轉威儀自在於一切衆生中示現行菩薩行自在於一切衆生中示現佛身相好莊嚴覺悟一切智力自在佛子是爲菩薩摩訶薩十種衆生自在佛子菩薩摩訶薩有十種刹自在何等爲十所謂令一切刹爲一刹自在令一切刹入一毛道自在於一切刹深入無盡方便自在於一切刹示現一身結跏趺坐充滿自在令一切刹現入已身自在神力振動一切佛刹不令衆生恐怖自在以一切刹莊嚴莊嚴一刹示現自在以一刹莊嚴莊嚴一切刹示現自在一如來身及其眷屬皆悉充滿一切佛刹示現衆生自在一切刹小刹中刹大刹廣刹深刹翻覆刹俯刹仰刹平正刹以此等刹示現衆生自在佛子是爲菩薩摩訶薩十種刹自在佛子菩薩摩訶薩有十種法自在何等爲十所謂一切法即是一法一法即是一切法而不違衆生法相自在般若波羅蜜出生一切法覺悟一切衆生無不了知自在於一切法悉離法相普令衆生入勝法自在一切諸法入一方便分別解說無量方便自在一切諸法言語道斷而能演說

無量法門自在於一切法巧方便轉普門法輪無盡自在一切諸法入一法門於不可說劫分別解說不可窮盡自在一切法悉入佛法殊勝衆生自在一切法示現無量無邊自在一切法無礙實際無量無邊猶如幻網於無量劫爲衆生說不可窮盡自在佛子是爲菩薩摩訶薩十種法自在佛子菩薩摩訶薩有十種身自在何等爲十所謂令一切衆生入已身自在已身示現一切衆生身自在一切佛身示現一佛身自在一佛身示現一切佛身自在一切刹置已身内自在一法身充滿三世示現衆生自在一身入三昧無量身起三昧自在一身成最正覺示現衆生等身自在一切衆生身作一衆生身示現一切衆生身自在一切衆生身示現法身法身示現一切衆生身自在佛子是爲菩薩摩訶薩十種身自在佛子菩薩摩訶薩有十種願自在何等爲十所謂一切菩薩願即是已願願自在以一切佛願力菩提示現衆生願自在隨其所應悉令成就阿耨多羅三藐三菩提願自在於不可數阿僧祇劫大願不斷願自在遠離識身不著智身而示現一切身願自在不捨已事而能成滿一切他事願自在教化成就一切衆生令不退轉願自在於一切阿僧祇劫修菩薩行未曾斷絶願自在於一切毛道成等正覺願力充滿一切佛刹爲一一衆生示現不可說不可說世界願自在說一句法法雲普覆一切法界震實法雷音耀明解脱雷光注甘露法雨充滿一切衆生心願自在佛子是爲菩薩摩訶薩十種願自在

佛子菩薩摩訶薩有十種境界自在何等爲十所謂菩薩在法界境界而示現在衆生境界在佛境界而示現在衆魔境界在涅槃境界而不離生死境界在一切智境界而不離菩薩境界在寂滅境界而不捨散亂衆生境界在離一切虛妄境界而不離虛妄境界在莊嚴力境界而示現非一切智境界在無衆生實際境界而不捨化度一切衆生境界在諸禪三昧解脫通明智離欲境界而示現一切世界受生境界在如來行菩提莊嚴境界而示現聲聞緣覺寂靜威儀境界佛子是爲菩薩摩訶薩十種境界自在佛子菩薩摩訶薩有十種智自在何等爲十所謂無盡辯智自在不惑一切陀羅尼智自在決定知一切衆生諸根智自在於一念中以無礙心智悉知一切衆生心心數法智自在知一切衆生心心使煩惱習氣隨病對治法智自在於一念中深入如來十力智自在無礙智知三世衆生隨時度脫智自在於一念中成等正覺示現一切衆生智自在於一衆生想了達一切衆生業行智自在於一衆生音聲示現一切衆生音聲智自在佛子是爲菩薩摩訶薩十種智自在佛子菩薩摩訶薩有十種通自在何等爲十所謂一切世界示現身一身境界通自在於一如來大衆中坐聽受正法悉能聞持一切諸佛大衆會法通自在於一衆生一念境界成就不可說無上菩提一切衆生無不知者通自在出一妙音皆能充遍一切世界出生一切音聲各各別異一切衆生無不開解通自在於一念中示現盡過去際

劫一切衆生諸業果報無不知者通自在令一切世界皆悉莊嚴通自在觀察三世平等通自在出生一切諸佛菩提及衆生願放大法光明通自在一切天龍夜叉乾闥婆阿脩羅迦樓羅緊那羅摩睺羅伽四王帝釋梵王及一切聲聞緣覺諸菩薩等悉恭敬尊重善能護持諸如來力一切善根通自在佛子略說菩薩平等觀察一切諸法通自在佛子是爲菩薩摩訶薩十種通自在佛子菩薩摩訶薩有十種神力自在何等爲十所謂以不可說世界入一微塵神力自在於一微塵中顯現一切法界等一切佛刹神力自在於一毛孔皆悉容受一切大海能持遊行一切世界不令衆生有恐怖心神力自在以一切世界內己身中悉能顯現一切衆事神力自在以一毛繫不可思議金剛圍山悉持遊行一切世界不令衆生有恐怖心神力自在不可說劫示現一劫一劫示現不可說諸成敗劫不令衆生有恐怖心神力自在於一切世界示現水火風災成敗不令衆生有恐怖心神力自在一切世界水火風災壞時悉能住持一切衆生資生之具神力自在以不可思議世界置於掌中遠擲他方過不可說世界不令衆生有恐怖心神力自在令一切衆生解一切佛刹猶如虛空神力自在佛子是爲菩薩摩訶薩十種神力自在佛子菩薩摩訶薩有十種力自在何等爲十所謂衆生力自在不捨衆生教化調伏故佛刹力自在以不可說莊嚴具莊嚴顯現諸佛刹故法力自在令一切身入無身故劫力自在不斷一切菩薩行

故佛力自在覺悟生死長寢衆生故行力自在攝取一切菩薩行故如來力自在度脫一切衆生故無師智力自在自然覺悟一切法故一切智力自在一切智人智覺悟故大悲力自在不捨一切衆生故佛子是爲菩薩摩訶薩十種力自在佛子是爲菩薩摩訶薩衆生自在等十種自在若菩薩摩訶薩成就此十種自在者欲成無上菩提不成無上菩提自在隨意雖成菩提而亦不斷菩薩諸行何以故菩薩摩訶薩出生諸大願故善巧方便示現無量自在法門佛子菩薩摩訶薩有十種遊戲神通何等爲十所謂菩薩摩訶薩於衆生身作佛刹身而不壞衆生身是爲第一遊戲神通菩薩摩訶薩於佛刹身作衆生身而不離佛刹身是爲第二遊戲神通菩薩摩訶薩於佛身示現聲聞緣覺身而不減如來身是爲第三遊戲神通菩薩摩訶薩於聲聞緣覺身示現如來身而不增長聲聞緣覺身是爲第四遊戲神通菩薩摩訶薩於菩薩身示現無上菩提身而不捨菩薩行是爲第五遊戲神通菩薩摩訶薩於無上菩提身示現菩薩身而不減菩提身是爲第六遊戲神通菩薩摩訶薩於涅槃界示現生死相續不絶而不著涅槃界是爲第七遊戲神通菩薩摩訶薩於生死界示現涅槃界示不究竟無餘涅槃是爲第八遊戲神通菩薩摩訶薩正受三昧行住坐卧現諸威儀而不捨於正受三昧是爲第九遊戲神通菩薩摩訶薩於一佛所聞法受持悉能往詣不可説佛所聽受正法而不離本坐亦不分身不起三昧念念於

一一三昧身門出生不可說不可說三昧身門一切諸劫猶可窮盡菩薩出生三昧身門不可窮盡是爲第十遊戲神通佛子是爲菩薩摩訶薩十種遊戲神通若菩薩摩訶薩安住此法則得一切諸佛無上大智遊戲神通

佛子菩薩摩訶薩有十種勝行何等爲十所謂一切法界以無量方便門普現衆生勝行以無量莊嚴莊嚴一切世界普現衆生勝行知出生一切衆生界皆悉如化勝行於如來身出生菩薩身於菩薩身出生如來身勝行於虛空界出生世界於世界出生虛空界勝行於生死界出生涅槃界於涅槃出生生死界勝行於一衆生音聲出生一切佛法音聲勝行於無量身門示現一身於一身門示現分別一切諸身勝行以一身充遍一切世界勝行於一念中令一切衆生出生無量無邊法門成等正覺勝行佛子是爲菩薩摩訶薩十種勝行若菩薩摩訶薩安住此行則得一切諸佛無上大智勝行

佛子菩薩摩訶薩有十種力何等爲十所謂直心力於一切世界無染著故深心力不壞一切諸佛法故方便力究竟菩薩一切行故智慧力知一切衆生諸心行故願力令一切衆生願滿足故行力盡一切未來際劫不斷絕故乘力出生普現一切諸乘不轉大乘故遊戲神通力於一毛道示現一切清淨世界一切如來出興世故菩提力覺悟菩提與一切衆生念等故轉法輪力於一句法說一切衆生希望諸根故佛子是爲菩薩摩訶薩十種力若菩薩摩訶薩安住此力則得一切諸佛一切智無上十力

佛子菩薩摩訶薩有十種無畏何等爲十所謂菩薩摩訶薩悉能聞持一切問難作如是念十方一切世界有來問我若不能答無有是處乃至不見微畏之相不見微畏相故菩薩究竟一切無畏安住無畏一切衆生隨其所問悉斷疑惑是爲第一無畏菩薩摩訶薩一切語言音聲一切文字如來受記無礙辯等究竟彼岸作如是念十方世界一切衆生來問難我若不能答無有是處乃至不見微畏之相不見微畏相故悉能除滅一切疑惑安住無畏是爲第二無畏菩薩摩訶薩知一切法空離我我所無造無造者無知者無命者無長養者無福伽羅離陰界入離諸邪見心如虚空作如是念一切衆生若能令我起身口意惡無有是處何以故菩薩常離我我所故若生怖畏無有是處乃至不見微畏之相不見微畏相故行菩薩行不可沮壞是名第三無畏菩薩摩訶薩爲諸佛所護成如來力行如來行如來威儀未曾轉易作如是念若有能來呵我威儀無有是處乃至不見微畏之相不見微畏相故於大衆中說微妙法是爲第四無畏菩薩摩訶薩身口意淨遠離衆惡作如是念若有能來呵我身口意惡無有是處乃至不見微畏之相不見微畏相故悉能教化一切衆生是爲第五無畏菩薩摩訶薩金剛力士常隨侍衛一切天龍夜叉乾闥婆阿脩羅迦樓羅緊那羅摩睺羅伽帝釋梵王等常隨侍衛尊敬供養一切諸佛常護念之菩薩作如是念一切衆魔眷屬及諸外道有見衆生來詣我所能障礙我無上菩提

無有是處乃至不見微畏之相不見微畏相故安住無畏歡喜修行菩薩行業是爲第六無畏菩薩摩訶薩離癡正念隨如來生成就第一意根作如是念一切諸佛所説正法句身味身隨順菩提我若不能如法受持無有是處乃至不見微畏之相不見微畏相故受持守護如來正法是爲第七無畏菩薩摩訶薩具足成就巧方便智慧究竟菩薩諸力彼岸清淨直心教化衆生發大菩提願於衆生所起大悲故於煩惱濁世而現受生現受五欲畜養妻子及諸眷屬爲化衆生故菩薩復作是念我雖在此不生惑亂障於菩提解脫三昧法門辯才若能障礙無有是處何以故菩薩於一切法而得自在究竟彼岸修菩薩行安住菩提一切世間受生惑亂所不能亂若能惑亂無有是處乃至不見微畏之相不見微畏相故於一切世界示現受生是爲第八無畏菩薩摩訶薩捨離愚癡知一切智住菩薩道乘於大乘住一切智心力示現聲聞緣覺不改威儀菩薩作如是念我終不證聲聞辟支佛道我若受證無有是處乃至不見微畏之相不見微畏相故安住無畏悉能示現一切諸乘具足究竟平等大乘是爲第九無畏菩薩摩訶薩成就一切諸白淨法積集善根成滿一切諸願通明堅住菩提具足成滿菩薩諸行於一切佛所頂受如來一切智記教化衆生不捨菩薩行作如是念其有衆生應受化者若不能應時示現如來境界無有是處乃至不見微畏之相不見微畏相故安住無畏隨受化者普爲應現如來境界而

亦不斷菩薩願行是爲第十無畏佛子是爲菩薩摩訶薩十種無畏若菩薩摩訶薩安住此法則得一切諸佛無上無畏而亦不捨菩薩無畏佛子菩薩摩訶薩有十種不共法何等爲十所謂菩薩摩訶薩修習六波羅蜜不由他悟平等心施無所慳悋持戒清淨遠離惡戒忍辱成就心不可動勤脩精進於一切劫未曾退轉深入禪定離一切亂出生智慧遠離邪見是爲菩薩摩訶薩修習六波羅蜜隨順波羅蜜道不由他悟第一不共法菩薩摩訶薩攝一切衆生而饒益之常以法施於一切衆生和顔愛語遠離惡言於一切衆生常起樂心眞實利益令一切衆生解悟菩提遠離惡心具足成就平等實義是爲菩薩摩訶薩攝取衆生隨順攝道不由他悟第二不共法菩薩摩訶薩善解迴向不求果報隨順迴向諸佛菩提不著一切世間三昧迴向佛智饒益衆生是爲菩薩摩訶薩善解迴向專求一切諸佛善根無上智慧饒益衆生不由他悟第三不共法菩薩摩訶薩善巧方便究竟彼岸隨順世間親近世間而無疲猒正向聖行遠離一切聲聞緣覺出要之道教化成就一切衆生不著已樂善知一切諸禪解脫三昧正受三昧起於諸三昧而得自在於生死中心無疲猒遊於生死如園觀想安住一切諸魔宫殿示現帝釋梵王無量自在於一切生死慧光明淨照除癡暗於一切衆生捨家出家不著異見示現一切世間書疏文頌談論語言算術印法一切娛樂現爲女身才術巧妙能轉人心於世間法離世間法悉能

問答究竟彼岸於世間事離世間事亦悉究竟到於彼岸常觀衆生示現一切聲聞緣覺不轉威儀不忘大乘於念念中現成如來無上菩提而亦不斷菩薩所行是爲菩薩摩訶薩具足修習巧妙方便到於彼岸不由他悟第四不共法菩薩摩訶薩善知俱變三昧翻覆三昧遊戲智慧通明究竟智慧彼岸常在涅槃而現生死門知無衆生際而教化成就一切衆生常在究竟寂滅彼岸而示現處熾然煩惱常在金剛一妙法身而現衆生無量身門常在正受諸禪三昧而現衆生五欲娛樂常樂寂靜遠離三世而教化一切衆生長養善根常樂正法而現百千天女圍繞共相娛樂百福相好莊嚴其身而現貧賤鄙陋之形常離諸惡長養善業而現受生一切惡道究竟到於佛智彼岸而亦不捨菩薩智身菩薩成就如是等無量智慧一切聲聞緣覺無能知者何況一切童蒙衆生是爲菩薩摩訶薩第五不共法菩薩摩訶薩身口意業智慧爲首一切威儀諸業清淨成就大慈永離殺心乃至遠離邪見具足正見是爲菩薩摩訶薩身口意業隨智慧行第六不共法菩薩摩訶薩成就大悲不捨一切衆生代一切衆生受諸地獄畜生餓鬼閻羅王苦利益衆生心無疲猒度脫一切諸群生界於一切欲樂心無染著常爲衆生滅諸苦陰不捨大悲是爲菩薩摩訶薩第七不共法菩薩摩訶薩爲一切衆生之所愛敬帝釋梵王四天王等皆恭敬供養一切衆生心常樂見無有猒足何以故菩薩本修行業心無染著皆悉清淨威儀

具足故一切衆生樂見無猒是爲菩薩摩訶薩第八不共法菩薩摩訶薩一切智心堅固正直以大莊嚴而莊嚴之雖至難處諸惡人處聲聞縁覺處終不退失一切智心清淨妙寶譬如水珠名曰淨光雖處濁水寶性無異能令濁水皆悉清淨菩薩亦復如是雖在衆難諸惡人處聲聞縁覺處終不捨離一切種智清淨寶心令一切衆生滅除邪見煩惱垢濁住一切智清淨寶心是爲菩薩摩訶薩第九不共法菩薩摩訶薩自覺智法到於彼岸受無師記離垢法繒以冠其頂於如來所不捨恭敬供養之心亦不捨離諸善知識是爲菩薩摩訶薩第十不共法佛子是爲菩薩摩訶薩十種不共法若菩薩摩訶薩安住此法則得一切諸佛無上大不共法

大方廣佛華嚴經卷第四十

音釋

蹔昨濫切不久也　迫迮迫博陌切迮側革切迫迮陜隘也